有爱的青春陪伴者

上 摘星

抱猫 著

江苏凤凰文艺出版社
JIANGSU PHOENIX LITERATURE AND
ART PUBLISHING

图书在版编目（CIP）数据

摘星：全2册 / 抱猫著. -- 南京：江苏凤凰文艺出版社, 2023.10
 ISBN 978-7-5594-7392-9

Ⅰ.①摘… Ⅱ.①抱… Ⅲ.①长篇小说-中国-当代 Ⅳ.①I247.5

中国版本图书馆CIP数据核字(2022)第242793号

摘星：全2册
抱猫 著

责任编辑	王昕宁
特约编辑	周　贝
出版发行	江苏凤凰文艺出版社
	南京市中央路165号，邮编：210009
网　　址	http://www.jswenyi.com
印　　刷	长沙鸿发印务实业有限公司
开　　本	880mm×1230mm　1/32
印　　张	18
字　　数	491千字
版　　次	2023年10月第1版
印　　次	2023年10月第1次印刷
书　　号	ISBN 978-7-5594-7392-9
定　　价	62.80元（全2册）

江苏凤凰文艺版图书凡印刷、装订错误，可向出版社调换，联系电话025-83280257

目 录 ▼ —上册—

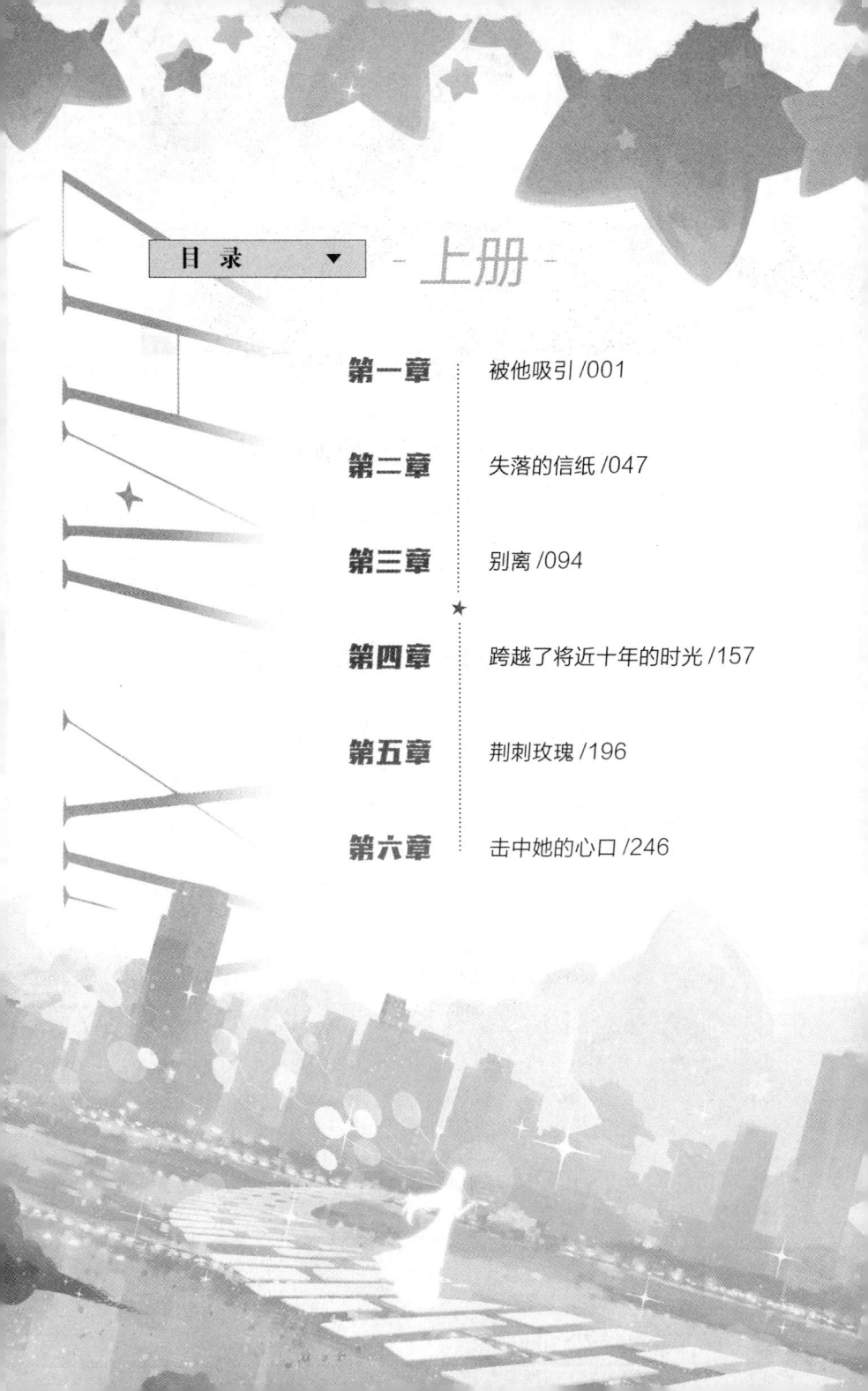

第一章 　被他吸引 /001

第二章 　失落的信纸 /047

第三章 　别离 /094

第四章 　跨越了将近十年的时光 /157

第五章 　荆刺玫瑰 /196

第六章 　击中她的心口 /246

目录 ▼ - 下册 -

第七章	怕对你处处下药，还是治不好你 /283
第八章	栽就栽了吧 /334
第九章	生死难题 /374
第十章	牵手殿堂，漫天花火 /420
番外一	新婚快乐！/488
番外二	成为我的唯一 /517
番外三	二代小日常 /554
番外四	一中校庆 /560

第一章 / 被他吸引

2007年，夏。

烈日炎炎，气温相较昨天又升了好几度。

许柚趁周末跑了一趟原来住的地方，将小学到高一的课本以及一些零碎的杂物，装进箱子里搬过来。

老房子里没别人，她仔细地沿着房间扫了一圈，检查还有没有东西落下。

眼看已经收拾了将近两个小时，再不回去，妈妈又该说什么了。她快手快脚地收尾，轻轻地叹了口气，关上大门后，抱着箱子离开。

这里距离她现在住的公寓不算远，一趟公交车从起点到终点，再走一段路就到了。

许柚艰难地托着箱子下了车，顺着还不太熟悉的直道往前走。

毒辣的阳光打在她的后颈上，没几分钟，就有点受不住了。皮肤被晒得发红，莹白的脸颊也泛起微微的红晕，额间冒出一层薄汗，吁吁细喘。

尽管靠着树边慢慢地走，也并没有好受多少。

一个女人拿着水盆出来倒水，正好瞧见她："小柚子，回来啦？"

"嗯。"眼看快到家了，许柚将箱子放下，半蹲着歇了会儿，盯着女人问,"杨梅姐,你这么早就洗澡啦?"

"对啊。"女人穿着漂亮宽松的吊带连衣裙,细白的藕臂暴露在空气中,倚在门边跟她说,"这天气一天比一天热,看个铺子都能捂一身汗,能不洗吗?"

"也是……"许柚附和。

杨梅发现只有她一个人,挑眉问:"你今天不是去你爸那儿拿东西吗?怎么,他没陪你过来?这么大的箱子一个人搬回来的?"

女人眼中表现出对她肉眼可见的同情和对那男人的嫌恶。

根本不带掩饰的。

许柚苦笑了下,不知道该说些什么。

爸妈之间的事儿,她也是一知半解。

上个月,他们办了离婚,给她的理由是性格不合。爸爸说妈妈太强势了,在家什么都是她说了算,时间消磨了他们曾经的感情,日子越过越没劲儿,所以才选择了分开。

大人之间的事情,小孩向来没什么话语权。

听说"离婚"二字的当天下午,许柚就瞧见他们气势汹汹地去了民政局,连半点儿缓冲时间都不留给她。

事已至此,也不好说什么。她并不觉得自己撒泼地哭着闹一场,他们会看在她的面子上,再好好商量一次。

唤回神思,许柚扯了扯唇:"我自己也行啊。"

她遂蹲下身,重新将箱子托起,继续往前走。这一回,是一口气直接走到了家。

到家后,许柚将箱子放下,累得撑着门框,懒散地用脚把箱子踢进去。箱底摩擦着地面发出难听的刺啦声,她也不在意。

直至完全进了门,她才发现里面有人,心虚地将脚下的动作放轻,并喊了声:"妈。"

黎平君刚下班,正套着围裙,站在厨房里择菜。听见动静,她皱

着眉往门口瞥了眼，瞧见许柚腕上两道被箱子压出来的印，以及身后连个人影都不见，轻嗤了下。

许柚很少看见黎平君这么早回家，关上门，去桌边倒了杯水："妈，你今天怎么这么早回来？"

"调班了。"黎平君没看她一眼，"晚上还要上夜班，做完吃了就走。东西都拿回来了吗？"

"嗯。"许柚边喝水边点头，"那边应该没有我的东西了。"

"没有就好。"黎平君语气冷淡，"就算有，以后也不用去了。那边已经不是你的家了。"

许柚顿了一下，抿了抿唇，不说话。

黎平君将择好的菜扔进水槽，还不忘训她几句："瞧这满头大汗的，歇会儿快去洗澡，别热过头感冒了，如今哪儿来那么多钱看病！"

"知道了。"

许柚无奈地笑了笑，在窗边静坐了一会儿，等身上的热气散去，手也没那么疼了，才进卧室找衣服。

她们现在住的是黎平君单位分的单元楼里的其中一套，房子有些年头，虽翻新过却仍然有点陈旧。

两室一厅，面积不算大，尤其是她的卧室，放了书桌、衣柜和床后，就没什么能搁脚的地了。

十分钟不到，她洗完澡，湿着头发拎着脏衣服走出来，将衣服扔进洗衣篓。

黎平君已经做好了饭，并且迅速地解决了自己那份，边收拾东西边说："我吃完了，桌上都是你的。妈妈快要迟到了，晚上回来得晚，你自己早点睡。下周开学，别太造作，不许熬太晚，不然作息想调都调不回来。"

许柚原本还想跟她说待会儿可能要出去跟朋友玩的事，顿时觉得没了说的必要，只默默地点了点头。

黎平君出了门。

她又孤零零一人坐在饭桌旁吃饭，有一下没一下地扒拉着，慢悠悠地吃。

吃到一半时，竟然响起了敲门声。

许柚听见有人在外面喊："许柚……柚子，快开门……"

听这声音不像是黎平君，倒像是另一个人。她反应了会儿，迟钝地放下筷子，走过去开了门。

果然，看见林冉站在门外。

许柚惊讶道："你怎么来得这么快？不是说好了七点在小卖铺见面的吗？"

"在家没事干，就先来了呗。"林冉走进来，四处瞧了眼，"怎么……不欢迎我啊？"

"哪有！"

两人从小就是朋友，小学是在同一个学校同一个班上的，还同过桌。

只是后来许海城换了工作，带着黎平君和刚小学毕业的许柚去了另一个城市谋发展，两人才没一起上初中。

如今，黎平君和许海城离婚，许柚又搬回来了。

前几天在集市碰到林冉，她们小聊了一会儿。

林冉知道了许柚现在住哪儿，也知道许柚即将转入一中跟她上同一所高中，把她乐得不行，以后上下学都有伴了。

林冉一来，许柚一改方才慢吞吞吃饭的状态，迅速解决掉晚饭，起身将碗筷收拾干净，甩着手出来问："我们待会儿去哪儿？"

"都可以啊。"林冉嘴角透着淡笑，"我在这儿待久了，什么地方没去过？倒是你，有没有特别想去逛一下的？"

许柚刚搬回禹城的那几天，确实觉得这几年变化很大，有些地方和建筑，她压根儿不认识，连名字都喊不上。

她仔细想了一下："我没什么特别感兴趣的，就是……"

"什么？"

"下周不是要开学了嘛，我妈说一中离这很近，走路二十分钟就能到，坐公交车也就两站左右。反正没事干，我们走一趟？"

"你要去一中啊？"林冉没想到她想去的竟然是学校，短暂思考了一下，"可以是可以，但这一来一回将近一个小时，你可别嫌累啊？"

"不会。"许柚摇了摇头。

现在距离暑假结束还剩一周，学校定不会敞开大门让学生进去参观，况且今天还是周末。

许柚只是在门口象征性逛了一圈就草草结束。

回去时，火红的夕阳在西边的天空烧得正盛，光芒由殷红变成浅橘色。

她们买了两根旺旺碎冰冰，一人一根，坐在树下长椅上晃着腿歇了会儿。

许柚发现右边是一个被护栏绕起来的半封闭式篮球场，偌大的场地被残留的暮色切割成半灰半暗的两个世界，却丝毫不影响里面的人挥洒荷尔蒙。

她撕开碎冰冰的包装，咬几下，吸里面融化的水，好奇地将视线投过去。

她注意到一个略显高挑的少年抢到球，用她根本无法形容且看不懂的动作，绕到三分线外，在一众阻碍中肆意地单手抡起篮球，侧身抛进篮筐。

旋即，有人不服地向他喝倒彩，勾着他的肩膀，不知道说了什么，他低头一笑，踹那人一脚。

不可否认，在什么都不懂的学生时期，最吸引少女关注的往往是三种人：成绩好的、打篮球帅的、打游戏厉害的。

许柚亦不能免俗。

篮球被传来传去，在地上一震一震，带起些许灰尘。

可她的视线却并不在篮球上，而是那道逆着光一眼出众、清淡从容的身影。她根本无法控制自己的目光从他的身上移开,直到林冉在她面前摆了摆手。

"看什么呢?"

许柚后知后觉地回神,意识到自己刚刚在想什么,脸微微泛了点红,正要解释。

"咦?"林冉也往那边扫了眼,再仔细一看,"那不是……江尧吗?"

被岔开话题,许柚暗自松了口气,好奇地发问:"谁是江尧?"

林冉笑起来:"我们班上的学委,一个学霸……就里面右边的那个场穿白色上衣那个。"

她特地给许柚指了一下。

许柚不甚在意地顺着她的视线瞥过去。

右边那个场,白色上衣。

许柚惊觉,那个场上只有那个人是穿白色上衣的,他不像专程去打篮球的,似是路过被熟人拽进去。

他此刻正背对着她们喝水,汗意从额头延下,黑发被汗水打湿,却一点不显邋遢。

反观,有种清淡的少年感。

林冉随口吐槽:"原来学霸并不是每天都枯枯燥燥地在家看书学习的呀,还是会出来玩的。

"柚子,你知道吗?这人特变态,数理化简直绝了,高一上学期还没文理分科的时候,因为历史和政治没那么高分,他一直在年级第十左右,那会儿大家已经觉得他很牛了。没想到文理一分科,他……压根儿就没拿过第二。"

许柚咬着碎冰冰,尽量露出很惊讶的表情:"这么……厉害?"

"对。"

"那你们是重点班吗?"

"不是啊。"林冉给她科普,"我们学校高三前没有重点班的,班里有成绩好的，也有成绩不好的。只有文理科班之分，年级三十个班，前二十个班都是理科班，我在三班。"

"三班？"

"嗯。"

"三班……江尧……"

许柚抿着唇，嘀咕的声音很小，不仔细听根本听不清楚，随后哦了一声，似是在回应林冉，更像是掩饰什么，内心却默默地记住了这个名字。

天色很快暗下，路灯接二连三地亮起，夕阳的最后一抹余温沉没在远方的地平线上。

她们没有在那里停留太久，一根碎冰冰吃完，就起身准备离开。

林冉将垃圾扔了，随口问："柚子，你明天有什么事吗？"

"怎么了？"

许柚有些心不在焉，仿佛听见背后有什么动静，下意识地回头看了一眼。

篮球场上的人逐渐散开。

江尧将矿泉水瓶里的最后一点水喝完，扔进旁边的垃圾桶里，抬手擦了擦额间的汗。他急匆匆地从篮球场里出来，快步朝她们的反方向走，稍一转弯，人就不见了。

许柚意识到不对劲儿，连忙将视线收回，却依旧有种空落落的情绪在脑中滋生，词不达意地说："我……也不清楚，明天是周一吧？突然想起来……我下周还要去学校一趟，还有手续没办完，就是不清楚具体哪一天去。"

"办什么呀？"林冉虽然觉得她怪怪的，但也没有多想，"去一中还是七中？"

许柚解释说："一中，办理学籍登记的事。"

"哦哦。"林冉明白了，"明天早上我爸带我去他朋友开的文具店买一些刚需的文具,可以按批发价给我们,怪便宜的,还想问你要不要去来着,你要是有空就跟我说一声?"

许柚没拒绝:"好。"

然而,跟林冉一起去文具店的计划,最终还是泡汤了。

上了半夜晚班的黎平君刚好第二天有空,早早地拽许柚起床,去一中办理学籍手续,为的就是让她下周顺顺利利地开学。

手续办理并不复杂,填几份表格,交一下文件,没几分钟便结束。

全部流程走下来,许柚仍然有点没睡醒,却还是安静地低着头站在黎平君身侧,装作很认真地听她们说话。

老师笑着说:"许柚妈妈,您放心。许柚这孩子成绩本身就不差,学习能力肯定是具备的。我们一中不敢保证师资力量是全禹城最好的学校,但学习氛围绝对是第一,优秀的学生也有很多。能在这样的氛围下学习,状态只会好不会差,不过还是要看她个人的努力程度和抗压能力。"

老师的这番话,十分客套官方且点到即止。

一个学校的硬实力不是通过漂亮的话术来表明的,而是实实在在的升学率和高考排名。

黎平君不可能不明白。

她满意地笑起来,再随便聊了几句,便带许柚离开。

整整一个下午,许柚都在家无聊地度过。

她将昨天搬回来的杂物拿抹布擦干净,逐一收拾好,忽然想到一个问题。

在黎平君进卧室找衣服打算去洗澡的空隙,问了她一句:"妈,你今天跟老师单独聊那会儿,有问到我是几班的吗?"

话落,许柚抿了抿唇,双眼紧盯着卧室门口,隐隐多出了某种期待。

就在她以为能听到答案时,"啪"一声,搁在窗边的塑料花盆掉了。

许柚循着声音看过去——

一只肥橘从窗台跳下来,毫无做错事的愧疚姿态,"喵呜"叫着,"哼哧哼哧"地走到她的腿侧,用肥硕的身体不停地蹭啊蹭。

在外头浪了四天的肥猫,终于饿着肚子回来了。

——圆头大脸,叉开双腿,敞着肚子,躺在地上毫无形象地舔毛,时不时瞅她一眼,以传达某种讯息。

几天不见,许柚生气地捏了捏它的肚子,它也没反抗。

她想起还有根火腿肠没吃,认命地拿过来,撕开包装,一块一块地掰开扔在地上,又喊了一声:"妈!"

黎平君找好睡衣出来说:"哪个班不是一样?人家老师说了,高三前不分重点班,关键是看你认不认真学习,够不够努力。"

这答非所问的,家长总有种无论说什么都能扯到学习上的本事。

许柚解释说:"我只是想提前知道一下,免得下周开学傻乎乎地不知道该去哪儿。"

黎平君也记不太清楚,仔细地回想了一下,低斥道:"你填表的时候没认真看吗?上面不是写了班主任叫张悦吗?到时候直接找张悦老师得了。"

张悦?

许柚想起来了,沉默着点了下头。

待黎平君进了浴室,听见里面有淅淅沥沥的水声传出。她才回房,迅速打开那台破旧得用了好些年且不能常玩的电脑,登上QQ问林冉:林冉,张悦老师教哪个班啊?你认识吗?

林冉似是很疑惑她问这样的问题:你问来做什么?

许柚被那只猫缠着,来不及回复她。

林冉忽地反应过来:你是……怎么知道张悦的?今天在学校碰到她了?她是我们班的班主任啊,长得贼漂亮,教语文的。人呢,挺好的,也不严格,还蛮好说话。

林冉:喂!怎么不说话?干吗去了?难不成……

林冉还没将后半句话敲出来,许柚看见那句"她是我们班的班主任啊"已经怔在了原地。

铺天盖地的惊喜朝她袭来,一瞬间不知道该做出什么样的反应。

许柚盯着屏幕又看了好一会儿,确定没错后,心跳都漏了一拍。

她激动得双手蹂躏了一下大肥猫圆滚滚的脑袋,粗鲁地撸了一把它的后背,似乎还觉得不够,正要将魔爪伸向它柔软的肚子,被它用肉垫拍了一下。

"喵!"发出抗议。

被抓了一道浅浅的血痕,许柚瞪它一眼,不跟它计较。

她重新将视线落回屏幕,瞥见林冉问"你不会这么巧来了我们班吧"时,又不敢说得太过绝对,委婉了些:好像……是这样没错。

说不开心是假。

剩下一周暑假,许柚都在期待当中度过。

可当开学的日子越来越近,眼见下周一就要到时,她又忍不住害怕起来。

生怕出现什么变故,失望又重新砸回到她的头上,被告知搞错了,或者张悦老师这学期不是三班的班主任。

——但她希望,这样的事情最好一件都不要发生。

开学当天,许柚按照闹钟设置好的时间准点起床,边吃早餐边出门,恰好赶上了清晨的第一趟公交车。

车上挤满了人,她顺着人流往内挤,发现周围都是穿着校服的学生,只有寥寥几个成年人没什么存在感地站在边角。

许柚找了个空位站着,听见身侧传来夹着欢笑的窃窃私语,轻轻地吐了口气。

如此清晰地感受到了新学期的开学氛围,心情不由得跟着有些紧张和愉悦。

到站后,许柚快步下了车。

凭着上次的记忆,她找到高二教学楼,前往语文办公室找张悦

老师。

张悦正坐在办公室里跟人闲聊，听说有个七中的学生要转过来，一直等着。

说实话，一中的老师对七中学生的印象都不是很好，里面没几个是认真读书的，只会混日子，却没想到转来的，竟是个清瘦乖巧的女生。

许柚不矮，也并不拔尖，十六岁一米六，但骨架很瘦，背影略显单薄。

可能跟她小时候挑食和吃饭时间不规律有关。

她安安静静地站在办公室里，等候"发落"。

还没看几眼，张悦就喜欢上了她。长得漂漂亮亮的，五官称得上精致，不怎么爱说话，能看出她骨子里的安静恬然。

一般这样的女孩子特别不容易受外界干扰，也很用心学习。从七中的成绩单来看，毫无意外，她都是年级第一。

"来吧，跟着我。"张悦拿起上课要用的教案，走出办公室，边打量她边低声问，"叫许柚是吧？吃早饭了吗？"

"对，吃了。"她声音很轻，点头。

"真好听的名字！"张悦眉眼荡起灿烂的笑，跟她简略交代了一下，"不知道你有没有提前了解过我？我叫张悦，教的是语文，目前在带理科三班和四班，我是三班班主任，你现在要去的也是三班。"

确认自己的班级，许柚睫毛一抖。

她虽早有预料，可还是不受控地瞪大了眼睛，心底忍不住浮起一抹紧张，紧张地吞咽了一小口唾沫。

张悦一靠近三班门口，班里的哄闹声瞬间分贝归零，跟有人看门放哨似的。

全体同学面带微笑，笑嘻嘻地恭候上学期的班主任进来，却在视线触碰到张悦身后的陌生女孩儿时，愣住。

"大家好，我叫许柚。"

张悦让许柚自我介绍时,她还没准备好就先开了口,导致出来的声音有点奇怪。

这么多双眼睛看着她,让她很难不紧张,根本不敢乱瞟,只瞧见坐在第二排的林冉笑着朝她招手,用口型给她加油。

许柚清了清喉咙,继续说:"我叫许柚,许愿的许,柚子的柚,大家可以叫我柚子。我高一是在七中上的,因为家里的一些原因转来了这里,有幸来到三班,请大家多多指教。"

大方且恰到好处的自我介绍,让张悦很满意。

她指了指,让许柚去那边第一列唯一靠窗的空位上坐好。

许柚与林冉对了视线,慢慢地朝座位的方向走。

在这中途,她吐了一口气,放松了一小会儿,肩膀也由刚刚的紧绷回归舒适的状态,不由自主地用眼神去寻找某个人。找了前面的大半圈,没发现,快走到自己座位时,才恍然发觉他就坐在她斜后方的位置上。

一中的教室座位全是单人单桌,没有同桌,这也导致了列与列之间的间隙会小很多。

许柚无聊地目测了一下,大概就一条腿岔开的距离。

离得很近。

此刻江尧根本没看她,坐得很正,背脊挺直,细碎刘海下的眼眸低低地垂着。

看上去像是在发呆,或者在睡觉,可细密的睫毛分明是颤动的,手也在抽屉中捏着一本书的页角,往左侧一翻。

"唰"的一声。

偷看课外书!

许柚压下莫名其妙的欣喜,拉开椅子准备坐下。

却在椅子抽出来的时候,不幸地拉扯地面发出刺耳的"呲"声,引起了很大的动静,周围的目光不约而同地朝她聚集。

同样,也包括了江尧。

许柚倒吸了口凉气，感觉丢脸至极，抱歉地快速坐下。

坐下时，几乎是下意识地用余光往右侧扫了眼，却在一刹那，猝不及防地撞进他黑亮深邃的眼睛里。

第一节既是语文课，也是班会课。

张悦利用前半节课说了一下这学期的班级管理制度以及班干部的评选，再用后半节给大家简述接下来的语文教学安排，就下课了。

林冉第一个跑过来跟许柚闲聊："天啊！柚子，我们太有缘了！整个高二级部一共二十个理科班，你竟然真的来了三班，二十分之一的概率啊啊啊啊啊！看来老天爷都不希望我们分开！"

许柚被她晃得头晕，的确觉得挺有缘的。

"我也没想到。刚申请转来一中的时候还担心自己在新环境里没有朋友会不会尴尬，现在看来，是我多虑了。"

"放心，我一定会罩着你的。"

许柚正要说话，眼睛忽然瞥到别班的同学进来找江尧，那人拍拍他的肩膀，说了句："三班找十个男生上去四楼拿书。"

那人似乎急着去通知下一个班，扔下一句话转身就走。

江尧作为学委，这些事情肯定是他或者班长干的。

他后知后觉地站起来，往周围扫了眼……

许柚以为他应该是在思考找谁。

孰料，过了两秒，干净而纤长的手指敲了敲她的桌面。

许柚疑惑地抬头，看见他摸了摸后颈，轻声问道："同学，你有听见刚刚进来的那个人说在几楼领书吗？"

"啊？"

这一声气音是林冉发出的，她刚刚全神贯注地在聊天，根本没注意到谁进来又说了什么。

许柚知道答案，压住如鼓的心跳，掀唇小声说："四楼。"

身后走廊有人喧哗着走过，她不确定他是否真的有听清她的声音，但似乎从口型也能判断她到底说了哪个数字。

"谢谢。"

声音清冽的两个字落下,他人就不见了。

班里高挑的男生陆陆续续被喊上去搬书,教室突然安静了不少。

林冉想起那天在篮球场附近遇见江尧的事儿,跟许柚说:"欸,刚刚那个男生,就是我上次跟你说过的我们班的学委,还记得吗?他成绩超级牛,尤其是数学和理综,你有什么不会的都可以问他。"

"是吗?"许柚刚刚第一次跟他说话,心情有些愉悦。

"不过……"林冉提醒道,"千万不要太频繁。"

虽然许柚目前并不打算真的有不会的就去问他,但她还是想知道原因:"为什么啊?"

"你没发现吗?"

"嗯?"

"我们班一半的女生都对他有好感,问他问题的人可太多了。你要是真有不会的去问,他肯定会给你解答的,毕竟人家也不小气,而且还是班干部。但是你要是问得太过于频繁,就很难不怀疑你的目的了。"林冉说,"上学期就有人这么干过,把江尧弄不耐烦了,以后她问什么题,他都说不会——"

许柚用手托着下巴,抿了抿唇。

林冉以为她误会了什么,忙解释道:"当然,我不是那个意思啊,我只是给你提个醒,免得你让人误会,毕竟……"

"毕竟?毕竟什么?"许柚知道林冉是什么意思了,顿时瞪大眼来,率先反击,"林冉,我这学期数学必不会拖后腿。"

"你反应还挺快啊!"林冉贼兮兮地笑,"那我等着瞧啊!"

男生将书搬上来,逐一发下去。

许柚检查全部完整没有缺漏后,每本都翻开扉页写上自己的名字。

只是在写到班级的时候,差点写成了以前在七中时的高二(11)班,赶紧划掉,写上高二(3)班。

为了让新学期的班级工作有序开展,班委的评选肯定是越快越好。

张悦参考了两个班长的意见,将上学期的班干进行了小调整,只是将一些不负责任的人踢出去,换同学间评价相对较好的人上来。

下午第一节课结束,班干表就制作完毕,并且贴在后面的公告栏里。

许柚知道肯定没自己什么事,所以并没有过去围观,然而班长拿着一个看上去很厚的簿子走过来说:"许柚,我叫你柚子吧?"

"可以啊。"

许柚瞄了眼簿子,看见上面几个"高二卫生检查情况记录"大字时,愣了一下。

女班长笑眯眯地说:"你是我们班这学期的卫生委员。"

毫无疑问地说,这绝对是最基层最不讨好的官。

"啊……哦。"

这完全在许柚的意料之外,她用笔挠了挠额头,感觉脑子有点转不过弯来了,试探地问:"需要做些什么吗?"

"很简单。"班长给她细说,"这学期,我们班需要打扫卫生的是自己的教室,还有对面实验楼三楼的前三个化学实验室。教室每天安排五六个同学进行打扫,实验室大概六个人,你先安排一下。然后这个本子呢,不是每天都检查的,是每个班的卫生委员和学生会纪检部一起轮流检查的,大概两周轮一次。后面会有纪检部的人叫你去开会,你听他们的就行了。"

两周轮一次。

许柚松了口气,只要不是每天都检查,那就还算轻松。

只是,她在制作班级的卫生分工表时犯了难,班上的人没几个是她认识的,花名册上有六十三个人,有的偏中性一点的名字连性别都难以分辨。

许柚跟抓阄一样,随意填了上去。

填到一半时,她抓着笔停顿了几秒,有点纠结。虽然知道这突然浮上来的想法是不对的,可还是没忍住给自己开了个后门,将两个人的名字放在了同一天。

正式开学那天下了场阵雨。

原计划的开学典礼被迫取消,改成了周二上午,利用第二、三节课的时间进行。

第一节课的下课铃刚打响。

大家连口水都还没来得及喝上,体育委员就喊同学们赶紧下去集队,一秒都不能多待。

许柚和林冉去了趟洗手间,随着人流慢慢地往下走,在喧闹嘈杂的楼梯间里,看见恰巧也在走下去的江尧。

他在其他班的人群之中,身侧并无同伴,顺着楼梯踏阶而下。

许柚盯着他的背影看了一会儿。

不知道是不是她的错觉,总觉得他身上有一种与他外表相反差的气质存在。

冷冷淡淡的,竟然还有点阴郁。

许柚没想太多。

走下去后,体委知道她是新同学,找了个身高适当的位置让她插进去,先暂时站着。

三班的女生普遍都不是很高,一米六的身高已经排到了队伍的中后面。

江尧所站的位置与她有一段距离,可只要轻轻转头,便能瞧见他安静地在后排站着,手臂自然垂落,被校服长裤包裹着的双腿又长又直,没什么小动作。

许柚哪敢看他,无聊地消耗时间,静待校领导发言结束。

典礼进行到后半程,真是天公不作美,又下起了小雨。

有女生拨弄自己的头发，低头窃窃私语，队伍里渐渐焦躁起来。

原计划是一个多小时的典礼，迫于无奈，硬生生将最后一个颁奖流程砍掉，让班长作为代表将每个班的奖状和证书领回去，各自分发。

对于没奖的人，自然觉得开心。可对于那些等了半天就为了上台领奖的人来说，简直是一盆冷水泼到了脸上。

许柚事不关己地回到教室，拿着水杯去饮水机旁接水喝，回来以后，赫然发现班长将两张奖状和一个荣誉证书搁在江尧的桌面上，并用水瓶压着。

他的桌面一直都很干净，只放了一瓶水，一本书和几支笔。

反倒是这样，显得那几抹色彩更为鲜艳。

学年测评第一
市级优秀学生
××杯数学竞赛一等奖

许柚朝那儿轻轻扫了几眼，小声叹了口气，突然跟蔫了似的，坐回座位上。

在七中的她，像井底之蛙，勤勤恳恳地上课和学习，在一群差学生中开开心心地充当"鸡头"，现在才明白什么是现实。

许柚托着腮，坐在座位上发呆，突然想起刚刚在饮水机旁听见的两个女生之间的对话——

"对了，你上学期不是说如果考进了年级前五十，就找江尧谈谈的吗？怎么……又怂了？"

"得找时机啊。"

"找什么时机？"

"他每天都沉浸在自己的世界里，不怎么说话，要不是别人找他，他能一天憋死，你信不信？所以找他谈谈也得找个好点的时机吧。"

"可能学霸都这样吧？要不然怎么考第一啊？但是他长得好帅，

学习又那么好，打篮球也厉害！嘻！"

"是的。"

许柚趴在桌面上，眼睛眨巴了一下。

刚好看见江尧从洗手间回来，指尖掺着水珠。他抽出纸巾擦了擦，随后将桌面上的奖状证书折叠好，一股脑塞进抽屉里，趴在座位上补眠。

许柚目光定定地沉思了一会儿，经过接近两天的相处，又联系刚刚那位女生说的话，其实她也觉得江尧是有点孤僻的。

他极少说话，总是一声不吭，默默地做自己的事情，唯有她后座的男生借他的笔记抄，跟他闲聊时，他才偶尔笑笑，跟人聊几句。

他笑的时候，许柚恰好捕捉到一眼，虽然只是歪了下嘴角，却也足够好看。

刚想到这儿……

江尧似有察觉地抬眸，往左侧扫了眼。

许柚被吓了一跳，在他视线转来的那一刻率先闭上了眼睛，眼睫轻轻颤着。

卫生负责表很快被贴出去，并且落实到位。

大家没什么意见，表格里每个人的分工都挺明确的，除了男生干的活儿比女生重之外，负责的内容基本大同小异。

只要认真完成，十分钟之内搞定完全没问题。

周五是许柚值日的日子。

下午放学，林冉敲了敲她的桌面说："今晚我们一起回去吧。我在外面的奶茶店等你，你要喝什么？"

许柚没去附近的奶茶店买过什么饮料，自然也没看过菜单，从教室的角落拿过扫把，想了想说："你喝什么我就喝什么，但我不要太甜的。"

"行，那我先下去啦。"

林冉一走，许柚便开始认真打扫，整个教室的地面都是她在负责。

打扫到一半时，教室里的人几乎都走光了，只剩下几个值日的同学在一边闲聊一边干活儿。

还算安静的教室里，突然响起了"吡吡"声。

自习课不在的江尧不知道从哪儿回来了，开始从第一列第一排摆桌椅，将行行列列都对整齐。

他劲儿大，干起活来很轻松，摆的速度也特别快。

椅子腿难免会跟地面发生摩擦，产生刺耳的声响，但这会儿没什么人在教室，倒也无关紧要。

许柚扫地的速度不及江尧一半，不一会儿，就被他赶上，摆到她的附近来。

她低垂着眉眼，总是瞧见他的长腿在她身侧晃来晃去，一下子就被扰了心神，渐渐有些心不在焉。

待江尧摆到她刚打扫完的那一桌时，许柚抬起眸，小声提议："要不……你先摆过去吧，你摆完我再扫？"

江尧动作一顿，和她对上视线，良久才道："没事。"

然后便没了动作。

这是不是意味着，他可以等她？

许柚不知道该说什么，唇瓣动了动，些许笑意漾在脸上，心里是有点高兴的，可过了一会儿，才意识到江尧除了摆桌椅以外，还需要倒垃圾。

也就是说，如果她没打扫完教室，他也不能干最后的活儿。

同样是要等她。

许柚似是瞬间就明白了过来，无声地点了点头，说："行吧，我尽量快点。"

她打扫完，就去擦黑板。

江尧拎着垃圾桶从后门走出去倒垃圾。

许柚干完手上的活儿，四处看了眼，发现讲台上擦黑板的抹布都

019

很脏,全是粉笔的粉尘。

她便将它们全部揉在一起拿去洗手间清洗了一下,洗完拧干,叠好,顺着走廊回来。

好巧不巧,她走出洗手间的那一刻,碰到江尧从楼梯上来。

就这样,两人顺理成章地并肩走在了一起。

一个楼层有五个班,这是二楼,从这边走去三班需要经过五班和四班,还是有一段距离的。

他们就这么沉默无声地走着,好像有点奇怪,具体哪儿怪,说不上来,也不知道该说点什么来打破尴尬。

许柚是一个特别怂的人,原本在熟人面前还算活泼的性子,突然变得像个闷葫芦,每说一句话都要斟字酌句。

最终,还是江尧先开了口。

他不太确定她的名字,试探地说:"许——柚?"

"嗯?"他主动跟她说话,许柚还有点没反应过来。她刚刚沉浸在自己的世界里,被他吓了一跳,幸好没做什么奇怪的反应,"怎……怎么了?"

江尧低眸看她,远处的夕阳衬得他的眉眼格外好看,也很温和:"没事。就是想问问你,从开学到现在,快一周了,上课学习这方面,还习惯吗?"

许柚不明白这突然的关心是怎么回事,这样的问题连林冉和老师都没有问过她吧。

江尧的表情特别淡,也很随和,没有听到她的回答,并不觉得尴尬,只是说:"别紧张,因为你刚来没多久,怕你不适应,老师让我关注你一下。要是上课有什么听不懂或者不会的,都可以来问我。"

他顿了下,话还没说完:"还有……不知道有没有人跟你提过,一中有个传统,上了高二每个月都会有一次月测,怕你不知道,提醒一下。"

所有话听下来,许柚听出了些许含义。

现在她有点庆幸三班的学习委员是他，可以让她拥有一次与他单独说话和被关注的机会。

许柚掀起唇角，点头说："现在我知道了，我会提前准备的，谢谢。"

江尧没再吭声，将垃圾桶放进班里，又去洗手间洗了下手，便拿起书包离开。

许柚去校门附近的奶茶店找林冉。

林冉将手上的香芋奶茶递给她："怎么这么久？我们怎么回去啊？"

许柚看了眼对面的校门。

今天周五，公交车站塞满了学生，还有各种牌子的私家车停在校门口，混乱得不行。

许柚踢了踢脚下的石子，提议说："走回去吧。"

林冉没听清，又问了一遍："什么？"

"我说，我们走回去。"周围太吵了，许柚干脆加大音量，"反正也没多远，挤来挤去热死了，那里那么多人，现在过去，说不定我们根本就挤不上。"

林冉无比赞同："正有此意。"

半个小时不到，许柚就到了家。

黎平君在家做好了饭，吃饭时，照例问了句："在学校还习惯吗？"

这似曾相识的问句，让许柚微微发怔，仿佛想到了什么，咽下一口饭说："还行。"

"什么还行，别敷衍妈妈！"

黎平君虽然平时对她管控很严，但看得出来，确实是真的在关心她。

不像许海城。

许柚笑了笑："就……真的还行啊。老师和同学都还不错，挑不出什么毛病。"

"现在还是高中，学习肯定是第一位的，但是同学相处好了，也能帮你很多。要是有什么不适应，听不懂的，可以问问身边的同学，大家应该都挺友善的吧？"

"是的。"

在一中和在七中最大区别就是纪律性很好，顶撞老师的人几乎没有。

虽然上课还是会有人窃窃私语和玩闹，但大家都把握在一个度之内，不会太过肆无忌惮，也不会影响他人。

饭毕。

许柚回房间看了会儿书，边听音乐边做一些简单的抄写作业。

写着写着，她竟然走了神，盯着干净无瑕的练习册，想起江尧放学后跟她说的那些话。

他说，有什么不会的都可以去问他。

其实，许柚对问问题一直没什么想法。从小到大她都不是一个喜欢麻烦别人的人，很多不会的问题都藏在心里，自己尝试一股脑钻研出来，哪怕解题的方式笨拙了些，但会有一种莫名的成就感。

可现在，江尧主动提出让她有不会的问题，可以去问他……

许柚细想了一下，如果她一直这么被动，一直等待被发现，别人会记得她，喜欢她吗？

很显然，不会。

虽然很多人都夸过她样子不错，长得乖巧水灵，但她很清楚自己不是那种站在人群中就惊艳四方的人。

安静低调的个性，常常会让她被人忽视。

初二那年的暑假，黎平君去外地出差，许海城工作忙，不想总是三天两头往家里跑给她做饭，就狠心扔了一笔钱，让她去参加一个夏令营。

夏令营里有二三十个人，里面有一个男生是她同班同学。许柚早就发现他了，却没想到他隔了两三天看见她时，特别惊讶地"哇"一

声:"原来你也在这儿啊!"

许柚一听这句话,不知道该回什么,气氛一尬到底。

她也开始了自我怀疑。

思及此……

她深吸了口气,圆珠笔的笔帽戳着下巴,静静地思考了一会儿。

要想变成一个外向的人,就从这件事先做起吧……

班里的数学老师特别严格,自开学以来就三番五次地强调,高一高二是打基础的时候,不要一味想着高三会系统复习现在就随便敷衍。事实就是到了高三卷子一套接着一套地做,你会发现不会的东西越来越多。

因此,才上了两周课,就要进行一次随堂小测,还要统计班级内排名,就为了抓出那些打算混日子的人。

许柚有点发怵,认认真真地在小测的前一晚将老师讲过的题型复习了一遍,可最后考出来的成绩还是不理想。

成绩单被贴在教室后面,许柚去打水的时候瞄了一眼。

满分100分的小测,江尧以满分列居榜首,紧接着便是十几个九十分以上。

许柚这一次大题做得还行,选择题错了好几道,只考了77分,竟然排到了班上的三十五名以外。

第一次感受到七中与一中如此不同的许柚,感觉到了前所未有的慌乱。

老师说,这次小测涵盖的题型不是很广,全班没有一个不及格,试卷上的题目平时也有讲过类似的,只是稍微有一两道拓展了一下。所以,不占用上课时间进行专门的评讲,顶多利用下课前几分钟给大家点明一下那两道拓展题。

许柚一整天都纠结在那张卷子上。

林冉这次考得不错,考了93分,挤进了班级前十。

下课她跟许柚说了一下自己的解题思路，还安慰许柚："别紧张啊，这只是小测，小测而已，就是让你查漏补缺的。你现在知道自己什么地方薄弱，去攻克它就行了。再说了，你语文、英语那么好，理综也不算差，怕什么？"

　　即便如此，许柚还是有些迷茫。

　　林冉跟许柚讲解完一道大题和几道选择题后，剩下一道比较难的选择就不会了。她挠了挠头，在草稿纸列了一下计算公式："我就是这么推出来的，刚好排除了A、B和D，不就选C喽。"

　　许柚看得似懂非懂。

　　林冉根本没有计算出真正的答案，而是推测出答案的区间，然后利用排除法来选择。

　　许柚又是个死脑筋，似乎从林冉的方法里得到了一点启发，尝试着推算了一遍，依旧得不到选项C的答案，可愁死她了。

　　正在这时，江尧擦完黑板，甩了甩手从讲台上走下来，顺着许柚身侧的走廊，往座位而去。

　　倏地，有风声掠过。

　　从窗口吹进来的风，掺杂着浅浅的青柠气息，拂过她鼻尖，隐隐多了几丝痒意。

　　许柚低眸，瞧见一双长腿不紧不慢地走过，心神一晃，生出一个想法。但她又害怕他拒绝，便用余光偷偷往斜后方瞄了眼，先观察一下情况。

　　江尧坐到座位上就没什么事了，懒懒地靠着椅背，拿出下节课需要的课本，随意地翻了几页，便没了动作，甚是悠闲。

　　许柚深吸一口气，转过头，小声喊他："江尧。"

　　江尧微侧头，看了过来，眼睛里有疑惑。

　　她快速地接了下一句："你有空吗？"

　　他漆黑如墨的深眸似几分探究地看着她，眼睛很漂亮。风轻轻一吹，在视线掠过她桌面上那张被卷起边角的试卷时，他瞬间明白了

过来。

江尧点头，拉开左边那位的椅子，长腿一伸就坐了过去，手指在桌面上轻敲了下："有空。"

许柚眼睁睁看着他从自己的座位坐到她的后桌，微微怔了一下，可还是第一时间明白了他的用意。她快速将试卷拿过来，指给他看："其他的我都弄懂了，就是这个第九题我一直算不出来正确答案。"

"第九题？"

"对。"

他大致扫了一眼，耐心地给她讲述："其实，这就是老师说的那两道拓展题的其中一道。"

"啊？这样吗？"许柚看他一眼，小声说，"……难怪这么难。"

"也不算特别难。"

江尧反应很快，直接从自己桌面抽了张草稿纸过来，边看题目边用笔"唰唰唰"地演算给她看。

他垂着头做题，许柚就坐在他面前，侧身看他。

两人离得很近。

许柚发现他睫毛很长，如鸦羽般在眼下呈现小小的扇形阴影，冷白的皮肤在灯光下，白得像是透明。

没多久，江尧就推算出来了。

这道题还挺复杂的，所有的计算公式占了一半的草稿纸，不排除他为了让她看懂，写得详细了些。

只不过还没开始讲解，下一节的上课铃就打响了，坐在许柚后座的同学也从后门进来，搭着江尧的肩膀，偷看了眼草稿纸："哇哦，原来这道题是这样做的啊！告辞，难怪我不会。教完没？要上课了哦，下一节是语文课。"

张悦既是语文老师，也是班主任，相对来说会比其他科任老师严格一点，大家也更怕她。

沉默了片刻。

江尧说:"你先看看吧,看懂最好,看不懂再来问我。"

"好。"

许柚虽觉得遗憾,却还是将写满他字迹的草稿纸收好,转过了身,找时间自己跟着演算一遍。

流程清晰,里面的公式认真翻书也能找得到,只不过用的是教材中不怎么起眼且老师说不需要掌握的公式来算的。

看完后,她竟然有种豁然开朗的感觉。

许柚回家后,将那张草稿纸从书包里拿出来,原本想放在抽屉里好好藏着,却突然改了主意。

她抽出一支水色很好的中性笔,边角写下今天的日期,再平平整整地夹进一本课外书内,放入书柜。

问问题这种事情,有了第一次,第二次便没那么拘谨了,甚至有时候许柚一个眼神过去,江尧就明白她要干什么。

不过,许柚并不会没事找事地去烦他,而是真的遇到不懂的,连林冉也无法解决的题时,才找个恰当的时机去向他请教。

不知不觉,两人也慢慢熟悉起来。

跟林冉一起去洗手间的路上,许柚拨了拨额头上过了眉毛的刘海,想着这周末要不要去剪一下头发,没怎么看路,一不留神被人撞了一下肩膀。

"嘶!"

撞得可真狠啊!

许柚揉了揉肩,下意识地往后看,刚想说声抱歉,竟然瞧见刚刚撞她的女生甩着头发在她身后走过。

林冉目睹一切,翻了个大白眼,说:"什么人啊这是?你知不知道,你最近跟江尧走那么近,尹佳妮天天跟她朋友说你坏话,她可是想接近江尧的。"

"尹佳妮"这个名字并不陌生。

因为许柚后来发现,开学典礼那天在饮水机旁无意听见的两个女生对话,其中一个就是尹佳妮。

"她说我什么呀?"

许柚不觉得自己和江尧走得有多近,现在也只是到了问问题的地步,连好朋友都算不上。

"反正就不是什么好话。"林冉显然没当回事儿,只是想起给许柚提个醒,"你别管她,她就那样儿,酸不溜秋的,不就是酸江尧不理她,理你吗?气死她,让她平时那么拽!"

许柚不懂女生之间的针锋相对,也不想掺和。

只是如此对比下来,竟然觉得还不错,至少在她和尹佳妮之间,江尧对她是比较特别的。

但这称之为"特别"的氛围还没持续到一周,就被一节班会课给打破了。

起因是这周四、周五要进行月测。

张悦对各种大小考都很重视,考前多次在自习课来教室突击巡查,看谁开小差。

查着查着,她发现了不对劲儿,好像从开学到现在一直忘记了一件事情,终于在班会课上提了出来:"没记错的话,你们现在的座位跟高一下学期的时候是一样的吧?"

台下一片附和,怨气弥漫。

许柚不太清楚,但看大家的反应,应该是一直都没怎么换过。

张悦笑着说:"好了好了。这样吧,这学期我们来点不一样的。以第一次月测的成绩为依据,前三十名按照成绩高低进行优先次序选位,后三十根据与上学期的期末考进步高低进行排列,考完就换。"

有人没听懂,但张悦解释几遍基本就懂了。

也就是说,前三十名谁分数高谁先选位,后三十名谁进步最大,谁就是第三十一个选位。

这选位方式,连优生差生都考虑得清清楚楚、明明白白的。

全班一阵唏嘘，却也不好说什么，反而大部分人还觉得挺刺激的，最后只得出一个结论：啧，真会玩！

这会儿，谁都想考得好一点，选个风水宝地，毕竟下一次换位又不知道是什么时候了。

月测只有两天时间。

考完刚好放了周末，周一回来，卷子陆陆续续都批改完毕，到了周三下午，年级排名也出来了。

许柚根据考试时的答卷状态来分析，觉得自己应该不会太差，就算数学会拉分，也不会拉得很严重。

但她不清楚班里的人平均水平在哪儿，所以也有些没底。

下课，一群人涌去公告栏前看成绩，林冉也拉她过去。

许柚不怎么敢看，怕落差太大，低着眸做了好一会儿的心理建设，刚要瞥一眼，就被激动地拍了拍手臂。

林冉笑着说："哇！柚子，我们连一起了……这是什么神仙缘分？连成绩排名都可以连在一起哈哈哈哈哈。"

许柚：连在一起？

那意思就是，跟林冉成绩是差不多的喽。

林冉补充道："你总分比我高了两分，在我上面。你英语也太厉害了吧？我数学拉你将近二十，居然还能被你英语拉回来，不是……我看看，你这英语成绩是不是全班第一啊？"

居然比林冉还高？

许柚实在是有点好奇，站在人堆之外，踮起脚尖，视线越过前面男生的肩膀，艰难地看过去——

只一眼，却也足够清晰。

她的名次是十一。

林冉在她之后，是十二名。

第一名，毫无疑问是江尧。

许柚怀疑，连年级第一也是他，因为他总分真的很高。

前面看完成绩的男生叹了口气，挠着头蔫儿吧唧地走开，正好给许柚空了个好位置。

她趁机凑上前，再认真地扫了一遍，盯着相隔九个名次的名字，无声笑了笑。

林冉并不清楚她笑成这样是怎么回事，将她扯出来，让位置给还没来得及看的同学。

林冉捏了捏她的肩膀："我就说嘛，你不用那么紧张。虽然你数学提升得慢，但也不是完全不行啊。全科一起考，不就上来了吗？以后你数学也会上来的，相信自己。"

"你也是啊。"许柚附和道，"其实是因为这次数学不是很难啦，让我捡到了机会，跟你们的差距缩小了。以后就没那么幸运了。"

"谁说的？"这话林冉就不爱听了，"你明明就很厉害啊！喂，你这么说，对得起给你课后辅导的小林老师吗？"

"噗，什么小林老师？"许柚被她对自己的称呼笑到。

林冉并没有联想到那方面，误以为许柚在笑她什么，顿时炸了："怎么，就开个玩笑而已，我就不能是老师了？只能江尧是老师啊？哦……我是没他厉害，但我好歹也是付出了劳动力的，你别重色轻友，忘恩负义啊。"

"说什么呢你？"许柚听出了她话中的醋味，以为她发现了什么，耳根子瞬间冒红，想堵住她的嘴，"我不是那个意思，跟江尧有什么关系啊？我的意思是……"

她的话还没说完，身后倏地传来一道声音——

"江尧。"

"嗯？"回应的人漫不经心又懒怠。

"下下周体育课，也就是国庆后，我们跟七班一起上，他们班的人找我们打比赛，打不？"

过了几秒，那人回复："看情况吧。"

029

"别啊,上一年校运会篮球赛他们输给我们,一直不服气,牛气哄哄的,还说我们运气好,正好这次可以虐虐他们。"

声源太近,许柚整个人僵住。

她抿唇,试探地往后看一眼,果然看见江尧站在门口,被梁子豪搭着肩膀闲聊。他眉目松动,看向她的眼神有些……微妙。

许柚不可置信地眨了眨眼睛。

多少有些尴尬,也不知道他在这儿站了多久,有没有听见她和林冉的对话。

但愿什么都没听见。

可看这表情,估计是没可能了,好尴尬啊啊啊!

林冉没忍住咳了声。

许柚在心里抓狂,可还是淡定地让开位置,让江尧进来。他瞥了她一眼,没说什么,笑着回那男生:"行啊。"

"就这么说定了。好家伙!一群不知天高地厚的人,让他看看我们班的实力,暴扣死他。"梁子豪惯性地举手摆了个投篮的姿势,看着一动不动的林冉,又看看许柚,不明白发生了什么,欠欠地说,"怎么,你俩动都不带动一下的,站这儿当人形雕塑呢?看成绩看傻了?"

"你才傻了。"林冉回过神来,嘴上不理亏地怼过去,"再怎么样也比你好。"

"我还没看,怎么知道你一定比我好?还是你关心我,把我的也看了?"梁子豪不信邪地凑过去看了眼,"我英语怎么才这么点儿分?才二十四名,无语,这我怎么选座位啊?还想下次换位背靠江大神呢,让我看看江大神多少分。我去,江尧你是人吗?又考第一!"

江尧也没看,走过去瞄了眼。

许柚偷偷观察江尧的表情,毫无疑问,他下意识去看的一定是第一排,那似乎成了他的专属位置。随后,他横着扫单科成绩,不知道看到哪科不满意了,眉头轻蹙。

原来他也有对成绩不满意的时候。

暖黄的光线从门口倾泻而入，在他的侧脸晕染出浅浅的光泽，轮廓清晰又明了。

许柚意外地发现他视线往下稍稍移了点儿，大概到中间的位置，不知道在看谁的，而后又收回目光，往座位而去。

刚刚他那表情好像有点奇怪。

所以，他到底在看谁的成绩？

这个问题困扰了许柚很久。

许柚盯着他背影，越想越郁闷，可还是摁下心绪，快速回到座位上，等待上课。

成绩出来没多久，就开始选座位了。

张悦吩咐班长用两张纸，纸上打印班级的座位分布图，每个位置用一个小方框表示。

一张纸依次给选位的人在心仪的位置上打钩，表示"我要了这个位置"，另一张由班长将名字抄上去。

写上名字的那一张在选位完毕前不会公开让大家看见，他们只能通过打钩的那一张，知道哪个位置已经被人选择，再从剩下的位置里斟酌。

所以，当那张纸由班长递到许柚这儿来时，她并不能完全确定，已经被选的十个座位里到底哪一个是江尧的。

许柚单手托着脸，笔在手中轻转，细细地思考与研究了一下那十个由不同人打上的"√"。

最后，她选了个中间靠后的位置。

班长看了一眼，有些惊讶，似是很诧异她会选择那里。

许柚不明白班长这表情是什么意思，难道她不小心选中了班长看上的位置？

但没办法，规则摆在那儿。

许柚一选完，林冉就转过头，隔得老远故作小声地喊她："许柚，许柚……你坐哪儿？"

这会儿正是自习课，许柚不敢大声说话，悄悄地用手指示意了两个数字——

四和六。

林冉拇指和食指并拢，摆了个"OK"的手势。

过了一会儿，许柚才意识到一个问题，她只是说了四和六，林冉怎么知道她是第四列第六排，还是第四排第六列？

幸好，某人并不蠢，没有剑走偏锋，而是惯性地去理解许柚的意思。

第二天座位表公开时，林冉果然在她前面。两人成功成了一回前后桌姐妹，以后下课聊天，一起上洗手间什么的更方便了。

然而，更让许柚惊讶的是，她的右边竟然是江尧！

她没看错！真的是江尧！

这是……这是同桌了吧？

是吧？

虽然隔了一条窄窄的过道，四舍五入一下也是同桌了！

什么运气！

居然真的让她猜对了！

许柚缓慢平复着情绪，敛了下一直上扬的嘴角，回想起昨天选座位的时候——

她磨磨蹭蹭地转着笔，在十个"√"里反复徘徊，到底哪个是江尧的。

其实也不算难猜。

江尧曾经教过她几次数学题，每次都会在草稿纸上演算给她看。他的字迹，她翻来覆去看了很多遍，几乎已经刻在了脑子里。

通过排除法，基本可以排除七八个"√"，只剩下两个一直在纠结……

最后，许柚盲选了其中一个。

居然真的被她猜对了。

许柚舔了舔唇，安安静静地藏着自己的心思，在心里欢呼属于自己的喜悦。

林冉走过来问："你怎么喜欢坐那么后面啊？还以为你会喜欢前一点的位置呢。"

"嗯？"许柚睫毛微颤，想了想，"不算后面啊，感觉刚刚好……我不习惯坐太前面，太前面的话，上课的时候总感觉老师要跟我对视一样。你知道的，我最怕数学老师了。"

"坐后面老师就不看你了？"林冉觉得她的话真是歪理，"你这是心理作用。"

"可能吧。"许柚没反驳，"对了，刚刚老师说什么时候搬桌子换座位来着？"

"下午自习课前的课间。"

"哦。"

时间一晃而过，从早上到下午仿佛就是一眨眼的事儿。

下午第三节课的下课铃打响，三班响彻了各种桌椅拖动的"刺啦"声。

从第一列到第四列，绕了将近半个教室，许柚总算在自习课上课前搬过来了。

江尧比她搬得快一些，已经在整理抽屉，从里面拿了个笔记本，再抽出一支笔，就起身离开了教室。

看样子，又是上竞赛班去了。

可惜，她是个数学渣渣，不然也能体验一下数学尖子生的生活。

许柚有些没劲儿地在椅子上坐下，往周围扫了眼，发现都是些熟面孔。江尧前面是梁子豪，她前面是林冉。

这两个死对头居然坐在了一块儿。

许柚完全可以预料到以后的耳朵应该都会没个消停。

果然，还没安静几分钟，梁子豪就转过头来，看了她和林冉一眼，感叹道:"缘分啊!都是缘分!你俩这一前一后,商量好的吧?"

"缘你个屁,给我闭嘴。"林冉一边做作业一边怼他,"你这么后的名次,是怎么选到这里来的?"

"我哪后了?"梁子豪不服,"我好歹也是二十四名好吧?在班里也算是个中上游的尖子生,OK?"

"哦。"林冉斜他,"二十四名的尖子生,名次,我的两倍。"

"就个小月测,你还骄傲上了?"

"就傲了不给啊!"

许柚无奈地叹了口气。

她抽出月测的数学试卷,打算将错题再做一遍,刚拿起笔和草稿纸,还没动手,身侧的空位子突然有人坐下。

江尧从竞赛班回来了。

梁子豪转身看他一眼,有些惊讶:"怎么这么快?今天不用上课?"

江尧:"老师请假了。"

"哦。"梁子豪悠闲地抛了抛笔,又接住,"对你来说,是好事啊。假期又少做一份竞赛作业,开不开心?"

"还行。"不咸不淡的态度。

江尧瞥了梁子豪一眼,又扫了眼周围,沉默几秒,好奇地问:"你怎么坐这儿?这你的座位?"

"噗!"

几乎同一个意思的问话,让林冉发笑,她一个眼神瞟过去:看吧,不止我一个人质疑你。

许柚也有些忍俊不禁,江尧这一本正经说出来比林冉那开玩笑的语气更伤人。

但看起来,他俩关系似乎不错。

梁子豪拿笔扔江尧,说道:"我怎么就不能坐这儿了?你这是什么语气?"

正常来说,教室里的第三、四、五列都是位于教室中间的座位,

成绩好的学生一般都喜欢在这附近扎堆，更别说第五列第五排了。

梁子豪二十四名能选到这确实是挺出乎意料的。

许柚没忍住用余光扫了眼江尧。

江尧扯了扯唇角，低低道："单纯疑问。"

梁子豪："单纯疑问？伤人的疑问，我看你就是故意的。"

…………

随后，张悦过来巡堂检查自习。

大家结束闲聊，开始认真地做作业。

两人离得近，身边人的翻书声都能听见。她随意瞥一眼，甚至都能知道江尧现在在做哪张卷子或者哪本练习册。

这种感觉很奇妙，是许柚从来没有过的。

一瞬间，觉得在学校度过的时间又飞快了许多，好像也没做什么，下课铃就打响了。

这次放假时间比较长，七天的国庆假期，各科作业布置下来，加起来就有好几套卷子。

许柚估摸着起码得在家连做三天才能做完。她撇了撇嘴，认真检查作业是不是都带齐了，才拿起书包准备离开。

她刚起身，林冉就说："啊！我好像少了一张，怎么回事啊？物理老师说做两张卷子，我只有一张啊。"

许柚正要开口，坐在一旁等江尧的梁子豪抢先道："周三的时候，老师就发下来了，你看看是不是夹在什么书里？"

林冉半信半疑地斜他一眼。

梁子豪"喊"了下："连我这二十四名都知道好吧？你一个好学生连作业什么时候发都能忘。喂，水分挺多啊……"

两人又呛上了。

林冉自知理亏，没理他，弯腰找卷子。

梁子豪觉得没劲儿，话题转向了江尧："国庆一起出去玩不？"

江尧摇了摇头。

许柚侧头看了江尧一眼。

梁子豪："你家又要出去啊？"

"嗯。"

"国庆还旅游，是看人还是看景啊？这次去哪儿？"

"不清楚。"江尧收拾好东西，站起身，"走了。"

"连去哪儿都不清楚，真有你的！"梁子豪跟出去，勾他肩膀，"哎，今晚放假人多，让你家司机捎我一程，反正我们住那么近。"

江尧伸了伸手。

梁子豪："干吗？给钱？你缺钱吗？连我这穷学生的钱都要赚，要给也是给司机，你想得美。"

江尧不知道说了句什么。

两人就消失在门口。

简简单单的几句话，许柚捕捉到一些关键的信息——

国庆，江尧一家会出去旅游，但不知道去哪个城市。

他每天上下学都有司机接送。

家里应该还挺富裕的。

林冉终于找到了卷子，松了口气，跟许柚说："走了。"

许柚挎上书包，边走边侧头问林冉："国庆你有什么计划吗？"

"能有什么计划？在家看电视，躺几天，然后做几天作业就没了。你要出来跟我玩吗？"

许柚笑了笑："也行啊，看哪天出来吧。"

"到时候再约。"

"嗯。"

许柚回到家，吃完饭，发现黎平君洗完澡后又换上了工作时常穿的制服。

她不免有些许困惑，没忍住问："妈，你今晚还要去上班啊？国

庆怎么不放假？"

以前没离婚的时候，黎平君在那边的工作单位是会放国庆假的，虽然不是每年都有七天，但至少也有三天。

所以，也不怪许柚会发出这样的疑问。

黎平君看她一脸天真的样子，跟她掰扯了一下现实："现在跟以前哪能一样啊？以前是两个人养三个人，现在是一个人养两个人。你爸不靠谱，妈妈不能只满足于干行政，拿一些死工资，以后你高考上大学，要花销的地方还有很多，所以转了销售，多赚点钱攒着。"

许柚嘴巴张了张，又合上，眼见黎平君忙前忙后，收拾好一切后拎起钥匙准备离开。

在黎平君打开门，将要跨出去的那一刻，许柚从沙发上站起来，走过去说："那你注意安全，晚上天太黑别走小路回来。"然后，目送黎平君离开了家。

接下来几天假期，许柚都没怎么玩过，写完作业后，专门去买了本数学练习册自己悄悄恶补了一下。

连续做了一天的题，很多公式都已经形成记忆刻在了脑里。

高中数学其实也不是很难，很多题型解题思路万变不离其宗，多做几遍，脑子再不灵光的人也能摸出技巧。

许柚感觉自己已经找到了一点门路。

她伸着懒腰休息了一会儿，想起放学时跟林冉说过要出去玩的话，打开电脑看看 QQ 有没有人找。

林冉发了好几条消息过来：做完作业了吗？我们什么时候出去玩啊？对了，你是不是还没有进我们班的 QQ 群？生物科代表说漏布置了一道作业，在群里说明了，我邀请你进去。

许柚：什么作业啊？

许柚随便按了几下，便进了群里，根本不需要她去找，群公告第一时间弹了出来：注意！注意！我忘记布置了！下面这道题生物老师要求自己查资料查书做出来,国庆回来他上课会检查!你们谁看到了就做了吧!

这群还挺大的,全班六十三个人,群上就有五十一个。

许柚瞄了眼题目,先保存下来,不着急做,然后去右下角"群成员"那个区域内扫一圈,似有目的地寻找某个人。

没一会儿,就让她找到了。

他果然在群里。

不知道为什么,这会儿网络上特别流行一种乱七八糟且看不太懂的文字。

因为新奇,又略有设计感,在年轻一代的人里风靡了好一阵子。大家在各大论坛平台上的网名几乎都是带着点儿伤感的火星文。但江尧不太一样。他的 Q 名像是随手打上去的,只有一个句号。

就一个句号。

许柚有些没劲儿地掠过,顺手点开他的头像,放大看了一眼。

是一个她觉得很眼熟,但一时半会儿想不起来叫什么的动漫人物,看上去还挺帅的,就是照片有点糊,估计是好几年没换过了。

许柚撇了撇嘴,没想太多,直接点进 QQ 空间,像小偷一样未经许可闯进别人的私人领地翻了翻。

遗憾的是,没什么可翻的。

相册里没东西。

日志一篇没有。

说说倒是有几条。

许柚跟发现宝藏一样,逐条往下看,每一条都认真地扫了眼。

最近一条动态是开学前——膝盖刚恢复好,没忍住去打了球,又拉伤了,该怎么在家掩饰过去?

这句话,疑问中带了点儿皮。

许柚托着腮,忍俊不禁,从简简单单的问句中捕捉到一些关键

字眼。

时间是开学前一周，说说里提到了打球。

据她所知，江尧对足球是没什么兴趣的，这个打球十有八九就是篮球了。

如果是打篮球的话……

不会是她第一次看见他的那天吧？

这么巧？

这条说说下面有几条评论。

第一条评论的语气特别像梁子豪，但许柚从这花里胡哨的 Q 名里，并不能判断出这到底是不是他。

△好样的！打球不叫爸爸，活该拉伤，不用掩饰了，明天去你家揭穿你，哈哈哈接受医院的再次洗礼吧！

江尧没有回复其他评论，只回复了这条：进得了门再说。

然后，就没有然后了。

这空间太干净了。

干净到许柚两分钟就看完所有，有些意犹未尽地盯着仅有的几条说说反复看。

过了半晌，她忽然意识到在别人的 QQ 空间里，无论去哪儿都会留下痕迹，这个网页强大到能看见拜访记录。

许柚忽地紧张了起来。

若一个人将另一个人的空间全部翻了个遍，不是她太无聊，那就是对这个人产生了探知欲。

这似乎成了一个潜在的共识。

意识到这一点，许柚有些慌乱地检查了一遍，删掉所有可能会被发现的记录，快速退出。

林冉给她回了消息：你终于上 QQ 了？做完作业了吧？

许柚：做完了。

林冉：OK，那晚上出去吃宵夜不？我最近知道一家很旺的烧烤店，要不要试试？

许柚沉思了片刻，今天周六，没记错的话，黎平君是要上夜班的，起码得晚上十二点才回来。

她回复：可以。

两人商量了一下见面的时间和地点，再聊几句，就不聊了。

许柚刚打算退出关电脑，QQ突然响了一下。她以为林冉还有什么要说的，点开列表扫了眼。

结果，竟然看到江尧的头像出现在她的列表顶端。

是那个熟悉的头像！

那个不知道叫什么的动漫人物！

许柚当下就蒙了，脑袋像是充了血，久久回不过神来。

她清楚地知道，如果是对方加她，绝对不会出现这样的场景，应该由她点击同意才会进她的列表里，而且他根本没理由也没可能会加她啊！

如此一来，事实就只有一个可能——

是她加的。

许柚盯着对话框里那一句尴尬又熟悉的"我们已经是好友啦，一起来聊天吧"，感觉头脑发胀。

她实在想不明白，自己是什么时候动的手。

难道是刚刚退出空间太急，顺便又掉他的资料卡时手滑点错了？

真的太尴尬了！

许柚懊恼地拍了一下自己的脑袋，头一回如此厌恶自己的粗心大意。

但过了一会儿，她又被迫消化了这个消息。

加上了就加上了吧，他们是同桌，加一下QQ好友有问题吗？似乎是没问题的。

可不知道为什么，许柚总觉得有点心虚，总喜欢将她和他之间的事情无限放大，在心里脑补个遍，忍不住去设想他看见她加他好友之

后，会不会多想。

她总是小心翼翼，不停地纠结，盯着空荡荡的对话框，一直在思考要不要发点什么过去掩饰一下，不然，无端端加了人，又一声不吭，好像有点……奇怪。

可是，该发什么呢？

问他题目吗？

许柚猛摇头，否决了这个想法。

人家偶尔教她做题，那是人家好心，他并没有义务一定要教她，得寸进尺的事儿是会败好感的。

再说了，他现在登上了QQ，说不定也正在玩。

谁玩电脑或手机的时候，被人缠着问问题，都会有一丝不耐吧？

想来想去，都想不出解决办法。

许柚叹了口气，瞄了眼时间，发现现在已经是下午五点二十分了。

距离他们加上好友，已经过去了半个小时。

她竟然硬生生纠结了半个小时！

这简直是毫无意识的，连她也没有察觉到的时间流逝。

耗费了这么长的时间在一个简单问题上，许柚感觉自己像是走火入魔，一碰到与他有关的事情就变得无法理智，不知道该怎么思考和解决。

算了。

反正过去这么长时间了，也没必要再发了，现在发的话更显得此地无银三百两。

许柚干脆关了电脑，从椅子上站起来，一脸自我安慰地躺在床上，闭眼休息了会儿。

大概躺了半个小时。

许柚睡意模糊地起身，去厨房将今晚要炒的菜择好，清洗干净，然后将米淘了，放进电饭锅里。

041

这个电饭锅是去年许海城在超市捡漏特便宜买回来的。这才用了半年多,就有点不灵光了。

许柚按了好几回,才终于按亮"煮饭"的按钮。

刚好,一煮完,黎平君就从单位回来,开始炒菜,没几分钟就能吃饭了。

晚饭时间,黎平君吃着饭,又开始关心起许柚来,惯例地发问:"后天就开学了,作业做完了吗?"

许柚想了想,诚实道:"还差一道课代表在Q群上布置的题,就做完了。"

"Q群?"大人的关注点永远奇妙,"玩电脑了啊?"

许柚问号脸。

都说到这份上了,总不能撒谎说没有,她只好点了下头:"下午玩了一小会儿。"

黎平君的语气明显比平时低了些:"别总是玩。很好玩吗?玩那些没用,有这时间还不如多做几道题,多看几本书。妈妈在外头努力工作赚钱,你就不能省点心、乖一点?就当是给我的回报?"

许柚顿感无力。

她真没玩多久,放假七天就玩了一个小时不到。

但解释有用吗?

她曾经也解释过,却被反驳说"玩没玩你自己心里清楚,玩多久你也有数,你不用跟我解释,学习是你自己的事儿,不是为了我"。

许柚没接话。

室内的气氛顿时变得很僵硬。

黎平君赶时间要去上夜班,也没再说她了,赶紧吃完,出门上班。

黎平君一走,许柚整个人松懈下来,将碗筷洗了,出门跟林冉逛夜市。

国庆一开学。

许柚就悲催地来了月事。

月事第一天很不好受,腹部连着腰一起酸酸痛痛的,跟被针扎一样。

她极少会出现特别痛的情况,除非是那阵子不怎么注意身体,受寒或者吃的东西过于辛辣和冰凉了,肯定是因为那天晚上跟林冉去吃烧烤还喝了很多冰冻汽水的缘故。

周一的体育课,许柚注定是上不了了。

林冉帮她请了假,让她自个儿安安静静地待在教室里休息,临走前还阴恻恻地说,等下七班和本班的男生有篮球比赛,如果赢了梁子豪要请她喝东西。

许柚稍稍瞪了林冉一眼,羡慕死了。

不仅能看比赛,赢了还有东西喝。她也想看江尧打篮球啊,可惜这状况想硬撑着去上个体育课都撑不了。

上课五分钟后。

许柚不死心地拎着水杯去饮水机旁接热水,顺便靠在一旁的护栏往篮球场看了眼,只看到被风吹得"沙沙"作响的树叶,密密麻麻一片,将篮球场遮挡得一点缝隙都没有。

二楼实在是太低了。

从这往下看,根本看不到篮球场,除非上高一点的楼层。

许柚郁闷了一会儿,只好放弃,回到教室,将水瓶置于小腹处滚了滚。

暖暖的温度,让她好受了些。

反正也无聊,她随意拿了本书来看。

是一本国外名著小说,本以为是什么严肃文学,没想到看了几页后,还挺逗的。

许柚时不时笑出声来,模样专注又认真。

也不知道看了多久,身后隐隐约约响起了脚步声。她下意识循着声音往那边扫了眼,恰好与回到自己座位上的江尧对上了视线。

许柚愣了一下，一时没反应过来，有些呆呆笨笨地看着他，也不说话。

江尧弯腰，长臂伸进抽屉，拿出几个上次小卖铺老板娘找给他的硬币，放在手心颠了颠。

临走前，他看了她一眼，似乎是出于礼貌地问了一句："你……没事吧？"

他看上去并不清楚许柚为什么不下去上体育课，简简单单的一句话，只是同学间的普通问候，却也莫名夹了几丝温柔，仿佛是从骨子里透出来的。

许柚的心重重一跳。

虽然她知道他没其他意思，可还是被这句话短暂地戳中了一下。随后又害怕自己的心思被发现，她不安地挪了挪眼，笑着说："没事啊。"

空气静了一瞬。

江尧也看见了她藏在小腹处的水瓶。

现在夏天还没结束，大家都只是穿着薄薄的校服短袖。她将水瓶隔着上衣的布料放在外面，其实很容易被看见，只是被他忽视了而已。

江尧顷刻明白过来。

他挠了挠后颈，有些尴尬地说："没事就好。"然后，便离开了教室，快步走下去。

这一段小插曲让许柚再也没了看书的心思，将书合上，搁在一边，静悄悄地趴在桌面，回想刚刚江尧害羞的样子。

她不自觉地勾唇，怎么敛也敛不下来。

没多久，下课铃打响。

林冉第一个从楼下跑上来，回到座位，手上还拿着一瓶汽水，快速拧开，气喘吁吁地灌了口。

这架势，说她是饿死鬼投胎都不为过。

许柚笑她："又没有人跟你抢，喝那么急干吗？难不成是你从小

卖铺偷回来的？"

林冉看了许柚一眼，惊讶道："你怎么知道……我就是偷回来的。"

许柚不敢相信地"啊"了声："什么？你开玩笑吧？"

还偷东西，真当自己是什么汪洋大盗啊！

林冉不知道为什么看上去那么开心，是那种带着神经质的开心，笑嘻嘻地说："确实是偷的，不对，也可以说是抢的，只不过是从我隔壁这位手上抢的。"

"抢？"许柚有些没劲儿地"哦"了声，"不是说赢了请你喝饮料的吗？他们输了？"

"没有。只是这是最后一瓶可乐，梁子豪要请我喝什么营养快线，难喝死了，我才不要。"林冉觉得这可乐挺好喝的，喝进嘴里有一丝甜味，忍不住跟许柚分享，"你要不要？"

许柚摇头："不要，我什么情况，你又不是不知道。"

"怕什么呀？"林冉说，"就喝一口。我来这个的时候，照样喝，先在嘴里含着，等含温了再咽下去，馋得不行的时候就这样做，吃雪糕都可以。"

许柚嫌弃地看她："你恶不恶心？"

"不恶心啊。"林冉想到什么，顺口提了嘴，"对了，你刚刚没下去上课，体育老师跟我们提了下校运会的事情，要准备报名啦，你打算报什——"

她话还没说完，梁子豪就从小卖铺杀上来了。

他刚踏进教室，废话不多说，直接扯着嗓子大吼："林冉，你有没有良心？你个小偷，老子打了一节课篮球，渴到差点就地升天，最后一瓶汽水还被你抢走，你是人吗？是人吗？是人吗？"

林冉"啧"了声，盯着他嫌弃道："你一个男生喝那么多可乐干吗？你没看过新闻吗？喝太多对你不好……"后面几个字，她不说下去，瞪大眼睛，笑着看他。

"去你的，闭上你的乌鸦嘴！"

"我这是关心你,别好心没好报。"

江尧跟在梁子豪的后脚回来,无聊地站在座位旁围观了一下"战局",或许他对前面那两人的对话并不感兴趣,只是在自行放空。

许柚偷偷地往他的方向看了眼。

也恰好在这时,江尧将一瓶瓶装的奶茶放在她的桌面上,低声说:"给。"

许柚看看奶茶,又看看他,有些惊讶地问:"给我?"

"对。"江尧解释说,"刚打球赢了别的班,赢回来的,喝不完。"

赢回来的,还喝不完。

许柚第一反应是,他赢了啊,真可惜,她一眼都没看到,感觉自己错过了很多。

见她没动静,江尧挑眉,轻笑着问她:"不要?还是说……"他顿了一秒,"不能喝?"

许柚回过神来,果断地点头:"要。"

说实话,虽然她不怎么主动,但也实在做不出矜持和拒绝这一套来,没必要扭扭捏捏的,像朋友一样大大方方地相处不更好吗!

她双眼弯弯地笑,伸手拿过来,刚想说声谢谢,林冉转过头来说:"柚子,你的脸怎么这么红啊?"

许柚捂住脸。

第二章　/ 失落的信纸

　　许柚收下江尧的奶茶，林冉抢了梁子豪的可乐。

　　相比之下，她幸福得就像一只被投喂了的小猫咪，如果身后有尾巴，此刻都要翘上天去了。

　　梁子豪到底不算小气，没有再因为那瓶仅剩的可乐跟林冉争辩，扯出纸巾擦了擦汗，捧着营养快线喝了起来。

　　期间，梁子豪朝江尧看了眼，注意到江尧手上多了一块新手表，表现出微微的惊讶。他总觉得很眼熟，但一时半会儿想不起来在哪儿见过类似的。

　　须臾，梁子豪幡然惊醒，"啊"了声："江尧，你这表……"

　　他这一惊一乍的语气，引得林冉和许柚都转过了头，不明所以地看着他。

　　梁子豪不敢置信地说："不会是前阵子新出的香港回归十周年纪念手表吧？你爸妈给你买的？生日礼物？"

　　其实许柚早就发现了，但现在仔细一看，果然像是那么一回事儿，黑色的表带，银色的表盘，表盘中央有些小设计，但整体看上去低调简约，挺精致的。

　　原来是纪念表啊，难怪中间有个"十"呢。

江尧神色寡淡，默默地垂了下手。

梁子豪却根本不懂看眼色，还在那儿一个劲儿地说："真有钱，之前在电视上看见过，要不是我吃饭时看了会儿新闻，还以为你这表又是哪个新出的牌子。生日礼物——啊！"

江尧似乎特别不喜欢他的高调，长腿伸过前面椅子那条杠，踢了他一脚。

梁子豪拖长了尾音，连个"吗"字都没发出来，瞪江尧："干什么？"

林冉来了兴趣，加入对话，又问了一遍："江尧生日过了吗？什么时候啊？"

江尧点了点头，还没说话。

梁子豪就帮他答了："10月2号，祖国爸爸生日的后一天。所以啊，他们家每年国庆节都会去旅游，就当给他过生日了。他每次都不情不愿的……"他早就看透他了，"估计这表……也是你妈逼你戴的吧？"

其实江尧是一个特别随和的人。

梁子豪知道他家很有钱，他妈妈是大学教授，他爸爸是企业老总，他还有个长得特别漂亮堪称女神级的姐姐在高三级部。

这些，班上都没什么人知道，因为他从来不说，也从不炫耀。

许柚听完了全程，感觉他们都在谈论一些她平时很难触及的东西。

例如：旅游。

许柚对旅游没什么概念，因为许海城和黎平君从来不会专门花钱带她去省外的地方玩。唯一的一次还是她六岁的时候，蹭许海城单位的团建，去了一趟省外，玩了两三天。如今一晃过了十年，已经没什么记忆在脑海里残留了。

许柚感觉自己越来越熟悉与了解江尧，从刚开始只知道他在什么班叫什么名字，到现在知道他的生日，也大概能猜到他的家境。

可了解越深，就越是有一股力量在扯着她往后，往后退缩。

许柚眼睑低垂，迅速挥去那些乱七八糟的情绪，托着腮，试图插了

句嘴："10月2号，那不就是上周吗？也没过几天啊……之前不知道，现在知道了，江尧，祝你生日快乐。"

"对哦。"林冉这才想起来要说一句生日快乐，连忙补上，"我也祝你生日快乐，新的一岁，也考第一，守住你第一的宝座。"

许柚笑了下。

江尧先是一愣，而后缓慢地应了声："谢谢。"

许柚嘴角微勾，觉得挺突然的，没想到江尧的生日就这么过去了。她根本不知道，也没有任何的准备和表示。

如果现在给他什么礼物，好像又有点奇怪。

但她想着，这一次知道了也不亏啊，至少她现在知道了，明年可以提前准备一下，提前祝他生日快乐。

前提是她能不忘记，而且他们的关系也会像现在这样好。

因为月事不能喝冰冷的东西，所以那瓶奶茶，许柚并没有喝，而是塞进书包，带回了家。

因此，还不小心被黎平君瞧见，数落了她一顿："一天到晚尽买些没营养的饮料回来，牛奶不比奶茶好喝？"

许柚盯着桌上的奶茶，略烦地驳了一句："那是朋友送的，不是我买的。"

黎平君似乎不怎么相信："谁送的？林冉？"

许柚沉默了几秒，避免黎平君刨根问底，干脆应了一声："对。"

黎平君就没再说话了。

第二天上学，许柚吃完早餐，拿起书包往外走。

瞧见那瓶搁在书桌上的奶茶，她想了下，还是决定拿起来，拉开最底下差点积了灰的抽屉藏好，免得黎平君看见顺手扔了，或者喝了她的东西。

虽然这种事情大概率不会发生，但许柚认为还是要以防万一，毕竟奶茶这东西哪儿都可以买，江尧给的只有一瓶。

一中每一年的校运会都在十一月初举行。

国庆假期一结束，十月份就过去小半了，全校所有班级除了高三基本都在准备校运会的事儿。

有开幕式的队列方阵表演。

有比赛。

有文艺会演。

算是校园生活里最丰富且最轻松的两天。

由于去年校运会比赛项目女生部分怎么报都报不满，很多位置出现了弃权和空缺现象，惹得张悦不高兴了，专门在一节班会课对女生进行了批评教育。还说，输了赢了都没关系，名次多少不重要，最丢脸的是连参加都没参加，就说自己不行，干脆弃权。

因此，今年校运会，她强制性要求班里每个女生至少报一个项目。

班会课下课。

许柚着急地跑了趟洗手间，回来后看见成堆的女生从体育委员那儿散开。大家基本都报完自己心仪的项目，只剩下几个不怎么讨喜的还有名额。

许柚拿起项目表看了眼。

跑步类的项目只剩下长跑。

连一些跳远、跳高都没了，余下的全是女生做起来不怎么好看且吃力不讨好的项目。

反正已经这样了，许柚也不着急报名，问了下林冉："你报了什么？"

林冉说："800米啊，随便跑跑。本来想报个100米或200米的，但是一看我们班瘦瘦小小的女生还挺多的，总得让让人家不是？不然显得很不道德，就报了个小长跑。"

也是。

许柚和林冉身高都不算矮，尤其是许柚，虽然看上去挺瘦的，但

绝不是那种羸羸弱弱的瘦。

"所以，我要报什么啊？"许柚好纠结，在几个项目之间徘徊，一直选不下来，因为都不是她擅长的运动，有的她连做都没做过，"刚好800米还有一个名额，要不跟你一起报个800米算了？"

"可以啊。"林冉笑了笑，"然后我们一起跑，一起加油，一起垫底哈哈哈哈哈哈哈哈！"

林冉笑得正开心。

梁子豪从饮水机那边回来，视线掠过她那张笑得丑不拉几的脸，贱兮兮地说："笑那么开心，中彩票了？成暴发户了？喂，送条金链子给我呗？"

林冉立马抚平嘴角，瞅他一眼，刻意压低了语调，一个字一个字地往外蹦："你最好在我发怒之前，闭上你的狗嘴。"

梁子豪马上闭了嘴。

许柚有些没劲地扯了扯林冉的衣袖，说："哎，别闹了，快帮我想一想。"

梁子豪插一嘴问："想什么啊？"随即瞄到许柚桌面上那张校运会的报名表，"校运会吗？柚子，你还没报名啊？"

"没有。"许柚无奈地说。

林冉从书包里拿出水瓶，喝了口，问梁子豪："你报了吗？"

"还没，刚打算去报。"他轻笑了下，"打算跟我们江大神一起报个实心球，看谁扔得远，谁输了谁请喝饮料。"

"喂，"林冉翻了个白眼，"这是班级之间的比赛好吗，不是个人的！"

"那又怎样？又不碍事，总比你们女生佛系参赛好吧？"

许柚心里打着鼓，默默地瞅了梁子豪一眼，似乎是想说什么，很快又咽回肚子里去。她换了个说法，却依旧有些结巴地问："实心球……难吗？"

"不难啊。"梁子豪见她来了兴趣，给她科普了一下，"实心球

051

比铅球轻多了,也容易很多,里面都是沙子,掌握好技巧,还挺简单的。"

"……哦哦。"

梁子豪又问:"要不要报名?反正我也不会,随便玩着扔过几回,可以让江尧教。他上一年就是报这个的,校运会前几天找体育老师开了个小灶,简单学了一下,就破纪录了。"

还破纪录了?

许柚有些惊讶,莫名被"可以让江尧教"这几个字吸引了注意,报名的想法越发强烈。

林冉哼了声:"所以,你才不服,要跟他比赛?"

"不行啊?"梁子豪傲气道。

许柚想了会儿,还是说:"我再考虑考虑。"

大概到了下午,许柚突然跟林冉说:"我想好了。"

林冉嗯了声:"你要报什么?"

"实心球。"

林冉乜她一眼:"我就知道你要报这个,被梁子豪那只狗说得我都心动了。气死了,早知道就不报800米了,跟你一起扔球。"

许柚眉心展开,没忍住笑了笑。没人知道她开心的点是什么,只有她自己清楚。

许柚找体育委员填报名表,本来是只打算报一个项目的,却被体委百般恳求地说:"还剩下一个800米的名额,死活没人报,班上除了几个积极的女生,没人愿意报两个项目。我报了3000米,这个800米肯定是跑不了了,要不你一起报了?反正两个项目,一个上午一个上午,也不冲突。"

许柚心特别容易软,且意志很不坚定,在一些小事情上,被人劝几句,就会动摇。

许柚果然动摇了——反正林冉也报了800米,可以陪她跑一下,就两圈而已,应该不会太累,就当是锻炼身体吧。

所以,许柚干脆报了两个。

校运会的项目名单确定后,接下来的体育课,老师会开放体育器材室,让大家拿取器材,进行相应的练习。

梁子豪跟江尧说:"我上周忽悠柚子报了实心球。下下周就比赛了,你快教教她,我们班只有你和体委会啊。"

许柚瞧见大家做完热身运动后,都散开去玩了。

她挺不好意思的,轻声说:"这么快就学了吗?其实……下周也是可以的,或者找老师教也行。"

因为她看大家似乎都不怎么上心校运会的事儿,女生跟往常一样成堆地挤去阴凉处坐着闲聊,男生甚有活力地跑去篮球场打球。

他们估计是想着下周才练,或者是校运会当天才随便地热身,直接上场。

其实,还有一个重要的原因,她听见刚刚有人喊江尧去打球,总不好让他不打球专门留下来教她吧?

时间静止了两三秒。

江尧想了想,看似在斟酌,又像是根本没听见她刚刚说的话。

他转身,淡淡道:"走吧。场地就那么两个,下周估计很多人要练,这节课先学了。"

他们班的体育课不仅跟七班撞了,还有一个高三级、两个高一级的班,一共五个班。

如果五个班的人都挤在一节课练这个,场地确实是不够的。

也行。

许柚点头,抿唇笑了下。

梁子豪成功将许柚托付出去,忽悠她的那股愧疚感减轻了不少,贱兮兮道:"行,刚好,你先教着她吧。我去打会儿球再过来。"他伸了伸懒腰,笑得那叫一个不怀好意,"哈哈,终于可以打一下某人的位置了,看我今天怎么带飞全场!"

他边说边走。

等回过神,梁子豪已经去了篮球场。

许柚看过几场正式的篮球比赛,知道篮球队里的每个人都是有明确分工和位置的。

但她不是很懂,便没说话。

莫名被摆了一道,江尧蹙眉,漆黑的双眸凝着那道欠揍的背影,竟然也没恼,只是无奈地抿了抿唇,"啧"了声,转回眸说:"走,带你去拿球。"

林冉不知道去了哪儿。

梁子豪也突然走掉。

现在,只剩下他们两个人,单独相处。

体育器材室就在附近不远处。

许柚没有去过,跟着江尧慢慢地走。

他礼貌地敲了敲门,听见里面没声,便推门而入。

忽地,发现内里有人后,他顿了一瞬,有点被吓到,笑着说:"老师,原来您在啊。"

体育老师正半蹲在地上检查器材,抬头朝他看了眼:"怎么,这学期报了什么项目?要拿什么?"

"拿两个实心球。"

"还是实心球啊?"对方调笑了下。

"随便扔着玩玩。"

老师斜他一眼,两人看上去很熟:"我没记错的话,你上一年也是这么说的吧?"

许柚没有进去,站在门口静静地等江尧,却将里面的对话尽收耳里,包括刚才江尧进门时的反应——

真的很奇怪!

明明江尧敲门之后,她清楚地听见里面传出一句"进来吧",证

明器材室里是有人在的，可为什么江尧开门后会被吓到？并且，还说了句"老师，原来您在啊"。

他是没听到里面的人说话吗？

没道理啊，他站的位置离门更近一些，应该听得更清楚才对，连她都听见了，他怎么可能没听见。

秋日的风渗着一丝凉意，拍在她脸上。

江尧拿着两个实心球出来："我们去人少的那个场。"

许柚看他一眼，不知道在想什么，讷讷地应了声，没再想刚刚那个问题，见他拿着两个实心球，应该还蛮重的。

许柚探了探手："要不，我拿一个？"

"拿什么？"不知道他是不是刻意在逗她，语气略带散漫，唇边勾了一抹笑，片刻才严肃起来，"放心，这个力气我还是有的。"

他声音有些低哑，是那种无意识的。

许柚不自觉地舔了舔唇，垂下手，乖乖地跟在他身后，走回田径场，往扔实心球的场地而去。

到了那边，江尧放下其中一个球，先问她一句："以前扔过吗？"

不管是初中还是高中，实心球都是校运会一直存在的比赛项目之一，甚至还是中考体育的自选项目，但许柚还真没碰过，一次也没有。

许柚摇了摇头，很诚实地说："没有。"

江尧垂眸看她，轻笑了一下："你不会连球长什么样都不知道吧？"

"那，这个……"许柚心里发虚，有些不确定地回答，"还是知道的。"

就算以前不知道，刚刚他拿在手上，她不也看见了吗？

他像是看穿了她的心思，将球摆在手上给她看："长这样。"

"我知道。"许柚反驳的语速过快，显得有些气急败坏。

意识到自己过激的反应后，她瞄了眼他的脸色，没敢说话了，连后面想说的话，也哽在喉里。

江尧轻咳了两声，不开玩笑了，开始认真地教她。

　　"先拿着球。"他将手上的给她，"拿这个，不要拿地上那个。"

　　"……哦哦。"

　　许柚从他手上接过，捧在手中，用自己潜意识的动作握了握，不知道持球手势对不对。

　　江尧瞥了眼，笑道："不是这样握的，将两个手的拇指，分开成八字，按在球的任意一个中心点上，其他手指自然分开，握在两侧。"

　　按在任意一个中心点上？

　　许柚按照他的说法，认真地去做："这样吗？"

　　江尧点头："差不多。"

　　他发现许柚的手很小，如果是他握的话，两个食指可能会碰到一起，而她分开了两厘米左右的距离，但方式都是对的。

　　"然后呢？"许柚松开，又握了一下，松开，再握住，让自己彻底记住这个手法。

　　"然后……"江尧将地上的另一个球捡起来，示范给她看，"弯腰，手自然垂下，前后脚分开站。将前面那一条线当成是比赛时的投球起点，不要太贪心，脚不要离线太近。"

　　许柚立马缩回脚。

　　他又说："往后个十厘米左右就行了，接着举起手，身体跟着往后仰，用力扔出去。"

　　江尧讲了那么多，其实都是些基本要素而已。

　　许柚看他示范一次，就全明白了，也学着扔了一下。为了显示自己其实还不错，她可是铆足了劲儿。

　　然而，一阵风"呼呼"吹过。

　　她看了眼球的距离，竟然连江尧随意扔的球一半远都不到。

　　没想到才扔了这么点远，与她刚刚铆足劲儿的动作，形成了巨大的反差。

　　丢脸死了。

江尧捡球时，顺手帮她也捡了。

许柚有些泄气地说："感觉我力气不够，不太适合这项运动。"

毕竟，这是一个比拼力气的活儿。

江尧低眸看她，发现她有些沮丧，低低道："才试了一次，就说自己不合适了？"

许柚张了张嘴，觉得自己的想法确实有些不妥，太轻易就想放弃了。可是，她想了想说："因为我发现这个项目关键比的是力量，我力量不够啊。"

江尧蹙了蹙眉："谁说的？"

"嗯？"

"物理的斜抛原理，你不会吗？我记得，你只是数学偏科，物理不差吧？"

许柚蒙了。

物理的斜抛运动是在高一学的，决定射程的直接决定性因素好像并不是力量。

是抛出角度和速度的问题。

她也是没想到，好好的一节体育课，变成了物理课。

江尧说："再扔一次我看看。"

"再扔一次？"

许柚知道自己的真实水平在哪儿，也没抱多大希望。

但她不想让江尧认为她是一个三天打鱼两天晒网的人，还是要认真地练好。

她刚持好球，预摆了两下，深吸了口气，刚要扔出去。

"停！"

许柚险些将球砸自己头上，被他吓了一跳，下意识地侧头，不明所以地看他："怎……怎么了？"

"别动。"

他语气温和，又夹着少年难掩的清冽。

一眨眼，他已经走到她的身侧，视线落在她抓着球的双手上，薄唇一掀，淡淡道："看，为什么你扔不远，你的手一举起来，握球的方式就变了。"

是吗？

许柚毫无察觉，这似乎是潜意识的动作。

江尧握着她的手，说："你先别动，可以自己看一下。"

许柚蒙蒙地抬眸，大脑像被铁锈住了一般，空白一片，根本无法思考，也无法回应。

江尧给她纠正好后，就垂下了手："行了，记住这个感觉，下次注意一下。知道斜抛运动什么角度抛得最远吗？"

许柚吞了吞唾沫，快速平复了下呼吸，本能地回答："……好，好的。知道啊。"

"多少度？"

"嗯？"

许柚脑子一蒙，绞尽脑汁地去想，多少度来着……到底多少度啊？

她明明学过啊，怎么给忘了。

还忘得一干二净。

未等她想出来，他已经开了口："四十五度。"

"啊，对。"她附和的速度堪称神速。

江尧毫无防备地被她逗乐了，勾着唇角，低哑地、也罕见地笑出了声。

下课前十分钟。

梁子豪从篮球场屁颠屁颠地赶来，缠着江尧让他教他刚刚教给许柚的东西，强烈申请开小灶。

江尧懒懒地瞥了梁子豪一眼，不为所动。

梁子豪磨了江尧很久，江尧都没理他，只是哂笑了声，说："走开，累了。"

梁子豪："下下周就比赛了。"

还是被无视了。

自知理亏,梁子豪也没有强求,反正江尧肯定会在校运会前再次练习的,到时候偷师不就得了。

就扔个球而已。

估计也不难。

他转而关心起许柚来:"柚子,你学会了吗?"

"我?"许柚拎着球,跟着他们的脚步,往器材室走,"会倒是会了,就是不知道最后扔成什么样。"

梁子豪:"没事,重在参与。"

许柚觉得有理,偏头笑了下。

等了半个学期的校运会,终于要在这周开幕了。

许柚没什么才艺,从小到大都没上过什么兴趣班或培养过其他方面的爱好,无法为班上的文艺会演贡献什么。

但出人意料的是,他们班多才多艺的女生还挺多的。

她们以尹佳妮为首,大概四五个人,组了个小舞团。

每天放学、大课间,她们都会去舞蹈教室或者找个无人打扰的空地排练,又积极又勤奋。

许柚不怎么关心,却也知道她们要表演的是民族舞。

而且尹佳妮从九岁就开始学跳舞了,一直学到了现在,还在坚持,已经学了七年。

为什么会知道得这么清楚呢?

因为每到下课,尹佳妮总会在许柚周围转来转去,用她的大嗓门跟她的朋友聊天,一会儿聊一下会演排练的进度,一会儿聊一下别的。

无论聊什么,最后总能扯到一个话题上——

她在哪儿学的跳舞、学了多久、考了几级、参加过什么比赛、拿过什么奖……

不知道她有没有说腻，可许柚真的听腻了，耳朵都要长茧了。

后来，许柚才明白，尹佳妮才不是为了说给她听，而是为了坐她隔壁的江尧。

尹佳妮每次跟人聊天的时候，眼神总会有意无意地瞟向江尧，瞅瞅他在干什么，有没有对她说话的内容产生反应。

许柚脾气软，是那种多一事不如少一事的性格。

虽然她挺不喜欢尹佳妮的，但也不会直白地点出别人的缺点，或者阴恻恻地提醒对方见好就收。

林冉可不一样，本来就是个火暴脾气，被尹佳妮说烦了，直接起身，一拍桌板说："尹佳妮，你有完没完？想聊天不会回你座位聊吗？天天在这儿吹你跳舞有多厉害。行了，我们都知道你跳舞很厉害，学的是民族民间舞是吧？过了七级是吧？还参加过比赛，拿过奖……算我求求你了，饶过我的耳朵吧。要么小声一点，要么回你座位去。"

"不是……"尹佳妮皱眉，"这教室是你家的啊？下着课，我聊聊天怎么了？下课还不能聊天了？你咋脸那么大呢？要不让周围的人都闭嘴呗？"

"周围所有人加起来都没你嗓门大，OK？"林冉呛回去，"还有你说的那些东西，没有七遍也有八遍了吧？你当你是复读机啊？这么愿意读，给我读读英语单词呗？"

"复读机"三个字，惹得四周的人都有些忍俊不禁。

大家心里对尹佳妮多多少少都有些不满，就算是男生，班上也没几个会喜欢她这样的人。如今有人治她，大家都在看好戏，尽管这件事儿占理的是她，也没有人为她出头。

可不管怎么说，单看这事儿，无理取闹理亏的还是林冉。

许柚扯了扯林冉的袖子，暗示林冉别再吵了。

林冉这才收了脾气。

校运会当天。

班上所有人都换上了订好的班服，下去操场认真地集队，走了一趟开幕式的队列。

有的班花样百出，在升旗台停顿的那半分钟，干脆表演了一段街舞，引得众人连连惊叹。只有他们三班佛系得很，随便喊个口号就过去了。

开幕式结束。

林冉和许柚在操场上无所事事地溜达，去大本营看了眼赛程表。

实心球是早上的项目，在铅球项目之后，大概是十一点钟，距离现在还有两个小时。

时间还早，她们不知道该去哪儿，便在草坪上找了个空地坐着，静待短跑比赛的开始。

没一会儿，梁子豪拿着实心球走过来："柚子，等会儿就比赛了，你还不练一下？"

许柚转身看他，好奇地问："你从哪儿搞来的球？"

学校里的球不都拿去准备待会的比赛了吗？

梁子豪抬了抬下巴，没揽功："不是我，是那位。"

许柚顺着他的视线看过去，见到是江尧。

她嘴角不自觉地翘了翘。

"快来吧。"梁子豪说。

许柚站起身，跟林冉一起走了过去。

几人在草坪上找了个空地，自由练习。

江尧趁着最后的时间教梁子豪怎么才能扔得更远，许柚就跟林冉一起有一下没一下地扔着。

看得多了，竟然连林冉都学会了。

时间过得飞快。

铅球项目比赛结束时，江尧提醒了句："别扔了，休息一下吧，免得等会儿使不上力。"

061

许柚点了点头,听话地放下了球。

林冉坐在草地上问她:"柚子,你觉得你能拿多少名次?"

"还拿名次?"许柚想都不敢想,"能不垫底就不错了。"

林冉其实也不怎么懂,就凭感觉地说:"我觉得你扔得还不错啊,刚刚不也扔了两次挺远的吗?只要保持那个状态,我觉得还是可以的。"

"再说吧。"

越接近比赛,许柚就越紧张。

明明就是个简单的田赛,又不是径赛,她仍然紧张得要命,手心都出了汗。

幸好,有梁子豪在身侧"噼里啪啦"地说话,时而跟林冉拌一下嘴,让她放松了不少。

倒是江尧一声不吭的,不知道在想什么。

实心球比赛已经开始了。

从高一级女生组依次进行,不到半个小时,就轮到了高二。

许柚跟班上的另外一个女生一起过去,按照裁判老师的安排,扔三次,计算成绩最好的一次。

林冉在不远处给她加油。

许柚勾了勾唇角,朝她的方向扫了眼,正好看见江尧站在那边静静地看着她,让她莫名有种被期待的感觉。

也更紧张了。

可紧张归紧张,她还是不紧不慢地将每一个步骤做好,找回刚刚练习时的状态。

她握着球,预摆两下,深吸一口气,完成所有的动作。

三次过后,成绩已经出来了,最好的一次接近六米,比她练习时的任何一次都要好。

梁子豪还跟她说:"不错啊,没看出来有两下子。"

哪有他说的那么牛,许柚知道这只是女生的普遍成绩而已,算不

上多厉害。

可不管怎么说，担子总算卸下了，这回轮到她站在一旁看江尧和梁子豪比赛。

高二高三的女生比完，就轮到了男生，喊到三班时，是江尧先上的场。

许柚有些激动，却也只是在心里的激动，她可不敢表现出来，只能默默地给他加油。

林冉问："你猜他们俩谁扔得更远？"

许柚问号脸，这不是很明显吗？

不用猜她都知道。

许柚："江尧啊。"

"你就这么自信，他每次都这么牛？"

"他上一年不是第一吗？"

"可是梁子豪没有参赛。"

"所以？"

林冉被噎住，朝许柚看了眼，不知为何，总觉得许柚对江尧好像有点……迷妹的感觉，尤其是这眼神。

啧啧啧。

江尧已经在比赛了。

尹佳妮也过来围观，还有一圈她的小姐妹，以及一些高一级的学妹也在看。

许柚抿了抿唇，说："看比赛吧，谁厉害，那都等于三班厉害。"

林冉："说得也是，只有没团队精神的人才会跟班里的人比。"

许柚：那你跟梁子豪还真是绝配。

扔三次球要不了多长时间，很快江尧就结束了。

他果然没让人失望，扔得很远。

许柚听到测量距离的同学喊:"14.8。"

林冉也听见了,木讷地转身看向许柚,抽了抽嘴角道:"他这是疯了吗?"

可能吧。

梁子豪的成绩没有江尧那么好,但也有十二米以上。

他扔球的时候,胜负欲极强,估计是事先知道了江尧的成绩,想超过江尧,咬着牙使劲,连双下巴都出来了,被班里的人拍到一堆表情包。

不过,他根本不介意。

他对颜值这东西不是很看重,脸皮挺厚的,平时就爱搞怪。

输给了江尧。

梁子豪愿赌服输,干脆买了四瓶饮料过来,连她们也请了。他顺口问:"你们下午什么时候跑八百?"

许柚拿着一瓶碳酸饮料,拧开瓶盖喝了口:"很快,下午第一场就是八百米,只不过高一先跑。"

梁子豪"哦"了声:"那还有时间热热身,准备一下,时间还挺充裕的。下午有空就来给你们加油。"

林冉嗤了声,无情地戳穿:"算了吧,你肯定窝哪个地方玩去了,我们就不强人所难了。"

"呵。"梁子豪冲她一笑,"你怎么知道。"

许柚用余光偷偷扫了江尧一眼。

私心来说,她不是很希望他们过来给她加油,这比赛本来就是不抱希望的,而且长跑这玩意儿,特别累。

尤其是跑到第二圈的时候,因为使不上劲儿和呼吸急促,脸上的表情会比平时难看不止一倍。

她不想让江尧看见她那个样子,只打算自己默默地跑完全程。

到了下午。

许柚和林冉睡了个午觉，快速下来田径场热身，做拉筋运动。

说不紧张，是不太可能的。许柚尽可能让自己平静下来，听着广播里的提示音，跟林冉一起去检录，静待比赛开始。

开跑前，林冉小声说："你要是有力气就不用等我，可以跑快一点。"

许柚叹了口气："我觉得我比你还菜。"

"砰"一声枪响。

比赛正式开始。

她们果然是水平半斤八两的朋友，两人跑步的步伐几乎一致，保持在一前一后的距离。

气氛严肃又紧张。

不断有人超过，她们也超过别人。

跑完一圈后，许柚明显感觉有点吃力了。

她呼吸困难，两条腿沉得像是再也抬不起来，偏偏还不能停下，不然会更累，也更难坚持。

许柚跑在林冉前面，咬着牙又坚持了半圈。

还剩最后半圈时，她有些恍惚地看见梁子豪和江尧站在终点线等她。

他身形很高，气质独特，很容易辨认。

午后暖阳透过枝丫细细碎碎地落在他身上，给他平添了几分柔和，也更耀眼夺目。

许柚抿紧唇，抛开一切的杂念，只想坚持完最后的两百米。

孰料，足球场的草坪上突然滚出来一个矿泉水瓶。

她一个不小心，没留意，就踩了上去，脚跟没站稳，加之膝盖也软了一下，直接被绊倒在地。

"什么情况？"

周围有不少同学在关注这场比赛，看见这一幕都被惊到了。

跑在身后的林冉也被吓坏，朝矿泉水瓶的源头看了眼，发现是一群高一男生坐在草地上打闹,不小心踢了一个水瓶过来。

"有病啊!"

林冉吼了一声,第一时间去扶许柚。

也有志愿者过来问许柚有没有事,要不要去校医那儿看看。

许柚整个人摔在了地上,状况极其惨烈,手心被磨破了皮,膝盖也很疼。

——是那种让人看了就直呼心疼的摔法,还是在长跑最后冲刺的时候摔的。

她艰难地站起身,看见手心红了一小片,立马握成拳。

发现大家都在看着她,她有些难堪地摇了摇头,说:"不用了。"

摔倒本来就够丢人了,现在这么多人来关心她,更显得全场焦点都在她身上。

让她甚感不自在。

林冉担心地问:"真的没事吗?算了,我们别跑了,我带你去休息一下。"

只剩不到两百米。

许柚还是摇头,没敢看前面,更没敢看那个方向,视线稍稍往下垂,深吸了口气,又跑了起来。

仿佛在告诉别人,她真的没事儿。

就不小心摔倒了一下。

可不可以不要关注她。

跑到终点。

许柚半蹲着喘了口气。

梁子豪原本想过去看看许柚的情况,见她跑起来后,又返回终点,递了一瓶水过来:"柚子,你有没有事啊?"

林冉还是不放心地说:"去校医那儿看看吧?"

许柚不吭声,也毫无反应,撑着膝盖,弯下腰,头低低地垂着,

藏着自己的脸。

大家都以为她在休息，只是跑完长跑太累了。

她静了一瞬，不知道在想什么。

过了半晌，她终是没忍住偷偷红了眼眶，忍了半天的眼泪突然像决堤般涌了下来。

她不知道自己为什么哭，而且是莫名其妙地哭，不就是摔倒了吗？有什么大不了的。

只是觉得，好像有点丢人。

许柚被扶去了医务室。

她乖乖地坐在椅子上，撩起校服长裤，露出膝盖给校医检查。

她小小的一坨，坐在矮凳上，看上去可怜至极。

尤其是白白嫩嫩的腿上出现一些擦伤，尚未干涸的血凝在四周，露出破了皮的肉。

更显得羸弱苍白。

可能是她皮肤太白了，与血红色形成鲜明的对比，略有些触目惊心。

校医先给她局部消毒，再慢慢地涂上药水。

钻心的疼害许柚倒吸了口凉气。

林冉哀叹了声："肯定很疼吧？都疼哭了，我还是第一次见你摔倒哭了呢。"

旁边还有江尧在，他刚刚在操场看见许柚哭时，也稍稍愣了一下。

现在又提起来，许柚想让林冉闭嘴。

她不是因为疼才哭的！

林冉是真的心疼许柚，继而愤愤道："那群人也真是的，学校明确规定了有人比赛的时候，不能在足球场草地上打闹，他们害你摔倒了，居然连个道歉都没有。"

许柚觉得自己碰上这样的事儿，是真的倒霉，如果不是刻意的，那得多大的概率才会这样啊。

算了。

就当是倒霉吧。

总不能人家不小心绊倒了她,她又去摔别人一跤?前提是她有那个能力去摔那些男生……

校医帮许柚处理完伤口,抬了抬她的腿,轻声问:"感觉一下,除了擦伤,还有没有什么不适?例如,崴到了或者伤到骨头之类的?"

许柚摇了摇头:"没有。"

校医:"那还算轻的。皮外伤一个星期左右就会好,记得消毒就行。好了,没事了,你们扶她回教室吧。"

许柚说了声"谢谢",艰难地站起身。

可她膝盖擦破了皮,只要一站直或者一抬腿,那里就会牵动被擦伤的皮肉,特别疼,也导致她走起路来跟跟跄跄的。

林冉原本想上前扶许柚,江尧低眉走过来,探出手:"我来吧。"

梁子豪不知道哪儿去了。

有男生在,林冉想了想,干脆就将这个活儿让给了他,免得她不小心又摔许柚一次。

许柚低头看着前面干净漂亮的手,犹疑了一瞬。江尧垂眼说:"搭在我的手腕上。"

他补了一句:"就当是个扶手。"

许柚将手搭上去。

她有些不自在地挪了挪眼,一瘸一拐地走出了校医室。

林冉问:"梁子豪呢?他死哪儿去了?刚刚来校医室的时候就不见人影……"

江尧大概猜到他去干什么,但不太确定,摇了摇头。

林冉皱了皱眉:"搞什么啊,这么神秘。"

许柚也想不明白:"是不是他有朋友在比赛,去给朋友加油了?"

"谁啊？"林冉话里有些酸味，"他这样的人，居然还有这么多朋友，怕不是别的班的美女吧？现在在进行的可都是女子组。"

许柚耸了耸肩："那就不知道了。"

到了教室。

梁子豪这时候冲进来说："笑死，一群尿货，一会儿就趴下给我叫爸爸。"

大家都不知道他在说谁，一头雾水地看着他。

林冉："骂谁呢？"

"就……"他笑着说，"刚刚将水瓶滚到跑道上，绊倒柚子的那群尿货啊。哎，对了，你腿怎么样？有没有事啊？"

许柚愣了愣，小声回答："没什么大碍。"

"你刚刚到底干什么去了？说得稀里糊涂的……教训他们？"林冉问得仔细了些，"他们故意绊的？"

"这我不知道，我就将他们报了上去，应该会通报批评。一群人尿得要死，说告老师，就开始'跪'了，真该找些人治治他们……"

许柚听明白了。

原来梁子豪是帮她出头去了，这是她没有想到的。

如果是她的话，八成是自认倒霉，不会去找那群男生，更不会做一些给他们教训或者报仇之类的行为。

如今，这些事有人已经帮她做了，一瞬间说不出是什么感觉，只觉得心间一暖，心口溢满了道不尽的感动。

腿上的伤没几天就结了痂，走路、洗澡碰到水都不会很疼，就是稍微的有点……难看。

幸好，最近天气变冷，大家每天穿的都是长裤长袖，将自己裹得严严实实的，根本不会看到里面。

校运会结束。

也意味着，这学期过去了一半。

每个学期下半段都会过得比上半段辛苦，随着学的东西越来越多，要记忆的东西也在逐渐增加。

各种卷子做来做去，做得人都疲软，精神恍恍惚惚的。

其实，许柚也觉得很累，也有想要松懈和敷衍的时候。

但她身边有一个学习永动机，每次偷偷看他一眼，他不是在看书就是在做题，再想想自己……

这算什么呀？

年级第一都还在坚持学习，她有什么资格喊累！

而且像江尧成绩那么好的学生，到时候必定是考去国内数一数二的大学的。

之前课间，她还不小心听到梁子豪跟他聊有没有机会保送的事儿。

如果她不努力，他们的距离就会越来越大。

毕业后，很可能再也没有交集了。

就这样，时间一晃而过，转眼就到了一月份。

新的一年到来，天气也越发冷了，城中覆盖着彻骨的冷意。

风一吹，简直是透骨的凉。

还剩两周就要期末考，放寒假。

许柚和林冉这段时间一直在轮流下去小卖铺买东西吃，当是期末复习期间的嘴巴消遣。

这一天轮到了许柚。

大课间的下课铃打响，她拿起搭在椅背上的外套，边穿上边问林冉："今天吃什么？"

"随便买个牛奶吧。"林冉说，"好冷啊，买薯片还要伸手一片一片拿起来吃，牛奶只要放在桌面，想喝的时候，伸个头过去吸一下就行。"

许柚被林冉的说法逗笑，眼看外面就要下雨，她快速拉上外套的拉链，下了楼。

走进小卖铺,许柚没刻意挑牌子,随便掏了两盒牛奶。

去收银台,付款。

许柚捧着牛奶离开,刚踏出门口一步,还没来得及走,豆大的雨点跟掐准了时间似的,开始稀稀疏疏地往下砸。

渐大的雨势在附近的人工池塘上砸出一圈圈清透的水花。

她皱了皱眉,手往外探,接了点儿雨。

水珠清清凉凉的。

雨势看上去不算很大,却也不小。

如果跑回去的话,肯定会淋湿,但应该不会太严重。

没办法了。

谁让她刚刚偷懒不带伞呢。

总不能一直杵在这儿不走吧?总是要上课的,万一等会儿越下越大,更得不偿失。

许柚叹了口气,双手抱住脑袋,正要像其他同学一样火急火燎地往回冲。

她低了低眸,就在她晃神的一瞬间,一股阴影影影绰绰地罩在她身上,干净好闻的青柠气息从身侧传来。

她眨了眨眼,视线还没来得及往上移,就看到了那只握住伞骨的骨节分明的手,也快速辨认出这个人是谁。

许柚抬眸对上江尧的视线,笑了下:"你怎么在这儿?"

她刚刚没看见他啊。

还以为他一下课就离开座位,是去洗手间了。

江尧抬了抬另一只手。许柚看见他手上抓着几支笔,瞬间明白过来,"哦"了一声:"买笔啊。"

他说:"快上课了,走吧。"

许柚点了点头,蹭着他的伞往教学楼走。

伞面不大,能覆盖的区域就那么一点,想要遮住一个高挑的男生和一个女生，其实是远远不够的。

江尧将大部分的面积都倾斜到了她这边。

许柚状似无意地瞄了眼他另一侧的肩膀，已经被淋湿了。

她咬了咬唇，有点不好意思。

往前走了几步，她狠心地一咬牙，闭了闭眼，慢慢地往他的身边靠，与他凑得更近了些。

庆幸的是，江尧并没有推开她，也没有主动撤离，而是保持这样的距离一直往前走。

许柚松了口气。

途中遇到一些快速跑回去和撑着伞过来的学生，人来人往，有人朝他们投来视线。

她看出那些人眼中的意思，却也装作看不懂一样，睁着一双清澈无辜的眸子，安安静静地走在江尧身侧。

直到身后有人喊了声——

"江尧。"

那是一道干干净净的女声。

喊出的语调莫名夹着一丝调侃和肆无忌惮。

许柚极少听见有人这么喊他，下意识地顺着声音看过去。

女生长得很漂亮，乌黑柔软的发丝被风吹到脸上，她伸手拨了拨，却无端平添了几缕凌乱美。她身形高挑，身材又好，连宽松的校服也挡不住她玲珑的曲线。

这个女生拥有与许柚截然相反的气质，透着这个年纪的学生难有的慵懒和成熟感，看着也不像是十六七岁的人。

江尧停了下来，往后看。

许柚小心翼翼地观察他的表情，发现他并无不耐之色，只是稍微拧了拧眉，知道对方在刻意喊他，并无要事之后，就转过了头，继续往前走。

可能是女人的第六感。

许柚觉得江尧跟那个女生的关系不一般，尤其是对方看见江尧转身后，挤了点儿坏笑在脸上，是带着捉弄的。

——这绝对不是一般女生敢对他做出来的表情。

回到教室。

许柚想问问他刚刚那个女生是谁。

可他没主动跟她说，她又不好如此迫切地询问，万一人家不想说呢。

许柚原本打消了这个念头，却又在几天后，跟林冉聊天时，随口问了句："你觉得江尧有跟谁走得很近吗？"

"为什么这么问？"林冉蹙了蹙眉，"你这么关心他？"

"没啊，我……"许柚有些慌乱，可还是很好地掩饰过去，"他不就坐我隔壁嘛。而且除了梁子豪，我跟班上其他男生又不熟，就忽然想到了随便问一下。"

林冉"哦"了一声："没有啊。就他那样闷葫芦一个，能跟谁走得近啊？他眼里只有学习吧？"

"真的吗？"许柚不赞同地说，"咱们学校这么多女生关注他，他难道就不会有别的情况吗？"

林冉耸了耸肩："反正我没见他对哪个女生好过，连话都不说几句。目前为止，说话最多的就是你和我了吧？还真是……三生有幸啊。"

没套出什么有用的信息，但许柚暗自琢磨了一下。

林冉跟江尧是从高一第一学期开始，就在一个班上的，假如江尧真的跟哪个女生玩得很好，那林冉多多少少会知道点吧。

如果林冉不知道，是不是就证明没有？

想明白后，许柚好受了许多。

至少不会胡思乱想，将复习的时间浪费在其他事情上，严重影响复习进度。

073

期末考的考场分班是在考前一周出来的,根据上一次月测的成绩依次排列。

许柚比上回进步了很多,但终归也没有考进前六十名,以六十七名擦边的成绩分到了二班。

考试前一天。

该复习的该看的,基本都看得差不多了。没怎么复习的人现在也已经濒临放弃的边缘,显得更无所谓。

安静了一个多星期的自习课,突然一下回归解放前,陆陆续续有人聊天打闹,窃窃私语。

梁子豪转身,小声提议:"放寒假,要不要去玩?"

林冉在看错题集,分心瞥他一眼:"去哪儿玩?"

"随便啊。"梁子豪说,"你们住哪儿啊?我记得你说过,你回家可以走路也可以坐公交车,是不是离学校很近?我和江尧住得也不算远,这样出来玩的话还挺方便的。"

一直在背书的许柚听到了"江尧"二字,刚刚还以为是梁子豪要约林冉出去呢,结果是他们四个一起出去。她立马来了点兴趣,竖起耳朵偷听了一下。

林冉转着笔:"近是挺近的,关键是我们玩什么啊?"

"什么都可以玩。"梁子豪一看就是行家,"看电影、打游戏、吃饭、逛街……都行。元旦贺岁档新上的电影,为了复习,我看都没去看一眼,正好可以看一下。"

林冉觉得"OK",转身问江尧和许柚:"去吗?别就我俩聊啊,显得我们一天天不务正业尽想着玩一样,就你们在学习,一声不吭。"

许柚抱歉地抿着唇,想了一下。

江尧先开了口:"随便。"

他居然同意了!

许柚有些不敢相信,反应迟钝地回神,也说了两个字:"可以。"

"那就这么说定了。"梁子豪已经按捺不住考完去玩耍的冲动,"时

间地点考完再决定。"

"学习吧。"林冉嫌弃地看他一眼。

考试的时候,时间过得似乎比平时上课要快一些。

做一套完整的卷子,半天就过去了。

考完回家,许柚躺沙发上看了两天的电视和小说。

终于在第三天,被黎平君说了一顿:"你看,一放假,又开始懒了。一天到晚就知道躺着,吃完睡,睡完吃,什么也不干。"

许柚不服道:"我才休息了两天,怎么就懒了。我期末考前天天晚上复习到很晚,你怎么不夸夸我?"

黎平君被她驳了句,显得有点理亏,干脆转了个话题:"那你期末考了多少分啊?"

今天刚出的成绩,现在还是新鲜滚烫的。

许柚一个字一个字地告诉她:"英语136分,语文129分,数学105分,理综224分,总分594,年级二十七名。"

黎平君真是拿她没办法,虽板着脸,却也被这成绩给惊喜到,只好夸了句:"还不错,但是不能因为一次两次的好成绩就松懈。你忘了,下学期一结束,就正式高三了,要提前复习,准备高考。"

许柚现在成绩进步得厉害,无形中多了股底气。

而且,考试前她还问过江尧怎么能做到像他一样,每一次都保持在前列。

他说,劳逸结合,该认真的时候就认真一点,该玩的时候就不要去想太多跟学习有关的事儿。

她又问:"那你寒暑假也会看书做题吗?"

他摇了摇头,轻笑了一声:"寒假作业还不够你做吗?"

有了学霸的某些想法和观点。

许柚偷懒得更坦然了,直接哀叹了一声,又驳了回去:"那也不用拉那么长战线吧,后期会很累,会疲软的。"

"行了行了。"

最后，黎平君没再让她去看书学习，而是说邻居杨梅开的小卖铺春节前买东西的人特别多，经常忙不过来，需要人手帮忙，问她去不去，还有工资拿，就当是打一份寒假工。

许柚应承下来。

她仍然记得跟梁子豪他们的约定，后天出去看电影，便跟杨梅姐约好大后天才正式上班。

出去玩的前一晚，禹城突遭了一场冷空气，气温直降零下。

第二天，附近的城市陆陆续续都下起了小雪，如柳絮般的雪花从空中降落，沉积在地。

天地一夜之间变了样。

许柚穿了件雪白色的羽绒服，带了把折骨伞，出门跟林冉会合。

林冉从她哥那儿借来一部手机，跟梁子豪联系了一下。

林冉："他们已经到了，说是下雪直接打的过去。让我们慢点来，不急，反正电影还没开场。"

"这么快就到了？"许柚有些微微的惊讶，手揣在口袋里，虽冷得发颤，还是开心得不行。

到了广场。

林冉打了个电话给梁子豪。

梁子豪让她们直接去电影院，门口有一排的座椅，在那里就可以找到他们。

然而，她们过去后，许柚只看到了梁子豪，并没有看到江尧。

许柚："江尧呢？只有你一个人吗？"

梁子豪抬了抬下巴："那儿呢，买奶茶。"

许柚顺势看过去，果然看见他高高瘦瘦的背影。

没一会儿，他就拿着奶茶转过了身。

几日不见，江尧的头发似乎剪短了些，更精神也更好看了，薄薄的长款风衣内搭了两件外套，衬得肩宽腿长，气质温润清朗。

有种比电视剧里的男主角还要好看的错觉。

许柚心里微微一动，从他手上接过温热的奶茶，捧在手上吸了一口。

梁子豪拿着电影票，带他们进去。

许柚和江尧走在后面。

她低头看了眼自己裹成粽子的穿着，又看看他的，轻轻皱眉："你不冷吗？"

江尧像是根本没听见她说的话，没有任何的反应和回应，插着口袋继续往前走。

许柚有些尴尬，抬头看他一眼，心里打着鼓，一时竟分不清楚他是没听见，还是在刻意不理她。

直到他察觉到她的视线，偏了下头："怎么了？"

许柚愣了愣，再问一遍："你不冷吗？"

江尧说："室内有暖气。"

也对。

可她还是好冷，一点都不敢疏忽，生怕一着凉，感冒了黎平君又怨她。

对话简简单单地结束。

许柚总觉得哪儿不对劲儿，怪奇怪的。所以说，他刚刚是真的没听见她说话啊？

她有那么小声吗？

进了影厅，梁子豪说连过去四个位置都是他们的，随便坐，结果他直接坐了第一个位置。

林冉跟在他身后坐第二个。

许柚问号脸。

剩下两个位置，好像怎么坐都有点奇怪。

她干脆往第三个坐下去，不给江尧选择的机会，

他就只能坐在她旁边了，另一侧是一个没有人买票的空座位。

梁子豪坐了片刻后才反应过来，手肘捅了捅林冉："你怎么坐这儿？你们把江尧隔开了。"

电影已经开始了，林冉嫌他话多，拍了他一下："有什么所谓啊？坐哪儿不是坐？看个电影还要跟他坐一块儿。"

江尧没忍住轻轻咳了一声。

梁子豪一脸迷惑："不是，就是觉得……"

林冉打断他："放心，我们柚柚不会欺负你江大神的。"

许柚乜她一眼："说什么呢？"

"看电影。"

许柚耳朵有点红，见没人说话，才将注意力重新投回到电影上。

这是个爱情类的喜剧片，叫《非诚勿扰》。

讲的是剩男剩女相亲的故事。

除了有些情节很好笑外，女主角也挺漂亮的，对于很少看电影的许柚来说，总体觉得还不错。

电影看完，也不过是几个小时。

难得出来聚一回，现在就回家，未免太不尽兴了。

今天天气冷飕飕，梁子豪提议大家去吃火锅，随便找家火锅店，点些东西，一边烫一边吃，一起聊聊天。

许柚没什么意见，刚好她也饿了。

走出广场时，许柚朝江尧看了眼，他风衣的扣子依旧是开的，能瞧见里面内搭的外套和两条长腿，

看着是挺帅，挺好看的，但也很冷。

许柚没想到自己也有担心别人的时候，平时都是黎平君念叨她让她多穿衣服，现在居然轮到她了。

她咽了咽唾沫，见江尧还是没有扣上风衣的意识，终是没忍住想提醒一下，尽量用跟朋友一样的语气问："不冷吗？衣服……怎么不扣上？"

江尧垂眸看了眼，低低地"哦"了一声，还真十分听话地扣上了，并且说了句："谢谢。"

许柚无言。

有什么好谢的？

许柚发现他是真的不怎么怕冷，刚刚也是没意识到才忘了扣，不然早在踏出广场的那一瞬间就扣上了。

果然，人与人的体质就是不一样。

梁子豪拦了一辆出租车。

几人上车到了一家本地比较有名的火锅店，这个点吃饭的人还很少，他们选了个靠里的位置坐下。

上完汤底，上了菜，还没吃上几口，林冉和梁子豪就开始打闹了。许柚坐在最里面，远离战场，低着头乖乖地填饱肚子。他们烫什么，她就吃什么，偶尔喝一下茶。

从始至终，一直在夹菜放进锅里的几乎都是江尧，他挽起了袖口，免得沾上油渍，安安静静地坐在位上吃饭。

许柚就坐在他的对面，他夹的东西，她几乎都会吃上一点，哪怕是她不爱吃的，也硬塞进嘴里。

吃完他又夹，吃完他又夹，无形中多了种默契。

突然，梁子豪挑起了个话题："又过去一年了，时间过得真快，今年下半年就要高三了，怎么感觉我还没玩够啊？喂，你们打算考什么学校啊？"

林冉早就有了目标，笃定地报了个工科很强的学校名："我想学计算机。"

梁子豪一脸怀疑："行不行啊？"

"没试过，怎么知道不行？"林冉没什么所谓，"要是读了不喜欢，大不了转专业呗。江尧呢？江尧想去哪儿？"

江尧喝了口水，还没答。

梁子豪哼笑了声："还用问吗？他肯定跟我们不一样啊，他绝对是我们学校唯一一个稳拿保送名额的人。你说，能保送去哪儿？"

林冉明知故问："哪儿？北京？"

许柚看江尧一眼，插了句嘴："应该不是清华，就是北大吧。"

江尧配合地轻扯了下嘴角："别说得太绝对。"

梁子豪皱了皱眉："不然你会去哪儿？我是真想不明白你这成绩除了清华北大，哪一个学校能配得上你。"

许柚赞同，下意识地点了点头。

"柚子呢？"林冉边涮肉边说，"你以后想考什么学校？"

这个问题，许柚还真没想过。她咬着筷子，轻抿了唇角，试探地说："我……也想去北京。"

她话音落地，林冉微怔了下，抬头看着她，总觉得哪儿不对劲儿。

尤其是这个"也"字，让林冉短暂地微妙了一下。

林冉看看江尧，又看看许柚，多问了一句："为什么啊？"

许柚放下筷子，半开玩笑道："只是想而已，去不去还不一定。谁没个梦想呢？"

梁子豪似乎也察觉到了什么，"哇"一声，暗自回味地偷笑，仿佛在想自己之前错过了什么不得了的细节。

许柚对梁子豪这一声"哇"，觉得莫名其妙，不明白他想表达什么意思。

静默片刻，梁子豪撞了撞身边人的肩膀，嬉皮笑脸地问："兄弟，给个准话啊，你的梦想大学是什么？"

江尧受不了他这奇奇怪怪的语气，微微皱起眉："你就这么想知道？"

"随便问问啊。"梁子豪理所当然道，"我说了我没什么理想，

随便考个本省学校就行，林冉也说了，许柚也说了，不就差你了嘛，去北京吗？"

许柚停下手中夹菜的动作，放下筷子，端起旁边的茶杯，小口小口地喝着，看似不关心的表情，可还是没忍住往对面扫了眼，却短暂地和梁子豪对上了视线。

他仿佛在暗示什么。

许柚搞不明白。

江尧低敛了下眉眼，一瞬的思量，然后说："应该是吧。"

梁子豪装作很惊讶地拍了拍他："可以啊！北京欸，首都大城市。这样的话，你跟柚子不就在同一个城市了嘛，可以互相照顾一下啊，是不是？"

许柚受宠若惊，明显地有些慌乱。

还有一年多才高考，到时候怎么样都不清楚，这么快就谈到这儿了？

许柚连连摆手："现在说太早了吧？"

梁子豪不这么认为："哪里早？两年不到就上大学了，就两年而已，一眨眼就过去了，看我们这学期不也很快就结束了吗？"

林冉暗暗翻了个白眼："不学习的人才觉得快。"

江尧许是觉得他很吵，反问了句："有人让帮忙的话，我还能不管？"

梁子豪："你无情的样子自己没见过吧？照个镜子看看……"

江尧顿了顿，随后轻笑，反击直戳要害："行，那寒假作业——"

他还没说完，梁子豪就明白是什么意思，打断道："OK，别再说了，我认栽，你简直是我的大善人，是我再生父母。开学前一周，我去你家抄作业。"

林冉一脸惊愕和嫌弃："能不能有点出息啊？连寒假作业都要抄，简直废物……"

许柚也跟着被逗笑，咬着筷子，瞥了江尧一眼，脑中回荡的尽是他刚刚说应该会去北京的那句话。

不知不觉，她也被梁子豪给带远了。

现在连高二都没结束，她就想着要更努力一些，高考考好一些，她也要去北京。

那场聚会结束后，整个寒假，他们都没有再约出去玩过。

临近春节，许柚每天都在杨梅姐的小卖铺里帮忙，只有中午和傍晚的时候，才稍微有那么一点时间休息。

可她也没闲着，一有空就拿出寒假作业来做。不管当时的环境有多么吵，她都能投入进去。

连黎平君也发现，她最近确实是比平时更勤奋了点，不知道受了什么刺激。

明明前几天才呛她说，高考复习不能拉太长战线，要劳逸结合，一个星期不到就"啪啪"打了自己的脸。

许柚深知想考去北京上学，其实并不难。

北京有清华、北大这种国内顶尖学府，也有相对而言没那么厉害的重点大学。

按她目前的成绩来看，想考去北京，应该是没有问题的。

关键是如果她分数太低，报不了太好的学校，那学校连黎平君都看不上，黎平君是绝对不会让她出省去北京的。

只有她考到的大学胜过本地的所有学校时，她的愿望才算实现。

这听上去很简单，其实并不容易。

因为她不像江尧，没有过分聪明的脑子。她成绩虽在上游，却也只是不高不低的程度，完全是靠自己的努力得来的，努力破了天可能也只是这里。

想要突破自己的天花板和极限，要付出的可不止零星半点儿。

所以，最好现在就开始追赶，能追上一点是一点。

除夕还没到，许柚就做完了寒假作业。

年二十九，杨梅姐给她结算了工资，明天就不需要她帮忙了。

许柚攒了点儿钱，算是有了自己的积蓄。

她没给黎平君，黎平君也很尊重她，并没有用她的钱去置办年货或者强迫她买什么东西。

许柚想了想，目前好像没什么需要买的，就先找了个以前吃糖剩下来的糖罐盒子，装起来，放进抽屉暂时存着。

除夕那天。

黎平君不用上班，早早地拉许柚起床，去市场买菜。

许柚困得眼睛都睁不开，实在搞不懂为什么春节前一天要这么早出门买菜，而且是一堆一堆地买，生怕后面几天会在家饿死一样。

本来她以为，只是黎平君的想法奇葩。直到她在卖鸡鸭鹅的分区内，看见了同病相怜的林冉。

林冉身上还穿着睡衣，外面套一件大羽绒服，手上拎着一袋一袋的菜，眯着眼看她："早啊。"

许柚略有些同情："早。"

林冉找了个话题，随口一问："你作业写到哪儿了？"

许柚诚实道："写完了。"

"什么？"林冉像是不敢相信，"真写完了？"

许柚点了点头。

林冉佩服得五体投地："你不是说你打寒假工吗？这都能写完作业，我就不该找这个话题问你，我还剩好多。"

"没事的。"许柚腹黑地微微一笑，"先好好过个年，过完年还有差不多一周时间可以写。"

林冉白她一眼："你可以闭嘴了。"

买完菜回去，她们休息了一会儿。

到了下午，许柚在家贴对联和打扫卫生，黎平君回了趟附近的老宅，将许柚的外婆接了过来。

晚上吃年夜饭时，黎平君和外婆一直在聊天。

许柚插不上话，其实也不是很想参与进去，托着腮，无聊地看着春晚。

最后因为实在太无趣，她进了房间，打开电脑，登上QQ看了眼。

虽然零点还没到。

QQ上已经有许多同学给她群发了祝福信息，句式都很千篇一律，一看就是从网上复制来的。

即便如此，许柚还是认真地逐一回复了过去。

接近零点时，外面客厅的电视传来春晚主持人倒数的声音。

分针指向"12"这个数字后，"噼里啪啦"的鞭炮声从四面八方传来，QQ信息也"滴滴滴"响个不停。

外婆和黎平君都来给她塞了红包。

金额不多，只讨个彩头。

黎平君见她在玩电脑也没说她，只笑着说："你的同学都给你发新年快乐了？还不回复人家？"

"知道啦。"

恰在这时，许柚突起了一个想法。

这会儿大家都在发祝福，她是不是也应该给江尧发一个过去？正好给他们从来没有聊过天的对话框"除除草"。

她想了很久，不知道该发什么，字打完又删，删掉又改，最后给他发了一个再简单不过的祝福语。

虽然句式很短，也没什么深意，却是她琢磨了半天才打出来的：

江尧，祝你新年快乐！

这会儿，江尧并没有上QQ，他的头像显示是离线的状态。

许柚也没有刻意去等他的回复，跟林冉聊起天来。

第二天起床，她反应极快地打开电脑，去看看QQ有没有人找，在列表里翻了翻。

果然，被她翻到了一条信息——柚子，新年快乐。

"乐"字的后面，还配了一个很小的放鞭炮的 QQ 表情。

许柚看着这句话的前缀称呼，乐了半天。

不知道是不是梁子豪经常叫她"柚子"的缘故，弄得江尧也"耳濡目染"了。

——那是他第一次这样喊她。

今年春节跟往年不太一样，相对来说比较冷清。

自从黎平君离了婚，她就不怎么跟亲戚们往来了。除了年初二去了趟大姨家吃饭，其他时间基本都是在家度过。

不用烦琐地去走亲戚，正好让许柚有了一段安静清闲又可以自由支配的时间。

她专程去没关门的文具店买了几个新笔记本，回家将以前高一的课本和练习册翻出来，开始认认真真地梳理和回顾。

这样的行为看上去很疯狂。

若被林冉发现，肯定会笑话她，问她为什么要这么早开始复习，是不是太急躁了。

可许柚清楚自己在做什么，也明白自己想要什么。

相对于成绩靠前的那人来说，她不算聪明，也不怎么会变通，但是这些是可以靠勤奋弥补的。

为了实现自己的梦想，提早做准备，过程再累，又有什么所谓呢？

开学后，张悦要求他们根据期末考的成绩，重新选一次座位。

许柚期末考年级排二十七名，在班上仅次于江尧之后。

班长将那张只打了一个"√"的座位表，从江尧那儿拿过来递给她时，她再也不用费劲地去猜他坐哪儿了。

纸上只有一个人选了位置。

毫无疑问是他的选择。

许柚盯着空荡荡的表格，短促地沉默了一下。

没想到，考了班上的第二名，还是会像上次一样纠结，只不过这回纠结的原因不太一样。

若是这次又选他隔壁，他会不会怀疑上她，进而发现她藏了大半年的心思。

可是，她是真的很想跟他坐一块儿。

像江尧这样的闷葫芦，如果不坐他附近的话，很可能接下来一个学期他们都不会说上一句话。

这样的代价也太大了。

她那么努力地去复习，追求进步，不就是为了缩短他们的距离，离他更近一点吗？

在可能被发现和避嫌之间，许柚思考了很久。

最后她下定决心，选了他的前桌。

为了掩饰，许柚还拍了拍林冉的肩膀，问："这次你想坐哪儿？"

"我都行啊，别太后就可以了，我怕我看不见黑板。"林冉有些无所谓，"你选了哪儿？"

许柚指了指自己选的位置："就你前面。"

"我前面？"

许柚还刻意地解释了一下："对啊，坐了那么久后排，我也觉得看黑板有点不太方便，有时候老师的 PPT 字体小一点，就很难看得清了，所以往前挪了一下。"

然而，真实原因是江尧选了林冉现在的位置。

她才选了林冉前面。

林冉惊愕道："还是第四列啊？你还真是……喜欢坐中间，行吧行吧，这次我坐你隔壁。"

许柚："随你。"

说完，她悄悄地往江尧的方向看了眼，发现他连头都没抬，低着眸，一本正经地盯着桌面上的竞赛卷子。

也不知道有没有听见她说话。

许柚有些郁闷地吐了口气,忽然觉得自己有些小题大做了,指不定他根本就不在意呢。

事已成定局,不管怎么说,她都是要坐他前面的。

跟上次的流程一样,全部人选完座位后,第二天公开座位表,下午自习课前搬桌子调座位。

许柚发现附近的人并没有变多少。

梁子豪选在了江尧隔壁,也坐在林冉后面。

他们四个的位置只是转了个顺序而已,还是黏在一块儿。

持续坐了一周后,许柚发现江尧并不像她以前的后桌,没有太多小动作——不会无聊地将腿伸直,探到她的椅子底下抖啊抖,也不会将桌子动来动去,弄出"吱吱嘎嘎"的声响。

但他有一个习惯,是许柚最近才发现的。

江尧精通理数,对于思考变通类的题目特别有优势,但也不至于每道题一看就会做,对于弯弯绕绕还有点儿难度的题型,依然是需要思考的。

许柚发现,他每次遇到很棘手且一时半会儿解不出来的题时,总喜欢右手握着笔在草稿纸上演算,左手手臂伸直,越过自己的桌面,触到前面人的椅背。

偶尔他入了迷,干净分明的手指,还会不自觉地轻敲两下。

有一次课间,许柚侧身跟林冉聊天,两人不知聊到什么,都笑疯了,差点背过气去。

许柚笑得很疯的时候,总是下意识地往一侧倾倒。

那会儿,她并没有留意到江尧的手,毫无意识地往那边斜了过去。突然感觉耳朵好像碰到什么东西,因为冬天还未结束,冰冰凉凉的。她被激得小幅度地颤了一下。

刚开始许柚还没有反应过来那是什么。

以为只是椅背的横杠,直至下面的东西动了动,她才恍然意识到——她好像压到江尧的手了。

其实也不能算压,她并没有很往下靠,只能说是贴了一下。

即便如此,也足够让她面红耳赤,眼神躲闪着扯了扯耳垂,快速调整了一下姿势,坐直坐正,忽然变得乖得不能再乖了。

空气出现几秒钟的凝固。

周遭仿佛一瞬间安静下来,稍微有那么一点点尴尬。

许柚的脸肉眼可见地涨红,耳根也跟着发烫。

倒是江尧看似很镇定地抽回了手,不发一言,却在半分钟后,停下刚做得好好的竞赛题,撂下笔,起身去了趟洗手间。

将一切尽收眼底的林冉,看见许柚过激的反应,更肯定了心中的某些想法,总感觉他俩有什么猫腻,藏着她不知道的心思。

偏偏她又找不到证据。

想起这次换座位的事儿,林冉状似无意地问了句:"柚子,你真的是因为想坐这个位置,才选过来的?"

"对啊。"许柚不明白林冉为何又提起这茬事儿,"有什么问题吗?"

问题可大了。

林冉如今回想,能发现很多被自己错过的蛛丝马迹。

这学期换座位,她们是约好了坐在一起没错,但并没有跟江尧和梁子豪约好坐前后桌啊。

为什么会这么凑巧坐在一起?

一定不简单。

上课铃打响。

江尧从洗手间回来,抽出纸巾擦了擦手,随后将刚刚做了一半的竞赛卷子塞进抽屉,拿出这节课需要的课本,翻了几页。

林冉悄悄往斜后方看了眼,再看看许柚,感觉像是发现新大陆一

样奇妙。

但她并没有将此事告诉任何人,包括许柚。

后来有一天,上午最后一节课结束。

林冉和许柚随着人流慢慢走去食堂,两人聊到待会儿吃什么的话题。

林冉想了想:"我记得今天有炸鸡翅。"

许柚:"是吗?"

林冉算得很清楚:"好像是每周二都会有,但是不多,我们走快点吧,免得待会儿没了。"

两人快步走去食堂,还剩半盘的炸鸡翅竟然让她们给赶上了。

打好饭后,林冉找了个位置坐下,才猛地发现许柚没点鸡翅,而是选了个一个平时都能吃到的玉米肉饼。

林冉无法理解:"不是说好了吃鸡翅的吗?怎么打了肉饼。"

许柚抿了抿唇,抱歉道:"我忘记了,我最近口腔溃疡,还是吃清淡点为好。"

林冉一脸问号。

林冉总觉得许柚在撒谎,口腔溃疡可是连说话都会痛的,怎么会忘记?

这时,江尧打好了饭,从她们身侧经过,跟梁子豪一起坐在了她们对面那桌吃饭。

林冉才有点反应过来,许柚莫不是因为看见江尧,才不好意思吃鸡翅的吧?

在林冉第三次瞅见许柚的视线往对面那桌瞟时,终是没忍住严肃地问了句:"你是不是有什么事情瞒着我?"

"什么啊?"许柚不明白她指的是什么。

林冉不想再绕来绕去,干脆直说了,稍稍压低音量:"你是不是……"

许柚瞳孔一震,瞪大了眼睛,好半天没回过神来。

如果说林冉上一秒还有点不确定，那么现在，她已经百分百确定了。

瞧瞧这表情，自习课聊天被老师抓到都没这么慌过。

许柚薄唇僵硬地抿着，似乎有些尴尬，在想用什么法子圆过去。

林冉真是服了她："怎么不说话了？还想着骗我呢？别解释了，我早就看出来了。"

许柚也实在想不到用什么方法去解释和反驳，知道林冉能问出这句话，肯定是有了把握并且很笃定的了，只是觉得有点羞耻。

像所有的秘密都被看光一样，多少有些难堪。

许柚皱了皱眉，戳了一下盘里的肉饼，小声问："很明显吗？"

林冉反问："不明显吗？"

许柚有点怀疑人生，回想了一下自己做过的蠢事，又问："哪里明显了？"

"你傻啊？"林冉能列举出不下十个证据，却只挑了最明显的说，"你两次换座位都跟着去，也就那书呆子不会多想，其他有脑子的人稍微想一下就能明白这其中的猫腻了好吗！"

林冉轻轻地咳了两声，严肃起来："干吗啊？不就是喜欢江尧吗？有什么大不了的？这很丢人吗？他可是年级第一，长得还好看，反正我目前在学校没有看到有比他更好看的男生。"

许柚在意的不是这个，小声说道："你不要将这件事告诉别人，包括他。"

"我告诉别人干什么？"林冉拍着胸脯保证，"放心，我谁都不说，不过……"

许柚侧头看她。

林冉道："不过江尧真的好优秀啊，要追上他的步伐，应该很困难吧？寒假的时候，他不是说了吗？他的梦想是去北京上大学，要考上那两所学校可不简单。"

"其实……"许柚欲言又止。

"其实什么？"林冉不解地问。

许柚低语道："我想跟他上同一所大学。"

林冉瞪大眼睛，半晌才回过神，呆呆地道："那你加油。"

想了想，林冉又说："我觉得你可以把这个想法告诉江尧。"

"告诉他？"许柚猛摇头，她从来没想过跟他说什么，"万一我最后没考上怎么办？这不是很丢人吗？"

林冉见她一脸不情愿，便说："这有什么，至少让他知道你为此努力过吧？"

许柚嗫嚅道："那我要怎么告诉他啊，直说吗？"

林冉试着给她建议："现在不是很流行那种写信吗？其实你可以写个纸条告诉他的，就像聊天一样嘛，问问他以后有什么规划，然后表示一下你的想法？你看我经常写纸条扔过去——骂梁子豪……"

许柚叹了口气，一时不知道该说什么。

既没说写，也没说不写。

翌日。

林冉问许柚考虑得怎么样了。

许柚张了张嘴，还没开口，就瞥见江尧跟梁子豪一块儿从后门进来。

他声音里含着笑意，不知道在聊什么看上去那么开心，回到座位时还朝她们看了眼。

许柚立刻把话咽回肚子里，心虚地改口道："考虑什么啊？我没什么想法。"

林冉"唉"了声："还以为你开窍了。"

英语课上，许柚从书包里将英语阅读练习册拿出来，不小心掉出一张白色但细看却有些花纹和设计的信纸。

她被吓得额间渗出了汗，捡起来后，惴惴不安地往身后扫了一圈。

梁子豪在开小差赶生物作业。

091

江尧低着头做英语阅读，根本没发现她的小动作。

许柚松了口气的同时，又不知道这东西该怎么递出去。

当面给的话，她似乎不怎么敢。

那么……直接放抽屉吗？

这个想法还不错。

可她一直找不到时机，将那封写了将近一晚上的信——也就是林冉说的纸条在抽屉里藏了好几天，快积灰了都没送出去。

直到一周后的某个大课间。

教室里除了她一个人都没有，许柚小心翼翼地取出折叠好的信纸，捏在手上。

她本来是打算放进抽屉的，可仔细想了想，放进书包不是更好？

让他放学回去后才看到，这样的话，看完后两个人都不会很尴尬。

想到这儿，许柚已经伸出了手，打算从他书包半开的缝隙里放进去，手却悬在半空中，一直没松开。

放也不是，不放也不是，内心左右摇摆，举棋不定。

就在她下不定决心去放时，教室门外突然响起林冉的叫声——

"梁子豪，给我过来！"

许柚被吓了一跳，抽回手。

因速度太快，信纸"唰"地滑下去，掉进了江尧的书包里。

许柚还没反应过来。

下一秒，江尧一个人从门口进来，闲淡地回到位上，收拾了一下桌面，问她："怎么这么快上来了？"

许柚愣了愣，想到那封信就在他背后的书包里待着，就心脏狂跳个不止。

她咬着下唇，整张脸快要皱在一起，脑袋像是充了血一样，空白一片。

连没回答江尧的话，她都没意识到，满脑子都是——

……完了！

完了！完了！完了！
那张信纸掉下去了！
就这么下去了？
怎么就这么巧呢！

第三章 /别离

江尧下个月有个数学竞赛,最近一直在复习刷题。

课间不是去洗手间或饮水机,就是在座位上坐着,对着一沓往年的竞赛真题不停地刷。

就连平时喜欢找他闲聊的梁子豪也收敛了许多,识趣地不打扰他。

看起来,这次竞赛对他来说还挺重要的。

许柚从没见江尧这么认真准备过,这是头一回。

她还无意听梁子豪问他:"稳吗?"

江尧从试卷中抬起头,缓缓伸了个懒腰,答得漫不经心:"还行。"

"啧。"梁子豪瞧他那样儿,嘀咕道,"行了,说这两个字我就知道你最后能考成什么样了。真爽,是不是这次得奖了,就不用高考了?"

江尧转了下笔,悠悠道:"只是增大保送概率,还不一定。就算是保送也要考试啊。"

"保送也要考试?"梁子豪是真不清楚这方面的流程和规则。

江尧解释了句:"不是高考。"

许柚这才明白,原来这次竞赛的得奖直接关系到他保送的成功率。

她莫名地有些心虚……

她那封信要是被他看见，会不会扰乱他的心情，耽误他复习？

后来，许柚才发现，她不仅高估了自己，也高估了他们的关系。

许柚想找机会将那封信拿出来。

她后悔了，冷静过后，也对得到回应的结果失去了期待，感觉自己有点冲动。

接近一天，许柚都没能找到拿回信的好时机。

他总是坐在位上不离开，就算是偶尔出去一趟或者被老师喊去办公室，梁子豪也在附近转悠。

她有什么小动作，都能被看得一清二楚。

傍晚放学。

许柚眼睁睁看着江尧挎上书包回家，一瞬间有种欲哭无泪的感觉。

回家的路上，林冉发现许柚今天状态有点不对，奇怪地看了她一眼，没吭声。

快到家时，林冉才忍不住问："你怎么了？不舒服吗？怎么丧了吧唧的……还有你知不知道，你今天真的好明显，一下课就盯着江尧，他不在你还盯着他的椅子发呆，疯了啊？到时候被他发现，可别赖我说是我说的啊。"

许柚摇了摇头，有气无力地说："放心，不会赖你的。因为……他很快就要知道了……"

过了今晚，等他看到了那封信，他们还会像平时那样相处吗？

明天一定会很尴尬。

林冉没听明白："什么意思？你决定好啦？没开玩笑吧？"

总算开窍了，林冉满脸欣慰："你打算怎么跟他说呀？写信，还是当面说？需要帮忙吗？我可以将梁子豪那货支走……"

她还没激动半分钟，就被许柚打断："不是，我已经……"

林冉歪了歪头，看她这表情，都不像是决定好的样子，总觉得是

095

发生了其他什么大事儿。

"嗯?"

许柚放弃挣扎,直接道:"信已经给出去了。"

林冉问号脸。

再一次被欺骗和背叛的感觉涌上头顶。

林冉一度觉得这闺蜜没法做了,她沉默了一会儿,满眼的不可置信:"真的假的?什么时候?你那天不是还跟我说你没想法吗?这就……给了?"

许柚驳了句:"那会儿是因为他进来了……"

当时完全是脱口而出的,后来也忘了解释。

这确实是她的错。

"你真把你的想法告诉他了?"林冉再确认一遍,"他什么反应呀?"

"现在应该还没看到……"许柚补充,"今天只是放进他书包里了。"

林冉眉目一松。

虚惊一场。

看她一路上这么丧,还以为被拒绝了呢。

林冉刚打算安慰她一下,立马将话咽回肚子里去:"那你那么难过干吗?不是至少也得明天才知道结果吗?哪有人……还没出成绩就开始丧的。"

"……我觉得我太冲动了。"

许柚既害怕又后悔。

怕因为这小插曲,害他们本来还算好的关系,从明天开始就变了样儿,被她的贪心,被她的不满足给破坏了。

林冉性格比许柚大胆张扬,不太能理解她的心情,安慰了几句。

许柚走到旁边的长椅上坐下,手肘撑在膝盖,脸埋进掌心里,安静了会儿。

将所有最坏的结果都在脑中过了一遍后,她越发郁闷……

第二天一早。

许柚其实早就起床了,可以说是一晚没睡。

她盯着渐渐明朗的天空,顶着黑眼圈,磨磨蹭蹭地去卫生间刷牙洗脸,坐在饭桌前吃早餐,不耗到最后一刻,坚决不出门。

走去车站的路上,橘黄的晨光从东边倾洒,落在她脸上。

许柚摸了摸自己的额头,叹了口气。

怎么就没发烧呢?

重感冒,生个病也好啊!

生病了就可以不用上学了,也不用尴尬地面对接下来的一切。

她是真的不敢上学,一想到进教室会看见江尧,再联想到那封信,就觉得尴尬无比。

他一定看了她写给他的东西,却不知道是什么反应。

估计会很无语吧?

七点二十分,早读课的上课铃打响。

许柚踩点走进教室,放轻脚步,快速走到自己的座位上坐下,途中看见江尧靠着椅背,对着英语书上的单词表在默读。

她连转向背后的勇气都没有,从书包里抽出课本和作业,再单手背过去将书包放在身后,开始小声地读英语单词。

早读课安然无恙地度过。

下课后,林冉从抽屉里拿出没吃完的早餐,侧身问她:"今天怎么这么迟?"

许柚眼神闪烁了一下,嗫嚅道:"起晚了。"

林冉不敢置信地睁大了眼:"你看起来还是很困啊?"

能不困吗?昨晚几乎一晚没睡……

身后没什么动静,梁子豪还没下课就架着书趴在桌面上睡着了。

周围安安静静的,课间跟往常一样,并没有什么异样。

只不过,以前许柚会和江尧聊上几句,哪怕是问一下"等下是什么课"或者"你预习了吗"之类的琐碎话题,今天连着几个课间,他们一句话都没说。

她不转身看他,他也不找她。莫名有一种尴尬的气氛在两人之间蔓延,跟结仇了似的。

直到下午第二节课下课,许柚想喝水,发现水瓶没水了,打算去饮水机旁接一下,问林冉去不去。

林冉拿出语文书,摇摇头:"不去。下节语文课我还没预习呢,要赶紧看一下,要不你帮我打?"

许柚接过她的水瓶,拿在手上,慢慢地往外走,却迎面碰上刚被竞赛老师叫出去谈话回来的江尧。

教室面积不大,容纳了六十多个学生。

单人单桌列与列之间的走廊特别窄,一般只能容下一人轻松地走过。

他见她要出来,停下脚步,站在后面等了一阵,看向她的目光,跟往常一样,没什么不同。

许柚走出去时,正好和他目光对上,又立刻飘忽了视线,垂下眼,默默地擦过了他。

一句话都没有说。

快一天过去了。

他们一直持续着这样的状态,谁也不说话,谁也不吱声。

许柚并不蠢,她明白这意味着什么。

她不懂,他为什么不亲自告诉她?

哪怕说一句话也好。

许柚去饮水机旁接水,换林冉水瓶时,她拧开自己的喝了口。

舌尖发苦,涩得她猛灌了一大瓶下去,沉默了几秒后,才重新接回来,回教室上课。

下一节是张悦的课。

从小到大，许柚听过很多个语文老师授课，张悦是所有老师中讲语文讲得最生动的一个。她会给他们说很多课外知识，勾起他们兴趣的同时，还让他们补充学习内容。

大家听得都挺认真的。

似乎全班只有许柚在发呆，她心不在焉地抓着笔，一直低着脑袋不知道在想什么。

快下课时，她瞥了眼桌上白刷刷的语文课本。

文言文该记的笔记一个都没记，反而将旁边古人的黑白画像给涂黑了，鼻子下增了几簇像是鼻毛又更像胡子的竖线。

这节课需要讲的内容全部讲完，张悦还不着急下课，边整理讲台上的粉笔盒，边提醒了句："下周是月测，你们还记得吧？"

当然记得。

大家都唉声叹气的，还有人问明明才高二，怎么感觉跟高三差不多，天天都在做卷子和考试。

张悦说道："这你们就受不了了？高三复习时间很紧凑，他们的紧张程度是你们现在的两三倍，不过你们很快就能体会到了，再过一个多月高考，也不用等下学期，你们就是高三了。这学期快过去一半，我发现有些同学觉得自己现在成绩进步了，就开始骄傲，不上心了，连课都不听……"

闻言，许柚抬了抬眸，随便代入了一下，总觉得张悦在暗指她。

张悦继续道："下个学期会分重点班，你们给我打起精神来，这学期每一场考试，都会成为下学期分班的依据。因为下周四、五有上头领导和其他学校的老师过来交流学习，那两天有很多公开课要上，所以考试挪到了周一、二，下周一回来就考试。今晚放学前记得将桌面收拾一下，抽屉清空，布置成考场的状态。"

她一说完，刚好下课铃打响，踩着高跟鞋离开了教室。

放学后，班上的人都在整理东西，将抽屉里的书全部搬出来集中在一处,没用的纸张能扔就扔,免得碍地方。

今天是许柚值日,反正都是要最后才走的。她并不急,找林冉借了语文书,慢悠悠地坐在座位上,将下午没听的语文课笔记摘抄上去,抄完才收拾。

没一会儿,班上的人都陆陆续续离开。

许柚注意到身后的人还在,才猛然想起他是跟她同一天值日的,便去拿了个扫把,先把地给扫了。免得等会儿他开始摆桌椅,两人又碰到一起。

林冉收拾完,走过来问:"要帮忙吗?一起做,快一点,然后早点回家。"

许柚想了一下,将教室划分成两半,指了指:"你帮我扫那边吧,我扫这边。"

林冉往那边瞥了眼,看见江尧站在座位旁整理东西,瞬间就明白了她的用意。

"可以。你是怕尴尬吧。话说,他有没有回复你啊?怎么感觉你俩今天都没怎么说过话?"

一提到这儿,那股酸涩感又涌上来了。许柚低着眼,小幅度地摇头:"没有。"

"没有?"林冉愣了愣,"一点暗示都没有吗?"

许柚抿了下唇:"回去的时候再跟你说,先干活吧。"

林冉感觉奇奇怪怪的:"行。"

许柚将教室一半的地面扫完,看见不知道谁的笔掉在了地上,弯腰捡起来,正好瞧见江尧整理好东西,将一堆没用的草稿纸和废纸拿去垃圾桶扔掉。

他本来就喜欢偏计算类的科目,而且最近还在准备数学竞赛,草稿纸这种东西确实是比别人多得多。

许柚撇了撇嘴,带着一脸"这跟我没关系,我也没兴趣去关注"

的表情低下了头，将地上扫成一堆的垃圾，扫进垃圾铲。

专程等他从垃圾桶那儿走后才过去，将垃圾倒进垃圾桶。

这一系列动作，她都做得干脆且熟练，只想快速干完然后回家。

她倒完垃圾，将扫把和垃圾铲拿在手上，刚要将工具归到原位，突然注意到垃圾桶里好像有什么东西特别眼熟。

许柚怔了怔，鬼使神差地返回去看了眼，看见某个物件的边角后，当下怔在了原地。

似是不敢相信，她过了一阵眨下眼睛又看一眼，目光定了几秒后，所有情绪和委屈在一瞬间不受控制地涌了上来。

从昨晚到现在，她想过无数种可能被拒绝的方式，都没想到会是这样。

这比他亲自写一张纸条扔过来或者亲口告诉她，更无地自容，也更狼狈和不堪。

许柚眼底布满了水雾，视线渐渐模糊，不一会儿，一颗泪珠砸在手背上，漾开一圈浅浅的水花。

但她没出声，咬着唇，气闷地想将眼泪憋回去。

这会儿，班上也没几个人了。

没人察觉出她的异样，都在做自己的事情，就算瞥到了许柚，也只看到她低着头，不知道在干什么。

许柚几乎将脑袋垂到地里去，轻轻地用手背揩了揩眼睛，将打扫工具归了原位，继而快速回到座位上收拾东西，准备离开。

江尧收拾完，将抽屉往前一转。

梁子豪问："好了吗？"

他"嗯"了声："还要摆一下桌椅，倒垃圾。"

"哦，对。"梁子豪才反应过来，"你今天值日。"

许柚听见"倒垃圾"三个字，指尖顿了一下，而后默默地收拾得更快了。

梁子豪则靠在桌边，找林冉聊天打发时间："怎么样？这次考试复习完了吗?"

林冉扯了扯唇,摊手道:"啊?我不复习的啊,都是裸考。"

"装。"梁子豪不信,"你就装吧,是怕复习后退步了,被你爸爸我……笑话你?我是这样的人吗?"

"笑话。"林冉嗤了声,"我还会在意你笑我?你倒不如说我怕被我妈打,更有说服力一些。"

梁子豪没个正行地调笑:"你还不知道,你其实很在意我吗?"

林冉斜他一眼:"要不要脸?"

许柚收拾好了,跟林冉说了声,就拿起书包转身离开,连桌子都没转。

反正那个人会转。

她何必给他减轻工作量。

林冉背起书包出去后,因为许柚走太快,她并没有注意到许柚有什么异常。

直到许柚走路的速度快到让她害怕,总感觉发生了什么,才迅速跟了上去。

"许柚,许柚,你走那么快干吗,等等我……"

许柚越走越快,一离开教室就犹如得到解脱一般,整个人松懈下来,憋了许久的情绪也在一瞬间爆发,眼泪不受控制地从红红的眼眶"啪嗒啪嗒"掉落,一个劲儿地往下砸。

她努力睁大眼,想让它憋回去,却一点用都没有。像被人用锋利尖锐的刺,狠狠地在她心脏插了一刀,淌着鲜血的伤口连着全身四肢不停地绞痛,痛得她几乎要窒息了。

林冉追了半天都没追上,发现许柚停在了篮球场旁的长椅旁,坐下歇了会儿。许柚双脚踩在椅上,整个人蜷成一团,低着脑袋,脸埋进了膝盖里。

林冉刚走过去,就听见持续不断的抽噎声从里面传来,声音由偶尔低低的抽泣到崩溃的失控,听得她心也跟着抽痛了一下。

虽然不知道许柚今天具体发生了什么，但多少也能猜到点儿。

林冉不急着问原因。

她坐在许柚身侧，安安静静地陪许柚，时而抚一下许柚的后背，等许柚发泄完毕。

终于，不知道过了多久。

校园里的人除了高三几乎都走光了。

少女哭声渐收，缓慢地安静了下去。

林冉才试探地问："他回你了？"

许柚没抬头，小幅度地摇了下头。

林冉不明白："那你哭是因为……"她边问边从口袋拿出一包纸巾，递给许柚。

许柚接过，抽出纸巾擤了擤鼻子，小声说："我们一天都没有说过话，但是……"

林冉静静地听她说完。

许柚说到这儿，咬了下唇，又有点说不下去，过了一会儿，才低低道，"他扔垃圾桶里了……那封信。"

静了一瞬。

林冉才反应过来许柚说的话是什么意思，惊得直接站起了身："什么？垃圾桶……"

她简直被气笑了："什么玩意儿，你亲眼看见的？"

许柚点头，总算肯露出脸来，哭得眼睛有些微肿，下巴搭在膝盖上，吸着鼻子说："我刚刚扫完地看见他扔了一堆废纸，后来我将垃圾倒进垃圾桶时，发现它就在里面。"

"……不是。"林冉甚感无语，估计连她自己被人拒绝都没这么气过，"这算什么？他有病吧？是不是脑子有问题啊？为什么要一声不吭就扔了啊？你有没有写你的名字？"

许柚："写了。"

林冉严谨地问："里面外面都写了？"

103

许柚:"对。"

林冉感觉自己要被气炸了,而且还对许柚有些无形的愧疚,毕竟是她怂恿许柚这么做的,现在闹成这样,有她的原因。

她恨不得现在就扯江尧过来问清楚,偏偏明天又不用上学,便说:"下周我帮你问问他,问个清楚。"

林冉一提出要帮她讨回公道,她就制止了林冉:"别,我不想再在他面前提起这件事了,就让它过去吧。"被拒绝一次还不够吗?非要问个清楚,最后结果还不是一样……

"为什么啊?"林冉皱眉,"反正他已经知道你的想法了,最坏的结果不都出现了吗……再怎么样,也不应该一声不吭扔了啊?这件事做得不对的是他。"

男生扔信这种行为,林冉见过不少。

但一般情况都是因为别的班传过来的,不好处理,反正也不认识那女生,干脆扔了就当默认拒绝。

可许柚不一样。

两人再怎么也是朋友,总得说一声才处理掉吧?不然也太不尊重人了……

想来想去,林冉都觉得这件事儿很蹊跷。

她跟江尧认识了将近两年,清楚地知道他不是这样的人。

像上学期运动会的时候,她听梁子豪说尹佳妮文艺会演表演完,下台就找江尧去了,但是江尧拒绝了她。

尹佳妮还送了他一些礼物,里面有几样东西是可以吃的,梁子豪想拿来尝一下,被江尧制止,送还了回去。

他对尹佳妮都可以这样。

为什么到了许柚,就完全变了个人?

许柚身处其中,可能钻牛角尖了都不知道。林冉作为局外人,反而看得清楚。

她现在怀疑,江尧到底知不知道许柚给了他信,或者说他知道信

这回事儿，无意混进了废纸里，才扔进了垃圾桶。

林冉是真的很内疚。

带着这份自责，下周一上学，她就逮住江尧问了一句："江尧，问你个问题，你有时间吗？"

待会儿是数学月测，江尧刚从洗手间出来，就被逮住。

他睨了眼时间，不明白她想干什么，点点头，走到一边："什么事？"

林冉瞅他的表情，发现他并无半点心虚，再仔细一看，还渗着一丝对她的不耐烦……

林冉瞅嘀咕了好久，都不知道怎么开口，怪她没提前做功课："呃，你……"

江尧提醒她："快点，要考试了。"

林冉煞有介事地问："你是不是不小心丢了什么东西？"

"什么？"江尧眉毛皱了皱，"什么意思？"

林冉观察着他的眼色，又问："……信纸啊。"

江尧没有信纸这种东西，当下便以为是林冉的，没忍住，歪嘴笑了出来："你的信纸关我什么事？你到底想说什么？"

无端端被吼了一下，林冉也觉得很无奈，不是，这难道不该是她来兴师问罪的吗？

怎么被对方给唬住了。

她气急败坏道："不是我的，是许柚。"

"许柚？"江尧脸色柔和了下来，却还是问，"她的东西怎么会在我这儿？"

"啊？你不知道吗？"

林冉很怀疑他是不是在装，干脆她也装一下。

但他如果真的是在演的话，这临场反应和演技也太好了吧，都可以跟影帝一较高下了。

江尧蹙了蹙眉，眼看考试时间快到了，只扔下一句话先进了考场："考完再说。"

紧接着,他快步走进了一班。

许柚跟林冉不在同一个班考试,却跟江尧在一起。

他的位置是第一列第一个座位。她上次月测排在二十一名,按照考场"Z"字形排列,他们隔得并不远。

许柚抓着笔,无聊地坐在位上,盯着斜前方的空位子发呆。

老师都要发试卷了,连个人影都不见。

老师数好试卷,根据每一列的人数,整理成七沓,准备分发下去时,江尧才急匆匆地从前门走入,坐在位置上。

许柚立马垂下眸,不看他。

这次月测,她心里挺没底的,上周的事儿有点影响到她了,周末没怎么复习,这会儿考的还是数学,显得更慌。

考试铃打响后,许柚旁若无人地做题,在草稿纸上"唰唰唰"地计算。

这次题目比上次难得多,就连选择题也要思考很久才能想到方法,导致她做题的速度比附近的人慢了一小截。

突然,有什么东西从地上弹到她的脚踝,又跌落在地。

许柚没怎么在意,以为是蚊虫之类的东西,害她脚踝有些发痒。她不安地挪了挪脚,才猛然发现自己好像踩到了一个硬物。

许柚皱眉,停下手中的动作,侧身看了眼脚下。

似乎是一团皱巴巴的纸,被她一脚踩扁了,有点脏。

不知道为什么出现在这儿,也不知道是谁扔过来的。

等许柚意识到这可能是小抄时,台上的监考老师已经察觉到她的动静,放下手中的茶杯,背着手从上面走下来。

她看了他一眼,没什么好怕的,反正这东西不是她的,慌什么?

许柚继续做题。

监考老师捡起地上的纸团打开看了下,气氛顿时变得凝重。他没说话,看着纸条里的字的同时,又瞄一眼许柚的试卷,像是在做某种

对比和判断。

四周安静得过分。

老师来了后，附近的同学连写字的声音都不敢过大。

许柚见他还站在她的桌边，抬眸瞥了他一眼，正好撞进他微沉的视线中，愣了一下。

虽然这东西不是她的，她觉得还是要解释一下。

万一被误解了呢？

许柚将音量压到最低，小声道："老师，这不是我的，我发现它的时候，它就已经……"

老师似乎是怕扰乱考场纪律，惊扰到其他人考试，没等她说完，就打断了她："先考试。"

"不是。"

许柚看着他严肃的面孔，从未感到如此慌过。

因为她在老师的眼中看到了某种笃定，像是认准了她一样。

这明明是错误的判断，她可以解释的，却因为考试的原因，暂时夺走了她这个机会。

这比她说话说到一半，有人掐住她喉咙还要难受。

许柚只是略感无奈，并没有多想。

后半程考试的状态明显不如之前，但她还是尽力做完了卷子，试卷收上去后，监考老师喊了她一声。

"那边第三列的同学，叫许柚是吧？上来一下。"

许柚顿觉周围的目光都聚集在她身上，有不明情况的同学跟附近的人窃窃私语，询问发生了什么事。

包括江尧也不明白地扫了她一眼。

她略有些难堪地咬了咬唇，盖上笔帽，将笔放好，走上去，想快点解释清楚。

没想到她一站上讲台，老师就怒其不争地说："看着文文静静的，怎么回事？你说你现在这个名次，已经这么前了，证明你基础还算坚

107

固,为什么要搞这些小动作呢？"

话毕,许柚僵在了原地,反应过后,皱了下眉,气得浑身发抖:"老师,我说了不是我,我没弄什么小抄,这真的不是我的,我没有撒谎。我根本不知道这从哪里来的,就是考试的时候,感觉有东西碰到我的脚,我还以为是什么虫子,往下看了眼才知道是纸条……我说的都是实话……"

人一委屈的时候,语速就会加快,她还带着哭腔。

她不知道该怎么证明自己说话的真实性,只能不停地强调,不断强调:"不信你可以问一下附近的人,我说的到底是不是真的……"

老师真问了,却有一群人说不知道,包括坐在许柚左右桌考试的人。

大家都说在认真做题,不知道怎么回事,也没留意。

这个班是上次考试年级前六十名的人的考场,这里只有两个人跟她是同一个班的,除了江尧,还有一个坐在后排的男生。

江尧坐在第一排第一列,后面发生了什么,他根本不清楚,这会儿听他们的对话,才渐渐了然……

许柚作弊？

江尧蹙了蹙眉,闪过一丝觉得荒唐的表情。

他盯着讲台上克制着自己的声音,尽力为自己解释的女孩儿,莫名地有些不是滋味。

她站在台上,孤立无援,没有一个人相信她。

就算有人看她外表觉得她不像是这样的人,也没人愿意为她说上一句话,都在静悄悄地看戏,表面虚浮出对她的心疼。

大家都抱着多一事不如少一事的态度,冷眼旁观,甚至有的人还认为她在撒谎狡辩。

江尧扯了下唇,薄唇抿得发紧,突然就开了口:"老师,你只是在桌底下找到这个纸条,不是在桌上,凭什么就认定这是她的小抄啊？"

空气静了一瞬。

这会儿已经放学了,外面有原本一班的同学候着准备进来。

因为这茬事儿,考场里人都没有走,可能是难得有一场好戏看的缘故,也没人着急离开。

监考老师是个接近五十岁的老师,被噎了一下,还没说上话。

江尧又道:"如果我随便拿一张白纸,写上公式,扔到后面,是不是就可以让后面的人背上一个作弊的处分了?"他还挑衅地勾了勾唇,"这真是个好主意,反正怎么解释也没用,连监控都不看就认定是那个人,只要在谁地上那就是谁作弊……"

"江尧。"老头被气得不轻,"你胡咧什么?你坐第一排,你知道什么?我有说她作弊吗?"

"作弊"两个字被他咬得极重。

确实没说,只不过处处暗示罢了。

江尧随口道:"我不知道啊,就事论事。"

许柚垂着眸,因为信的事,他说话的全程都没看他一眼,却将他说的每一句话都听进耳里。

她的心忍不住颤了下。

果然,人在独自面对的时候,总喜欢伪装坚强,哪怕受多大的委屈,都坚决不掉一滴泪。

一旦有人维护,就像胸腔最柔软的一处突然被什么东西抓住了一样,点点的委屈都容易放大,汹涌而出。

许柚低着头,使劲儿憋着眼泪。

这模样,在其他人看来,似是委屈极了的样子,便也跟着附和了几句。

老师确实不怎么占理,被江尧呛了几句,就气哄哄地没声儿了,但为了自己的威严,还是记下了许柚的名字,煞有介事地拿起茶杯离开。

考场散了。

许柚快速回到考试的座位上，将笔和尺子收拾好，然后离开一班。

没等她走出去几步。

江尧过来问了一句："你什么东西落在我这儿了？"

许柚没反应过来，抬眸瞥他一眼："什么？"

他详细地复述了一遍："林冉说，你落了一封信在我这儿，问我是不是丢了。我想不起来，你上周怎么不亲自问我？我记得你周五一天没找我说过话吧？"

许柚刚经历了那样的事，这会儿脑袋还蒙着呢，完全不知道他在说什么。

而且，现在两人对话的状态也很奇怪。

什么信？什么丢了？

他到底在说什么？

保险起见，许柚决定先糊弄过去，抓着笔的手无意识地抠紧，小声说："我不清楚。"

说完，她没再看他一眼，先一步回了三班。

江尧倏地愣住，好几秒才回过神来，略显尴尬地蹙了蹙眉。

无端有种被人耍了的错觉。

许柚一进教室就扯林冉去洗手间，问个清楚。

林冉刚在跟梁子豪对答案，对得正上头，突然被拽了出来，不明所以地问："干什么？一惊一乍的……"

许柚咬了咬牙，有点生气地说："你是不是跟江尧说了什么话？他为什么会问我什么信啊，什么丢了之类的问题，我不是跟你说了吗？不要跟他再说那件事了……"

林冉听明白了："你别急啊，我确实是跟他说了，这是我的问题。我不是想着要弄清楚，不能迷迷糊糊地就这么过去了嘛，但我发现，我的猜测是对的。"

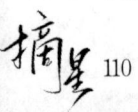

许柚有点蒙，吐了口气："你什么猜测？你是怎么跟他说的？"

"你认识江尧也快一年了吧？"林冉不着急，慢慢跟她解释，"你觉得他是那种……"她也不知道怎么形容，随随便便想了个词，"很坏的人……不顾及别人感受的人吗？"

许柚没吱声。

她觉得是不是有什么用，现实就是那封信被他扔进了垃圾桶里。

"肯定不是啊！"林冉急死了，"他要真是这样的人，你还会在意他这么久吗？考试前，我委婉地问了他一下，问他是不是丢了什么东西，是不是丢了一封信……他完全不知道我在说什么。"

许柚听林冉说完全程，才能将刚刚所有的对话串起来，眉目松动的同时，又有点不敢相信："他会不会是因为不好直接拒绝我，才装的？"

林冉见她这么谨慎，敲了敲她的额头："有病啊？他又不是没拒绝过别人，怎么会不好拒绝？不信，你可以试探一下？对了，刚刚你们考场发生了什么，怎么这么久才回来？"

许柚想到刚刚的事，又没了声儿。

怪丢脸的，反正也不是必须要说的事，而且好像也已经解决了，她便没有说："……就发生了一点小事。"

林冉跟她一起回教室，八卦地问了一句："什么事啊？"

许柚随口道："不就那些事，考试能发生什么大事。"

"到底什么事啊？"

"你那么八卦干吗？"

回到教室，许柚想了想，还是决定跟江尧解释一下，给这件事画个句号。

她敲了敲他桌面说："我想起来了，那封信……"

江尧正准备走，听她这么一说，靠在桌边等着她的回答，双腿就这么搭在地上。

111

怪长的。

许柚垂眸瞧了眼，一瞬间醒悟过来。

就像林冉所说，江尧不是那样的人，也干不出那种事。如果他真的如她所想的那么坏，又为什么会在刚刚她被老师误解时帮她解围呢？

这不就前后矛盾了吗？

是她不分青红皂白，一时情绪上头误解了他，还生了他的气。

被人误解的感觉，许柚方才也经历过了。

说实话，真的很糟糕。

但她比江尧的情况好一些，她至少知道自己被误解，有可以解释的机会。

他却没有，估计连发生了什么都不清楚。

许柚想通了，抿抿唇，也展了笑颜。

她有些过意不去地在心底跟他说了声对不起后，小声道："那封信……是我自己不小心扔的，跟你没关系。"

江尧"哦"了一声，好奇道："什么信啊？为什么会认为落在我这儿？"

没想到他会问得这么仔细，许柚有点慌。

林冉笑了声，仗义地帮她圆过去："是我的错，是我拿来偷看了眼，上周坐过你的位置跟梁子豪聊天……我还以为是我不小心放在你这儿的，原来不是啊，我还回去了。"

"对。"许柚感激地看她一眼，也跟着附和，"都怪她。"

江尧歪了歪头，总觉得怪怪的，两人一唱一和，怎么听都像在撒谎。但别人不愿意说的事……他也不好强求。

他站直身，无所谓地耸了耸肩："行吧。"

这一茬事，就算是过去了。

回家的路上，许柚放松了许多，不再不开心，也不再绷着自己，独自生闷气。

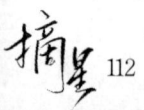

虽然最近发生挺多事的，心情起起落落，但到了这一刻，她发现很多东西都被她想开了。

林冉觉得这事实在是太乌龙了，还有些滑稽："怎么办？你还打算说吗？"

许柚果断摇头："不了。"

林冉："放弃了？"

许柚"嗯"了声，笑着说："就当朋友吧，朋友也挺好的，或许我们可以做一辈子的朋友。"

林冉被吓了一跳："哈？一辈子的朋友？"

那不更难过吗？

她不懂。

许柚却说："年少时的心绪确实很懵懂也很青涩，就像现在这样，什么也不敢，什么也不会，凭着本能随着心去做，但是有多少这时候产生的感情是真的可以走到最后的？与其分开后相看两厌，还不如不要在一起。"

林冉淡笑道："你这安慰自我的境界挺高的啊。"

许柚也自嘲了一下："我也觉得。"

江尧这么优秀，性格、能力、家境，通通都是她比不上的。

他就像天之骄子一样，像夜晚天上亮着微光的繁星，看似很近，却隔着她怎么也横跨不了的距离。

所以，她想明白了。

星星看着就好，没必要非得摘下来。

她不摘了。

放弃了。

江尧等梁子豪值日完就下楼离开。

走出校门的路上，他一直在想刚刚的那件事儿，有点愣神，差点撞到人都没发现。

还是梁子豪提醒他,才避免了一场"事故"。

梁子豪觉得他有点不对头,忍不住勾着他肩膀,嘲讽道:"啧,想什么呢?不会是在想下午数学考试里的题目吧?不会吧?居然连这种普普通通的数学月测都能将你难倒,那我放心了,这次月测出的题确实有点恶心哈。"

江尧冷冷地瞥了梁子豪一眼,低嗤了声:"恶心的是你吧?"

梁子豪被怼了一下,无趣地咂咂嘴:"确实挺恶心我的,你不也被恶心到了吗?瞧这魂不守舍的样儿,怎么样?很难吗?"

江尧嫌弃地拍开他的手:"……想在我身上找安慰?"

梁子豪"喊"了一声:"我需要?"

梁子豪的数学确实挺厉害的,但是也没到江尧那种程度。而且他英语极差,每次总分都会被英语拖下一大截,还被林冉嘲笑过。

梁子豪看见江尧家的车已经停在了校门口,先一步过去,拉开后座的车门,钻进里面,还乖巧地喊了声:"周叔。"

"哎。"被叫周叔的司机透过后视镜往后扫了眼,"江尧呢?"

"后面呢。"

梁子豪坐好才发现副驾位上还有一个人,正没精打采地拎着一包薯片吃,还冲刚来到车旁准备上车的江尧,斥了句:"怎么这么慢?能不能有点时间观念?"

梁子豪"嘿"了一声:"呓姐,你怎么也回家啊?"

禹城一中高三是全寄宿的,一个月才放一次假,平时周末只放半天。

江尧边进来边听见江呓说:"有点不舒服,回家看看医生。"

梁子豪:"哪儿不舒服?"

江呓摸了摸额头,往嘴里塞了一块薯片,声音倒是挺柔弱的:"发烧了吧?"

梁子豪抽了抽嘴角,莫名地想交流一下如何没病也能装病请假的小技巧。

江尧没理他们,在车上闲闲地坐着,时而看一眼窗外。

外面是人来人往的学生和家长,还有一水的私家车。

马路对面好几家店铺门口都围满了一中的学生,有说有笑。

江尧扫了几眼后,突然将视线定格在了某一处。

奶茶店前,一个穿校服背着白色书包的少女站在路边跟身边的朋友说话。

她细碎的刘海被风吹乱,挡住清秀的眉毛,却将那双水盈盈的双眸露了出来。

她时而勾唇笑笑,时而惆怅又难过地瘪了下嘴。

不知道在说什么,她脸上的表情是开心的,可铺着笑意的眼神清淡又冷静,不停眨巴的双眸有种湿漉漉的错觉。

她说话时还仿佛带着某种释然和笃定,可惜离得太远,他并不知道她到底在说什么,只能透过表情去判断。

梁子豪见江尧在发呆,挥了挥手:"看什么呢?"他也朝窗外看去,眼尖地捕捉到那两个人,"咦,林冉和许柚……她们在干吗?真厉害,天天喝奶茶也不嫌腻,女生真是神奇的物种。"

江呓也看到了那边的两人,觉得很眼熟,没一会儿就认出来了。

不就是那天下雨,跟江尧一起撑伞的女孩吗?

江呓关心地问:"江尧,你们很熟?上次我看见你们……"

江尧没开口。

梁子豪听见,帮他解释道:"姐,那是我们的同班同学,还坐得近,当然熟啊。"

"哦。"江呓遗憾道,"没事,应该是我想多了。"

车子开走,江尧也转移了视线,揉了揉眉心,想休息一会儿,心里却没来由地烦躁起来。

过了片刻。

似是想到什么,他蹙眉,问梁子豪:"上周,林冉有坐我位置上跟你聊天吗?"

梁子豪正塞着耳机听歌，没听清江尧问什么，拽下耳机线问："什么事？"

江尧顿了一下，神情有些微妙，似乎不太相信自己竟然会问出这样的问题，敷衍道："没事。"

"不是。"梁子豪无语，"哪有人勾起别人兴趣后就不说了的，没劲……"

江尥被他的形容逗笑："我告诉你，他问，上周林什么，没听清，反正是个女孩名，有没有坐他位置上跟你聊天。"

梁子豪下意识反应："林冉。"

江尥："对，就是林冉。"

"没有啊。"梁子豪别有深意地看向江尧，"你问来做什么？"

江尧更烦了："没什么。"

前言不搭后语。

不是她们撒谎，就是梁子豪撒谎。

下周月测成绩出来，许柚果然退步了，尤其是数学，直接创下她来到一中以后所有月测和期末考的最低分，连及格线都碰不到，年级排名也从上次的二十一名降到一百名以外。

许柚看着满片飘红的答题卡，心情有些复杂。

从高处跌落的感觉挺不好受的，虽然她在考试时就意料到会是这样的结果，但看着极其陌生却属于她的成绩，还是难受了一下。

努力了那么久，才爬到那个位置，现在一下回到原点，任谁都有些接受不了。

没退步之前，许柚一直在班上排名前三。

张悦看重她的程度就宛如江尧。

毕竟成绩起起伏伏，有人这次高分，下一次就会降下去，只有她和江尧两个人稳定到不行。

江尧一直都是第一，而她也在稳步上前，怎么看都像一个潜力股。

因此，这一次成绩大伏下滑，不仅对她，对张悦和班上其他人来说，都挺震惊和意外的。

张悦专门找她去办公室，就这次月测的情况聊过一回。

许柚以为张悦会问一些"为什么这次退步那么大""是不是前段时间松懈了"或者"遇到了什么事情"之类的问题。

万万没想到，张悦要谈的竟然是作弊的事儿。

张悦已经尽量说得很委婉了："是这样的，听监考老师说，数学考试的时候，在你的位置上捡到了一个小抄，有这回事吗？"

还以为这茬事过去了的许柚一时没反应过来，怔了一下。

她没忍住在心底腹诽了一句，那老头还真是……够记仇的！

虽然没通报级部批评，但跟班主任告状了。

许柚点了点头。

确实是在她桌子底下发现的，总不能说没有，她又解释了一遍："……可是，那不是我的小抄，我并不知道为什么会有个小抄扔了过来。"

"扔过来？"

"对。"许柚描述了一下当时的情景，"那时候我在做题，差不多是填空题的时候，突然有东西碰到我的脚，然后又落到地上，被我不小心踩了一脚，我低头去看才发现是个纸团。"

一中虽然每一间教室都安装了摄像头，但也只有高三大考或者高考这种正式正规的考试时才会使用，像这种连期末考都算不上的小月测是根本连开都不开一下的。

所以，真相是什么，谁也不清楚，到底谁扔过来的，没有人承认，没人看见，也捉不出来。

张悦比那监考老师态度好点儿，不会不分青红皂白直接指着别人的鼻子说"你作弊"，但谈话时，却字里行间弥漫着一股犹疑又让人窒闷的气氛。

尤其是，她在问到为什么这次数学退步这么大，听数学老师说连

117

一些基本的选择题都能出错时，许柚在她脸上看到了怀疑。

刚巧，江尧进办公室拿一份报名表，就摆在张悦办公桌的附近，他走过去时经过许柚身侧，朝她瞥了眼。

因为离得近，也听到了些许内容。

本来已经调节好情绪的许柚，又因这段谈话，心情变得有些低落，而原本在她眼中高大的老师形象也在瞬间消失，变成那种随大流毫无主见的人。

直接导致后面张悦给出的建议，她半个字都没听进去，全是左耳进右耳出。

谈话结束，许柚拉开办公室门离开，轻轻地吐了口气。

在想别的事情，没怎么看路，险些撞到了站在门外的一个人，她反应略迟钝地抬眸，看清人后，后退了两步问："你怎么在这儿？"

江尧看上去已经在这儿等了一会儿："我刚刚进去拿了张表，从你身边经过，你不知道？"

许柚挠了挠头发，无辜地摇头："……不知道。"细想过后，她又补了一句，"没留意。"

江尧眉头皱了下，赶紧略过这个尴尬的话题，低声问她："老师找你什么事？说上次考试的事？那个老师告诉张悦了？"

许柚无奈地点头，撇了撇嘴，一边往教室走一边说："对啊，我还以为这件事过去了，没想到他告诉了班主任。他们好像都不是真的在相信我，只是碍于找不到证据而被迫地不责怪我。"

"确实。"江尧低笑着，带了点嘲讽的意味，"因为你也没证据去证明那小抄一定不是你的，所以在他们看来这件事有两种可能，好像人都喜欢将坏的不好的那部分加在别人身上。"

许柚意外地看着他笑："或许吧。你怎么就不怀疑我？你当时坐在前面也没看到发生了什么啊？"

江尧闻言倏地歪头："我没记错的话，你应该挺喜欢背书的吧？不至于一点公式都背不下来，再说数学要是背一下公式就能高分，那

考试拉分也不会这么大了。"

许柚附和着点头:"有道理。"

但前面那句话,总感觉在损她。

是她想多了吗?

到了教室门口,江尧比许柚先一步进去。

许柚紧跟其后。

午后金黄色的光线从门口轻洒进来,照在他身上,将他的背影漾出了几丝暖意,也衬得他更高大挺拔。

许柚盯着他的后背,勾了勾唇角。

坐在位置上喝着牛奶发呆的林冉瞧见两人一前一后进来,"咦"了声,别有深意地笑了下。

晚上放学回家,许柚将这次月测的成绩单拿给黎平君看,并且主动承认了错误。

她没有将"作弊"的事告诉黎平君,也没有找一堆乱七八糟的理由去辩解,直接承认是自己前阵子对学习不上心,态度上的敷衍和松懈,才导致如此结果。

黎平君自然也能感觉到她前段时间的心情低落,尝试问了一下原因,她不愿意说,便没有再问,也没过多责怪,只是让她好好收一下心,准备迎接即将到来的高三。

这弄得许柚怪不好意思的,倒想黎平君骂自己几句,还好受一点。

不过,到了这时候,也确实该收心学习了。

下周四是五一劳动节,也意味着还有一个多月就到六月七日——高三学生高考的日子,高考过后就轮到他们会考。

会考结束,学校会有三分之一的学生离开。

整个高三级部都毕业了,那一栋楼都空了,他们也将成为高三生。

许柚面对江尧的心态变了很多。

可能是多了一种无所谓的心理,不管他对她是什么想法,她都处于一种"不在乎"的状态,如此一来,反而跟他相处得更自然,也没那么小心翼翼。

他们成了真正意义上的朋友。

江尧还是会教她数学题,她也关心他竞赛准备得如何、什么时候去考试。没了拘谨和约束,聊天的时候什么都敢聊,偶尔也会互怼一下。

体育课前,江尧给了许柚钱,让她等会儿去小卖铺时顺便帮他和梁子豪买水,免得打完球后还要再去小卖铺一趟。

林冉调侃许柚:"你跟江尧都这么熟了?"

许柚抿了抿唇,如实说:"只是朋友而已。"

她知道,他只将她当成朋友。

体育课热身运动结束,老师宣布解散让大家自由活动。

许柚和林冉慢悠悠地去了趟小卖铺,买东西的同时,没忘帮他们带两瓶矿泉水。紧接着,她俩又去草地那儿转悠了两圈,才往篮球场那边走。

篮球场附近围着一群女生,她们有说有笑地看着场上的男生们打球,视线总在某几个人身上徘徊。

许柚不知道她们在看谁,似乎也跟她没关系。

她跟林冉找了个还算阴凉的位置蹲下,聊了会儿天。

两人聊到五一假期去哪儿玩的问题,聊得正上头,并没有留意到场上的江尧被轮换了下来,在场边站着歇了会儿。

他的视线在周围扫了一圈。

在看见对面不远处树下两个像仓鼠一样蹲在地上一边闲聊一边吃锅巴的女生时,低眸勾起嘴角,走了过去。

他一声不吭弯腰拿起放在许柚身侧,瓶身还流着水汽的冰矿泉水,拧开,仰着脖颈喝了一口。

许柚一直盯着地面,并没有注意到他,这时等听见动静,转身看见他时,被吓了一跳,仰着头问:"你怎么知道我们在这儿?"

江尧:"我又不瞎。"

许柚似乎瞧见他翻了个白眼,摸了摸鼻头,自讨没趣地低下眼,没再看他。江尧见她不说话,也将水瓶放在一边,回到场上。

这默契,这氛围……

谁看了不觉得有猫腻啊?

在其他人眼里,瞧见刚刚这一幕的女生都惊呆了。

许柚眼皮一跳,略无辜地眨眨眼,也没真当一回事儿。

江尧的数学竞赛在五一放假的第三天,也就是周六上午进行。

放假前刚好是林冉做值日,她一下课就去了实验楼搞清洁到现在还没回来。

许柚收拾好书包,坐在位上无聊地等她,瞧见正在收拾的江尧,随口问了下:"你那天怎么去考场?"

江尧没有说司机,而是换了种说法:"家里人送。"

"哦哦。"许柚点点头,"那就是开车去的吧?应该不用担心迟到之类的问题……"

"不会,九点半才开考。"

许柚发现江尧拎着一个橡皮在草稿纸上使劲儿地擦,可不管他怎么擦,都擦不干净。

估计是太久没用过,橡皮都有点变硬了,不仅擦不掉铅笔的笔迹,还会弄得一团黑,特别难看。

有些许强迫症的许柚翻了翻抽屉,将一个没用几次的新橡皮扔给他:"你用这个吧,竞赛肯定要涂答题卡、选择题什么的,别到时候不仅擦不干净还将选项的框弄黑了。"

江尧愣了愣,本来想说放假去买个新的,想了想还是收下,并说了声:"谢谢。"

林冉一回来,许柚就跟她一起走路回了家。

最近的日子过得都挺惬意的。

学习任务还没有到很重的时候,每天上上课、做做作业,一天就

121

这么过去。

由于会考的缘故,学校还专门将下次月测给取消了,没了考试压力,更是轻松得不行。

许柚的数学虽在上回退步了不少,但后来的随堂小测和作业都发挥正常。

数学老师样子看着很凶,没想到人还挺好,猜到她因为月测的成绩有些气馁,还专门鼓励了她一下,说她其实挺聪明的,又勤奋又肯吃苦,只是下次不要那么粗心,连一些送分的选择题也做错,就肯定能拿回高分,让许柚的自信心回笼了,也更喜欢数学了。

许柚以为这样的日子会一直持续下去,起码会持续到高考的那一天,却没想到会考前两周,发生了一件大事。

那一天的体育课,许柚又来了月事,向老师请假并没有下去操场集合,而是安安静静地拿了本书在教室里翻了翻。

临下课的前几分钟,她担心下课后洗手间会很多人需要排队,便提前去了一趟,出来时无意瞥见江尧跨着极大的步子从楼下走上来,单手捂着耳朵,连看都没看她一眼,直接冲进了男厕。

许柚有点蒙,不知道发生了什么,也没有往坏的方面去想,先一步回了教室。

然而,接下来的两节课,江尧都没有回来。

他的位置空空如也,人影都不见。

许柚有点慌了,左眼的眼皮总在跳,感觉发生了什么不好的事情。

她问了问梁子豪:"江尧呢?怎么体育课上完人都不见了?"

梁子豪沉默了一阵,瞬间收敛了平时开玩笑的劲儿:"他?打球的时候,不小心被球撞到侧脸了。"

他在自己脸上指了指,大概是这个位置……

刚好在左耳附近。

许柚立马联想到江尧捂着耳朵进洗手间的画面,睫毛颤了颤,担

心地问:"严重吗?"

梁子豪说:"不清楚,这得问医生啊。但看现在还没回来,估计有点悬……"

接下来的课,许柚都有些没精打采。

课间,许柚独自上三楼校医室瞅了眼,从门口假装不经意地路过瞧一瞧里面。

竟然一个人都没有,连校医也不在。

许柚越来越觉得奇怪。

她的手不自觉地摸上自己的侧脸,想象了一下球飞过来会伤到什么。

毁容吗?眼睛吗?

还是耳朵?

许柚想来想去,都是白搭,真实情况只有问他才清楚。

晚上,做完作业,许柚盯着那个黑下去的QQ头像,一边抱着肥橘撸猫一边思考要不要问一下江尧有没有事儿。

她纠结了大概半个小时,最后还是闭着眼发了过去:江尧,你没事吧?

结果,到了凌晨都没收到回复。

许柚熬不住就睡了。

第二天上学,她比以往早了足足半个小时到学校,就为了看看江尧今天有没有来。

可到了早读课上课也没见他身影,他的书包像昨天一样挎在椅背上,根本没有拎回去。

许柚的心情不可避免地有些沉重,连单词表都看不下去。

直到身后出现"刺啦"一声,有人拉开椅子坐下,她猛地回头,比梁子豪反应还要快一些,注意到江尧回来了。

江尧被她这反应吓了一跳,有些意外地看她一眼:"干什么?"

许柚傻乎乎地笑着,摇了摇头,又转过身开始背单词去了,瞧见他没事后,盯着单词表笑得合不拢嘴。

江尧却在她背过身后，压下了眉眼，脸色微沉。

梁子豪投来关心的眼神，问道："兄弟，没事吧？"

江尧摇了一下头，扯唇笑了下，却不带一点情绪，眸色淡到极致。

男生没有女生那么心思细腻，看见江尧这表情，也只是误以为他没睡醒，还有点困而已，并没有当一回事。

许柚坐在江尧前面，没法老是转过身去看他，更不会发现他的异样。

但没过几天，她就发现江尧好像有点不一样了。

具体哪儿不一样，她说不上来。

以前江尧会主动找她聊天，有时候还会请教她英语，现在他又变回了孤僻的状态，总是一声不吭。

有时候她说话，他还会无视……

许柚第一时间在自己身上找原因。

或许是她做了什么事儿惹他不高兴了才这样，可回想了半天都想不到自己做过什么不好的事情。

一直到会考的前一周，她去饮水机接水时，无意听见老师站在教室外面的走廊问江尧会考还参加不参加。

许柚蹙了蹙眉。

为什么不参加会考？江尧的保送还没确定下来吧？怎么就不参加会考了？

许柚带着这个疑问去饮水机接热水，因为在想问题，被烫到了都没发现，左手的食指红了一小圈，隐隐有起泡的趋势，还挺疼的。

她甩了甩手，拿着水瓶返回教室，迈进后门时，瞧见林冉和梁子豪在聊天，因为离得太远，并不知道他们在聊什么。

离得近了，才能捕捉到一点点关于他们聊天的信息——

林冉一脸惊讶地问："不是吧？江尧要出国？怎么这么突然啊？"

梁子豪像是知道原因，又像是不清楚，估计他也是一知半解，刚得到消息："还行啊，这在我意料之内。这学期不有很多人出国留学

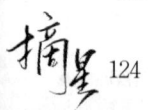

吗？刚好高三快到了，该出国的都在准备出国了。"

林冉觉得挺不可思议的，说："可之前他不是说了要去北京上大学的吗？"

梁子豪的思维方式很简单，也只是从江尧的角度出发："人的想法是会变的嘛，况且像江尧这样的好学生，出国也挺适合他的，比那些为了逃避高考出国的人好多了。"

"那什么时候走啊？"

"这个月。"

梁子豪话音一落，许柚没留意用刚刚被烫到的手握住水瓶，本来就被烫伤了，这下又被烫一下，直接疼得她低呼了一声，撒开了手——

水瓶"嘭"的一声掉在地上，瓶盖歪了，刚装好的水正从缝隙里源源不断地涌出来。

许柚被吓得后退了一步。

刚好撞上从走廊外进来的江尧，他比她高得多，视线越过她，一眼就看见发生了什么，也瞅见了她被烫得发红的手。

许柚转身朝他看了一眼。

他侧了侧身，语气沉着冷静："你先出来吧。"

许柚已经不在状态了，满脑子想的都是他准备出国，这个月就要出国的事儿，巴巴地瞧着江尧将她的水瓶捡起来，拿拖把过来吸干地上的水渍……

许柚想问问他关于出国的事儿，可与他对上视线时，又一句话都问不出来，喉咙像被堵住了一般，干得发哑。

别说说话了，她都感觉自己有点喘不上气，恍惚觉得他陌生了很多，像变了个人，之前的一切都是她自行臆想出来的错觉。不然出国这种需要慎重考虑的事儿，连朋友都不能告诉一下吗？

林冉知道许柚肯定知道那件事了。

放学之后，两人一人捧着一杯奶茶，坐在街边的长椅上沉默了良久，似乎都有点无法接受这个事实。

出国意味着什么？

往好一点想，是他们在不同的地方上学，他去更好的地方深造。

往坏处去想，就是他们的人生轨迹从此变得不同，他从原本一直朝前走的直线中，分离了出去，去往与她们不同的方向，渐行渐远……

很可能，以后再也不会见面了。

关于江尧出国的事，许柚其实有很多问题想问问他。

譬如，去什么地方上学？上完学还回来吗？什么时候回来？

可她最终一个都没问出口。

梁子豪说得对，人的想法总是无时无刻在变。现在说会回来的人，最后到底回不回还是个未知数，抑或在国外取得好成绩，毕业后直接就在那儿定居工作，也不是没有可能……

林冉见她神情难过，安慰她道："别想太多，喜欢这东西其实挺不值钱的，看见这个帅就喜欢这个，看见那个帅就喜欢那个，人都这样。"

许柚还记得她当初劝她时的说辞，跟现在完全不一样，这是又开始胡咧了？

"你别不信。"林冉看她，"再说了，你又不了解他，或许你深入了解之后就没那个意思了。而且，过几年估计你连江尧是谁都忘得一干二净了。"

许柚没有说话。

林冉说得很现实，生活中绝大部分的人也的确如此。

就连许柚都不敢保证，如果江尧不出国，两三年后她是否还会记得他……

可即便如此，现在该难受的，还是会难受。

一想到一个月后再也看不见他，高三也不见他的身影，总感觉心脏某处空了一样，挺不是滋味。

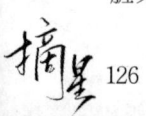

第二天上学，许柚没有找江尧说话，当然他也不会主动找她。

两人对视过后，都会出现一阵短暂的沉默，一种无形的压抑气氛在他们之间蔓延，显得特别尴尬。

很不巧，今年的高考在六月的第一个周末进行。

高考那一周高一高二年级只需要上一天课，就可以连放六天假了。那一天也恰好是星期一，升旗仪式照常举行。

仪式后半程专门由高二年级的级长颁发了一个奖，是前阵子的数学竞赛，全校只有两个人拿到了获奖名额，一个一等奖，一个三等奖。

一等奖的获得者毫无意外是江尧。

他在众人仰慕的目光和彻响的掌声中走上升旗台，每一步都走得不急不躁，干净的蓝白校服将他身形衬得挺拔高大。

有实力却总是不卑不亢，许柚看得出来，很多同学和老师都挺喜欢他的，也有不少尖子生将他作为榜样，去学习去追赶。

张悦瞧见这一幕，叹了口气。

许柚站的位置刚好离得比较近，听见了她跟四班班主任的一段谈话。

四班班主任瞅着台上说："听说你们班第一要走了？"

"对。"张悦无奈道，"本来以为拿了这个奖保送基本就稳了，但他放弃了。"

四班班主任并不觉得可惜："可能是人家家长改变了主意，觉得出国更适合他。说实话，他这能力去哪儿都能吃得开，也不必觉得可惜。"

"确实喔。"张悦笑了下，"不过也是因为一些事才这么突然的啦，我跟你说……"

许柚竖起耳朵想听清楚，奈何后面的那些话张悦是凑在四班班主任耳边说的，像是在谈论什么八卦一样，不能让附近的学生听到。

谈完这段话，四班班主任长叹了口气："原来是这样啊，那真是

127

没办法，他家应该还挺富裕能支撑费用的吧？"

"能的。"张悦踢了踢脚下的石子，"他妈妈是教授，他爸爸是开公司的，应该没什么问题，希望他以后越来越好吧。毕竟是带了快两年的学生，会考后一周就走了，还挺不舍的。"

"这么快？"

"嗯。"

会考后一周？

许柚听见江尧走的具体时间，整个人怔在原地。

她仔细算了算时间，明天开始放六天的假，放完回来周一进行会考，会考后就只剩下四天了。

四天，一眨眼就能过去。

许柚恨死了这为了给高考腾考场而多出来的六天假期，白白让他们少了六天的时间相处。

升旗结束，回教室的路上起了一阵风。

有沙子吹进眼睛里，许柚眨了眨眼，差点哭出来。

她忍着那股难受劲儿，眯着眼视线模糊地盯着走在前面的江尧，想的却是看一眼少一眼，以后真的没得看了。

林冉瞥她一眼，一惊一乍道："柚子，你怎么哭了？"

这句话在喧闹嘈杂的楼梯间引起一阵诧异，周围的人都不约而同转过头来看许柚，梁子豪也好奇地扫了眼。

许柚顿感丢脸，揉了揉眼睛："没哭，是刚刚沙子进眼睛里了。"

大家才笑着移开了视线。

许柚盯着某人的背，小声嘀咕："现在倒挺想哭的。"

连平时没怎么说过话的同学听见她哭了，都关心地转过身来看她，他却毫无动作，哪怕一个眼神，都没能给她施舍。

许柚揪紧校服的衣摆，越发觉得难受。

林冉估计猜到她在想什么，挽着她的胳膊，无声地安慰，没说话。

下午放学，许柚将假期作业全部收拾好，转身瞥了江尧一眼，发

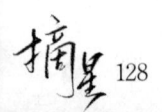

现他桌面放着一个看上去很新的橡皮。

——是她给他的那个。

许柚张了张嘴,下意识想拿回来,顿时又将即将出口的话咽了回去。

算了,让他拿着她的东西挺好的,说不定会带出国,也不是没有可能。

许柚转过身,刚要拿起书包离开。

江尧突然走过来,将几本书放在她的桌面上,沉默了一会儿,小声问:"要吗?"

许柚明显一怔,抬目看他。

除了水瓶掉在地上的那天,他已经好几天没跟她说过话了,听见这句话,她都怀疑是不是自己耳朵出现了什么问题。

江尧等她决定,也不急。

许柚被他目光烫到,稍稍挪开眼,看向他拿过来的几本书,全是数学、物理和一些练习册,里面密密麻麻铺满了他上课时做的笔记,数学比较少,物理还挺多的。

重要的不是笔记,而是这是他用过的东西,属于他的东西啊,对于许柚来说,比什么都宝贵。

所以这是要干什么?

给她?

许柚瞧见扉页他开学时写上的"江尧"二字,眼睫颤了颤,心脏忍不住狂跳,仿似傻了一般,呆滞地盯着那两个字,眼睛都有些失神了。

静默片刻后。

许柚咽了咽口水,不知道谁给她的勇气,突然看着他很狂地问了一句:"能把上学期和高一的也给我吗?"

说完这句话,许是她也觉得自己这样的行为很不妥,越说越没底气:"快高三了,复习应该都能用到……反正你……也不需要了……"

此刻教室里根本没几个人,安安静静的,即便说话的声音不大,也能制造出回音。

等了一小会儿,都没听见他的回答。

许柚咬了咬下唇,觉得自己挺不要脸的,刚想说算了,就听他低低地笑了声,点头说:"下周吧。"

…………

假期林冉和许柚出来玩耍,听说她这件事儿后都要笑疯了:"你能不能有点出息?不过同样是朋友,江尧就没给我留笔记啊,说明你在他心里还是挺特别的……"

"特别有什么用?"许柚郁闷地说。

会考前一天,林冉爸爸拉上林冉和许柚一起去爬山。

一行人累死累活地爬到了山顶,看见一棵长了几百年的许愿树,树杈挂满了不同颜色的许愿牌,上面承载了大大小小的愿望。

许柚一直都不是很信这些。

林冉爸爸觉得挺有意思的,就掏钱买了两个牌子让她们写好,然后挂上去。

林冉的梦想很简单——

世界和平,家人健康,高考顺利。

许柚纠结良久都不知道如何下笔。

其实她想许愿让江尧三十岁以前不要谈恋爱,大学毕业以后赚了钱,她想尝试去找他,但仔细思考了一下,觉得自己太坏了。

最后,她只许了两个愿望——

第一个,外婆和妈妈身体健康。

第二个,祝他一生平安,前程似锦。

在她看不见的地方,隔着上千万里的国度,一定要健健康康地生活着,说不定未来的某一天他们真的能相遇。

那时候,不管多少岁,她应该都可以将他认出来吧。

会考当天，许柚比往日早了半小时来到学校。她跟江尧的考室离得很近，她站在考场外的走廊，杵在他必经过的位置，翻着资料书等了一会儿，都不见他身影，估计他今天是不来了。

虽早有预料，她心底还是泛起一阵酸楚。

一想到过了今天就成了高三生，没了他在，一个人孤军奋战挺提不起劲儿的。

她甚至都忘了自己的目标是什么，曾经想过要考清华考北大，再难她也要试一试，理由很简单，他会在那里。

现在，设什么目标都觉得索然无味。

理科生会考只考史政地三科，都是一些很简单的题型，题目不难，对分数要求也不高，最后只评 A、B、C、D 四个等级。

老师说，想上重点大学的同学，一定要争取拿到 B 以上，这样在高考同分录取的时候会比较有优势。

许柚对此还挺有把握的。

江尧也说过她喜欢背书，其实谈不上喜不喜欢，都是些死脑筋没什么技巧含量的复习方法而已，文科老师下发的那些复习资料，她基本都背得滚瓜烂熟。

考试结束，林冉一边回顾资料核对答案，一边问她："考得怎么样？"

许柚语气轻松："感觉不是很难，就是地理有几道题，有点刁钻。"

"那肯定稳 A 了。"林冉提前恭喜她，"要高三啦，柚子！最艰难的十八岁快要来了，接下来的一年我不会死在试卷里吧？"

"那倒不会。"许柚难得开了个玩笑，"如果真会死的话，估计有人会比你先死吧。"

"谁？"

"梁子豪。"

"哈哈哈哈哈哈哈哈哈哈！"

会考第二天，每周各科仅有一次课的文科课程全部换成了自习课，体育课也由每周一节变成仅单周上，班主任还简明扼要地提了下过几天搬教室和下学期寄宿的问题。

许柚在底下抄笔记的手，无声地捏紧。备考气氛越来越浓重，大家都斗志昂然的，她却显得没精打采。

下课后，江尧真的将高一和上学期的物理、数学课本和笔记递给了她，很厚的一沓，直接放在她的桌面上，看得林冉直眼酸，心直口快地道："江尧，你怎么对许柚这么好？"

许柚瞪了林冉一眼。

江尧没搭话，不知道是没听见，还是不想回答。

他沉默了几秒，忽然问许柚："你想考什么大学？"

"啊？"刚暗戳戳观察他表情的许柚，慌乱地眨了眨眼，脑子一片空白，猛地宕机了似的，"我……"

该怎么说呢？

这个问题她最近也在思考，但一直都没有答案。

说清北会被笑吧？

那是他曾经的目标，才成为她一时的梦想，而且以她目前的成绩来看，还挺悬的。

许柚静默片刻，都想不到该说什么，她现在真的没有目标，完全不像一个刚踏进高三的备考生，总不能随便说一个撒谎。

长久的沉默让江尧意会了她的意思："没事，就随便问问。"

这个问题不了了之。

许柚也没放在心上，却没想到正是因为这个答不上来的问题，让她多年后错失了一次与他见面的机会。

接下来的几天跟往日一样度过，并没有什么不同。

许柚挺佩服江尧的，明明已经不用高考了，现在听不听课对他来

说，好似也不那么重要，可他还是很认真。

认真到让她重新审视了一下自己，简直跟他差了一大截。

他吸引人的魅力就在这儿，做事专注不分心，也从不抱怨，不仅是学习，其他事情亦是如此，很难让人不喜欢。

周四傍晚，许柚放学后没有立刻回家，而是背着书包漫无目的地在集市逛了一圈，突然瞧见一个老旧的店铺门口挂着一大串的平安符。踌躇几秒后，她走进去问了一下："你好，这个要多少钱啊？"

看铺子的是一个老奶奶，弓着腰走出来说："三块钱一个。"

也不算贵。

许柚拿着过年前赚的积蓄，想了一下，又问："为什么种类那么多，有什么区别吗？"

"当然有啦。"老奶奶见她有点不好意思，笑着跟她解释，"这一款是送给老人家的，像我这种老太婆就很适合；这一款你看它这个结比较时髦好看，就是送年轻人的；还有一个是小情侣小夫妻的。看你喜欢哪款？你是送给谁的呀？爷爷奶奶还是爸妈？"

许柚几款都比较了一下，觉得送小情侣那款比较好看，但当着老奶奶的面又没好意思提。

她摆了摆手："不是，我……送给同学的。"

"同学？"老奶奶是个过来人，"那是要送男孩还是女孩？"

许柚被说得脸都红了，干脆道："你拿那个送给年轻人的给我就好了。"

老奶奶帮她拿下来，还给她擦了擦。

许柚问："婆婆，这个真的有用吗？"

"你觉得呢？"

她不知道。

老奶奶也不怕砸招牌，直白道："肯定没有用啊。"

许柚哑口无言。

老奶奶又道："不过是找个安慰，给个念想罢了。让别人知道你还惦记着他，想着他，就够了。"

许柚觉得有道理，瞧着老奶奶熟练的包装手法，抿唇笑了笑。

许柚将平安符拿回家，纠结了好久都不知道怎么送出去，就说给他一个礼物，反正以后也见不到了，就当留个念想。

明天是最后一天了，再不送出去，就真没机会了。

然而，无语的是……

许柚周五回校，还没来得及送，平安符就不见了。

真的，不见了。

她早上去了两趟洗手间，平安符一直揣在口袋里，估计是不小心掉在了某个地方，怎么找都找不回来。

真够粗心大意的！

许柚跟林冉提了这个事，两人半天都神经兮兮地在洗手间和教室那条直道上搜寻。

林冉说："很重要吗？你哪儿来的平安符？"

许柚急得也顾不上什么了，直接说："昨晚去买的，本来想送给江尧。"

"那你……"林冉不知道该说她什么好，"这也能丢？这种东西还不放好，这才一天不到就不见了。"

许柚咬着唇，满脸的失落和自责："那怎么办？我没有东西送他了。"

"算了吧。"林冉说，"估计天意如此，你看……这天也真是够了，昨天还好好的，今天就下雨了。"

窗外大雨倾盆，阴沉的天气和时不时的雷阵雨，让这个夏天更显闷热。

许柚就跟霜打的茄子似的，蔫儿吧唧地丧了一天，却坚强得连一滴眼泪都没掉。

在林冉看来，她不是想开了，就是在硬憋着什么，等到某个临界点爆发。

雨天最适合离别,也最容易伤感。

放学后,许柚还在找那个平安符,可她要送的人却不等她了。

梁子豪答应帮江尧今天值日,摆好了桌椅,江尧也收拾好了东西。其实并没有什么好收拾的,他的课本和其他物件早已在前几天逐渐带回了家,此刻抽屉已空,什么都没有。

梁子豪问:"什么时候的飞机?"

许柚竖起耳朵听了一下,他隔了好一会儿才道:"周日。"

梁子豪勾着他肩膀:"那周末去你家找你,给你辞行。"

江尧:"随你。"

许柚没出声,装作很认真地在扫地,动作却越来越慢。

直到江尧喊了她们一声:"林冉,许柚……我走了。"

许柚才有些忍不住地眨了眨眼,睁着微红的眼睛不敢看他地说了声:"再见。"

林冉说:"再见啦,江尧,苟富贵勿相忘啊!对了,柚柚,我要去校门口对面的文具店一趟,你等下搞完卫生就来找我。"

许柚刚想"嗯"一声,忽然想起自己好像没带伞,忙说:"我没伞啊。"

林冉略有些苦恼,想说要不她将伞留下,趁现在小雨直接冲过去。

江尧说:"我送你下去吧。"

林冉意想不到地"嗯"了一声,他又补充了一句:"只到校门。"

许柚觉得这提议挺好的。

林冉跟她征求意见,见她没什么反应,便留下一把伞,跟江尧一起下了楼。

许柚盯着他离开的背影,安静了好一会儿,才重新开始扫地。

扫完地,只过了十分钟,雨势就变大了。

许柚拿起伞,背上书包,并不着急下去,站在走廊的护栏边上,望着薄如浓烟的雨雾,将手往外探了探,发呆了一阵。

良久,才想起林冉还在文具店等她,她揉了揉发红的眼睛,捌掉欲落不落的泪，敛着眸，快速离开。

林冉早就买好了东西，站在文具店门口吹着凉风等许柚。

仔细看，她手上还提着一把伞。

许柚与她会合后，她立刻将伞递过去："给。"

纯黑色的折骨伞，像没怎么用过，特别新，看起来还有点眼熟。

许柚皱了皱眉，很蠢地问："谁的伞？你买的？"

林冉看着她的眼睛，一个字一个字地说："江尧，给你的。你不会刚刚哭了吧？"

许柚忽略掉林冉上一个问题："他不要了？"

"对。"

那天许柚撑着江尧给她的伞回家，接下来的一周，禹城乃至附近的城市都出现了大规模的降水。

正值春夏换季之际，瓢泼般的暴雨像箭一样射下来，夹杂着狂风和闪电，天阴沉沉的，这雨飞水溅的气势，仿佛要将这座城市淹了一样。

但那天之后，许柚再没用过那把伞，而是小心翼翼地放在了房间的某个角落，连同他给她的那一沓书一起加倍珍藏。

有一次，黎平君将常用的伞落在了单位，没带回来，傍晚又下了一阵暴雨，天上的雨珠跟豆子似的砸下来，越下越猛，估计一时半会儿都停不了。

她打算去市场买菜，在家里随意找了一圈，瞧瞧还有没有多余的雨伞，竟真让她给找到了一把。

许柚放学回来，发现伞不见了，急躁地找了很久，翻遍家里几乎每一个角落都找不到。

直到她以为又会像平安符一样不见，差点哭出来的时候，才看见买菜回来的黎平君进门，而那一把江尧送她的伞正好在黎平君的手上。

许柚立马夺过来跟黎平君吵了一架。

那是她第一次顶撞黎平君，也是第一次情绪失控到丢了所有的尊

重和礼貌:"妈,这是我的东西,你怎么……怎么能不经过别人的同意就进房间乱翻乱找,直接拿我的东西去用呢?"

黎平君被许柚这过激的反应吓到,也没想到自己的女儿会对她说出这样的话,立马放下菜,吼了一声:"什么别人?许柚,你再说一遍?我是你妈,我进你房间怎么了?不就是一把伞吗?难不成你还想我淋着雨出去啊?"

黎平君是真不能理解,就一把伞而已,自己的女儿却要对她上纲上线:"我出去是为了什么?还不是为了你,我冒着大雨去买菜回来给你做饭,你问我为什么要用你的伞?你有没有良心?"

许柚根本没听黎平君的话,低头检查了一下雨伞的周边,发现侧边不知道被什么刮了一下,出现一条细小的划痕,还刮出一条线来。

她气得咬了咬下唇,瞪大了眼:"可这不是我的东西,是别人的东西,你用就用啊,还将这里给弄坏,明明之前根本就没有这条线。"

黎平君不以为意:"去菜市场跟人碰碰撞撞不是很正常?我知道那是别人的东西吗?刮一下怎么就不能用了?来来来,你跟我说说,是谁的伞,要不要你妈亲自过去给人赔个不是,赔把新伞给他啊?"

许柚不吱声。

黎平君见许柚那么在乎,似乎也嗅到了什么猫腻:"怎么,说不出话了?还是说……这是谁给你的东西?瞧你宝贝那样儿,你是不是有什么事情瞒着我?为什么会将一把伞藏在书柜的最顶层,上面还有那么多别人的书本?"

许柚自知怎么都说不过黎平君,却还是犟着一口气:"对,我是你女儿没错,但我明年就十八岁成年了,我有自己的想法和空间,就算我们是母女关系,这也不是你侵犯我个人隐私的理由,希望你能尊重我一下,还有我的物品……"

许柚说这话还挺伤人的。

但也确实是几次积累逐渐而成的爆发,她一直知道黎平君会进她房间翻东西,为了了解她的学习状态和近况,这似乎成了黎平君的

137

习惯。

　　以前许柚一心学习，心思也很单纯，没有秘密，对此没什么所谓。但现在不一样了，这次黎平君只看到了江尧给她的课本，下次要是看见其他关于江尧的东西，她相信，黎平君绝对会气到将它扔掉。

　　许柚说完，就回房关了门。

　　黎平君憋了一肚子的火，平时从来不与她置气的乖女儿突然变成了这样，还要她尊重什么隐私？

　　许柚将伞放在桌面上，用纸巾擦干净上面的水珠，重新整理折叠好伞面的布料。

　　黎平君在外面拍门大吼："许柚，你长本事了是不是？你爸不在，就开始学着顶撞我。我告诉你，你现在才十七岁，还没十八，就算你到了十八，你也还是我女儿，我想怎么管你就怎么管！"

　　许柚听着外面的训斥，无声地低下了头，指腹摸了摸被刮坏的部分，重新将伞收了起来，视线扫到旁边的几本数学书时，没忍住翻开认认真真看了几眼。

　　江尧竟然还留了一本竞赛书给她，估计是收拾时顺手放进去的。

　　许柚随意翻几页，看了眼。题目是真的很难，但对他来说应该不算什么。正当她准备合上放回去时，发现后半部分的书页出现了断层的现象，感觉是有什么东西夹在书里。

　　许柚捏着书脊，晃了晃。

　　下一秒，一张竞赛准考证掉出来，上面有他的名字、学校、准考证号，还有一张打印出来的黑白一寸照片。

　　许柚盯着照片看了许久，眼睛一动不动，久到她自己都察觉不到时间的流逝。

　　须臾，她才坐下揉了揉有些酸胀的眼眶，吸了吸鼻子，趴在桌面上发呆，努力睁大眼睛，想让眼泪憋回去，却感觉心脏好像要裂开了一样。

学校让高二级部搬去高三教学楼后,江尧的桌椅并没能保留下来,班里突然少了一个位置,少了一个人,尤其是这人曾经总是第一的时候,还挺不习惯的。

　　没了他在,各种科目的小测试,除了数学,许柚经常能压过全班拿到第一。

　　就连高二下学期的期末考,许柚也是班内第一名。

　　可遗憾的是,她并没能像江尧那样,冲到级部排名的最前列,只拿到了十七名的名次。

　　许柚和黎平君冷战了一个多月,期间两人几乎都不说话,黎平君做了饭也不会喊许柚出来吃。

　　除了偶尔许柚在房内做作业忘了时间,黎平君才阴阳怪气地骂一句"还不出来吃饭吗?不吃我拿去喂猫了",许柚才放下手中的笔,出来将快要冷掉的饭菜吃干净。

　　对于那天的吵架,事后想想……

　　许柚还挺自责的,可并不后悔。她想要争取自己的私人空间,必然要经过一番交涉,但或许可以采取更好也不伤人的方式来进行。

　　只是那阵子她情绪有点不受控,才在看见那把被黎平君弄破的雨伞时跟黎平君急了眼。

　　暑假的第一天。

　　黎平君刚好调休在家,许柚睡到了早上九点才慢吞吞地起床,然后刷牙洗脸,去厨房翻了翻,瞧瞧有没有早餐吃。

　　黎平君正准备泡中午要吃的木耳,用余光瞅她一眼,不客气地说:"眼睛看哪儿去?就在你前面。"

　　许柚"哦"了一声,抿了下唇,将前面的高压锅打开,找到里面尚有余温的玉米,抓在手上啃了起来。

　　她咬了几口,像是想说什么,又没能说出口,一直站在厨房里不出来。

139

黎平君终于忍不住说了句:"出去吃,别站这儿碍眼。"

许柚闻言,委屈道:"我怎么就碍眼了?"

黎平君反问:"你怎么不碍眼啊?没看我正忙吗?这厨房又不大,本来就够挤的,你还站在这儿,不热死我啊?"

许柚无奈地撇了撇嘴,刻意转了个话题:"妈……"

还没说上话呢,黎平君就说:"不要叫我妈,我没你这样的女儿,到了十八岁你就搬走吧。反正你不喜欢别人进你房间、看你东西,长大后你就搬出去,我绝对不踏进你的房子一步。"

许柚:真够记仇的!

许柚被噎了一下,难受地跺了跺脚,沉默了一会儿说:"我又不是故意的,对不起,我不该跟你吵架,我知道错了……"

黎平君还在置气:"你哪儿错了?你没错,是我错了。"

许柚:"是我!"

黎平君看她一眼,见她都要哭出来了,便没再说她。

两人的状态很快恢复如常。

黎平君知道女儿讨厌别人乱翻她东西,之后真的也就没再翻过。

但毕竟是过来人,即便许柚什么都不说,黎平君也能猜到零星半点,知道那雨伞铁定跟书柜里那几本书的主人有关。

那几本书是谁的,黎平君那时翻了一下,在扉页看见一个写得干净漂亮的名字:江尧。

知道肯定会惹女儿反感,黎平君并没有问女儿,只是在平时的聊天中时不时提醒她要以学业为重,不要想其他乱七八糟的,什么事高考后再说。

许柚左耳进右耳出,没当一回事。

仅有一个月的暑假,许柚除了跟林冉出去玩过几次,几乎都是在家复习度过,将以前学过的东西在之前买的本子上,整理归纳,形成一个系统的框架结构。

八月份高三开学，她基本已经将以前的知识回顾过一遍，并且在第一次摸底考试中拿到了年级第三名。

林冉觉得许柚的进步简直是突飞猛进，课间调侃了她一下："照这趋势下去，你不会成为我们班第二个江尧吧？"

将近两个月没听说过这个名字，许柚有一阵的恍惚，眸子也跟着黯了黯。

林冉自知说错话了，吓得捂了捂嘴，小心翼翼地问："你还好吧？"

短暂沉默过后，许柚无所谓地扯了下唇角，脸上尽是释然。

她已经在尽力忘记他了。

可是，真的好难。

高三真还挺累的，每天教室、饭堂、宿舍三点一线，一周只放半天假，一个月仅有一次长假，还要月测……

简直压得人喘不过气来，每天都需要鸡汤来续命。

但也有原本信誓旦旦说这学期要收心学习的人，到了中期就忍不住放飞自我、敷衍对待，成绩退步后，又开始发奋，如此循环往复。

没错，这人说的就是梁子豪。

几人高二坐在一块儿习惯了，高三换座位也经常黏在一起，许柚时不时能听见林冉和梁子豪在打闹、闲聊或者讨论题目。

羡慕是肯定的。

偶尔许柚也能从梁子豪口中听说到一些关于江尧的消息，但都只是些细枝末节。

也是在这时，许柚才知道江尧有一个姐姐，叫江呓，原本是他们的学姐，长得特别漂亮。

这让她想起上学期她跟江尧同撑一伞，在小卖铺门口见到的女生，看着就挺像梁子豪描述的那样。

而且现在仔细想想，江尧和那个女生眉眼还挺像的。

只是江尧双眼皮的褶皱没有姐姐那么深，眼睛却一样的透亮深邃。

梁子豪还说:"江尧高考考得挺好的,在北外修了个小语种,不过江尧爸妈都跟江尧一起出国了,只剩她一个人在国内。"

林冉不解地问:"那江尧家不是空了吗?"

"啊?"梁子豪说,"没空啊,有阿姨在打扫。"

林冉感叹了声:"这……还有阿姨打扫?看来他不只是我想象中的那么有钱,而是超级有钱。"

梁子豪嗤了声,似乎在嘲笑她没见识:"能随随便便将儿子送出国读书的,能没钱吗?这些消息都是我爸妈告诉我的,其他就不知道了。"

许柚蓦地插了句话:"江尧爸妈都出国了,姐姐怎么办啊?不会心理不平衡吗?"

梁子豪"哎"了下:"我说都出国了,只是暂时定居在国外而已,又不是不回国,回一趟北京有什么难的?肯定会回来看她的啊。而且照他姐姐的个性,绝不会心理不平衡,在大学肯定过得特别爽。"

许柚"哦"了一声,没再说话。

高三一年伴随着大大小小的誓师大会,每到三百天、两百天、一百天、三十天,副校长和级长都会召集大家开一次级会,使劲儿地"敲打"他们,让他们不要松懈,再坚持一下。

每到这种无聊的会议,班上总有几个人喜欢提前开溜,或者事先准备一本单词书或一张试卷,边开会边在底下悄悄地复习。

在如此氛围之下,许柚倒显得有些特立独行了,因为她除了会议笔记本,什么都不带。

仿佛只有这个时候,才能放松一小会儿,稍微放空自己去想一些别的事情。

2009年的春节。

许柚的外婆生了一场大病,黎平君险些掏光了家里的积蓄去给她

治疗，幸好是救回来了，却因中风变得生活不能自理，还神经兮兮的。

那一年，她们家连正式的年夜饭都没有吃，许柚在医院陪外婆，黎平君回家草草做了点粥送来医院。

许柚是第一次在医院的病房里看春晚，感受到外面浓烈的新年气息，却忍不住握着外婆的手，想着时间怎么过得那么快，妈妈和外婆又老了一岁，手上的皱纹每一年都在加深。

会不会以后她在乎的人都会离开她。

一想到离别，许柚总能想起江尧。除了许海城外，江尧应该是第一个让她感受到离别心痛的人。

到了深夜，黎平君需要在医院陪床，赶紧招呼许柚回去睡觉，不想耽误她高考复习。

许柚乖乖地听话，拿着饭盒回去洗干净后，却没上床，鬼使神差地打开了电脑，像往年一样打开某人的 QQ 对话框，编辑了一句话，没多想，直接发出去：江尧，新年快乐呀！

你还好吗？

许柚盯着他已经半年没上的 QQ，叹了口气。

因为睡不着，加之外面零点的鞭炮声太吵，她直接通宵看了一夜的书，直到早上八点，才稍微睡了一下。

春节是真挺枯燥的。

外婆住院需要人二十四小时看着，黎平君请不起护工，白天许柚在医院陪着，她回来做饭和做家务，到了饭点和晚上，她就会去医院将许柚轮换回来。

许柚并不觉得累。

她每天在医院边复习边陪着外婆，反而有了更多的时间跟外婆相处。

外婆时而清醒，时而迷糊，有时候连她是谁都记不清楚。

她必须要一遍又一遍地告诉外婆"我是你的孙女啊"，外婆才能明白，然后聊上几句。

后来，许柚查了一下大概类似于"中风能活多久"这样的问题，上面的答案很多都是个位数。

能活到十年以上，只占20%不到。

春节结束，黎平君需要上班，许柚也要回学校上课。

医院开了药，让外婆回家休养，毕竟住院费还是挺贵的，她们有点负担不起，而且外婆除了偶尔神志不清外，相对来说症状没有那么严重。

许柚安心下来，可每次她在学校上了一个月的课，放长假回家时，总能听见外婆问："你是谁啊？"

她顿感无奈，走上前瞧见外婆的毛衣扣子扣错位了，认真地帮外婆重新解开，一颗接着一颗扣好，也忍不住红了眼眶。为了不让外婆察觉出异样，她还要硬撑着将眸中的酸涩憋回去。

高考前两个月，许柚在紧张的冲刺复习阶段，被告知了一件事情：外婆在一个晚上自己偷偷溜出去，摔入河里去世了。

许柚受到了很大的打击，将近一个星期都没有回学校上课，感觉生活尽是不如意，她这十几年就没有过幸运的时候，逐渐也对高考没了信心。

张悦对她做了很多心理辅导，都没能改变她的心态。

张悦觉得挺惋惜的，许柚在高三各种的统考和模拟考中已经拿过三次年级第一了。

一中是市内数一数二的重点高中，在校内拿到第一，放眼整个市内都不会是很差的排名，以后能考到的大学绝对是国内最好的那两所。

张悦曾经问过许柚，目标大学是哪一所。

许柚不知道，她觉得都可以，并没有区别。

张悦甚感无奈，什么叫没有区别？区别可大了。她经历过找工作的艰难，越往高处找，院校歧视就会越大，这可是改变一生命运的事儿。

眼看距离高考还有一个月不到。

级部又召开了一次高考前的经验分享会。这次跟以前的每一次都有些不一样，似乎更隆重了些，还请了不少优秀学长学姐回来分享高考前心态调整和答卷时的经验。

许柚没什么兴趣，无聊地听着。

一直到充当主持的副级长提到一个熟悉的人名时，她才恍然回了神——

"两位学长都给大家分享了上一年各自高考前的冲刺经验，下面我们请一位学姐上来。不知道大家有没有关心北京外国语大学的官网页面，我们的一个叫江吤的学姐因为一张宣传照在网上走红，我们请出江吤，大家给点掌声。"

许柚抬眸往平台的一侧看去，一个穿着白衬衫黑色A字裙的长发女生慢慢走了上台。

她跟刚刚的两位学长都不一样，连稿子都没拿，就这么一身轻松地走了上去，站在台上轻笑了两声，唇红齿白，简直美得晃眼。

许柚盯着那张与江尧有着相似眉眼的脸庞，愣了许久。

江吤先自我介绍一番，特别随意地说："各位学妹学弟好，我叫江吤，最近因为一个学校的活动回到了禺城，然后受到母校的邀请，希望我返校跟学妹学弟们分享一下经验，所以我就来了。"

大家都被她好听的音色迷住，鲜有人交头接耳，都在认真听着。

许柚紧张地舔了舔嘴唇，听她继续说："其实我一开始不是很想来的，不是要摆谱子、耍大牌，是因为我觉得我这种人，实在是没什么东西可给你们分享，怕将你们带坏了。"

台下哈哈大笑，对学姐的说辞感到意外。

江尧说："相信我现在说什么考试经验之类的东西，你们也听不进去，而且前面有两位这么优秀的学长给你们分享，我那点微不足道的建议也是多此一举。那我就来给你们说点其他的东西……"

许柚抑不住扯了扯唇，心想江尧姐姐和江尧性格差得也太大了吧。

她刚开始幻想如果此刻是江尧在台上，他会说什么的时候，江吤

145

猝不及防来了一句:"大家不觉得我的名字很耳熟吗?曾经霸了理科年级榜首第一名的江尧,应该有人不陌生吧?我们同一个姓,同一对爸妈,没错,那是我弟弟,一个在我看来特别欠揍却也不得不承认很优秀的人。"

台下惊叹一片,班里也有大部分的人并不知晓江尧有个姐姐比他高一年级,而且在同校读书。

江呓收到意料之中的反馈,接着说:"可是他已经在国外上学了。来之前,我打电话问了他一下,关于考试有什么经验可说的……"

许柚眼睫没忍住颤了颤,屏住呼吸。

江呓勾唇一笑:"他跟我说了两个字——随便……你们看他这人……"她没忍住往老师那儿瞥了眼,"我说这么多废话,级长不会赶我下去吧?不过我觉得还是挺有道理的,不管他是不是乱说,但有个原则特别重要,考试前往死里看,往死里背,往死里学,到了考场就不要在意那么多,只想着将试卷做好就行了……"

许柚很有冲动,想找江呓问问关于江尧的消息,但细想了一下,这行为很荒唐。

而事实上,发言下台之后,江呓就离开了一中,高三年级的级会结束已经是一个小时后的事情了。

高考前一周,学校给高三级放了一天半的假期。

许柚回到家,受到的待遇绝对是这辈子最好的一次。黎平君给她煲了提神健脑的核桃排骨汤,还有各种虾鱼肉,都是她平时爱吃却很难在家里经常吃到的。

黎平君从张悦那儿了解到她最近的情况,吃饭时没忍住劝了句:"柚柚,妈妈知道我平时对你很严格,特别是跟你爸离婚之后,可能有些时候对你要求太高了,但是你要明白妈妈这样,都是为了你好,是担心你的学业荒废了。"

许柚剥了一只虾,一边吃一边听。

黎平君给她添了碗汤："现在距离高考只剩下一周了，一周后你就高中毕业，彻底解放，就再坚持一下，反正就几天的事情。"

　　许柚叹了口气，说："我知道了，我知道高考的重要性，再怎么样也不会乱来的。"

　　"那就好。"黎平君补充了句，"妈妈没别的意思，是怕你以后后悔。对了，都快高考了，有什么想考的学校没？"

　　这个问题，对于每一个高三考生来说，简直贯穿高考备考的一整年。

　　许柚吃饭的动作顿住，不同于以往面对这个问题时的厌烦和敷衍，抿了抿唇，不知道想到了什么，思量了一瞬后说："北外。"

　　黎平君没想到她还真说了一个学校出来，但没听清楚是哪一所："嗯？北什么？"

　　许柚重复了一遍："北京外国语大学。"

　　黎平君怔了一下："为什么？"

　　班主任张悦前阵子因为许柚的问题，打电话来跟她聊过几回，各科的科任老师对许柚的期许都挺高的，他们所给予她的目标绝对是那两所顶尖名校。

　　但现在看来，许柚貌似对此没什么想法。

　　许柚也不明白为什么，只是突然没经过思考，就想到了这个学校，而且想法越来越坚定。

　　她就是要考北外。

　　反正还没考试，黎平君也不管她，随便她设什么目标，有目标总是好的。

　　就算设了，最后真正能实现的又有几个人呢？

　　高考那两天，天晴得像一张蓝纸。

　　金色的阳光透过树杈缝隙洒落在地上，映出细碎斑驳的光圈。

　　分享会时，学长学姐一直提醒大家高考当天一定要放轻松，不要紧张。

当时许柚不理解，就跟平常一样考个试而已，怎么会紧张呢？

到了真正上考场的那一刻，许柚拿着准考证的手竟然有些发抖，即将解放的喜悦和害怕考砸的情绪交织在一起，总会莫名的激动。

她不断地深呼吸，过了好一会儿才能冷静下来。

第一天考的是语文和数学。

语文不算难，许柚很有把握，就是数学做题时间有点紧，后来都没有机会去回顾检查一遍，所以还挺慌的。

第二天考理综和英语，跟学校最后一次模拟考比起来，似乎高考更简单一些，除了两道刁钻的物理大题，生物和化学都不是很难。

英语考试结束铃打响的那一刻，许柚坐在考室听见隔壁有男生在尖叫欢呼，各种喜悦溢于言表。

那一天，刚好也是端午节。

黎平君没有车，提前跟林冉爸爸商量好后，搭着林冉爸爸的私家车来到学校接她们，黎平君还专门从家里带了粽子来分给她们吃。

林冉和许柚高三一直是一个宿舍，两人并不着急收拾，先吃着粽子闲聊了一会儿，才开始慢吞吞地将宿舍要的和不要的东西归类，收拾整理好，再搭林冉爸爸的顺风车一起回去。

回到家，已经是傍晚七点钟。

黎平君在厨房做饭，许柚就将装着高中课本、练习册和资料试卷的箱子逐一搬进房间，颇有心情地整理了一遍。

但毕竟是几年的心血和学习的痕迹，许柚足足用了三天才将所有东西整理完毕。

后来的几天，她更没闲着。

经历了春节时外婆的那场大病，许柚知道家里的积蓄已经不剩多少了，虽然黎平君没跟她抱怨过什么，她也能看得出来这个家早已捉襟见肘。因此，在林冉提议要不要去毕业旅游的时候，许柚果断拒绝了这个邀请。

她利用各种线上和线下招聘渠道去找暑假工,竟真让她找到了一份,而且还是一份工资不错的工作——给一位明年即将中考的小孩做家教。

一周上四五次课,如果教得顺利的话,她完全可以将大学一年的学费赚到。

高考出成绩已经是大半个月后的事情,因为上午和下午都要上课,那时许柚正在家教的雇主家蹭饭,小孩的妈妈特别和善,知道她是今年的考生,还提醒她别忘了查成绩。

许柚借了他们家的电脑,上官网查了一下,奇怪的是,根本就查询不到。

刚开始那位阿姨还以为自家电脑坏了,尝试了好几次都是一样的结果。

虽然许柚已经在这家教了将近半个月,但她从来没有自夸过自己平时成绩有多厉害,阿姨一时也没想到那一层。

过了半小时才阿姨想到什么,试探地说:"不会是省内前二十名吧?一般前二十名都会暂时屏蔽。柚子,你确定你在一中只是中上游的水平,而不是顶尖?"

许柚眨了眨眼,她根本不知道屏蔽的事,也没仔细看过高考成绩查询的注意事项。

她回家跟黎平君说了一下,没想到黎平君笑着说:"放心,你们班主任已经打电话来跟我聊过了,你是你们年级理科唯一一个被屏蔽了的考生,成绩会在下周公布。"

虽然具体成绩不知道,但报志愿的事儿已经在紧锣密鼓的进行中。

林冉这次发挥得还行,水平不高不低,勉强上了省内的末流"985"。

梁子豪就不太行了,英语一直是他的短板,这次简直在英语上栽了个大跟头,他的家人都在劝他复读,势必要将英语成绩提上去。

好多人包括老师都在劝许柚第一志愿报那两所名校的其中一所,

要是被录取了，不仅仅是她自己，就连学校脸上都沾光。

许柚却始终坚持自己的意愿，要去分数线低了几十分的北外。

说实话，挺荒唐的。

一中理科状元，省内第二名，竟然放弃了清北，第一志愿要报北外。

可人生是自己的，许柚做出决定的时候，就想到了结果，她也会为自己的行为买单。

黎平君跟许柚争执了一周，都没有结果，最终拗不过她，随便她想去哪儿就去哪儿了。

后来，两人各退一步。

许柚报北外，但专业选了黎平君中意的金融学。

去北京那天，因为赶上了新学期的开学热潮，飞机票很贵。

黎平君并没有陪许柚过去，帮她整理好一切行李，将她送去机场，在航站楼内说了许多叮嘱的话。

这是许柚第一次出远门，也是第一次单独出远门。

黎平君担心是肯定的，还觉得自己没用，挣不到什么钱，配不上女儿的努力，特害怕女儿在外面被人嘲笑。

因此，她专门花了大价钱偷偷给许柚买了电脑、手机、手表，加起来花了将近一万块钱。

许柚登机后，安安静静坐在靠窗的角落，望着窗外停落的一架架平时只在天上见过的飞机。

她觉得很神奇，拍了张照片给林冉：我准备走啦！

林冉：哇！

林冉：一路平安，到了说一声，我告诉你一个超级大消息。

许柚笑了下：什么消息啊？

林冉：到了再跟你说。

许柚：你这不是成心让我在天上都不安稳吗？

林冉：反正也没多远，你睡个觉就到了，但依我对你的了解，你

在飞机上肯定不会睡觉，一定要看够外面的云将机票钱都赚回本才罢休。

许柚：……就你话多。

空姐提醒许柚关机。

许柚关掉手机，瞄了眼手上的电子表，时间显示是2009年8月24日10点17分。

此刻，距离她说出那句"我也想去北京"，过去了一年半。

时间真如梁子豪当时所说的那样，一眨眼就过去了。

去北京这件事，她真做到了，却没了那个人在身边。

到北京后，林冉兑现起飞前的承诺，给她公布了一个大消息——我跟梁子豪在一起啦哈哈哈哈！

许柚并不惊讶，只觉得这是迟早发生的事儿。

但她还是酸不溜秋地回了两个字过去：恭喜！

不要像我一样，总是孤零零的一个人。

一定要狠狠地幸福下去。

2011年的春节。

家里多了两口人，许柚有了新的爸爸和弟弟，黎平君二婚了。

再婚对象是一个电子厂的老板，叫周长青，目前所有的事业都是他自己白手起家，逐渐创立起来的。

周长青跟前妻和平离婚后的第二年遇到了黎平君，两人一拍即合，恋爱一年后经过双方子女的同意后领了证。

周长青希望许柚和黎平君搬过去跟他们一起住。

这不，许柚刚从北京回来，就要加入搬家的行列，她已经在房间收拾了一上午。

中午草草吃完饭，继续收拾。

收到最后，她专门找了个箱子，将所有有关于江尧的东西尽数装进里面，并用胶纸密封了起来。

将东西搬去周长青家的途中，黎平君问过许柚："这是什么东西？神神秘秘的……"

许柚摇了摇头，没吱声。

被她问烦了，许柚才说："只是一些不重要的玩意儿。"

但许柚心里很清楚，这不是什么玩意儿，是她年少时的梦想，是她再也找不回的少女心事，是她不甘心、至今难以丢弃的遗憾。

上大学后，许柚留了长发，学会了打扮，也学了很多以前从未尝试过的技能。

为了让性格活泼起来，她报名了学校的广播站，给自己找了点儿事做，也让自己多说说话。

二十岁的许柚长开了不少，显得更漂亮。她的身高从高中的一米六拔到了一米六三，乌黑柔软的长发落在肩上，皮肤白如瓷玉，眼睛漆黑明亮，干净水润，再加上文静独立的个性，这样的她让不少男生喜欢。

有人跟她告白过，是同一个专业的男同学，但被她拒绝了。

2011年北京的初雪在十一月底落下。

许柚跟舍友出去逛了一圈，冷得发抖却仍坚持在雪中望着这银白的天地，瞧着满天的雪花自晴天飘落。

舍友问："你家乡那边也经常能看到雪吗？"

许柚点了下头："一年会下那么几场。"

舍友感叹了一声："真好，本南方人只有在大学才体会到，真的好漂亮啊！跟电视剧里演的一样。我们过几天去故宫转一圈吧？拍一下照片什么的……"

许柚想了一下最近有什么安排，便说："可以啊。"

舍友："可惜我们都是单身狗，这么美的初雪，就应该跟男朋友

一起出来看啊。你看前面那一对……都亲上了,也不怕吃到雪碴子。柚子,你有喜欢的人吗?我看我们学院有挺多男生喜欢你的,但是你好像都没什么兴趣……"

许柚安静地垂下眸,将飘在她手上的雪粒捏碎,片刻才说道:"有啊。"

"有?"舍友不可思议道,"谁啊?是我们学校的吗?能被你喜欢,那一定长得很帅,很优秀吧?"

许柚张了张嘴,刚想说话,突然就止住了声音,没声儿了。

舍友瞧她脸色,也识趣地闭上了嘴。

走回宿舍的路上,许柚浅棕色的雪地靴踩到雪地上"吱吱"地响,她沉默着,独自想着事情……

三年了,江尧。

你还记得我吗?

这个冬天过去,我就真的不要再喜欢你了。

——这是她做过无数次却从来没有实现过一次的决定。

许柚每次都告诉自己,要忘记过去,要忘了他。

却从未真正做到。

2012年6月,是狂欢的毕业季。

彼时,许柚才大三,还有一年大学毕业。

江呓在宿舍化好妆,全部捯饬完毕,一边前往校门准备拍毕业照一边打了个电话给江尧:"喂!人呢?怎么还没到?"

电话那端的男声稍许低沉:"爸开车走错路了,正准备绕回来。"

江呓不客气地怼过去:"你不会开吗?"

江尧说:"没国内驾照。"

江呓不耐烦地"唉"了声:"行吧行吧,快点啊,都提醒过你们早点出门了,又不听。"

说完，她就挂了电话。

江益平将车停进校园指定的位置，紧赶慢赶地下车。

江尧也顶着炎炎烈日从副驾驶位出来，走至后备厢拿出早就准备好的毕业花束和一些乱七八糟拍照需要的装饰和气球。

江家父母加上江尧三个人，每人手上都拿了点，顺着人流往校门走。

这是江尧第一次走进北外，通往教学区的各种路线根本不熟，周围都是谈笑嬉闹的学生，在国外习惯说外语的缘故，突然变回中文还有点不太适应。

跟着两位家长的脚步，他单手拎着一束花走在身后，因为最近在跟一个实习项目，还时不时低头瞥一眼手机。

他身着白衣黑裤，肩宽腰窄，大长腿，带着趋于成熟的干净气质。

这样的他，一路上招来了一堆花痴的女生，纷纷讨论这又是哪个学姐的男朋友这么帅气，毕业之际工作繁忙还要来给女朋友送花……酸都酸死人了。

许柚昨晚熬夜赶了个大作业，这会儿才起床。

舍友从楼下买了午饭上来，激动地说："你知道吗？我刚刚在教学区那边碰到一个超级大大大大——大帅哥！"

许柚拿起牙刷走去阳台准备刷牙，无奈地问："是有多帅啊？至于你这么感叹吗？"

"真的巨帅！主要是气质很好！"舍友叹了口气，"可惜我不敢对着人家帅哥拍照，不然一定拍下来让你看看。比我学校见过的所有男生都帅，他应该不是我们学校的，也不知道是哪个学校的……看样子应该是早就毕业了吧？"

许柚边刷牙边含糊地说："既然不是我们学校的，那他来我们这儿应该是为了大四那些学长学姐毕业的事吧？估计已经名草有主

了哦。"

舍友摆了摆手:"有主又怎样?也不妨碍我们欣赏帅哥啊。柚子,你等下有空吗?我们去拍毕业照那边看看呗。听说今天是德语、法语和日语系的人在拍毕业照,我们去围观一下,看看都是怎么进行的,明年就到我们了。"

许柚刷完牙,漱了漱口:"不了,我等下有事。"

舍友不满道:"什么事啊?你怎么总是这么忙?"

"今天广播站是我值日,我得去一趟。"

"又是广播站,行吧行吧。"

许柚换上衣服,化了淡妆,就出门了。

她去宿舍楼下的店铺买了两个面包,一边吃一边往广播站走,途中遇到来来往往穿着正装的毕业生,眸中难掩羡慕。

到了广播站,许柚先将准备好的稿子读完,紧接着喝了口水,开始放歌。

这周的广播主题是初恋。

初恋是什么?

大概像李子一样,又酸又甜又苦。

如果非要选一首歌放的话,她应该会选《告白》,这首是在她手机里循环了好久却百听不腻的歌。

许柚在电脑上操作了一下,音乐很快就从全校的广播传了出去。

因为你爱上整个夏末,我开始迷上你暖暖酒窝。
你和我光脚并排着坐,天南地北什么都说。
我的小心思比你想象得还要多,自己都难琢磨。
没想到你却使坏骗我阖上双眼,偷偷,吻了我耳朵。
…………

那年夏天,江尧走在北外的校道上,听到一首《告白》。

怎么也没想到,那是一个仰慕了他五年的女孩放出来的。

许柚经常一个人在深夜田径场跑步累到蹲下,想起以前的过往,总会莫名其妙地想哭。

她咬着唇,喃喃地说:"我错过你了。"

她应该勇敢去追才对,而不是一味等着被发现被喜欢,世界上那么好的江尧只有一个,能让她惦念了五年的江尧只有一个。

假如她知道,她能喜欢他这么多年,她一定及时地走到他面前,告诉他——

"我喜欢你。"

暗恋太苦。

她再也不想经历了。

第四章 ／跨越了将近十年的时光

大三期末考结束,许柚因为要考研,整个暑假都在学校图书馆里度过,后来又为了准备复试和论文答辩,忙得每日连轴转,整个人足足瘦了一圈。

时光乌飞兔走不觉长,一眨眼四年过去。

许柚硕士毕业,回禹城进了一家投行工作。入行前听人说这一行特别累,一年将近两百天都在出差,公司里剩男剩女一抓一大把,全是没时间谈恋爱的。

刚毕业的许柚有一股冲劲儿,就这么迷迷糊糊地撞了进去。

工作一段时间后,她在城区买了一套公寓,每天上班赚钱,休息时就在房间里躺一天,日子过得单调又充实。

临近春节,黎平君给她打了好几通电话,全都被她挂断。

晚上九点半,许柚冒着大雪赶回公寓,边等外卖边给黎平君回了一通电话,还没说话就被黎平君念叨起来:"许柚,你到底是有多忙啊?一天到晚挂电话!你不要告诉我,你现在还没吃晚饭?"

"吃了吃了。"许柚撒谎不眨眼地说,"谁让你每次打来都赶上我在工作?总不能当着同事的面跟你聊半天吧?"

黎平君心疼道:"你要是觉得太辛苦,就别干这一行了,干什么赚不了钱？别为了几个钱，将自己身体熬坏。"

许柚脱下外套，随手将手机开免提扔在沙发上，倒杯温水喝了一口："当初不是你让我学金融的吗？现在我喜欢上了，想拼一拼你又不让了？"

黎平君哪能想到许柚会这么猛进投行啊？

几年前大学报考的专业里，最受家长欢迎的绝对是师范、医学和最快来钱的经济专业。加上那阵子家里不富裕，考到好的分数，自然是选择一些稳中求进的专业，所以才希望她去学金融。

外卖小哥到了。

许柚开门，用手势示意他别说话，拿了餐回到餐桌上继续听黎平君说："钱一辈子都赚不完，现在生活不像以前，连买个新电脑或者机票都要算计一番，没必要为了钱搞垮身体。而且你看看你岁数也不小吧，再过几个月就二十七岁了，人家林冉跟她男朋友都谈了快十年了，你就没点什么想法？"

许柚拆开外卖包装，小声嗫粉："我没搞坏身体，我每天都按时吃饭按时睡觉呢，健康得不得了。你不就是想让我谈恋爱吗？关键是我没喜欢的，找谁谈？"

终于说到这儿，黎平君会心一笑："你爸有个同事的儿子……"

——这熟悉的开场白。

"停停停……停……"许柚果断拒绝，"我不去。上次拗不过你，去了，结果跟人家干坐了半天，尴尬死了。我真没兴趣……我现在过得挺好的，你就别添乱了，行吗？"

"这次的不一样。"黎平君反复劝说，"前阵子他同事来我们家拜访，我已经见过本人了，长得周周正正的，面相和善。人家是医生，人家也忙，没时间找女朋友，那天听说你的情况后还挺感兴趣的，你就去见一见？要是处不来，多个朋友不也挺好嘛。"

"我不缺朋友。"许柚烦死了，最讨厌的就是相亲，"大家都这么忙，还谈什么恋爱，不同行业连聊天都聊不到一起去，更没兴趣。"

黎平君的话还没说完，又被挂了，气得差点砸了手机。

这一年到头母女俩因为恋爱结婚的事儿总是吵吵吵。

周长青看得比较开，安慰说："这种事急不得，等再过一两年，她觉得一个人太孤单没伴儿的时候，或者看上哪个小伙儿的时候，自然而然就在一起了。不过，李柘这小子挺优秀的啊，有点可惜。许柚是对医生这职业没兴趣吗？"

"是。"黎平君说，"说是这两个行业都太忙了，没有共同话题，聊不到一块儿去。"

周长青仔细思考了一下："确实，那就算了吧。"

"算什么算？"黎平君执拗地说，"见都没见过，说什么不喜欢。她就是在那儿敷衍我……"

接下来的一周，许柚几乎每天都被黎平君电话炮轰，后来惹烦了她就真答应了，内心的想法却是：我倒要看看，这一次你给我介绍什么"人间极品"。

公司开完年会，正好放了两周春节假期。

许柚和那位医生加上了微信，约好在市区广场的一家咖啡厅见面，时间大概是下午五点半。

林冉得知许柚又要相亲后，笑得肚子抽筋，开始给她出各种鬼点子："反正就喝个咖啡嘛，要不了多长时间，你就先去看看，觉得喜欢呢就约吃饭，觉得不喜欢就想个办法拒绝。"

许柚叹了口气，窝在林冉家看了会儿电影，才不紧不慢地出发前往约定的地点。

冬天天色暗得特别快。

下午六点不到，暖红的夕阳透过薄薄的云层斜照而下，在人身上镀了层浅淡的金色，冲淡了晚间的凉意。

许柚看着这逐渐昏黄的暮色，觉得应该要约早一点才对。

现在这时间，还蛮尴尬的。

距离五点半还有五分钟，许柚提前来到咖啡厅，透过落地窗先往里瞄一眼，再推门而入。

对方估计提前看过她的照片，见她进来，绅士有礼地朝她招手。

许柚边走过去边细细地打量他。

的确是挺周正的长相，短发乌黑利落，皮肤挺白，鼻梁很高，侧脸轮廓分明，面相和善，没什么攻击性。

李柘伸手示意了对面的卡位，满意地看她一眼："许小姐，你好。"

许柚瞧见他跟前的咖啡都快见底了，忙抱歉道："对不起啊，这边市区太多人了，打车需要排队。你来很久了吧？我叫许柚，你叫我名字就可以了。"

"行，那我们就客气一点，你也叫我名字吧。我叫李柘，柘桑树的柘。"李柘坐下，拘谨地将手放在膝盖上，为了缓解她的歉意，专门解释，"没来很久，现在还没到时间，我只是在这附近的医院上班，刚好到点下班，就先过来坐了会儿。"

许柚拖长尾音地"嗯"了声，为防止冷场，找了个话题问："附近的医院是吗？负责什么科的呀？"

李柘点头："骨科，像什么骨折、脊柱、关节类的疾病都归我们科室管。"

有服务员递上温热的咖啡，许柚抿了一小口，又看他一眼，感觉他跟以前见过的相亲对象都不太一样。

他人挺随和谦卑的，谈吐和各种行为举止也给人一种舒适感，总之，目前来说谈不上喜欢，也并不讨厌。

快节奏式的相亲，强调的是直来直往。

许柚说了一下自己的情况："我大学和研究生学的都是经济金融方面的东西，所以我现在在投行工作。"

李柘并不意外，肯定是被黎平君和周长青科普过，如今再听她谈起，眸中带了点儿崇拜，是那种外行人不懂内行跨领域的崇拜："我听说这一行挺累的，经常出差，还有各种项目要忙，女生干这个会不

会特别辛苦?"

许柚说:"可以适应,医生不更辛苦吗?"

两人恭维来恭维去。

李柘聊起天来聊得特别深入,包括他以前上学时的经历还有现在的一些事儿,都没什么隐瞒地说了很多。

相比之下,许柚就显得有些无趣了。

她就当一个称职的听众,听他说话,时不时还瞅一眼窗外,时而游离,瞧外面人来人往的人群。

李柘问她:"有没有谈过恋爱?"

许柚忆起自己在第一次相亲的时候,林冉告诫过她:千万不要这么着急地将你"母胎单身"的事说出去,不然那些男人会觉得你很好骗,还对你不上心。

许柚回神,点头。

她心虚地往外瞥了眼,刚准备瞎诌一个感天动地的恋爱故事出来,还没起头,整个人微微僵住,握住咖啡杯身取暖的指尖颤了一下。

仿佛时间就此定格。

外面的世界极不真实,像多次出现在她梦中的幻境。

小雪纷飞的街道上,雪花如鹅毛般轻飘飘落下,多年未见的人穿着深黑色的风衣,身材修长挺拔,轮廓沉静,正不疾不徐地从侧边马路走过。

许柚神色微滞,下意识地止住了即将要说出口的话,从卡位上站了起来。

她整个人好像失去了魂魄,石化般地定在原地。

李柘不明白她为什么会有这样的反应:"怎么了?"

他也顺着许柚的视线看过去,只看到拥簇往来的人群,并没什么东西可值得如此意外的。

为了缓解尴尬,他喝了口咖啡问:"你是看见熟人了吗?"

回过神后,许柚觉得自己刚刚的行为有些不礼貌,心事重重地绷着嘴角说了声抱歉,重新坐下去。

又过了几秒,她讪然一笑,释然般地回归了之前的状态,小声道:"就是感觉……好像看见了一个很多年没见过的人。"

李柘问:"朋友?你们关系好像还不错啊……"

几年没见的人,若不是一直记在心里,怎么会在仅仅……只看见一个熟悉的身影时,做出这样的反应?

"还行吧。"许柚客套道,"再说了,这么多年过去,当年关系再好,那也只是当年的事情,现在再见说不定会有点尴尬。"

"确实。"李柘叹了口气,"像我高中、大学时的同学,现在也不怎么联系了,时间一久,共同话题都没有了。"

许柚不想再谈这件事,继续刚刚未结束的话题,跟他说了一下自己的"恋爱经历"。

李柘问:"你们是大二在一起的,那谈了多久啊?"

许柚皱了皱眉:"两年左右。"

李柘了然地"哦"了一声:"刚好毕业的时候分开,那阵子确实是分手高峰期啊。"

时间越来越晚,临近饭点不吃个饭直接各回各家的话,似乎有点不太合适。

李柘提出要请许柚吃饭,许柚执意要AA,他无奈之下只好答应。

许柚发现,李柘这人性格挺外向的,跟不怎么熟的人聊起天来也很会引导话题。

总之,跟他在一起,基本不会尴尬。

一顿饭下来,相处得还算愉快。

算是她相亲这么多回最成功的、遇到的对象最好的一次。

但许柚没想到李柘是一个这么直白的人,吃完饭打算回去时,李柘请她喝了杯奶茶,坦白谈了一下对这次相亲的看法:"说实话,今天不是我第一次见你,准确来说,应该是第三次了。"

许柚意外地看他一眼,难怪她一进咖啡厅,他就能迅速认出她来。

李柘轻轻咳了两声，不好意思地说："其实在今天之前，我对你……就已经有些好感了。今天相处了一下，感觉你性格挺文静的，不怎么爱说话。我也不是第一次相亲了，相亲过的人都清楚，如果第一次见面不满意的话，肯定不会再有第二次机会，挺怕你过了今晚就不理我的。所以，趁回去之前，我想知道一下你的想法……"

这才吃了一顿饭，从见面到现在四个小时不到。

这么快就要做决定，许柚被吓了一跳，沉默过后，委婉地以"我觉得医生和投行这两个职业太忙，不适合发展恋爱"为由拒绝了他。

对方也很爽快，虽觉遗憾，但并没有过多纠缠，最后还将她送到了家附近。

许柚回去时松了口气，走在幽僻无人的小巷里，又想起了下午在咖啡厅发生的事儿。

她握着手机，踌躇不定地想问林冉一些问题，后来想了想又作罢，不知道这到底该不该问出口。

刚刚，她好像看见江尧了。

江尧回来了。

他回来的话，梁子豪应该会知道吧。

可那又怎样呢？

这么多年过去，人都是会变的，大家都有自己的生活，没必要为了年少时那些所谓的遗憾去无端打扰。

九年。

真的是一个可怕的数字。

如果现在还没大学毕业，她看见江尧，一定会主动走上去跟他打招呼。

可她已经快二十七岁了，他亦如此，说不定已经有了稳定的伴侣，或许已娶妻生子。

许柚咬了下唇，最终还是忍住，在快到家门的那一刻，因为想事情出了神，被小道上的石墩绊住，整人往前倾，跨了一大步地半摔在地上,脚扭了一下。

她"嘶"了声,疼得眼泪飘了出来,自认倒霉地叹了口气,一瘸一拐地走进门口。

江尧是半年前回的禹城,当年因一些特殊情况从一中退学,在英国休养了一段时间,也刚好在那边的一所顶尖名校申请到了学习机会,一待就待了八年。

他中间有回来过几次,但去的基本都是北京,回禹城的次数少之又少。

早上八点,江尧提前来到医院,在休息室脱下外套换上白大褂的空隙,听见几个同事在闲聊。

他上午有个小手术,时间还没到,便倒杯水,边喝着边坐在一侧无聊地听了会儿。

李柘刚说完昨晚的相亲对象拒绝了他的事情,同个科室的周树征笑他:"你有病吧?才见一次面就问人家对你什么想法,能什么想法?看你这火急火燎的劲儿,人家八成以为你只想睡她。"

"不是吧?"李柘真没什么恋爱经验,谈倒是谈过,却是别人追的他,对追女生这事一窍不通,"我是这样的人吗?我根本没那意思!那怎么办?要解释一下吗?她要真这么认为,这误会闹得可太大了。"

周树征看热闹不嫌事大地说:"怎么解释?直接说你不想睡她?人家更以为你神经病!有些话一旦说出口,怎么找补都够呛,反正你已经被她pass了,你还想着追她啊?"

李柘也不怕人笑话,直接说:"本来是想着算了的,追女生怪麻烦的,但昨晚回去想了一夜,有点不甘心……明年奔三,能碰到个自己喜欢的人不容易,就试试呗。你有什么追女生的办法没?"

周树征:"别搞我,我有女人,追女人这种事已经是上个世纪的事情了。"

"夸张。"李柘转身见江尧坐在那儿不说话,试图让他加入讨论,

"江尧，你呢？"

"你问他有什么用？"周树征有些炫耀地说，"没记错的话，你俩都是单身吧？在这种事情上，我怎么觉得他比你还蒙？也没听江尧聊过这方面的事，家里没催吗？"

后一句话，他提问的对象显然是江尧。

江尧对这种话题没什么兴致，沉默了几秒才道："催倒是催，但目前没什么想法，先将工作稳定下来再说。"

李柘作为年长几岁的大哥，似有模样地过去勾他肩膀，用过来人的语气劝了下："别这样想，这两件事不冲突。我前几年也是你这个想法，但现在就是很后悔，越想越后悔。工作不是生活的全部，趁年轻见到喜欢的人，想上就上，能谈一次是一次啊。"

江尧扯唇笑了下，见手术快到点了，抽开李柘的手，低低道："你还是先解决好你的事吧。"说完，他整理了一下衣服的袖口，起身往手术室的方向走。

李柘是真心在建议江尧，很愁地叹了口气："怎么就不听劝呢？"

"走了，去门诊。"周树征打了个响指，"你管他做什么？他自身条件那么好，家境又不错，你还是想想怎么追你的相亲对象吧。"

"叫'相亲对象'多难听，人家有名字的。"

"叫什么？"

李柘觉得说出来也无妨，反正又不是什么不能提的名字："姓'许'，单名一个'柚'字，许柚。"

"嘿，还挺好听的名字。"周树征也跟着喊了几声，"许柚，许柚……听上去是挺文静的啊。"

江尧双手抄进白大褂的兜里，长身玉立地站在电梯门前等着，见他俩走过来，还念着一个人的名字，稍稍拧眉，似有一瞬的恍惚。

周树征问他："怎么还没走？这电梯这么慢吗？你几点的手术啊？"

江尧想事情想得出神，连周树征的话都没回答，瞧见往上的电梯

165

一来,就迈步走了进去。

周树征无语地骂了句:"这小子,想什么呢?说话都没听见。"

从小到大,许柚摔跤的次数用十根手指数都数不完,每次都是些无关紧要的皮外伤,不明白这次怎么就这么严重,严重到第二天连走路都有些许困难,脚踝处逐渐浮肿。

幸好,最近不用上班。

临近春节她也搬回了家住,黎平君拿着热毛巾来给她热敷过几回,疼得她杀猪般地叫,一点效果都没有。

一整天她除了上洗手间需要跳着去,基本没离开过床,就连吃饭也是在床上架个小桌板来吃。

周长青跟前妻有一个儿子周培然,今天才十八岁,正在禹城一中读高三,给她送饭送得不耐烦了,很横地吐槽道:"你故意的吧?平时不回家,一回来就在床上躺一天什么都不干。"

周长青跟黎平君结婚的时候,周培然才十二三岁,刚上初中,正处于男孩的高峰叛逆期。

许柚和他这六年来就没将对方看顺眼过,一见面说话的语气都是怼来怼去的,但好在小孩心性不坏,除了对黎平君疏远了些,没做什么不礼貌或出格的事儿。

作为一家人生活了这么多年,不可能一点感情都没有。许柚早就摸透了他的脾性,看上去像一只一点就炸的小狮子,其实比纸老虎还弱,只会嘴上逞强。

见他这态度,许柚毫不客气地斥回去:"是,我不像某些人寒暑假天天打游戏,成绩不怎么样,不上进就算了,还总是出去混,需不需要我跟你爸报备一下你平时都去哪儿玩啊?"

周培然的同学来找过他几回,被许柚撞见过,也不小心从他们的对话中知道他经常进出网吧。

见说不过许柚,他没了声儿,许柚也见好就收。

过了两天，许柚的脚还是没有好。

明天就是除夕了，总不能一个春节都在床上躺着吧，许柚开始有些发愁。

黎平君劝许柚去医院看看。

正好林冉来找她，见她脚踝肿得跟猪头似的，笑得上气不接下气："我说为什么昨天叫你去看电影，你都不去，这是摔哪儿了，摔成这样？啧啧啧……"

许柚瞧林冉那一脸幸灾乐祸的样儿，特想赶她出去，可碍于行动不便无法实施。

林冉在许柚床边坐下问："要去医院吗？正好我没事，陪你一趟。"

许柚正有此意，用手机瞧了眼外面的温度，将近 -10℃，没忍住打了个寒战说："下午再去吧。"

"行。"林冉无所谓，"那我今天中午就在你家蹭饭了。对了，你那天的相亲对象不是骨科医生吗？你怎么不问问人家……"她蓦地转了腔调，声音拔尖了说，"这个情况要怎么处理呀？"

许柚没眼看："你有病啊？我闲得没事去烦人家。"

话音一落，跟掐准了时间似的，手机振动了一下，有人发消息过来。

林冉凑过来瞅一眼："李柘？就是那个骨科医生啊，啧，你这……你们发展挺快的啊？都聊天这么频繁了？我真不知道谁有病？"

许柚是真没料到他会这会儿发微信来，解释说："除了上次见面前约一下见面时间和地点，就没聊过什么了，爱信不信。"

随后，她打开微信看了眼信息。

李柘：听我妈说，那晚回去后你脚崴到了，现在还没好，严不严重啊？

黎平君跟李柘的妈妈还挺熟，两人见面聊到这事也不奇怪。

许柚低眸想了一下，慢吞吞地敲着字。

林冉剥了个橙子，边吃边说："不信，瞧这语气还说你们不熟。快回复人家吧，都担心坏了。"

许柚懒得理林冉，给李柘回复过去：打算下午去医院看看。

李柘：方便拍个照看一下吗？或许我知道怎么处理。

许柚滞了一下，内心有点拒绝，拍脚踝发照片这种事还挺亲密的，而且肿得那么难看。

许柚正准备思考怎么回绝过去。

他又发消息来了：不用拍了，抱歉。这么久没好，还是来医院看一下比较保险。

林冉瞧见他们对话的全程，嘀咕了句："这男的说话前后矛盾，旁边有恋爱大师吧？"

许柚耸了耸肩："谁知道。"

中午吃完饭。

许柚艰难地换上衣服，林冉开周长青的车送许柚去医院。

到了医院，林冉先扶许柚在一楼大厅的长椅坐下，再拿她的诊疗卡去挂号，去之前，贼兮兮地笑："要不要挂那个谁啊，让他帮你看一看。"

许柚被她的语气恶心到，说："别，尴尬死了，随便挂个其他的医生吧。"

林冉不放弃地说："干吗啊？人家是医生，肿成什么样的脚没看过，还嫌弃你？"

许柚不耐烦地瞪她一眼，她才罢休，无趣地走了。

省中医的挂号有窗口人工服务，也有机器智能。

林冉直接去了机器那儿，根据提示随便点两下，进入骨科一栏，看见今天下午坐班的一共有两位医师。

其中一个是李柘。

她略过他，下意识地点了另外一个，系统自动跳转到这位医生的简介里，上面有一张白底的公式照，以及一侧的名字。

——江尧。

林冉不可置信地猛眨了几下眼睛,生怕看错似的,又多看了几眼。
她努力回想了一下梁子豪有没有跟她提过江尧回禹城的事儿,怎么都想不起来,大概是真的没提。
江尧什么时候回来的?
都已经在医院工作了,看样子应该是在这儿待了有一段时间了吧。
居然不声不响回来了这么久,还不联系一下他们。
作为朋友,林冉竟有些不是滋味。
她偷偷转身瞥一眼坐在长椅上低着头玩手机还什么都不知道的许柚,又看一眼公示照里的男人,低喃:"时间过得真快……"
当年高中发生的事情,仿佛还历历在目。
居然已经快十年了。
林冉无奈地笑出了声,是那种怎么也没想到、感叹世事弄人的笑。
后面排队等着挂号的人奇奇怪怪地看着林冉,见她这么磨叽,走去了另一台机器排队。
而林冉沉浸在自己的世界里,整个人飘乎乎的,像是站在一个天平中央,接下来她要做的一个决定很可能会影响许柚的未来。
一个是在她看来或许有点好感的相亲对象,一个是九年没见的人。
这也太刺激了!
刺激到她根本不知道该挂哪一个,最后凭直觉选了其中一个,拿着机器打印出来的挂号单子返回去。
许柚揣兜坐在长椅上仰头看她,不满道:"怎么那么久?"
林冉眼神飘忽,尽力控制住嘴角敛不下来的笑意,开始瞎诌:"没试过这个机器智能嘛,以前生病都是梁子豪带我来的,全是他在弄。"
许柚翻了个白眼:"不要在我面前撒狗粮。"
"行行行。"林冉笑,"我扶你上去骨科,那位医生现在没什么人排队,很快就到了。"
许柚没说什么,单脚蹦进电梯。
林冉忍不住给她打个预防针,凑在她耳边小声说:"柚子,等下

169

要是出了什么事,千万要淡定啊。"

什么意思?

许柚警惕地问:"你……不会挂了他吧?"

林冉贱兮兮地卖着关子:"怎么了?熟人看病有什么不好的,反正认识那么久了,也不在乎这几分钟,你在怕什么?"

"你……"许柚气炸了,根本没意识到林冉在暗示她"这位医生跟你认识很久"这个信息,险些冒出脏话,"我都说了不要挂他了,整个骨科就他一个医生吗?下次不要你陪我来了。"

"别气,别气。"

林冉扶许柚过去,没给许柚看挂号单,上去后刚好有专门的叫号机器喊了许柚的名字,让她去一号诊室。

许柚已经认定林冉帮她挂了李柘,因此并没有注意诊室门口上刻着医师名字的门牌。

她深吸了口气,撑着门框慢吞吞地挪进去,正想着要以什么样的方式打个招呼时,眼前竟晃出了一个熟悉又陌生的侧影,且与那天晚上看见的人影逐渐重合。

呼吸在一瞬间屏住。

心跳也在视线渐渐清晰、记忆回笼时,重重地漏了一拍。

诊室里有一个装有许多器械,可供检查的小隔间。江尧摘了口罩从内里出来,边往诊位走边垂着眸翻阅一些资料,一侧身便瞧见了许柚,目光倏地定住,眉心轻蹙,连带着睫毛也微微一颤。

两人在无声的沉默里对视着。

谁也没说话。

许柚的第一反应是,自己怎么又产生了幻觉,这是假的吧?可即便如此,她仍像上次那样,将视线紧紧地黏在他身上,乌黑的眼珠望进他漆黑的眼底。

仿似时间倒回到了高中那年,过去的往事也在这一刻,一幕又一幕地在她脑海中闪现,告诉她那段无疾而终的感情,真实地存在在这

个人身上。

　　许柚露出笑容，很努力地维持着自己的云淡风轻，眸中却掺了点苦涩。

　　江尧怔了良久，才从这场相遇中回神。意识到自己医生的身份，他快步走到她面前，掺住她的手，扶她过去的同时，悠悠吐了一句："好久不见。"

　　林冉早在江尧过来的那一瞬间，将诊疗卡和挂号单扔在许柚手上，识趣地跑了。

　　所以，这一句"好久不见"应该是对她说的。

　　许柚脑中百转千回，沉默了很久，都不知道该说些什么。

　　她觉得这个世界很荒谬，也很捉弄人，早不见晚不见偏偏在这个时候相见。

　　跨越了将近十年的时光，她早已不是学生时期满怀纯真、除了学习外满心满眼都是他的许柚了，而他除了五官眉眼的相似，当年清冽干净的少年感荡然无存，取而代之的是岁月在他身上沉淀出的深度。

　　一样的出尘与卓越，却不是一样的江尧。

　　许柚轻轻地眨了眨眼睛，神情浮动。

　　她吐了一口气，明显比刚刚要理智了些，小心翼翼地坐在诊桌旁的板凳上，完全就像问候故人一样的语气，客套地问："你什么时候回国的呀？"

　　人间蒸发几年的人，又突然出现在各自的世界里，双方都对对方近十年来的生活一知半解。

　　许柚并不是完全不知道江尧的消息，但那也是大学毕业后的事情了。

　　曾经她幻想过两人会不会在北外的校道上偶遇，或者大四那年，一中校庆的时候，隔了五年的时光，于适当的年纪在校园里重逢。

　　别说偶遇了，许柚在北外待了四年，连江吆都没碰见过，他在她的世界里消失得无影无踪，现实残酷得让人折服。

后来是梁子豪告诉她，说江尧在英国，说他正在学医，还说他目前没有回来的计划。

当时，她听到这个消息，算不上有多难过，无奈必定是有的，她也早就猜到了结果。

一颗暗恋的少女心能保持多久，三年？五年？七年？甚至八年，还是十年……

许柚不是一个每天只活在幻想里的人，随着年龄的增长与成熟，她发现自己追求的东西越来越多。

尤其是出了社会后，身上的担子与责任也越发变重，曾经学生时期那些所谓的浪漫与幻想，对于现在的她来说，不过是浪费时间罢了。

林冉前年问过她：你这么多年都没谈过恋爱，是不是还想着江尧？

许柚没有犹豫，也没有思索，立马摇头。

如果这个问题，在大学时问她，答案或许会不一样。

但现在都什么时候了，若她还说她等着曾经喜欢过的那个人回来，她还想着他，念着他，不仅是别人，连她都觉得自己有病。

这么多年没谈恋爱，不过是没找到合适的对象罢了。

研三的时候，有一个本校电气专业的男生追过许柚一段时间，许柚觉得对方条件不错，并没有表现出拒绝。

后来，那位男生向她告白，本来都要在一起了，在得知毕业后她会回禹城工作，不愿与他留在北京后，这段刚有点苗头的感情就这么被掐灭在了开端。

江尧说道："回来有半年了，前阵子一直忙工作，没时间去找你们——"

你们？

他说完这句话，许柚一愣，反应慢半拍地明白过来，但没吱声，只点了下头。

气氛一时有些凝滞。

短促的沉默后,江尧接过许柚的诊疗卡,划过机器,导出她的病例列表。他稍微看了眼,低声问:"是脚崴到了吗?"说完,他垂眸往她行动不便的右脚瞥去一眼。

因为天气寒冷,她的脚踝被包裹得严严实实,不掀开看看,是真的不知道里面什么情况。

许柚觉得有些尴尬,毕竟真肿得挺难看的,刚见面就看脚是不是有点奇怪啊。

她低声简述了一下情况:"前几天不小心被路上的石墩绊了一下,整个人摔在地上,回来后就觉得膝盖和脚踝都特别疼。膝盖倒还好,过了一晚就没事了,脚踝却突然在第二天开始浮肿起来,一直到现在都没好。"

江尧听着她低淡轻软的语气,愣了下神,想起十年前校运会的那天她摔倒后对校医说话的场景。他去拿张矮凳过来,示意她:"放在上面吧,将裤脚掀起来,看看具体什么情况。"

许柚"嗯"了一声,艰难地把脚搭上去,弯下腰慢慢地掀开裤脚给他看了眼。

安静的诊室与外面吵闹的谈话声相比,就像一个被隔绝在山林之中的清幽小间。

许柚屏住呼吸,静静地看着他。

江尧蹙了蹙眉,不带嫌弃的,是那种发现竟如此严重的情绪,温热的手轻轻地放上去,摁了一下。

肌肤相触,许柚不自在地动了动。

江尧问:"疼吗?"

许柚摇了摇头:"一点点,不算很疼。"

"后来有热敷过?"江尧心里做着判断,多问了几句,"这是比之前越来越肿,还是有消掉一点了?"

许柚回想了一下,细声说:"第二天晚上是肿得最厉害的,后来因为热敷就感觉消下去一点了,结果睡了一觉发现又变成这样了。"

江尧拧着眉头,轻轻地"嗯"了一声:"除了这里,膝盖现在还有问题吗"

他们的聊天仿佛进入了状态,也没刚开始那么尴尬。

许柚抿了抿唇:"平时走路并没有什么问题,就是抬脚抬高一点的时候,好像有点'生硬'?"她不知道怎么形容,只能随意找个词。

江尧被她的说法逗笑,掀眸看她一眼,却毫无预兆地,撞进她乌黑透亮的眸中。

许柚迅速挪开视线,眼睫半垂,不明白这有什么好笑的,是她说得太过搞笑了?

很搞笑吗?

气氛静默。

似乎又回到刚刚凝滞的状态。

江尧睨着她淡妆无瑕疵的脸,不知道是不是他的错觉,她性格好像变了,而且变化很大。

她漆黑的眼瞳依旧干净澄澈,气质如清潭般静谧,却不像以前那般没有棱角,整个人透着一股从未有过的独立感。

检查过后,江尧让许柚先去拍个片看看有没有伤到骨头、关节,还专门告诉她在哪儿缴费在哪儿拍片。

林冉进来跟他打了个招呼,就搀着许柚出去了。

骨科有专门的收费窗口在三楼,因为线上缴费要绑定很多东西过于麻烦,林冉干脆去排队交,让许柚先坐在椅子上等她。

许柚没说话,坐下歇了会儿,又忍不住往刚刚出来的诊室门口呆呆地望了眼,仍觉得有点不真实。

怎么就这么巧能在这儿碰到呢?

而且林冉那家伙,刚刚还藏着掖着不告诉她。

许柚如今回想起来,都要气死了,以至于林冉缴完费回来,她都沉着一张脸对林冉,觉得林冉实在是有点不厚道。

林冉勾住她的胳膊,八卦地问:"怎么样?这么久没见是不是很

激动？你们在里面都聊什么了？"

许柚闷闷地吐了口气："没激动，全是惊吓。下次遇到这种情况，你好歹跟我吱一声，让我做个心理准备啊。"

林冉笑着说："我暗示你了。"

"你这算什么暗示？"许柚没好气地翻了个白眼，"我能想到这方面？我还以为你挂了李柘的号呢。"

"哎，说到李柘。"林冉怕身边经过的护士认识这位医生，压低了音量，"刚刚我无聊去隔壁的诊室偷偷看了眼，别说，还挺帅的。"

许柚脚步顿了顿，不客气地斥回去："……你也挺闲的。"

拍片就几分钟的事儿，不过要排队，还要等结果出来，待全部流程走完，已经是一个半小时后的事情。

许柚看了眼自己的脚踝和膝盖的 X 光片，没看出什么大问题，关键是她也不是很懂，便返回诊室拿给江尧看。

这会儿江尧正跟另外一位病人交谈，为了不打扰他们，她站在门外静静地等候，顺便跟林冉聊天打发时间，也完全忘记了李柘就在隔壁的诊室工作，丝毫没有意识到需要避开。

直到李柘穿着白大褂从旁边的门口出来，瞧见她意外地打了个招呼："许柚，你怎么在这儿？真来医院了？"

许柚这才回神朝他瞥了眼，略显无措地说："对……对啊，真巧。"

林冉没忍住发出一声嗤笑，什么真巧，明知道人家就在这家医院工作，还是骨科的，居然跟人说真巧。

幸好，李柘并没有听清她后半句说了什么，视线下意识地往下看，关心地问："你来看脚啊？哪只脚崴到来着？"

许柚轻轻地动了动："右脚。这不是快过年了嘛，想着趁现在来看一下，不然过年家里人各种走亲戚，我又走不动的话怪麻烦。"

"行，挂号了吗？"李柘见她站在江尧的诊室门口，手上还拿着 X 光胶片，犹疑地问，"你挂江医生了啊？"

他表情有些微妙，虽然语气温和，像是随口一说，却有一种在问"为

175

什么挂他不挂我"的错觉。

许柚愣了几秒，头皮顿时有些发麻，张了张嘴，还没说话。

林冉见状，连忙挥了挥手，插嘴帮她救场："不好意思，这号……是我挂的。原来柚子在这儿有熟人啊，我不知道，不然我就挂去你那儿了。"

"我没那个意思。"李柘扯唇笑了笑，瞥一眼许柚手上的X光片，提醒她，"不是要给医生看胶片吗？快进去吧，我还有点事，以后再聊。"

许柚等他走后，呼了口气，收拾了一下心情，准备走进诊室，却在抬眸看进去的一瞬间，正好对上江尧深邃得仿佛看不见底的视线。

他带了几分打量、几分探究，似乎就这样看着她有一小会儿了，见她看过来，很快便挪开了眼，专注地盯着眼前的电脑，边等她进来边做自己的事。

许柚没往深处想，这一回是抓着林冉的手腕，避免林冉再次开溜独留她一个人在里面尴尬，强迫林冉一起走进去的。

许柚将X光片递给他："拍好了。"

江尧接过，冷淡地"嗯"了一声。伸手将装在袋子里的胶片取出来，低眸认真地看了一会儿。

许柚坐在一侧，用眼神询问他结果。

江尧看完，将胶片重新装好，语气清淡地说："没什么问题，脚踝肿了是肌肉软组织损伤，这几天避免剧烈运动，防止再次拉伤。我给你开一些活血化瘀的药，除了吃药，回去后可以尝试一下先冷敷再热敷，散开瘀斑和加强淤血的吸收，这样会好得快一些，其他应该没什么大碍了。"

许柚惯性地边听边点头，等他说完，再应一声好。

随后，她接过自己的诊疗卡，再瞥他一眼："那我们先走了。"

她这句话就算是告别了，一个再平常不过的朋友与朋友之间抑或医生与病人之间的告别。

一次相遇重逢过于平淡，平淡到跟她以前幻想过的场景都有所不

同,可以说是毫不搭边。许柚想着就这样吧,下次也不知道什么时候会见到。

好像见与不见,也都那样。

他们错过对方太多的空白,"喜欢"这两个字离他们太遥远,可能性几乎为零。

许柚也没了追求的欲望。

如今正式见到一面,她也算是满足了。

跟他说说话,知道他现在在做什么、在哪儿生活,就仅此而已。

闻言,江尧一怔,过了一会儿才说:"回去注意安全。"

"知道。"

许柚转身跟林冉一起离开了诊室。

围观一切的林冉"啧"了声,摇着头道:"你们……就这?"

许柚不明白她想表达什么:"什么就这?"

林冉总觉得哪儿怪怪的,如实说出自己的想法:"怎么感觉你们激不起什么火花啊?"

许柚按了下电梯,无语地看着林冉:"不然,你想看到什么?是觉得我该在他面前害羞呢?还是激动呢?生活不是电视剧好吗,故人重逢确实是挺感慨的,但真不至于……"

"行。"林冉摊了摊手,"是我想多了行吧。话说,他什么时候回国的?"

电梯一来,许柚走进去,说:"回来半年了。"

林冉皱了皱眉:"怎么梁子豪没跟我说过啊?按理说江尧回来应该会找一下梁子豪的啊。"

许柚想起江尧说没时间的说辞,相同的话告诉林冉:"应该是没空吧。回来半年的话,入职什么的,感觉还挺忙的。"

林冉不清楚:"回去问问梁子豪。"

许柚笑着打趣她:"你俩什么时候结婚啊?"

177

"还早，结什么婚啊？"林冉一点不着急，"过几年再说吧。"

除夕前的医院并没有因为节假日的原因而人流量减少，有不少带着小孩来的家长忙忙碌碌地走去急诊挂号，也有穿着病号服的老人溜达来溜达去。

林冉继续帮许柚缴费和拿药，许柚静静地坐在窗口附近的长椅上等待，瞧见另一侧有一面介绍各科室医师的展示墙。

许柚好奇地起身，走过去瞥了眼。

在众医生列表栏里找到了那张记忆中熟悉又清峻的面孔，照片里的男人坐姿端正，穿着白大褂的纽扣扣得一丝不苟，可能是新照片放上去没多久的缘故，跟别的照片比起来更显得清晰好看。

他整个脸部的线条干净立体，下颌分明，肤色冷白，无形之中形成一股气场，比高中时的他多了几分禁欲与深沉。

许柚不由得感叹了一声，轻轻地吐出一口气。

年少时喜欢过的天之骄子，人设没崩，成了优秀的骨科医生，在他的领域里发着光，自有魅力。

要不是前几天和刚刚的两次遇见，其实"江尧"这两个字包括他这个人已经在她的世界里消失很久了。

她以为经过时间的流逝，那些往事早已流失在时间的缝隙里，可直到再次看见他，她才发现所有的事情仍历历在目，所做过的傻事都一桩桩一件件地刻在她的脑中。

但时过境迁，过去的前尘往事，好像也仅仅只是回忆罢了。

年二十九，还没到除夕，各家各户的年味都特别重。

许柚坐在副驾驶位上，被林冉载回去，往车窗外扫了眼，路灯上挂了一串串的红灯笼，街边的店铺均已闭市，并在门口贴上"春节放假"的告示。

林冉想起什么，问许柚一件事："明天出来玩不？"

"明天？"许柚用手撑着下巴，笑她，"你确定你能从你家里出来？

你妈不把你摁在家里啊？"

　　林冉从小到大除夕夜都是在家里过的，即便吃完年夜饭，想出来玩一会儿都不行。

　　小学的时候，两人跟一群同学住在一个院子里，有人问林冉出不出来烧烤，她偷偷摸摸地跑出来，烧完东西还没吃上一口，就被她妈提溜回去了，美其名曰：跨年就是要一家人整整齐齐地在一起，半步不能离开。

　　林冉想起以前那些事，满眼都是泪："哎，别说了，高中毕业后，我哪一年不是等零点过了，全家人都睡着后才悄悄地出来跟梁子豪看电影的？"

　　"为了恋爱够拼啊，凌晨手都冻僵了吧。"

　　反正许柚没经历过，如果是她，应该做不到这样。

　　冬天禹城的气温可不是闹着玩的，况且还是在深夜，干什么不比躺在被窝里收红包强？

　　话题被岔开了，林冉说回正事："出来不？今时不同往日，我再也不是任人提溜就回家的林冉了，我跟梁子豪同居了，你知道吧？"

　　许柚总觉得她铺垫来铺垫去，就是为了撒狗粮，正事却听不到半个字："知道，你都说了八百遍了。你不要跟我说，你们明天也窝在那个屋子里过年。"

　　"你怎么知道？"林冉惊奇地眨了眨眼。

　　许柚一听："不是吧？你们爸妈允许？你们还没结婚呢。"

　　林冉盯着路面，一边开车一边波澜不惊道："我们只是没领证而已，其实跟结婚没两样了，不领证是因为不想那么早要孩子。你信不信？有了那两个红本本，他妈肯定可了劲儿地找理由来催我生娃，烦都烦死了。"

　　许柚竟然觉得还蛮有道理的，这一招挺高啊。

　　她立刻记下来，以后也要学学。

　　林冉："明晚吃完饭来我们那儿吧，平时大家都这么忙，难得有

179

时间就聚一聚。"

许柚还没说同不同意,林冉就想到了她可能会拒绝的理由:"我或者我让梁子豪来接你,照顾一下伤残人士,记得吃完饭在群上'滴'一声。"

"你才是伤残人士。"

她没拒绝,就相当于同意了。

明天除夕不需要上班。

江尧下班前清理了一下诊室里的杂物,抽屉里没用的废纸和堆积的挂号单扔出来,桌面收拾干净。

他从小到大似乎都有个习惯,不管是上学还是上班,都不喜欢桌上堆太多东西。

不然就感觉很凌乱,不舒服。

李柘这时走进来感叹了声:"真好,你明天就放假了,而我……还要上班。"

省中医算是这附近规模最大的三级甲等医院,节假日包括春节急诊和住院部都不会下班,一直有医生、护士轮班。

而像骨科、耳鼻喉科和牙科这些门诊,虽然不需要太多医生在线上,至少也需要一位值班的。

江尧运气好,抽签抽到了年初二。

而李柘和周树征分别是除夕和春节当天。这如此好的运气,也难免李柘在说话中掺了点阴阳怪气的酸味。

江尧不明白李柘突然过来干什么,是专门来问候他一下?

他开门见山地问:"有事?"

"这么冷漠干什么?"李柘见他这样,本来打算问出口的问题又有点问不出了,"没什么事,趁你还没走,跟你提前拜个早年,再顺便……问你件事儿。"

江尧将整理出来的废纸叠在一起,往桌下的垃圾桶一扔,问:"什

么事？"

李柘突然凑过去，有种两人在聊私事的氛围，要是口袋里有烟的话，估计都要递上一根助助兴。

他先打个铺垫："我说出来你别大惊小怪啊。"而后，干脆道，"其实，你今天有一个病人，是我的相亲对象。"

江尧顿了一下，并不惊讶，脸上依旧是平淡的表情，还撤了几步，没跟他站那么近，继续手上收拾的活儿："嗯，谁？"

李柘直说名字："叫许柚，记得吗？"

江尧低了低眸，沉默几秒，才抬眸睨他一眼："记得。"

李柘并没发现江尧有什么异样，刚刚那短促的无言，也认为他在回忆而已。

李柘继续说："所以啊，就来问问你，她的腿伤怎么样？严重吗？毕竟是跟我去吃饭那晚崴到的……"

江尧勾了勾唇，唇边却无明显笑意。

虽然许柚跟他只是旧友关系，两人隔了这么多年，也才在今天见上一面，但他确实有点厌烦这种通过他来问别人私事的行为，哪怕是出于关心，总觉得有些不是滋味。

江尧想了想，敷衍地说："你亲自问她不就好了？"

李柘叹了口气，突然就打开了话茬："我也想啊，关键是人家已经拒绝过我了，我每次找她都感觉觍着脸上去似的，她的回应也不是很积极。虽然我知道这是追女生必经的过程，但我就是没试过，也没经验嘛。"

江尧不在意地道："你就这么喜欢她？"

李柘轻笑了声，靠在办公桌旁，感慨了一下："也算不上特别喜欢吧，就是觉得这个女的还不错，各方面包括长相气质都挺符合我眼缘的，要是跟她在一起发展得好的话，并不排斥跟她结婚。"

江尧看他一眼，唇上弧度浅挑："结婚？"

"对啊。"李柘一脸看着他就像看着当初的自己的表情，"你不懂，等你到了我这个年纪自然就明白了,各方面的压力,除了工作最紧要的任务就是结婚,让老人抱孙子。"

江尧确实不懂。

喜欢上一个女人的理由是她各方面都符合要求,追她的目的是结婚,让老人抱孙子。

以他对许柚的观察与了解,她应该不像是喜欢这样被别人安排人生的人。

但说到底,也跟他没关系。

江尧脱下白大褂,准备走了。

李柘见话题一偏再偏都没说到点上,又折回去问:"哎,你还没告诉我,她的腿到底怎么了,我还想过几天约她出去,也不知道方不方便……"

江尧眼眸清冷,答非所问地说:"你还是自己问她吧,正好给你们创造点话题。"

李柘无语地笑:"你想得还挺周到啊。"

江尧下班离开。

李柘也走出诊室,挥了挥手:"算了,走吧走吧。新年快乐啊。"

除夕当天。

依照往年的习惯,许柚肯定要早上七点起床,屁颠屁颠跟在黎平君身后,陪黎平君去菜市场买菜。

但现在她腿受伤了,行动不便。

陪黎平君去的人就换成了周培然那小子,原本他是不愿意去的,竭力说自己要高考复习,不想耽误太多时间。被周长青吼了一下,让他在七点起床复习背书和跟着去买菜之间二选一,他才不情不愿地选了后者。

上午七点半。

许柚躺在被窝,迷迷糊糊地被外面的谈话声吵醒,皱着眉,艰难

地翻了个身。

是黎平君在外面斥周长青和周培然，让他们快一点，别磨磨蹭蹭的。

跟小时候斥她的语气简直一模一样。

几人磨叽到八点，才紧赶慢赶地出门。

周长青充当司机载他们过去，周培然就像个跟班一样，帮黎平君拎东西。

以前许海城哪会这样，在家里什么家务都是黎平君做，回到家当甩手掌柜，还要抱怨这个抱怨那个的。

看到黎平君现在这么幸福，许柚竟然庆幸当年黎平君毫不犹豫地离婚，离开那个离婚前还向女儿抱怨她的丈夫。

十六岁的许柚并不理解父母离婚的行为，现在她忽然有点明白了。

若不是看不到希望，谁会选择离开？

许柚按照江尧的叮嘱，按时吃药，隔一段时间就冷热交替敷脚。

到了傍晚，虽然并没有恢复如初，却也有了明显消肿的现象，过不了几天应该就会完全好起来。

除夕早上吃了早餐。

中午一般都不会吃饭，或者草草吃一点，黎平君和周长青一直在厨房忙活，准备傍晚的年夜饭。

许柚跟黎平君说了吃完饭要去林冉家的事，黎平君没什么反应，完全是随她干什么就干什么的态度。

周培然听见，便也见缝插针地提了句："我也跟同学出去玩——"

他话还没说完，立马被周长青喝止。

许柚幸灾乐祸地看了周培然一眼，在两位家长身后朝他吐了吐舌头，黑白的眼眸里尽是狡黠。

年夜饭通常都是伴着春晚一起吃的，吃了将近一个小时才堪堪收尾。

许柚抽出手机,在和林冉、梁子豪的三人小群里吱了声:司机,司机,什么时候到位?

完全没注意到群聊最顶上的数字由"3"变成了"4"。

林冉回复她:现在就去。

林冉:等大概半个小时。

许柚发了个熊猫头的表情包,头顶配两个字"等着"。

随后,她起身进房间换了身衣服,没化妆,素面朝天地坐在床上等了一会儿,直到群里有一个昵称是句号的人@了她:出来。

许柚这才发现群里混进了不明人物,不知道是不是她想多了,看见这个微信昵称就莫名想起一个人。

江尧的QQ名也是句号,所以这是江尧?

许柚有些不敢相信,但又觉得并不是没有可能。

带着这样的疑惑,她慢吞吞地下了楼,瞧见一辆白色迪奥开着近光灯停在门侧,这是今年她陪林冉一起去提的新车。

因为灯光的关系,许柚看不清车里坐着的到底是谁,但透过些许朦胧的暗影,大概也能猜到一点苗头。

离近了她弯腰一看,竟真的是江尧。

江尧坐在里面静静地等她,低眸看着手机,全程未看门口一眼,听见有人敲了两下车窗,才侧首发现她已经到了。

车门的保险早就开了,但不知道为什么许柚就是拉不开,跟他说了一声。

没想到,他直接解开身上的安全带,下车从车头绕过来,替她拉开了车门。

许柚没想什么,直接钻进去。

等他回到驾驶位上,她才低声问:"怎么是你来接我?"

江尧骨节分明的手落在方向盘上,漆黑深静的眼睛看着前方,轻轻地道:"他们在准备东西。"而后,又补了一句,"帮不上忙。"

不用猜都知道,江尧是梁子豪拉到群里的,让他来接她估计是林

冉的馊主意。

　　林冉这人，真不知道说她什么好。

　　她好像一直有一个不死心的红娘梦，总想撮合这个撮合那个。

　　许柚点了点头。

　　她心里想着江尧回来了，也进了群，那以后四个人应该会经常约在一起，得跟林冉表明一下她对江尧的态度，让林冉别尽撮合一些不可能的事情了。

　　她可不想她曾经那段卑微的暗恋，在多年后又被人像挖宝一样挖出来，甚至闹到她身侧这个人的耳中。

　　那她大概会很尴尬吧。

　　林冉和梁子豪虽说是在两人的小窝跨年，但也是先在各自家中吃了年夜饭再出来的。

　　他们在高中毕业一个月后确定了关系，正式在一起。林冉去了禹城大学读计算机，梁子豪则在家人和林冉的规劝下重新回一中复读，后来也考上了禹城大学。

　　当时校内有不少人以为他们是姐弟恋呢，问清楚才知道并不是。

　　林冉跟许柚同岁，梁子豪跟江尧生日相差一个月，他们比她们都大了一岁。

　　梁子豪大学毕业后，都快二十四岁了，彼时林冉已考上公务员，工作也稳定下来，还有了自己的小金库。

　　因为这其中的差距，林冉父母一度不同意他们在一起，好在梁子豪争气，自己去创业，不用两年就干出了一番成就，让所有人对他刮目相看。

　　江尧和许柚去到那边时，他们正在阳台烤生蚝，手机扔在了客厅的沙发上，还随意地被靠枕盖住。

　　两人一边烤东西，一边聊天，不知道聊什么，聊得特别投入。

　　许柚按了好几下门铃，也打了电话，根本没人回应。

她跟江尧面对面而站，大眼瞪小眼地待在狭窄的楼道间，拧着眉嘀咕了下："他们到底在干什么啊？按门铃没反应，群里艾特没人说话，打电话也没人接听……人间蒸发了？"

江尧偏头淡声道："我出来时，听见他们说要烧烤。"

"烧烤？"许柚想了想，"那应该是在阳台吧，可这里是十七楼，在楼下喊估计也听不见，而且……"还会有人认为他们是疯子，除夕夜住宅区扰民。

静默了片刻，江尧说："等等吧。"

许柚"嗯"了一声，就没再说话了。她还在坚持不懈地打电话，打到第四次时，微信突然蹦出来一条信息。

她潜意识里认为是林冉良心发现，终于回复她了，点进去才发现找她的不是林冉，而是李柘。

李柘：下班回来一直在厨房帮忙，吃完饭才想起忘了跟你说一声除夕快乐。吃饭了吗？

许柚低眸看了几眼，没怎么思考就回了过去：刚吃完没多久。

虽然她没什么恋爱经验，但她总觉得李柘这个人很精，从认识到现在，除了那晚问她对他们之间的想法时猴急了些，其他地方根本挑不出什么毛病。

就像现在，他刻意跟她说进厨房帮忙，打了一串字后才点出发这条信息的目的。

他是在暗示她，他是个顾家的好男人，不像别的大男子主义很强还自私自利的男人一样，喜欢将所有家务交给自己的妈妈和老婆去做。

也可能是她想多了。

包括之前的相亲，许柚感觉他在她面前呈现出的样子过于完美，反而显得有些不真实。

想到这儿，她偷偷瞥了眼站身侧的江尧。

他穿着简单的黑衣黑裤，身材挺拔，静默淡然地站着。

又不说话。

许柚只能用余光瞄到他的侧脸，无法辨清他此刻的神情，但也能猜到他现在的心情一定会很无奈，并掺着些许不耐烦。

都怪林冉！

成事不足败事有余。

李柘秒回：我以为我们家吃饭已经挺晚的了，没想到你也一样。

许柚被窗口的穿堂风吹得哆嗦了一下，揉了揉发红的鼻尖，干脆就跟他聊天打发时间：很晚吗？

李柘：正常不都是五六点的吗？四点的也有。

许柚：哦，我们家一般都是七点左右。

李柘：我们也是，主要是我差不多六点才下班，家里人见我那么晚，也不会太早准备。

许柚：确实，冬天嘛，太早做饭的话容易凉。

李柘：对了，你腿怎么样了？严重吗？

许柚吸了吸鼻子，她的手从外套的袖口只伸出了几根手指，特滑稽地在那儿敲字：不算严重，没伤到骨头。

窗口又有一阵冷风吹来。

江尧不在意地垂眸，瞥一眼明明冷得不行还在坚持跟某个相亲对象聊天的女人，他的眼神清淡无温，仿佛就只是看看，没有其他任何的意味。

——却已经是他第四次看向她了。

虽然许柚有意将手机往自己的身前靠，试图用自己的肩膀和脑袋遮住屏幕，但毕竟身高差在那儿。

江尧不用刻意去找什么角度，也能轻易地将她和李柘的聊天内容一字不漏地尽收眼底。

许柚玩手机打发时间的空隙，轻轻地打了个喷嚏，又忍不住低骂了林冉一句。

世事弄人，谁能想到2018年的除夕夜，她不仅又一次见到了自己曾经暗恋过的男人，还跟他一起被困在林冉和梁子豪的新房门外。

187

这算什么事？

江尧走去窗边，关上了那扇半开的楼道窗。

折返回来时，许柚朝他看了眼，低声说："谢谢。"

李柘又发消息来了。

许柚刚准备看一眼，江尧视线凝在她身上，蓦地问了一句："你为什么会想到要进投行？"

"啊？"许柚蒙了一瞬，这话题有点突然，一时间没反应过来。

而且，她有跟他说过自己的职业吗？

没吧。

许柚转念一想，可能是林冉或者梁子豪告诉他的，低低淡淡地说："没什么想法，就专业对口和喜欢。"

说到这个，她更好奇为什么他曾经数学那么厉害的一个人，竟然去学医，还以为他会专攻理工领域呢。

许柚直接问了出来："你是好奇我为什么当年数学偏科，还学了经济吧？"

经济金融类专业对数学的要求确实挺高的，当年几次期末大考和考研差点要了她的老命。

江尧没吭声，只一个单音节的字眼从口中溢出，"嗯"了一声，过一会儿才问："为什么？"

许柚抿着唇，回忆了一下。

当时她拒绝了两所名校的邀请，执意要去北外，还跟黎平君吵了一架，最后两人折中妥协了一个方案。

理由挺简单的，她也不得不承认这其中百分之八十有他的原因，可她却说："可能脑子抽风了吧。"

说完，她就笑了，抬眸盯着眼前这张曾经让她魂牵梦萦的俊脸，一时竟有些说不出的心烦意乱。

江尧微微皱了下眉。

他看着她的眼睛，沉默了几秒，一时竟不知道该回什么，最后，

也只吐出了几个字:"感觉你变了很多。"

九年。

谁不会变?

许柚不甘示弱道:"你也是啊。"

两人聊来聊去,聊的都是些干巴巴的内容,却成功转移了许柚的注意力,完全忽视了微信里躺了许久的几条来自于李柘的信息,觉得时间流逝的速度比刚刚快了不止一倍。

在外面站了半个小时,人都快吹傻了。

终于等到林冉一脸愧疚地打开了门,许柚面无表情地看着她,她更显得内疚,"噼里啪啦"想说一堆解释的话,还没说两句,就被江尧出声打断:"先进去再说。"

许柚才反应过来,这里冷死了,也跟着附和,边推着林冉走进去,边低斥:"进去你再给我解释清楚。我看清你了,林冉。你不会跟梁子豪在里面干什么龌龊的事情不方便让我们看见,才故意不听电话的吧?"

"我哪有?"

许柚:"没有的话,我打了十几通电话你听不见?你不是聋了就是故意的!"

"那是因为我们在阳台啊,外面风太大,我戴上了帽子,是真的没听见。"

许柚憋了许久,想骂她,知道她肯定不是故意的,最后也只蹦了一句:"你该看看耳朵了,哪天等我脚好了,轮到我开车带你去。"

梁子豪在跟江尧说话。

林冉继续跟许柚道歉:"好吧。无论如何,都是我的错,是我没带手机在身边才导致的。对不起,今天我全程为你服务,想吃什么随便说。"

许柚叹了口气,往桌上瞄了眼他们到底烤了什么,语重心长地说："不行，作为你最好的姐妹，还是要为你的健康着想，迟早拎你去医院。"

"要去也是梁子豪先去。"林冉立马推卸问题，"我好歹戴着帽子，他不戴都没听见，你说他这耳朵是不是不太灵光啊？"

梁子豪听见她的话，觑了她一眼，见他们刚刚在外面吹了那么久的凉风，刻意将暖气温度调高。

他收拾好桌子，招呼她们过来："快坐下吃东西吧，先烤这么多，免得还没吃完就凉了。"

许柚知道今晚来这肯定要吃东西，在家吃年夜饭时专门留了下肚子。

几人围在一桌，打开电视，边看边吃。

在这个举国欢庆的节日，几乎每个台都在转播央视春晚。

春晚从小看到大，每一年的节目单都大同小异，无非是唱歌、跳舞、相声和小品，除了小品有意思点，许柚都不是很感兴趣，看得兴致缺缺的。

其他人似乎也如此。

四个人里看得最认真的恐怕就是江尧了，大概是太久没在中国过年的缘故，一下子回到年味这么浓的祖国，略有些感慨。

梁子豪说："江尧回来没多久我就知道了，但是下半年太忙，一直没什么时间见面，上个月见了两次。我一直以为我跟你们说过他回来这件事，结果昨天林冉问我，我才发现竟然没说，给记岔了。"

林冉毫不留情地说他："看来，你不仅要看耳朵，最好也看看脑子。乖，你旁边就有个医生，让他给你看看，免得脑子出问题。"

梁子豪无语地说："专业不对口吧？他是骨科的。"

一直没怎么出声的男人突然开了腔，低低淡淡的嗓音略有些漫不经心："先挂个号吧，给你介绍个精神科医生。"

闻言，梁子豪挑眉斜了他一眼："江尧，你居然向着她，还是不是兄弟——"

林冉看着他们，咬着鸡翅笑开了："人家那是实话实说。"

许柚搭着腿坐在沙发上，微微抬眸朝对面的男人瞄过去一眼。

以前的她怎么也不会想到，过了将近十年，他们四个竟然还能像当年吃火锅一样聚在一起谈笑。

一样是冬天，一样是年前。

只不过他们都不是十六七岁的年纪了，现在比那会儿几乎大了一轮。

她也不由得感叹，可真是岁月不饶人啊！

虽然他们都吃过了年夜饭，但一群人围在一起，尤其是吃各种垃圾食品和烧烤的时候，就感觉味蕾被完全打开，嘴巴根本停不下来，什么都想尝一尝。

梁子豪和林冉刚刚冒着大风在阳台上烤的，没一会儿就被吃干净了。

两个男士出去烤食物，她们就坐在客厅聊天。

许柚这才想起她好像忘了回李柘消息，忙打开手机瞧一眼聊天框，距离上一条李柘发来的信息已经过去了一个多小时。

他问：昨天挂号……你真的是让你朋友帮你挂的？

许柚盯着这句话看了好一会儿，总觉得他在怀疑什么。

不过，细想一下，他怀疑也是正常的。

毕竟他早就跟她说过他的工作地点和相应的科室，如果不是刻意想要避嫌的话，一般都会挂在他那儿。就算是朋友帮忙挂号，也可以说一句"我在这儿有个熟人，你帮我挂在他那边"类似这样的话语。

可不管怎么说，挂谁的号都是她的自由。

况且，她已经明确说过他们不合适发展恋爱，也侧面表明了她对他没意思，他也决定放弃了啊。

许柚不明白隔了几天，为什么又突然频繁地找她聊天。

难道是反悔了？

梁子豪不知道在外面烤什么特别香，室内都能闻到味道，应该是加了香料的缘故,还带着那种能刺激味蕾让人感觉饥肠辘辘的香气。

林冉吸了吸鼻子,没忍住走出去看了眼。

许柚没跟着,蜷在沙发的边角,敲字回复李柘:是我朋友帮我挂的,我的脚不太方便走来走去,就让她帮忙了。

李柘又秒回:刚刚干什么去了?

许柚咬了咬唇:在跟朋友聚会,跨年。

李柘多问了句:跟朋友?你春节都不在家过的?跟你的闺蜜,一群姐妹吗?

李柘的问话,明显是在试探。

许柚也能察觉到一点,为了让他死心,干脆地说:不是,有男有女的。

发过去后,那头果然沉默了。

现在已经是晚上十点半,还有一个半小时就到凌晨,在如此深夜让他知道她正跟一群人聚会,还有男人在。

许柚不知道他会怎么想,但她料到以他的性格,一定会感到不舒服,进而产生退却的想法。

林冉从外面拿了他们刚烤好新鲜出炉的两串鸡中翅进来,鸡肉表面涂了一层蜜汁和孜然粉,香味萦绕。

她将一串递给许柚,还小声说:"这一串,是江尧烤的。"

许柚微微无奈地笑,伸手接过来:"你怎么总是要撮合我们两个啊?在别人那里当媒婆没给你空间施展,非要拿我大展身手?"

"你才媒婆!"林冉第一时间反驳,"别人我才不管,我只管你。"

"可我说过了,我们已经不可能了。"许柚还是一样的态度,"现在就只当朋友,以前喜欢那是以前的事儿,现在过了这么多年,又重新搭在一起,不奇怪吗?"

林冉唇角扯出几分弧度,盯着她的眼睛,像是要将她看透:"你确定这是你的真实想法?那我现在告诉你,江尧目前单身,而且他在国外没有过女朋友,你还是没想法?"

许柚低垂看着手机的眼皮动了动,心弦像是被人猝不及防地拨了一下,但又很快恢复如常,低垂着的眼眸里蓄着苦涩的笑,干脆又直接地摇了摇头。

拒绝。

她再也没有主动喜欢谁,主动去追求谁的冲动了,也害怕年少的那段浓烈的感情被他发现,而引起不必要的尴尬。

所以,就让它这么过去吧。

"好吧。"林冉耸了耸肩,再看她一眼,吐出一句话,"你确定你不会后悔?"

许柚傲气地努了努嘴:"不。"

倏地,似是心有灵犀。

许柚余光瞧见站在阳台外的江尧偏头往里看了眼,一不小心就撞进了他深邃的眼眸中,像被逮了个正着。

她立马垂首,边吃鸡翅边跟李柘聊下去。

江尧不甚在意地转过了身,烤得差不多了,准备收拾一下全部拿进去。身侧的梁子豪没注意一脚踢翻了地上的香油,连忙拿起来,"啧"了声:"……幸好没倒太多。"随后,抽一张纸巾擦了擦地面。

江尧被梁子豪挡着路,站在一侧等了一会儿,缄默无声地望了眼外面幽蓝的夜幕。

明明吹着-4℃的冷风,却浑身满是燥热,有一股烦闷的气息在他心头压抑着,在一点一点地被挑开,静待浮出水面。

还有将近一个小时才到零点。

四人再吃一轮,都已经有点吃不下了,春晚的精彩部分也已经过去,现在基本都是些唱歌、跳舞的环节。

林冉和梁子豪坐在一起打游戏。

许柚则跟李柘有一下没一下地聊着天,其实聊得也不是很频繁。她大多数时间都在群聊里抢红包或刷朋友圈,偶尔幸运抢到大额时,还会开心地笑出声，唇边扯出几分轻轻的弧度，脚也在沙发边跷着，慵懒又随意，看上去心情不错。

江尧坐在她身侧，紧靠沙发，修长而骨节分明的手漫不经心地把玩着纯黑色的手机，没什么事干，对手机又不上瘾，总不能看后面的小情侣边打游戏边打闹。

因而他看春晚看得兴致缺缺时，注意力总会被许柚的笑声吸引，视线有一搭没一搭地自她脸上飘过。

他每次向她投去一眼，她都在盯着屏幕跟人聊天，手机一直在振动，显示不停有信息发进来。

怎么聊都聊不完，像有无穷无尽的话题。

江尧刚回国没多久，春节是国内的传统节日。

他在国外的朋友是不过春节的，因此跟其他人相比，他的手机哪怕在接近零点的那半个小时，依旧安静得过分。

他的微信列表里就没几个人。

以前的 QQ 被盗，因为手机号码换了找不回来，初中、高中的同学除了几个住在附近或回国后碰了面的，其余基本已经断了联系。

要将 QQ 申述回来，估计有点费劲，他也没那个心思。

许柚完全沉浸在今晚抢到很多红包的喜悦中。对于刚进公司才一年多的职员来说，她还是个新人。群里的人不会闹到她身上，全在起哄，坑上头的高管。

这一行越干到上层，薪金越高，几百块乃至上千的红包，对他们来说也就那样，能让手下的人乐一乐，也未尝不可。

上一年，许柚头一回见到如此激烈的"红包雨"，还小小地心疼过他们的钱包。

今年，许柚了解过他们的资产和身价后，觉得自己简直瞎吃萝卜淡操心，还不如计算一下自己的积蓄比较实在。

时间不早了，许柚打了个哈欠，刚想瞄一下距离零点还有多久。

江尧似是无聊到了一定的境界，竟起了个话题跟她聊起天来，低

沉带哑的嗓音拖长了尾音:"听说……"
　　许柚侧首,意味不明地看他。
　　他略微沉吟:"你在相亲?"
　　许柚微微怔愣住——
　　您又是怎么知道的?

第五章　/ 荆刺玫瑰

　　许柚发现，江尧有关她的近况，了解得还挺透彻的，连她最近在相亲都知道得一清二楚。
　　她暗暗咬牙，除了方才林冉透露给她的一点信息，她知道的关于他的事情屈指可数。
　　许柚在脑中排查了一下，到底是谁将这个消息泄露出去。
　　最后发现，能怀疑的人实在是太多了。
　　江尧不仅认识她身边玩得最亲近的两个朋友，还跟她的相亲对象是同一个科室的同事。
　　说不定，他和李柘还挺熟的。
　　难道是李柘不小心跟他聊到了？
　　许柚不太清楚男人私底下会聊什么话题，总觉得应该不会这么八卦，但也不是没有可能。
　　她略显尴尬地咬了下唇，轻轻点头，解释："本来不想去的，我妈非要我去，拗不过她，就去了趟。"
　　说完，她感觉有些多此一举。
　　为什么要跟他解释这么多？
　　直接点个头，不就得了。

可能是某种奇奇怪怪的心理作祟，被喜欢过的人知道自己在相亲，还挺难堪的。

虽然他不一定会这么想，却有种她没什么人稀罕和喜欢的错觉。

许柚拿起桌边那杯白雾袅袅的热茶，眼神示意了一下后方："他们告诉你的吗？"

江尧摇头，紧接着说："不是。"

许柚失笑，两眼一翻险些眩晕过去，果然……是李柘！

她又问："所以你已经知道是谁了。"

江尧没否认。

他似乎一直都是不怎么喜欢说谎的人。

就像刚刚他完全可以说是林冉或者梁子豪告诉他的，不知道是真的太"善良"了而不想撒谎，还是避免增加林冉今晚在她心中的仇恨值，直接就将李柘卖了出去。

不可否认的是，知道真相后，李柘在许柚心中的好感度立马又降了点，而她跟江尧之间聊天的话题更深入了。

许柚问："你们聊什么了？他是直接连名带姓告诉你的，还是不小心说漏嘴的？"

这个问题对她很重要，因为她不太喜欢性格外放张扬的男人，这样的异性当朋友还不错，但真不是她的菜。

从她曾经暗恋过江尧这么多年就能看出来，内敛低调的性格才是她的理想型。

神奇的是，这么多年都没有变过。

江尧眼神落在她身上，反问："你很感兴趣？"

"啊？"许柚总觉得他这句话怪怪的。

正常情况，不应该问"你想知道"而不是"你很感兴趣"吗？不知道为什么"感兴趣"三个字有种一语双关的意味。

许柚瞳孔一缩，忙撇清关系："算了，你不想说也没关系，我就随便问问。"

可他还是回答了:"昨天你走之后,他来跟我说的。"

"啊……"许柚明白了过来,那还挺合情合理,毕竟她昨天在江尧那儿看了病。

她不由得好奇:"他说什么了?"

许柚发现,她是真的在把江尧当朋友,连这种事儿都敢跟他聊,换作以前这绝对是避谈的话题。

江尧不咸不淡地说:"问你脚伤……的情况。"

话音一落,许柚几乎是下意识地就开了口:"真的啊?"

那她不是错怪李柘了?

她刚刚居然恶意揣测李柘,以为他在相亲结束后嘴没个把风,在同事间大肆谈论她,才害得江尧也知道了这件事。

许柚捧着温热的杯子,喝了口热茶。

她低眸独自想着事情,脸上还堆积了一点愧疚的情绪,在思考自己是不是过于小心眼,因为对一个人提不起兴趣而老是揪他的错。

这反思的表情,跟方才截然相反。

江尧淡淡看她一眼,良久没有说话。

他捏着手机的指骨一点一点,无意识地收紧,连手指的关节泛出浅浅的白色都没察觉。

距离零点还有十分钟。

林冉和梁子豪刚好从一局王者段位的排位里出来,抬头看了眼时间,松了口气,幸好没错过。

因为打游戏过于专注,林冉的双颊飘有浅浅的红晕,她也不在意,薄唇撩出笑弧:"还差几分钟,等我一会儿,我去拿个东西。"

她立马穿上毛茸茸的拖鞋,从房间里搜刮出一瓶在林家珍藏了好几年没喝的红酒。

精致古典的瓶身,一看就价格不菲。

估计是林冉趁她爸不注意,偷偷从家里捎过来的。

许柚去过林冉家很多次,知道她爸爸迷上了酒,再加上年轻时攒了点小钱,彻底变成一个酒类收藏家,各种国内外的好酒他看到喜欢的都会买回来放在家里珍藏,哪怕不喝,看着也是一种享受。

梁子豪帮林冉开了瓶塞,逐一往透明的高脚杯里倒。

虽然度数不高,但顾及着现在时间也不早了,女生的杯子里他倒少了点,尤其是许柚。

这正合许柚意,她从小到大都没怎么碰过酒。

在学校里待了太长的时间,就算参加过社团或组织,也很少出去聚会,喝酒的次数至今还不到十次。

林冉开心地说:"今年真的是太好了。柚子从北京回来,在这里稳定下工作,再也不用一年到头只见几次面。没想到江尧也回来了,我们四个人又聚在了一起,距离上一次一起吃饭好像都过去……"

她掰着手指数了数,突然脑子短路,忘记高二那年是什么年份了,数半天没数明白。

许柚等了良久没等到一个数,正准备翻个白眼告诉她。

身侧的男人嗓音清冽低沉,抢先说了出来:"十年。"

"啊,对。"林冉马后炮地说,"高二下学期是2008年啊,我怎么给忘了。但是不管怎么说,现在大家混得还不错啊,以后经常聚吧。"

梁子豪提醒:"准备倒数了。"

他们盯着春晚里红红火火不断在递减的数字,眼神不曾离开一秒。

直到电视机屏幕上出现"3""2""1"字样后——

许柚跟他们一起碰了碰杯,迎着室外"噼里啪啦"的鞭炮声,掀起红唇漾出微浅的弧度,小半杯的红酒仰头一饮而尽,没几秒就见了底。

虽然度数真的不高,可清凉的液体顺着喉咙进入到胃后,还是有种火烧般灼人的感觉,她白皙的脸蛋缓慢爬上一层薄薄的酡红。

许柚拍了拍脸颊。

互相说过"新年快乐"后,林冉又跟许柚说了一遍,并且拽她去阳台看烟花。

　　禹城并不是一个经济发展迅速的城市,虽然政府有发布过禁燃禁放令,但目前还执行得不够彻底。

　　像春节这种代表着一年之岁首,传统意义极大的年节,还有不少人钻空子。

　　许柚吹着冷风,一边听楼下附近的鞭炮声,一边望远处点燃整个夜空的烟火。闪烁的花瓣如雨,在绽开的一刹那又自天上而落,流淌出一道绚丽耀眼的星光瀑布。

　　火树银花不夜天,每年这时候都是个不眠夜。

　　气温太低,凉风习习。

　　冷得许柚牙齿打战,她打了个激灵,没看一会儿就推门进去。

　　林冉似乎特别喜欢看这种景色,也比她抗寒,还在外面逗留。

　　许柚进去后,瞧见梁子豪跟江尧在聊天,找杯热水喝了口,无意听见梁子豪问他:"以后还会走吗?"

　　江尧见她进来,并没有停止谈话。

　　许柚坐在身侧,听见他叹了口气:"很难说,我妈喜欢这儿,我爸又觉得国外好,江苎现在也跑国外去了。"

　　梁子豪并不意外:"在外面生活习惯了,肯定是不太想回来的,挪来挪去,麻烦,时差要变,气候、饮食也跟着变。让南方人去北方也不适应啊,况且你还在外面待了这么多年。"

　　许柚放下水杯,起身离开,挎上衣服继续出去跟林冉看烟花聊天。

　　江尧的最后一段话,就这么刚好被她错过——

　　"但我应该不会走了,从小到大生活的地方,再怎么样也比外面好。而且这次搬回来,前几个月各种琐碎的事情全堆到一起,挺累的,以后也没那精力。"

　　梁子豪笑了下:"难怪你之前那么忙,丁点时间都抽不出来。既然这样,那就别走了,走什么啊?再说你这个年纪也该稳定下来找个

女朋友好好谈谈恋爱,然后准备结婚了。你爸妈不催你?"

江尧点了点头。

催一定是催过的,但江父江母在国外生活的那些年,思想都被带得新潮了不止一倍,只是象征意义上地催他去找个好女孩谈一下恋爱,并没有上纲上线到相亲这种地步。

"柚子都相了好几次亲了,没一次成的。"梁子豪含笑道,"她爸妈也在死命催,要不你俩试着凑一块儿?"

江尧愣了一下。

梁子豪也是随口一说,因为他知道许柚喜欢过江尧,后来江尧出国,两人就不了了之了。

他真没做媒人的想法,就是聊到了这事,随口掰扯一下:"可以内部消化一下嘛。我看她以前相亲那些男的,好像都不怎么样,这次相亲的这个我没了解,听林冉说似乎也没怎么来电。正好,肥水——"

江尧听到后半句话,薄唇扯出微末的弧度,像是真不怎么感兴趣地打断了他:"……兔子不吃窝边草。"

就这么轻易地带过了这个话题。

梁子豪也识趣地不再说。

那一晚大家过得还算开心。

一起倒数跨年,最终每个人都吃撑了,因为喝了酒,江尧开不了车送许柚回去,而且太晚回去也麻烦,林冉跟许柚在她家的客房里聊了几乎一夜的天。

江尧家离这很近,走路十分钟左右就能到。

最后将整瓶红酒干下肚的梁子豪则在主套房关着门,睡得不省人事。

大年初一的白天,许柚回到家后,整个上午都在房间里补眠。黎平君敲门喊她吃早餐,她都没反应。

接近中午。

许柚迷迷蒙蒙地睁开眼，从被窝中伸出一只手捞起枕边的手机，侧躺着划开看了眼信息。

微信、QQ 都有人给她发了祝福，大多数都是昨晚凌晨发的，但那会儿她没看手机。

许柚颇有闲心地逐一回复过去。

回完微信，再回 QQ。

过了一会儿，她瞥见 QQ 列表底下，昵称是一个句号的联系人，最新显示的信息内容是"新年快乐"。

许柚没怎么留意，也不看有没有小红点，瞥见"新年快乐"四个字就这么戳进对话框，开始敲字——

敲完，她准备发出时，才恍然意识到这个人根本没有给她发祝福，唯一的一次是 2008 年的春节，对她说：柚子，新年快乐。

接下来，他就再没回过她了。

QQ 信息不可能保存长达十年之久。

许柚为了保存记录，当年还傻乎乎地用零花钱开了 QQ 会员，但漫游记录最长也只保留到两年左右的时间。

其实还有一个可以专门漫游一个人永久记录的功能。

许柚发现这个功能的时候，2008 年的那条信息早就没了，因为换过几次手机，当年的截图也已被误删。

如今，手机上只显示了三条：

2011/2/3
江尧，新年快乐！
我们这边又又又下雪了，听说今年普遍气温都很低，你那边也很冷吗？

2012/1/23

今年太早过年了，年底大家都挺赶的。新的一年又要来了，新年快乐呀！

2013/2/10
新年快乐。

为什么前几年那么热情，是因为在春节这样的日子，才有足够的理由去找他。

QQ是她能联系到他唯一的途径。

所以，多唠一句闲话，或许就能挖一个话题出来，如果他回复了，她便能顺着话题跟他聊上一阵。

这样既不会被误以为是群发消息，还能聊一会儿天，一举两得。

可她没想到，他出国后，一次都没回过她。

后来那些年不发了，是因为她从梁子豪那儿知道了一点关于江尧的消息，了解到他并没有回来的打算。

而那会儿她早已大学毕业，正在读研。

日子一天一天地过下去，渐渐地，她也就没了热情。

她开始不再想他，不再跟人谈论他，也不去关注英国那边的新闻和时事动态，彻底让江尧这个人淡出了她的生活。

如今，他又回国了。

昨晚两人还一起跨年。

她盯着依旧毫无回音的聊天窗口，还想起他说不一定会一直待在国内的话，顿觉自己那些年就像个傻子一样。

哪怕对着一个冷血动物，她踢它一脚，它还会扑过来咬人，至少给个回应。

而他，啥也不是。

许柚生闷气地关掉手机，又盖上了被子，睡回笼觉。

家里吃午饭的时候，她才慢吞吞地起床洗漱，坐在餐桌旁稍微填一下肚子。

　　黎平君问："你的脚不痛了吗？感觉你今天走路挺正常的啊。"

　　许柚并没有意识到，现在被提醒，试着起身走两步感受了一下，好像真的没什么事了。

　　她掀开睡裤瞄一眼脚踝，之前的浮肿也消了大半，淤血散开，肤色逐渐回归白皙，已经好得差不多了。终于不用像只乌龟一样，走路一瘸一拐的，慢得不行。

　　许柚眉梢挑了挑，还没高兴上两分钟，就听黎平君说："正好，下午跟你爸一起去拜年吧。"

　　许柚：这还不如不好呢。

　　昨晚做年夜饭时，又杀鸡又宰鱼的，厨房乱得一塌糊涂。

　　后来吃完饭，天太冷，黎平君懒劲儿上来，不想动，就这么一直没打扫，这会儿还乱着，她打算利用下午收拾一下。

　　周培然更不可能去，说要在家复习。知道他今年要高考，周长青也不强迫他。

　　最后，便只剩下了许柚。

　　说起来，这还是许柚第一次跟周长青出门，以往拜年要么是黎平君跟着，要么是周培然跟着，肯定会有一个在身边。

　　现在搞得她怪紧张的。

　　周长青去车库将车开过来。

　　许柚拉开车门上车后，问了一句："去谁家拜年啊？"

　　周长青边打着方向盘边说："我大哥，也就是你大伯家，然后顺便经过一个同事家，去拜访一下。"

　　许柚"哦"了一声，心里有了底，就没吱声了。

　　周长青平时对黎平君很好。

　　即便是二婚关系，不仅是他，还有他们那边的亲戚对黎平君都很尊重，不会说三道四，相处几次过后也不见外。

　　但许柚跟周长青并没有熟悉到一定的程度。

毕竟，周长青不是她的亲生爸爸，前几年她一直在北京上学，两人相处的时间不多，没怎么单独待在一起过。就像现在，坐在车内她根本不知道该聊些什么，还蛮尴尬的。

反正聊不聊也无所谓，都是一家人。

许柚干脆打开手机刷微信，瞧见那个四人小群有了动静，应该是林冉起床了，在群上不停地发昨晚拍的照片。

不断有消息在群聊上传进来，手机连续振动了五分钟都还没结束。

许柚真不知道林冉居然偷偷照了这么多，她以为只有几张简单的合照而已。

拍了各种食物、烟花，还有一些抓拍，模糊的，清晰的，都有。

林冉一股脑地发，竟然连她们昨晚在床上聊天时的闺蜜自拍照也发了出来，"咻咻咻"连着好十几张一起弹出。

女生拍照一般都喜欢找好角度，然后对着一处疯狂拍，拍够本了才换姿势换角度。

过了一会儿，梁子豪突然在群上问：怎么都是一样的？

梁子豪：不停地"咔嚓咔嚓咔嚓"，手不累吗？

林冉：哪儿一样了？再说一样，打断你的狗腿。

许柚没掺和他们的"战争"，随便翻了几张合照或拍得挺好的自拍，保存下来。

周长青见她一直盯着手机，笑着问："跟你的朋友聊天啊？"

许柚侧眸朝他看了一眼："对，过年嘛，大家都不用上班，都挺闲的。"

周长青："确实。也只有这时候最闲了，平时都忙得不见人影。"

他明显是想说些什么，但许柚没听出他的话外之音，一门心思在照片上，以及在发朋友圈和不发朋友圈，或者发哪张照片之间犹豫。

周长青出声劝道："柚柚，其实……"

许柚这才反应过来他还没说完："嗯？"

周长青顿了一下，继续说："你大学和研究生一直在北京上学，因为距离远，一年也回不了几趟家，其实你毕业后说要回禹城工作，你妈妈还挺高兴的。"

许柚知道他想说什么了，估计又是来劝她别干投行的。

他张了张嘴，想劝但又忽然觉得自己好像没那个资格，只能委婉道："我的意思是，如果你觉得累了，可以换换别的工作。你这么多年不在家常住，现在又搬出去自己一个人住在城区的公寓里，你妈妈很担心你。"

许柚沉默了几秒，很坚定自己的想法："我那公寓在一个小区里，治安还是挺好的。现在还年轻，我想做一些自己喜欢的事，以后的事情以后再说吧。说不定，过几年干不出什么好成绩，我就累了，不干了。"

周长青劝不了也就放弃了："随你，既然喜欢，那就去做吧。无论如何，你的决定，我都会支持，像支持培然一样。"

许柚笑了下："我知道。"

到了大伯家，许柚乖乖地跟在周长青身侧，见到长辈就打招呼，他们聊天时她就默默地坐在一侧发呆。

虽然时间难熬，但过得还算愉快。

从大伯家出来，周长青开车带她去了附近的一个同事家，登门拜访。

许柚问他能不能不进去，就在车上自己待着，反正也不认识那些人。

周长青却说她认识。

许柚一脸问号。

她在脑中搜刮一下记忆，实在是想不起自己认识他哪位同事，而后脑海中忽然闪过一个人。

李柘爸爸？

许柚刚准备问是不是李柘的时候，就见一个穿着居家服的男人迎着寒风从室内走了出来，跟之前在咖啡厅见面和医院里的形象都不太一样。

她看见是李柘，顿觉一个头两个大，浑身都在抗拒。

但来都来到了，又不可能不进去，她便硬着头皮，答应了周长青说的"就进去坐一会儿"。

就一会儿！

李柘给他们泡好热茶，小心递过来，坐在一侧寒暄了几句。

许柚有一搭没一搭地跟李柘聊天，偶尔还要回答李柘父母几句关心的问话。

这说好的一会儿，一晃就过去了一个小时，还没有结束。

李柘刚好去了趟洗手间。

许柚有些无聊地摆弄着手机，一时兴起悄悄拍了张照片，是李柘家的茶几一角，紧接着发了朋友圈，屏蔽掉李柘：无聊。

浅显易懂的两个字，大胆又直接地发泄着她现在的情绪。

林冉评论：干吗呢？

许柚回复：在别人家拜年。

林冉毫不客气地嘲笑：喷……真惨！

许柚翻了个白眼，没再理林冉，随意刷了下朋友圈，就在她没看到什么新消息，准备退出微信时，发现页面蓦地多了两个小红点。

江尧点了个赞，并在评论里问：你在 lz 家？

估计是打出全名怕被相同好友瞧见，他采用了缩写的形式。

许柚一眼就看出来了。

——你在李柘家？

许柚满脸疑惑。

他是怎么看出来的，就拍了下茶几的一角，这就……看出来了？

许柚正想问，到底是哪个信息暴露了她。

江尧仿佛笃定了这个事实，直接私聊弹了个消息过来：帮我提醒他一下，让他看看手机，有文件发了过去。

许柚见他发现她在李柘家，还立刻私聊了她之后，心脏"扑通扑通"猛跳了几下。

谁知道，竟然是为这样的事情。

她耐着性子，面带微笑地敲字：很重要？

江尧：对。

许柚：那我偏不。

许柚跟人聊天，鲜这么无理过。

她的性格虽然算不上有求必应，哪怕拒绝人，也会尽量用最委婉最不扫人面子的方式。

跟异性这么聊天，这应该是第一次。

见江尧没有回她，她冷静过后，盯着那几句对话又细想了一下。

不帮他是不是不太好啊？

江尧和李柘都是医生，医生之间传的文件十有八九应该是跟某些疾病或者病人有关的吧？江尧又不会撒谎，况且这种事情，也没必要刻意去骗她或者耍她什么。

所以他说很重要，那应该就是一些紧急文件了。

李柘此刻并不在客厅，许柚不知道他到底在哪儿，是还在洗手间还是回了房间，都不太清楚。

她四处张望了眼，没发现人，给江尧回：他现在不在我身边啊，我想提醒也没法。你自己想想办法呗，或者等他回来我再跟他说一声。

大概又过了五分钟。

李柘从厨房端了一盘切好洗干净的水果出来，招呼了声："周叔，许柚，吃水果。刚在里面切好拿来给你们尝尝，特别甜。"

周长青客气道："哎呀太浪费了，我们过几分钟就走了，她妈应该在做饭，太晚回去会被念。"

李父不甚在意地笑着："怕什么？能吃多少吃多少，吃不完帮你装好拿点回去给嫂子。柚子，别不好意思，试一下这个梨。"

许柚敷衍地挽着笑，点了下头："谢谢叔叔，我想吃自己会拿的。"

她根本没心思吃什么水果，眼睛看着李柘，张了张嘴，打算提醒

他一句。

手机却在同一秒于她手中振动。

江尧及时发来信息说：不用了，他刚刚回我了。

许柚低眸瞥见这条信息时，刚好喊出了两个字："李柘——"

接下来的半句话因为他信息的内容，就这么硬生生地卡在了喉咙里，不上不下，像一股闷气憋在胸口，想发却发不出。

她拧着眉，深吸了口气，忍了好久才能忍住，没立马敲字过去骂江尧。

李柘听见她喊了他的名字，眼神不自觉地亮了一下，波澜不惊道："怎么了？"

许柚有些尴尬地看他一眼，不知道该用什么话补上，"呃"了半天，都没说出一件正经的事儿来。

因为她大概能猜到，李柘目前并不知晓她跟江尧的关系，如果他知道的话，刚刚那将近一个小时的聊天里，就应该会聊到一些。没有的话，那就是江尧没跟他说。

三个人的关系过于尴尬。

如果方才江尧没说那份文件很重要的话，她估计也不会答应帮他传达。

一旦跟李柘说了，就意味着告诉他，她有江尧的联系方式。

而且他们还很熟。

只有一面之缘的骨科医生和患者，又不是什么重大疾病，是根本不会加上微信的。

那么，唯一的可能性就是，他们早就认识。

许柚怕李柘知道这层关系后，会问很多关于她跟江尧以前的事，她有点不想提起，也不愿告诉任何人。

平白牵出一堆麻烦又答不上来的话题。

许柚思考了一下，面不改色地将即将说出口的话转了个圈，小声道："没什么，只是有事情想问问你。我的脚踝之前不是肿了嘛，现在没有什么问题了吧？"

李柘闻言，发现她只是问一些病痛有关的问题后，心头涌出无法名状的失落。他低低地"嗯"了一声，朝她脚踝看了眼："消得还挺快，正常来说都需要一周左右。"

许柚不太了解这方面："这样啊？那现在几乎已经消肿了，还需要冷热交替敷吗？毕竟，天天这样干，挺麻烦的……"

李柘侧首问："是江医生告诉你要这样敷脚的？"

许柚怔了一下，旋即点头："对啊。"

李柘了然地"哦"了一声："应该不用了，观察一下淤血有没有散，如果散了的话，就不需要了。"

许柚似懂非懂地问："也就是说，皮肤不发红或发紫的话，就行了？"

李柘："嗯。"

许柚咬了咬唇："谢谢你啊。"

李柘心情看似有些不好，露出勉强的笑容："不客气。"

结果，他们这一来一回的对话，被几位家长听见，还以为他们聊得很愉快呢。

李柘爸爸是个和善的人，莫名地用看情侣一样的眼神看着他俩，还跟许柚说："许柚，你以后有什么不舒服的地方，千万不要客气，都可以来问李柘。"

许柚心想，算了吧，还不如挂个号看医生。

李父继续说："他啊，虽然学的是骨科，但是上学的时候特别认真，很多分支学科多多少少都研究过，至少都会一点点。像上次他妈妈咳嗽，咳嗽了半个月都没好，他一回来听说这件事专门去药店，没听里面的人推荐，自己买了药，不出一天立马好了。"

李柘尴尬地说："哪有你说那么玄乎，就碰运气。"

许柚唇瓣动了动，礼貌地应了几句，没说不找，也没说找，只想将这个话题赶快带过去。

周长青一直没有出声。

可能是因为许柚不是他亲生女儿,他没必要跟着撮合,或者是教养的缘故,他没有跟李柘爸爸一起在他们家起哄怂恿许柚和李柘谈恋爱。

走出李柘家时,许柚总算松了口气,一直绷着的神经也彻底放松下来。她没什么形象地坐在副驾位上玩手机,被周长青载回去的途中,听见他问:"柚柚,老实跟爸说,你对李柘有感觉吗?"

许柚意外地眨了眨眼,如实道:"没有。"

而后,她怕拂周长青面子,毕竟那是他同事的儿子,又补了句:"不是因为他不好,而是没看对眼。"

周长青听到意料之中的答案,笑了下:"没事,你妈想让你跟他相处,也是抱着试一试的心态。要是不喜欢,别觉得说他家跟我们家很熟,就不好意思去拒绝。也别被你妈忽悠过去,认为二十六岁还没结婚就很急什么的,一点都不急!结婚是一辈子的事,一定要睁大眼睛好好看准了。"

许柚笑他:"那你得帮我劝劝我妈啊。"

周长青趁红绿灯的空当看她一眼,竟真应承下来说:"有机会一定。"

年初一。

江尧家特别冷清,江父江母都出去拜年了,只有他一个人在家无所事事,一会儿进书房翻阅一下书籍,一会儿又打开手机处理一下信息。

他发过去那句"不用了,他刚刚回我了",仿佛暗示着话题结束。

许柚就真没再回过他。

江尧起初不怎么在意,后来总是瞄手机,似乎料定了她会再回他一句话一样。

哪怕只有一个"哦"字。

211

过了半小时，江尧收不到半条信息。

他郁闷地撂下手机，进书房找出一本书随意翻阅了几页。这是一本全英文名著，不算特别厚，没一会儿就能翻完。

里面写着一个小男孩和小女孩在院子里青梅竹马长大，两人每天拌嘴，每天吵架，一起上学，一起回家。

后来因为一些变故，他们都离开了那个城市，分开了很多年，直到十二年后，女孩在街边被人欺负，男孩上前救了她，两人才算重逢。

结局无疑是欢喜的。

相认后暗生情愫，互相喜欢，再相守一辈子。

这本书是江吃放在书柜里的。

一看就是她的口味。

平时不怎么看这种有关情爱方面书籍的江尧，竟然坐在书房翻到了最后一页，看见当年的男孩向那个女孩求婚，并且拥吻在一起。

实在不明白这本书的核心内容到底是为了说什么，难道只是简单地讲述一个没什么起伏的爱情故事？

如此平淡的情节，他还看完了。

一定是因为太无聊，江尧如是想着。

他没劲儿地将书合上，去倒了杯热茶，神色清淡地抿了口。

他不知不觉地想，分开了那么多年的人真的可以在重逢后又喜欢上吗？真的能这么轻而易举地在一起并且结婚吗？

江尧盯着某处入了神。

也不知道就这样站了多久。

他忽然走去卧室，凭着记忆在各个柜子里翻找了一番，大约过了半刻钟，终于在一个抽屉隔层里找到了一个略显老旧的平安符。

十年前的款式，陈旧又堆积着些微的灰尘。

——那是十七岁的江尧瞥见从前桌的女孩口袋里掉出来，顺手捡回来的。

后来他出国的那天早晨太赶，忘记了带上。

如今，江尧再看见这个平安符，心情多少有些复杂，眼底酝酿着说不出的情绪。

——当时的他为什么要捡这个不起眼的东西？

——为什么要在离开之前专门给许柚留了一把伞？

——为什么当年全家商议出国时，他竭力抗争不想去？

…………

跨年的那天，林冉趁许柚不在，偷偷问了他一个问题——

"江尧，其实我有个问题憋了很久很久了，真的很想问问你。你以前有没有对许柚有那么一丁点好感过？哪怕不是喜欢，就只是好感……为什么这么问？因为我觉得你对她很特别啊，虽然你藏得很深，但真的很特别……就只是好奇而已，想知道我当年的推测到底对不对。"

江尧没告诉她答案。

他也没仔细思考过这个问题，但如果让他将当年所做过的怪异行为一件一件去解释的话，又根本无从下手。

林冉见撬不开他的嘴，哼了声，告诫他："不说就算了，但如果你真的喜欢过她，哪怕一点点，我告诉你，你会后悔的！"

江尧想起那句话，扯唇淡笑了下。

后悔吗？

若当年真的喜欢，他们也不可能在一起。

先不说她会不会喜欢他，就算喜欢，当时那情况，他出国似乎是注定的事情。

而他们分开。

也是注定。

舒坦的年假并没有休到元宵节，年初八就被迫收拾心情，回公司上班了。

又进入到忙碌的工作状态，面对一个接一个的项目和永远忙不完的事情，许柚感觉有点疲倦和心累，真想就这么辞职，随便找个朝九晚五的工作混混日子算了。

但鸡汤灌多了，她便也觉得二十几岁不努力什么时候才努力，别人三十岁都成百万富翁了，她现在连个零头的存款都没有。

许柚回到公司后，发现大家跟她的状态都一样，懒怠至极，平时经常见面的同事过了一个春节，在家吃好睡好，都不约而同地发胖。

可能是节假日的生物钟被自动调成了最休闲舒适的状态，现在忽然早起上班，各人脸上都有不同程度的困倦和迷糊，尤其是到了下午，简直要瞌睡过去。

许柚刚开始也有点不在状态，经过两周才勉强调整回来，各方面都逐渐适应……

随着年后工作的深入开展，许柚忙得没时间休息，也再没跟江尧他们约出来聚过。

估计他们也没空，除了林冉那公务员岗位比较正常之外，其他人似乎都挺忙的。

四人小群里，一直都是林冉在不停地说话，偶尔分享一下在微博上看见的搞笑动态，或者问问他们的近况。

许柚一般都是选择性地回，工作上的社交已经很累了，回到公寓，她连手机都不想碰，只想快点洗澡，倒头睡觉。

因此，李柘找她聊天，基本都没聊成功过。

每次他挑起一个话题，她下一句都会接上"我还没下班，下班再聊"或者"我很累，我先睡一会儿"。

次数多了，他就不找了，显得特别没劲儿，对许柚的回应也有些许的不满。

他们上一次聊天还是愚人节的时候。

这都过去半个月了。

许柚跟江尧也接近半年没见面了。

聊天倒是有聊，但都是在群里，几个人一起聊天时插几句话而已，

并不会专门私聊对方。

这跟她料想中的情况一样。

朋友之间的相处本来就是这样的，大家都在忙，怎么可能总是聊天，只有恋人才会在百忙之中再累再不想说话也要腻歪一阵。

平时跟许柚打交道密切的一位同事，春节期间脱单了，男朋友是一家大型公司的销售经理，看上去特别闲，还很有钱。

对方每天下班再晚都会开车来公司接同事，看得许柚酸死。能每天接她上下班的，恐怕只有出租车司机了。

还要她不厌其烦地叫，才会来。

忙碌了几个月，许柚都没怎么回过家。

眼看还有一周就到五一假，她打算五一回去一趟时，在某个上午被周长青通知了一件事：黎平君住院了。

周长青在外地出差一时半会儿回不来，就算回来也至少是三天后，他问她可不可以先去帮忙照顾一下。

许柚迫不得已申请将五一那三天的假期调休过来，紧赶慢赶地去了趟医院。

她没进过省中医的住院楼，也不清楚到底在哪个方位。

这家医院规模特别大，各种科室和手术室分得很细，有好几栋高楼贯通。

对于平时只在综合楼溜达的许柚来说，感觉就像走进了迷宫，跟只盲头苍蝇一样乱窜，都找不到正确的路。

她四处望了眼，本想找找指示牌，或者咨询一下身边经过的护士，突然在某个电梯口瞧见一道挺拔清峻又熟悉的背影。

她没多想，直接奔过去，拽住江尧问："江尧，你们的住院部在哪儿？我妈住院了，不知道怎么过去……"

几个月没见面，突然从背后冒出来，江尧根本没意识到是她，甚至还被轻微地吓了一跳，以为是哪个病人或者医生拽他。

215

他蹙着眉往后看了两眼，瞧见是许柚时，眼神才稍稍缓和下来，并且开始回想她刚刚的问话是什么。

住院部？

她妈妈住院了？

这边闹出的动静有点大，身侧有位扎着马尾的女医生侧眸别有深意地打量了许柚一眼，有些意外竟然会有女生来找江医生，而且江医生似乎……并没有排斥？

许柚没留意到女医生，目光全落在江尧身上，眼神询问着，希望他能指个路，就动动手指的事情。

结果，还没听见他出声，就被他一言不发地扣住手腕，头也不回地转身带走了。

惊呆了身侧的女医生和看到这一幕的护士。

这……还是江医生吗？

难道江医生是有女朋友的？

难怪有护士喜欢他，向他示意都没反应，原来是名草有主！

江尧选择了最直接干脆，也最不省力的方式，亲自将许柚带到了住院楼。

原来一直往前走，就可以看见一条通往对面白色高楼的露天走廊，走到那边，地下还贴着各种箭头指示，分明地提醒着各位患者或患者家属，前面就是省中医的住院楼。

竟然这么简单就可以去到。

许柚看着指示牌，逐渐摸索到了路线，感觉自己有点小题大做，略抱歉地跟江尧说："我知道怎么去了，是不是一直往前走就可以了？反正跟着箭头走就对了。江尧，你要是忙的话，可以先回去，我自己过去就行了。"

毕竟，他正上着班呢，不是吗？

江尧低眸瞥了眼比他矮了大半个头的女人，扯了扯唇道："不忙，带你去一趟，不需要多少时间。"

行吧。

那就……一起去。

许柚进到楼内，直接朝电梯口走，不知道该去几楼，还在那磨磨叽叽地看墙上粘贴的楼层指示。

江尧随便找人问了一下，轻而易举地就帮她问到了房间，紧接着带她上去，沿着内科的病房走廊一直往里走。

黎平君所在的病房并没有关门，里面有护士在帮她测量血压，谈话声清晰地传到外面。

许柚听出是黎平君的声音，即便半躺在床上的黎平君被护士挡住，她想也不想，就这么笃定地皱着眉，走了进去。

黎平君很快就发现许柚从门口进来了，顺着视线，自然也瞧见了站在门口穿着白大褂的江尧。

她并不认识江尧，以为是某个医生来巡查病房。

男人眸色暗如浓墨，双手抄在白大褂的口袋里，直勾勾地盯着许柚的背影。

神情有点奇怪，很难让人不多想。

许柚毫无察觉，一进来将黎平君全身上下打量了个遍，发现并没什么摔伤碰伤的情况，脸色看上去也还行。她关心地问："出什么事了？怎么连院都住上了，问你又不说，还要我爸拐着弯儿来告诉我。"

黎平君对江尧的出现并无过多在意，再过两分钟去看时，人都不见了。她敷衍道："急什么急？瞧你那样，平时不见你这么关心我，能有什么大事啊？就感觉身体有一点点不舒服，来看一下，结果他们直接让我住院检查。"

这话一听就很假，一点点不舒服，医生能让住院？

估计是不愿让她担心随便乱说的，听得许柚险些翻了个白眼，无语道："能别骗我吗？我都多少岁了，你真以为你说的是真话假话我听不出来啊？再说了，要真只是一点小病小痛，人家会强制让你在这儿待着？又不是闲着没事干……"

217

病房里还有一个病人在共用房间，床边也有一位护士，刚量完病人的血压正将工具收起来，掩在口罩下的唇轻轻抿了抿，当场拆穿她："阿姨，你这病可不是什么小问题。你自己说了最近经常耳鸣，听不清，反应慢，也老是不记事，皮肤容易干燥起皮，还水肿。这可不是小病，先住院检查一下，看看是哪里出了问题，我们再针对地治疗。"

许柚越听越慌。

怎么这么多小毛病？耳鸣？反应迟钝？记忆退减？还水肿？

如此多小症状加在一起，实在是太让人不安了。

可能是平时上网看多了癌症、肿瘤之类的新闻，许柚下意识反应的就是这个，心慌慌的，眼皮乱跳。

护士瞅了许柚一眼，安慰说："现在还没检查，什么结果都不知道，你也别太紧张。如今医疗发达，其实很多病早发现的话，都是可以治疗的，等下会有人过来打针，现在先休息一下吧。"

黎平君有些无奈地喝了口水，情绪一直压着。

其实比起许柚，她作为当事人应该更慌才对，不然也不会跑来医院。

许柚搬了张椅子坐在黎平君旁边，原本很生气地想问黎平君一些事情，却不知道该从而问起，要不是刚刚护士将黎平君的症状说出来，她估计到现在都不清楚，也毫不知情。

作为女儿来说，她明显是失败的。

近些年她很少在家住，就算偶尔假期回家，也总是待在房间里睡觉休息，或者玩手机，没怎么关注黎平君的身体，也没发现黎平君的任何异常。

许柚问："我爸他知道吗？"

他们每天生活在一起，应该能察觉到吧。

黎平君点头："知道肯定是知道，我有什么不舒服都会跟他说一声。他之前也带我来过几次医院，但去的都是别的门诊，看一些小毛病什么的，没联想到这么多症状连在一起会怎么样。"

许柚叹了口气，现在能发现总是好的。她说："那你这次来省中医，原本是想看什么啊？"

黎平君："最近不知道是不是吃错东西，有点恶心，吐了好几次。想着你爸不在家，刚好我做了点东西，带去公寓给你，然后再来附近的医院看看，开些药回去。"

许柚顿了一下，问："你去过我那儿了？"

黎平君一直有许柚公寓的备用钥匙。

她以前经常去许柚那儿放一些家里包好的饺子、云吞或者别的食物，平时她过来都会提前吱一声，许柚也会专门打扫收拾一下，这下突击了一趟。

许柚最近又忙，已经快半个月没打扫过了。

许柚刚瞅了黎平君一眼，就被骂了一通："你也别一个劲儿地说我，你看看你，像个女孩子吗？你那房间都乱成什么样了？冰箱里的都是些什么垃圾食品？还有那一箱的泡面，回去立马就给我扔了，没病迟早被你'作'出大病！"

"行了行了。"许柚附和说，"回去就扔，但我最近请了假，在我爸出差回来之前，我每天都会过来，你想吃什么，晚上给你带。"

黎平君淡淡道："家里冰箱放了一些水饺，你煮两份，自己吃一份，剩下的装过来。"

"顺便给你拿些洗漱的东西啊。"

"路远，晚点过来也没关系。"

"我自己会看着办的。"

许柚再陪黎平君待了会儿，等打完针，黎平君快睡着她才起身离开。

走出病房，许柚找专门的主治医生问了下具体的情况，医生说的跟护士差不多，具体原因要等明后天检查完才知道结果。

她垂下眼睑，道了声谢便离开了诊室。走去电梯口下楼的空隙，才猛然想起江尧将她带来这后，她好像连一句谢谢都没说，就这么摺下他一个人不管了。

所以，他是见她没顾及他，也不好意思进来跟黎平君打声招呼，才默默走掉的吧？

如此一想，她顿觉自己有点不太厚道。

有种用完就甩的味道……

许柚略愧疚地抿了抿唇，就这么鬼使神差地回到医院的综合大楼。

她乘着电梯，到了骨科门诊，意外地并没有在诊室里看见江尧，反而是瞧见了喝着水在走廊经过的李柘。

许柚看他一眼，小声地象征性地打了声招呼。

李柘微微拧眉，走过来问："你怎么在这儿啊？看病？找人？"

许柚如实说道："我妈在这儿住院了，我来看她，顺便有点事找一个人……"

李柘点了点头，瞧见她站的位置刚好是江尧的诊室门口，虽有些微妙，却还是失笑地问："你不会是来找江医生的吧？你们很熟？"

许柚盯着他看了一会儿，"嗯"了一声说："托他帮了个忙，来说声谢谢。"

李柘总觉得哪里怪怪的。多嘴问了下："帮什么忙？对了，阿姨身体还好吧？是出什么事儿了吗？"

许柚说："小忙而已，目前不知道什么问题，打算先检查一下。"

李柘见许柚不愿说，也没办法强求，刚好他有点急事要离开："这样啊，江医生现在不在，应该在洗手间或者别的地方，你等等吧。"

她低着头，有点累地靠着墙壁而站，附和说："那我再等等，等一会儿再不回来就走了。"

李柘扬了扬唇角："我有点事，先走了。"

许柚："再见。"

没两分钟，江尧从某个转角走了出来，意外地看见了她，视线凝在她身上，淡漠地问："怎么了？"

许柚真的很累，早上为了请假跟领导说了一个多小时才说通，快

速处理完手头的事情,先跑回公寓,再来医院,整个人都快累散架了。

她直接说:"刚刚在病房太心急,没有顾及你,也没来得及说声谢谢。就只是想赶在你下班之前来道个谢。"

原来来这儿是为了这个。

江尧定定地看了她一会儿,手从口袋里抽出来,嗓音淡哑地说:"不用,举手之劳。"

这么冷漠?

许柚也不打算跟他多说什么:"基本的礼貌还是要有的,既然这样,那我就先走了。"

她眼睛眨了一眨,强迫有些困倦的双眸睁大起来,却还是没忍住打了个哈欠,抬脚往电梯而去。

结果,还没走两步,就被喊住——

"许柚。"

许柚转身,疑惑地看着他:"嗯?怎么了?"

他沉默了几秒,才问:"你要去哪儿?"

什么情况?

许柚说:"那……当然是回家啊。"她还要回去做水饺送来医院给黎平君的。

江尧眸中闪过了然的神色,客气地提醒了一句:"外面下雨了。"

江尧盯着她肩上那个连雨伞都装不下的链条包,低低道:"不介意的话,等下捎你一程。"

许柚没有带伞,要真下雨的话,自己回去,估计够呛。

虽然她大二暑假就考了驾照,但一直都没有买车。并不是买不起,而是不敢开,让她在空旷的地方转两圈还行,一到拥挤车多的马路就彻底歇菜了。

有时候看林冉开车那么厉害,她都很羡慕,为什么同样是女生,就她没那个胆呢?要不然也不会这么麻烦,每次从市区回家都要坐将近一个小时的公交车。

这一来一回将近两个小时的通勤时间，如果在家住的话，那是真的很累。

　　可现在发现，在外面住，确实是自由和轻松了些，但有一个坏处就是没什么时间跟家人相处，连自己的妈妈平时有什么不舒服都不知道。

　　江尧收拾好东西，抬脚走出来，瞧见许柚在发愣，低声提醒了句："走了。"

　　许柚反应迟钝地"哦"了一声，跟在他身后，怔怔地出声问："你平时都是在家住，然后开车来回的吗？"

　　江尧走进电梯，修长的食指定在开门的按键上，等她进来后才松开："对。"

　　许柚轻叹了口气。

　　会开车的人就是好啊！

　　能住在家里，不仅住大房子，一日三餐有人做，而且顿顿都有营养。

　　许柚刚感叹完，眼中尚流露着羡慕。

　　他就说："过阵子打算搬出来了。"

　　许柚抬眸，很蒙地问："……为什么？"

　　江尧温淡的眼神从她脸上扫过，随口道："太麻烦。"

　　许柚顿感无语。

　　她羡慕了个寂寞？这难道就是饱汉不知饿汉饥的真实例子？

　　知道她总是吃方便面什么感受吗？

　　知道她每天晚上八点多才回到公寓，还没个热饭热菜要自己做有多苦吗？他肯定不知道，才如此渴望自由的感觉。

　　江尧按了负一层，到达停车场后，找到车子停放的车位。

　　许柚边走边劝他："我感觉在家比在外面住舒服一点，自己住虽然是挺自由的，没有人念来念去，但生活作息不规律，周末睡到中午还没起床，也不吃早餐，再这么下去身体都要垮。"

　　江尧按了下车钥匙，跟前一辆黑灰色的迈巴赫闪了下灯。

许柚自觉地拉开车门坐进去，眼睛没忍住观察了一下内部周围的环境，挺干净舒适的，没有什么杂物堆在里面，更没有烟盒之类的成年男人时常放在车内的东西。

这车感觉是新买的，绝对不超过半年。

许柚闻到了一股淡淡的皮革味，幸好并不难闻，没一会儿就能适应。

江尧扣好安全带，发动引擎，准备起步时，才问："所以，这是你的生活？"

许柚猛地眨了两下眼睛，心想不愧是学霸，明明跟他讨论不在家住的弊端，他却立马抓住了她的小辫子，反问过来。

许柚一边刷手机掩饰自己的心虚，一边狡辩："我说不是，你信吗？"

江尧瞥右视镜时，顺势瞅了她一眼："你觉得呢？"

过了一会儿，他又问："你妈怎么样了？什么情况？"

许柚一想到这个事儿就发愁，虽然目前还不知道会是什么结果，但十有八九是有一个根源性大病才引出的症状，在检查还没做，结果也没出来之前，什么都有可能发生。

车子开出了停车场，每天在这儿值班的保安瞧见他车内今日多了一个人，温和地笑了笑："江医生下班了？外面雨大，开慢点，注意安全。"

江尧客气地应了声："谢谢。"

晶莹的雨珠，连成一条条倾泻的雨线打开前面的挡风玻璃上，雨刮器有规律地扑扇，一下一下地扫着玻璃上的雨水。

许柚："她说她平时有点头晕，反应迟钝，还老记不清东西，经常晚上睡觉时会耳鸣，还容易水肿，各种毛病加起来，问题太多，现在在内科住着院，准备明后天全身检查一下，看看到底是什么情况？"

江尧是医生，许柚不知道他懂不懂内科这方面的情况，可还是没忍住问了一下："你觉得会是肿瘤癌症之类的吗？或者其他老年人常有的病?"

她对这方面是真的一点都不懂,也没思考就问了出来,想从他那儿听到一些靠谱能得到安慰的话,但又害怕被泼冷水。

江尧侧眸瞥了她一眼,从她眼中看到了慌乱。

他边开车边思考了一下,单从几个症状很难判断出是什么病,连专业的内科医生都不一定能准确判断出来。他尝试着问了几个问题:"水肿的话,面部也会肿吗?"

许柚细想了会儿:"她这几年胖了,不知道是肿还是真胖,但眼袋挺明显,感觉比同岁数的阿姨都要大一些,而且有点凸起,好像就是肿吧?"

江尧眼睛直视前方,复述了一遍:"眼睑水肿?头发有掉吗?"

许柚说:"有,从头顶看很明显中间的头皮能看很清楚。"

江尧:"声音?平时有咳嗽吗?"

许柚:"我弟问过她为什么经常说话感觉有点哑,是不是喉咙不舒服或者咳嗽,她说没有。"

江尧将各种症状用专业一点的名词又说了一次:"听力、记忆减退,水肿,头晕乏力,头发稀疏,声音嘶哑……"

许柚总觉得他知道是什么问题,眼睛亮晶晶地看着他:"你知道?"

江尧原本是不懂的,但巧的是,这些症状跟他十七岁那年在英国治病时,遇到的一个同期的病友有些类似。

当时那个人来看耳朵,说经常会耳鸣,而且听力减退,有一只耳朵几乎快要失聪了。

给那人治疗的耳科医生查了很久都没能揪出根源,那人也几近接近放弃,准备配个助听器就这么算了。

幸好那位医生并没有一直在耳科范畴钻牛角尖,从那人其他的病症综合思考了一下,让她去内科做个全身检查,才检测出来是甲减导致的。

江尧对这方面不算很精通,只是大概模糊地说:"有点像我之前

遇到的一个病人。"

许柚:"嗯?什么病啊?"

他没说得太绝对:"或许是甲减?"

"甲减?"许柚没听说过这个病,身边也没有人得过,她只听说过甲亢,"那是什么啊?"

"甲状腺功能减退症。"

许柚松了口气,可能是对这个病不是很了解,只要不是涉及"癌"这个字眼,她总觉得好像都没什么,但还是上网查了一下。

像当年外婆生病一样,查了查这个病的危害和致死率,一直看到最后,心总算安定下来。

虽然江尧只是根据自己的经验去推测,并不是真正的结果,但也已经有点安慰到她了。

可能是出于某种信任,他一开口,她就觉得最后的结果十有八九就是这样。

哪怕真错了,应该也不会跑太偏。

江尧将许柚送到了家门口。

彼时雨势并不大,许柚道了声谢,迎着淅淅沥沥的雨线,就这么小跑进去,他连半句话都没来得及说。

许柚进到家门,先看了眼时间。

多亏了江尧开车送她,足足比她自己回来提早了十五分钟,屋里黑灯瞎火的,周培然在学校住宿,周长青在外地出差,一个人都没有。

许柚先洗了个澡,然后翻了一下厨房的冰箱,果真看到冰冻柜里有一大盘新包好的水饺。

她拿出来,放在桌面让它慢慢地解冻,然后开始烧水煮。

虽然许柚不怎么会做饭,煮水饺这么简单的事还是挺擅长的。

为了确保饺子皮里面的肉都煮熟,她专门夹一个出来尝一下,确定没问题,才熄火。

等她吃完自己那份，将剩下的匀进保温盒里，再进房间拿些衣服和洗漱用品，全部整理好塞进一个袋子里后，已经过了一个半小时，外面的天色也在以肉眼可见的速度变暗变黑。

许柚独自出门，又返回了医院。

没有江尧载，她只能坐公交车，去到医院等黎平君吃完，再在那儿陪了黎平君一阵才回家。

重新到家，已经是晚上十一点钟。

许柚累得不成人样，上下眼皮在拼命地打架，临睡前，她打开手机迷迷糊糊地看了眼消息，发现江尧发了一张图片给她。

她点开瞄一眼，原来是关于甲减的症状图。

他发过来的比许柚在网上随便查的更专业一些，症状也更明晰和详细。许柚盯着对比了一会儿，感觉跟黎平君目前显示出来的症状还挺像的。

她回复他：谢谢。

无论结果如何，至少她现在心里舒服了很多。

最近天气都不怎么好，刚刚从医院回来，又下雨了，不过她带了伞，并没有淋到。

瞧见手机里的天气预报说雨期起码还有一周，许柚有些无奈。

她放下手机，关灯，准备睡觉。

倏地，微信弹出一条信息，整个手机屏幕都亮了，江尧发过来的话就这么呈现在了锁屏界面里。

因为句子简短，一眼就能看完。

他问：明天顺路，需不需要捎你一程？

许柚盯着上面的一行字，震了震，再结合他今天过于主动的行为，她心跳莫名漏了一拍，速度也跟着加快，"嘭嘭"地撞击着胸口。

不知道是不是她的错觉，她觉得……江尧好像有点奇怪啊！

许柚关掉手机，躺回床上细想了一下。

她觉得可能是自己想多了。

如果真是她想的那样，春节到现在的三个月里，江尧怎么从来都没私聊过她、找过她呢？

哪怕一次，也没有啊。

许柚平时也上网刷微博，看一些无聊的文章，各种方面都有。

网上的人说，男人不比女人内敛，他们要是喜欢上一个女人，对方会很明显能感受到，并且笃定地认为他对她有意思。

若感受不到，或者感到模棱两可，那八成是自己脑补过度，人家根本对她没意思。

许柚静了一会儿，将这无厘头的情绪翻篇后，起身回复他：行。

反正最近下雨，路又不好走，顺风车不搭白不搭，最后请他吃个饭还回去就得了。

许柚问清楚了些：你一般几点出门上班？

江尧：七点五十到你家楼下，可以吗？

许柚算了算时间，七点五十的话，那她七点半就要起床了，不早不晚的时间，在他车上应该还能稍微睡一会儿。

她答应下来：可以呀。

可能是两人这一晚上都在接触和聊天，一来一回熟稔了不少，许柚又发了一句话：时间不早了，晚安。

江尧过了一会儿，才慢吞吞地回复：晚安。

而那会儿，许柚已经盖好被子呼吸均匀地睡了过去。

唯有江尧，一个人坐在安静的书房，原本是打算翻阅一下资料书的，过几天有个考试，却被手机里的人扰得没心思。

他起身，推开门走了出去。

在窗外清凉月色的浸染下，原本挺拔的身形更显得颀长而冷峻，整个人仿佛自带气场。

江尧在客厅泡了杯茶的空隙，江母梁捷从楼上下来，瞧他一眼，关心地问："怎么还没睡？"

江尧眼眸如浓墨，低低淡淡地说："准备。"

梁捷早就习惯自己儿子这样的说话方式，或许跟小时候遭遇的一些事情有关，他的性格一直不算开朗。

哪怕这么多年来，在江吆和他之间，她偏心的永远是江尧，也不能挽回什么。

梁捷去倒了杯水喝，回房前提醒他："注意休息，别熬太晚。"

江尧低着眸"嗯"了一声。

以为他没话说了，梁捷准备上楼休息，却听见他喊了声："妈。"

梁捷回头，轻轻地问："有事？"

江尧缄默了一阵，又突然摇了摇头，明显换了种语气："没什么，你早点睡吧。"

梁捷觉得他有点不正常，还怪怪的。

别说梁捷，连江尧都觉得自己很反常，今日更甚。

他返回房间，随手将茶杯放在了桌面，映着外头皎洁的月光，一眼瞧见了搁在柜子上的平安符。

江尧拿在手上看了几眼，指腹在表面摩挲了会儿，低低的笑声莫名从喉咙里溢出，其中含着轻微的讥诮与低嘲。

嘲的，是他自己。

三个月前，他否定了自己的想法。

就算以前对许柚有些好感和些微的喜欢，现在过了这么多年也不可能说喜欢就喜欢上。

他忍了三个月没跟她联系。

居然在今天，全破了功。

尤其是瞧见她跟李柘聊天时，他误以为她上来骨科是为了找李柘，说实话，那会儿他确实很烦闷。

后来，他装不在意地从她身侧经过，才被告知她一直在这里没走，其实是在等他。她上来的目的不是别人，只是想亲自跟他说声谢谢。

他的视线凝在她脸上，瞧见她明明很累却真诚看着他的眼瞳，心弦倏地被某种不知名的情绪拨动，强烈而清晰地等待着某个节点的

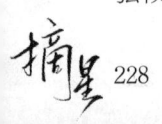

爆发。

所以,才有了后来那一系列载她回家,以及刚刚发出那条带着询问却害怕被拒绝的信息的行为……

幸好,她答应了。

那应该是不排斥的吧?毕竟是第一次,他也不是很懂。

第二天一早。

许柚晚了十分钟才起床,有些着急地搭上外套,跑去洗手间洗漱,随便地捯饬着自己,长长的头发被粗略地绑成丸子头,没化妆也没刻意打扮就下楼了。

楼下果然停着一辆黑色的迈巴赫。

许柚迎着冷风走过去,拉开车门,边坐进去边解释:"不好意思啊,我起晚了,可能是家里的床太好睡,而且昨晚降温,忽然冷了好几度,早上有点起不来。"

江尧看着她干净又清淡的面容,没计较她迟到的事,只是不咸不淡地将视线转回前方,准备发动车子时,突然来了一句:"没事,感觉你今天这样,比昨天好看多了。"

许柚一顿。

啊?

他在说什么?

说她好看?真的假的?而且还是素颜,头发乱七八糟的时候好看?

大学期间,她没少被人夸过漂亮,但她都没怎么在意。

这一次夸她好看的,是她曾经喜欢过的人,不知为何,总有种莫名的心悸。

但她掩饰得很好,仿佛因他随口的一句话,并没有出现什么心慌意乱的现象。

她想了想,说:"不会害你上班迟到吧?"

229

江尧摇了摇头:"不会,专门提前了几分钟,现在过去就半个小时的事。"

许柚"哦"了一声,放心下来:"那你等会儿快到医院的时候,放我下车,我想去买早餐。"过后,她转了转眸,又补了一句,"你要吗?我可以顺便也帮你买了。"

江尧早就吃过了,问她:"买什么?"

许柚:"我也不知道这附近有什么,尽量清淡一点的吧。"

江尧本来想说要,但又觉得太麻烦,免得她跑来跑去又要上骨科给他,便说:"不用了,你买你自己的就好。"

许柚:"行。"

到了医院附近,江尧停车,让她下去。

许柚随便去了前面的一家早餐店,买了一笼小笼包和一碗给黎平君带的瘦肉粥。

这会儿,手机显示时间已经八点半过十五分钟了。

许柚边吃边走,加快脚步往省中医而去,进入医院大楼,特巧地在一楼瞧见迎面走来的江尧。

他身侧还有一位护士。

许柚与他擦肩而过时,因为嘴里塞着一个小笼包,说不了话,只淡淡地冲他瞥了一眼,快速将包咽下去。

她咽得太急,险些噎到,轻轻地咳了两声。

护士发现刚刚一直绷着脸的江医生唇角微动,似乎是笑了一下?

接下来的两天,江尧上下班都会载许柚来回。

黎平君并不是生活不能自理,许柚晚上不需要去陪床,只要白天陪着她,跟她去各种诊室分区检查,帮她缴费和做其他琐碎的事,就行了。

两天后,主治医生找了许柚一趟,让她去他的办公室详谈。

许柚便知道,结果肯定出来了。

许柚没经历过这种事情。

以前外婆生病，医生找的是黎平君。那会儿她才十七岁，黎平君没让她跟过去一起听。

现在，竟然轮到她了。

许柚有些紧张地跟在医生身后。

办公桌旁有一张供病人或家属坐的凳子，医生示意了一下："坐。"

许柚乖巧地坐下，静等了会儿。

医生手指操纵着鼠标，在找黎平君的各项检查数据，找到以后，先让她简单看一下。

许柚看不懂，只认识几个名词，那些指标和数据到底是什么意思，正常还是不正常，一点都不明白。

她问了一下："是什么地方有问题吗？"

医生笑着说："别紧张，没什么大问题，我们检查到她心率过慢，而且这几天我也专门去观察过她的体温，发现四肢皮肤有点发凉。"

许柚点了点头："对，她冬天挺怕冷的。"

医生说："这是血供不足造成的结果。"

许柚似懂非懂地点头，依旧有点蒙，他刚刚说没什么大问题，可现在一直在说心脏的事儿。

心脏出问题，那还不大吗？

"包括她面色有点苍白、反应迟钝、听力下降，其实都跟甲状腺功能有关。"医生移动鼠标，给她看了一下某项数据，"你看这里，很明显是偏低的，你妈妈出现了这么多问题，归根结底，所有的根源就在这个甲状腺激素上。"

这一段许柚是彻底听明白了："所以，是甲减？"

医生笑了笑："你听过这个病啊？"

江尧给她科普过，她点头："算是吧。"

谈话的氛围轻松了不少。

医生继续："这是一种慢性疾病，前期症状不明显，所以比较难发现,现在发现也不晚,我们可以开些药,每天定时去吃,去确保她的甲状腺激素在正常范围内,让机体的新陈代谢恢复正常,就可以了。所有的症状啊,基本都会慢慢消失。"

许柚问:"是要一直吃,每天都要吃药吗?"

医生点头:"对,而且时间尽量规律一些。包括她等会儿静注的药瓶也已经有相关的治疗药物了。所以不是什么大病,但是也不容小视,严格控制好基本是没有问题的。"

许柚了解完后,就从办公室里出来了。

跟江尧说的结果,简直一模一样,刚刚她还问了医生关于肾、肝之类的问题,医生说都挺健康的,没发现异常。

对比其他糖尿病和癌症,这真的是最好的结果了。

许柚一身轻松地回去,没什么顾忌跟黎平君谈了一下,还叮嘱她以后一定要按时吃药,顺便也将这个消息告诉了今晚就会回来的周长青。

黎平君除此之外,没什么问题,需要做的检查也已经做完,再待一天就可以出院了。

许柚的假期也即将结束,准备回公司上班,继续"996"的生活。

周长青发了条微信给她:柚柚,你明天要上班是吧?你先回家休息,这几天辛苦了,晚上我去医院陪你妈。

许柚:等下她要打针,估计会睡会儿,有护士看着,我也没事干。

许柚:我有点事,你大概什么时候到?

周长青:晚上七点左右。

那许柚就不担心什么了,临走前,她如实跟黎平君说今晚要请一个人吃饭,还个人情。

黎平君一听就猜到是谁,意味深长地笑了下。

昨天许柚无意说漏嘴,让黎平君知道每天有个在这家医院上班的老同学载她回家。

黎平君问许柚是男是女,许柚有些无奈,只说了性别,就不愿多

说了，嘴巴严实得怎么也撬不开。

现在又提起，黎平君顺势而问："是那个送你回家的医生吗？"

许柚点了点头，坐在一侧，故作平静地剥了个橘子吃。

黎平君还以为有什么新情况呢，瞧她反应好像也不是那么一回事，试探地问："是李柘？"

"妈！"

许柚一听到这个名字就头疼，都这么久过去了，撮合她和李柘的事还没完吗？

她直接道："不是他，不是他，我跟你说了多少遍了，我对他真没意思，我们也不合适。"

"行了。"黎平君伸手接过她递过来的半个橘子，"就问一下，人家也是这个医院的医生，怀疑一下怎么了？问你是谁又不说。"

"我说你也不认识。我的事，你就别操心了，还是好好操心一下你自己的身体吧。有情况我自然会告诉你的。"

将橘子吃完，许柚没待太久，就离开了住院楼。

她先给江尧发条微信：下班了吗？

随后，她组织了一下语言，又发了一条：昨天说过今天要请你吃饭的，我在哪儿等你啊？

许柚已经来到了综合大楼的一层，在人头攒动的取药窗口前的长椅分区找了个边角的位置，坐下等了一阵。

十五分钟过去，江尧没有回复。

许柚看了眼墙上的时钟，这个时间点，他应该已经下班了，是没看手机？

她打了个电话过去，显示是关机的状态。

……奇怪。

发生了什么？

许柚皱了下眉头，想着他会不会在做手术啊，便乘电梯上去看了眼。

果然没在诊室瞅见他,也不知道去了哪儿。

许柚揪了个护士问了一下:"你好,我想问问……江医生现在在哪儿啊?"

"你找他有事吗?"护士打量了许柚一眼,以为是哪个病人或者家属,"下午临时来了个病人,他现在在手术室还没出来,具体什么时候出来我也不清楚。你有什么事的话可以跟我说,我等会儿或者明天看见他可以帮你传达一下。"

果然在做手术。

许柚摆了摆手:"谢谢,不用了,我等他一会儿吧。"

护士滞了一下,不明白为什么这个人这么倔,有种自己不被信任的感觉,就多说了几句:"不是,江医生今天接的这个病人是救护车临时送来的,特别紧急,以我的经验判断,一时半会儿他还真结束不了。你这么等下去也没用。"

许柚知道护士是好心,但她的事还真传达不了。她思忖了一下:"行吧,那我下次再来。"

护士见她还是不说,略显无奈地点头:"也行,慢走啊。"

许柚从电梯走了下去,原本是想就这么回去的,最终还是没走成。

明天就要上班了,今晚就这么走的话,以后约出来也麻烦,而且她不喜欢将事情积压太久,不然一直挂念着欠他一个人情或者欠他一顿饭,怪不好受的。

许柚随意找了个位置坐下,边等边玩手机。

为了防止江尧手术结束后不知道她在这儿,拍了张能显示方位的照片,发过去:结束了就说一声,我在这儿等你。

许柚发完,退出微信,找了些小游戏来玩。

玩了一会儿她觉得没意思,开始戴上耳机看视频。

时间过得很快,一眨眼就到了晚上八点。在附近等待取药的病人换了一批又一批,只有她一个人一直坐在那儿。

许柚也不清楚,自己为什么一直没走,可能是手机还没到没电的

时候，这么等下去，时间并不难熬。

又过了一个多小时。

时钟指向九点二十分的那一刻，江尧终于从手术室里出来，整个人疲惫到了极点。他换好衣服，在椅子上坐了一会儿，累到直皱眉头，连捞都不愿捞一下抽屉里的手机。

在里面站得太久，腰和脖子都僵硬得不行，特别酸，他缓了良久才逐渐适应。

他去倒杯水喝了几口，想起前两天许柚回家都是他送回去的，今天情况突然，没来得及告诉她有手术。他长臂伸过去，拿起手机打算看一眼信息。

江尧想着她应该不会那么笨，找不到他一定会问人，然后自己回家。

结果，手机打不开，没电了。

他蹙着眉，找到充电线插上，在等待的空隙里找了点事干。

没几分钟，手机开机，屏幕的光逐渐亮起，当微信信息弹出来时，他视线正落在电脑上，处理今天尚未完成的工作。

他就这么随意往下瞥了眼，瞥见屏保显示出许柚发来那几条信息的最后一句：结束了就说一声，我在这儿等你。

江尧瞳孔明显一震，立马拿起手机点进去看。

许柚只发了几句话，内容简短但清晰明了。

还有一张照片。

江尧只看几眼就知道她在哪儿了。

旋即，他几乎是条件反射地起身，敛着眉快步走了出去。后来他甚至嫌升降电梯太慢，干脆从自扶电梯跨着几步往下走，来到一楼朝取西药的区域扫了眼，竟真的在角落看见了那个正搭着下巴昏昏欲睡的女人。

晚上的省中医依旧有人看病取药，但人流量明显少了，在抓药窗口前等候的时间不需要太长，因此并没什么人坐在长椅上等待，大多是直接站在窗口附近等着叫名字的。

所以，许柚坐在那儿特别显眼。

江尧盯着她清瘦的背影，心头漾起柔软，像被人伸手进他的心脏揉搓了一下，阵阵暖意渗到了骨髓和四肢，让他无法自拔，眸中也漫上了一层从未有过的温柔。

有点不知该如何是好……

可能是他阅历太浅，没怎么经历过别人对他的好，也从来没有一个人能在他毫无回应的情况下等待那么久，这确实超乎他想象，也狠狠地戳中了他。

安宁静谧的角落。

江尧脚步放轻，走至她身侧坐下，许柚闭着眼并未察觉。

过了好一会儿，他喊了一声："许柚。"

她这才迷迷糊糊地睁开眼来，朝声源处瞥了眼，瞧见是他，无奈地皱了下眉，捂着脸，一脸疲惫又带着轻微软糯的语调问："你们医生……都不用休息的吗？"

可等死她了。

许柚那带着埋怨的感叹，也就是说说而已。

却被江尧真诚地回答了："这职业确实是这样，手术再累也要撑下去，休息一分钟，自己倒是好受了，台上的病人可能会落下一辈子的病根，或者整个手术……失败。"

许柚点了点头，迟缓地问："我知道。但你为什么要做医生啊？"

这个问题，其实她想问很久了，却一直没问出口，为什么会走进这个领域，做着他高中似乎并不感兴趣的事情。

江尧静了静，模棱两可地说："因为在英国生了一场大病。"

许柚眉头紧锁，盯着他问："真的？什么时候？什么病啊？"

江尧看了眼时间，已经十点零四分，天色很深了。这件事一时半会儿也说不完，他站起身，语气很淡道："以后有机会再跟你细说。

你在这儿等我一会儿,我上去收拾一下,然后带你去吃饭。"

许柚不想等,在这儿坐久了屁股都疼,站起来伸个懒腰,稍微活动了下筋骨:"我跟你一起上去吧。"

江尧没拒绝,任由她跟着。

随后,她跟他上了办公室。

许柚无所事事地打量着周围,瞧见他的手机随意地搁在桌面上充电,才忆起傍晚他的电话是打不通的,原来是没电啊。

为了避免让她久等,江尧收拾得很快,边整理边问:"你没吃饭吧?"

许柚撇了撇嘴:"没。"

江尧唇角微微勾起,低笑中含着些许宠溺地问:"怎么不去买点吃的垫垫肚子?你平时等人也是这样的?"

许柚摇头,不怎么在意地说:"我平时几乎也是这么晚吃饭的,不过肚子饿的时候会买些面包垫一下肚子,但大多数时候都是忘了时间。"

江尧"嗯"了一声,用医生的语气严肃道:"对胃不好。"

许柚反驳:"你不也一样吗?"

江尧低眸看着她,就像看着一个任性的小姑娘,什么都喜欢比来比去,连说句话都要争辩到自己赢。

"我是没办法,总不能在手术室里吃,你不一样。"说到最后几个字时,他尾音发生了变化,引出了几分低柔。

许柚敛着眉毛,摸了下鼻子,觉得今晚的江尧过分温柔,还以为她出现幻觉了。真不知道是他不正常,还是她。

她低咳了两声:"也是哦,那我以后会多加注意。"

江尧没再说什么,收拾完,关灯,带她出来。

许柚小声问:"你想吃什么?"

"看你。"

许柚怔了一下,怎么能看我呢?这可是我请你啊,吃我喜欢吃的,不就是请了个寂寞吗?

许柚:"吃你喜欢吃的吧。"

"吃我喜欢吃的?"

"对啊。"

江尧犹豫了一下,似乎在思考,随后语调慵懒地说:"我记得有家餐厅还挺不错。"

许柚不知道他说的是哪一家,估算了一下自己的钱包,手机上有将近两千块钱,应该是可以支付的。她便笑着说:"那就去呗。"

江尧开车绕过了广场,来到一处人烟稀少但略显高档的住宅区,竟然在里面找到了一个与酒店合一体的高级餐厅。

顶上一串许柚看不懂的外文,不知道是哪国语言,中文只有"罗马"两个字。

完了。

这一看就不便宜。

她挠了挠脖子,有些窘迫地下了车,进退两难地站在原地等他。

江尧从驾驶位下来,车钥匙扔给泊车员,自车头绕过来带她进去,直接就进了一个观景包间里。

小时候,许柚没来过这种餐厅,一直觉得在里面吃饭的都是家境很不错的有钱人。

后来,黎平君和周长青结了婚,周长青特别大方,也很舍得在每个家人身上花钱,每到节假日一家四口都会外出吃饭,因此她特别清楚在这种地方吃上一顿的金额。

要是几个人的话,那都是五位数往上走的,现在两个人,至少也是四位数。

许柚倒不是小气,就是没带够钱,怕等会儿尴尬。她小声提醒道:"现在已经快十一点了,我们……是不是有点'小题大做'啊?"

"'小题大做'?"江尧一眼看透她心里在想什么,开口打消她的顾虑,"这顿我买单,下次你再请我。"

238

许柚瞳孔一震："这……怎么可以？说好了，我来请你的啊，怎么突然就反了？"

而且，她在医院等了那么久，就是为了还人情啊。不想一件事惦记太久，也怕上班后，她懒癌一犯，就不想休息日出门去很远的地方，专门为了请他一顿饭。

江尧很绅士地说："我可做不到，让一个女人等了我这么久，最后还要请我吃饭。所以你就心安理得地接受，嗯？"

心、安、理、得？

许柚确实挺不安的，还有些仓皇。她抬头怔怔地看着他，说不出的心慌在她胸口蔓延，她咬了咬下唇说："行吧。"

江尧依然看着她，伸手接过服务员递上来的菜单，让她去挑喜欢吃的东西。

幸好许柚不是第一次来这种地方，对于什么东西好吃、什么不好吃，还是了解过的。她随意点了价格适中的两样，然后将菜单递过去："就这样吧，不然吃不完。"

江尧一看，没说什么，又补了两样。

菜很快就能上齐，一看就是刚新鲜做出来的，样式精美，卖相极好，味道肯定也很不错。

吃饭中途，许柚总是不自觉地侧眸去扫身侧的男人，他的吃相很好，动作优雅，不紧不慢的。

她咬着叉子，突然陷入了沉思，脑中不自觉地晃过那些年所发生过的事，精致的俏脸没什么表情地定在那儿，眼神空洞。

江尧喊了她一声："怎么了？"

许柚回神，尴尬地说："没什么。"

吃完饭，尽管时间已经接近零点，但两人都不着急走，坐在位上聊了会儿天。

江尧问她："平时住哪儿？公司附近？"

话题聊得很深入，但许柚并未察觉，她垂着眸，淡声道："你们医院附近不是有个广场吗？就在广场后面的一个小区，我住那里。"

江尧点头："你每天都很晚下班？"

许柚："也不是每天，就大多数时候吧。而且经常要出差，还挺累的。"

江尧："这么晚回去，安全？"

这个问题已经很多人问过了，包括黎平君和周长青。

许柚无奈道："有时候时间太晚了，而且没有直达的公交车，所以我一般都会叫出租车直接回去，小区管理很好啊，还是挺安全的。"

出租车出事的新闻每年都有，而且晚上事发率极高。

江尧明显地皱起了眉。

许柚才意识到，说："你是问路上安全吗？没办法，虽然我不是每晚都叫车，但是真的有时候很累，不想自己走去车站坐公交车。"她没顾及对面跟她聊天的这个人是谁，不知不觉地就脱口而出，"哪像我的同事，她们好多都有男朋友，晚上有男朋友开车专门接送，羡慕不来……"

江尧薄唇勾出浅浅的弧度，淡淡地道："你也可以找啊，你和李柘最近还有联系吗？"

怎么谁跟她聊到这个话题，都会谈到李柘？这人是绕不开了是吗？

江尧盯着她的表情，发现她有些无奈，眉梢微微地挑起。

听见她说："有。"

江尧沉默。

许柚如实道："但太忙了，每次都是说几句话，就结束了。"

他们都在欣赏对方脸上的微妙。

对于许柚而言，曾经喜欢过的人，尤其是对方重新出现在她面前之后，真的很难说放下就真的放下。

不再喜欢的前提，是对方消失，即便再见面，也不刻意来招惹她，引起她的注意。

不然，哪怕一点点的风吹草动，都会让她产生怀疑，进而胡思乱想。

毕竟，江尧这几天的主动，她都看在眼里，这对于曾经只是同学关系的两个人来说，是不是往来得过于密切了？

尤其是今晚这一顿饭，他带她来这样的餐厅，难道真的只是一时兴起吗？

年少时的许柚，喜欢上一个人，就像钻进了牛角尖，直来直往，喜欢他的一切，因他的情绪变化而变化。

自卑过，敏感过，笑过，也哭过。

可一眨眼过了十年，她托腮，盯着眼前这位年少时用余光就能看清的人，眸中多了些许复杂的情绪。

感觉自己陷进了一场感情角逐中，站在两头对立的是他们。

许柚有近百分之五十的把握肯定江尧对她产生了兴趣，或者是有了轻微的好感，可目前该进还是该退……

她抿着唇，思考了很久。

直到江尧掀眸，淡淡地看向她，问出了那句："你喜欢他吗？"

许柚眼神一点一点地变亮，对上他深静笔直的视线，那百分之五十的把握突然又升了好几格，心跳如擂如鼓，"怦怦"乱跳，似乎要从心口中跳出来似的。

刚刚即将脱口而出否定的话，莫名堵在了喉咙里，她大脑一片空白，过了一会儿，才试探地说："谈不上喜不喜欢，现在相处时间不多，也了解得不够深入。"

江尧眼眸明显一暗，扯着唇附和道："但听说你不太喜欢医生这个职业，觉得不合适？"

许柚心想，他怎么连这个都知道，这个理由是她曾经拒绝李柘的理由啊。

看来他们俩平时没少聊天。

许柚平缓了一下呼吸，望向窗外的眼神，突然变得有些感慨和恍惚。她聪明地反问过去："你怎么一直问我这些问题？我妈也是，每天都想钻进我脑子里，深入了解我的感情状况……"

江尧状似无意地说："随口聊一下。"

许柚："是吗？"

江尧被她透亮又略带俏皮的眼神摄住，没什么所谓地说："你也可以问我啊。"

话题被引到了这里，许柚有些始料未及，黑白分明的眼睛里带着明显的笑意，却也只是一闪而过："可我不知道从哪里问起……"

而且，对他们分开的那几年，他在哪儿、干了什么，几乎一无所知。

"哪里都可以。"江尧大方又坦然地道，像是敞开了自己让她走进来，这绝对是以前他对任何一个女人都没有过的，"我一定不撒谎。"

许柚挑了挑眉，故作八卦地问："你的第一个女朋友是哪个国家的？"

林冉跟她说过，江尧没谈过恋爱。

许柚有点半信半疑，因为他太优秀了，她总觉得不太可能，也不现实。

江尧顿了下，才低声道："第零个都没有，哪来第一个？"

旁边有一杯茶，许柚端起来喝了口，抿了下唇，拧着眉问："你骗人的吧？怎么可能？"

江尧："为什么没可能？"

许柚眨了下眼睛，不太相信："你在国外……就这么不受欢迎吗？"

"嗯。"他淡淡轻笑，沉思了一下，"确实。"

许柚怔了怔，一听就知道他在乱说，想也清楚他不会是那种承认自己很受欢迎的人，只会谦虚地说没有。

可即便如此，她还是被他的语调勾了下。

这种话题不宜多谈，谈多了就会越聊越深。

许柚觉得时间不早了，单独跟一个男人在外面吃饭，还吃到了凌晨，怎么看都有点暧昧。

她敲了敲腕上的手表，提醒了句："我们该走了吧？"

江尧买了单。

许柚去个洗手间,他在包间里等她回来,才一起离开。

因为时间太晚,许柚明天要上班,没有回家,而是让江尧送到了她公寓附近,也顺便被他知道了她公寓的地址。

许柚下车前,嘀咕了声:"我还欠你顿饭……"

江尧说:"有时间再还吧。"

只能这样了。

许柚说了再见,便转身往回走。

虽然她今晚发现江尧对她产生了好感,但也仅仅只是好感而已。

距离喜欢估计还差了十万八千里。

一个性格深沉内敛、家境背景能力都优秀的男人,至今没有谈过恋爱,证明他的内心厚如城墙、心思细密,是很难攻进去的。

接下来的几天,许柚时常下班握着手机时,都在想这可能是个机会,要不要主动找他。

可没过几分钟,她就泄了气。

年少时无知无畏的暗恋,长大后反而没了那份勇气,不敢投入更多的感情,也不敢成为先主动的那个。

苦苦找话题的那个人,是不是会显得廉价很多?

虽然这想法不对,可许柚已经仰视他很多年了。

如果她还扑上去,这段感情最终成了,也一定不健康,并不见得会长久。

许柚给自己找到了合适的理由,趁自己还没再次踏入这段极有可能也是单恋的感情前,止住了脚步。

打算顺其自然。

某天下班,许柚点进朋友圈刷了一下,发现李柘发了一条动态,地点显示在上海,并且配字"再见"。

去上海出差了吗?

许柚没多想，最近工作轻松，生活过得挺自在的。

泡面都几乎没吃过了，有时间去煮东西一般都会亲自动手，随便煮个鸡蛋拌面，一天的晚餐就这么过去。

规律的生活作息和清淡的伙食，让她瘦了不少。

许柚刚跟林冉视频聊天结束，手机就收到一条信息，显示有一件快递放在了驿站里。

许柚细想了一下，都想不到自己最近买了什么东西，打开某宝瞄了眼，半个月前购买的已经全部收到货了啊。

怎么还会有快递？

两个星期没购物的许柚一脸迷惑地换上衣服，下了趟楼，想着会不会是公司的文件发到她这儿。

她匆匆走到驿站取了件，瞧见装快递的是个不大不小的纸箱，不像是文件的样子，拿在手上颠了颠，也并不重。

她上去后，立马好奇地撕开看了眼，里面居然还有一个箱子。

只不过内里的那个，比外面的精致了好几倍，有点像大牌化妆品的礼盒。

她平时不怎么追求高奢的东西，对大牌不是很了解，但也能一眼看出这是个价格不菲的牌子。

许柚拧着眉，打开瞥了一眼。

里面躺着一瓶香水。

Rose Prick
荆刺玫瑰

许柚确定这肯定不是她买的，一看就不便宜，要是付款了她会不知道？而且她也没搜过什么香水。

她拿起快递的盒子，看了眼发货地址，显示是上海。

这个地点在她脑中闪过，总觉得很眼熟，最近谁在上海来着……

一时半会儿想不起来。

　　许柚快速在微信聊天列表上搜索了一下"上海",竟然没跟人聊过,没聊到的话,那应该就是朋友圈了。

　　她快速翻了翻,瞅见李柘新动态时,愣了下,点进去他页面扫了圈。

　　果然,他的上上条动态定位了一个城市——上海。

　　时间是三天前。

　　难不成是李柘?

　　许柚上网搜了一下价格,超过了四位数,这礼物贵重程度简直让她难以负荷。

　　香水灵感讲解她也无意一扫,念道:

　　"玫瑰生而带刺,轻微的刺痛往往能带来感官的愉悦……多种臻稀玫瑰交织缠绵……勾勒出繁复迷人的香氛景象而娇艳之下的细密突刺,明知危险却诱人甘心沉沦……"

　　——这人有病吧?

第六章　★　/击中她的心口

许柚从来没有收到过来自异性的香水。

香水应该算是一种暧昧级别较高且价格不低的礼物，一般有一定品位和想法的人才会送。

许柚唯一一次收到。

还是二十岁那年，林冉给她的生日礼物。

因为其他礼物都送过了，在不重复的情况下只能选择香水，即便林冉知道许柚可能对此并不感兴趣。

许柚小心翼翼地拿起瓶子，放在掌心左右端详几眼，发现瓶身包装还挺好看的，味道也不错。

难怪公司里那么多女同事都喜欢喷这种玩意儿，只要不是过浓到刺鼻，确实能让人加分很多。

但这瓶东西，终归不是她花的钱。

许柚有点难以接受，如果真喜欢的话，她会自己买，这样毫无厘头地收人东西，一声不吭拿去用，她还真办不到。

等了一晚上，许柚都没收到李柘发来的信息。

临睡前，许柚撑着下巴，趴在床上，一直想着这件事情，纠结了很久。

到底要不要直接点，拍张照片发过去问问他？然后将东西退回去……或者，委婉地暗示一下？

不是。

现在的人送了礼物，都不跟收礼的人吱一声的吗？哪怕暗示一下是谁送的，也比稀里糊涂让她瞎猜，还不知道有没有猜错的好啊！

害得她根本不知道怎么办才好。

这香水是李柘买的，只是她目前的推测，并没有百分百确定。

万一，她真用微信发过去问了，不是他的话，那得多尴尬啊？

算了。

就这么搁着吧。

她不打算问了。

就看谁沉不住气，先联系对方，反正不是她送礼，这几千块钱也不是她花出去的，她有什么好着急的？

许柚想通后，撂下手机，盖上被子睡觉。

然而，过了一晚。

送礼的人还是没有联系她。

许柚反而收到了另一条微信。

林冉发语音来问："柚柚，下下周你生日，打算怎么过啊？别想着随便混过去，以前你在北京上学，我没空过去给你庆祝，现在要一起补回来。"

林冉不提，许柚还真将自己的生日给忘了。

她查了下时间，发现5月25日竟然是星期五。她回复：随便吧，那天加不加班还不一定呢。我怕我没时间。

林冉继续发语音信息："怕啥？我们可以周末给你补回来啊，不能不过，二十几岁就剩那么几次了，以后我们都结婚生孩子，到了三四十岁会更忙不开，估计再过生日就是六十大寿了。"

许柚：我谢谢你提醒。

许柚：你才六十大寿！

林冉:"既然你不想那么隆重,那我们几个朋友一起吃顿饭就行了呗,顺便买个蛋糕啥的。"

许柚:没问题,别太奢侈啊。

许柚:不然我承受不起!

还剩半天的假期,许柚下午回了趟家,带黎平君去省中医复查,顺便拿一个月的药。

在检测区排了半个小时的队,总算轮到黎平君抽血了。

抽完,许柚问了下护士大概什么时候能出结果,护士让她两个小时后,直接去机器那儿打印检测单。

两个小时?

许柚估算了下,大概是傍晚五点钟。

现在还早着呢。

她和黎平君在机器附近找了一排没人坐的长椅坐下,聊聊天,玩一会儿手机,打算就这么将两个小时耗过去。

刚好,背后是一面偌大的透明玻璃墙,这里是四楼,往下看,不偏不倚地能看见下面三个楼层在走廊行走的护士和病人,还可以将两个科室看得一清二楚,其中就包括了骨科。

许柚撑着下巴,侧眸往下瞄了几眼。

世界上巧合的事情实在是太多了,她就这么凑巧地瞅见背影一高一矮的两个人,在低一个楼层的走廊上边走边聊天,脚步默契。

男的顾长挺拔,偶尔侧身淡笑,冷峻之余好似又透着三分不易察觉的温柔。

而女的,单从背影去看,并不知道长什么样,但身上穿着白大褂,露出白皙纤细的小腿,以及乳白色的高跟鞋,肯定是个女医生,且气质温婉,能有这样的气质,样子必定也不会差到哪儿去。

许柚的视线一直追着他们的背影,眼睛一眨不眨地看着他,直到彻底消失在视野中。

她抿着唇，神色淡然地发了好半晌的呆，唇上漾起一抹笑，带着细碎的自嘲。

许柚啊许柚……

这么多年过去，你还是没有变……自恋死了，真以为人家对你稍微好一点，或者请你吃顿饭，就是对你有好感，准备喜欢你了？

看，这么久了，都快一个星期过去了。

他有联系过你吗？要真喜欢一个人怎么会舍得一直晾着她？无声无息，毫不主动……

许柚转回视线，怔怔地盯着手机，无奈地咬下了唇，自以为自己想得通透，其实还是容易在某个人面前摔跟头。

所以，网上说的真理都是对的。

如果你不确定一个男人是否喜欢你，那就是自作多情了。

许柚发现，她对回国后的江尧依旧不太了解，将十年前的性格套入了他现在的样子里，总以为他就是那样的。

其实他早就变了。

而她也应该学会对他更加免疫才对。

许柚转身，没再看下面，也将手机放进了包里，闭上眼睛，安静地休息了会儿。

江尧从楼下上来，一个人走，脚步快了许多。

他回骨科时，眼神放空，不自觉地朝前看，余光注意到四楼坐着一个女人特别眼熟，一动不动，呆呆笨笨的。

江尧知道上面是内科，因此只一眼就认出了那是许柚。

他边走回诊室，边掏出手机，想发条信息给她，斟酌了会儿，只发了几个字：你在医院？

许柚包里的手机开了静音，她并不知情地继续闭着眼小憩，陪黎平君等结果。

时间距离五点还有十多分钟时，许柚蓦地惊醒，连忙去机器那儿输入诊疗卡号尝试了一下，结果真的导出数据，打印了出来。

249

她拎着单子，拿去给住院时的主治医生看。

医生细看几眼，扯出笑容："维持得还不错，看来药物挺合适的啊，没什么大问题，各种数据指标都很好，就这样保持下去就行了。"

许柚感谢了一下医生，拿回单子，紧接着下去窗口取药就可以回去了。

综合取药窗口在一楼。

黎平君觉得乘升降电梯太晕，直接从自扶电梯一圈一圈地自三楼、二楼绕下去，许柚也只好跟着。

黎平君发现这一路上许柚心情都不是很好，关心地问："怎么了？最近很累吗？工作量太大，吃不消？"

许柚摇了摇头："还行吧。就刚刚没事做，等着有点犯困了。"

黎平君还以为怎么了呢，无语地扯了扯唇："就等两个小时，不至于，等下回去吃完饭就可以睡了。"

许柚："知道啦。"

取完药，许柚走到院外喊了辆出租车，跟黎平君一起回了家。

上一辈的人对于打车这种事情，是宁愿吃点苦多走几步都不愿打车的。

看着前座的计费表跳得越来越厉害，黎平君脸都黑了，又提起许柚驾照的事："你说你考了驾照有什么用？除了考试那会儿，车都没真正上路开过一次。"

"妈。"这还有外人在，许柚感觉面子丢尽，"不会开车不是很正常吗？不会开车怎么了？现在不也过得很好？非要会开车吗？"

"至少方便啊，自己想去哪儿就哪儿。"

"我现在想去哪儿，还不是照样去。有空再学吧。"

"有空让你爸教教你。"

许柚固执道："我让林冉教。"

黎平君："随你。"

周长青今天在家休息,已经提前做好了饭,还煲了汤。

刚好周日,周培然也放假在家。

一家四口难得凑在一起吃饭。

家里有个病人,还有个高考生,最近的菜式都是清清淡淡的,少盐少油,说是以健康为主,却吃得许柚索然无味。

吃完饭,周培然一声不吭地回房看书复习。

许柚也去洗澡,准备睡觉。可能是心情有些烦闷,加之在医院待了半天,真的很累,晚上八点不到她就上床了。

她想着先随便睡一会儿,结果这一睡就睡到了晚上十一点,才迷迷糊糊地醒来。

还是被林冉的电话吵醒的。

许柚不明白这是怎么了,为什么突然大晚上的打电话找她。

电话一接通,就听见里面凄凄惨惨的哭腔,还有点歇斯底里,她忙问:"怎……怎么了?怎么回事?发生什么事了?是不是梁子豪欺负你了?"

"就是他,王八蛋!"林冉说,"许柚,我要跟他分手了,我好难过啊,你能不能出来陪陪我?"

许柚捏了捏眉心,跟林冉聊了一会儿,发现林冉的情绪好像有些崩溃和失常。

她实在是放心不下,最终还是下床,换身衣服从家里偷偷溜了出去。

据说是梁子豪最近跟一个女人来往得很密切,两人经常聊天,被林冉发现了一条口吻亲密的聊天记录,然后大吵了一架,闹分手。

这应该是许柚第一次听说,梁子豪有这样的"出轨"行为。

听完之后,她整个人都受到了惊吓,心想怎么可能啊,他们俩自高中毕业后就在一起,好说歹说也携手走过了八年,中间虽然吵过,也闹过分手,但从来没有一次是因为第三者的插入而造成的,全是林冉要些小脾气而已。

林冉哭累了,就在一家二十四小时自助便利店门口坐着,趴在桌上吸着一瓶酸奶,脸上满是泪痕,眼圈泛着尚未退却的水汽,双目无神地等着许柚过来。

许柚边坐车边给梁子豪发了条微信,质问他:你什么情况?

梁子豪没回。

许柚已经找到了林冉,也还是没有收到梁子豪的回复。

许柚不免皱了皱眉头,先过去安慰她,试探地问:"你是亲眼看见他们暧昧了吗?"

林冉点头。

许柚眉皱得更深:"他们什么关系啊?"

林冉叹了一口气:"他公司有个合伙人,那女的是那个合伙人的亲妹妹。"

许柚:"她经常去公司找他吗?"

林冉摇了摇头,突然激动道:"我不知道。谁知道他平时在公司干什么啊,我又不是经常去找他。我只是前几天去了一下……发现那个女的总是肆无忌惮地进入他办公室,还嘲笑我。"

这下许柚也忍不住了:"嘲笑你?她凭什么嘲笑你?有病吧这人!那梁子豪呢?什么反应啊?"

"那会儿他不在。"

"那你后来跟他说了没?"

"没。"林冉说,"我就一直记着这事,主要是怀疑他在外面有人,怕打草惊蛇。然后今天中午他睡觉的时候,我看见他手机屏幕亮了一下,有人发信息给他,便专门偷偷去看了眼,刚好在屏保上看见了'宝贝'两个字,发过来的人好像就是那个女的。"

许柚没经历过这种事儿,但小时候倒是看了不少狗血电视剧,完全没想到这样的情节会发现她的两个朋友身上。

每次在大学或在公司有人跟她吐槽"男人不可信,十个之中有九个都是渣,另外一个是个中央空调海王,渣得太高级,没被发现罢了",

她都觉得这种言论太极端了，不怎么相信，还用林冉和梁子豪的例子反驳了他们。

他们都笑着说，这不还没结婚嘛，就算结了婚，也能出轨离婚啊。

果然，谁也不知道明天会发生什么。

许柚叹了口气，撑着下巴坐在对面看着林冉："那你打算怎么办？分手吗？"

林冉："不知道。"

许柚："可是，如果他真的出轨了，难道你还要跟他在一起吗？"

林冉："不知道，我感觉脑子好乱啊。"

许柚觉得这话是谈不下去了，林冉心情低到了极点，本来她也不怎么好的情绪，忽然也被感染了一下。

男人果然都是一样的，对谁都可以温柔，对哪个女人都可以那么好。

就这么多情吗？

许柚见林冉的酸奶见了底，拉她起来："走，我们进去买点其他东西喝吧，买酒？买汽水？你不是心情不好嘛，喝酸奶多没劲儿啊，有我在，随便你怎么喝，反正我捞你回去。"

"不去。"林冉果断拒绝，"不喝酒。"

"为什么？"许柚不明白，"你以前不是很喜欢喝的吗？心情不好来一瓶，还怎么喝都不醉那种？转性了？"

"……今时不同往日了。"

许柚没听出林冉的话外之音，低头看了眼手机，发现梁子豪回复她的消息了。

梁子豪：他喝醉了。

许柚心道，这是什么意思？

为什么要用"他"，是梁子豪身边的朋友拿他手机发的？

许柚刚产生了疑惑，对面的人就回应了她。

梁子豪：是我。

253

梁子豪：江尧。

许柚：哦。

——这清清淡淡，简短简洁的一个字，饱含了许多复杂的情绪和深意。

不仅仅是替林冉在生梁子豪的气，还有她自己……

要不是这茬事，她根本不想理江尧。

而另一边。

身侧的梁子豪醉得趴下了，江尧握着他的手机，盯着那个"哦"字，静默了一瞬，而后气笑了。

怎么感觉他好像得罪了人？

因这疑惑，他直接又坦率地问出了口：你好像对我也有意见啊？

许柚无视他的话，问自己最想问的问题：梁子豪真的出轨了吗？

许柚：我希望你不要骗我，我不想让她受到伤害。

江尧眸色暗如浓墨，眉心一压，放弃了自己的问题，回复：没有。

许柚：可为什么林冉说那个女的可以自由进他办公室啊？

梁子豪：我怎么知道。

不知道你说没有？

耍她呢？

江尧又发了一句话过来：他们的事情，我们俩在这儿讨论，不合适吧？

许柚摸了摸鼻头。

确实哦。

他拿着梁子豪的微信号，她用着自己的，两人在这儿讨论林冉和梁子豪的事儿。

怎么看都有点……奇怪。

梁子豪：明天找个时间，让他们俩自己谈吧。

许柚：那我今晚跟林冉去他们家待一晚，你别跟过来。

许柚少打了一个"们"字。

后来她检查了一遍，总觉得有点别扭，好像将江尧当成了某种不法分子。

梁子豪：行。

在这个号发完"行"后，江尧换回了自己的手机，用他自己的微信发多了一句话：绝对不跟。

许柚没理他，跟林冉再聊了会儿，便买一些零食，一起回了公寓。

江尧最近刚好在城区那边租了一间房子，目前还没来得及搬，只有一些简单的新家具置办在那儿。

他将梁子豪弄过去，直接让梁子豪在沙发上凑合一晚。

他随便洗了把脸，坐在沙发的另一侧，打开手机低眸瞅了眼，跟许柚的微信聊天框里，躺了三条孤零零，没人回复的信息。

第一条是他在上海出差时，想起许柚的生日快到了，问她：平时喜欢什么东西？

她没回复，他逛了半天，最终选择了香水。

江尧在国外待久了，对于国内外的文化差异一时半会儿转不过来，送香水给女孩这样的行为，在国外早已司空见惯。他的舍友，经常每喜欢上一个女孩，就会送对方一瓶香水示好，偶尔不知道该买哪个牌子哪个系列，还会让江尧帮忙挑。

估计是耳濡目染之下，在想不到应该送什么礼物给她时，江尧第一反应就想到了这个。

至于示好……嘛，应该也有这个含义。

第二条是今天下午，在医院看见她后，他发出疑惑：你在医院？

许柚没回复。

第三条是刚刚，在结束讨论林冉和梁子豪的出轨问题后，他专门用自己的微信号给她发了一句话，有意再挑起一个话题，引她来他们这边聊天，也有些许暗示的意味。

许柚还是没回……

255

江尧眸色转深,越发想不通了。

他是做错了什么吗?

许柚将林冉带回了林冉和梁子豪的公寓,并叮嘱林冉明天下班后认认真真地跟梁子豪谈一下。

不管出轨这件事是不是真的,八年的感情,这绝对假不了。一对恋人能在一起八年,她相信他们已经不仅仅是男女朋友那么简单了,于对方而言更像亲人。

说不定真有什么误会,没有摊开,要真就这么分手了,以后知道真相,那得多难过和遗憾啊。

第二天,许柚早早地起床,一个人坐车去上班。

下班后,她还不忘发微信问林冉:跟他谈了没?

林冉:他等下来接我。

林冉:还没。

许柚:别太冲动,语气什么的在没弄清楚事情之前,先收着点,互相坦诚说开。

林冉:知道了。

许柚还挺担心的。

林冉是那种冲动型的女生,特别沉不住气,若听到什么不好的话,或者被气急的时候,那真是什么都能干得出来。

因此,加班时,许柚总在想着这件事儿。

可真是操碎了心。

大概晚上八点钟,许柚在公寓敲了个鸡蛋放进锅里煮面,收到林冉的语音信息,点开听了一下。

"柚柚,对不起,我好像搞错了。"

许柚莫名松了口气,语音回复她:"没事,我没关系啊,倒是你们,能不能沉稳点,别总是吵来吵去的。"

林冉笑着说:"以后应该不会了。"

"我怎么就这么不信呢？"许柚逗她，"就你那破脾气，一个月不吵都算好的了吧？"

"以前就别提了，我决定从今天开始改过自新，也是时候学会收敛一下了。对了，我们打算下个月领证。"

许柚怔住。

什么？

说好的玩几年再领证呢？

说好的怕催生呢？

昨天才刚吵架闹分手，今天就决定要领证，这速度堪比过山车。

许柚怀疑自己听错了，欣喜之中也有些感慨，跟自己同岁同一个高中的最好的朋友要结婚了，感觉高考犹在眼前，这么快就到了谈婚论嫁的地步。

她拨通电话问："为什么啊？这么突然？"

林冉兀自笑了笑，有点难为情地告诉她："我也觉得挺突然的，其实是有原因的。"

许柚："什么啊？这么神神秘秘的……你不要跟我说，你怀孕了或者你们打算要孩子之类的啊。"

"你怎么知道？你太神了吧，我真的怀孕了，上周查出来的。你怎么这么快就猜到了？"

许柚惊得差点撂下手机，她翻了个白眼，斥道："你怀孕了你不告诉我？我昨晚差点拉你去喝酒，你们是有病吧？怀孕了就好好待着养胎，还吵架闹什么分手。"

林冉语气轻快了许多："那他也是今天才刚知道的嘛……怪我怪我。其实我想着如果他真的喜欢别人了，那我就不跟他结婚了，也不会告诉他怀孕这件事，但是幸好……幸好啊。"

那边幸福的一家三口，而她孤零零一个人在公寓自己做面自己吃，羡慕不来。

许柚："行了，怀孕了就早点睡吧，我挂了，不打扰你了。"

许柚煮完面，端到客厅。

盯着落地窗外黑漆漆的夜幕，她怔了会儿，突然间漫出了一股说不出的萧瑟与孤寂。

许柚默默地想，是不是也该找个人谈谈恋爱了。

一个人实在是太无聊、太没趣，可目前又没有适合且心仪的人选。

估计这样的日子，还得过很久。

顺其自然吧。

林冉即便怀孕，也没忘了给许柚庆祝生日。

四人约在一家餐厅吃饭，是林冉一手操办和布置的，还准备了一些小惊喜，专门等着许柚过来。

许柚来之前，林冉跟梁子豪随便聊了会儿天。

前几天，梁子豪因为点事去了趟江尧家，并不是江尧近日才搬的公寓，而是江尧爸妈也在住的公馆别墅。

江尧进了趟书房。

梁子豪也跟着进去。

他无聊地四处打量了一圈，意外地在书桌一个不起眼的角落发现了一个土里土气又有点似曾相识的平安符。

梁子豪想了半天，这平安符到底什么时候见过，终是没想起来，只是觉得很眼熟，似乎曾经在他眼前出现过。

直到那天晚上，他奶奶知道自己的准孙媳妇怀孕后，专门去求两个一大一小的平安符回来，说要送给林冉和她肚子里的宝宝。

结果，大的那个平安符一天不到就被粗心的林冉弄不见了。

林冉还寻思着这会不会不吉利，特慌地让梁子豪在家里翻找了个遍，都没找到。

最后，她安慰自己说："以前江尧出国的时候，许柚也去买了个平安符打算送给江尧，但是那天还没有送出去就不见了。平安符不见了，江尧不还好好的嘛，所以，怕什么？我们也别太迷信了。"

梁子豪愣了下，挑了挑眉："许柚送给江尧的平安符？"

林冉："怎么了？"

似是林冉的一番话诱发了他的记忆，他有点想起来了。

高二那年，江尧跟他是坐在同一排的左右桌，所以每到下课江尧干了什么，他大概都能用余光看得一清二楚。

也就是在那一天，许柚起身去洗手间的时候，从校服口袋里掉出了一个红红的像打了结一样，类似于纪念品的东西……他看到江尧弯腰捡了起来。

虽然梁子豪没亲眼瞧见江尧将那个东西还给许柚，但他心里想的是，江尧一定是还了的。

毕竟，江尧也不是那种捡到东西就占人便宜不还的人。

因此，他没有去关心过后续。

再说了，那时候林冉还不是他女朋友，谁知道她和许柚下课走来走去，是在找那平安符啊？

梁子豪将当年看见的事儿告诉林冉。

林冉怔了好几秒都没回过神来，捂着嘴总觉得难以相信，慢慢地道出了一个真相，却是当时所有人都不知道的事情："所以，那个平安符……是江尧拿了吗？还保存到了现在？"

我的妈呀！

这男人，真是闷骚到无法想象！

怎么能这么无声无息的呢？

林冉觉得很不可思议——十年过去，江尧还留着许柚的东西，是为什么？肯定是那回事儿啊！

她跟梁子豪在一起八年。大学时，她送给梁子豪的生日礼物，梁子豪都能在搬宿舍时手误扔了，就足以证明江尧对当时那份感情的珍惜。

林冉托着腮："可是，柚子已经不喜欢江尧了啊。告诉她这件事，会有转机吗？"

梁子豪对江尧和许柚会不会成，其实不是很感兴趣，但毕竟一个是他兄弟，一个是他老婆的闺蜜，他便多了句嘴："那还有一件事，你一定不知道……"

"什么？"

"江尧为什么会出国。"

…………

十五分钟后。

林冉给许柚发了个酒店的定位。

幸好不是在周五晚上过生日，而是选择了周六补过。许柚时间充裕地起床，稍微捯饬了一下自己，难得穿了条裙子出门。

今天是她二十七岁生日。

心情当然要好。

许柚来到酒店下的餐厅时，在服务员的带领下走进了包间。

里面只有林冉一人，在边喝着牛奶，边玩手机。

许柚走进去，拍了拍林冉。

林冉笑着回头："这么快？还以为你还要半个小时呢。"

包间被林冉简单布置了一下。

很有生日的气氛，却也不算过分，挺合许柚意的，她就是不想太高调，平平淡淡地过了就行了。

许柚坐下，见另外两位还没来，问了下："梁子豪呢？"

林冉放下手机："洗手间。"

有人来给她们倒茶，江尧也差不多要来了。

林冉让他们准备开始上菜，然后扯着许柚聊天，特别激动地想将从梁子豪那儿知道的两个秘密告诉她，先试探地问一句："你最近跟李柘还联系吗？"

许柚摇了摇头："没有。"

但是那瓶香水，很蹊跷，如果真是李柘送给她的，为什么他不吱一声呢？

实在是太奇怪了。

林冉："那就好。"

许柚看着她，抽了抽嘴角："你之前不是很喜欢撮合我和他的吗？"

林冉反驳道："谁说？我一直希望你谈恋爱的对象是江尧啊，江尧比李柘好太多了好吗！"

可能是最近对江尧有点意见，许柚莫名开始为李柘说起话来："那是你不了解人家，你只认识江尧。"

这样的评价，客观吗？

"我不管。"林冉耍赖，护短自己的朋友，"反正我就是觉得江尧比他好，当然不是说我也对江尧有意思的那个意思。"

许柚不以为然："屁，你连江尧都不了解。"

林冉问她："那你了解吗？"

许柚扯开这个话题，直接说自己想说的："总之他现在跟以前不一样了，你别老觉得他就是高中时候的那样。"

"哪儿不一样了？"林冉说，"哦，是没以前那么闷了？还是没以前那么帅了？他以前那个性格确实是挺闷的，而且我跟你说，还很可怜喔……"

"你开玩笑吧？他可怜？"

两人不知不觉，说话就变成了吵架，偶尔音量大得甚至包间门口都能听见，要是这会儿有什么人进来，那简直能尽收耳中。

无论是以前还是现在，江尧在许柚的眼里都是天之骄子一般的存在。

能让她仰视那么多年，不是没有道理的。

林冉勾了勾唇角："这你就不知道了吧，我也是刚听梁子豪说的。其实当年江尧突然退学是有原因的，是为了出国治耳朵，他好像从小就有听力障碍，刚开始的时候不是很严重……后来你还记得有一次体育课你没有下去，江尧上完课后就不见人影，几乎一下午都不在学校的事儿了吗？"

261

事情说得越来越凝重,还扯到了听力障碍,许柚语气也没那么冲了,沉下心来,拧着眉头问:"记得,怎么了?"

"那时候,他体育课打篮球,不小心被篮球砸到了耳郭,还流了血,好像是挺严重的,那只耳朵已经是接近听不见的地步了。其实他爸妈一直想让他去国外读书,顺便治疗,但他不是很愿意,要不是那次意外发生,他的病越来越严重的话,他应该会一直留在国内吧?至少也不会这么快就出国。"

"他为什么会有听力障碍啊?"

"不知道。"林冉也是一知半解,"天生的?总不能是人为的吧?那是发生了什么事啊?"

如此联想下去,细思极恐。

许柚不太了解,能知道这件事已经够让她诧异的了,还隐隐约约泛起了细微的心疼。

林冉小心翼翼地说:"说实话,当年他那么高冷,还不喜欢说话,现在回想起来,他应该不是某些人口中所说的孤傲吧,反而有些孤僻和自卑?要是那会儿不发生那么多事情,他也没有出国,或许你们的结局就不一样了,起码能一起上学,还总是能见上面……其实现在还有机会啊,男未婚女未嫁的,又是适合的年龄,大家都一样优秀,你当真不喜欢他了?"

听到这些事儿,许柚是挺惋惜的。

可林冉说得太绝对了,如果江尧没有出国,他们也不一定会在一起啊,在一起的前提是江尧也喜欢她。

只是,她后来的那几年会没那么难熬倒是真的,也可能会在某一年正式向他告白,然后彻底结束自己一直以来的暗恋。

说到现在……

江尧回国后,她并不是没有动心过。

但好像也仅仅只是她在蠢蠢欲动而已,于他而言,对她那些所谓的好,只是朋友之间的正常往来罢了。

许柚摇着头,撇了撇嘴说:"再自卑他当年也不喜欢我,过去这么多年,我早就忘记那种喜欢他的感觉了。你没经历过,你无法想象暗恋一个人几年的样子。"

她随后叹了口气:"暗恋太苦,一次就足够了。"

她也没有勇气和多余的精力去主动喜欢谁、追求谁了。

林冉静静地看着她,发现她眼眶泛着红,最后十个字咬重了字音,仿佛在给自己那几年的青春彻底画上一个句号。

林冉刚想将平安符的事情告诉她,也就是在这时候,上菜的服务员在门口提醒道:"这位先生,请问您是这个包间的吗?麻烦让一让,我们准备上菜了。"

许柚猛地回头,朝门口看了眼。

刚刚包间门是关着的,现在已经完全打开,两个服务员将即将要上的菜小心翼翼地推进来,而她们身后站着一个男人。

高高大大的身形,冷静淡然的气质,眸中藏着难以置信的神色,眉间的褶皱渐渐深了起来。

空气中流动着尴尬而又窒息的气氛。

许柚与江尧视线对上,垂落在身侧的手,紧紧地揪着衣摆,拼命回想刚刚自己说了什么……

暗恋。

几年。

那种喜欢他的感觉。

对!

她说了喜欢,而且还是暗恋的那种喜欢!

许柚不知他听见了多少,还是全听到了,也不知自己曾经那几年的暗恋算不算在这一刻彻底曝光。

不再是藏在心里,不能让他知道的秘密。

偏偏是在今天。

在她庆祝生日的时候。

林冉瞧见这始料未及的大场面，有点愣神。

时间仿佛凝滞住了。

谁也没有说话，谁也没有动作。

她还有件事儿没来得及跟许柚说，事情就弄成了这样。

她反应迟钝地想调和一下气氛，还没说上话……

梁子豪就从洗手间回来了，勾着江尧的肩膀，出声问："怎么不进去啊？"

江尧没出声。

梁子豪瞧见江尧脸色有点不对劲儿，林冉又瞪了他一眼，仿佛在暗示什么，他没懂。

他跟江尧一起走进去，顺口问了下服务员："菜上齐了吗？"

服务员说："除了餐后的水果和甜点，还差两道，等下会一起送过来，你们可以边吃边等。"

梁子豪："行，没事。"

梁子豪和林冉是情侣，两人势必要黏在一起坐。

如此一来，许柚和江尧要么也坐在一起，要么就被他俩隔开，面对面而坐。

许柚来得比江尧早，她的位置早就坐定下了，现在刻意挪走的话，会显得很心虚，也很做作。

她觉得江尧应该会自觉地坐去对面，偏偏他就是不如她意，用一种大不了一起尴尬的态度，迈着从容的步伐，径直走到她身侧，伸手将椅子拉开，坐下。

许柚发现，他是真不知道"避嫌"这两个字怎么写，还是说，他其实根本没听到她刚刚跟林冉聊天时说的话？

趁着林冉将订好的蛋糕打开，插蜡烛的间隙，许柚偷偷用余光打量了江尧一眼。

发现他有些云淡风轻，但仔细观察又并不像表面那么平静，偶尔

察觉到她的视线,还会唇畔噙着淡笑看她一眼,仿佛在用眼神询问她:怎么了?

许柚有些难堪地移开目光,没再看过去。

无论他刚刚有没有听见她说的那几句话,他现在的反应,给她的感觉就是——他们只是朋友,再普通不过的朋友。

即便知道了那茬事,也装不知道,为了维持表面的气氛,大家一起装傻吧。

接下来的时间,许柚虽然看上去都是开心的,扬着清淡的笑容,但她却觉得很难熬,想尽快结束,离开。

到了晚上八点,可算是接近尾声。

好久没一起聚过,林冉走出包间,还有些意犹未尽,问许柚去不去唱歌或者赶下一场。

许柚无奈地给她使了个眼色。

梁子豪搡着林冉说:"这都几点了?你也不看看你自己什么情况?你以为你还像以前那样吗?"

许柚很快就明白了什么意思,附和了一句:"对啊,赶紧回去休息吧。"

随后,林冉特没劲儿地上了梁子豪的车,本来想让许柚坐过来,回去的路上告诉她平安符的事儿。

林冉观察了一下目前的状况,好像让江尧载许柚回去也不错,刚刚在包间时那种尴尬的氛围她都看在眼里,估计没了她和梁子豪在,那两人就能说开,破冰了呢。

以前林冉不清楚江尧对许柚的心意,怕伤到许柚,虽撮合过他们,总不会太过分。

现在,她老母亲般地叮嘱了句:"江尧,记得将柚子安全送到家啊。"然后就撂下他俩,跟梁子豪一起走了。

许柚早就猜到会是这样的结果,她也没打算让梁子豪专门绕路载她回去,留江尧一个人自己走,越刻意就越显示出自己的心虚和对某个人的在乎。

谁先慌,谁就先输了。

许柚决定克制一下自己的情绪。

江尧在她身侧,低声说:"走吧。"

他的车不停在这边,要往前走一段。

许柚跟在他身后,觉得他的声音很紧绷,情绪也有点压抑。

像有什么盘踞在胸口,压得两人都有点儿喘不过气来。

到了那边。

许柚拉开迈巴赫的车门,坐进去,本想说几句话缓解一下尴尬,但又不知道该说什么,最后还是……算了。

一个字也没说出口。

他亦不发一语,视线直视前方,开车带她回去。

车里没有播放广播,也没有放音乐。

安静得针落可闻,仿佛能听见对方的呼吸声,一举一动全都尽收眼底。

偶尔江尧瞥右视镜,还会无意跟她撞上一眼。

许柚都是快速低眸,别开视线的,然后打开手机,假装很认真地玩,一会儿跟别人聊天,一会儿上微博刷一下新动态。

可以说,从上车到现在,手机就没离开过她的手,一直在玩。

江尧喉结滚动了一下,颇有些烦闷地用手指敲了下方向盘。

许柚没反应,死水一般地沉默着。

终于,快到家门口。

往前面走一段路,再拐进去,就到她家了。

许柚小幅度伸了个懒腰,刚放下手机,就听江尧问:"要不要……"

她侧眸疑惑地看他,不明白他想干什么。

他继续说:"喝个咖啡?"

现在?

大哥,已经快九点了!

晚上喝咖啡是打算大家一起别睡嗨到天亮的意思吗？

许柚不笨，喝咖啡其实只是个借口，咖啡厅安静人少，最合适静处，还没什么人打扰。

他其实是想跟她谈一谈吧？

可是，谈什么呢？

许柚眸色掺着些许黯然，还没说上一句话。

江尧漆黑的眸盯着她，淡淡地，又有点不容置喙地说："不喝也行，进去坐会儿吧。"

都说到这份上了。

不去好像又不行，许柚叹了口气，想着谈一下也好，说清楚彼此目前的想法，免得以后见面总是别别扭扭的。

许柚松开安全带，下了车。

江尧走在她前面，伸手推开玻璃门，等她进去了才撒手。

许柚找了处比较隐秘角落的位置坐下。

江尧在前台给她点了杯热牛奶，跟着抬脚走过来，在她对面坐下。

对于这种纯为了谈事，而专门找一个地方，面对面坐在一起，许柚还是第一次经历，她不知道该怎么开口，第一句一般说些什么，便沉默着，独自思考和组织自己的措辞，想着等会儿该怎么平淡又不显尴尬地将那段暗恋带过去，还显示出她目前并不在意呢。

牛奶被送了过来。

因为只有一杯，服务员不知道该给谁，便摆在了中间。

江尧修长的手指推了推，将它推了过去，低声说："给你点的。"

许柚受宠若惊地点了点头，五官酿出不失礼貌的微笑："谢谢。"

她用手摸了摸杯身，试探了下温度，还挺热的。

所以她并没有立刻喝。

默然片刻。

江尧看着她，手虚握成拳，抵在唇边轻轻地咳了两声，坦白又直接地说："吃饭之前，我无意听到了你对林冉说的话。"

267

许柚眸光暗了下去,纤白的手指无意识地绞在一起,点头,说:"我知道。"

他盯着她突然间就没了笑颜的脸庞,淡声问:"许柚,我能问你一个问题吗?"

"什么?"许柚手指把玩着用来加糖搅拌牛奶的勺子,随意道,"可以啊。"

男人漆黑深瞳睨着她,语调微沉:"为什么前阵子不理我?发消息也不回?"

许柚一时间没反应过来:"啊?"

他问这个?

她还以为他会问关于那段暗恋的问题,问一下她是什么时候喜欢上他的,或者说为什么会喜欢他之类的问题,没想到是在纠结这个。

——纠结她为什么不理他?

这个问题,真是打得许柚措手不及。

比谈起那段暗恋,还更难回答。

真实答案是——

前段时间,她自恋地认为他似乎对她产生了兴趣,然后自己也悄悄地动了心,后来发现并不是那么一回事。

为了让自己不要塌陷进去,她确实刻意回避过他,并且对他产生了一些的抵触情绪。

但是,真正的答案能说吗?

当然不能。

许柚抿了下唇,蹙眉:"我……"

江尧眸底敛着笑意,无奈地问:"在躲我?"

"当然不是!"

许柚激动地反驳:"是因为那天我特别累,从医院回去之后,吃完饭洗了澡就上床睡觉了,没看到你的消息啊。"

"哦——"江尧将一个字的尾音拖得意味深长,语气里夹着"不

相信"三个字,"那我怎么记得十一点多,你还在外面跟林冉待一起?"

"那是因为她打电话来,把我吵醒了。"

这可是事实!

但怎么听似乎都有种在狡辩和撒谎的意味。

毕竟,谁没事晚上七八点就睡觉,然后晚上十一点又溜出去?

许柚舌头打结,感觉说不清了。

她叹了口气。

江尧还没问出她为什么忽略了前一条信息,只解释了第二条信息,许柚就严肃地开了口:"江尧,我承认我以前是关注过你。可能是高中的时候,我是新转学过来的,除了林冉我谁都不认识,接触的男生不是很多,认识的就那么几个。刚好你对我比较照顾,成绩又好……所以就对你……"

江尧止住了自己想说的话,瞧见她眼圈隐隐泛了点儿微红,眉心轻蹙。

许柚继续道:"就像我对林冉所说的那样,这么久过去了,我早就忘记那种喜欢你的感觉了,已经不喜欢了。没有谁能在对方消失了近十年的时间里,还惦记着他,对他念念不忘。要不是被你听见,我没有想过要将这件事情告诉你,因为它在我这里已经翻篇了,也不重要了。不过现在被你知道了也挺好,至少不留遗憾。"

许柚专门将那段青涩又难忘的感情刻意往平淡处带,每一句话都在强调"过去""忘记""翻篇"这样的词汇。

也只有在撒谎和对自己说出的话极度不自信的人,才会下意识带出这么多的否定。

所有话说完,该说的也说尽了,许柚觉得已经没必要再继续聊下去,各自回家冷静一下,然后重新做朋友吧。

于是,她也不管他是什么表情,就这么一声不吭地起身,转身离开,留下一口没喝的热牛奶,推开咖啡厅的玻璃门,走了出去。

这里距离她家也就几百米左右,走回去,五分钟就能到。

孰料，她刚到室外，走了几步，就听见身后有脚步声，下一秒，她的手腕忽然被一只有力的手紧紧地扣住。

许柚心口一震。

在一瞬间，荡起了一阵无法抑制的波澜。

许柚蹙起眉，转身看他。

她都说到那个份上了，他还追出来拽她，如果真想避嫌的话，就应该让她走掉，而不是像现在这样……

眸光对视的一刹那，许柚心跳也跟着猛然快了一拍，忽然就失去了节奏。

她微怔地站在原地，看着他的眼睛，刚想问"怎么了"，只见江尧喘了口气，唇畔勾出些微的弧度，在夜色的浸染下，他的喉结滚了滚，嗓音清晰，夹杂着无奈："走那么快干什么？"

许柚不解，眉间褶皱渐深。

江尧眼神沉静如水，漆黑的深眸直视着她，一如天上的月色，让她心脏"怦怦"直跳。

江尧："我不在乎你曾经是不是喜欢过我，就像你说的，以前的事情确实已经过去了，我只想知道现在……你为什么躲着我？故意不理我？"

刚刚不是解释过了吗？

他不相信？

许柚的手还被他抓在手里，生怕她随时跑掉似的。

既然他不相信，觉得她在躲着他，那就是吧，毕竟她确实有那个意思。

许柚："因为……我以前喜欢过你，但是现在不喜欢了，我觉得我们不应该往来得那么密切啊，我怕引起你误会。"

"误会？"江尧嗓音微沉，又问了一遍，"误会什么？"

之所以这么刨根问底，之所以那么在意这个问题，江尧是怕许柚在反感他，讨厌跟他接触，甚至讨厌他对她的主动……现在得到了答

案,又忍不住问得更深。

许柚却不想答了。

她用力将自己的手从他掌心里抽出来,揉了揉,听见他问:"不喜欢应该也不会讨厌吧?"

讨厌什么?

她什么时候讨厌过他?

许柚本以为他突然跑出来拽住她,是为了其他事情,原来又是她自作多情。

她低着头,闷闷地摇了摇,说:"……没有。"

月影横斜,街道上少有行人经过,只有窸窸窣窣的蝉鸣持续个没完。

许柚看了眼时间:"时候不早了,我该回……"

还没说完,江尧就打断了她,接下来的话似乎是经过他深思的,又像是一时兴起而说,却带着道不尽的缱绻和十足的温柔:"既然这样,从现在开始,我来追你吧。"

过了一会儿,在她尚未缓过神来时,他又多说了一句,声音像被揉碎的星辉,骤然击中她的心口——

"因为我发现,我好像喜欢上你了。"

许柚感觉自己像被一个巨大的惊喜砸中,血槽已空。

活了二十多年,怎么说她也是一个身经百战,被男生告白过,还勉强算得上漂亮的女生。

在过去的漫长岁月里,她从未奢望有一天江尧会喜欢上她,而且是不经过她追求,主动的喜欢。

她幻想过无数次他喜欢上一个人,向一个人告白的样子,都没想到如今她会亲眼所见,甚至就连告白的对象都是她自己。

许柚不怎么敢看他,不自然地舔了舔唇:"你说什么?"

说完这句话,她险些咬了自己的舌头,刚刚还觉得自己身经百战,现在就开始说话不经大脑。

谁被人告白之后,又问对方一次,让他再说一遍的?

她是疯了吗?

"不是……"许柚有些慌乱地摆了摆手,"我不是那个意思,你不用再说一次,是我说错话了……"

话落,她瞥见男人低笑了下,她不明所以地问:"你笑什么?"

"不要装傻。"江尧从她的表情里确定她肯定听清楚,也听明白了,"所以,我追你这件事,你没意见吧?"

什么?

这男人到底会不会追人啊?追个人还得问清楚?

这要她怎么回答?

答应的话,不就证明她喜欢他吗?刚刚在咖啡厅里还说不喜欢,这就开始打脸了。

不行不行。

许柚的心乱成了一团乱麻,拼命遏制住飘忽的情绪,认真地回答:"每个人都有追求别人的权利,在不伤害到我或者影响到我的情况下,我好像也没必要剥夺?"

"行。"江尧其实也就是随口一说,听她这么回答,倒发散了下思维,没忍住又逗了一下,"所以,同样的话,你也是这么对李柘说的?"

怎么又是李柘?

许柚最近都没跟这个人联系了,倒是经常听见他的名字,这应该是她相过这么多次亲中存在感最强的一个。

不过说真的,李柘曾经也表示过要追求她。

可她没同意啊。

许柚斜了江尧一眼,看穿他的意图,这次她学聪明了:"刚刚不是说了吗?每个人都有追求别人的权利,那他是个人的话,他也没伤害我,所以……"

江尧语气略显清润且沉穆:"所以?"

"我不应该剥夺人家的权利啊。"

"你还挺会将心比心,尊重人的。"

"——当然。"

这酸不溜秋的一句话,让许柚在心底发笑。她低头,悄悄抬起手,抚平了一下嘴角。

今晚获取的信息量太大,她有点吸收不过来,想回家静静地待一会儿,努力消化。

许柚摆了摆手,说:"我先走了。"

"一个人走啊?"

"不然呢?"

天色这么晚,江尧不太放心:"我送你过去吧。"

许柚拒绝:"就几百米,你别把车开进来了,等下又要倒回去,看着都麻烦。"

江尧腿长,三两步就走到了她身侧,还垂眸笑她:"我又没说我要开车送你。"

许柚尴尬地挠了挠额角,咬着牙,吐了两个字:"随你。"

一段路,因为有另一个人的存在,而显得距离缩短了不止一半。

没几分钟就到了。

快到家门时,江尧侧眸问她:"我给你的生日礼物,你收到了吧?刚刚看你不想理我,也就没提。"

许柚莫名其妙地瞥他一眼:"什么生日礼物?"

江尧也是一愣:"没收到?没道理啊,是快递没到?这都几天了?"

"快递?"

许柚想起来了,她这阵子只收到过一个陌生人寄来的快递,就是那瓶 Rose Prick 香水。

她拧眉,怔了好几秒,才反应过来……不是吧?

竟然是他送的。

273

许柚瞪圆了眼睛,有些不敢相信地问:"礼物是香水吗?"

"看来收到了?"江尧左手插进兜里,另一只手伸过去,干净纤长的手指将刚刚飘落在她头发里的树叶残片挑出来,"什么时候收到的?"

前段时间太忙,他没查询过快递,最主要还是对于刚回国没多久的他来说,国内很多东西都在摸索中……

许柚确信了是他送的,想到自己又误会了李柘,就觉得自己很蠢。而且是蠢到家的那种。

既然李柘那会儿在上海,她怎么就没想到江尧也会在上海呢?

他们就是同事啊,本来就在一块儿工作,一起出差不奇怪吧!

脑子总是时而灵光,时而不灵光的。

她将了捋自己的长发,点头说道:"收到了,大概一个多星期前吧。你怎么不吱一声啊?送礼物好歹也要打个招呼啊,不然我哪知道是你送来的?"

那三条信息的事儿,又被重提。

江尧稍一审思,双眸眯了眯,反问过去:"我没打招呼?"

许柚:"你有吗?"

江尧气笑了,不知道她在装傻还是真的没看到那条信息:"难道不是你没回我?"

"我没回你?"许柚越想越蒙,"你这段时间不就发了两条消息过来吗?我是没回你,但哪有关于礼物的……"

她记得清清楚楚,那两条信息,虽然她没有回复他,但也盯着神经兮兮地看了很多遍,所以每一个字她都记在脑里。

江尧感觉是哪个环节出了问题,许柚没理由在这种事情上撒谎。他从口袋里掏出手机,手指轻点了两下,解开锁屏,进入微信,直接点进对话框给她看。

清清楚楚的三条信息——

平时喜欢什么东西？

你在医院？

绝对不跟。

许柚看的时候，发现他微信的聊天列表挺干净的，一眼扫过去备注的名字和头像似乎都是男性，唯一一个比较女性化、可爱点的头像，就只有她了。

但是，为什么她从来没有见过第一条信息啊？

她以为自己看错了，再仔细地瞧了眼发送时间。

正好是她和江尧晚上单独吃饭后的那一周，也是李柏在上海出差的那段时间，所以他是那会儿想到要买礼物给她，然后先提前问她喜欢什么，结果她没有回复吗？

可她真的没有收到这句话啊！

连半个字都没瞧见。

许柚无辜地也拎出手机给他看："我是真的……真没有收到。"

这太奇怪了。

许柚觉得自己很难解释清楚，毕竟聊天记录在她这边是可以删除的，可她也没必要这么做啊，难不成是自己无意中删掉的？

幸好，江尧只是眉心微蹙，并没有过多计较。他摸了摸她的脑袋，跟安抚小猫小狗似的，提醒道："行了，别纠结了。时间不早了，你也该回家了。"

许柚朝他看了眼，"嗯"了一声，转身走了一小步。

她盯着前方十米左右她家单元楼的门口，感觉心头有些空落落的，以及现在的一切都很不真实，像一场她自己虚构出来的梦。

会不会明天睡一觉起来，又变天了？

今晚所有的一切，都不作数。

都是假的。

许柚咬了咬唇，走了几步后，又三步两回头地转身，停下脚步，没忍住确认了一遍："江尧，你今晚……"

江尧不着急走，等她进去才离开。他觉得她这样子有点可爱，眉梢挑起："嗯？"

许柚有些不好意思，但又特别想问："说的话……都是真的吧？没骗我吧？"

是有多不自信，才会问了一遍又一遍？

江尧没有谈过女朋友，对女生的心思不太了解，不知道许柚这样是正常还是不正常，却莫名勾出一抹心疼。

要不是现在的关系还不允许，他真想抱抱她，将她狠狠地揉进自己的身体里，让她感受一下，他说的喜欢是真的，还是假的。

他刚刚说，他不在意她曾经是否喜欢过他，其实都是为了回应她一直强调那段感情已经过去的话。

应该没有谁会真的不在意吧？

他无法想象他不在的那几年，她是怎么熬过去的，再对比现在面对他时小心翼翼又充满期待的表情……真的没有一个举动不让他心疼，害他心脏某处突然就坍塌沦陷。

江尧上前了几步，无奈地抵了抵眉心，顺带着点头，真诚道："放心，我骗谁都不会骗你。"

"骗人是小狗。"许柚调皮地扔下一句话。

他"嗯"了一声。

然后，她就放心地进门了。

黎平君坐在客厅瞥见许柚进来，刚刚在阳台晾衣服时，无意发现她跟一个男人在楼下很亲密地聊了半天，想问问她啥情况："许柚，楼下那个谁啊？你谈恋爱了？"

然而，许柚根本没听见，也没搭理黎平君，直接跑进了房间，关上门，扑在床上，只想"啊啊啊啊啊啊啊啊啊啊啊"一个不停！

想找林冉分享这个喜悦，想告诉大学那个曾经说她暗恋那么久很

蠢的舍友，想反驳所有以前劝过她放弃的人……

在二十七岁的第一天，她的暗恋成真了！

江尧向她告白了！

许柚仰躺在床上，不断回想从咖啡厅开始就发生的事儿，以及他们之间的对话，整个人脸红得像一只被煮熟的虾。

她拍了拍红扑扑的脸颊，眼睛无焦距地盯着天花板发了一阵子的呆，在想她刚刚说了那么多话，应该没有出糗吧？应该表现得还可以吧？不知道呢，脑子里全是他方才摸她头的画面……

第一次知道，原来这人宠起一个人来的时候，是这样的啊！

还……还挺"苏"？

许柚没出息地床上滚了一圈，将脸埋进被子里，忍不住笑出声来。

她一直沉浸在被告白的喜悦中，直到林冉给她发消息，她才有些清醒，没起身，就这么拿起手机看。

林冉：回家没？

林冉：吃饭前我们聊天聊到一半，还有件事儿没告诉你呢。

许柚慢吞吞地敲字回复：回了。

她笑了下，满嘴像抹了蜜糖，直接忽视了林冉的第二条信息，跟林冉分享喜悦：你知道刚刚江尧跟我说什么了吗？

林冉：什么啊？

林冉：哎，我跟你说，江尧很可能喜欢你欸。

两人聊天不在一个频道上，各自都想说自己的事。

但巧的是，这两件事有一些共通点联系在了一起，都是关于江尧的。

许柚回复了三个问号过去。

林冉：惊喜吧，你猜我是怎么知道的？

许柚：你怎么知道的？

许柚心想，前阵子黎平君住院的事，她虽然告诉了林冉，但没说关于江尧接送她和请她吃饭的事情啊，因此林冉不可能知道他们那段时间的接触。

所以，林冉是怎么知道江尧喜欢她的？

这句话歧义太多。

许柚用的是反问的语气，林冉却以为是一句平平淡淡的疑问句。

林冉握着手机斜躺在床上，直呼不好，拍了下身侧的梁子豪："柚子知道江尧喜欢她后的反应，好像很平淡欸，根本就不惊喜。不应该啊，难道她真的不喜欢江尧了？"

梁子豪载林冉回来的路上，被她科普了吃饭前的那段小插曲，不以为意道："说不定她早就知道了。"

"怎么可能？我还没告诉她平安符的事……她怎么也去不到江尧家，然后发现吧？"林冉顿了一下，反应过来，"哦……我明白了，你是说……是江尧亲自跟柚子说的？"

梁子豪"嗯"了一声："在一个男人得知自己喜欢的女孩曾经暗恋过自己之后，两人还有机会独处，如果没点儿表示的话，估计他俩也没戏了。"

林冉细想了一下，觉得有道理："也就是说，如果江尧真的喜欢柚子，他一定会抓住今晚的机会，跟她表明自己的心意？如果没表明的话，是不是就代表着不喜欢？"

"也不一定。"梁子豪笑着说，"也可能是蠢或者……尿。"

"那我先问问她。"

林冉真的发消息过去问了：江尧不会向你告白了吧？

许柚觉得没什么好隐瞒的，她跟林冉从小到大都没有秘密，连忙敲字，发了很多个"嗯嗯嗯嗯嗯嗯"过去。

林冉满意地笑了笑："瞧她那样儿，高兴得嘞。"

梁子豪问："真表白了？"

"对啊。"林冉点头，"你猜得好准啊。果然，你们能成为兄弟不是没有道理的。既然这样，那我现在还要不要将平安符的事告诉她呢？还是说让她自己去发现，或者江尧自己说？"

夜色已深。

梁子豪收了林冉的手机，然后关灯，准备睡觉："让他们自己处理吧。过了这么多年才等到现在，他们需要以另一种身份重新认识与深入了解对方，接着慢慢渗透进各自的生活，太急的话，反而不太好。"

林冉觉得在理："看来你挺会谈恋爱啊？"

梁子豪："不然也不会深入了解你了。"

这是什么虎狼之词？

许柚激动了一个小时，就彻底冷静下来了。

对于一段感情而言，在说出喜欢的那一刻并不是结局，而是开端，接下来要面临的事情还有很多，比如互相了解、谈恋爱、同居后再深入磨合，最后结婚。

中间任何一个步骤，崩的可能性都很高。

因为许柚不了解江尧，他估计也不算了解她，他们之间只有朋友圈子是重合的，其他基本都没有涉到。

如果真要谈恋爱的话，是不能只虚浮于表面的。

许柚感觉好难啊。

她先洗了个澡，再重新躺回床上，还想请教一下林冉来着，但林冉估计是睡了，没有再回复过她。

只能她一个人顺其自然地往前走。

临睡前，江尧发来了信息：睡觉没？

许柚这次没有不理他了，笑着回复过去：还没。

江尧：原来你也是夜猫子啊。

许柚狡辩道：我只是周末才睡那么晚，平时工作很累，一般都会早一点睡觉。

江尧：有周末的人真好。

这语气好酸啊，许柚刻意地问：你没有吗？

江尧：休息时间从没确定过。

许柚：那是真惨，不过我也不是每一回都有周末的，下个月可能就有点忙了。

江尧：那我是不是得抓紧时间了？

许柚：抓紧时间干什么？

江尧反问：你说干什么？

许柚是真不知道，回了个问号过去。

他突然又蹦了两个字过来：约你。

许柚怔了半秒，而后轻轻地笑。

以前不是没有男生这么跟她说过情话，但她都没什么感觉，反而认为对方有些冒犯。

如今看来，还是得分人。

许柚：哦。

江尧：这么冷漠？

江尧：那你出来还是不出来？

许柚再次回了个问号过去。

怎么这么快就谈到出不出来的问题了，她隐约觉得自己掉进了他的圈套。

这男人曾经是学霸，看过的书很杂很乱。

许柚很难不怀疑他比她有经验，质问：你都没说什么时候，我怎么知道我有没有空，怎么告诉你出不出来啊？

江尧：行。

江尧：我先看看我的排班表。

给你点颜色，还搭染坊了？

没过几秒，他似是看完了，跟她说：明天早上有手术。

许柚：哦。

江尧：明天下午有门诊。

许柚：哦。

江尧：后天……
许柚：我要上班。
江尧：没事。
许柚：嗯？
江尧：我来接你，你不是一直想让男朋友接你下班的吗？
许柚连发了三个问号过去，这么快就男朋友了？
江尧：正好，你还欠我一顿饭。
江尧：就顺便还了吧。
许柚一时无语。
先前许柚并不知道江尧脸皮可以这么厚，现在算是了解了。
这根本就是不给她拒绝的机会啊。
她欠他一顿饭，理亏在先。
因此，没得拒绝。
只能答应。
她屈起膝盖，靠坐在床上，腮帮子鼓了鼓，在思考事情，也答应了他：可以是可以，但是我不知道我具体几点下班啊。
她有时候很闲，有时候又很忙，要看当天的工作量大不大、工作效率高不高。
江尧：不行，那就大后天，或者再后一天。
江尧：总有空闲的时候。
许柚：那好吧，我要睡觉啦。
江尧：睡吧，我再翻翻明天的手术方案。
这都几点了，还要看手术方案啊？
许柚没忍住打了个哈欠，顿觉医生真是累，而且一点都不能松懈和马虎，本来想就这么放下手机睡觉的，隔了好半晌，又敲了几个字给他：那你早点睡。
江尧估计是刚刚没收到消息，以为她去睡了，现在已经转到了书房，开着台灯准备工作，手机并不在他的视野范围之内。

许柚等了一会儿,没等到他回复,就垫着枕头睡着了。

凌晨过两分钟,她随手放在床边的手机闪了一下,"晚安"两个字静悄悄地跳进了屏幕里。

有爱的青春陪伴者

摘星

下

抱猫 著

江苏凤凰文艺出版社

第七章 ✴ /怕对你处处下药，还是治不好你

第二天，许柚不用上班，在家睡到了早上九点才起床。

一天平平淡淡地过去，但又似乎跟往常不太一样。

由于昨晚的聊天，许柚清楚地知道江尧今天的行程。吃早餐的时候，她扫了眼电视柜上方的壁钟，想着此刻他一定是在手术室里跟病魔搏斗。

就是不知道今天这台手术要做多久，会不会也是七八个小时的车轮战，会不会像上次一样，连饭都没时间吃。

许柚想着想着就入了神，托着腮在那儿发呆。

黎平君一脸嫌弃地端着要用来晚上煲汤的核桃过来，一边剥一边看她："瞧你那样儿，谈恋爱了吧？"

许柚回过神，立马翻了个白眼："没有。"

黎平君不信："没有你昨晚跟一男的在楼下聊半天？谈工作呢？还得在家门口谈啊？"

许柚烦得很。

怎么就这么巧呢？

她跟江尧第一次在楼下待久了点，聊了会儿天，就这么被黎平君给发现了。

要不是被发现，许柚暂时还不想将她跟江尧的事情告诉家里人，在一段感情尚未稳定之前,根本没必要说。

更何况,他们还没在一起。

八字连一撇都没有。

黎平君瞅她这表情,就知道自己猜对了。

就算没对,十有八九也是这么一回事。

许柚从小到大就是个乖乖女,上学的时候只顾着学习,对学习之外的事情,很少关心,工作后如非必要,也不怎么跟异性相处,要是没意思,她绝对不会浪费对方和自己的时间。

这下都跟人聊到自家楼下了,还没情况呢?

许柚知道否认也没用,她就算否认,黎平君也不相信,还不如干干脆脆地跟黎平君说实话,语气敷衍了些:"还没谈呢,了解中。"

黎平君一听"了解中"三个字,就觉得可能性很大,想当初相亲那么多次,都没有一次能让许柚感兴趣去了解的。她往深了问:"是做什么工作的?多大了?性格怎么样?对你好吗?工资是你的高还是他的高啊?家里有几个兄弟姐妹?"

"妈!"许柚感到无语,"一下子问那么多问题,我怎么答啊?都说了在了解中,我哪清楚那么多?"

其实,并不是不清楚,除了工资这些,她对江尧还是了解的,就是不愿一板一眼地跟黎平君说,还说得那么细。

是在菜市场里挑萝卜吗?

黎平君见女儿有点生气了,收敛了点:"妈这不是关心你嘛。谈恋爱怎么谈都无所谓,结婚是一定要门当户对的,不然后头发生的事可多了,现在多少人结了婚后过得一地鸡毛。"

许柚面无表情:"我知道,但你放心吧。他们家绝对比我们家家境好,人学历、工作、样貌什么的也不比我差。"

"真的?"黎平君脸上难掩高兴,"行啊你,哪儿找来这么优秀的男人?不会是人家骗了你,别是那种二婚的吧?这你可得小心点啊。"

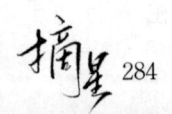

许柚喝着豆浆,险些喷了出来,一脸"呵呵"的表情。

果然是亲妈。

真是又损又无情!

江尧刚结束一台手术,换下手术衣,从里面出来。

有护士专程来提醒他:"江医生,午饭都帮你打包好,就放在桌面上了。"

江尧拿出手机,低眸看了眼。

丝毫没留意跟他说话的护士是谁,敷衍地点了下头,视线一直盯着微信,发现许柚早上没有找过他,便亲自发了句话过去:起床了吗?

彼时,许柚正坐在客厅的沙发上看电视。

收到这条信息时,严重怀疑某位医生在内涵她……是猪!

许柚:吃完午饭了。

随后,她扫了眼时间,正好是下午一点半。

许柚问:你不会刚做完手术吧?

江尧:嗯,刚结束。

他正往休息间走,还不忘边走边抓紧剩下的时间,跟某人促进一下感情:两点门诊,还有半小时可以吃个饭,休息一下。

许柚吸着牛奶,瞧见这句话时不免皱了下眉:那赶快去吃,然后休息一下吧,别耽误时间了。我就不打扰你了。

江尧正在走路,打字的速度难免慢了些,刚想发"你还是可以打扰的",她又发了一句话过来:正好,我看电视剧呢,刚到精彩部分,不跟你说了,拜拜。

江尧顿住。

他觉得她说反了,不是她打扰了他,而是他妨碍到她看电视剧了。

其实,许柚只是为他好,不想让他光顾着聊天,休息时间一再压缩,害得下午特别累。

许柚伸了个懒腰,关了电视,回房整理工作上的文件了。

傍晚,天际像被泼了颜料,晕染上一层层橘黄的霞光。

许柚从家里出发,前往公寓。

路上,她心情颇好地对着天空拍了一张风景照,发到朋友圈,还配了一句矫情的话。

到公寓时,许柚恰好看见林冉评论了她:恋爱了的人就是不一样,都变文艺了。

什么?

恋爱了的人?

恋爱?

恋——

许柚再看一遍,确定没看错后,火急火燎地私聊林冉:给我删除评论!我什么时候说跟他谈恋爱了!我们还没在一起啊!

这要是被江尧看见,他会怎么想她啊?

肯定会认为,她就是这样向闺蜜好友解释他们之间的关系的!

简直是社会性死亡场面啊。

林冉反问:你们没在一起?

许柚:先删了,我再跟你解释。

林冉果然删除了。

但巧的是,许柚去检查她是否真的删了的时候,发现江尧在一分钟前点了个赞。

早不点,晚不点。

偏偏这个时候点,他们俩是合谋来气死她的吧!

许柚跟林冉解释完。

林冉秒懂:没想到啊!小柚子,你还挺……腹黑的嘛。我以为就你那软性子,人家一告白就接受了呢,是我小看你了。

许柚不想理她。

所有计划都被她打乱了。

周一傍晚。

江尧下班后,给许柚发了条微信:什么时候下班?

许柚正被领导剥削着下班时间,在会议室里开会,没有看手机。

江尧倒也不急,没有像平常那样下班没什么事做就起身离开,而是继续在办公室里多待了会儿。

一位女医生下了班,脱下白大褂,换上自己的私服,专门过来瞧了眼,发现江尧还没走,敲门,踩着高跟鞋走进去:"江医生,还没下班吗?"

江尧随意地瞥了她一眼:"下了。"

"那……"女医生走过去,手指摸了摸办公桌的边角,"怎么还没走?"

江尧敲键盘的手一顿,回答说:"等人。"

女医生立刻敏感起来。

省中医的医生男女比例,男性的大于女性,年龄也基本三十往上走。

慕瓷在女医生中算是比较年轻漂亮的那一类,她跟江尧一样,履历优秀,能力亦佳,便被招了进来。

其实,她跟江尧同岁,但因为经常做医美,且穿衣打扮会刻意往减龄的方向走,所以比起温润清冷的江尧,看上去会年轻几岁。

院里有不少医生,甚至连有些患者家属,都跟她示过好。

但她都没兴趣。

整个医院,只有江尧能入得了她的眼。

江尧见她一直不走,静了一瞬,淡声问:"什么事?"

慕瓷舔了舔下唇,手上拿着一支圆珠笔,按来按去,委婉地说:"前阵子,我爸爸不是在你们科住了院嘛,多亏了你帮忙,他才那么快好起来,也保住了右腿。所以……"

她话还没说完,江尧就敛了敛眉,低声道:"这只是分内的事,不管是谁,对我来说都是患者。"

"我知道。"慕瓷还不忘抬高他，夸他，"无论是谁，你都会很认真对待，我们院江医生的认真和负责都是出了名的，你也不听听你们科那些护士平时怎么夸你。"

这话说得，江尧抬头盯着她看了一会儿，扯唇没什么表情地搭腔："所以，你来到底是为了什么？"

慕瓷对自身条件很自信。

江尧这样的人可能不会"主动"被她吸引和喜欢，但她撩几下，他难道真的会无动于衷吗？

她爽快地说："我请你吃个饭呗，就当是答谢……"

江尧："答谢？"

这样的搭讪方式，在职场男女交往中是很普遍常见的套路。

前阵子他和许柚那顿晚餐，也是因答谢而起，明明都是对方提出要答谢他，请他吃饭，不知为何感觉却丝毫不同。

江尧婉拒："不必了。我今晚跟人有约。"

慕瓷不依不饶地问："那明天晚上呢？"

"没有。"

"后天晚上？"

"也没有。"

"大后天？"

"没有。"

"那总有一天是有空的吧？"

江尧的视线平静地落在她身上，侧脸在透白的灯光下显出几分冷淡，没吭声。

慕瓷感觉他就是在羞辱她。

任何一个正常男性，在女方问到这份上时，都不会如此没礼貌地拒绝，至少给个面子吧。

现在这样，害她难堪到极致，面子都丢尽了，仿佛自己的心思早已被

人看穿，无所适从又有些窘迫地站在他面前。她突然间不知道该说什么，被四周的窒息感压得喘不上气。

她顿了顿："好，我知道了。"

江尧的手机突然响了一下，两条消息从屏幕里跳出来。

慕瓷的视线往下瞟，速度没江尧快，在他拿起手机去看时，只来得及扫到屏保显示出来的一丁点信息内容。

大概是：*我下班啦！*

许柚给江尧发的是——*刚刚在开会，没看手机，现在才结束。我下班啦！*

江尧回了个"嗯"字，紧接着又补了一句话：*发个定位给我。*

他没去过她公司，虽然知道离得很近，但具体在哪儿并不清楚。

回完消息后，慕瓷还在跟前看着他。

尴尬到极致的沉默里，江尧见她还没走，反手将手机扣在桌面，似乎对此凝滞的气氛毫不在意，客气地说："慕医生，你父亲入了院，那就是我的病人。不管你是不是我的同事，单从这件事来看，我们都是病患家属与医生的关系。院里规定，医生是不能以感谢为由跟病患家属有物质往来的，你弄个锦旗过来，我倒是不介意。"

……锦旗？

她是什么想法，他真的不清楚吗？

慕瓷被气得不轻，转身走出去时，手指紧握成拳，强迫自己冷静了好几秒，无果。

这辈子都没碰过这么大的钉子。

江尧提起车钥匙就往外走了。

下到停车场，开车去许柚公司所在的写字楼，大约花了二十分钟。

许柚坐在办公桌前，安安静静地等着，提前干一些明天需要去干的活儿。

有人拿着杯子去茶水间，经过问她："许柚，你还没下班吗？"

许柚双手放在键盘上，正敲字入神呢，突然被这么问了一句，想也没想就答了出来："在等一个人过来。"

"谁啊？"那人是公司里比较八卦的，身子凑过来问，"有情况了？"

许柚才反应过来自己说了什么，诚实地点了下头："算……是吧。"

"哟。"那人撞了撞她肩膀，替她高兴，"可以啊，这才多久，就开始来接你了，看来对你还不错。"

不错吗？

许柚笑了笑，没说话。

那人又问："长得帅吗？"

"啊？"

"问你长得帅不帅？长相、身高这些？"

当代年轻人评价别人伴侣最直观的方式，无非就是外表和钱。外表是最容易判断，也是一眼就能看明白的。

许柚托着腮，忍不住思考了一下，江尧这样的气质和颜值算不算中上水平，应该是算的吧。

虽然在她眼里加了滤镜，但高中的时候，周围的同学对他的评价都还不错啊，都是以"校草"来称呼的，他没认而已。

现在过了这么多年，他不但没长残，反而有种成年人的深度和魅力，那是经过几年的沉淀，才显示出来的气质。

许柚回答得很谨慎："也就合我眼缘吧。"

这话说得没毛病。

他处处戳中她审美的点，她没有回答"很帅"，也没有刻意去贬低他。

毕竟如果她说江尧很帅的话，那不就是变相在夸自己嘛。

许柚的谦虚劲儿很足。

听到别人耳中，倒变了层意思。

那人"哦"了一声，霎时没了兴致，心里嘀咕"那应该就是长得一般

般"，随后便捧着茶杯走了。

许柚再坐了一会儿，等到江尧的电话，便收拾东西下楼。

路边停着一辆黑色的车子。

许柚一眼就看出那是江尧的，拉开车门，坐进去。

接近两天没见，许柚觉得江尧好像变了一点，但又看不出来哪儿变了。

他穿了一件平时上班常搭在白大褂里的白衬衫，袖口挽起，露出线条流畅的小臂，下摆扎进纯黑色的皮带，气质干净淡漠。

脸更是没得说。

想起刚刚跟同事的聊天……符合眼缘？

许柚叹了口气，可能就是因为这该死的外形，才让她念念不忘这么多年吧。

江尧不着急走，视线瞟过去看她："想吃什么？"

许柚轻轻一笑："都可以啊。"

江尧眸色转了转，似乎在思考哪儿的餐厅比较适合她口味，还没说话。

许柚："不是请你吃饭吗？当然是你来做决定啊。"

她不提，江尧都要忘了。

那晚他确实这样逗过她，不由得轻声失笑："我说真话还是假话，你听不出来啊？"

"我哪知道你哪句是真的，哪句是假的？"许柚撇撇嘴，"你不是说了吗？骗谁都不会骗我，所以我就当真了，我还专门带够了钱，准备被你宰一顿。"

江尧知道带她去哪儿了，他踩下油门，汇入车道，想到一个问题："许柚。"

许柚："嗯？"

江尧弯起唇角，问她："当初你说为了感谢我，专门在医院等我一晚上请我吃饭，真的只是为了感谢吗？"

"……嗯?"许柚愣住,茫然地看他,"不然呢?"

"没什么。"江尧敛了敛眉,"以为你会有些别的想法。"

"你想多了吧?"

许柚不知道为什么他突然提起这件事,奇奇怪怪的。

过了一会儿,她反应过来问:"医院经常有小姐姐这么请你吃饭吗?"

"没有啊。"

答得还挺快。

许柚咬着唇,侧眸观察他的表情,觉得不正常,闷闷地"哦"了一声,又问:"真的没有?"

"你说呢?"

"我不信。"

江尧笑了,在红灯前停下,闲适地看着她,低低的嗓音蛊惑着给了一个提议:"那不如你每天晚上跟我出来吃顿饭,不就知道我有没有跟别人吃饭了吗?"

许柚警惕地瞥他一眼,悠悠道:"你想得美。"

江尧带许柚去了一家日料店,点了两碗拉面和几份寿司,一碗大的,一碗小的。

许柚吃了几口,觉得还挺好吃的。

实在是太饿了,中午为了赶快忙完工作晚上赴约,她连午觉都没怎么睡,午饭也是匆匆解决的,这会儿越吃越快。

江尧不合时宜地伸手过来,用食指敲了敲桌面,"咚咚"两声。

许柚怔怔地抬头:"怎么了?"

他关心的语气:"你很饿吗?"

许柚擦了擦嘴,意识到自己确实有点过快了,克制了一下说:"还行吧。"

"那吃慢点。"

"为什么？"

"我们晚点回去，吃那么快，等下我还要拉你去吃别的东西拖时间。万一你不愿意吃呢？"

许柚瞅着他，再看了眼时间，现在才刚好七点钟。

晚上剩下的时间还长着呢。

她真诚发问："那你想我什么时候回去？"

江尧夹起一块寿司吃进嘴里，咽下才回复她："要这么准确吗？"

"就……大概。"

他没忍住敛着下颌低低地笑："想你回去的时候，再回去。"过后，又问，"不行吗？"

"当然不行。"许柚觉得自己要矜持，就算将来谈了恋爱，也不能没了自己的原则，起码要有一条底线在吧。

她认真地计算了一下时间："那就九点半回去吧，刚好十点可以到家。"

"这么早？"

"不早了。"

"那我要是还想多看看你呢？"

许柚差点噎住："下次吧。"

她有点不适应他目前的转变，可能是被他冷落习惯了，突然发现现在每次抬头，他基本都会看着她，那双深邃的眼睛仿佛只容得下她似的，就感觉……挺不自在的。

她不敢跟他对视，连并肩走在一起，也不敢凑得太近。

几年的暗恋，距离感仍然存在。

江尧也发现了这个问题，所以他才让自己主动一些，试图跟她拉近一点距离。

这条路还很长，慢慢来吧。

在日料店门口结账的时候，许柚坚持要自己付款，说好的请他就一定要请。

不能因为他喜欢上了她，当初的承诺就作废。

也就是点小钱，金额不大。

她想付，江尧就由着她了，甚至还抱怨说："你都没看刚刚那个柜台收银员看我的眼神？"

"怎么看你啊？"

许柚调皮地笑，退出手机付款码，走出店门。

江尧走在她身侧，身高比她高了一截，刚巧有人从门口进来，撞了一下。

许柚差点倒到身后的盆栽上。

江尧眼疾手快地勾着她的肩膀，将她捞到了身侧，才避免她一屁股坐到人家的盆栽上。

许柚紧张地揪住他的衬衫下摆，吓了一跳，也忍不住红了脸。

这是什么事？

坐下去就完了。

那绝对会成为她一生中最尴尬的场面之一。

有服务员看见，走过来问："小姐，没事吧？"

许柚摇了摇头。

江尧没说话，沉默之中周身的气息有些阴沉。许柚也能感受到他生气了，不想他因为自己而心情不好的。

方才边进门口边打闹的一对小情侣向他们道了歉，就屁颠屁颠地往里走了。

许柚拽走江尧，松一口气的同时，冲他说："我又没事，你那么生气干什么？"

这应该是她第一次看见江尧生气吧？

印象中，他脾气特别好。

果然，人一旦接触密切，就会了解对方多一点。

许柚勾唇,转移了话题,淡淡地道:"你说,刚刚那个收银员会怎么想你啊?"

他抬眼,毫不避讳地说:"你的小白脸?"

"哦。"许柚继续补刀,"那这两百多块花得值啦。"

可能是跟他相处久了,许柚渐渐变得活泼起来,一些平时不敢跟他开玩笑说的话,也敢说出口,甚至不怕他生气。

"行。"江尧显然在逻辑上比她清晰许多,"要真是小白脸的话,起码得是某种关系吧?"

"什么关系?"

江尧看她一脸纯真,圆圆的眼睛仿若不沾泥垢,轻轻地咳了一声,语气低哑:"反正比现在更进一步。"

"所以你想要?"许柚不肯服输,犟着一口气说,"也不是不可以,我回去后考虑一下,再答复你。"

"算了。"江尧败给她,"我还是希望我们的关系光明正大一点。"

许柚薄唇勾出浅浅的弧度:"那就不考虑了,这个还需再努力一下。"

"真严格啊!"某人感叹。

"是啊。"

走了几步,他侧眸睨她,许是觉得可爱,学她说话:"是啊。"

神经病。

接下来,江尧带许柚去街边逛了一圈,便送她回去了。

到她公寓楼下,临走时,江尧又问了句:"下次什么时候见面?"

下次?

许柚眨了眨眼睛,反问:"这么快就谈下次了吗?"

江尧有些理所当然:"这次结束了,不就可以说下次了吗?我怕你微信又突然不理我。"

"哪有不理你?"许柚带着点小脾气地固执道,"都说了那条不理你

295

的信息,我没有收到。"

要是收到了,那阵子她还会那么郁闷吗?

江尧闻言,笑了下:"我又没说上次。"

许柚略显冷漠:"明天再给你答复吧。"

"行。"

许柚回去快速地洗了澡,顺便洗了头发,边吹头发边思考,明天到底要不要继续跟他出去呢。

要是每天都出去的话,会不会太频繁,显得她太心急了?

那就隔天?

但隔几天呢?

许柚想了很久,随后手机收到一条信息提醒,是工作群里有人艾特了她。

她点进去扫一眼。

原来是他们的项目经理艾特了群上所有人,临时通知他们明天下午集体出差,出差时间是三天。

群里的人都在抱怨,问为什么这么突然。

有的人计划了一些事情,都准备要去做了,突然离开三天,确实是挺慌乱的。

这却解决了许柚刚刚正纠结的一个问题。

她在群上发了个"收到",接着转去江尧的对话框,告诉他:明天不能见面啦。

江尧回复得很快:后天呢?

许柚惊讶于他怎么这么快就回到了家,从这边回他家就算是飙车也要二十分钟以上吧?

这秒回速度明显是已经不在开车了啊。

许柚:不能。

许柚：大后天也不能，因为我要出差。

江尧：去哪儿？

许柚报了个省外的地名，还补充一句：临时通知的，刚刚不知道。

江尧：行，注意安全。

许柚：嗯。

晚上十一点，许柚准时关灯，睡觉，入睡的前一秒，她莫名觉得今天一天都很满足。

可能是跟他待了一晚上的原因吧。

许柚出差的时候，并没有跟江尧断了联系。

两人偶尔还是会在微信上聊天，无聊地说一些没什么营养的对话，大多数时候，都是他在关心她，问她现在在干吗、吃饭没。

许柚也挺享受这种关心的，毕竟以前从来没有过，这是她第一次感受到，还是来自于他的。

上次八卦她的同事这回也来出差了，瞧见她休息时间总是捧着手机在打字，好奇地凑过来问："是不是在一起了？"

许柚咬了下唇，顿了一会儿，声音低低道："还没。"

她惊讶道："还没啊？他追你多久了？"

许柚数了数时间："大概就……四天？"

同事一脸迷茫地问："你确定？四天？"

许柚点头，没错啊。

今天是她第二天出差，确实是江尧追她的第四天，不过如果较真一点去算的话："也可以说是三天半。"

同事蒙了："你不要跟我说，那天他来公司楼下接你，是追你的第二天。"

许柚："对。"

同事竖了个大拇指："牛啊，那天我下班回去的时候，刚好看见他来接你。"

许柚微讶:"啊,你看见了?"

同事说:"我只看见了他的车,没看见人。你知道他那辆车多贵吗?迈巴赫啊!"

许柚:"哦。"

她觉得这没什么好惊讶的,如果她说凭江尧的家境,这已经是他为了低调,退而求其次买的一辆迈巴赫,会不会更吓人?

同事:"你'哦'是什么意思?话说追你那人是做什么的?"

江尧的家庭情况,梁子豪早就给她科普过了,江爸爸是集团董事,而江尧好说歹说也是个资产很足的富二代。

许柚望天,张了张唇:"因为我已经惊讶过了,他是个医生,不是什么特别的职业。"

要说特别也行。

那就是为病人服务吧。

同事眼神黯淡下来:"医生啊?"她立马想到那种起码四十岁中年秃顶还穿着白大褂满脸和善的外科医生形象,想着能这么有钱,应该也是混到了很顶层的那种医生吧,所以年纪……

许柚越看她的表情越觉得不对劲儿,但又不知道她在想什么:"对啊,医生,骨科的。"

同事微微一笑:"挺好,挺好!"又加了一句,"什么人不重要,重要的是你喜欢,要是他人不错,对你也好,就很不错的啊。"

要忙的事情太多,出差三天,一眨眼就晃了过去。

当天晚上,许柚接近凌晨才回到公寓,累得都不知道自己是怎么洗的澡,怎么上床睡觉的。

第二天,七点起床,又要去公司上班。

身心俱疲。

这周六不休息，周末只有一天假期。

虽然她跟江尧已经几天没见过面，但她还是不怎么想动，在公寓一个人孤零零地歇了一天，整个人才算是缓过来。

这天晚上，许柚跟江尧聊天，聊到最近的"魔鬼"工作，还说她今天下午午觉起床有点偏头疼。

江尧：你这体质不太行啊，是不是平时不怎么运动？

许柚理直气壮地回复：哪有时间运动？

江尧：运动需要很多时间？

许柚眸子一转，平时反驳黎平君习惯了，这还是第一次有人在运动这件事情上跟她这么较真，确实不需要很多时间，哪怕每天跑步二十分钟，运动量也足够了。

许柚无话可说：我懒。

江尧不提了，她还以为他直接放弃，也不会再劝她什么。

结果，隔了一周，许柚跟他出去了一趟。

他开车带她弯弯绕绕地来到了禹城一处风景名胜区的山脚。

今日任务：爬山。

许柚蒙圈地问："所以，你让我今天穿得舒适一点，就是为了这个？"

江尧点头，瞧见她瞬间有些无奈和委屈的小脸，淡淡地又很温柔地说："到时候要是太累，我们就歇会儿，或者坐缆车下来，但是别试都不试一下就放弃。"

许柚也没有很讨厌爬山，从他提出让她穿舒适的衣服出来的时候，她就猜到他今天铁定会带她去运动，但没想到是这种运动。

有点惊讶，也吓到她了。

这山是禹城唯一一座能爬上去，海拔很高，风景也很好的山峰。

许柚回想了一下，上一次爬应该是高二的时候，跟林冉爸爸和林冉一起爬上去的，而且还在上面许了愿。

当时的愿望，她到现在都记得一清二楚。

一是祝愿外婆和妈妈身体健康,二是祝他一生平安,前程似锦。

前一个愿望没有实现,外婆在她高考那年就不在了。

但后一个似乎实现得不错,当时的许柚还蔫坏地想祝愿他三十岁以前不谈恋爱,现在想想……幸好没许这个愿望,要是许了……

她掰手指数了数,又问他:"你现在是二十七岁吧?"

江尧不明白她突然问年龄是为什么:"对,怎么了?过几个月就生日,二十八了,你要给我过生日啊?"

年少时的冲动,险些给十年后的她埋了个坑。

许柚觉得真是万幸。

"想什么?"江尧见她一直不说话,挥了挥手,"是不是要给我过生日啊?"

"过生日?"许柚点头,"当然啊,我和林冉还有梁子豪都会给你过的,四个人谁的生日都不会缺的啊。"

"我说的是你。"江尧划出重点,"一个人。"

江尧生日在十月份,是国庆节的后一天。

距离现在还有三四个月。

许柚郁闷地说:"不是还有几个月才到你生日吗?你急什么?"

江尧被怼了一下,也不生气:"好歹是生日,一年只有一次,不能提前幻想一下?到那个时候……咱们俩的关系应该就跟现在不一样了吧?你还不单独给我过啊?"

关系不一样?

许柚眯了眯眼,努了努嘴说:"不一定啊。"

许柚很幼稚地想,单独过生日这回事,怎么也是女士优先吧?她生日的时候,他又没单独给她过……

所以,不能在江尧生日之前答应他。

前提是,她能撑得住?

下了车，江尧去售票处买了景区的门票，紧接着带许柚上山。

爬山其实是一件特别无聊的事情。

要是两人的共同话题不多，一路上去的过程中就会很尴尬，也不知道该说些什么。

但奇怪的是，他们两个像是有无穷无尽的话题，说个没完。无论许柚聊什么无聊的事情，江尧都会应上一两句，绝不会让她感到冷场。

以前他的性子可不是这样的。

许柚记得他高中的时候，是一个能不说话就不说话，或者简明扼要表达自己想法的人。

想到这事……

许柚忽然就想问问他耳朵的事情："江尧，林冉说你出国其实是因为耳朵出问题了，你还跟我说过你在英国生过一场大病，是这个病吗？"

"你想知道？"江尧嘴角翘了起来，淡淡地问，"可以跟你说说。"

许柚在江尧脸上几乎看不到苦涩，便大胆地问："嗯，正好现在有时间……"

已经走到半山腰了，许柚渐渐有些喘，他却仿佛没什么事儿，说话也特别流畅。

大概就是从小耳朵就有点问题，他爸妈一直劝他去国外读书，后来高中因为打球受伤，而诱发突发性神经性耳聋，他们终于逮到了机会，将他送出去。

这其中逻辑有些许不通。

为什么江尧的爸妈这么执着地想让他离开这里，感觉不仅仅是因为生病那么简单，国内的医生也很厉害啊！

或许是他将一段故事描述得太平淡了，让许柚有种总觉得不是那么一回事的落差感。

她轻轻地"嗯"了声，看着他问："那你现在好了吗？"

"不算完全好。"

"哦。"许柚又问,"至少不会影响正常生活了吧?"

"你觉得有影响吗?"

"还行。"

快到中午,两人还没爬到最顶上。

大部分原因都在许柚,她体力太差了,磨磨叽叽的,不仅走得慢,还喜欢休息。

正好附近有一处游客休息观光区,里面有不少小摊贩在高价卖矿泉水、方便面和火腿肠。

许柚记得十年前还不是这样的,现在已经被开发出来了。

江尧带她进去歇了会儿。

许柚不想多走动,乖乖地一边捶腿一边坐在椅子上等他。

他去买了两瓶矿泉水和一碗沾了酱的牛肉丸过来,里面戳着两个竹签,放在桌面上让她吃。

许柚吃了一个,好吃地舔了舔唇:"这是不是南方那边的潮汕牛肉丸啊?这个酱感觉挺像那边的酱的呀。"

江尧随意看了眼:"应该是吧。"

许柚莫名其妙地掩唇笑他:"我问你也是白搭,你都不在国内多少年了。这方面的常识,我应该比你懂一点。"

他顿了顿,感叹:"你好像很骄傲?"

许柚努了努嘴:"那是!以前你在的时候,我什么不是被你压着?"

"压着?"江尧重复了一遍,"压你什么?"

许柚本来没觉得这个词有什么不对劲儿的,现在被他挑出来一说,倒多了另一层意思。

"什么压什么啊?我说的是成绩,你高二的时候不老是年级第一吗?"

江尧笑了一声,很正经地问:"你想哪儿去了?我问的是压你哪科?"

许柚有些慌乱:"你不是什么都压着我吗?"

"那可不敢。"没想到他记得比她还清楚,"英语比不过。"

"嗐!"许柚也不敢跟在英国待了几年的人前面炫耀英语,"我那都是应试技巧,我口语应用没你厉害,而且现在的外语水平都不如小学生了。"

江尧缄默了会儿:"但回国后,听见你高考考了理科第二,去了北外,我挺意外的。"

"为什么?"许柚心虚又充满期待地问,"江尧,其实我一直有个问题,想问问你……"

"嗯?"

"你有去过北外吗?"

隔了这么多年问出来,许柚特别紧张。

若他真的因为江吆去过北外,也就是说他们曾经很可能在某个瞬间擦肩而过。

江尧点了点头,眼神笔直地看向她。

许柚没忍住勾唇:"什么时候?"

"那会儿,你应该大三吧。你的学姐拍毕业照的时候……"

"你姐姐是什么系的啊?"许柚想也没想就问了出来,完全忘记这句话可能会暴露她当时填志愿的一些想法。

果然被江尧逮了个正着:"你怎么知道我姐在北外?"

许柚咬了咬舌头,懊恼地解释:"我本来不知道的……我想想啊……不对,这不是你姐自己说的吗?高考前,一中请了江吆来我们学校给我们分享经验,她就直说了你是她弟弟,所以我就知道啦。"

江尧靠在椅背上,从容地问:"所以,这就是你报北外的理由?"

许柚咬了一口牛肉丸,生气地说:"你还没告诉我,你姐是什么系的。"

"德语。"

许柚努力回忆了一番。

大三那年德语系拍毕业照的时候,她在干什么?想了很久都想不起来,时间实在是太久远了,她依稀记得那会儿她有一个舍友很花痴,嘴里一直

303

念叨着一个外校的超级大帅哥,还说在学校待了三年,都没发现一个男生能比他帅。

许柚自然不会想到是江尧,舍友形容出来的样子没有具体的特征能让人联想到他,而且,她那时候脑子里想的全都是江尧,对于其他帅哥一般是自动忽略的。

江尧问:"你那时候在干什么?"

许柚视线乱瞟,生怕被他看穿了心思:"没干什么啊,就干大学生该干的事。"

江尧"哦"了一声:"大学生该干的事?"

许柚觉得他误会什么了。

她抿唇,咬着竹签,瞧见他温淡的眼神微微有些不悦。

前阵子,李柘对许柚的追求还算热情时,经常会在科室里跟老周谈论许柚,虽然并没有说一些对她不好的话,但嘴巴没个把风,许柚对他说过的事情,他十有八九都说了出来。江尧刚巧也听到了些许,是关于她上一段恋情的。

李柘说,许柚是因为毕业出现分歧,才跟前任分手,两人还谈了两年。

江尧不知道她到底是研究生的时候谈的,还是大学。若是大学的话,他去北外庆祝江吱毕业时,她应该在学校的另一头跟别人热恋吧。

不知为何,想到这儿……他竟有些不是滋味。

江尧不是一个保守和过分计较的人,在那晚他提出要追求许柚的时候,就已经知道她有过一段两年的感情经历了。

这其实很正常,他们中间分别了近十年,她会喜欢上别人,一点都不奇怪。

总不能因为以前喜欢过他,哪怕他出了国,可能一辈子都不会回来,他们也不会再见面,她还因他而伤怀,去拒绝一段或许对她来说还不错的感情吧。

但值得庆幸的是,在他们重逢的现在,彼此都是单身,没有任何的约

束,能顺其自然地重新相识,渐渐了解再喜欢上。

在休息区聊了会儿天,也吃饱喝足。

许柚满意地站起来,勾勾唇,道:"我们上山吧。没记错的话,上面有一个可以许愿的地方,好几年都没去过了,还挺想看看有没有发生什么变化。"

江尧眉眼不动地问:"你什么时候上去过?"

许柚刚想收拾桌面上的垃圾,拿去垃圾桶旁扔掉,他先她一步,只好游手好闲地站在身侧:"高二。"

"这中间几年一次都没爬过?"

"没有啊。"许柚是有理由的,"高中毕业后,我一直在北京上学,大学四年研究生三年,在北京待了七年。刚开始大一大二寒暑假都会回来,后来大三寒假的时候就准备复习考研了,一整年都没时间,考上研后原本以为会轻松一点,然而更是忙忙忙……"

这个江尧倒是能理解,那段时间他也是在国外昼夜不分地读书,医学生无论在国内还是国外都永远有背不完的书和做不完的试卷。

他望了眼往上走的路,判断了一下时间:"大概十五分钟,就能到山顶了。"

许柚侧眸看他:"你怎么知道?你来过?"

她以前爬过的都忘了,包括前面有一处分岔路口,要不是有指示牌指引,都不知道哪一条才是到达山顶的。

江尧点点头:"上个月来过。"

看来没少爬山啊!

许柚很为自己以后的生活担忧:"你不会很喜欢运动吧?"

"你觉得呢?"

完了。

许柚忍了忍,才忍住没做出很为难的神情,竖了个大拇指:"很好,难怪你看上去那么健康,手术时间那么久,都能撑下去,身体素质也太好了吧。"

江尧一眼看穿她在想什么，勾唇笑了下，没点明。

到了山顶。

许柚呼吸了一口新鲜空气，四处望了眼，再掏出手机不停地拍照，选了个好位置，从上往下拍这个城市。

今天天气还挺好，午后的骄阳为浅蓝的天幕增添了一抹色彩，晴空万里，偶尔有暖风自东边轻轻地吹来。

她站在最佳的观赏地点往下看，将脚下的禹城尽收眼底。

在她身侧，江尧灼灼地盯着她，低低的嗓音如林间的清泉自头顶响起："是不是上来后，感觉前面走的路再累也值了？"

许柚微微一笑，一半赞同一半不赞同："确实，但是下次你再让我来这里，我还是会很抗拒。上面的风景再好看，累也是真累啊，走得腿都要麻了断了……"

江尧盯着她黑白分明的眸，不甚在意道"腿断了，我可以给你接回去。"

他眉眼温和，句句认真，过后又补充了一句："但我知道你能承受的极限。"

差点忘了，这位是骨科医生。

这么严肃干吗，以后还能不能开这种玩笑了！

许柚没劲儿地撇了撇嘴："我们找找那个许愿的地方吧。"

江尧指了一下："应该是在那边。"

许柚走过去，绕过一棵百年大树，果然瞅见一个卖许愿牌的小铺子，跟几年前的店面相比变了很多，但牌子竟然是一样的。

她掏钱买了两个，一个给江尧，一个留给自己。

江尧原本不想写的，拗不过许柚。

她说："就随便写一下，等过几年，你再来这里的时候，会不由自主地想起来这时候许的愿望，很有意义的。"

他微微垂着头，拿着笔正准备写，闻言笑了下："你许过啊？许的什么愿望？"

许柚警惕地看他："不、告、诉、你。"

江尧并没有停止猜测，仔细思考了一下，漫不经心地说："你说你上一次是高二来的，应该跟高考有关？高考成绩之类的？"

"那还……"许柚顿了几秒，得意地说，"真不是。"

"难不成是跟我有关系？"江尧也就是随口一说。

许柚整个人僵住，心思被看穿，霎时有几分难堪，眼睛胡乱地眨了两下，赶紧否认："……你太自恋了。"

"到底是我自恋，还是你在撒谎，看来我要在这棵树上找一找答案了。"

许柚无语："你开玩笑的吧？这都过了十年了，你能找到才怪！"

许柚这回也许了两个愿望。

跟上次相比大同小异，时间过得太快，这几年她经历了很多，也改变了很多。巧的是，上一次来这里是江尧准备出国的时候，这一次是他拽她上来的。

写完，她攥在手里，藏着掖着，不让他看。

但是她又很好奇江尧写了什么东西，看着也没写几个字啊，不会是随便乱涂乱画的吧？

江尧很随性，问了下她的意见："可以看吗？互相交换一下？"

许柚猛摇头："我的不行。"

"是现在不行，还是以后也不行？那什么时候可以？"

怎么？

他还打算过阵子自己偷偷摸摸爬上来看吗？

许柚嫣然地笑着，想了想，说："怎么着也得半年后吧。"

"哦。"江尧瞬间明白过来，缓缓地低笑，"那我知道了，看来我半年之内就可以转正了啊？比我想象中要早那么一些，本来还打算打一场持久战的——"

哪儿来的歪理?

不过,好像……也确实是这么回事,可是说得她好没面子啊!

什么叫比他想象中要早那么一些?

许柚眸底掠过一秒钟的无奈,自己找了个隐秘的位置,挂好。

接着,就准备下山了。

江尧问许柚需不需要坐缆车,别逞强,把自己给累坏。

许柚坚决拒绝,但走下去后,天黑了,人也没了半条命。

江尧还能精神充沛地开车送她回去。

许柚靠在椅背上,昏昏欲睡地看着他:"你怎么一点都不累啊?"

在她面前,她几乎感受不到他一丝的疲惫。

江尧边倒车离开,边斜睨她一眼:"我累的话,你怎么办?"

她撩起唇角,没忍住漾开笑意。

人累到极致,就容易犯困,而且爬了一天的山,没怎么休息,也没睡午觉,她坐在副驾位上,望着外面一闪而过的盏盏路灯。

没几秒,她就眼皮沉得合上了眼。

车内沉寂了几分钟。

许柚白净的脸蛋靠在窗边,整个脑袋都歪了下去,呼吸均匀。

除了睡姿看起来难受了些,人还是蛮乖的,恬静又毫无防备的睡颜落进江尧眼中,让他心里溢出一丝安详和满足。

过去这么多年,除了江吃,还真没有一个女人能如此放松又大胆地在他的车上睡觉,她是第一个。

许柚是被外面突然传来的喇叭声吵醒的,她睁开眼睛,视线下意识地飘向窗外,看一眼外面的状况和天色。

江尧略皱了下眉头,正好被她捕捉到。

不知道他是因为城区有人乱鸣喇叭而不高兴,还是因为喇叭声吵醒了她才这样。

她刚醒来脑子还有点蒙,没细想。

待精神回来了些,她揉了揉眼睛问:"我们现在去哪儿?"

"看你。"江尧给了她两个选择,"如果你觉得很累,还想睡,那就送你回公寓。如果你觉得还可以撑一下,吃个饭再回去,那我们就去吃饭。"

过了好一会儿,许柚才道:"吃饭吧,我们中午都没吃什么东西。"

江尧专心开车,从景区开回城区将近两个小时的车程,他像个永动机器人,二十四小时工作都不会累一样,永远保持专注。

许柚托腮,静静地看着他温和的侧脸,心脏仿佛被一只手焐住,将她焐暖了很多,整个人就此沦陷。

直到到了目的地,江尧踩下刹车,知道她在盯着他,他侧首,一双黑眸直直地迎上她。

她猝不及防被吓了一跳,赶紧挪开目光,心却"怦怦"乱跳。

一个人到底喜不喜欢另一个人,动作和行为骗不了人,眼睛更是。

心灵相通的伴侣有时候一个眼神就能明白对方在想什么。

江尧眉梢微微地挑起,提醒她:"下车。"

许柚抿了抿唇:"哦。"

这回又是江尧选的餐厅,似乎问过她几次吃什么,她都说随便后,他也就不问了,干脆自己决定,方便又不浪费时间。

关键还是许柚不挑食,带她去哪儿她都能吃得下去。

小时候家里穷,黎平君煮什么许柚都是要吃的,不管是难吃的苦瓜还是难喝的核桃汤,都要丝毫不浪费地解决掉。

也幸好她的体质不易胖。

匆匆吃完晚餐,他就送她回去休息。

下车前,他跟她说了一件事儿:"许柚,你之前不是跟我说你这附近治安管理很好吗?"

许柚不明白他想说什么，解开安全带，蒙蒙地点头："嗯？"

"所以……"江尧眸色微深，"我在前面那片买了一套公寓……以后我们住得近，我可以接你上下班。"

嗯？

什么？

许柚瞪大眼睛，缓了很久才反应过来："真的假的？"

有钱人果然是有钱人，房子说买就买了？

江尧平静道："其实早就有计划打算搬出来了，不过一直不确定搬哪里，算是歪打正着。"

"……那你这'打'得还真是够近啊。"

连房子都买在她的住处附近，许柚抿唇而笑。

有人接她上下班，那当然好啊。

但她有点怀疑，是因为她说过她晚上下班很累的时候都会坐出租车回来，江尧怕她不安全才有的这样的想法，还是因为两人工作都很忙，就算到了周末也经常加班，没什么时间见面。

有了这个机会，见面次数肯定会翻倍。

许柚没理由不答应，可又怕太麻烦他了。

他也有自己的事情要干不是？他也会累的啊。

她正要推辞，江尧不给她拒绝的机会："就这么决定了。周一早上，我这里等你。"

工作进入忙碌期，许柚一天比一天忙，假期被压榨得几乎没有，还隔三岔五地出差。但只要在禹城，许柚每天都能看见江尧，偶尔可以一起吃顿饭，再不济在车上的那几分钟也能聊几句话。

许柚委婉地跟江尧提过要是觉得麻烦，就不要接她下班了。

说实话就算是男女朋友，男朋友也不一定能坚持做到每天都接女朋友上下班，更何况他们还没那层关系呢。

如此一来，显得她像个占便宜的渣女。

好好的三甲医院骨科主治医生，变成了她的专职司机，他却乐在其中。

许柚有时候在想，这样大费周章只为见她一面，真的值得吗？

这人不仅学习工作认真，连追起女人来都毫不马虎……还是说，他喜欢她，已经到这种地步了？

不过，因为他职业的特殊性，许柚也没少被放鸽子。

明明约好一起出门，她精心化好了妆，换上平时工作时不会穿的漂亮衣服，却在出发前几秒被告知院里来了紧急病人，他不能去了。

有时候，更过分。

他连一条短信或者微信通知都没有发给她，她就这么被他晾半天。

江尧平时教养很好，每回约好什么时间在什么地点见面，他一般都不会迟到。

如果许柚到达约定地点后，发现他不在，通常会在那里安安静静地等上半个小时，若半个小时后他还没来，就证明他不会来了。

偶尔等人等得不耐烦，许柚会在微信上假装很生气地骂他：你是鸽子精转世吗？还是晾衣架啊？天天晾我……

但那个时候他一般都是在手术室里专注着病人的事情，不会看到她的信息。

而过了半分钟，她也撤回了消息，就当撒过了气。

病人比她重要，那是肯定的……谁叫她懂事呢？

时间久了，许柚说话越来越肆意，时而还调侃他："江尧，你应该找不到第二个能这么耐心等你的女人了。"

听见她说这句话，江尧唇角噙起笑："我觉得也是，所以非耗到你做我女朋友为止。要是别人的话，可能跟我相处几个月就跑了。"

许柚瞪大眼："所以你是看我不会跑，才来追我、才喜欢我的？我也是会跑的，好吗！"

江尧盯着她，徐徐地笑。

"不是……"她感觉被他绕了进去,"我还不是你的谁谁谁,我跑什么?你别老说话把我绕进去。"

"那你就不能学聪明点?"

江尧担忧地盯着她的脑袋。

许柚蹙眉,有一种强烈的预感他接下来会说出一些不好的话。

果然,下一秒他面沉如水地说:"我怕你还没成为我的谁谁谁,就被人带跑了。"

哼,那可说不准。

林冉怀孕已经二十四周。

预约好这周六进行产检,本来是梁子豪陪她去的,不巧他公司出了点状况需要他临时出差一趟,便问许柚有没有空陪她去一趟。

反正没事干,许柚便答应下来。

林冉孕期的各种检查都是在省中医做的,现在怀孕六个月,算是孕中期,孕中期产检时能看到宝宝的外观发育情况。

许柚觉得很新奇,也很感兴趣。

周五晚上,江尧发微信来找她:明天我有两台手术,上午下午各一台,陪不了你了。

许柚正刷着牙准备睡觉,回复他:没事,我也有事情要做。

江尧:加班?

许柚:不是,说起来我们明天要去的是同一个地方。

江尧:你来医院干吗?

江尧:有什么不舒服吗?不舒服的话不要等到明天,需要我过来看看吗?或者带你去医院?

许柚刷完牙,吐掉嘴里的牙膏泡沫,洗了把脸。

才几分钟没回复他,他立马打了个电话过来。

听见电话铃声响起的一刹那,她吓了一跳,接通电话:"干什么?怎

么突然打电话过来了?"

"问你哪儿不舒服?"江尧的语气略显沉闷,还有稍许急切,"要不要我带你去医院?"

"不用了,我又没事。不是我要去医院干什么,是我陪别人去医院啊。"许柚无语地从洗手间走出来,往床上一躺,"梁子豪不在,我明天陪林冉去产检。"

"产检?"

"对啊。"许柚想起他刚刚的语气,"不然你以为什么?"

"什么时候?"

"上午,会尽量早点去,要空腹检查呢。"

他想也不想就说:"我送你去。"

"你送我去?"许柚讶然,"很麻烦的,我要先去林冉家一趟,然后再带她去医院,一来一回折腾要一个多小时。你不是要手术吗?你把精力耗在我这儿干吗?"

"手术在十点。"

许柚又问了一遍:"你真的要送我们过去啊?"

"我什么时候只是说说而已?"

许柚心里微微一动,沉默,也算是答应了。

梁子豪不在,她对产检又不是很懂,带一个怀孕六个月的孕妇出门,还怪紧张的。

要是出了什么意外,她估计会内疚死。

有身为医生的江尧在的话,也不错,至少出现什么紧急情况,他可以处理。

挂了电话后,许柚又发了一句话过去。

正巧被刚从医生休息室出来,准备回家的江尧收到:那就麻烦江医生了,你可得照顾着点我俩。

他低头,不客气地回:她就不必了。

313

江尧：你不惹事，就什么事都没有。

许柚无语。

好好的一个人，怎么就长了张嘴呢？

陪林冉去产检，许柚可不敢马虎。

临睡前，她专门上网查了一下产检的基本流程和注意事项，在备忘录上做了点记录，才安心睡觉。

第二天早上，她八点出门上江尧的车去接林冉，然后再去医院。

到达医院时，才九点过十分，对于十点钟要做手术的某人来说，时间简直是绰绰有余。

没有影响到他的工作，许柚就放心了。

许柚先下车，然后扶林冉慢慢地出来。

隔得很远听到有两个女人一边聊天一边往这边走，其中一个踩着高跟鞋，走起路来"哒哒"作响。

许柚起初没怎么在意，以为只是路人，直到踩高跟鞋的那位走过来自然而然地喊了声"江医生"，她才抬眸往那边瞥了一眼。

原来认识啊！

禹城初秋还不算特别冷，迎面吹来的风都是凉爽的。女人一头栗色的小波浪鬈发，用发绳绑在脑后，穿着简约精致的职业小西装，整个人清爽又自带张扬的气场。

而许柚，就显得素净许多。

毕竟是陪林冉来医院检查，她没刻意打扮，黑色自然直的长发随意地披在肩上，清秀的五官不会让人一眼惊艳，却也挑不出一丝毛病。不施粉黛的颜和让人羡艳的皮肤，让她有种小家碧玉的柔和感，就连穿的衣服，也是怎么方便怎么来。

慕瓷关心地问江尧："你怎么来医院了？今天有排班，有手术吗？"

随后，她瞥见从车后座慢慢下来的林冉和许柚，怔了几秒钟，要不是

她清楚地知道江医生未婚都差点要误会了。她不禁问道:"这是你姐姐或妹妹?"

听见这句话,刚刚没注意到她的林冉也忍不住扫过去一眼,没什么敌意地说:"朋友。"

江尧解释:"送朋友来产检。"

"啊,哦……朋友……原来你今天是专门送朋友来产检的啊。"慕瓷尴尬地笑了笑,手指梳理了一下自己的长发,眼睛下意识地瞅了许柚一眼。

可能是许柚气质有点特别,这样随和的打扮有点像邻家妹妹,样子也长得不差。

慕瓷看过去的眼神中,多少带了点女人间的敌意,但江尧刚刚只说了怀孕的那个是他朋友,没说许柚是谁。

慕瓷想了想,直觉地认为江尧也不太认识,说不定许柚只是他朋友的朋友,陪人来做产检罢了。

慕瓷的心安定了许多,她还关切地问:"产检有预约吗?这是几周了呀?跟妇科哪位医生啊?"

这次产检需要带的东西有点多,也很烦琐。因为待会儿要空腹检查,还要帮林冉拿完检查后吃的早餐,江尧忙前忙后,从车里拿出东西,没有听见慕瓷说的话。

许柚倒是听见了,但她蔫坏地没提醒。

她也暗恋过一个人,也知道喜欢一个人是什么样子,所以她感觉这个女人在追江尧。

拿好东西,江尧瞥了许柚、林冉一眼,说:"跟我过来,我带你们去坐电梯。"

许柚没怎么来过这里的停车场,所以并不知道电梯在哪儿,只能跟着他走。

江尧手长脚长的，又是带路，三两步就走在了许柚、林冉前面。

慕瓷也拉着自己的同伴跟上去，竟然一点儿都不为刚刚的事情感到难堪。

许柚特别羡慕脸皮厚的人，因为他们可以肆无忌惮地追求自己喜欢的东西，她却不敢。

林冉走在许柚身侧，这才发现不对劲儿："这两人是谁啊，怎么还跟着我们？啧啧啧……那女的眼睛都要黏到江尧身上了。"

许柚摸了摸鼻子："可能是医生或者护士吧。你别看她了，小心脚下，这种停车场经常会有一条杠在地上，摔了我可拽不住你。"

林冉："知道。"

进到电梯间，江尧先一步去按电梯。在这短短的等待时间里，慕瓷拉着她的同伴挤到了江尧身侧站着。

林冉有孕在身，许柚没有过去跟她们乱挤。

江尧扫了眼电梯不断下降的数字，转身的一瞬间才发现状况，他三两步走到许柚、林冉面前问："知道妇产科在几楼吗？"

林冉点点头："知道，在二楼。"

江尧毫不客气地看着许柚说："我问她。"

林冉没忍住翻了个白眼。

已经得到了正确答案，许柚得意地歪了歪脑袋："谁说我不知道？二楼啊，不就在二楼吗？等下我陪着她就行了，你就去做你的手术吧。"最后，才咬了下某个称呼的字音，仿若在内涵什么，"江、大、医、生。"

江尧不明白她这突然的语气怎么回事，总觉得她毛毛糙糙的，医院人多，林冉这肚子又经不起瞎折腾，他睨了眼时间："还来得及，我带你们过去一趟。"

许柚不乐意道："你是信不过我吗？连梁子豪都觉得我没问题，放心地将他老婆交给我这个中国好闺蜜，到了你这儿，我怎么就好像变得不聪明了？"

电梯间狭窄，她说这一句话的时候，再小声也还是会让旁边的人听见。

许柚侧眸，发现那个穿高跟鞋的女人拧着眉头斜了她一眼。

江尧勾唇浅笑，想起昨晚的对话："你不是让我照顾着点你吗？现在又不认了？"

轻轻的一句话，如卵石击过平静的水面，掀起一阵波澜。

对于一个性格内敛外表高冷的人来说，所谓的深情，不就是他的眼里只有你，将你的每一句话都记得一清二楚吗？

只有在你的面前，他才会表露出来另一面，才会放下一身孤傲，把你当个小孩，认为你不省心，即便知道你一个人也可以，还是想帮你打理好一切。

林冉没眼看了。

跟在慕瓷身侧的护士哑然，一时不知道该做出什么样的反应，想劝身边的女人放弃别追了吧，人家理都不理你，谈什么喜欢啊，可她又不忍心。

许柚微微一怔。

你？

她说的分明是"我俩"，是两个人，是她和林冉！

林冉一脸看戏的表情看着他们俩，觉得这你来我往的打情骂俏特别有意思。

许柚对上江尧的视线，发现他唇畔挑起的弧度加深，迅速驳回去："我哪有说是我啊？别乱——"

"江医生，电梯到了。"

话说到一半，还没说完，就被旁人打断。

许柚不悦地努了努嘴，第一次发现原来她也是有脾气的。

慕瓷走进去帮他们按着电梯开门的按钮。

江尧站在电梯外面，也按着向上的按钮，让一行女士先进去，随后才迈步走进电梯。

从负一层到二层的短暂时间里，慕瓷一直在找话题跟江尧说话，问他

317

只是陪朋友还是要上班、今天有什么手术、几台手术、手术是简单的还是复杂的……

江尧答得敷衍，有些问题干脆就不答了。

到了二层。

慕瓷所在的科室不在这个楼层，只能眼巴巴地看着江尧跟许柚、林冉走出去，懊恼得差点没跺脚。

电梯门重新关上后，电梯外的林冉调侃着说："江尧，感觉你在医院挺受欢迎啊！"

许柚咬了下唇，不甚在意地瞅了他一眼。

江尧指了下方向："待会儿前面左转。"才不紧不慢地回答林冉的话，"我最近在追许柚你又不是不清楚，在她面前跟我说这些，你是什么居心？"

突然被提到，许柚眉头跳了跳，看向他。

林冉没忍住调笑："没居心啊。只是想提醒一下你，不只是你受欢迎，我们家柚子在公司也是很多人追的。"

"是吗？"江尧声音清冷，下意识地看了许柚一眼，淡笑着承认，"看得出来。"

许柚眨了眨眼：您，怎么看啊？

一个两个在那儿乱说，真当她透明一样。

江尧边走边语带控诉地说："起初跟我出去那一个月不管多累都会捣腾一下自己，一看就是化了妆精心打扮过的，现在上班时依然化妆，但是跟我见面时……"

许柚无辜地摸了摸鼻头，立即反驳："我化妆又不是为了给别人看的，是形象问题。再说了，我从进公司上班开始就化妆，已经习惯了，总不能突然顶着素颜过去吧？"

"也不是不行。"江尧就是随口一说，倒并不是真的在意这个，"你这样就挺好看的。"

可能是有林冉在，许柚不肯显得事事都听他的，而且听他的语气，她

也有点明白他存了什么心思。

她说:"我说了我打不打扮都是看心情,不是为了给别人看的,所以怎么样都是我自己的事,跟你没关系。"

到了抽血窗口,距离江尧手术时间还有半个小时,得上去准备了。

"等下结束后,打辆车回去吧,我没那么快结束,不用等我。"他扔下一句话转身就走,不乘电梯,直接从楼梯走上去,拉开楼梯间的门时,还回头看了许柚一眼。

许柚的目光也凝在他身上。

正好,四目相对。

他眸色微深。

空气也静了一瞬。

这种感觉很奇妙,是许柚很少体会过的。她被他的视线灼得心脏微缩,迅速挪开眼时,脸颊也逐渐漫上一种不自然的绯红。

虽然来得早,但周末这会儿妇产科仍然很多人。

许柚先陪林冉去抽血,将需要空腹做的项目做完,再静静地坐在长椅上边吃早餐边排队等了一会儿。

一连串烦琐的项目检查下来,许柚光陪着都觉得有点累,更别说林冉了。许柚小声说了句:"怀孕真辛苦,行动不便,各种孕期反应,还要做一堆的检查,都不知道你遭了多少罪。"

想当初,她可是想干吗就干吗、无忧无虑的林冉啊!现在马上就要当妈妈了,人成熟了许多,相对来说也劳累了不少。

许柚现在还不能体会到林冉所谓的幸福感,但作为好朋友来说,她就是心疼林冉。

去做B超前,林冉特别紧张。

因为这个项目是她孕后第一次做,主要为了筛查胎儿畸形,看胎儿外观发育是否有问题,包括胎儿脊柱有没有先天性异常等情况。

扶林冉上操作床躺着，许柚站在一旁冲她笑，然后拿出手机应梁子豪昨晚的要求，拍了个小视频给他。

梁子豪特别豪爽地发了个红包过来：多拍点。

许柚没有收红包：这些钱你还是拿去请林冉吃顿好吃的吧，或者提前给宝宝买些东西。

她还很坏地炫耀：真可惜，今天可以看到宝宝的B超影像，你居然没来。

梁子豪：不要再说了。

梁子豪：我已经内疚到无地自容了，下一次产检也是能看到的吧？

许柚不懂：我问一下医生。

她问了医生之后，给他答复：可以啊，后面还会检查，但是B超次数不宜过多，必要时才会照。

梁子豪：那就行。

产检结束。

许柚松了口气，去倒了一杯水过来，和林冉一起坐在走廊的椅子上歇了会儿。

所有项目做完，确保胎儿健康，各种指标正常后。

林冉也没那么紧张了，渐渐开始恢复本性，反正闲着没事干，撞了撞她肩膀问："哎，你跟江尧怎么回事啊？"

"什么怎么回事？"许柚淡淡地说，"就你看到的那样呗。"

"我看到的那样？我看到你们眉来眼去，相互有意思，就是隔着一层窗户纸，死都不戳破，需不需要我拿把剪刀过来给你们剪了？"

许柚扶额，眼神略显无奈："你就别瞎折腾了，好好养你的胎吧。"

林冉回她一个淡淡的笑："我养胎是一回事，帮你实现愿望也是一回事，这两者……不耽误，也不冲突啊。"

"实现愿望？"许柚瞧她那一脸自以为了解她的神情，"我有什么愿望？连我自己都不知道。"

"不就是喜欢江尧吗？"林冉毫不避讳地说，"不就是暗恋成真吗？这是我认识你以来知道你最有执念也最希望去实现的愿望。"

"那也是以前的事情了。"许柚蹙眉，"再说了，他不是说他喜欢上我了吗？我这愿望已经成真了吧。"

"这是哪门子的成真？你真以为我不知道你在想什么啊？"

林冉眉心压了压："以我对你的了解，你绝对不是一个喜欢让别人追着你跑，享受这种被人喜欢又不答应人家的人。你之所以现在还不接受江尧，是因为你不确定他对你的喜欢到底是认真的，还是听说你暗恋过他后一时冲动而产生的捕猎心理。"

许柚杏眸淡淡然地垂着，盯着地面，不发一语。

林冉知道自己肯定猜中了她的心思。

曾经暗恋了几年的白月光突然向自己告白，谁都会慌得乱了阵脚。

许柚知道，以她的个性，一旦扎进去，想要再抽出来，就很难了，那样的痛比任何寻常的失恋都要惨烈千倍万倍。

成年人随着年龄的增长，心理越来越成熟，试错的成本也会跟着变高。

所以每一步都走得小心翼翼。

林冉觉得许柚的想法很明显就是错的。

不过，也怪她开了上帝视角去看。

"那现在江尧追你也有几个月了吧？你们接触了那么久，你觉得他对你是真心的，还是随便玩玩的？"

不等她开口，林冉继续说："许柚，你要明白，没有一个人能保证永远能跟另一个人在一起，永远会喜欢另一个人，这样的誓言说出来，你敢信吗？哦，婚礼上男女双方念誓词，说无论生老病死都会不离不弃，陪在对方身边，真正能做到的又有几个呢？我不是说每个人都这么不可信，我想说的是至少大部分的人在说出那句话的时候，是真心的吧？那就足够啦。以后的事情，就以后再想办法呗。"

许柚低着眸，手肘撑在膝盖上，托着腮静静地思考。

林冉挑起唇角笑她："你看你家江医生在医院那么受欢迎，你就不应该想那么多。有帅哥喜欢你，你就上去轰轰烈烈地谈一场恋爱，管那么多事干吗，说不定最后你发现他跟你以前想象中不一样，是你先不喜欢他，先甩了他呢。"

许柚侧睨问："你跟梁子豪也是这样在一起的？"

她还记得高中的时候，他们俩就经常课间打闹，高考一结束，两人毫无预兆地忽然就在一起谈恋爱了。

林冉喝了口水，边拧上瓶盖边说："当时嘛，也不知道怎么了，高考后经常见不到面，也说不上话，就怪不适应的，其实我也没想过自己会喜欢他。他跟我告白以后，我觉得还不错，至少我俩相处得舒服，就在一起了，谁会想到跟他结婚啊？本来是打算先谈着呗，腻了就分开，或者我喜欢上别人就分手，然后就一发不可收拾了。"

许柚托着下巴，看着她的肚子，"啧"了声，好一个"一发不可收拾"。

"所以，你就只管享受现在，他喜欢你，宠着你，你就接受，宠着宠着说不定就一辈子过去了。"林冉看不过去了，"走，反正也没事干，我们上去手术室看看江尧什么时候结束。"

"人家在做手术呢，我们过去做什么？"许柚有些不情愿，怕打扰他工作，而且这样上去也见不到他啊。

林冉皱眉，看她一脸天真的表情："那就等呗。他总得吃饭，总得休息吧？我跟你说，怎么让一个男人感动？那就是在他意想不到的时候，出现在他面前，他绝对感动到稀里哗啦，爱你爱得死去活来。谈恋爱这种事，姐姐比你有经验，信我，我绝对让江尧逃不出你的手掌心！"

许柚微讶："啊？"简直难以理解。

许柚只知道江尧的门诊室在哪儿，并不知道手术室在什么地方。

林冉带着她像无头苍蝇一样乱窜，丝毫不像个行动不便的孕妇，两人走到某处拐角，碰巧看见一位穿白大褂的女医生和一位护士在饮水机旁休

息闲聊。

这穿白大褂的背影,许柚看着莫名眼熟,但一时半会儿想不起来在哪儿见过。

她又多瞅了几眼,眉梢一挑,想到了。

不就是她陪黎平君去内科复诊的那天,在楼上透过玻璃窗看见跟江尧走在一起的女医生吗?

还是早上在停车场碰见的那个,只不过那会儿她穿着私服,没认出来而已。

林冉小声嘀咕:"……还真是医生啊。"

许柚倒没这么惊讶,从她的气质和略显张扬的气场来看,其实很容易猜到她是个家境不错,学习肯定也很好,从小到大不容易受到挫折的人。

这种人,会对世界抱有一种幻想,想用自己的学识和方法去治愈别人,说不定还是个心理医生呢。

许柚刚准备走,突然听见那边那位护士说了句:"慕瓷,你也别怪我太直接了,我说句实话吧,我知道你挺喜欢江医生的,但以我观察,我觉得江医生可能并不喜欢你……"

正是这句话,让林冉八卦之心顿起,扯着许柚不让她走,想听一听。

许柚拧了下眉。

被墙挡住,她根本无法瞅见那位叫慕瓷的女医生的表情,但也能猜到对方此刻肯定脸都黑了。

那位护士停顿了一会儿,又开始在慕瓷身上撒盐:"你没看江医生早上在电梯间里那个样子吗?绝了,我从来没见他对哪个女人这样过,说话时的眼神,好像都是落在那个瘦瘦的女人身上的。我就说吧,你已经是我们院最年轻最漂亮的医生了,他对你没兴趣,多半是心有所属,所以才对其他异性直接忽略和排斥。"

……好吧。

许柚发现那位护士撒下去的那把"盐",好像是她?

323

"那又怎样？"慕瓷想也不想地便反驳，"可他也没说那女的是他女朋友啊，老周前几天还说他单身呢。他明知道我喜欢他，却不在我面前介绍他的女朋友，反而只介绍了另一位要来产检的人，这不是已经说明问题了吗？"

许柚竟无言以对，甚至也想揪某人过来问问为什么，可转念一想，她现在也不是他的女朋友啊。

林冉"嗤"了声："思路清奇。"她看向许柚，压低声音说，"……看你就没她厉害，你要像她这样，你跟江尧说不定孩子都有了。"

许柚：胡说八道。

那位护士渐渐也有点于心不忍，但作为朋友其实还是挺想让慕瓷及时止损的："可江医生平时在医院跟人说话时的样子和上午跟那个女的相比很明显是不一样的，既然他的心都不在你这儿，已经有喜欢的人，那就不值得你去追啊，以你的条件还愁找不到比他好的男人吗？我是觉得没必要在一棵树上吊死……"

"好了，你别说了。可能有的人工作和生活中的性格就是不一样的，或许他就是这样的人？你别管了，反正他现在还是单身，那我也有追求的权利，最后结果如何，还不一定呢。"

许柚不知想到什么，也跟着有些难过。

她其实挺能理解那位女医生的想法，喜欢上一个人哪能被人劝几句说不喜欢就真的不喜欢啊。有时候人就是这么倔，不撞南墙不回头，不然也不会耗在一个人身上这么多年。

林冉显然共情不了，特坏地给许柚揭露本质："还工作和生活不一样性格呢？双重人格啊？江尧这人，私下对你对我都两副面孔，哪有什么工作和生活不一样，其实就是在不喜欢和喜欢的人面前的区别罢了，这才是正解。"

"就你懂，恋爱大师？"许柚笑林冉。

她不认为那位医生真的这么傻，不明白其中的道理。

可能只是想给自己一个坚持下去的理由或者一个让自己不那么难堪的说辞罢了。

许柚将林冉带走，偷听不道德。

林冉拽了一个护士，问了下江医生在哪儿做手术，然后跟许柚一起过去。

许柚仍然有些抗拒，可能是她没谈过恋爱，从小到大黎平君教给她的道理都是不能麻烦和打扰别人，因此做不出这种行为："可他不是说了吗？让我们结束后，早点回去，他没那么快结束的，而且他下午还有手术，那么忙，哪顾得上我啊？"

"他让你走，你就走啊？"林冉乜她一眼，"你真以为他让你走，是怕你打扰他，麻烦他吗？是因为不想让你等他，是怕麻烦你啊。你觉得麻烦吗？"

许柚："还行。"

"那不就是喽。"林冉一脸很懂的样子，"你又不影响他工作，只是在他休息的时候待在他身边。许柚，其实我有件事一直很想告诉你。"

"什么？"许柚见林冉神秘兮兮的，也跟着有些好奇，"什么事啊？"

"算是一个秘密吧。你觉得江尧是什么时候喜欢上你的？"

许柚不太确定地思考了一下，其实她也不清楚，只说了个大概的时间段："应该是我妈生病那段时间吧，那会儿我跟他接触挺密切的。"

"不是。"林冉嘟囔了句，"……他果然没跟你说那件事。"

"那是什么时候？"许柚没什么底气地反问，"总不会是跨年夜的时候吧？拜托，那个时候我跟他刚见面没几天，怎么可能一晚上就喜欢上我？"

林冉有点明白为什么许柚一直没接受江尧，一直不确定他对她的喜欢到底是真心还是假意了。

因为许柚根本不知道当年的事情啊，虽然她也搞不清楚为什么江尧还没有说。

去到那边的手术室，手术还没结束，有一两个病人家属坐在长椅上静静地等待。

她们找了个角落的位置坐下。

林冉组织了一下语言，跟她说："反正，就是……我就跟你直说吧，江尧绝对不是那种想一出是一出的人，你相信我，他喜欢你绝对比你以为的要早得多。"

许柚越来越听不懂了："什么意思啊？"

比她以为的要早得多？

她刚刚问是不是在跨年夜那晚喜欢上她的，然后林冉说比她以为的要早——

再往前的话，不就是重逢那天或者更早以前了吗？

许柚人都是蒙的。

林冉转了转眸子："你不相信？我也没具体的证据，但我就是知道有这么一件事，想求证你可以亲自去问问他或者找一下？"

她专门留了个白，一件事只点明了一半让他们自己解决，其实让许柚知道江尧很早之前就对她有好感，就相当于是推她跨了一大步了。

林冉怀孕不能瞎折腾，在医院逗留太久也不安全，染上感冒这种小病小痛对寻常人来说没什么，要是孕妇的话就很难受了。

她陪许柚等了一会儿就走了，是她爸爸开车来接她的。

许柚坐在手术室门外的长椅上，发着呆，思维空白了一片，脑子里回响的都是林冉方才说的话。

一直到手术结束，过了几分钟，江尧从手术室里出来，本打算跟家属聊几句，忽然瞥到那边有道熟悉的身影。

他蹙了蹙眉，若有所思，简单跟家属聊了一阵。

然后，他三两步走到她面前，以为她发生了什么事，在她面前蹲下，问："怎么了？"

许柚看清是他，原本脑袋里就乱成一团麻线，现在更是成了一团糨糊，恨不得立刻向他问清楚，让他亲自告诉她。

但她并没有这样做,唇畔勾起浅浅的弧度,摇了摇头:"没什么,你……这么快就结束了?"

"不快了。"江尧看了眼时间,"已经快一点了。不是说让你们先回去吗?怎么跑这来了?林冉呢?"

"她被她爸接走了,梁子豪还有几天才回来,她回自己家住几天。"许柚看着他的眼睛,抿了抿唇,"然后……反正我也没事干,就在这儿等等你。"

男人的嗓音变得有些温和沉郁,表情却没过多的变化,问:"嗯,吃饭了吗?"

"还没。"

许柚看着他,仔细观察了一下,林冉说出其不意地出现在他面前,会让他感动。

根本就是歪理,哪儿来的感动?

江尧就这么抬眸看了她好一会儿,而后突兀地笑了,站起身:"那你在这等我一下,我去换衣服,然后带你去吃饭。"

"行,你去吧。"

江尧再看她一眼,转身离开。

许柚摸出手机给林冉发消息:呵。

林冉:?

许柚:不是说会感动到稀里哗啦吗?

许柚:不是说会爱得死去活来吗?

林冉:不感动吗?

许柚:哪儿来的感动?

林冉:那我再告诉你一个秘密。

许柚:我还会信你?

林冉:江尧闷骚,他背地里骚着呢。

许柚:呃……

许柚：不要为了你所谓的歪理，去强行解释。

许柚没再跟林冉胡扯，放下手机，等江尧出来。

他进去换下手术衣，简单交代了几句，就拿着手机出来了。

她起身，问道："我们去哪儿吃啊？你下午什么时候要手术？还来得及吗？"

"两点半。"江尧睨了眼腕表，现在已经接近一点半了，"还有一个小时，应该来不及了。"

许柚正想说是不是她打扰了他，打算自己回去算了的时候，他唇勾了勾，波澜不惊道："所以，带不了你出去吃饭，那我们……"

许柚不知道他接下来想说什么，但她倒是有个办法："叫外卖？"

好像不行。

医生一般对饮食健康都要求很高吧？而且她还真没见过江尧吃外卖，万一外卖里有什么不卫生的东西，吃坏肚子，他下午手术怎么办？

想不到办法了。

江尧淡淡瞥了她一眼，随后说："食堂，去吗？"

"食堂？"许柚一怔，"是我想的那个食堂吗？"

"你想的哪个？"

不就是医院里专门让医护人员用餐的食堂吗？

许柚更关心的是——

"我能去吗？"

"为什么不能去？"

"能去就行。"

许柚刚松一口气，听见他又补充道："医生和医生的家属都可以去。"

"家属"这个词很显暧昧。

但似乎一说出来，又多了某种潜在的含义，如果他带她过去，被他的同事瞧见，很容易被误会的。

也侧面说明了，在他们还没在一起的时候，江尧已经为她打开了一扇门，让她逐渐地走进他的圈子和生活。

他漆黑深邃的眸子看着她，见她愣住，半晌才出声提醒："走了，不然时间来不及了。"

"哦。"

许柚转身，跟他离开。

江尧带她从手术楼走出去，沿着一条小道往医院后方走，途中遇到几个拿着饭盒匆匆而过的医生或者护士。

他们在跟江尧打招呼的时候，总会有意无意地将视线自她的脸上掠过，带着满满的好奇和诧异，但又没细问她到底是谁。

许柚鲜被人这么打量，走在他身侧，撇撇嘴："你不是才在这个医院工作一年不到吗？怎么人缘这么好啊？"

江尧侧眸，心情颇好地问她："你想问什么？医院内部相处和谐，所以才这样啊。"

真……官方的回答！

许柚抵死不认："我没问什么啊，就随便聊聊。"

江尧也只是"嗯"一声。

这个时间早就过了饭点，食堂里已经没什么人了。

平时很忙的医生都是叫人帮忙打饭去休息室吃的，不忙的也已经吃过饭在休息室里睡午觉或者闲聊。

进到里面，许柚算是大开眼界。

跟学校食堂没什么不同，要说区别，大概就是这里比较干净、宽敞和亮堂。

江尧让许柚找个位置先坐下，他过去打饭。

许柚在周围扫了一圈，选了个靠窗的位置坐下来，然后看着某人渐渐远去帮她打饭的背影，摸出手机跟林冉分享现在的状况：你猜我现在

329

在哪儿?

　　林冉:跟你的江医生一起吃饭啊。

　　许柚:谁不知道啊?

　　许柚:问题是在哪儿吃啊?

　　林冉:在吃饭的地方吃呗,不然……洗手间啊?

　　许柚:我在医院员工食堂。

　　林冉一点都不惊讶:牛啊,都去食堂了。饭菜好吃吗?是不是很有营养?

　　许柚:……这什么脑回路?

　　她不仅不惊讶,还关心饭菜好不好吃?这是重点吗?

　　许柚干脆结束对话,退出微信。

　　她一抬头,恰好看见江尧一手端着一个餐盘返了回来,两份饭菜,她的米饭少点,他的比较多,简简单单的两荤一素。

　　伙食还不错。

　　江尧见她一直没动,低低地问:"不喜欢吃?"

　　许柚回过神,轻轻地摇头:"没有啊,就是觉得第一次来,很新鲜。"

　　"有什么不一样吗?"

　　许柚想了想:"没什么不一样,感觉跟学校差不多,但是也还是有差别的,你平时上班的时候都会在这儿吃饭吗?"

　　"门诊的时候会,做手术的话会比较累,就不来了。"

　　"那怎么吃饭啊?"许柚不解地问,"叫外卖?还是让人帮忙打饭?"

　　江尧顿了一秒,如实说:"会有护士专门帮忙打饭的。"

　　"啊……哦。"许柚戳了戳盘里的米饭,小声嘀咕,"……护士啊。"

　　"怎么?"江尧看她的眼睛,温和地问,"你在想什么?"

　　"没什么啊,只是平时看电视还有看小说,里面描述到医生和护士之间的关系,好像……都会有点不一般啊,毕竟朝夕相处。"

　　许柚咬着唇瓣,也就随便一说。

没有经过大脑的思考就这么说出来了，甚至连自己是不是在吃醋都不清楚，语调听上去有些许的骄纵恣意。

江尧反应过来，薄唇抿成一条直线。他放下筷子，眼睛沉沉地盯着她，忽然笑出了声："怎么不一般？电视是电视，生活是生活，不排除有些医生和护士的关系是暧昧些，结婚、谈恋爱的也大有人在，就算不是医院，别的行业别的公司工作中生情的也不少，但是在我这儿……就只是同事，明白？"

"我明白什么呀？"许柚不敢看他，心想自己是不是过于计较了。也或许是因为有女医生喜欢他在前，所以才发散了下思维，联想到这方面……

吃过午饭。

江尧带许柚从食堂离开，来到医院的后门，在手机上给她喊了一辆车："下午我还有手术，起码几个小时，医院不是什么好地方，这里病人多，细菌也多……"

许柚听这话的意思，总感觉他在责怪她等他这件事儿，果然林冉说的什么感动都是假的！哪儿来的感动？还爱情专家？

她撇了撇嘴，闷闷地点着头，应承他的话。

江尧见她一直望着马路，就是不肯看他。虽然他不了解女生的一些小脾气，但跟她相处那么久，再迟钝也知道她开心的时候是什么样子，不开心的时候又是什么样子。

他轻轻掰过她的肩膀，强迫她直视着他，温和低哑的嗓音徐徐道："我还没说完，以后想等我，可以去对面的咖啡厅或者甜品店，手机上给我留一条信息，我一下手术有空就会赶过来找你。你在医院不仅无聊，还害我担心。"

许柚眨了眨眼，没想到他是想说这些，被他轻轻地抬起下巴，有些不自然地与他对视。

在她别开视线之前，江尧沉默了几秒，才说："许柚，你给我机会去追求你,去喜欢你,甚至刚刚我明明让你回去,你还是问了路跑到手术室门口来,不听劝地坐在外面等我,我是不是可以理解为其实一直以来你对我的喜欢没变?"

午后的阳光暖洋洋地洒了他满身,给他镀了一层金色,显出了淡淡的光影。

许柚瞳眸微缩,唇动了动,磕磕绊绊道:"我……"

江尧似乎也不计较她的答案是什么,突然拾起她的手,攥进掌心,在安静无人的医院后门,带着某种隐忍和克制地问:"许柚,其实我一直很想问,你还需要考验我多久?"

而后,怕她误会,他解释道:"我不是在催你,只是想知道,你对我……还有什么不确定或者不满意的地方,有什么是需要我去改的或者为你做的?毕竟从医者,讲究的是对症下药,我想清楚你的症状是什么?"

"症状?"许柚愣了愣,转眼看见车已经来了,她被他哄得心情也好了许多,开始驳他的话,"从医者,确实讲究对症下药,但好像还拥有别人没有的技能吧?比如,望闻问切?"

他低笑:"望闻问切里除了观、听和摸脉象,还有问啊,四诊缺一不可。"

许柚咬了咬牙,灵机应变能力没他强,这么快就被抓到漏洞:"你不是西医吗,怎么中医的都会?"

江尧不勉强她现在就回答他的话,揉了揉她的脑袋,带她过去,帮她拉开车门:"西医也是要了解中医基础理论的。你回去好好想想我的问题,然后告诉我,不然,我怕对你处处下药,还是治不好你。"

许柚翻了个白眼,无奈地说:"我没病,但我会好好考虑一下的。"

江尧帮她关上车门,车开走以后,他才转身回去。

许柚收到一条信息:到了给我发信息。

她盯着他们聊了好几个月的微信聊天框,再联想到他刚刚说的话,望

着车窗外不断变化的景色,没忍住勾唇浅笑。

　　确实要好好考虑一下了。

　　也是时候,重新定位一下他们的关系了。

　　她托着腮,如是想着。

第八章　/ 栽就栽了吧

第二天刚好是周日。

科室最近接收的病人特别多，江尧周日还要上班做手术。

许柚早早地起床，洗漱完换上平时很少穿的运动鞋，漂亮的长发被绑成了简单利落的马尾，打车去到上回两人一起爬山的风景区。

海拔一千多米的高度，她犹豫片刻，最终没坐缆车，选择走上去。

身侧没有人陪，也没人聊天解闷。

上去的速度明显比之前快了不少，但也特别疲惫，时间渐渐变得漫长。

上午十一点钟，许柚就到了她跟江尧一起吃牛肉丸休息过的游客休息区，走进去坐下，喝口水歇了一阵。

无聊地掏出手机，上网搜索：偷看别人在景区许愿树写的愿望会怎么样？

底下关联的都是与这个问题不沾边的广告或者链接。

换言之——没人问这么弱智的问题。

许柚叹了口气，觉得自己好像有点违反他们之间的约定了，上一次江尧问她可不可以看，她还说不可以，至少半年内不行。

现在才过了两个多月，她就上来窥视他的心思和想法。

最主要的是，她很好奇林冉说江尧很早就喜欢上她这件事。

想知道到底是真的，还是假的。

她没有花那四十块钱去坐缆车，选择徒步走上来。

歇够了，许柚起身继续往上走，原本十五分钟的路程，被她硬生生缩短到了十分钟，到了山顶，风景都没来得及看，就这么直奔那棵许愿树。

树上挂满了各种各样大大小小的许愿牌，有些一看就是新的，应该是没挂上去太久。

许柚还记得江尧当时挂在了哪儿，而且他的那个牌子因为制作时出现失误，是磕了一个边角的次品，能够很明显地与其他牌子区分开来。

但时间过去那么久，难找是肯定的。

确定了大概的范围，她仰着头，小心翼翼地一个接一个地翻。

上学的时候，许柚为了坐在江尧附近，记住了他书写的字体。

如今长大了，十年过去，为了准确找到他的许愿牌，她还专门看过他写病历或其他摘抄时的字迹。

当了医生后，他写字不像学生时期那么端方，渐渐往草书的方向发展，但似乎又跟别人的草书略有不同，是带有他个人特色的。

九月天，正值夏末秋初。

中午的阳光热辣辣地直照在许柚的脸上，由于一直要抬头去找，时间一长，害她眼睛被紫外线刺得恍惚有了重影，人也跟着晕乎乎的。

时间一分一秒地过去。

许柚也不清楚自己到底找了多久，终于她摸到那个磕了一个角的牌子，杏眸轻轻弯起，蹦高了去看他到底写了什么。

可是，他挂得实在是太高了，她的手堪堪能摸到，根本看不见上面的字。

她细想了一下，只好掏出手机，举高去拍了两张照片，接着放大照片，背着光看了眼。

字迹一瞧就知道一定是他的，潦潦草草又不乏好看。

但内容文绉绉，只有五个字——*君心似我心*。

她愣了一下。

这写的什么，这叫愿望吗？她爬了那么久的山，就为了看这？

许柚虽然高考的时候语文成绩还不错，但上大学以后，就没接触过语文课了，一直朝经济门类的方向发展。

这五个字出自古诗词她肯定是知道的，后面接什么，有点忘了。

已经找到许愿牌。

她摸了摸自己的头顶，顶上的头发被晒得发烫，脸颊也红扑扑的，额边沁满了细细密密的汗水。

许柚走至阴凉处，擦了擦汗，掏出手机给林冉发消息：骗子！

林冉最近在休产假，特别得空，秒回她：怎么了？又骂我！

许柚快速敲字"你不是说江尧很早之前就喜欢我吗，怎么没发现啊"，而后又怕她取笑她爬山这件事，删除，重新输入：没什么。

她找了个地方坐下，嘴里默念着"君心似我心"这几个字，只能想到下一句是"定……"什么来着，她问了下林冉：君心似我心，下一句是什么？

林冉过了一会儿，才回她：定不负相思意。

林冉：干吗？突然研究古诗词？你家江医生给你写情书啊？这句话妙啊，定不负相思意，你往深处想想……你可不就是挂念了他几年吗？

许柚也跟着完整地读了一遍，有些不好意思：我又不笨，我看得出来是什么意思。

林冉：嘁！

林冉：那你还问我？对了，国庆节梁子豪带我自驾游去附近的沿海城市住几天。

许柚：你这情况，国庆节还旅游啊？

林冉：不是去旅游景区，就去他舅舅那儿住几天，散散心而已。

林冉：那里人不多，就是个破旧的小渔村。

许柚：行吧，注意安全啊。

林冉：那江尧的生日，只能你帮他过喽，我们就不给他过啦，回来后跟梁子豪一起补个礼物。

许柚开玩笑地说：所以，你们故意的吧？

林冉：是故意的啊，给你们制造二人世界，还不好啊？好好过生日啊。

许柚：就不劳您费心啦。

许柚找了个小店，吃点东西再下山。

到了山脚，天已经暗下来，月影西斜，这里距离市区有点远，叫车回去估计会有点不安全。

她只能坐公交车，走到唯一的公交车站，等了半小时才有一辆。

这一辆还不能直达公司那边的公寓，只能回到她家。

许柚想着就这么算了，先回去再说，回家住一晚，明天再早起上班。

她跟着一群游客一起上了车，找到一个靠窗的好位置，疲倦地摁着眉心，昏昏欲睡地回到了家。

走到她家楼下。

许柚知道自己没带钥匙，毕竟今天不打算回来的，她打了个电话给黎平君，想让黎平君出来开门。

电话一接通，那端传来吵吵闹闹的声音，有说有笑的，跟这边形成强烈的对比。

"柚柚，你怎么啦？"

"妈，我回家了。"许柚现在很累很疲惫，嗓子也莫名有点哑，"我没带钥匙，你下来开个门。"

黎平君一惊一乍道："哎哟，你没带钥匙啊？我跟你爸都不在家啊。我不是跟你说了吗？你那个表姐今天结婚，我跟你爸都去喝人家喜酒去了，今晚估计还挺晚回来的。"

许柚皱眉，低声问："喝喜酒？你有说过吗？"

"上上周不是跟你提了下吗？你自己说不来的，还嫌麻烦，又不熟，我们也没逼你过来。"

许柚好像是有那么一点印象了，但也很无奈："那行吧行吧，我自己想想办法。"

挂了电话，许柚欲哭无泪地蹲在门口，顿觉被全世界抛弃了一样，黑漆漆的夜晚，连家门都进不了。

她心里琢磨着，要不要去林冉家借住一晚？过几秒，还是算了，梁子豪不在，林冉现在在自己娘家住，她突然过去的话，也怪尴尬的。

没了计策。

许柚只能"自食其力"，回自己的公寓，可两条腿沉得像是再也抬不起来，一刻都不想动，便任由自己抱膝坐在旁边的石凳上，休息了会儿。

就在这时，手机铃声响起。

来电显示是"江尧"。

看见这个一天没见到的名字，许柚有些恍惚，忽然就有点忍不住了，一个人孤零零地坐在家门口，无家可归，像个被抛弃的小孩，怪可怜的，还没人关心她。一有人打电话过来，她就像遇到救星一样，迅速接起，"喂"了声："江尧。"

可能是缺水的缘故，许柚的声音有些干哑，语调也有些微的不同。

手机那端的人迟疑了半秒钟："你今天去哪儿了？怎么刚刚发信息给你你也不回？"

"我今天……"将手机紧贴着耳郭，许柚顿了下，本想说出口的话又咽回喉咙里去，"没去哪儿，就跟……同事一起去玩了一天，刚刚才回来，所以没看到你的消息。"

他仿佛不信："去玩？去哪儿玩？你喉咙怎么回事，说话声音都变了。"

"可能是因为没怎么喝水吧。"许柚咳嗽了两声，似乎有点偏头疼，用手按压了两下，缓了缓，"你不会才下手术吧？这都几点了？"

许柚其实挺不想麻烦他的，因为他这两天做手术很累，而且这里距离医院也挺远，一直在犹豫要不要让他过来接接她，想想还是算了。

结果，江尧说："早就结束了，今天有个同事生日，推不开，所以现

在还在外面。"

"生日？"她皱了皱眉，亏她还担心他很累，"哦"了一声。

这闷闷的情绪，江尧听出来了："男同事，不是女的。"

"哦。"

"你吃饭没？"

"没有啊。"

"怎么还没吃？"江尧此刻正在某家餐厅的行廊，拎着车钥匙往外走，路过一个铺满蛋糕的橱窗，"我发现他们这家餐厅的蛋糕还挺漂亮的，买一个给你带回去？还有你想吃什么，我也给你买点。"

许柚玩了一下路边的石头，吹着凉风说："不用了，怪远的。"

"哪里远了？"江尧不明白，"你不是在公寓吗？我去你那儿也就五分钟……"

"可我不在公寓啊，我在家。"

"你回家了？"

"对啊。"许柚扔掉石头，还很贴心地提示了一句，"还进不了门。"

两边都安静了一会儿。

江尧总算明白她这莫名其妙的脾气是怎么回事了。他忽然觉得有些好笑，又忍不住担心地问："为什么进不了门？你爸妈不在？"

"我表姐结婚，他们喝喜酒去了，我……没带钥匙。"

"那你这意思是，想让我过去接你了？"

许柚怔了怔，这人怎么回事，还有这语气……

她咬了咬唇："我没说啊，你不用来，就让我在外面自生自灭吧。"

还自生自灭？

江尧眉梢动了动，继续听她说。

许柚唇角牵出一股傲娇："室外可比室内凉爽多了，现在这天气不冷不热，刚刚好，正好可以感受一下禹城的秋天呢。"

那边不说话了。

等了两分钟，还是一句话都没有。

许柚拿下手机，看了眼显示屏，通话明明没断啊。

她喊了几声："江尧……江尧……"

大概又过了两分钟，手机里重新响起了他的声音，干净的声音略显低醇，清冷好听，如一滴清露敲击在空荡荡的山谷里："……我在……刚到停车场……准备开车……"

许柚"哦"了一声，没问他是不是要开车来这儿，像是笃定了一样，他的目的地就是这里。

她刚准备挂了电话，安安静静地等他，手机里又传来了他的声音，依然是温柔的语调，带着些许宠溺的意味："乖，别挂电话……让我听着你的声音……不然出什么事我都不知道……"

曾经的许柚从未奢望过会有今天，年少时的她应该不会自恋地想到，原来江尧是会喜欢上她的，他也会将一个人捧在手心上宠，也会担心她的安危，会义无反顾地在她需要他的时候来到她身边。

许柚脑袋有一瞬间的空白，下巴搭在膝盖上，整个人蜷着而坐。因为附近没有人在，眼泪似乎更容易掉，没一会儿就从眼眶溢了出来，大有越来越汹涌的趋势。

她迅速擦了擦，生怕他来到后看见她这样，可睫毛上还沾着泪水。江尧问："怎么不说话了？"

许柚咬了咬唇："说什么？"

"昨天问你的问题，考虑得怎么样了？"

昨天问她的问题？

她皱了皱眉头："不是你说让我好好想想的吗？这才过了一天，你就要知道答案了？"

"这不是心急吗？"江尧认错，"行行……我不问了，你慢慢想，我等得起。"

"江尧。"许柚突然唤了他的名字，想起他的许愿牌，"君心似我心，

是什么意思啊？"

对面的人沉默了几秒："你怎么知道这句话？"

许柚解释："那天爬山，在你去洗手间的时候，我悄悄地去许愿树旁看了眼，现在突然想起来，无聊问问你呗。这是单纯字面的意思，还是别有深意啊？"

也不知道他有没有信，总之是略过了她怎么发现的这个话题，反问："你觉得呢？"

"我不知道，所以才问你啊。你自己写的东西，谁知道你想表达什么？"

江尧眉梢挑起，低笑了声，问了个不搭边的问题："你刚刚为什么咳嗽啊？"

"不是说了吗？我缺水啊。"

"为什么缺水啊？"

"今天玩了一天，光顾着玩，没时间喝水。"许柚说谎不眨眼道。

"哦。"对面的人笑意更深，"那是不是还很累？"

"那当然。"许柚说，"玩一天能不累吗？"

"既然是约一起出去玩，还玩了一天，为什么不吃完晚饭再回来？"

许柚察觉到了不对劲儿，总觉得他问那么多问题是在试探她："你管我那么多——"

话还没说完，便被江尧打断："你上山了吧？"

许柚慌乱之中，咬着牙反驳："怎么可能？我上山干吗？我最怕爬山了，你又不是不知道？"

"嗯，为了我也不是不可能，人的窥私欲是无穷无尽的，尤其当对方还是你喜欢的人的时候。"

"江尧。"

她几乎是下意识地喊出了他的名字，拼命解释："我真没爬，就问你一个句子是什么意思，怎么引申出这么多问题呢？"

"我到了。"

"嗯？"

有人陪着，时间流逝得太快。

一转眼，二十分钟就过去了，许柚瞥见一辆黑色的车子开进她家前面的路口，没几秒，江尧便推开车门，下了车，朝她走了过来。

如神祇一般，从天而降。

他三两步走至她的身侧，有些担忧地握住她的手腕，感受了一下她的温度，再摸摸她的额头，静静地观察她微红的脸蛋，眉头皱起。

这一连串的动作实在是太自然，看得许柚有瞬间的失神，听见他问："你还真去爬山了？这是在太阳底下站了多久？你中暑了知不知道？"

中暑？

许柚还没说上一句话，就感受到他的长臂圈过她的膝盖，抬手将她打横抱起，大步地往车边走，最后将她放进了副驾。

他嗓音沉沉，似乎在征求她的意见："你的症状很明显是轻症中暑，现在有两个选择，要么我们去医院，要么……"他停顿了一下，"……去我家，我得尽快给你处理一下。"

"去……你……家？"

许柚刚开始还有些犹豫的，他说："放心，家里现在没人。"

她意识混沌，鬼使神差地就点了头。

估计是真的很头痛，很累，也有点晕，她不想去医院了，只想找个地方歇一会儿。

但这一点头，仿若也连带着做了某种决定。

许柚觉得，自己一定是疯了。

因此她没敢去看他的表情。

轻轻的"嘭"一声，车门关闭。他从驾驶位上来，长臂伸过来，纤长干净的手指缓缓按压了一下她的太阳穴和风池穴，轻声问："是不是有点偏头痛？"

许柚不明白他这是职业使然，才如此准确地知道她头痛这件事，还是因为关心她，才细微地发现。

微弱的光线下，她盯着他的眉眼，轻轻点了下头。

江尧给她按了几下，说："实在受不了就按一下我给你按的这几个位置，会好很多。"

撒开手的同时，他扣上自己的安全带，准备发动车子："先带你回去休息。"

江尧家距离她家不远，但许柚并没有真正去过。

只知道梁子豪家在江尧家附近，而梁子豪家离她家又不远，江尧家肯定也不远啊。

上车没多久，许柚就忍不住昏昏欲睡。

十分钟不到，她睡眼蒙眬地瞧见一处两三层高还带有庭院的小别墅，内里有个管家打开了大门，车开进去停好后，那人问候了声："少爷，你回来了。"

许柚感觉额头很烫，不仅仅是脑袋，全身都有些滚烫和酸软，四肢还有点发颤、发冷，她毫无意识地又被抱起，进了室内，最后整个人跌进柔软的床褥中……

然后她喝了一杯温热的淡盐水，吃了一颗药，后面发生什么，就不大记得清了。

只依稀知道她困倦得厉害，冷得缩在被子里，蜷在大床中央，昏昏沉沉地睡了过去。

许柚一般在早上七点会自然醒。

晚上十二点睡觉，七点起床，七点半出门，八点正好到公司开始上班。

但昨晚显然比平常早睡了几个小时，天还没亮，她就醒了。

她迷迷糊糊地翻了个身，抱着被子闻到微弱的似有若无的熟悉气息，她睁着眼，茫然地打量了一眼周围的环境。

这卧室，肯定不是她的。

也不像林冉家的那个。

偌大的卧室内里布置的家具不多，装饰也几乎没有。

装潢以银灰色调为主，遵循着追求质感的原则，宁缺毋滥，窗前的一张书桌，靠墙的书柜和衣柜，以及上面的一些摆设，都是冷色调的东西，整体看上去干净而清贵。

许柚透过书柜顶层的透明玻璃瞧见几本"大块头"的医学书，就辨认出这是谁的房间了。

她深吸一口气，咬着唇，探了探自己的额头，还有些发烫，鼻子也被堵住一般，不能呼吸，只能轻轻地用嘴呼吸。

上了一趟山，就为了找个许愿牌。

引发了这么多后遗症，又是中暑，又是感冒，又是发烧的。

现在还睡在了江尧的卧室里，这一切就像一场梦一样不真实，仿若一碰就碎，会有一只无形的手将她拉扯回来。

许柚掀开被子，赤着脚下床，小心翼翼地在他的书桌旁睃了一圈。

电脑是纯黑色的轻薄台式，关着机。

桌上放着几本书和两支钢笔，书桌木料材质极好，但一看就是十几年前的款。

许柚拉开椅子坐下，托腮幻想了一下。

十几岁的江尧是不是在这张桌子上写过作业？是不是也曾坐在这儿看书看到深夜？

桌子内置了几个抽屉，许柚没有打开，而是走去书柜旁看了眼，随意掀开一层的门，瞧见里面摆置了各种类型的杂书，但大多是英文版的。

她能粗略看懂一些，肯定没江尧那么厉害。

毕竟她学英语全是应试教育，在大学也只考了四六级，算是划水过了。她感叹了一声，正要关上那扇门，去找找江尧在哪儿。

忽然，她眼尖地瞥到一个异常熟悉的埋藏在记忆深处又似乎很遥远的东西。

——它藏在书柜的角落里,特别严实,不细看是根本发现不了的。

许柚拧着眉,拎出来拿在手上端详了几眼,想起自己曾经也买过一个类似的结,本来是打算送给江尧的,跟现在手上这个……有点相似。

……不对哎。

当年她从老奶奶的铺子里买回来的结是什么样的来着?大小跟这个……应该差不多,形状有点想不起来了。

她盯着纹路细看回忆了一下,想得越深,心就"怦怦"乱跳得越厉害,随着她的怀疑,仿若要从嗓子眼里跳出来。

许柚盯着与当年一模一样的平安符,瞳眸蓦地扩大,几乎不敢相信自己心中的猜想,但又觉得真相就是她想的那样。

再联想到前天在医院的时候,林冉说江尧早就喜欢上她的话,心里的想法,更加肯定。

她将平安符捏在手心,要找江尧问个清楚,结果一转身,就看到卧室的门被推开了。

两人的视线,毫无预兆地撞在了一起。

对上男人深沉的眼眸,许柚有些紧张地咽了咽唾沫,视线直直地看向他,在他问出"怎么不多睡会儿"时,打断他的话,抬起那只拿着平安符的手,干脆地问:"江尧,这……这个东西……是你的吗?你是买的还是捡来的,或者是在别的什么地方拿到的?是什么时候拿到的?"

许柚没有问得太过绝对,但话语间早就泄露了她的真实想法。

江尧瞅着那个平安符,眯了眯眸,脸上露出一种"怎么被你发现了"的神情,心脏狠狠地跳动了一下,想掩饰可对上她确信的眼神时,又说不出谎来。

他上前,伸手探了探她额头,直接略过这个话题,问:"还有不舒服吗?烧退了一点了。"

"不是。"就这么被无视了问题,许柚更觉得他有鬼,"嗯?你先回答我的问题?"

345

"你问这么多，我怎么答？"他语气有些平淡，却没有丝毫不耐，"你到底想问什么？"

"这个平安符，怎么在你这儿？"

男人嗓音低沉，顿觉有种被她窥视内心的错觉，想来撒谎她肯定是不信的，瞧着这眼神估计是早就笃定了这个物件的来源："捡的，怎么了？"

许柚一眨不眨地迎上他的视线，脸上写满了惊讶和不可置信，以及怎么也挽不下来的唇角："这个……好像是我买的，跟我之前买的那个简直一模一样。"

江尧似乎不清楚这个东西她是打算送给谁的，因而有些紧张，怕她生气，低头盯着她较真的小脸："这对你来说，很重要？"

许柚点头，当然重要。

如果这个平安符后来被她在书包或者家的某个角落找到，可能就不重要，因为那时候他已经出国了；但如果这个东西现在出现在他家，并且过了十年还完好无损地保存着，能不重要吗？

"行，我告诉你。"江尧败给了她，"是捡了你的。"随后，怕她生气，又补充解释了几句，"但我不是故意藏着不给你的，我也不清楚当年怎么了，忽然像个变态，捡了之后就这么拿了回来……你是不是找了很久？原本打算给谁？"

"真的吗？"相较于他谨慎的语气，她反而开心得不得了，复杂又惊喜的情绪交织在一起，她像一个等了许多年终于讨到糖吃的小孩。

江尧问："笑什么？我刚刚觉得自己是个变态，现在看……你笑得更变态……"

"你才变态。"突然被煞了风景，许柚瞪他，"江尧，我发现林冉说你闷骚，是真的够闷的。当年我买来准备送给你的平安符，被你一声不吭拿走，这是给你的，你拿了好歹跟我说一声，害我难过了那么久，还担心会不会不吉利，现在都被我发现了，你还说不清楚你当年怎么了？你在诓我呢？"

江尧听见"送给你"三个字,略显诧异:"我诓你做什么?原来是打算给我的啊,我也是看你把它丢了,才歪打正着捡起来……"

她仰起脸,愤恨道:"谁丢了?那是不小心掉地上了。"

许柚真的巨想打他:"你傻吗?你都知道我喜欢你这么多年了,还自恋地在追我的时候,认为我还喜欢着你,你就不能再自恋一点,觉得这个平安符就是给你的东西?或者来问问我?"

江尧见她赤着脚,怕她冷,将她抱回床上,无奈道:"捡了别人的东西,自然就得有自知之明。你见过哪个拿了意外之财的人还上门问丢失者,这个东西到底是给谁的?"

"歪理!"许柚抿着唇,没被他的话带进去,"如果我说要是你早一点跟我说这件事,你前天一直问我的'症状',或许就能治好了,你会不会很后悔?"

"这两者有关系?"江尧鲜见她这么开心,摸了摸她鼻子问,"所以你的'症状'是什么?"

许柚眼眸动了动,有些不好意思,沉默了一会儿,才软了语调说:"怕你喜欢我,只是一时而起的兴趣,怕我们在一起后,你就会厌倦,或者我们只是随随便便一场恋爱,很快就分开。"

闻言,江尧滞了一下,原本斯文淡漠的男人也变得有些无奈,说:"我不是跟你说过很多遍了吗?我是认真的,除了你,我从来没有对哪个女人这样过……"

"我知道,而且我现在想清楚了。"许柚站在床上,竟也没有比他高出多少,由于鼻子堵住了,带着鼻音沉沉道,"即便没有看见平安符,我也想清楚了,喜欢一个人本来就应该不顾一切啊,谈一场恋爱而已,又不是什么大不了的事儿,没有信任的喜欢怎么能叫喜欢呢?"

江尧盯着她的眼睛,微微暗了眸,静静地听她说:"江尧,有很多话,我早就想跟你说了,但一直没敢说出口,也怕你嘲笑我……其实,在一中开学之前,我就遇见你了,见你的第一眼起,就被你吸引住。后来意外跟

347

你同班，坐在你的隔壁，那些所谓的好感渐渐越积越厚。因为胆小、自卑，从来没有亲口对你说出过那三个字，只敢在你身后盯着你的背影，踩着你的影子，追着你的步子向前——

"大学毕业的时候，之所以变得不喜欢，也是因为听说你可能再也不会回来，隔着上千万里的暗恋，一点都不值得。后来的几年，我以为我早就把你给忘了，可我隔了将近十年再次看见你时，直接从椅子上站起来，盯着你的背影，看你慢慢消失在广场的人群里……

"你知道吗？当时我真的好气，我发现自己的情绪又被你左右。你根本没注意到我，而我只是瞧见你的背影，就开始想你会不会有了自己喜欢的人、是不是早就娶妻生子？"

说着说着，说到一半，许柚就有点说不下去了，眼圈红红的，泪在眼眶里打着转，却始终没有落下来，声音也变得越来越沙哑："所以，在医院跟你碰面后，我装不在意，装不喜欢，装无所谓，只想跟你做朋友，再也不提当年的事情，却还是被之后的一句'我喜欢上了你'给打败。"

江尧帮她擦眼泪，却越擦越多："所以，你才不肯接受我？因为觉得我太随便？"

"你知道就好。"许柚心头涌出无法抑制的酸涩，"你根本不知道站在一个人背后几年，默默喜欢着他的感觉，因为站在背后的，一直都是我，被忽视的，也还是我。"

江尧抬手摸了摸她的脸颊，也有些动容，声音很温柔地说："怎么不告诉我？"

"我说过了。"许柚有些哽咽地道，"你还记得林冉说的那封被你扔掉的信吗？"

——那是一封藏了她所有少女心事的信。

江尧似乎想不起来，却听她道："……被你扔进了垃圾桶里。你肯定忘了吧？"

她说每一个字都很艰难，像剖开了自己的心让他看一样，所有的秘密

都告诉了他，简简单单的几句话，背后都是暗恋的心酸与苦涩。

江尧仿佛顿悟了一般。

她对他的喜欢远大于他，这样的一番话，对于几个月前觉得自己喜欢上了她，打算去追她的江尧来说是不配听到的。

同等的付出与喜欢，才能换来所有的真诚和感动。

江尧扯着薄唇笑出了弧度，俊美的脸上满是细密浓稠的深情。

他将她抱进怀，紧紧地搂护着，感慨片刻，才不紧不慢道："对不起，柚柚。我从来没想过自己会被一个女孩喜欢这么久，没有表现出开心，不是因为不喜欢你，而是我认为在我身上耗几年真的不值得，但是又很庆幸有人会为了我这样做。可惜，事情早已发生，谁也没能力回到过去去挽回什么。"

许柚吸了吸鼻子，听见他低淡的嗓音在她耳边响起："放心，这辈子我都不会离开你的。我知道嘴上说出的承诺很轻，但我会向你证明，从现在起，我喜欢的只会是你，永远都是。"

跟暗恋了很久的人谈恋爱是什么感觉？

从这一刻开始，她应该有发言权了吧。

就目前来看——

许柚认为，大概就像被当成小孩一样宠着？

估计是因为她还在生病，又感冒又发烧的。

料想中恋人之间会做的暧昧事半点儿没有，特别"清汤寡水"地抱了一会儿，江尧就让她躺下休息了。

他甚至还拿过她的手机，让她办一件事："你昨晚烧得很厉害，刚刚探额头发现还有点低烧，没个半天或者一天都好不了，请个假吧。"

"请假？"许柚在公司工作了将近一年，从来没有因为生病请过假，曾经确实是发烧过一次，也还是不管不顾地带病出差了。

白天工作，晚上在医院边打点滴边休息，领导都直呼她够拼命的。

江尧理所当然道:"不然,你还打算带着病去工作啊?还是说,你以前试过?"

他就坐在她床边,突然倾身凑过来,将她锢在身下,带着一种无形的强大气场和轻微的审视。

许柚推开他,立马认栽,点进领导的微信开始敲字:"请就请,但是你不用上班吗?今天周一哎。"

"做了两天手术,正好调休了一个上午。"江尧轻描淡写地道,"下午有几个小时的门诊。"

只休一个上午啊?

医生也太累了吧,周末被手术占满就算了,调休还只调半天?

许柚心情有些闷闷的,加上感冒鼻塞,嗓音温软至极,盖着被子,躺在床上,手指玩着他的衬衫袖口,小声问:"这里是你房间吗?"

"嗯。"

她舔了舔唇,又问:"从小到大都在住的房间?"

"我没搬过家。"

"真好。"一想到她还躺在他的床上,许柚就很想问,"那你带过别的女人来你房间吗?"

"带谁啊?"江尧瞧见她杏眸黑白分明,轻声软语,这么快就有了领地意识,忍不住逗她,"有……倒是有一个。"

"有?"许柚遏住心头那点酸涩和嫉妒,心想他平时也是个禁欲且洁身自好的人,怎么也跟别的男人一样,随意地将女人往自己房间里领,还以为她是最特别的那个呢,"谁啊?长得好看吗?你们是什么关系啊?不会也是因为生病才带她过来的吧?"

他是医生,若是因为生病,那还能理解。

但,不是有客房吗?

这公馆这么大,要说没一个客房,她还真不信。

江尧见她这么较真,忽悠了个开头,便想继续忽悠下去,看看她什么

反应:"漂亮?还行吧,身高是挺高的,比例也好,长头发,不是因为生病才带过来的,是她自己走进来的。"

"走进来?"许柚眉头轻蹙,"那是什么时候?你的同学?她走进来做什么?"

"应该是……喊我起床?"

许柚蒙了大概两秒,才反应过来,说:"你说的不会是你妈或者你姐姐吧?"

见他没否认,她瞪了他一眼,想起自己刚刚那争风吃醋又计较的样子,当即就要炸了,想拿个枕头扔他:"江尧,你耍我?耍我很好玩是吗?"

江尧唇畔染上笑意,觉得实在好笑,还真的笑出了声:"你就不能学聪明点?"

她觉得他真的又幼稚又气人:"人与人之间的相处就不能真诚点?少骗人?"

"我没骗你吧?"

是她蠢,行了吧!

许柚发现根本说不过他,睨他一眼后,就将被子扯过脑袋,整个人闷进被子里,任他说什么,都不搭理了。

江尧顺势起身,打算出去一趟。

结果,他刚走两步,就被她拽住了手腕。她脑袋又从被子里冒出来,小声问:"你去哪儿"

"时间不早了。"他抬了抬下巴,视线投出窗外,"天都亮了,给你弄点早餐,吃完,还要吃药。"

许柚想了一想,又问:"你爸妈回来了吗?"

"我爸这两天在国外,只有我妈会住在这里,不过现在还没回来,虽然我也不知道她在哪儿。"江尧低眸瞧着这个有些胆怯又怕生的人儿,安抚般地揉了揉她的手背,"别担心,这里没人会进来,你不想这么早见家长,我也不逼你。"

351

许柚皱眉:"这很正常好吧?谁第一天在一起就见家长的,况且我们……也只是有个名头,还什么都没做。"话落,她发现自己好像说错话了,好端端提那些做什么?

果然,被男人敏锐地捕捉到了几个关键的字眼。

他薄唇抑不住勾出笑意,一字一句地低声问道:"你好像对我有点怨言啊?"

"我没有啊,我也就随口一说。"

"是吗?"江尧自然不信,"一般不经过大脑思考就说出来的话,都是真心话。"

"你快走吧。"许柚不想再跟他掰扯来掰扯去,"我饿了。"

他被她伸手推了一下:"那你等我一会儿,再睡个回笼觉。"

"嗯。"

江尧再看许柚一眼,就离开了卧室,走出去时还顺手帮她关上了卧室的门。

室内一秒钟安静下来。

许柚躺回被窝,怎么可能还睡得着啊。

她立起枕头,靠坐在床上,掏出手机,向经理告了假,打算回去再补假条。

没过几分钟,江尧又折回来,敲了敲门,跟她说:"过来,洗漱完吃早餐。"

家里有全新的牙刷和毛巾。

江尧的卧室还有他的独立浴室,盥洗台上放了一些男士的洗浴用品,包括剃须刀和薄荷味道的须泡水。

许柚逐一扫了眼,心满意足地开始刷牙。

随后,她慢吞吞推开门从卧室里走出去,正巧与一位年过五十的叔叔打了个照面,当即愣在原地。

许柚礼貌地颔首,唤了声:"伯父。"

那位叔叔和善地看她一眼，没有应她的称呼，反而关切地问："小姑娘，你身体好些了吗？"

"好些了。"许柚发现对方人很好，想必知道她在江尧卧室里睡了一夜，"可能还有点发烧，但是已经没什么大碍了。"

"那快去吃早饭吧，别饿着了。"

许柚"嗯"了一声，仔细打量对方的眉眼，刚琢磨着怎么跟江尧不是很像时——

江尧从厨房里出来，瞧见他还在客厅转悠："陈叔，你不是说要出去买东西吗？"

陈叔？

许柚有几分的惊讶，刚刚还以为是江尧的爸爸提前回来了，原来并不是啊。

她尴尬地挠了挠头，有些窘迫，不知道该说些什么。

江尧朝她招手。

她才走过去，待那位大叔出了门后，小声问："那是你们家亲戚吗？"

江尧看她这表情就知道她心里在想什么了，拿了个小碗，边给她盛粥边说："不是，也不是我爸。"

"那他怎么在你家？"许柚接过他递过来的粥，拿起勺子轻轻尝了口，试一下温度，"我看他的腿好像有点不太方便，是受伤了吗？还是一直这样啊？"

"这件事说来话长。"他给自己也盛了一碗，侧眸问她，"你想知道？"

"就……有点好奇，你不说也是可以的。"

"他跟我们家没有血缘关系，不是亲戚，能认识算是因为一场事故吧。"

越说越玄乎，许柚喝着粥，圆溜溜的眼睛盯着他："什么事故？听起来好像有一段故事，感觉现在关系还不错啊。"

"因为一场车祸。"

"车祸？"

"对。"江尧平淡地道,"那时候我应该还很小,我爸事业刚起步,创业不管在什么年代都特别艰难,我爸那阵子估计是遇到点事了,满脑子想的都是公司里的事情,就连开车的时候也是,所以……出车祸了。"

许柚拧了拧眉,推测道:"是撞到了那位叔叔吗?"

"嗯。"江尧瞥了眼她略有诧异的小脸,用筷子夹了一个桌上的小笼包,递过去打算喂进她嘴里,"先吃了再跟你说后面的事。"

许柚有点不好意思地张嘴,将整个包子咬进嘴里,脸颊瞬间鼓起来,她轻轻用手遮挡着,快速吞咽下去:"然后呢?"

江尧看完她吃包子的一系列动作,唇上漾出点儿笑,摇了摇头:"今天之前,又不是没跟我吃过饭,怎么换了一种身份,就变得这么害羞了?"

其实在男朋友面前一时放不开很正常,时间长了就好了。但被点出来,就是大忌,她立马变了脸,开始狡辩:"我哪有。"

"行。"江尧不跟她争辩,"是我看错了,行了吧?"

"本来就是你想多了。"

继续刚刚的话题——

"确实是撞了他,当时他的右腿差点要截肢,但是我爸觉得对不起人家,就掏了一大笔钱给他保住了。据说,当时在医院没有一个亲人来看望过他,他出院后就一直跟在我们身边了。"

"啊?"许柚同情心有些泛滥,"为什么会这样?"

"因为好赌吧。他结过一次婚,有个女儿,但赌光了家里所有的积蓄,老婆带着女儿和他离婚了,他爸妈也去世了。"

"然后,就一直在你家,跟着你们生活了?"

"算是。去英国的那几年,一直是他在打扫和看着这个房子,你叫他'陈叔'就行,现在跟家人差不多。"

许柚很乖地点头:"嗯。"

吃过早餐。

江尧拿来两颗药片,让她用温水服进去。

吃完以后，许柚瞄了眼客厅墙壁上的古老壁钟，才早上十点钟不到。

她趿拉着拖鞋，走进厨房，望着江尧在厨房洗碗的背影，眸里藏着笑，走过去问："江医生，你下午什么时候门诊啊？"

"两点。"

"那中间空闲时间还挺多的。"许柚问，"我们待会儿做什么呢？"

江尧洗完碗，将碗筷物归原位，擦了擦手："你想做什么？"

"我不知道，问你呢。"客厅的果盘里有花生，许柚拿了几颗剥开，举起手晃了晃，"要吗？"

他看上去兴趣不大，可还是倾了倾身，淡淡道："你喂我一颗。"

"你没手吗？"许柚还不适应跟异性接触太暧昧，哪怕这个男的是江尧，也特别容易害羞。

两人离得近，仿佛都能闻到彼此的鼻息。

许柚睫毛颤了颤，轻轻地推他，耳根爬上一抹浅浅的绯红，将一颗花生递到他唇边，让他吃进去。

后来，她干脆将手中剩下的两颗也给了他。

男人低长的笑声从喉咙深处溢出，黑眸浓如深渊，将她往书房带："来，带你去写字。"

"写字？"许柚拧眉，"好端端写什么字啊？"

他似是卖了个关子，没回答为什么突然要写字。

还是说，他平时在家无聊的时候，都有练字的习惯，这是什么老干部人设？

江尧推开书房的门，里面的书卷和古朴氛围，吓了她一跳，因为实在是太多书了。

许柚以为卧室里的书已经够惊艳了，现在走进书房，才发现那里只是冰山一角。

不过，从一些书名可以看出，并不是所有书都是他的，可能还有一些是江呓的。

江尧摸到灯的开光,走进去,扯开书桌旁的椅子坐下。

里面只有一张高椅和一个矮沙发,沙发离书桌比较远,许柚进去后局促地站在桌边,不知道该坐哪儿。

就在她东张西望,随便打量一下周围环境时,他喊了她一声。

"许柚。"

许柚转身,正要应答,还没反应过来,就被一只骨节分明的大手扣住手腕。他搂着她的腰,将她往身前带。

下一秒,她整个人直直地跌坐在他腿上。

如此亲昵的姿势,让许柚有些始料未及,奈何根本动弹不了,他聪明地用手臂将她圈在了怀里。

而她就坐在他的身上,周身萦绕的都是他灼热的气息,许柚脸红得说不出话。

偏偏他还说:"我都等你多久了,你就不会主动点?"

许柚皱眉,被他无形的气场压着,脑子乱成一团糨糊,咬了咬牙:"你家就没多一张椅子吗?"

"有啊。"他给她调整了一下位置,掏出一沓质感极好的浅米色的信纸,再拿出一支钢笔,"不过,早上被我搬出去了——故意的。"

许柚瞪他:"不要脸。"

他倒不是很介意,一点都不恼,仿佛逗她是一件很好玩的事儿。

他干净修长的手拧开墨水盒,给钢笔补了些墨,这一连串的动作特别熟练。

因为手好看,竟还有些赏心悦目。

江尧几乎是将她搂在怀里干活,许柚不自在地动了动,刚好一滴墨汁溅到了纸上,逐渐洇开。

许柚小声说:"我不是故意的。"

"没事。"江尧静默又专注地干着自己的事儿,"反正,最后也是要给你的。"

"给我？"许柚捕捉到了重点，还是不懂，"到底为什么要写字啊？你在炫耀……你写字比我好看吗？还是说，你谈恋爱就是喜欢做一些文绉绉的事情。"说完，怕他误会，又补了一句，"我不是说这些事情不好啊，就是感觉有点特别，我看林冉谈恋爱都是去看电影、逛街、打游戏的，而我们在写字。"

"那些我们以后有很多时间去做，不急。"他声音低醇，在空荡荡的书房里显出几分优雅矜冷，尤其是掺着宠溺意味时，容易叫人心动，"现在，我给你补……"

"嗯？"

"情——书——"

简简单单的两个字落地，许柚以为自己听错了，晃了下神，低头发现他已经在写的时候，才知道他说的都是真的。

许柚没有问为什么要写情书给她，她昨晚说过自己曾经的一封信被他扔进了垃圾桶里。

所以，他是在给她回信吗？还是，在弥补？

瞥见纸张左上角清隽有力的两个字"许柚"，她有一瞬间的失神，这好像是他第一次将她的名字勾画出来。

当年的遗憾在这一刻被填满，她唇上漾起淡笑，却有薄薄的水雾盈在眼眶。

许柚静静地看着桌上的那张纸，轻声慢语道："你打算写什么？"

江尧拾起她的手，将笔攥进她掌心，似乎要把着她来写，用如此暧昧的姿势来写字，难度自是不用说。

"你不是问我，在山上许的愿望是什么意思吗？"

一笔一画，落笔如云烟，流畅至极。

写完这句词后，许柚拿起信纸，挽唇而笑，一个字一个字地念出来："只愿君心似我心，定不负相思意。"

感受到灼热的气息落在耳畔，她意外地偏了头，喑哑的嗓音自她耳边响起:"后半句话,不会看不懂吧?柚柚,这辈子我都会喜欢你,护着你的,我能给你的承诺就是不负,永不辜负。只要你还有一分喜欢,我就不会离开,一直陪着你,跟你在一起。"

话音一落,男人的喉结滚动了一下,浓烈的气息压过来,抬起她的下巴,低头停顿几秒后,干脆吻了上去。

许柚整个人都是蒙的。

他先是用嘴唇轻轻地碰了一下,而后缓慢细致地探入,带着或低或沉的喘息,一寸又一寸地掠夺掉她口腔中的空气,勾着唇舌,尽情品尝。

他时时刻刻都在照顾着她,在不让她受到惊吓的同时,又尽量汲取。

温柔得令人心悸。

结束绵长的亲吻,许柚眼睛瞪大了些,感觉都不能呼吸了。

呼吸交缠的滋味是她第一次尝到,心脏像被一只无形的手伸进去揉搓了一下,不停地升温、发烫。

他的手不自觉地将她拥得更紧,掌心温热。

见她呆呆愣愣的还没反应过来,他又在她唇边落下一吻:"傻了?"

许柚刚回神,耳根又烫又红,眼睛不知道该往哪儿看,干脆低头埋在他身上,抵着胸膛死死地藏着自己的脸。

江尧盯着靠在他胸前的小脑袋瓜,温柔的语调,带着无尽的缱绻:"突然发现,我比自己以为的……更喜欢……你。"

不完美的家庭让许柚从小就比别人少一半的爱,在很小的时候,黎平君就教导她,让她懂事,不要惹麻烦,不要给他们增加额外的负担。

因此,许柚的性格安静又内向,即便长大后,去了北京在四人宿舍里待了几年,依旧没什么改变。

或许现在变得喜欢开玩笑。

但骨子里的个性,与之前没什么不同,对于直白的类似于情啊爱啊这些字眼,总不能轻易地说出口。

其实,她也清楚江尧的性格跟她半斤八两,也不爱张扬。

但他大概明白，在一段感情里，总要有一个人付出更多，去充当推动和引导这个角色。

许柚很庆幸，他做了这个努力。

也足以证明，他是真的很喜欢她，也很珍惜她吧！

那张信纸，被她别有心思地折叠一下，准备收藏起来。

江尧慵懒又漫不经心地问："不会为了报复我，扔进垃圾桶吧？"

"怎么会！"许柚拧了下眉头，瞪他一眼，"我又不是你。"

他捏了捏她的脸蛋，似乎觉得不过瘾，又亲了下她的唇角："还真记仇啊？那我每天给你写一封。"

"不用啦。"许柚低了低眸，真诚地说，"其实现在回想起来，已经不怎么记得当时被扔信的感觉了，可能那时候是真难过吧，但时间久远，谁还记那么清啊。"

"那你那时候写了什么？"

"你想知道？"许柚歪了歪头，细想了一下，"我已经忘记了，大概是一些酸溜溜的文艺句子吧。"

沉默过后。

许柚问了一个目前很值得思考的问题："江尧，你说如果当年你真的看到了那封信，我们会不会有今天？"

被她期待着答案的男人沉思了几秒，而后低低淡淡地笑。

许柚蹙眉："你笑什么？"

"没有发生的事，谁也说不准最后的结局会怎么样。"

许柚拍了拍他："你就不能说点好的？"

那个时候的江尧，对这方面的事情不算很敏感，而且各种压力缠身，学业、高考、听力……分分钟能将一段感情压死。

他倒宁愿现在才在一起，在心理与事业都趋向于成熟的阶段去谈感情，是最轻松也不易受挫折的。

当然，这是站在男性的角度去思考的，女性似乎更追求浪漫。

359

江尧将她被窗外灌入的暖风吹乱的碎发捋好:"你是不是很羡慕林冉和梁子豪那种青梅竹马、两小无猜?从某种意义上来说,我们也算是啊。"

"不算!"许柚无情地驳斥他,"中间那几年,被你吃了?"

讨论这个话题无果。

许柚干脆作罢。

接下来的时间,江尧被手下的规培生缠着在微信上问一些问题,她好奇地去扫了一圈书房里的各种书籍,最后抽出一本单看书名还挺感兴趣的书,随意翻了几页。

突然从书里掉出来一张便笺纸,她没注意险些踩了上去,弯腰捡起来一看,上面写着一个名字:陆清随。

谁的名字?

好熟悉啊!

江尧结束了跟规培生的对话,走过来问:"怎么了?在看什么?"

"陆清随?"许柚认真回想了一下,总觉得好像在哪儿听过这个人,"你不觉得这个名字很熟悉吗?"

江尧记得这个人,但对别人的私事不是很感兴趣,这个别人也包括江呓,但不妨碍他满足一下许柚的好奇心:"高中和我们同届的。"

"跟我们同届的?"许柚有些不可思议,总觉得里面藏了很多秘密,"是你姐姐写的吗?"

"是吧。"江尧帮她将纸条夹回去,把书放起来,"反正不是我的书。"

"那肯定不是你的啊。"

这种青春言情小说,许柚不用猜都知道是江呓的,况且他干吗要写一个男生的名字,还夹在书里。

她像是随口一问:"话说,你姐姐现在还在国外吗?"

"不清楚。"江尧对姐姐的事儿不怎么关心,"应该在某个城市跟人鬼混,谈恋爱吧。"

这么不羁啊。

为什么同一个妈生的，性格差那么大？

"作为弟弟，你就不怕她被男人骗吗？"在许柚目前的认知里，亲生的兄弟姐妹是除了爸妈以外最亲的存在，就连周培然不是她的亲弟弟，她有时候都担心他会不会被带坏了。

江尧似乎猜到她在想什么："放心，她不会不喜欢你的。"

许柚眨了眨眼，心虚地说："我又没说我在意的是这个。"

"她只会嫌弃我。而且……"他补充道，"不存在她被人骗，她不骗人感情就不错了。"

这说的什么话？

害得她越来越好奇那位陆清随是什么大人物了，难不成是被骗感情的受害者，而且陆清随跟他们同届的话，那岂不是年龄比江吒小？他们还是姐弟恋？

刚吃了感冒药，硬撑了一会儿，许柚最终还是抵不住嗜睡的副作用，又躺回床上睡觉，并且叮嘱江尧上班前一定要喊她起床。

然而，她中午迷迷糊糊地醒来，隐约听见外面有人在聊天，似乎还有一道女声。

女朋友在男朋友家听见女人的声音，是一件非常敏感且容易引起误会的事儿。

但这毕竟不是江尧的单身公寓，因此许柚也没往其他方面去想。

她慢腾腾地半坐起身，滑下床，想找找他房间里有没有梳子之类的东西，并没有找到，便去浴室对着镜子抓了抓头发。

她将耳朵贴在门上偷听了一耳朵外面在聊什么，没怎么听清，会不会会不会是有客人来拜访？

以防万一，许柚先发了一条信息给江尧：你家是不是来人了？

等了几分钟，江尧没有回复。

许柚很好奇，但又怕出去后，要是江尧不在，应对不熟悉的人会尴尬，急得直跺脚，总不能一直藏在里面不出去吧？

最终，她深吸了一口气，拧开门把，推门走了出去。

下一秒，与沙发上一位中年女人对上视线。

许柚张了张唇，鉴于早上险些认错江尧爸爸的事，这一回她可不敢再乱认了，心里犯着嘀咕，四处张望了眼，没看见江尧的人影，她乖顺地走过去打了声招呼："阿姨好。"

"你好。"梁捷觉得很神奇，自己儿子的房间突然走出来一个陌生女人，她被吓得险些从木质沙发上站起来，"陈叔，这位是？"

刚跟梁捷聊天的陈叔笑着说："这位姑娘昨晚生病发烧了，少爷领回来照顾的。"

许柚舔了舔唇，被梁捷上下打量着，随便在沙发一角坐下，一副手都不知道该放哪儿的局促模样。

领回来照顾的？

这里面的信息量可不小啊！

梁捷从没见过江尧领过哪个女孩儿回家，瞧着她问："你叫什么啊？你跟江尧是什么关系啊？工作是做什么的？"

标标准准的家长语气。

许柚断定这位应该就是江尧的妈妈了，迟疑了大概半分钟才回过神来，还没说上话。

从二楼下来的江尧抢先道："她叫许柚。"

许柚像是找到了主心骨，目光凝在他身上不离开，眼角的弧度也轻轻地扬起。

江尧走过来问："妈，你什么时候回来的？"

陈叔说："刚进门没多久，五分钟不到。"

梁捷刚咬了一口甜柚，听见许柚的名字，有些尴尬，不知道这柚子该吃还是不该吃。她笑容温婉道："真巧，我这……正准备吃柚子呢，你爸妈是不是平时会喊你小名，柚子什么的？"

许柚这会儿刚起床，清净的五官没有多余的修饰，有些好笑道："我爸妈偶尔会喊'柚子'，但大多数时候都是喊'柚柚'，生气的时候会喊'许柚'。"随后，她嘴甜地补了句，"其实我也喜欢吃柚子，尤其是红柚。阿姨看起来真年轻，刚刚没想到您是江尧妈妈，您可以叫我'柚子'的。"

梁捷特别喜欢许柚轻轻软软说话的样子，这跟她期望的儿媳妇形象几乎一致，便笑着问江尧："你女朋友啊？"

一时间，所有的目光都聚集在江尧的身上，包括陈叔。

许柚没有说话，原本放在膝盖上的手，忽然被一只修长而骨节分明的大手握住，自然而然地放在他手心上，被他把玩着。

他淡淡道："嗯。"

只是一个简单的音节，却包含了太多的信息。

梁捷笑开了，大大咧咧地对自己的儿子投去赞赏的目光："好你个江尧，还以为就你那看谁都像欠你钱的个性，起码得过了三十才给我领个媳妇过来，果真是闷声干大事啊。从哪儿拐来别人家乖乖巧巧的闺女的？我得赶紧把这件事告诉你爸。"

"妈。"江尧制止了她，"感情这事，我想慢慢来，也想自己处理，一个步骤一个步骤做好。现在带回家是意外，本以为你晚上才回来，我下午就准备捎她走了，既然碰见了，那就跟你们交代一声，还是希望你们不要太大惊小怪，干涉过多。"

"行行行。"梁捷白了他一眼，"我们不干涉，绝对不干涉。想什么时候结婚都成，慢慢来啊。"

一谈到结婚，刚剥了颗花生扔进嘴里的许柚险些噎住。

他们才在一起一天啊！

结婚，这个词就目前来说，还是太遥远，以后会发生什么都还不知道呢。

梁捷留了他俩在家吃午饭，家里有专门的煮饭阿姨，还问许柚喜欢吃什么菜。

许柚客气地说："其实我不怎么挑食的，什么都可以。"

363

估计是有一个吃穿住行样样挑剔又公主病的女儿，梁捷有些意外，以为她只是不好意思提，便说："怎么可能不挑食？就连你阿姨我，也有不喜欢吃的东西和特别喜欢吃的东西啊。别客气，阿姨很喜欢你，你就把这当自己家。"

江尧走过来替她解围："她喜欢火腿、土豆和脆皮豆腐。"

"好。"梁捷满意地笑，"看来挺了解嘛，我立刻让阿姨买。"

梁捷走后，许柚不可思议地看江尧，微抬起下巴，哼了哼说："你怎么知道我喜欢吃这几样？我记得我好像没跟你说过啊？"

"陪你吃那么多饭，不是白吃的。"江尧身形颀长，比她高了一截，轻松地将她抱起。

两人又进了卧室，关上门。

她被轻易地抵在门后，微凉的指尖胆大地划过他挺直的鼻梁，语调轻懒道："我发现你的鼻子继承了你妈，都挺高，挺漂亮的。阿姨现在气质这么好，年轻时肯定也是个美人吧？"

江尧不知听到哪个字眼顿了下，眸色暗了一秒，而后才说："是。她没什么心眼，跟你一样，你跟她说话时不用太紧张，当家人一样相处就行。她说喜欢你，那就是喜欢，所以在她面前，做自己就好，没必要因为是我的家人，就去迎合。"

"我只是一时适应不了啊，或许过几次就好了。"许柚很羡慕他的家庭环境，由衷地说，"你和你姐姐，真幸福。"

"是吗？"男人俯身含住她的唇瓣，携裹着浓烈的男性气息，避无可避地侵占她的唇舌。

他捏着她的下颌，不停地索吻。

许柚发现他特喜欢亲她。

自从在书房开了一次头，之后，到现在都亲了起码二、三、四、五……五次了。

而且还是在她生病又感冒又发烧时，也这么急不可耐。

这就需要她批评一下他了。

在他松开了她，稍微缓过神来，仍有些迷离地撞进他幽深沉醉的眼眸时，许柚强迫自己抽离，双手虽搭在他的肩上，却保持着一段距离，提醒道："江医生，你是做医生的，难道不清楚感冒是可以传染的吗？万一我的感冒传染给你了怎么办？你还要给病人做手术啊。"

他显然有些无所谓，竟还反驳她道："时时刻刻想着病人，就不能偶尔放纵一下，只满足自己。不就是感冒吗？被自己喜欢的人传染一次，怎么了？"

许柚特煞风景地说："你自制力不行。"

江尧都被气笑了，舔了舔唇，同意她的说法："嗯，确实不行，但也改不了。"

许柚想离他远点，免得将感冒病毒传染给他。

万一过几天她好了，他却感冒了，遭殃的不还是她吗？除非他们接下来这几天都不打算见面。

想来也是不可能的。

许柚瞥他一眼，想趁他不注意，溜开。

却不小心膝盖撞到门边的一个柜子，险些被绊倒，江尧搀住了她，几番碰撞之后，许柚背后抵着的门也被弄出些许声响。

——特别像一对小情侣关着门，在门后调情而发生的"吱吱"声。

果不其然，许柚听见门外传来几声低低的咳嗽，似提醒，也似尴尬而发出来的。

她的脸不可避免地染上了丁点儿绯红，恼怒地盯着他："江尧！"

或许因为耳朵的原因，他根本没听见，只是弯下腰去抚她的膝盖，说："走那么急做什么？你要是想走，我还真拦着啊？过来，我给你看看有没有伤到……"

疼痛反射过于缓慢，她这会儿才意识到刚刚被撞到的地方是真的疼，一瘸一拐地被他扶到床边坐下。

瞧见他半蹲在地上，给她卷起裤脚，直至卷到膝盖往上去检查。

好在没什么大碍，只是破了点儿皮。

方才剧烈的疼痛只是一种很正常的生理反应，再过半个小时就彻底没事儿了。

许柚见他一直没什么反应，动了动腿："怎么了？"

"你等我一下。"

江尧缓过神来，起身走了出去。

家里的医药箱不在他的房间，他经过客厅往二楼走，拿到后再拎着返回来。

梁捷跟陈叔还坐在客厅里闲聊，见他一来一回，手中多了个医药箱，特别迷惑。

再想到刚刚门发出的声音，她眼中夹杂着成年人都懂的暧昧，以及规劝他懂事的眼神。

江尧瞧见了，薄唇清淡地吐出一句话："差点摔倒了。"

"哦。"梁捷了然。

进去后，又关上门。

许柚坐在床上玩手机，江尧给她消毒，处理破了皮的伤口。

医生的手法比寻常人更专业一些，若是她自己来的话，估计拿个棉签在表面意思意思就行了。

江尧不一样，刚弄一下就疼得她咬牙。

后来，许柚没忍住说了一句："你就不能轻点？你在医院也是这么给患者弄的？"

江尧很快弄好，给她卷下裤脚，而后低低道："这不在我的业务范畴之内。"

许柚并不懂他门诊时会接收到什么病人，但手术的，她大概了解一点，因为无意瞧见过他的手术方案和报告。

还听他说，难度最大，最麻烦，耗时最长的手术是脊柱侧弯，每回他

一整天耗在手术室里,基本都跟这个脱不开干系。

饭后,许柚原计划是跟江尧一起离开,他先开车送她回公寓,然后再去医院上班。

但梁捷出声留住了她:"柚子,难得来一趟家里,别急着走啊,反正江尧下午也是要出门诊,你就留下来陪我这个老阿姨聊会儿天。江尧自从搬出去住之后,就总是不着家,他爸又不在,没人陪我解闷,怪无聊的,你就陪我说说话呗?"

江尧不同意:"妈,她烧还没退,你能别折腾了吗?"

"我怎么就折腾了?"梁捷不客气地回怼,顺便拉过许柚的手,"我又不是让她陪我去做什么,就坐在家里聊聊天,看会儿电视,想互相了解一下而已,又不是要虐待她。你要发自内心地想跟我们柚子在一起,长长久久地走下去,难道不希望我们相处得好一些吗?"

我们柚子?

这句话不仅惊到了江尧,也把许柚吓到了。

确实哦。

若一个男人没有与一个女人共度一生的计划的话,是不太希望她跟自己的家人接触太密切的,因为分手会很麻烦,而且一旦相处出了感情,会成为他们分开的羁绊,甚至一堆人跑出来劝他们三思。

江尧只是怕吓到许柚,要相处的话,以后多的是机会。他凉凉地睨梁捷一眼,开始妥协:"看她意见。"

梁捷看似特别喜欢她,双眸微亮地说:"放心,等会儿我让司机开车送你回去。"

许柚哪有拒绝的余地,只能乖巧地应下来。

反正,这一天迟早都会来。

早一天,晚一天,估计也没什么区别,但第一天的话,她确实是没有那个心理准备。

江尧一走，许柚整个人显得有些拘谨，从小到大跟黎平君拜访过不少亲戚朋友，但她几乎都不怎么说话，只在进门的那一刻嘴甜地打一声招呼，就开始装哑巴。

可能是小时候狗血电视剧看太多，她脑补的都是在儿子面前对待儿媳妇哪儿哪儿都好，一旦到了背后就变得尖酸刻薄、处处挖坑的婆婆形象。然而，尖酸刻薄倒没有，处处挖坑嘛，也不知道能不能算……

梁捷知道许柚紧张，刚开始聊天都是她在做主导，说话最多的也是她，甚至还不惜以吐槽自己儿子为乐。

估计是江尧嘴巴太严实，什么事都喜欢藏在心里，每回聊天半个字撬不出来。而江吒虽性格大大咧咧的，但半天见不着人影，更别谈什么套话。

于是，梁捷练就的一身套话技能，在两个儿女身上不好使，全在许柚身上见了效。

起初，许柚是不打算将自己暗恋的事儿告诉梁捷的，只说了她跟江尧是同学。后来她说漏嘴，又被梁捷抓住了漏洞，前后逻辑连不上，才道出了自己曾经喜欢过江尧的事儿来。

年少时无知无畏的暗恋，突然被家长知道。

还挺……不好意思的。

梁捷心上一喜，走进房间，拿出一本极厚的相片集给许柚看，里面都是江吒和江尧的照片。

许柚跟看见宝藏一样，爱不释手地翻着。

有他七八岁的照片，有他初中篮球比赛的照片，有他高中穿着校服竞赛拿奖的照片，还有……在国外的照片。

许柚一页一页地翻，她与他缺失的那几年，在这一瞬间被填补上。

梁捷在她翻阅的过程中，还会跟她说这是哪一年照的，他那时候在干什么。

许柚边听，也会边回想自己那时候在干什么。

但翻了那么多，她最喜欢的，还是他十七岁的照片。

身着夏季蓝白色的校服，身形颀长而挺拔，气质孤傲清冷，内心温暖如阳光，携着干干净净的少年气息，一下就走进了她心里，也是她心头曾经的白月光。

梁捷见她喜欢，就拿下一张送给了她。

许柚受宠若惊的同时，听到梁捷说："其实江尧从小到大，性格都很慢热，他朋友不多，不怎么会说话。以前全部的心思估计都用在读书上，后来回了国，我们也都催过让他多认识一下身边的好女孩儿，去谈个恋爱，但他都没什么反应，还说什么浪费时间。看得出来，他是挺喜欢你的，不然不会专门匀时间来陪你，还哄你开心。要是你俩不成，你让他这样的脾性再重新去找一个也难啊，不是吗？"

许柚摇头表示不赞同："其实，他在医院很受欢迎的。"

不仅是医院，应该说只要是他出没的地方，他就会不知不觉地吸引人的注意。

"这你都知道？"梁捷一眼看透的表情，"他应该没理那些人吧？"

"这我……就不清楚喽。"轻细的尾音带着调皮的语调。

梁捷被她惹笑，随后问："那你清楚他当年为什么出国吗？"

"因为耳朵啊。"这个，许柚还是知道的，"但是，阿姨，我一直很想问一个问题，他的耳朵到底是怎么出问题的啊？天生的吗？"

"不是天生的。"

这似乎触及一段很不好的回忆，梁捷不怎么想提起，语气也跟着有点沉重，不知道该不该告诉许柚，先问了许柚一个问题："你是真的很喜欢他吧？"

"那当然。"许柚不带犹豫的，"实不相瞒，我整颗心都在他那儿。"

"那他真是幸运！"梁捷叹了口气说，"大概在他六岁之前，他都不跟我们住在一起，他的大伯是一个性格阴晴不定的人，对自己的妻子不忠，还祸害别的姑娘，而且有暴力倾向，动不动就打人……"

许柚皱眉:"那江尧……是因为被他打,才生病的吗?"

梁捷沉默几秒后,点头。

许柚不是很明白:"既然知道他大伯有暴力倾向,那为什么还要把他放在那个人的家里,你们难道不担心吗?"

自从知道江尧的耳朵有问题后,她就曾想过是不是外伤导致的,被人打或者不小心撞击到头部才这样。

可现在有机会接触到背后的真相与答案时,她又一时有些无法接受。

梁捷一直在犹豫,到底要不要将这件事告诉许柚。

怕会吓跑许柚,可瞧见许柚那双关切又心疼的眼瞳时,似乎料定了她不会轻易地被吓跑,梁捷忍不住自私地想将所有事情都让她知道,让她多心疼一点江尧。

许柚见梁捷不语,又问:"你的意思是,六岁以前一直住在大伯家,还是说暂住啊?"

梁捷摇了摇头:"不是暂住,是一直。"

"一直?"

许柚更迷惑了,为什么会一直住在那里,到底为什么?这太荒唐了,为什么要把自己的儿子放在别人家里,在他那么小的时候不管不顾,哪怕他会被人打,这会让他造成一辈子不可磨灭的创伤的。

许柚一时之间,竟然不知道该对眼前这个满眼心疼的母亲做出什么样的评价,甚至下意识地打算开始疏远她。

她想象不到一个合格的母亲怎么会做出这样的事。

黎平君离婚后,生活再怎么艰难,再怎么辛苦,也没有放弃她,一直将她带在身边看着长大。许海城再怎么不喜欢她,也不会打她骂她,对她不管不顾。

这实在是……有点不符合逻辑。

许柚冷静地思考了一会儿,反复琢磨着"一直"的意思,忽然想到某种可能,问了一个问题:"那他现在还跟大伯和伯母往来吗?"

梁捷说:"他大伯犯了事,早就被关进去了,而且现在也不在了,至于他伯母也改嫁离开,很多年没见过面,如今是死是活都不清楚。"

许柚顿觉自己猜到了什么。

她低头仔细去看相册集里江尧八岁时跟全家的合影,会发现其中有些微妙之处。

江吃笑得甜滋滋的,搂着自己的妈妈,而江尧站在爸爸身侧,肩与肩之间始终隔着点儿距离,没有任何的肢体接触。

先不谈为什么相册里没有江尧六岁以前的照片,再细看几人的眉眼长相:一家四口,鼻梁都很高,直挺挺的,衬得脸型立体优越,江吃的漂亮显然是遗传了梁捷,眼睛和嘴巴都很相似,而江尧除了鼻子,跟梁捷哪儿哪儿都不像。

难不成……

许柚不敢往下细想了,这沉重一击,险些将她击晕过去。

这场谈话的信息量实在太大,打破了以往她对江尧的认知,还是在他们在一起的第一天。

许柚觉得,梁捷之所以跟她谈那么深,应该是误会了。

估计认为江尧能将她领到家里来,是认定了她这个人,并且两人已经瞒着他们深入交往已久,有了一定的感情基础。

直到现在,许柚才能理解梁捷方才调侃江尧,说他"闷声干大事"的意思。

原来是误以为他一直有个女朋友,一直藏着不告诉他们啊。

不过,让她知道这些事也挺好,至少能让她更了解他,也更心疼他。

许柚盯着梁捷送给她的照片中江尧白T站在篮球场旁勾唇淡笑的模样,她想不到这样一个干净清越的少年曾经经历了什么。

在卧室的时候,她还跟他感叹:你跟你姐姐,真幸福!

现在想来,哪里幸福?

简直是往他心口上戳刀子。

临近傍晚,梁捷让司机开车送许柚回去。

原本打算直接回公寓的许柚,换了个目的地:"你载我去医院吧。"

二十多分钟的路程,许柚一直望着窗外发呆,快到了才想起来要给江尧发条信息,立马掏出手机:下班了吗?我快到你们医院门口啦。

彼时,已经是下午六点钟。

江尧早下班了:刚准备走,等我。

许柚:那我在后门等你。

医院后门与前门相比,人比较少,仅有几个患者家属拎着一两袋生活用品进进出出,抑或是住院的患者在家属的陪同下出去散步或买东西。

许柚站在原地等了一阵,果真瞧见几个小时未见的男人从综合大楼里走了出来。

他神色平常,衬衫长裤,气质矜冷。

他双腿修长笔直,身材比例完美得无可挑剔,此刻正迈着均匀的步伐走过来。

许柚杏眸弯了弯,冲他打招呼。

待他走近后,她也不管附近有没有人在看,伸手圈住他的腰,主动送进怀里,小声喃喃地说:"怎么这么久?"

"抱歉。"男人声音清越,"有点事,耽搁了。"

"没事。"许柚很好说话,温软的嗓音里毫无责怪,"我就……撒个娇,不是真的抱怨。"

"我知道。"他说,"抱怨也可以。"

"那不行。"许柚固执道,"我们是情侣,是恋人,不存在谁一直包容谁的。江尧,我发现我还没正式跟你说过那三个字呢。其实我很喜欢你,以前喜欢,现在喜欢,以后也更喜欢。"

她仰起脸:"还有,你给我的那封情书,我已经揣进包里藏好了。那是你亲手写的,最后好像还落了款吧?相当于签名了。你说只要我还喜欢,

你就不会离开,以后应该不会后悔吧。那这样的话,你这辈子不是都要栽在我手里了吗?"

江尧垂眸,笑了下,捏捏她的脸:"……栽了就栽了吧。"

第九章 ✦ / 生死难题

江尧开车带许柚去吃饭，然后再送她回去。

两人的公寓虽然距离不是很远，走路几分钟就能到，但也不是门对门。

关于同居的问题，许柚暂时应该不会考虑，即便恋爱时情话说得天花乱坠，要多深情有多深情，对于原则性的问题，还是得按照步骤慢慢来。

再说了，黎平君和周长青隔三岔五会来她这儿放些生活用品或者家里包好的馄饨、饺子。

要是被他们发现她恋爱没几天就搬去跟男朋友住，不仅会骂她，而且对江尧的初印象也会有所降低。

庆幸的是，江尧想法跟她一样。

他也认为，不急。

回到公寓，许柚先从包里将梁捷给她的照片和那封情书拿出来，低头细细瞧了几眼，随后掏出手机，对着照片拍了张照，发给林冉：你对这个有印象吗？

这个照片里的地点很明显是在一中，他身上穿着的还是一中校服，应该是江尧在操场被无意偷拍下来的。

但许柚脑中对这个场景毫无印象。

林冉过了片刻，才回复她：梁子豪说，是他的杰作。

林冉：高一校运会。

许柚：哦。

许柚：我说难怪我根本没印象。

林冉：话说，你怎么有这个照片啊？梁子豪说他当时拍了很多江尧和江呓的，全洗出来给了江尧他妈。

林冉：你不会……

许柚：你猜？

林冉：你们在一起了？

许柚：对啊。

林冉：总算在一起了，可急死我了。

许柚：你急什么？

林冉：能不急吗？在我看来，你俩早该成了，不是……你为什么会有照片啊？你们该不会已经同居了吧？

许柚：哪有。

许柚一脸真诚地发问：话说，一般谈恋爱多久可以同居啊？

林冉：咳咳……这个嘛……

林冉实在是不知道该怎么跟她说，先委婉一些：具体情况具体分析啊，我跟梁子豪六年才同居，你们也耗六年？

许柚：那……有点太久了吧。

六年后，江尧都三十三四岁吧，那不得三十五岁以后才结婚，四十岁左右生孩子？

——这简直是要急死人的程度！

林冉在手机那端笑：逗你的。同居这事呢，从某种意义上来说相当于把自己完全交给对方。双方基本都没什么秘密，可以坦诚相见的时候就行了，你懂我的意思吧？

许柚过了很久，都不回复。

林冉废话不多说，干脆道：我说的坦诚相见是字面的意思，指衣服全脱了都没问题。

许柚：啊？

林冉：等你可以跟他上床的时候，就基本可以考虑同居了。

许柚：啊……

那目前，还是别考虑了。

结束跟林冉的对话，许柚刚打算去洗个澡，看见一直被她忽视、晾了几乎一天的来自于黎平君的信息。

她问许柚那天晚上进不了家门，最后去了哪儿住。

许柚睁眼说瞎话：回公寓了。

黎平君：瞎说，那天晚上我跟你爸从你表姐婚席上走，打包了些没人碰过的菜回来，想着不知道你吃饭没，会不会肚子饿，来了公寓一趟，人影都不见，手机也打不通。

许柚拧眉嘀咕了一下，怎么去参加个婚礼还捎点饭菜给她啊。

许柚回：可能那时候我在外面吃饭，正好出了门吧。

爱信不信。

许柚关掉手机，随意找件睡衣，就去洗澡。

洗完澡出来，许柚打开电视，边看节目边吹头发。

忽然有人打了个视频过来。

许柚放下吹风机，半湿着头发，走去桌边拿起手机瞅了眼。

是江尧。

怎么这么突然？

鉴于两人之间的关系，许柚并没有感受到冒犯，只是觉得有点新奇，以前他虽然也有打过视频来，但从来没有在晚上这种临睡前的暧昧时间点。

她想也不想就接通。

完全忘记了自己此刻正穿着一件淡色的真丝吊带睡裙，而且长发半湿，还有丁点儿的水珠从发梢中滴落下来，顺着白皙流畅的脖颈，滑到胸前……

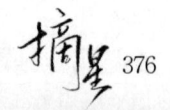

许柚没有去过江尧的公寓,先是看了眼他背后的环境。

发现家居风格跟他家一样,也是偏冷调的,跟他整个人的气质很搭,冷冷淡淡的,光看表面显得毫无温度,不过跟她这里相比,简直整洁太多。

许柚去倒了杯水喝,瞧见视频那端的人蹙了眉,问道:"刚洗完澡?"

"对啊。"她喝了口水,"还没吹完头发呢,你有什么事吗?"

——这简洁又干脆的语气。

恐怕他一说"没事",她下一秒就会关了视频,也不知道是真这么没情趣,还是因为害羞。

江尧如实说:"就看看你。"

许柚愣了愣,有些无语但又很甜地笑了:"不是才见了面回来吗?"

要认真算算的话,他俩分开应该还不超过两个小时吧?

许柚问他:"你洗完澡了吗?"

江尧:"没。"

许柚:"那还不快去,这都几点了?你不会刚刚才回来吧?跟我分开后,在外面逗留那么久?"

"你想问什么?"江尧无奈地说,"送你回去后,就回来了,刚刚处理了一下工作。"还刻意咬重后面的字音,"没有在外面逗留多久。"

"哦。"许柚心疼地问,"才完?"

"嗯。"

她捋了捋尚有些湿漉漉的头发,杏仁状的眼睛轻轻地弯起,没什么跟异性视频通话的经验,并不知道该说些什么,最后只蹦出了一句:"那还不休息一下?你不累啊?"

江尧轻笑着反问,莫名携了点儿温柔:"这不是在休息吗?"

许柚反应有些迟钝,过了一阵才意识到他说的休息是什么,恋爱初期的人不经撩,轻轻一句话就容易脸红,偏偏有个摄像头对着,还无处躲。

她不想跟他这样说话了,便说自己要吹头发,抬手关了视频。

下一秒,他的信息以文字的形式从微信里传来:你平时晚上都这样穿?

　　许柚：有什么问题吗？

　　江尧：挺漂亮。

　　许柚：嗯？

　　她勾了勾唇，正打算礼尚往来地对夸一句，就听他下一句话也一本正经地跳了出来：要是谈工作需要视频的话，最好换一件。

　　许柚哼了哼。不理他。

　　第二日，许柚照常前往公司上班。

　　由于请假一天的缘故，当天的工作堆积到了现在，马不停蹄地干了一天，还是没干完，又要加班了。

　　江尧这几天倒轻松不少，需要手术的患者创了近几个月的新低，科室里的人都很闲，基本下午六点左右，或者有时候五点就能下班。

　　即便如此，他每天晚上都会让许柚准备走的前半个小时给他发消息，提前通知他来接她。若她吃了饭，那就带她去吃夜宵或者四处兜风散散心；若她没吃，那便带她去吃饭，再送她回去。

　　期间有一次，许柚在公司加班，大概下午七点半就可以完成工作离开。七点钟的时候，去茶水间喝了口水，顺便给江尧发信息：今天没有昨天任务多，最迟七点半就可以走人。

　　刚点击发送，就有同事拍了拍她的肩膀。

　　许柚被吓了一跳："怎么了？"

　　那位同事曾经八卦过她，一直知道有人在追她，看她这一惊一乍的，说："跟谁聊天呢？这么激动？"

　　"难道不是你吓我，我才激动的吗？"许柚斜了同事一眼。

　　她突然问："你等会儿什么时候走啊？"

　　许柚说："七点半吧。"

　　"哎，正好我也差不多，平时跟我拼车的女生今天请假了，晚上怪不

安全的,要不我俩拼个车?"

"拼车?"

"对啊,你不是每天晚上加班的话,回家都是打车的吗?"

许柚默默地看了同事一眼,有些不好意思道:"最近不打了。"

"啊?"同事微讶,"那你怎么回去啊?"

许柚不打算骗人,这也不是什么好值得隐瞒的事:"有人接我。"

"哟。"同事的八卦属性瞬间被点燃,"不会是之前追你那个吧?还在追你啊?还没答应吗?"

自从之前出差聊过一回后,就没更新过进度了。

许柚有一些脸红,但还是如实说道:"答应是答应了,但是也没在一起多久。"

"真的?"同事替她高兴,但一想到她男朋友极可能的中年秃头外科医生长相就一点都不羨慕,只是说,"真好,希望你能幸福啊。"

"谢谢。"

在茶水间聊了会儿天,再回到工位。

许柚看了眼时间,发现竟然聊了将近十五分钟,江尧弹了个语音告诉她:我快到了。

她惊了一瞬,带着点撒娇的口吻问:你能等等我吗?我还没做完。

江尧:别急,做完再下来。

许柚:好。

许柚迅速恢复工作状态,十分钟就结束了。

她收拾好东西,急急忙忙地走去电梯间时,恰好碰到也要回去的同事,被意味深长地问了一句:"走那么急做什么?来接你的人又不会走……"

许柚走进电梯,羞赧地笑笑。

同事挤着眼说:"正好,看看你男朋友长什么样啊。"

许柚心想,有什么好看的,再说也不一定能看到,因为江尧基本都会坐在车里不出来。

这样想着，她显得特别淡定。

电梯门一打开。

许柚的视线往外瞟，想找找江尧的车停在哪儿，结果，猝不及防地与站在一楼大厅里的男人对上了视线。

她先是一愣。

而后瞧见他看见她的一刹那，眉梢微微地挑起，目光凝在她身上，穿着一贯的西装衬衫和长裤，斯文淡漠地走了过来。

今天医院有点事儿，江尧去开了个会，结束时还差十几分钟就到七点，但他并没有着急离开，而是回到办公室坐了一会儿。果不其然，在七点的时候收到了许柚的信息。

于是，他一刻都没停留，拎着车钥匙走了，身上穿的还是平日内搭在白大褂里的浅色衬衫和西装长裤。

他们工作的地点，距离很近，就隔着一个广场，开车五分钟就到。

其实，江尧给许柚发消息说"我快到了"的时候，他已经在楼下等了十分钟左右。

为了不给她施加压力，害她手脚匆忙，他才没有说。

车里太闷，他瞧见她们的公司一层大厅是可以自由进出的，便进去随意看了眼贴在墙上的海报，还没看几眼，她就下来了。

江尧看着她微诧的样子，自然而然地弯腰从她手中接过要提回去办公用的笔记本电脑。

他唇畔染着笑，摸了摸她的脑袋，说："还挺快啊，才过了十分钟就结束了？"

此话一出，许柚身后的同事都不约而同地看向他，看他的第一眼，心想这人谁？长得还挺帅！看他的第二眼，他他他……他们……不会是情侣吧？原来这就是那个……开迈巴赫的有钱医生！许柚的男朋友？

一个事业有成、性格内敛、低调温柔、长相身高比例挑不出一丝毛病，还不缺钱的男人，对单身女人的吸引力有多致命，许柚不会不清楚。

他仿佛自带气场,看得人眼睛一眨不眨的,而后有人问道:"柚子,你男朋友啊?"

江尧看向问话的人,有点期待许柚的回答。

许柚点点头:"对啊,我跟小梁说过的。医生嘛,在省中医那边上班,特别近,所以顺路过来接一下。"

她不太想说,江尧是专门过来接她的。

喜欢的人对自己的好,自己心里知道就可以了,没必要拿出来炫耀。

同事笑眯眯地看着她,眼中充满了羡慕,还小声说:"你男朋友好帅!"

后半句话被江尧听见,他蹙了蹙眉。

许柚略有些尴尬地跟同事们再寒暄了几句,便跟江尧一起离开了。

然而,刚刚随口说出的一句话,却成功被他抓到了话柄。

上了车,系好安全带,许柚等了一会儿,车子还没发动,便侧眸问:"怎么了吗?"

江尧瞥了她一眼,随后道:"你认为……我只是因为我们俩单位比较近,所以才顺路送你回去的?"

许柚:"呃……"

从这一件事情里,许柚发现,男人真的很……爱计较。

许柚揪了揪自己的鬓角,抿唇说:"难道我是说客套话,你没听出来吗?这不是我内心真实的想法。"

"是吗?"江尧静了静,边发动引擎边问,"刚刚是什么场合,需要说客套话?"

许柚发现他是真的有点生气了。

不知为何,在这种严肃的氛围下,她竟然觉得有点……好笑。

可能是从来没见江尧对她发脾气过,也潜意识里知道他不会真的生她的气,只是提出自己的疑惑而已。

许柚看着他,思考了好一会儿,才问:"所以,你的意思是我应该如实说？"

她不是不明白江尧生气的点在哪儿。

之前大学的时候，许柚有个广播站的男同学，他的女朋友是日语系的，人高高瘦瘦、温温柔柔的。他经常有事没事就会去日语系等他女朋友下课一起出去吃饭，而且还喜欢高调地送一些花啊礼物什么的。

高调到什么程度？连许柚这种两耳不闻窗外事的人都知道他们那些谈恋爱的事儿。

后来有一回，许柚问他："你这么高调做什么？整得好像要全世界都知道你在谈恋爱似的。"

他说："有个漂亮的女朋友为什么要低调？是低调得连他们班上的人都不知道她名花有主，然后见缝插针地插进我们中间来？想对她好就对她好了，这不需要什么理由，也不需要遮遮掩掩。"

许柚发现男生的想法跟女生真是天差地别。

要是她的话，她宁愿将江尧藏起来，不让别人知道，也不让别人觊觎。他对她的好，她自己清楚，自己感动就够了，不需要让别人来认同。

两人没再谈论那个话题。

仿佛刚刚那小小的争吵，只是她幻想出来的场景，气氛如常地去一家火锅店吃完晚餐，再一起迎着晚风，在街边逛了一圈。

许柚被他牵着手，最后还是道出了自己内心深处最真实的想法："江尧，其实如果今天傍晚不是碰巧遇到的话，我根本不想告诉任何人，我从小到大喜欢的那个人的样子，如果不是被人八卦过几回，我是真的可能一个字都不会说出口的……"

男人看着她，没有打断她说话，静静地听着。

许柚撇了撇嘴说："你要知道，女人其实是一种很小气的生物，可能我就是里面最小气的那个，不想跟人分享，不想听见别人讨论你。你不是什么好吃的食物或者什么好玩的东西，你就只是我的，我一个人的。"

她仰着脸看他，发现他唇边带笑。她拧了一下眉，最终忍无可忍地说：

"我这么认真回答你,你笑什么?"

江尧停下脚步,正好四处无人,他将她搂在身前,捧着她的小脸,漫不经心道:"我没真的怪你,就是表达一下自己的想法,总不能一直憋在心里,越憋越久吧?"

"可我真的以为……你刚刚生气了。"许柚圈着他的腰,下巴正好蹭在他胸膛,真诚道,"……还挺慌的。"

"生气?"江尧勾起一抹淡笑,"那你还没见过我真正生气的样子。"

这话说得……

许柚眯了眯眸,问:"很可怕吗?"

江尧点头,懒散道:"应该挺可怕的。"

许柚半信半疑地问:"那你具体会有什么反应啊?说来听听,好让我有个心理准备。"

"这准备不了吧。"

"为什么准备不了?"

"跟女朋友生气和跟别人生气怎么一样?"

"那你这意思是……"许柚说,"你都还没试过喽,你怎么知道很可怕?"

"那现在试一下?"

"不要……唔"

江尧低下头,直接吮了下她的唇瓣,将她还未说出口的话咽回肚子里。

随后,他手指捏紧她的下颌,霸道地撬开她的唇齿,一改平时温柔又深情的形象,这一下着实把许柚吓到了。

但似乎……也没到可怕的地步,可能是平时的江尧对她太小心翼翼、太温柔,突然变成这样……她还挺……喜欢的?

许柚的脸蛋被他亲得酡红,整个人娇滴滴的,有些慌乱无措地承受着他的汲取。

也估计是她没拒绝,他逐渐变得大胆起来,感觉像是在探她的底线……

他宽厚的大手,圈着她的腰肢,一点一点地往上,微凉的指尖蹭到她柔软的后背。

许柚被他亲得有些泛软和迷糊，像被蛊惑住了，任他的手在内里游离了半分钟，顿时一个激灵，睁大眼睛，出声喝止了他。

江尧一下就停下来了，表情显然有些意犹未尽，却也没说什么，甚至还贴心地帮她理好衣服。

许柚原本没什么的，瞧见他这一动作，带着浅浅绯红的双颊立马变成血红色。

她瞪他："这就是你说的，很可怕的生气反应？"

……这是哪门子的生气？

分明就是借机占她便宜。

江尧低眸瞧着她有些恼怒的脸蛋，自然地揽过她的肩膀，带她离开："不可怕吗？"

"这哪里可怕了？"

她还以为他有什么暴力倾向，至少踢一下旁边的东西，或者骂一下人，这才能称之为可怕……吧？

结果，就这？

江尧看她一脸天真无害的表情，薄唇勾出浅弧，低哑的嗓音在她耳畔缓缓响起："刚刚不是说了吗？只是试一下，真实情况就不一定听你的话停下来了。"

"你真的不停啊？"许柚显然不相信，怀疑地问，"那你就不怕我生气？"

"现在在讨论我生气，不是你生气。"为了他那微不足道的尊严，江尧笃定道，"不停。"

许柚还是不信。

暗恋那么多年，又恋爱了好一段时间，对于江尧，她不敢说百分百了解，但至少也能达到百分之九十以上，但她懒得跟他吵，以后实践一次不就知道了嘛。

回去后，许柚在四人小群上看到林冉发出来的照片，里面全是大海风景照，还有一些她和梁子豪在海边吃海鲜的抓拍照。

许柚点进去问：不是说国庆才去的吗？这就到了？

林冉：国庆车多容易塞车，所以提前一周来喽。

林冉：这里的螃蟹好好吃啊，要不要带些回去给你们？

林冉：柚子挺喜欢吃蟹的，要吗？

许柚特别喜欢吃蟹，每回跟江尧去吃饭，在菜单上看到都会点，但她不习惯麻烦别人，便敲字说：不用啦，你替我吃个够就行了。

同一秒，昵称是句号的某人也发了一条信息出来：要。

许柚：嗯？

这人跟她唱反调啊？

林冉：你们在一起吧？

林冉：玩我呢？一个说要一个说不要？到底要不要？

许柚先解释：我早就吃完饭回来了，没跟他在一起。

江尧：要啊，就当生日礼物吧。

江尧：带回来，我做给她吃。

许柚发出疑问：你会做饭？

江尧：过几天，你来尝尝不就知道了？

林冉：既然这样，我直接让梁子豪快递吧。

林冉：祝你们早日吃蟹啊！

国庆节，江尧上午有两台手术要做，结束时刚好是中午一点。

许柚出差了两天，今天回程，他正好去机场接她。

许柚等了一会儿，就瞧见一辆迈巴赫朝她驶了过来。

江尧下车，帮她将行李放进后备厢，她眼尖地瞅见车上有一箱大闸蟹，便问："这是林冉寄过来的吗？"

江尧点点头。

385

许柚很蠢地问:"那我们等下去哪儿啊?午饭还没吃啊。"

上了车,江尧帮她扣上安全带,才说:"行李都在车上了,你还想去哪儿?"

许柚蒙了一下:"嗯?"随后,看见他导航的最终目的地是他公寓所在的小区。

她刚反应过来,就听他说:"明天我生日,难道你不陪我过零点?"

所以,今晚……不是,平时怎么没见他这么有仪式感,这是摆好了阵,等着她入圈呢?

明天就是他生日了。

许柚感觉挺对不起他的,因为工作忙碌又经常出差,近日见面机会少不说,根本就没时间给他准备惊喜。

也幸好,江尧的生日在国庆法定节假日之内。

国庆假期,她好说歹说也能放个两三天,虽然目前已经因出差被压榨了半天,但至少从现在开始到4号她都是放假的。

许柚临时抱佛脚,在网上查了一下"男朋友生日一般都怎么过",随后侧过脸,问了一个很关键的问题:"江尧,你这几天要上班吗?"

"嗯。"江尧平静地说,"明天早上有门诊,下午休息,后天一天手术。"

——那还过什么啊?

许柚本想跟他腻几天的,抱着侥幸心理以为他至少有一天是全休的吧?然而,并没有。

她又问:"你今天早上也上班了吗?下午还要上班吗?"

"不用。"他说,"放心,今天下午和晚上都是你的。"

许柚转了转眸,低下头咬了咬手指,来掩饰自己的喜悦和羞赧。

说这么暧昧做什么?

到了小区停车场,许柚下车不自觉地打了个哈欠,正好被江尧瞧见:"困了?"

"为了赶飞机,早上太早起床了。昨晚又熬了夜,就没睡多少。"

江尧去后备厢，将行李箱和那一箱蟹拿下来，后者看上去还挺重的。

许柚："林冉真舍得花钱，也不用寄这么多吧？"

这些螃蟹单一个就很大，应该会很好吃。

她舔了舔唇，贴心地拿过自己的行李箱推着走："你搬蟹吧，我自己的行李自己拿。"

两人一起乘电梯上去。

许柚并没有来过江尧的公寓，单看单元楼的装潢和小区的管理和布局，就感觉比她那儿高档很多。

进电梯后，他腾不出来手，许柚听他说过住在二十三层，便自行按了楼层。

出电梯，她轻声问："你家密码多少啊？"

江尧沉默了一会儿，才说："920525。"

许柚愣了一下，边按密码边下意识地嘀咕道："这不是我生日吗？"

秋日午后的暖风从窗口吹过，拂起她落在颊边柔软的头发，勾得心痒痒的。

江尧没说话，相当于默认了。

不然哪会这么巧随便设的一串数字就是她的出生年月日？

许柚又暗叹了一句闷骚。

进去后，将行李放在玄关处，认真地提议："你快改密码吧。"

他愣了下："为什么？"

许柚："这很容易被盗啊！要是有人知道我是你的女朋友，不就能猜到了吗？"

这样一想，并不是没有道理。

但这密码，说实话是江尧早就设下的，当时许柚还不是他女朋友，他也还没正式搬过来，里面没什么值钱的东西，所以才没想那么深。

最后，江尧真的改了，还让她过去，录指纹，相当于给了她一把随意进出的钥匙。

搞定一切后，许柚搂着他，杏眸弯弯地问："我是不是很没情趣？"

"才知道？"男人捏了捏她的鼻子。

之前视频也是。

这一次，也一样。

他竟然没有客套地否认。

许柚哼了哼："哦，那你还喜欢我？"

"大概就是因为蠢吧。"

"你才蠢！"

后面许柚没听清楚，他似乎说了一句"蠢得可爱"，就被亲了一下，待反应过来，已经被拦腰抱起。

男人的长腿迈着步子往卧室的方向走。

许柚不知道他要干什么，整个人腾空在他身上，手臂下意识地圈着他的脖子来寻求安全感，眼瞧着距离卧室越来越近……

他踢开了卧室的门，里面的双人大床近在咫尺。

许柚脑中晃过各种影视剧里，女主角去到男主角的家，两人干柴烈火在客厅深吻起来，最后被男主角抱进卧室做不可描述的事情的画面。

可是，这才中午啊！

许柚在自己跌落大床之前，有些慌张地问："江尧，你要做什么？"

然而，江尧不为所动，丝毫没有停下来，将她往床中央一放，下一秒，人也跟着压了过来，两人一个在上一个在下安静地对视着。

空气有一瞬间的凝固。

许柚虽称不上是那种一眼惊艳的美女，但"美女"这个词绝对是够格的，她的外表跟性子一样都比较柔，没有攻击性，因此并不会让人瞧见的第一眼就惊叹。

可若细细去品，会发现她特别耐看，是那种越看越养眼的类型。

即便她躺在床上，在如此"死亡角度"之下，也丝毫挑不出瑕疵，反而有种惊慌受措之后，迷糊又娇软的感觉。

江尧直勾勾地盯着她，仿佛现在躺在他身下的是一件百看不厌的艺术品。

许柚被他看得脸颊发烫，用手指勾了勾他，嗫嚅着喊了一声："……江尧。"

话音一落，温软的唇瓣被覆盖住。

她被吓得闭了眼。

她神经紧紧地绷着，四肢僵硬，有点不适应以这样的角度和方式去亲吻，甚至还有细微的不易察觉的战栗。

男人的唇从她唇边离开，缓慢辗转到她的下巴和雪白的脖颈上，不厌其烦又温柔又细致地烙下一个个吻，一路蔓延到她的锁骨……

如此气氛和火候，大有一种要干点什么的趋势，然而，就没有然后了。

江尧撑起身子，盯着某人闭着眼绷紧的脸蛋看了良久，用手指刮了刮她的脸颊，眼底蓄着笑："许柚？"

许柚没出声儿，也没睁开眼。

她知道自己被耍了。他就是故意造势，让她误以为他要那啥，最后只在她脖子上跟狗似的乱啃一通，就甩甩手离开，临走前还打算嘲笑她一番。

这男人坏得很！

于是，她打算将计就计——

江尧喊了几声，还是没反应，低低沉沉地凑到她耳边提醒："别装睡了，以为我看不出来？"

这卧室的窗户正好对着西边，天际的太阳经过半圈的轮转，金色的光线透过半开的窗口直直地打到床上来，也照在她的脸上。

女人皮肤极好，细小的绒毛清晰可见，鼻梁直挺挺，鼻尖小小的。

江尧见她过了几分钟还是没反应，太阳穴两侧突突地跳，脸一沉。

这叫什么事？

不会真把人给亲睡着了吧？

江尧是学医的，对于人体睡眠状态下的反应尤其清楚。

瞧她这呼吸均匀的模样,他能判断她百分之九十已经进入了低浅的睡眠状态,再联想到许柚在停车场时说"早上早起昨晚也熬了夜根本没睡多少"的话,那百分之九十又瞬间增长到了百分之百。

江尧盯着她卷翘的、安安静静铺在眼睑处的睫毛,看了一会儿就看不下去了。

他心里有一股火,想发作又发不起来。

他小心翼翼地起身,帮她调整了位置,拿过枕头垫好,再盖上被子,才认命地出去做饭。

江尧在国外待的那几年,梁捷和江益平并不是一直跟他住在一起的。

起初他耳朵还没康复的一两年,几个人确实是住在一起,后来梁捷受不了他沉闷的性子,加上她工作清闲,一到节假日就满世界飞,想去哪儿玩就去哪儿玩,有时候一个月都不见人影。

因此,常常是江尧一个人生活。

厨艺嘛……他虽说不上很精通,至少也是能拿得出手的。为了不翻车,他还专门虚心请教了家里的阿姨。

他很"学霸"地记下做一道香辣大闸蟹需要的调料和食材,然后提前一天亲自去超市逛了一圈,全都买回来。

江尧甚至还记得,他当时拿着一张便笺纸站在收银台,煞有介事地一边看收银员过机一边清点有没有漏买东西,身后排队的人以及收银员看他的眼神。

如果是做给自己吃,那他就随便来了,但现在是做给许柚吃,而且还是第一次为她下厨,他完全不敢马虎。

在学霸的世界里,每一道菜的食材配方都应该是经过前人的经验实践过且固定调配好的,若少了其中一种调料,那便会不好吃。

例如,纸上写着:生姜20克、葱30克、盐少许、生抽2勺、耗油1勺……

他都精准地搭配好,才不紧不慢地开始翻炒。

一个半小时过去。

许柚迷迷糊糊地从床上醒来，肚子"咕噜噜"地叫。

彼时已经接近下午三点，她午饭还没吃，完全是被饿醒的。

她睁开眼反应了好一会儿，才想起来这里是哪里，刚刚是怎么睡着的。

本来她只是想气气江尧，结果因为实在太累，装睡的时间长了竟真的睡了过去。

没有看到他发现她睡着后脸上的表情。

怪可惜的！

许柚赤着脚出去，在玄关处找了双大了好几码的男士拖鞋穿上，闻到厨房有香味飘出，心头漾起一丝满足地过去瞅了眼。

男人站在流理台前削土豆，衬衫袖口的纽扣被解开，层层叠叠地卷上去，露出线条流畅的小臂，模样看上去专注又认真。

可能是因为许海城谜之自信还大男子主义，不干家务还喜欢指手画脚。许柚对那种肯帮忙分担家务，甚至愿意下厨的男人，完全没有抵抗力。

在她的认知里，会做饭，就代表着不是第一次做，平时肯定也有下过厨。

她勾着唇，轻手轻脚地凑到他身后。

她自背后抱住了他，后者动作顿了一秒，往后瞥了眼，嗓音低沉，面无表情道："醒了？"

许柚皱眉。

怎么的？这两个字好像夹杂着些许怨气？

他在生气？

许柚知道他在气什么，脸藏在他身后，低低地失笑，明知故问："你好像……有点不欢迎我啊？"

他不冷不热地说："你发散思维挺强。"

这是在骂她呢？还是在夸她呢？

许柚将刚睡醒尚有些迷糊的脑袋靠在他的背上，抱着他，哼了一声："怎么说？"

391

"我只说了两个字,你就认为我不欢迎你。"江尧一边洗东西一边不急不缓地道,"我不冤?"

"可是……"许柚想了半天,终于揪到一个能批评他的点,"你的语气分明就很嫌弃啊。"

男人略显无奈:"我嫌弃你?"

她点头:"嗯。"

"你还真是没有一点自知之明啊,刚刚谁睡着了?"江尧冷冽地警告,"我还没跟你计较,嗯?"

许柚撒开手,伸了个懒腰,偷看他的脸色,不甚在意地说:"又不是故意的,谁让我这么困呢?"

随后,她去正在焖东西的锅旁,拿一条毛巾裹着打开盖子瞅一眼,香味扑鼻,害得她只看了一眼就忍不住要流口水。

她快速合上盖子,吃饭之前都没敢再看了。

原以为江尧说他会做饭,只是跟她一样会一些"三脚猫功夫"——能把食材做熟,吃完不拉肚子。

没想到竟是这种水准!

可是,她往侧边一瞟,微诧道:"江尧,你厨房里怎么有秤啊?你做饭还要用秤?称什么?"

江尧:"呃……"

许柚见他不说话,过去看了眼,又发现两三张从本子上撕下来的纸被随意地摆在那儿,上面是他正在做的几道菜所需要的食材和做法,有些配料还精确到几克。

字迹很飘逸,也很漂亮,一看就是出自他的手。

她拾起那几张纸,挑眉朝他晃了晃:"你不会专门为了我去学的吧?"

江尧侧头,拧着眉头看向她。他夺过她手中的纸,波澜不惊道:"别想太多,只是怕漏了什么步骤,毕竟没有经常做。"

"是吗?"许柚不是很相信,看他这不自然的表情就知道有鬼,"不

是的话,你慌什么?我又不会笑你,只是有点不好意思而已,明天明明是你生日,现在弄得好像是我生日一样,要你接我回来,还要你煮饭给我吃。"

想得越多,她就越内疚,忽然发现在这段感情里一直付出的是江尧,而享受的都是她。

虽然,他对她的好,都不是她主动要求的,但实际上看,她就是没付出过什么……

许柚这样想着,便问了一句:"你说,我这个女朋友当得是不是有点不太合格啊?"

江尧在忙活,只看了她一眼,蹙眉:"你想说什么?"

许柚:"怕你跟别人对比,会有落差啊。"

男人愣住,漆黑的眸盯着她眼睛问:"那你告诉我,什么是合格?什么是不合格?标准具体又是什么?谁制定出来的?"

许柚说不出来,这哪有什么标准,只不过是一种约定俗成的习惯罢了。

江尧:"天下人各有异,每个人都不一样。要真有标准,说到底,这标准还不是我说了算?只有我有权利给你打分,那么你觉得我会这么无聊,去给自己的女朋友打分吗?"

许柚摇头:"不会。"

他不说话了,话题终止。

但许柚认为还是要为他做点什么,明面上乖巧地答应他不再提这个事儿,心里却嘀咕着该为他做些什么好呢。

这几天的休假,刚好她休息不用上班,他有三分之二的时间要去工作,那……去接他下班?

可她不会开车啊!

去医院给他送饭或中午的时候陪他聊聊天?

会不会十分钟不到就被他撵走?毕竟他明确说过不生病的话,不允许她去医院找他的。

许柚有点愁。

眼见他快做完饭,她上前打开柜子拿出两个碗和两双筷子,说:"我把东西先拿出去摆好。"

江尧:"小心点。"

许柚:我才没那么娇贵!

盛好饭的时候,菜也已经全做好,江尧逐一端了出来。

看上去还挺丰盛的。

一盘大闸蟹、一盘土豆炖牛肉,还有一盘青菜,全都是她喜欢吃的。

江尧吃饭安静,不怎么说话。

但许柚说话的时候,他不会表现出任何不耐,偶尔还会回应一两句,他们似乎都把对方的脾性给摸透了,相处之间没有丝毫尴尬,反而有种生活在一起很久且岁月静好的错觉。

饭后,江尧收拾碗筷去厨房洗碗,许柚也过去帮他。

待全部收拾完,厨房回归原样。

她正要问他待会儿做点什么时,江尧的手机铃声不合时宜地响起。

许柚拧了一下眉,有一种很不好的预感。

果不其然,他接完电话之后,立马进房间换了身衣服,摸了摸她的头说:"乖,我得去趟医院。"

许柚颇为无奈地盯着他,没吱声。

他拿上车钥匙,准备出门。

瞧见她不高兴的模样,他薄唇抿起,叮嘱道:"我今晚不在,你可以不用回去了,等下自己看会儿电视,书房里有台电脑随便你玩,洗了澡到点就睡觉,嗯?不用等我。"

听这意思,就知道应该是发生什么紧急状况了。

上一次看他这么急还是附近的高速路上发生车祸,每到这种时候,许柚不细问的话,江尧一般都不会跟她交代清楚。

他像是在下意识地让她少接触这种事情,只模糊地说是医院有急事要回去处理。

她站在门框边,眼睁睁地看着他出门,伸手按电梯,站在电梯前等。

电梯上的数字从"7"开始一直往上跳,跳到"20"的时候——

许柚没忍住跑出去踮起脚在他侧脸上轻轻地亲了一下,夹杂着不易察觉的心疼和委屈,小声道:"今天晚上就是你生日了,也不知道什么时候能回来。"

她眼眸微亮,仰着脸笑:"江尧,生日快乐。生日礼物等你回来再给你,先留个悬念。"

他嘴角勾出笑意,捏捏她的脸蛋:"好,早点睡。"

"那你开车注意安全。"

话落,电梯门也在同一秒自动敞开。

许柚就不跟下去了,瞧见他下了楼,便转身回屋里,独自一人无聊地瘫坐在沙发上发了好一会儿的呆。

……都不知道该怎么解闷。

许柚打开微博,刷了刷实时热点。

今晚好像有个娱乐盛典,热搜前排大多被明星的红毯宣传占领,在二十几的位置,她瞥见一个标题后标着"新"的热搜——#禹城一车失控致3死7伤#

禹城只是一个近几年才发展起来的小城市,许柚还是第一次看见它上热搜,没想到竟是以这样的方式。

可能是因为这件事跟她家那位有点关系,许柚点进去扫了几眼,新闻图只有一张,通过照片能看到现场有一辆纯黑色的车子侧翻了,伤者和死者是一概被模糊过的。

网上评论的网友各执一词——

△真的是失控吗?这么多人命,就两个字"失控"没了?

△是不是酒驾啊!

△希望没事。[蜡烛]

△结果没出来之前不要乱揣测好吧,这失控车都翻成这样了,车主不死也伤得很严重啊,说不定真不是故意的。

……………

此时,距离江尧离开,已经过去将近一个小时,他应该早就到医院了。

网上流出了一些监控录像,许柚戳进去看,只看了一眼就觉得可怕,因为肇事车的车速实在是太快了,被撞的人根本来不及反应。

她狠狠地哆嗦了一下,原本还打算找周长青练练车,争取以后也能接江尧下班,现在彻底打消了这个念头。

许柚咬了咬唇,在评论区敲了几个字:逝者安息,一路走好。愿伤者平安无事。

她就放下手机,走至行李箱旁蹲下,伸手将自己的箱子打开,里面有一些用小瓶小罐装着的洗浴用品和护肤品。

因为经常出差,她每次都不吝啬地将瓶子装满,反正没多久又要拿去用,总有用光的一天。上一次续装正好是这趟出差前,因此,现在瓶子里满满当当的,毫不夸张地说,用半个月都没问题。

但让她住在江尧这儿半个月,那是不可能的。

许柚将衣服和各种乱七八糟的东西搬出来,特别霸道地将江尧浴室里空荡荡的盥洗台占满,全堆上自己的东西。

随后,她拎着睡衣进去洗澡。

出差时,公司一般会安排两个女生一起住双人房,所以许柚带的睡衣都是普普通通的保守款式,她也有些布料少的丝滑睡裙,但只会在公寓里自己一个人睡的时候穿。

洗澡完毕,她盘腿坐在江尧的床上,往脸上抹了些乳液,无聊地哀号了一声,呈"大"字形躺在床上玩手机。

虽然知道他并不会看手机,许柚还是关心地给他发了一条信息:怎么样了?很忙吗?

发完,她又去刷新闻,想看看那个车祸有没有什么新进展。没看到什

么新消息后,她撇了撇嘴,刷了下朋友圈,又开始"骚扰"江尧。

许柚:怎么办,我好无聊……

许柚:假期寂寞在男友家独守空房,该做什么好呢?

许柚:你是真的一点都不能休息啊?

许柚:[心疼.jpg]

许柚:我来隔空给你揉揉肩,好不好?揉完肩……开始捶背……捶完背……继续揉……

她发了很多小猫咪踩奶的照片过去,像山竹一样的小爪子,一张一合,尽责尽职地给铲屎官按摩。

最后,她还在微信倒数——

许柚:十。

许柚:九。

许柚:八。

…………

许柚:三。

许柚:二。

许柚:一。

许柚:江尧,生日快乐!二十八岁啦!

许柚:猜猜,我给你的生日礼物是什么?

江尧看到这些信息的时候,已经是第二天早上八点钟。

刚结束两台手术,他的腰僵硬得险些直不起来,他眉眼中带着明显的疲倦,连嗓音都是沙哑的。

然而,在看见屏保显示许柚发来的"50+"的信息时,他又无奈般地低叹了口气,唇角微微勾起,掺着些许宠溺。

老周见他一直盯着手机低笑,过来搭他的肩膀,无意瞥到微信里的几条信息,似笑非笑地说:"跟女朋友聊天呢?生日快乐啊,差点忘了,今天还是你生日。主任说了今天你的门诊取消了。熬了个大夜,回去睡个觉休息一下，别把身体搞垮了。"

　　李柘瘫在椅子上，听见什么女朋友，侧首看他们一眼，有气无力地问："江尧谈恋爱了？什么时候的事？跟谁谈啊？"

　　老周端起茶杯喝了口茶水，耸耸肩："我也是前几天才发现的，你问他。这小子的嘴严实得很。"

　　说起来，江尧还没跟医院里的人说过他谈恋爱的事，尤其是跟许柚相亲过的李柘。

　　江尧漆黑深邃的眼没有波澜地看向李柘，沉默了几秒，很淡然地吐出了两个字："许柚。"

　　李柘先是一愣，意识到江尧在回答哪个问题后，嘲弄地笑出了声，并没有恶意，也不知道是嘲笑自己还是嘲笑别人。

　　他挑了挑眉梢，冲江尧说："行啊你！恭喜你啊，兄弟！"而后，又无奈地向老周诉苦，"我说什么来着？女人心，海底针，猜谁的想法都不要猜女人的，当初拒绝我的时候说医生和投行不搭，哪有什么职业搭不搭的，人家只是跟我不搭而已……我现在算是知道真相了。"

　　江尧无声地淡笑。

　　经过昨晚，其实他也觉得医生和投行不怎么搭。若是换另一种职业，他是不是就可以陪在她身边，不用让她一晚上无聊地发五十多条信息来解闷了？

　　可现实就是这样，似乎也没别的办法了。

　　总不能辞职吧？

　　江尧收拾了一下东西，拿起车钥匙，准备离开。

　　李柘担心地说："这就走了？这么急？不休息一下眯会儿？这状态能开车吗？"

　　"没那么虚。"刚刚坐了一会儿，精神也回笼了，江尧轻笑，脚步未停地道，"夜不归宿，是时候回去哄哄女朋友了。"

　　李柘："啧。"

你就使劲儿"炫"吧!

江尧前脚刚到公寓楼下,停好车,准备上楼,许柚后脚就踏进了洗手间上厕所。

旋即,她站在盥洗台前洗手,想着这个点江尧还没回来,要不要做点早餐送过去给他。紧随而至的是一个哈欠,她又瞄了眼时间,心想还是算了,于是又滚上了床。

实在是……太困了。

现在才八点半,再睡半个小时,九点决定应该……也不迟。

因此,江尧走出电梯,按指纹一进门看到的,就是这样的场景——

洗手间里的灯是亮着的,透着浅黄色的暖光,里面传来细微的水龙头滴水的声音,应该是没有关紧。

沙发上有些凌乱,一张毛毯和一个抱枕随意搭在上面;地毯上有一只拖鞋,另一只不翼而飞。

浅白色的大理石茶几上放着两包已经干瘪了的薯片包装袋,还有一瓶喝得仅剩下一口的橙汁……

而卧室里的某人正趴在床上昏昏欲睡。

江尧颇为无奈地摇了摇头,不难猜出她昨晚都干了些什么。

看电视、吃零食、喝饮料……

夜生活蛮丰富嘛。

瞧她这九点钟都醒不来的劲头儿,起码熬到了凌晨两三点,也可能是四五点。

江尧皱着眉头,将东西整理了一下。

好在她这一系列行为没有夸张到吓他一跳的地步,且在他的心里有种任她为所欲为的感觉。

他将一切整理好,去洗了个手,然后进卧室找了套衣服,去冲了个淋浴澡,冲走一晚上的疲累,再折回卧室,掀开被子上床,拥着许柚开始补眠。

399

被子里突然多出来一个人，而且还是一个手长腿长的男人，许柚立马就察觉到了。

她平时一个人睡一张大床，这会儿难免有些不习惯，意识迷糊地皱了下眉，声音细如猫叫般哼了几声，抬起脚要踹他下去，然而根本踹不动，还被男人轻而易举地压制了双腿。

渐渐地，她也就不动弹了，像一只被驯服的猫……趴在他的身侧乖乖地睡觉。

大约过了一个小时，许柚才悠悠转醒。

她刚一侧身，看见近在咫尺的俊脸，吓得不轻，下一刻觉得有些无法呼吸，心跳也跟着开始加速，渐渐到了失控的地步。

什么情况？

他们怎么会睡在一起？他什么时候回来的？回来多久了？换句话说，他们睡一起多久了？

许柚拧着眉，低头瞧了眼自己的睡衣——虽有些凌乱，衣摆因为睡姿不当的缘故往上挪移，露出一点点腰线，但扣子完好无损地扣到了最顶上的那一颗。

也就是说，他们什么都没发生，什么也没做。

许柚松了口气。

忽然，拥着她的手臂紧了紧，她感受到身侧的男人在一点一点地抱紧她，她整个人被困住，毫无半丝动弹的机会。

"……江尧！"许柚忍无可忍地喊了声，"我很不舒服。"

男人的手果然松开了点儿。

可她还是不怎么能动得了。

瞧见他一直没睁开眼，想必是很累又很疲惫。许柚靠在他胸膛上，小声问："你昨晚……一直都没休息过吗？"

他"嗯"了一声："别吵，让我睡一会儿。"

许柚"哦"了一声，真不说话了。

两分钟后,江尧追加了一句:"也别动,嗯?我不会对你怎么样,就让我抱会儿。"

"可是……"许柚咬了咬唇,有些为难地说,"我想去洗手间。"

而且她已经忍很久了。

她昨晚喝了太多水和饮料,早上睡意蒙眬地去了一趟厕所,才过两个小时,又有点忍不住了。

时间仿佛凝滞了一般,周围弥漫着尴尬的气氛。

许久听不到他说话,许柚抬眸小心翼翼地瞅了他一眼,瞧见他蹙了下眉,终于睁开眼,低眸一瞬不瞬地盯着她,良久,笑意浮现在他眼尾。他叹了口气,道:"你怎么这么能闹腾?"

许柚怔了一下,抿着唇解释说:"……还行吧?主要是,这个点我已经睡饱了。你让我待在你身边我又睡不着,醒着的话又控制不了自己不动,还不如我起来,让你一个人好好睡一觉。"

"昨晚几点睡的?"

这莫名的家长语气让她有些发怵,犹如平时被黎平君问什么时候吃饭、什么时候睡觉、有没有熬夜之类的问题。

她撒谎不眨眼地说:"十二点。"

"是吗?"江尧不怎么相信,"那……"

她趴在床上,半支起身,提着口气听他说完:"什么?"

江尧:"你还挺像猪啊!"

许柚:……这说的是什么话!多睡几个小时就像猪了?

许柚懒得搭理他,起床去洗漱,还贴心地帮他把窗帘拉紧一些,将卧室门关上,让他睡个好觉。

她刷完牙,优哉游哉地躺在沙发上刷外卖平台,想着今天中午吃什么。

对了。

江尧昨天不是说今天早上有门诊的吗?

那他熬了一个晚上的话,门诊是直接取消了,还是挪到了下午?

刚刚忘记问他了,许柚有些懊悔地咬了咬唇。

就算要门诊,也不需要多长时间吧。

一般下午六点也结束了。

今天是他生日。

昨天说好要为他做点什么的……

于是,许柚思考了很久,到底要为他做什么呢。

做饭给他吃?

但是她的厨艺实在不行,就不献丑了。

包饺子?用温水煮熟后直接蘸着醋吃……

她眸光一亮,觉得这是个不错的主意。

黎平君是"饺子狂魔",特别喜欢吃饺子,所以从小到大跟着她生活的许柚对包饺子特别在行。

说做就做,许柚出门一趟,买了些食材回来。

在厨房调好馅后,她将几种不同的馅全部搬到客厅的大理石茶几上,一边看电视一边包……

假期过得好不自在。

男朋友在卧室里睡觉,她在客厅里包饺子给他吃,真的没人比她更贤惠懂事了。

包着包着,许柚渐渐有些无聊。

她挑了下眉,突然想恶作剧一下……

只是,将饺子全部倒进锅里煮的时候,她已经完全忘记到底哪三个饺子是特别咸的了。

下午两点。

江尧推门从卧室里出来,眼睛往客厅里一扫,没见着女朋友的人影,倒是瞧见他睡觉前才收拾过的茶几变得又脏又乱。

上面居然还有白色的面粉……

饶是好脾气的江尧，也抑不住眉心突突地跳。他按捺着脾气，低声喊："许柚。"

没人搭腔。

听见厨房里有动静，他沉默着走进去，正好瞧见许柚将一个饺子塞进自己嘴里，然后眉毛差点皱成一个"川"字，欲吐未吐一番后咽了下去。

江尧靠在门边，轻笑："这么难吃？"

许柚对上他的视线，轻巧道："你醒啦？我做的饺子怎么可能难吃，刚刚那个是我专门放了很多酱油的，不小心被我自己吃到了。"

"你放那么多酱油做什么？"江尧走过去，拿汤勺帮她看了下火候。

许柚毫不避讳道："坑你呗。"

江尧无语。

见他皱起眉头，黑眸盯着她，她又转了口，低低出声："骗你的。今天不是你生日嘛，我又没什么制造惊喜的艺术细胞，还不如实在一点，包饺子给你吃。里面有三个饺子是专门被我加了很多酱油的，如果你能吃到，那我就答应你一件事，帮你实现一个愿望，怎么样？"

江尧觉得她天真，饺子里若只是多加了酱油，没有其他硬物类似于硬币这样的东西来证明他真的吃到的话，那他演个戏岂不是也能瞒天过海。

况且，她还告诉了他数量。

三个减去她刚刚吃掉的那个，那就剩下两个。

江尧问："什么愿望都行？"

许柚："当然。既然是给惊喜，那肯定要大大方方彻底地给出去啊。我像是那种说话不算数的人吗？"

江尧的语气中夹着一丝危险："那你别后悔。"

许柚眯了眯眼，瞪他："你不会说一些很刁钻的愿望吧？"

"不会，我有分寸。"

"前提是你得吃到。"

"那还不简单。"

许柚困惑地斜他一眼。

为什么有种会被他耍的预感……

江尧拿抹布出去擦了擦茶几。

她将碗筷拿出去,每个人的碗里都盛了七八个饺子。

江尧薄唇勾了勾:"喂猫啊。"

许柚:"啊?这样才公平,每个人吃差不多的分量,概率都是一样的,不然你狂吃怎么办?"

"我给你做完饭,歇都没歇一下就去医院做了一晚上手术,你确定不让我吃多点?是谁说的,既然是给惊喜,那就大方地给出去,嗯?"

她说不过他:"那行吧行吧……你吃!快吃,撑死你!"

江尧每吃一个饺子,许柚就看他一眼,怪紧张的。

她越看,江尧就越觉得她好笑。

本来还打算装一下逗逗她的,竟真让他吃了一个出来,那简直不是一般的咸,让人根本忍受不了。

许柚一瞅他被咸得皱成一团的眉眼,就觉得不对劲儿,挑眉问:"吃到了吗?"

江尧:"你说呢?你到底放了多少酱油?"

"不然怎么区分开来啊。"

"所以,我是可以有一个愿望了是吗?"

许柚说:"但你别提我根本做不到的,可以提一些我努努力或许能做到的。"

"我怎么知道你能不能做到?"

"你说来听听。"

"我先想想。"

许柚随他想多久,但也有限制:"今晚要想出来,因为是生日愿望。"

"行。"

吃完饺子，收拾干净厨房后，两人坐在沙发上看了会儿电视。

终于偷得一点闲暇时间，总算有点放假的样子了。

许柚屈膝而坐，踢了踢江尧的腿："愿望……想好了吗？"

江尧捏着她的手，煞有介事地说："我先提一个，看你能不能做到。"

"说。"

"一起去洗个澡？"

许柚猛地踹过去，喝了声："江尧，你能不能正经一点？你现在对我真是……越来越不收敛了！"

"怎么不正经了？"江尧低笑着看她，捏了捏她的下颌，"行，刚刚逗你的，我的愿望是……我说了……"

"快说。"

他突然认真起来，敛着眉，平静道："要不要试着搬过来？"

许柚眼底掠过微微的惊讶："你是说……"

江尧："我们一起住，也给个机会让我照顾你。"

其实，许柚有预想过他会提什么样的愿望，其中就包括了同居。

因此，在听到他说"搬过来"时，她也仅仅只是稍微惊了一下，而后低垂着眸子，似乎真的在认真思考这个问题。

江尧见她这么严肃，试探着问："这个……努努力也做不到吗？"

许柚还没说话。

他就说："那我再想一个。"

她正要点头答应，却在前一秒，他转了口："要不这几天就别走了，等上班再回去，怎么样？"

许柚："嗯？"

"嗯什么？"江尧不打算退让了，"连这都做不到？还是说，你怕我对你做什么？"

瞧见男人的脸朝她逼近，许柚烦躁地推开他："没有，我有说不答应吗？我说了，能做到的我都会答应你。"

405

"那就这么决定了。"江尧很好说话,"这几天留在这儿,哪儿都别去。"他看上去心情不错,竟还低笑着感叹了一声,"这生日过得还不错啊。"

许柚没忍住翻了个白眼。

无语!

她刚刚差一点就要答应他同居的事了,他居然改口说只要她留在这儿几天,她方才的表情看上去有这么不情愿吗?

她只不过在思考如果被黎平君知道的话该怎么交代而已,然后……迟了一秒钟……事情就变成了这样……

如今事已成定局,许柚也不好说什么"其实我可以一直不走"之类的话,也说不出口。

无奈了半天,她发现只有她一个人在郁闷,关键是她在郁闷什么!搞得好像不同居很失望一样,失望的人应该是他才对!

许柚挥去脑中那些乱七八糟的想法,拿起茶几上的一个橘子,剥开后扔一瓣进嘴里,另一只手抱着他的手臂问:"你很希望我跟你住在一起吗?为什么啊?你看我待在你家,你这里原本干净得跟样板间似的,才一天,现在都成什么样了。"

她被他抓着手腕,将她手里的橘子喂进他的嘴里。

许柚愣了愣,听见他说:"应该没有男人会不希望跟自己的女人住在一起吧。"

"哪怕她很爱捣乱?"

"其他人我不清楚,但我不介意。"

许柚勾唇笑了笑。

门铃突然响了起来,是她做饺子之前订的生日蛋糕到了,原计划是一个小时前就送达的,现在足足迟了一个多小时。

只是吃饺子已经把肚子吃撑了,蛋糕是吃不下了,但仪式感不能丢。

许柚关了灯,给蛋糕插上蜡烛,点燃……再让江尧吹灭……每一个步骤都不能少。

蜡烛一灭,屋内一片黑暗,隐隐约约能瞧见人影。

她不着急将灯打开,而是让江尧闭上眼不许看。

她快速地跑去行李箱那儿翻翻找找一通,才折返回来,握住他干净有力的手腕,在上面套了一个像金属一样的东西。

江尧轻笑了一下,嗓音淡淡道:"不会是要铐着我吧?"

许柚蹙起秀眉:"你想要啊?"

江尧不吱声了。

也不知道想到了什么,他莫名尴尬地低咳了两声。

给他戴好礼物,许柚就着月光欣赏了几眼,满意地点点头:"好了,我去开灯,你可以睁开眼睛了。"

江尧早就猜到是什么了。

戴在手腕上的,不是手链,就是手表。

许柚应该不会给他送手链,而且他也从来不戴那种玩意儿,那她送的无疑就是手表。

灯光亮起的一刹那,江尧睁开眼,看见手腕上是一块银色腕表,简约漂亮,但叫不出是什么牌子。

不过,他也不在意。

许柚身后还藏着一块,拿出来给他看:"我也有。"

江尧问:"这就是生日礼物?"

许柚:"对啊,不满意吗?"

她将另一块玫瑰金色、表盘小一些的手表戴在了自己的手上,衬得她的手腕又白又细。跟他的那一块是情侣款。

江尧徐徐开口:"原来还是一对。你们女生是不是都喜欢这种成双成对的情侣款?"

许柚偎在他怀里,挪不开眼地又欣赏了手表许久:"或许吧。"

她威胁道:"不许摘下来。"

这可是她挑了很久,花了很多钱买回来的。

虽然肯定没有他平时戴的那块表昂贵，但对她来说，也是一笔巨款。

他像是随口一问："为什么送我手表？"

她思忖了一下，不知该不该说，最终还是说了出来："你还记不记得高中的时候，也是你生日，你爸妈送了你一块手表，好像还是香港回归的那种纪念表。"

江尧肯定记得："所以？"

许柚："那时候我不知道10月2号是你生日，只对你说了一句'生日快乐'，也没给你什么礼物，当时我就在想'明年我要提前准备，送给你一份生日礼物'，但是还没到'明年生日'，你就走了。所以，之前在思考送你什么礼物的时候，我一下子就想到了手表。"

江尧没说话，揉了揉她的脑袋。

两人无声地对视着。

时间越来越晚，许柚决定先去洗澡，拎着睡衣走进浴室，还反锁了门。过了将近半个小时，她才慢腾腾地湿着头发走出来。

江尧一言不发地走过来，在浴室最顶上的柜子里拿出一个没怎么用过的吹风机，让她坐在床沿，居高临下地给她吹头发。

他神情专注又小心，仿佛在对待一件易碎的瓷器一般。

许柚自在地享受着他的"服务"，撇了撇嘴："原来吹风机在上面啊，我昨天晚上找了半天没找到。"

江尧"嗯"了声："平时不常用，忘记告诉你了。"

"没事。"

吹干头发，许柚就干脆在床上不下来了。

十月接近初冬，天气越发寒冷。

许柚赶紧将腿缩到被子里，顺便问了句："你晚上睡哪儿啊？"

江尧的眼神仿若带着疑惑，无声地看着她。

许柚：嗯？

虽说早上他们俩已经睡在一块儿了，但那会儿他毕竟是熬了一夜回来

补眠的，总不能累成那样还睡客厅，或者大费周章地去布置客房。

可今晚不一样啊！

孤男寡女，同处一室，还睡在同一张床上，难免会发生点儿什么。

因此，许柚焦虑也是正常的。

她还没准备好。

江尧眼底透着淡淡的笑意，有宠溺、无奈，还有一丝她看不太懂的色彩，反问道："我不睡这儿睡哪儿？许柚，你真以为我的愿望这么容易实现？只是陪我吃饭，然后大家各自去睡觉？"

许柚的脸立马耷拉下来，虽然道理是这么个道理，但她真的一丝心理准备都没有。

而且不是说第一次应该尽量美好一些的吗？至少要制造一下氛围感，穿得性感一点，气氛到位一点，然后才顺其自然地发生……

现在她穿着保守款的睡衣，一点氛围都没有啊。

再说了，他们从恋爱到现在，连稍微出格一点的肢体接触都没有过，突然就要这样……跨度是不是有点大了？

许柚苦恼地撑着眉心，突然嘀咕道："那还不如一起洗个澡。"

江尧无意听到，眉梢轻佻，盛情邀请道："来，给你一个反悔的机会。"正好，他找衣服准备去洗澡，边找边说，"我不反锁，你随时可以进来。"

许柚恼怒地扔了个枕头过去，被他轻而易举地接住。

即便知道他是刻意在逗她而说的那些话，可她还是接受不了这居然是江尧说出来的话！

果然男人的本性都是一样的！

许柚："你脑子里就不能有点别的东西？许的都是些什么愿望……"

早知道就不额外给他实现什么破愿望了，是她搬起石头砸自己的脚。

现在反悔都不行。

男人洗澡很快，十多分钟就搞定了。

江尧出来的时候，跟往常一样没有穿上衣，露出大片的胸膛就这么走进了卧室。

原以为许柚这样的"熬夜狂魔"会坐在床上玩手机，结果并没有。

只见她将自己闷在被子里，缩成蚕蛹状，看上去似乎是睡了，一动不动的。

江尧刚洗完热水澡，浑身带着热气。他一躺上床，许柚就感受到了，轻微僵了一下。

江尧眸中透着淡笑，知道她肯定没睡，在床上躺好后，他调整了一下被子，手也跟着动了动，不知碰到了哪儿。

没几秒，身旁传出女人恼怒的声音——

"江尧，你的手摸哪里？"

这句话是从被子里传出来的。

他也愣了好半晌，说了一句特别无赖的话："我摸了吗？"

轻轻四个字，足以让女人炸毛。

怎么说呢？要是他真摸了她，却说没摸，那他就是无赖、耍流氓；若他无意碰到她却根本没意识到自己碰到了哪儿，那不就是在暗示着她……身材不好吗？

反正不管哪一种情况，他都是死路一条。

许柚从被子里探出头来，一双眸子直直地盯着他，冰冰冷冷的，没有一丝温度。

饶是再蠢再笨的男人也能明白她此刻的表情是什么意思，接下来的每一句话都是关乎今晚能不能睡个好觉的"生死难题"。

江尧迟疑了半秒钟，说："我去把灯关了。"

他多此一举地下床，又上床。

折腾来，折腾去。

许柚在这过程中，偷偷将自己往床侧挪了一点，不细看是很难发现的。

然而，她那点小心思早就被江尧看透。

男人装作无事地上床，掀开被子躺进去。

一人睡一侧，跟老夫老妻搭伙睡觉似的，井水不犯河水，没有人说话。

室内安静得甚至都可以听见身侧人的呼吸声，频率无疑是有些凌乱的。

而凌乱的人，明显是许柚。

她提着一口气，见江尧睡下几分钟都没有动静，便逐渐安定下来，证明刚刚的生气是有用的。

他们这……应该算是冷战吧？

冷战期间就做不了那种事情了。

许柚松了一口气的同时，心想自己是不是有点过分啊？

他都快三十的人了，都没有过性生活……

这样一看，江尧确实是挺惨的，可也不完全赖她啊。

可他们才在一起没多久，而且她也没有恋爱经验。

此时，距离江尧关灯躺下已经过去了将近二十分钟。

许柚确定他不会对她怎么样后，偷偷地瞄他一眼，因为蜷着过于难受，还小心翼翼地翻了个身。

为了不吵醒他，她挪动得异常缓慢，手脚僵硬得都不像是自己的。

直到身后一只手搂住她的腰，将她拉入他的怀里。

许柚迟迟没缓过神来，她还以为他睡着了。

江尧在她耳畔低低地问："生气了？"

男人低沉的嗓音在夜色的浸染下透着说不出的喑哑与温柔。

许柚瞧他这毫无半点儿愧疚的表情，直截了当地说："我有没有生气，你不是都清楚了吗？"

说出这话，证明她不算笨。

江尧"嗯"了一声："猜到是一回事，但你亲自说出口是另一回事，前者和后者有偏差。"

"哦？"许柚气笑了，"那你这意思是要我帮你消除偏差，好让你'死'得明白一点喽？"

他还没说什么，她又开了口，板着脸，攒着一口气道："凭什么？我

411

偏不!"

江尧对她这伶牙俐齿的劲儿表示惊讶,低低柔柔地笑了声,干净的声音仿佛带着天生的蛊惑,尤其是在这样的黑夜里。

他侧躺着看看她,没忍住用手指捏了捏她气鼓鼓的脸蛋,低叹了声:"才在一起多久,你就学会怎么治我了?"

"不要碰我!"许柚将脸埋进被子里,又被他揪出来。

他说:"问题还没解决。"

她小小的脑袋里藏着大大的疑惑,咬牙切齿道:"你想怎么解决?"

江尧:"你不跟我说实话的话,那么在没生气和生气之间,我只能当第二种来处理。"

许柚:"所以?"

"我们来讨论一下原因。你告诉我,你生气的点在哪儿。是因为我不小心碰到你的……"他许是也觉得接下来要说的那个字有点难以启齿,顿了一秒,但转念一想,恋人在房间里谈话,露骨一些又如何,便说了下去,"胸,然后装作没碰到才生气,还是因为碰到——"

"停停停!打住……"许柚听到那个字眼猛地瞪大了眼睛,瞬间涨红了脸,不能理解他是怎么脸不红心不跳地说出这些话的,"不要再说了。"

旋即,她还骂了他一句:"你有病吧?"

江尧非但不恼,反而扯唇轻笑了下,俯身亲了亲她的脸颊,近乎耳语道:"怕什么?这难道不是迟早要经历的事儿吗?"

"可是……"许柚转了个话题问,"你跟别人也会这样吗?"

江尧看着她,蹙了蹙眉:"没有,但讨论过一点关于这方面的话题。"

她眉头皱起,好奇地问:"跟谁啊?"

"一个舍友,外国人。"

其实也不能算是讨论。

在国外上学的时候,江尧跟一个英国人短暂合租过一段时间,那人交际能力特别强,长相也不错,比起他这种沉闷的性子,更招女人喜欢,基

本两三个月就换一个女朋友,把感情当儿戏。

有时候无聊,那人甚至还会将前后两任女友做对比,跟江尧搭话,说什么前一任女朋友比较瘦,腿又细又长,就是胸有点小,现任女朋友肉肉的,属于微胖的类型,相对来说丰满一些……

外国人比较开放,从来不认为这是什么不能谈论的话题,有时候连自己的尺寸都谈。

江尧不明白舍友说这些是什么意思,敷衍地应着,根本没用心听,因为他在准备一个考试。

随后,那人将矛头对准他,突然问道:"喂,你以前的女朋友身材怎么样?"

见江尧不说话,那人笑问:"不会连女人的胸都没摸过吧。"

当时,江尧对此嗤之以鼻,并不觉得这算什么事儿,可如今想起来,一股莫名的邪念突然上头,让他有些不受控的……

没女朋友自然不会乱想,现在许柚就躺在他身侧,睡衣顶上的扣子开了两颗,露出白皙细腻的肌肤以及小巧精致的锁骨,还有下面若隐若现的起伏……

安静了几分钟。

许柚发现江尧的眸色越来越深,暗如浓墨,掀起了点不太明显的波澜。

恋人之间的默契,让她迅速判断出他此刻情绪的源头,有些慌慌张张地喊一声:"江……"

"尧"字还没说出口,他就凑上前来,含住了她因说话而微张的嘴唇,尽情地探入,同样是温柔又缓慢的动作,却跟之前的任何一次都略有不同。

不再是不掺欲望的了,而是透着某种蛊惑与缱绻。

感受到他手上的动作,许柚四肢都僵硬住,迷乱之中又不敢看他。

她只能闭上眼,晕晕乎乎地被他掌控。

江尧见她如此害羞又不怎么反抗,跟刚刚生气时判若两人的模样,就觉得好笑,像一只装老虎的兔子,一旦被抓住,就眼睛红红的,可怜至极。

可他到底没这么无赖，见好就收。毕竟他们在一起连半年都不到，而且他也根本就没准备那东西。

就算许柚同意，他也不愿让她在恋爱期间怀孕，或者为了他吃药。

作为医生，他清楚其中的危害，为了一时的快感，而让她遭罪，他是舍不得的。

一番暧昧过后，两人都没了睡意。

许柚不敢看他，只盯着窗外的月亮发呆，方才涌至头顶的羞耻感还未消散，一幕幕脸红的画面从她脑海中划过。

直到江尧问了句"怎么还没睡"，她才回过神来，鬼使神差地喊了声："江尧。"

江尧："嗯？"

许柚郁闷地说："我身材是不是挺不好的啊？"

许柚觉得自己有点瘦，从小脾胃不好，吃再多也不怎么长肉，虽然不至于到很平的地步，但应该也不算大……吧？

尤其是有林冉这个身材很好的人在身边晃来晃去，不自信是肯定的，应该说，许柚从小到大就没怎么自信过。

……唉。

刚刚不小心摸到他腰腹的肌肉，还挺硬的，而且身材比例也不错。江尧的身材在男人中应该算是很不错的。

而她，腿是挺细的，却不长……。

许柚突然发现她跟江尧谈恋爱，似乎有点赚。

至少在这方面……

江尧没想到她能问出这样的问题，意外了下。

他思考了一阵，凑到她耳边，用仅两个人能听到的音量低语："我说了啊……软绵绵的。

"我觉得可以。

"有点超出我的预期。

"还挺——"

最后一个字没说出口,许柚耳根烫得不行,立马捂住他的嘴,闭着眼睛恳求道:"睡觉吧。"

——别再说了。

我错了还不行吗?早知道你的脸皮厚度,就不该问这样的问题!也大可不必回答那么多废话!

那几天假期之后,两人的关系亲近了许多。

许柚实在是不想承认这样的亲近是靠"睡"出来的,但事实又确实是那样。

现在,"害羞"这两个字在他们之间似乎已经不存在了。

许柚在他面前的样子越来越接近真实。

甚至还有些肆无忌惮。

虽然他们还算不上是真正的同居,但跟同居仿佛又没什么区别。

他那冷冷清清的公寓里添了很多女性生活用品,有她拿过去用又懒得带走干脆放在那儿的,也有他买回来的。

例如,她的拖鞋、她的牙刷、她的睡衣,还有一些堆在他卧室桌面上的她的护肤品和化妆品,甚至连她的贴身衣物都有,格格不入地跟他的衣服放在一起。

许柚的公寓亦如此,江尧来住过几回,很多东西就被他这么放在她那儿不带走了,美其名曰:方便。

下一次,可以两手空空地过来。

想住就住,不想住就走。

足足一个月,许柚都没什么机会自己一个人睡一张大床,而仅有的那几次还是他要值夜班,回不来。

许柚觉得这样的状态挺舒服的,很惬意,也特别自在。

她很喜欢。

她唯一担忧的是，被黎平君发现。如果黎平君发现她已经跟男人睡在了一起，即便只是纯睡觉。那种场景她不怎么敢想象。

所以，在她的公寓里，她都会将江尧的东西收拾好，以防被发现。

千防万防，可还是在某一天被带着牛骨汤来看望她的黎平君发现了，当时周长青也在，是他开车送黎平君过来的。两位家长在她公寓里瞌了一圈后，发现浴室的盥洗台上居然有一瓶男士须泡膏。

黎平君不解地问："这是谁在用？"

许柚一怔。

许是心里有鬼，不怎么会撒谎的她顿时紧张得有些语无伦次："我……拿来……刮腿毛的。"

刮腿毛？

在这种十一月即将入冬已经没人穿短裤的时候刮，独自欣赏吗？

黎平君不懂，但也没往深处想。

唯有周长青站在一侧意味深长地看着那瓶须泡膏，且看出那瓶须泡膏是一个价格不低的牌子。

用它来刮腿毛，他是不怎么相信的。

其实，最大的秘密在衣柜里。

许柚最近忙，没来得及收拾，特别害怕黎平君翻衣柜。

好在黎平君没翻。

但周长青借着过几天会降温，看看她衣柜里保暖的衣服够不够为缘由，轻轻地打开了柜门，下一秒，一件男士衬衫和一条西装长裤映入眼帘。

许柚紧张地看着他，拼命地朝他使眼色。

周长青接收到后，竟真的没跟黎平君说，而且还帮她转移了黎平君的注意力，催促黎平君回家。

他们走后，许柚松了口气。

但周长青估计已经知道她有男朋友的事儿了。

许柚握着手机，坐在沙发上纠结了半天，都不知道该怎么跟他说。

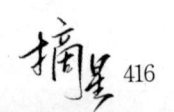

就在她组织措辞时，周长青严肃地给她发来一条信息：半个月之内，亲自跟你妈交代。

许柚心里一暖。

她知道她谈恋爱瞒着黎平君没什么必要，且她也没打算一直隐瞒下去。之所以没说，是因为没找到好时机。

没谈恋爱之前，许柚每逢长假都会回家小住几天。自从恋爱后，还真的没怎么回过家了，毕竟她和江尧工作都很忙，能休假的机会不多，热恋期的小情侣一有机会必定是腻在一起的。

许柚将这件事情跟江尧说了一下。

对方表示，下一次休假时跟她回家拜访一趟，顺便表示一下自己对许柚的真心。

孰料，休假没等到，在诊室上班看诊的江尧，就等来了自己未来的岳母——许柚的妈妈。

事情是这样的——

自上次住院后，黎平君对自己的身体要求特别高，每天早晨会去附近的公园跳舞，或者做一些简单的运动。

黎平君觉得自己岁数还不大，没必要如此小心翼翼，便尝试着去跳绳。

刚开始跳的那几天，除了有点喘之外，其他都还好，哪知在这个周六意外就发生了。这一天她跟往常一样在公园里跳绳，不小心被地上的石子绊倒，摔了惨烈的一跤。

正好，许柚在家休周末。

许柚便紧张兮兮地带着黎平君去医院看骨科。

而江尧今天在门诊她是知道的。

挂号时，她在两个骨科医生之间犹豫了半天，最终还是挂了江尧的号。

带着看好戏，同时也有点刺激的心情，她陪着黎平君走向江尧的诊室，跟他们正式重逢的那天一样，也是一靠近门口就瞅见了他。

417

他穿着纤尘不染的白大褂，端端正正地坐在诊桌后。

许柚见他一直低着头，便低咳了两声，似是在提醒。随后，她扶着行动不便的黎平君走了过去。

听到动静，江尧这才抬眸朝她们看过来，眉眼中难掩惊诧。

他迅速往电脑上扫了眼患者的名字，又看看黎平君，这才与印象中许柚提过的她妈妈的名字对上。

许柚直勾勾地看着他。

他无奈地低笑了一下，反应快速地从座椅上起身，三两步跨过来，扶着黎平君，将她扶到位置上坐好。

他虽紧张却也发挥良好地问："阿姨，看您这腿好像有点严重，这是怎么了？"

许柚作为家属，详细地说了一下："自从住过院后，我妈每天早上都去公园锻炼身体，前阵子也就是跳跳广场舞，最近不知道怎么了，迷上了跳绳，这不今天跳着跳着就把自己给摔了。"

黎平君觉得许柚说得过于详细了，明明可以只说"摔倒"这两个字的，偏偏说了一堆废话，害她有点没面子。

她便找补了一下："不小心摔的。"

江尧了然地点头，尽量显得自己专业一些。

他弯腰低头看了下黎平君的情况。

别说，还真挺严重的。

江尧轻轻按了几个位置，问："会感觉疼吗？"

黎平君在他按到某几个点时，皱了皱眉头，边感受边说："这里会……刚刚没什么感觉，嘶……这里最疼……"

江尧简单判断了一下到底伤在了哪里，为了进一步确认，便让她们去拍了个片。

拍片后，可以判断是胫骨骨折，骨折情况不轻。

江尧建议黎平君在医院住院两到三周，进行手术治疗，以便更好地康

复。毕竟伤到这种程度，手术是必须要做的。

许柚听到"手术"二字时，竟然有点担心江尧。

手术那可是要动刀子并且见血的啊，若手术台上的人是她妈妈，会不会让他为难、让他紧张？

以前她看一些主角是医生的电视剧时，基本上都会看到一个情节：要是医生的家人要进行手术，他们都会尽量避免自己上场，而是交给同事做。

因此，在许柚的认知里，平时再怎么厉害的医生一旦碰到自己的家人或者亲近的家属要做手术，都会慌张得连拿手术刀的手都不停地颤抖。

也不知道，他会不会这样。

办理住院后，许柚一个人去窗口缴费，交了几千块预存之后，就收到某位医生的微信转账一万元。

她惊了一下，问：你给我这么多钱做什么？

江尧：不是给你的，是孝敬你妈。

许柚早就猜到了他的用意，"嘁"了一声：可是你这样给我，她也不一定知道这钱是你给的啊。

江尧：没事，就当我将手术费里的医生人工费退给你，我可不敢赚你的钱。

可，这也亏太多了吧？

他转的可不是一千，而是一万啊！

许柚并没有太纠结这个问题，只担心地问：手术……你……可以吗？

江尧有点嚣张：不相信我？

许柚：哪敢。

江尧：放心，这不是什么大手术。

许柚再问了一句：如果手术台上的是我呢？

江尧：嗯……[我想想.jpg]

第十章　/ 牵手殿堂，漫天花火

许柚缴完费，就去住院楼陪着黎平君。

有了黎平君上一回住院的经验，这一回许柚办理一系列手续还算是得心应手。给黎平君置办好一切后，护士给黎平君做了一些基础的检查。

许柚瞧见病房门上主治医生那一栏的"江尧"二字，安全感十足。

她将黎平君的消息告诉了周长青。

周长青急得不行，问：怎么这么不小心，伤得严重吗？

许柚：骨折了，要做手术。

江尧好像说是什么内固定手术，她便解释道：内固定手术。

周长青：手续都办好了吗？钱够吗？

许柚让他安心：办好了。正好我有空在这儿陪着她，你工作结束再过来吧。

周长青已经知道许柚有男朋友了，许柚正思考着要不要将主治医生是她男朋友的事告诉他，没想到他先问了：在哪家医院啊？省中医？可以让李柘来手术，尽早做，拖太久遭罪，你要是不好意思麻烦他，我来！

许柚蒙了一下，立马拒绝：不要。

许柚：这个主治医生很靠谱的，麻烦人家李柘干什么？

怪尴尬的。

周长青：为什么不要？

周长青：能让你妈少遭点罪，麻烦一下怎么了？最多等你妈好了，我再请他们家吃顿饭，送送礼。

可别了吧。

许柚无奈地回复：现在这个医生也能很快进行手术啊，你等等，我问问他。

以防万一，她又敲了几个字：千万别找李柘啊！

正跟她聊手术时间的护士，见她心不在焉，提醒她回神，简单说了一下江尧接下来的手术安排："这几天接收的病人比较多，江医生都好几天没休息过了。"

江尧这几天没怎么休息，许柚是知道的，所以并不意外。

许柚点着头，意味深长地看护士一眼，总觉得这护士的语气中夹着一丝不太明显的心疼。

护士又道："所以，近几天应该不会安排手术。而且你妈妈的骨折是单纯的闭合性骨折，还有些充血肿胀，现在是不宜手术的，必须消肿了才行，也不急在一时。后续手术安排，还要江医生来看看情况才知道。"

许柚懂了："那一般消肿需要多长时间？"

"因人而异，一般来说骨折在一个小时左右就出现轻微的肿胀，七十二小时会达到高峰，一周左右断端就会有明显的消肿。如果不消肿就进行手术的话，很容易导致刀口部位组织破坏，软组织坏死，再者就是肿胀是很难一期缝合的，无法缝合造成的后果更严重，明白了吗？现在，江医生开了些止痛药和消肿药过来，等下我们会先给你妈妈打一针静注。"

许柚一知半解、似懂非懂地"嗯"了声。

她还以为骨折手术要立马做呢，原来还有这么多讲究，难怪刚刚江尧说要住院两到三周。

她将护士跟她说的话，又简单地给周长青复述了一下。

对方也表示才知道。

421

许柚回到病房，瞥见护士在给黎平君打针，小声问了句："那个……江医生什么时候下门诊啊？"

护士皱了皱眉头，但想着病人家属着急见医生也是人之常情，她也习惯了，敷衍道："十二点吧。"

许柚"哦"了一声，看了眼时间，现在是早上十一点，还有一个小时。

护士又道："但江医生应该会吃个饭，休息一下。有什么事他都已经跟我们说了，你不用担心。"

许柚道了声谢后，没再说什么，陪黎平君聊了会儿天，问她疼不疼。

中午十二点半。

许柚迟迟不见江尧的身影，打算出去买个饭回来，便跟黎平君说了一声，直接走了出去。

许柚边玩手机，边等电梯。

电梯门打开的瞬间，她一抬眸，就撞进男人清湛的眼瞳里，却也只是轻轻巧巧地看了一眼，跟没看见似的，一声招呼没打，就这么走进电梯。

江尧觉得奇怪，原本已经迈出去的长腿，又退回去，抓住她的手腕问："怎么了？"

许柚低着眸，刻意没看他，淡淡道："买饭啊。"

江尧："等我一会儿，我去看一下你妈妈的情况，再陪你去。"

许柚撇了撇嘴道："不用了，你不是都吃过饭了吗？你去看我妈吧，我自己下去就行，反正也是打包上来。"

江尧疑惑了一下，看她这表情和语气，感觉她生气了。

但又不像那么一回事儿。

江尧捉摸不透，在电梯门关闭之前，将她拽了出去，扯到附近没人的楼梯间，刨根问底地说："怎么了？你妈受伤了，心情不好？她没什么大碍，等消肿了，做个内固定手术就行了。"

许柚见他这样子，就知道他误会了。

"我没有心情不好……"

江尧亲昵地捏她的脸:"你的心情都写在脸上了,嗯?"

许柚瞪他:"我只是忙了一早上,有点累而已。我看你也累,才没让你陪着我下去,刚刚逗你的啦!"

她挑了挑眉,半开玩笑道:"江医生这么怕女朋友生气吗?"

江尧被她摆了一道,非但没生气,还承认了:"嗯,什么都不怕,就怕你不高兴。"

许柚被他哄得一愣一愣的,小脾气上身,撒娇地说:"我倒真有不高兴的地方。"

"说来听听?"

虽然有点不好意思,但许柚还是说了:"就……你就没想过,向别人介绍一下我?还是说,你很享受这样和我偷偷摸摸地在一起啊?"

她的语气轻轻软软,短短两句话就将自己的委屈吐了出来。

他捧着她的脸蛋,诚心地说:"对不起,是我考虑不周。现在补救还来得及吗?"

"我不知道。"许柚嘴上不松口,手却不自觉地将他搂住,"那得看江医生怎么补救了。"

说完,她就要走。

江尧扯着她的手腕,将她带回了病房。

两人却在进病房的前一秒松了手。

江尧进去看了眼情况,关心地问:"阿姨,现在脚还痛不痛?"

黎平君看他一眼,觉得这医生还挺帅的,年纪看上去也不大,说起话来有种淡淡的温柔。

"还行。"

"要是痛,您一定要说出来啊。"江尧又重复了一遍,"不舒服也要说出来,千万不要自己硬撑……憋着。"

许柚站在门口,挑眉,看戏似的看着他。

423

黎平君瞧见她，问："你不是去买饭了吗？怎么回来了？"

江尧适时说："不用去了，等下会有护士送过来，正好我也没吃。"他后半句话语气加重了点，似在强调着什么。

黎平君觉得有点奇怪。

她又不是没有住过院，这还是第一次有医生主动给她们解决吃饭问题。

虽然省中医住院部是食堂给病人提供餐食，但得交费。

多少钱一顿，她忘了，但记得是要预约的。当然，不排除有的医生比较热心和善，会主动帮忙预约。

黎平君自动将江尧划分到了"热心和善"的医生类别里，礼貌地说了声"谢谢"，还说："等会儿让我女儿把钱给你。"

江尧说："不用了，要不了多少钱。"

再说，他也不敢收啊。

因这件事，黎平君越看越觉得江尧人好，性格好，年纪轻轻，一表人才，又惦记着自己快三十还没谈过恋爱的女儿，于是问了句："江医生，你今年多少岁啊？"

江尧一怔，低声道："二十八。"

黎平君面上一喜，对这年龄很满意："只比我女儿大了一岁，她前几个月刚过二十七岁生日。"

知母莫若女，许柚已经看出黎平君在打什么算盘了。

只是这一次，她并没有阻拦，只轻轻喊了声："妈！"以示警告。

黎平君毫无半点收敛，看着江尧温润的侧脸，直截了当地问："江医生，一个人？"

许柚：这话该怎么答啊？

江尧摇了摇头："有女朋友了。"

许柚一怔。

黎平君有些遗憾地说："有女朋友了啊？确实，工作那么好，长得也不错，性格也好，应该挺多女生追的，没女朋友才不正常。女朋友是做什

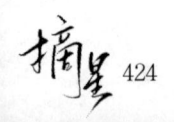

么工作的？"

江尧看了许柚一眼："金融。"

黎平君又愣了一下："这不跟我女儿在一个行业嘛。"

许柚莫名其妙地被黎平君瞪了一眼，仿佛在说为什么同样是金融行业，人家就能找到这么好的男朋友，你就不行。

江尧跟黎平君对话几轮后，想着要不要干脆坦白算了，最后还是没有说出口。

后来，许柚问他："你怎么没跟我妈说，我是你女朋友啊？"

江尧："等过几天，提点礼物过去再正式问候一下，不然太随便了。"

也对。

许柚方才也没想着他会真的坦白，这种事情，还是她主动坦白比较合适："那就下次吧。"

不知道江尧让护士帮忙打饭时，是怎么说的。

护士瞧见他俩在走廊并肩而行，眼中透着若有若无的羡艳和深意，将三份饭提给他："江医生，你的饭。"

江尧没有跟她俩一起吃饭，他有自己的休息室，而且下午有手术。

在病房跟黎平君吃饭时，许柚从拿起筷子开始就一直被念叨，因为没有男朋友。

许柚被念烦了，气急之下脱口而出："我有男朋友的。你看你这样，我就算有男朋友，感情没稳定之前我敢告诉你吗？还不得被你吓跑啊？"

黎平君被她的前半句话分走了注意力，压根儿没将她的后半句听进去。仿佛她有男朋友是一件多么惊诧的事情，黎平君重复问了一遍："你有男朋友？"

许柚无所谓道："有啊。"

"多大？做什么工作的？"黎平君想起之前好像撞见过许柚跟一个男人在家楼下聊天，"不会是上次我问你的那个吧？"

上次在楼上阳台瞧见的那个男人，她没怎么看清，就算在大街上遇到

425

也认不出来，但似乎是挺高的，比许柚高了一个头。他开的车看上去也不便宜，所以家境或者能力应该不差，而且许柚那会儿跟她透过底，说那人学历、家境和样貌都不比自己差。

——不过，不排除女儿对喜欢的人有滤镜。

黎平君觉得不靠谱，在她眼里许柚像是从来没长大一样，还是需要她时时刻刻盯着。

许柚说："对啊，我觉得还不错，就答应跟他在一起了。"

"谈多久了？"黎平君问。

"没多久。"

"感觉怎么样？"

"还可以。"许柚想到刚刚黎平君那么喜欢江尧，便自信满满地添了句，"不会让你失望的。"

"我又没见过，你怎么知道一定不会让我失望。"黎平君翻了个白眼，"什么时候带来看看啊？"

"……过几天吧。"

黎平君没想到许柚这么爽快，犹疑地问："你们不会打算结婚了吧？"

许柚还没说话，黎平君便警告："我不同意闪婚，虽然我总是催你，但也只是催你谈恋爱，起码谈一年以上，方方面面了解清楚才能结婚。"

"放心吧，不会闪婚的。"许柚觉得黎平君真是想多了。

虽然她规划过与江尧的未来，其中就有结婚的打算，但还真没闪婚的想法。

黎平君安心下来。

那张一直催她、嫌弃她的嘴，也终于歇下了。

许柚越发觉得坦白是一件还不错的事情。

得到家长许可的恋爱，不仅多一份祝福，也有种莫名的安全感。

下午，江尧一直没有出现。

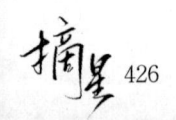

许柚知道他在手术室,一个下午都在做手术。她等着周长青来接她的班,就没什么事干了。

周长青让她回去休息。

许柚还不想走,想等一下江尧,便瞎掰了个理由在这儿多待了会儿,时不时地跟他们聊两句。

终于,在傍晚六点半的时候,江尧穿着白大褂出现在病房里。

瞧见许柚的爸爸也在,他愣了几秒,而后淡然地走进去。

许柚眼睛直勾勾地看着他。

江尧从容不迫地以主治医生的身份问了下黎平君的情况,接着便被周长青问道:"医生,她这腿大概什么时候能消肿啊?什么时候可以手术?"

类似的问题,江尧回答过无数次。

护士跟许柚说明了情况,她也传达给了周长青,但生病这事很多人都会慌,总觉得要医生亲自看看给个准信,才能安心。

许柚低咳了两声:"不是跟你说过了吗,要至少一周。"

江尧看了许柚一眼,又将视线移到周长青的身上。听许柚提起过,这不是她的亲生爸爸,但比亲生爸爸对她还要好,他对其不由得多了几分尊重,也没有丝毫不耐,说:"过两天观察一下才能给到准确的时间,但不排除有变数,在确保安全的情况下进行手术,才会更好康复。叔叔,您就放心吧,我会时刻盯着情况的,一旦消肿,立马给阿姨安排手术,尽量让她少受点罪。"

周长青礼貌地道了声谢,下意识转头看黎平君,却不小心用眼角余光注意到许柚朝主治医生眨了眨眼,还带着点儿俏皮。

他以为自己看错了,看看许柚,又看看主治医生,发现他俩已经避嫌地错开了目光。

江尧看了下黎平君静注的列表单子,又绕过去调整了一下滴注速度。

正是这几分钟的时间,周长青打量了他几眼,忽然发现他白大褂里内搭的衬衫有点眼熟……

427

江尧离开后没多久，许柚也走了。

两人一起吃饭，然后回到家，跟往常一样洗澡睡觉。

第二天，周日。

许柚又去医院看黎平君，不过这一次是搭江尧的顺风车去的。

今天江尧本来是休息的，被紧急叫来会诊，研究一下某位重症患者的手术方案。

整个会诊持续时间不长，一个多小时就结束了。江尧并没有急着回去，在骨科的住院区巡房转悠了一圈。

许柚总是能瞧见他的身影在走廊穿行。

自从昨天发现一些端倪后，周长青就开始留意江尧了，越观察越觉得有猫腻，一方面觉得这个江医生人还不错，仪表堂堂，要是他真跟柚子谈恋爱，那自己就别打扰他们了，另一个方面又忍不住好奇……

当离真相越近，就越发想知道真实的结果，以满足自己的好奇心。

因此，周长青在住院楼碰见李柘时，旁敲侧击地问了一下，真相竟真被他"敲"了出来。

李柘说出来后，见周长青如此惊讶，才意识到什么，问："他们还没跟你们说吗？"

李柘没想到那两个人这么能瞒，却被自己说漏了嘴。

于是，接下来的几天，李柘看见江尧就绕道走，心虚得不行。

周长青知道这消息后，立马跟黎平君说了。

黎平君想起住院第一天的对话，有种被自己女儿耍了的感觉，可再怎么说，她还是蛮欣赏江医生这人的。

爸爸对女儿的恋爱对象总是带着挑剔的眼光。

知道真相后，周长青看江尧哪儿都觉得差点意思，不咸不淡地说："现在说不错还早，看看以后吧。"

"瞧你这劲儿，"黎平君斜他一眼，"心里不知道乐成什么样了吧。"

几乎所有人都知道江尧和许柚谈恋爱的事了，但他们自己还不知道他俩谈恋爱的事已天下皆知。

两人还神经兮兮地暗送秋波了几天。

黎平君手术的前一天，江尧买了礼物，打算去见女朋友的家长。

江尧提了两瓶托朋友带回来的药酒，还有一些有助于骨头恢复生长的营养品，以及一些虽贵重但也很实用的东西，正式拜访。

许柚得意地说："妈，之前江医生说的搞金融的女朋友，就是我，意外吗？"

相比许柚的大大咧咧，江尧的话语多了几分稳重："之前一直没说，是没有准备，那样说出来会显得太随便。现在来正式问候一下，想让你们知道，我是真心喜欢许柚，也规划了我们的未来，打算一步步走下去。"

他已经规划好了未来？这件事许柚还真不知道。她看着他的眼睛，总觉得这段话不仅仅是对她爸妈说的，更是对她说的。

主治医生成了自家女儿的男朋友，许柚原以为黎平君和周长青会很惊讶，然而根本就没有。

黎平君和蔼地说："问候就问候，还带那么多礼物做什么？就算你随便一说，我们也不会怎么样。一个人好不好，还是要看平时相处过程中的态度和表现。"

江尧说："基本的礼貌和仪式感还是要有的。"

周长青满意地看着他："医生这个职业挺好的，大学是在哪儿上的？"

江尧报了个国外的学校名，险些没把周长青吓住。周长青怎么看都觉得江尧跟许柚没有交集，想不通这样的两个人是怎么走到一起的。

许柚补充说："我们是高中同学啊，只不过他前几年出国读书去了。"

周长青："回来多久了？还打算出去吗？"

这个问题，当家长的都挺在意的。

江尧递了一颗定心丸给他："回来有一年了，不会走了，在国外待着没这里舒服。而且禹城这几年也发展得还不错……"

周长青笑："确实，从小长大的地方，肯定比外面舒服。"

原本看江尧不得劲儿的周长青，这会儿越发觉得江尧顺眼，且直接发出邀请："有空的话，来家里吃顿饭吧。"

此话一出，许柚就知道，江尧已经将她爸"降服"了。

她会心一笑。

周长青还关心地问："工作忙吗？"

江尧："明天就只有阿姨的手术，之后应该没什么事了。"

"那来家里坐坐？我给你露一手。"

这进展神速得让许柚有点反应不过来："这么快吗？"

江尧直接应下来。

江尧去许柚家的那天，刚好是周一。

许柚当天上班，怕江尧和周长青单独待着尴尬，一下班就火急火燎地赶回去。

到家后，发现两人相处还挺融洽的。

江尧见许柚回来了，意外道："不是说要加班吗？我还打算待会儿去接你的。"

许柚是故意不说的，只淡淡地解释道："有一项工作免了，所以正常下班。"

江尧："下班也不说一声？"

许柚撇了撇嘴，看向厨房："你们在做什么呢？"

周长青在炒最后一道菜，刚下锅，边翻炒边说："能做什么？聊了会儿天，给你们做饭，这个菜炒完，我就去医院陪你妈了，你跟小江在家里吃啊。"

她很好奇，这两个大男人聊了些什么。

许柚帮周长青将饭装好，让他拿去医院。

他一走，屋里就只剩下两个人。

江尧的衬衫袖口半挽，将碗筷和菜逐一端出来。

一眼望去，还挺丰盛的，有虾，有鱼，有螃蟹，有鸡蛋羹，还有青菜……

两人坐在饭桌旁吃饭。

许柚忽然说："其实我之前不住这里。"

江尧问："是因为你妈结婚了，才搬过来的？"

许柚点头："是啊，我亲爸好吃懒做，还爱赌钱，本来家里还有点小钱，全被他挥霍光了。我妈跟我亲爸离婚后，完全靠自己的双手将这个家撑起来，那些年她过得很辛苦。好在后来她遇到一个不错的人。"

"看得出来，她现在很幸福。"根据这几天的观察，江尧得出结论。

许柚点头："是啊，现在年纪大了，居然变得好动了，像个小孩一样，三天两头不将自己搞点毛病出来就不舒服。不过说到底，还是因为有个宠着她的人，她才如此肆无忌惮。但我以后要说说她，再怎么折腾也不能折腾自己的身体啊。"

"嗯。"这个江尧倒是赞同，"她住院期间，我给她做了些检查，除了甲减之外，她挺健康的，而且因为规律用药，甲减症状在慢慢减轻。"

"你掏的钱吗？"做各种身体检查可不便宜，她也没补缴过其他费用。

江尧剥了一只虾给她，慢悠悠地说："孝敬一下长辈。希望下次不要再来医院了，包括你……"

许柚冲他笑了笑。

饭毕。

江尧收拾完碗筷，说："不带我参观一下你的房间？"

"那可是我的秘密基地。"

431

江尧一眼就看出来，她只是在假矜持："哦，既然这样！那不看了，看来我在你心里还没达到一定的分量。"

"……哎！"

许柚发现他真的很狡猾，毫无情趣："你道德绑架啊？"

"没有，只是有点……伤心。"

"拉倒吧。"

许柚翻了个白眼，推开房门，先探个头进去瞄瞄情况，看看是否干净整洁。

江尧站在她背后，饶有兴致地问："怎么，还藏了人？"

除了被子没叠，其他都挺整洁的。

许柚没理他，直接敞开门，走进去，也让他看到内里全貌。

这应该是她第一次让除了家人之外的异性踏进她的房间——她晚上常待且藏了很多秘密的地方。

江尧没看几眼就笑了。

许柚正想问他笑什么，就听见他说："比你的公寓，干净整洁多了。"

她凉凉地斜睨他一眼，这人铁定在内涵她，言外之意是这里这么干净肯定有一半是黎平君或者家里打扫阿姨的功劳。

确实是这样没错。

但被人明晃晃地指出来，怪不好意思的。

许柚解释："我又不常回来住，我房间的窗口外有一条马路，即便不怎么开窗，时间久了，屋内也会有很多灰尘。家里有个钟点工的打扫阿姨，每个星期帮我擦一擦而已，我的东西是从来不用她收拾的，因为碰乱了的话，找的时候麻烦。"

江尧象征性地用指腹揩了揩书桌表面，没摸到什么灰尘，但她房间的窗户下的确是一条马路，房内容易落灰是必然的。

许柚的房间里有一个书柜，里面存放的书不多，绝大部分是金融专业相关的书。

她瞧见江尧往她书柜的某一层看去,便小声道:"这些都是大学的书,有好几本因为考研都翻烂了。"

"听说国内的考研比高考还累?"

"那不至于,看考什么学校吧。"许柚回忆了一下,意识到一个问题,"你好像两个都没经历过?"

江尧勾了勾唇,没说话。

可恶!

不用经历国内高考和考研的人,在她看来,太幸福了。

羡慕不来!

江尧抽出一本书看了眼。

这本书是所有书里最旧的一本,本想看看她大学时所写的字或者当时做的笔记,由此想象她当年看这本书或者上课时的样子,没想到,翻到扉页时,竟然在上面看到一个陌生的名字。

再翻几页,发现书里笔记的字体有两种:一种写得端正一些,很明显是许柚的;另一种比较潦草,应该来自扉页上的那个人。

两种字迹暧昧地混杂在一起。

很难不让人多想。

江尧并不是什么小气保守的男人,他沉默了几秒,将写有姓名的扉页递给许柚看,低声问:"你前男友?"

许柚:"……什么?"

什么前男友?

哪儿来的前男友?

许柚不明白江尧在说什么。

她迷糊地看着他。

他低咳了两声:"你不是认识李柘吗?他正好是我同事,之前你们相亲的时候,他喊过我们支招……"

时间过去那么久,她当时只是对李柘随口撒了个谎,根本就不记得了,

433

现在被这么一提醒,她渐渐回忆起来,好像是有那么一回事。

"你不是说……你大学的时候谈过恋爱,毕业才分手的吗?"

许柚无声地低笑,"嗯"了一声:"好像是有那么一回事。"

江尧喉咙发涩,淡声问:"就是他?"

这本书是许柚拜托同系师姐借的,上面的名字不是她"前男友",而是师姐的男朋友。

换言之,她都不认识这个人。

因为上面也有她自己的考研笔记,所以才好好地保留了这本书,不舍得扔掉,毕竟再怎么破烂,再怎么陈旧,也是回忆啊。

许柚低头说:"不是啊,这不是我前男友,我也不知道他是谁。"

江尧:"那你怎么得到这本书的?"

许柚被他圈住腰,坐到他的大腿上。

他坐在她书桌前的椅子上,而她坐在他的身上,她被他强制地扣着腰肢锁进他怀里,大有一种慢慢聊的架势,让许柚有种被盘问的错觉。

"看来你大学的时候挺受欢迎啊,经常被人追?以我们现在的关系,应该可以谈一下当年的事情了吧?"

许柚眨了眨眼:"比如?"

江尧:"你上一段感情。"

"你想知道什么啊?"

说实话,她还挺享受这种被他质问的感觉的,因为着从侧面证明他对她很在乎。

江尧思考了一下,问:"比如,因为什么分手?是怎么在一起的?怎么认识的?"

许柚当时跟李柘撒的谎,还有点印象:"毕业分手能因为什么?不就是天南地北,不想异地恋,也不想跟着他呗。"

"那意思就是被迫无奈分的手,分手后你还喜欢着他?"

这是什么清奇的思路。

许柚抱着他的脖子,想了想说:"难道不是因为不够喜欢才这样?我要是真喜欢,我就跟着他走啦。"

这个说法似乎很有道理,江尧沉默了几秒,问了一个很严肃的问题——

"假如有一天我们也需要异地恋呢?"

"我们为什么要异地恋?是怎么个异地法?"

"打个比方,一年见不到几次。"江尧问,"你会考虑分手吗?"

这衍生问题可真多。

许柚不是很想回答,可还是老老实实答了:"应该不会吧,我能保证自己不会移情别恋,但我觉得我们不会一年只见几次,因为法定节假日那么多,一有空我一定会去找你。"

江尧在她耳畔低低地笑:"那我应该不舍得异地恋。"

她记得很清楚:"你昨天答应过我爸,说不会出国的,你不会这么快就要食言吧?"

"不会。"

虽然江尧只是打个比方,但她还是有点慌,总有种他们要分开一段时间的预感。

江尧又问她跟前男友是怎么认识的。

谈论一个不存在的人,她怎么瞎掰都是漏洞,忽然发现男人跟女人一样,表面看上去好像不在乎,其实对于自己女朋友的感情史,还是好奇的。

许柚开心之余,又不怎么忍心一直将他瞒在鼓里。

毕竟撒这个谎的时候,对象是李柘,李柘知不知道她谈没谈过恋爱,目前已经与她无关,也无所谓了。

可江尧不同。

是不是应该解释一下呢?

她眼睛一眨不眨地盯着他,跟欣赏一件艺术品似的。神奇的是这么多年过去,她每次与他对视,心脏都会控制不住地"怦怦"直跳。

江尧有一下没一下地把玩着她桌面上的订书机,微微挑眉瞅着她:"怎么这么看着我？"

"江尧。"许柚说，"其实有一件事我骗了你，不……应该说是我无意间骗了你。"

"什么？"

"都怪林冉，当时我妈逼我去相亲，林冉说跟相亲对象见面不能这么快就把自己的底牌给透出去，要是我跟他说我没谈过恋爱，他一定会觉得我很单纯，很好骗，所以……"

聪明如江尧，一下就知道她指的是什么事了。

江尧不可思议地问："你骗他的？"

"对。"

"你没谈过恋爱？大学、研究生，哪怕出来工作都没谈过？"

"嗯。"

他低低地笑。

许柚斜他一眼："你好像很开心？"

"只是觉得……我俩扯平了。"

"本来觉得你谈过也没什么，挺正常。"江尧直白道，"我不会对女朋友过去的感情一直揪着不放，但不管男人女人，多多少少都有点不自在……忍不住去比较。"

确实，换成是许柚，也会有点这样的心理。

许柚："这下好了，你不用比较了。"

他好整以暇地问："你不会一直暗恋我吧？"

这是什么破问题？

许柚不承认，良久才憋出一句："……可能吗？"

江尧的嗓音低低的："要是我早几年回国就好了，我们或许能早点遇见，也不会浪费那么多时间。"

许柚现在对以前的事已经看开了，完全是过来人的语气："你早回国，我也不在禹城啊，我在北京，我研究生跨校考了，你连我大学都不知道，

怎么知道我在哪儿读研啊？"

"不是有林冉吗？"

好像也是哦。

许柚想起某件事儿，悻悻地说："你陪你姐拍毕业照的时候，我们相距不远，在一个学校里，可还是没碰见，证明那时候缘分没到吧。"

江尧瞧见书桌底下一个很隐秘的位置藏着一个被胶布密封住的纸箱，低头问："这是什么？过桥米线……"

这个纸箱是黎平君好几年前买过桥米线不要的箱子，被许柚拿去装东西了。

"什么过桥米线？"许柚皱起眉，低头往下看。

纸箱上还堆了一些乱七八糟的东西，险些要将纸箱压瘪，她盯着看了许久，当时搬家时的记忆一秒涌入脑中，这好像是……

她迟缓地抬头，有些不好意思地问："你怎么注意到这个的？"

"硌脚。"江尧如实说，"而且看上去封得很严实。"

"硌脚？"许柚对比了一下。

……真是心酸！

江尧腿长，坐在她书桌的椅子上，长腿往桌下一搂，在狭小的空间里根本施展不开。

而她从来没觉得硌脚过，以至于这个箱子放在底下，这么多年过去，都快淡出她的记忆了……而江尧第一次来了她房间，就注意到了它。

许柚越来越相信缘分这个东西。

缘分没到时，阴错阳差得让你害怕，缘分一到，前路宽敞，平坦得连个石头都没有。

"你想看吗？"

"不会是你小时候藏的内容千奇百怪的漫画书吧？"

许柚瞪他一眼，反问："你藏了？下次我去你家我要看看。你小时候看什么漫画书，有没有少儿不宜的内容。"

江尧:"随口说说。"

许柚让他站起来,自己蹲下弯腰,钻进桌底,将那个写着"过桥米线"的纸箱拎出来。

上面铺满了灰尘,轻轻一摸,手指都会变黑。

江尧越发好奇:"……年代久远啊。"

"是啊。"许柚拿了个抹布来擦了擦,接着用剪刀划开胶布,似有深意地说,"也不知道你还记不记得,说起来……里面都是你的东西呢。"

"我的东西?"江尧回忆了一下,却想不起来,淡淡道,"你也偷我东西了?"

"偷?"他一提起这个,许柚就来气,凉凉地看他一眼,"你以为我是你啊,拿了又不说。"

纸箱打开的时候,许柚被灰尘呛得咳嗽了两声。

多年未打开过的箱子,猛地传来一股不怎么好闻的气味,好在箱子是用胶布封好的,所以里面的东西还是很干净的。

江尧一眼就看到了一把黑伞和一个奶茶杯,以及他出国前给许柚的课本,它们被特别整齐地堆在一起。

许柚摸了摸鼻子,摊手:"我这种行为是不是很中二?"

江尧掏出里面的东西,看了几眼,有他曾记过笔记的课本,也有为了教许柚数学题而用过的草稿纸。

随后,他发出一声短促的低叹。

许柚揉了揉眼睛,正想问他叹什么气,男人的手掌就落在了她的脑袋上,将她拥入怀。

她清晰地感受到有力的手臂抱住了她的腰,而她靠在他的胸膛上,懵懂且安静地待了一小会儿。

突然,她打破了尴尬,仰着脸蛋,较真地说:"你还没回答我的问题。"

江尧无奈一笑,顿了顿,才道:"不中二。"

"那你是什么感觉?"许柚又问。

"你想知道？"

她点了点头，随后低下头，有些紧张地等待着。

江尧沉默良久，淡淡地说："大概是觉得自己做得还不够多？"这说得过分简单，其实还有四个字没说出口——何德何能。

如果能回到过去，他应该会告诉她，让她开心一点生活，等着二十七岁的他来追她。

许柚撇了撇嘴："可是你之前并不知道啊。"

"现在知道了。"江尧执着地说，"所以以后要对你好一点。"

"然后……扯平？"许柚严肃地说。

"谁说要扯平？"江尧抬起女人的下颔，对上她的眼睛，捏捏她的脸，"最好让你欠着我，一辈子都还不清。"

许柚咬着唇，故作审视地看着他。

他心里似是起了波澜，俯身将她吻住。

他的吻技一次比一次好，经过这么多次实践，似乎也该到这样的水平了，总是吻得她意乱情迷、七荤八素的。

许柚问了一个很大胆的问题："江尧，你爸妈是不是从小灌输一种观点给你，例如……"她有些难以启齿。

江尧侧首，饶有兴致地问："什么？"

她用被子盖住自己的脸，脑中一闪而过他们"同居"时那些亲密行为，都没有进行到最后一步，咬了咬牙，小声说："不能婚前性行为。"

江尧险些被她气笑："为什么这么认为？"

"嗯，这个……我……"她说不出口，总不能问他为什么一直没有要她吧，这太尴尬了。

许柚虽然害羞，但也不是什么过分保守的人，谈恋爱谈到一定程度，都了解到对方的真心了，她认为是可以做那档子事的，并且她记得……她好像没有拒绝过他吧？

"算了。"她不说了，就此翻篇吧。

现在轮到江尧不依不饶了:"你在想什么?"

"没想什么啊。"

"有什么就直说,你想要做什么,就大胆说出来,嗯?"

许柚沉默了一会儿,干脆道:"我不。"

江尧似笑非笑:"我怀疑你在怀疑我……你看着我的眼睛……"

许柚一跟他对视,就慌了,也泄露了心里的想法。

好吧。

她担心过,是担心,不是怀疑,他那方面有没有问题。

所以她是善意的。

男人翻身将她压在身下,气场也压着她,薄唇落在她耳侧的肌肤上,声音格外低,又带着沙哑与轻佻:"你很想要?"

"……没有。"许柚拒不承认。

"有什么好不承认的,有就有,没有就没有。"

"我说了没有。"

"女人说没有就是有。"

"我是例外。"

空气安静了一会儿。

许柚投降,弱弱地用两人仅能听到的音量问:"……真的没问题吗?"

江尧的脸肉眼可见地黑了下来,随后身体压得更低,害她都无法呼吸了。如此亲密无间的距离,让许柚有些不知所措。

那天之后,许柚出了趟差,四五天才回来,回来后黎平君还没出院,也没能下床。

黎平君每天在病房里待着,简直要"自闭"了。

江尧说起码一个月才能下地行走,四个月才能弃拐,且康复期最少也要半年。

许柚觉得这样挺好的,让黎平君长长记性,看她下次还敢不敢这么不

顾安全地去蹦蹦跳跳。

双方都见过了家长，从某种意义上来说，他们已经算是定了亲的。

黎平君和周长青都挺喜欢江尧的。

住院这段时间以来，他们接触密切，几乎每天都会见面，两口子发现江尧性格沉稳、行事谨慎，跟女护士和女医生相处也是进退有度，保持距离。把女儿交给江尧，他们也是放心了。

如此，许柚就没什么顾忌了。

她干脆搬到了江尧的公寓，两人正式同居。

之所以不住在她的公寓，原因很简单。

许柚的邻居是一个四口之家，两个孩子很是闹腾，但房子隔音很差，她经常被他们吵得睡不着。

最无奈的是，他们家还有一只哈士奇，不仅体型大，且战斗力极强。

搬去跟江尧住后，许柚顿觉耳根都清净了很多，也不用每天下班害怕跟那只哈士奇碰上。

许柚问过江尧这套面积接近两百平方米公寓的价格。

他说出价格后，她险些惊掉下巴。如果再加上装修费和各种家具置办的费用，对她来说简直是天价。

由此，她得出一个结论："这套房子的隔音应该很好。"

江尧挑了挑眉，仿佛在思考之前有没有什么因为隔音差而不太好的回忆，似笑非笑道："不一定。"

许柚问号脸。

许柚连续在这儿住了一周之后，终于不得不承认一个事实：再贵的房子，隔音也不一定好，尤其是这套真的巨差，超级差！

周五的晚上，江尧就着暖色的夜灯，坐在床上翻阅一本医学类的书籍，而许柚则因为工作了一天，疲惫地躺在他身侧，蜷着被子准备入睡。

大约零点的时候，楼上开始发出细微的声响。

许柚困得不行，起初没反应过来是什么声音，直到楼上的动静越来越

441

大,她才猛然意识到是什么情况……

许柚睁着迷蒙的眼,与江尧对视了一眼。

江尧无奈地用被子盖过她的脑袋,低低道:"睡吧。"

许柚叹了口气。

她也想睡啊,可是睡不着。

她便伸出手,揪了揪男人的袖子,双眼亮晶晶地问:"江尧,上次我们逛商场不是为了凑单多买了一个东西吗?要不要试一试?"

江尧一下子没反应过来是什么东西,而后便想起来了。

是避孕套。

在收银台前顺手捎回来的,理由是,先备着,迟早会用到。

"你想试?"

"没有。"许柚撇了撇嘴,"就问问你……也不能浪费不是?还挺……贵的。"

江尧瞧见她微红的双颊,以及前言不搭后语的暗示,没忍住说:"以前怎么没发现你这么大胆?"

"大胆?"

她很大胆吗?

许柚也思忖过这个问题。

因为破碎的原生家庭,以及重男轻女不喜欢她的奶奶和爸爸,从小到大她都挺自卑、挺敏感的。

庆幸的是,黎平君很爱她。

即便黎平君从来没有对她说过"爱"这个字,她也能感受出来。

现在回想以前做过的事儿,还真能用"大胆"两个字来形容。

比如以前她成绩一般,却妄想着向江尧看齐考进清北,比如她高考分数相当不错,却执拗地选了一所老师和黎平君都不赞成的学校,想离他近一点,奢望与他重逢……

其实还有一件事,许柚没有说,怕他们担心,连黎平君和周长青都不

知道。

她只告诉了林冉。

"江尧。"许柚说，"其实有一年我自己一个人，坐了好久的飞机，去了一趟英国。"

江尧不可置信地问："什么时候？"

"大学毕业那一年的暑假。签证日期挺短的，加上我没问爸妈要钱，没什么钱，所以只在伦敦待了几天，就回来了。你那时候在那儿吗？"

江尧回想了一下，随后说："好像……不在。"

她"哦"了一声："难怪我没碰见你。"

"我在，你就会碰见了吗？"江尧在她唇边亲了一口，泼她冷水，"那么大一个城市，哪那么容易碰见？"

"说不定呢？"

相处那么久，江尧自认为是了解她性子的，但是他发现他越来越不懂她了。

她好像一本宝藏书，让人惊喜连连，一个大学刚毕业还没经社会历练的小姑娘独自跑到国外来找他。

江尧将她锢在身下，盯着她的脸蛋，心头漾起柔软，低声问："你还有什么是我不知道的？"

"应该没有了。"许柚暂时没想到其他的，见他有点上头，腮帮微鼓，顺便告诉他，"你也别太感动，那相当于我的毕业旅行，考研挺累的，确定被拟录取后，去放松一下罢了。还有，我回来后就不喜欢你了。"

江尧知道她说的是实话，毕竟她好几次明确跟他说过，或许那在她心里算是个告别旅行。

"那又怎样？你现在还不是在这儿？"江尧显然已经无所谓，随她怎么说。

现在告诉他，她曾经放弃过他，那简直不痛不痒，也可以说是毫无伤害性，连眉头都不皱一下。

443

以这样一上一下的姿势来聊天，许柚有些不自在，有种被俯视的感觉。

她像条毛毛虫一样，小心翼翼地挪动自己的身体，想从他侧边窜出去。

然而，她还没怎么动呢，就被他单手轻而易举地捞了回来，明明没什么的，现在却有种落荒而逃的意思。

他将她困在身下，深眸紧锁着她，哑着嗓音问："跑什么？不是说要试一试？"

许柚咽了咽口水，没搭腔。

刚刚聊到了别的话题，她还以为就此翻篇了。

许柚动了一下，才发现两人的姿势如此暧昧，她的脸蛋越发红了。

月影横斜。

云朵飘在月亮前，欲遮未遮，一阵风吹来，没一会儿便被吹散了，洒落淡淡银辉，给室内渲染上一股暧昧的气氛。

许柚还没说话，就被男人轻轻吻住。

熟悉的大床，安静的环境，两人都没有了顾虑，做什么都随心所欲起来。

成年人的世界，"禁果"一词早就不存在。

他们在做的不过是大部分恋人都会做的事。

由于是第一次，双方都有些紧张。

许柚的身体不由自主地抖了抖，虽然害怕，但是每个毛孔都能感觉到兴奋。

她不知道自己这样的想法对不对，如果做这件事的对象是他，自己会很期待。

所有情侣会做的事情，她都很想跟他做。

比如，一起旅行……

比如，结婚。

许柚不清楚这是不是叫"恋爱脑"，但林冉说，真心投入感情谈恋爱的人，基本上都会有这样的一个阶段。

即便是已经变为前任，谁又没在某个瞬间幻想过跟那个人结婚呢？

只是世事弄人罢了。

这不叫恋爱脑。

这叫热恋期。

林冉还叫她好好享受这个阶段。

江尧呼吸紊乱,声音低哑地问:"你想好了吗?不后悔?"

有什么好后悔的。

许柚摇了摇头。

然而,就在箭在弦上,不得不发时——

"叮叮叮!"

一阵手机铃声,在安静的卧室突地响起,吓了她一跳,一听就是江尧的手机。

但江尧不打算理会……

打来电话的人却不依不饶,大有江尧不接电话,他就打到天荒地老的架势。

许柚直觉是医院里的事情,推了江尧一下。

随后,她第一次听见他骂了一句脏话。

然后,他起身走进了浴室。

许柚叹了口气,随意套上一件他的衬衫,衬衫长度堪堪到大腿。

她拿起他的手机,帮他接通。

"喂?请问有什么事情吗?"

打电话的人闻言愣了一下,像是先确认没有打错电话,而后才问:"你是他女朋友?"

许柚:"对,他现在在洗澡,没办法接电话。请问有什么事情吗?我等下告诉他。"

"哦。"打电话的人没多想,"原来是在洗澡啊。你就跟他说立马来趟医院吧,有点事,电话不方便细说。"

"好。"

许柚挂了电话,去敲了浴室的门,跟他简略交代一下。

没几分钟,江尧推门而出,一眼瞧见她此刻的穿着。

这应该是她第一次穿他的衣服,而且她只穿了他的衬衫,里面什么也没穿,细白的腿自衣摆下晃啊晃,扎眼得很。

他弯了下嘴角,揉揉她的头发,发自内心地说:"突然发现……你还是这样最好看。"

许柚不解地抬了抬眸:"嗯?"

他没忍住伸手隔着布料在某处捏了捏,低声道:"下次向你证明。"

许柚翻了白眼,发现男人真的很在意这个问题。

她点点头,打鸡血似的鼓励:"你一定可以的。"

江尧的脸立马臭下来:"你再多说几句类似的话,我不介意不去医院,直接向你证明。"

她说错了吗?

她明明是好心!

许柚皱着眉,推他去玄关处,嫌弃地说:"快走吧。我也不介意你今晚别回来了,让我睡个好觉。"

江尧这职业,毫无预兆一个电话被叫走,是常有的事儿。

许柚刚开始会有点郁闷,现在已经习惯了,既然喜欢他,就得包容他的一切,包括他所信仰和坚守的东西。

这样一想。

许柚突然觉得自己伟大起来。

某一天晚上,许柚和江尧在沙发上聊天。

她好奇地问:"怎么你姐姐一天到晚不着家,你爸妈也不管管啊?女生独自在外不担心出什么事儿吗?我妈妈甚至都不怎么同意我离开家自己找个公寓住,当时还僵持了一阵。"

江尧低笑:"管不了,反正有人看着。"

"谁？"许柚想起那天在他书房看见的一个人名，"陆清随？他到底是谁啊？我怎么一点印象都没有。"

江尧"嗯"了一声："他本来是体育生，后来放弃了特长生考试，参加了高考，现在在北京。"

其实这些都是前几年江吒跟梁捷在饭桌上聊天说出来的，他记性好，记得八九不离十。

"体育生？"

许柚的记忆在一点一点地回笼。

会考之后，江尧出国害她意志消沉了几天，连续一周整个人都是丧丧的。

林冉跟她说，学校里又不止江尧一个帅哥，七班有个体育生也很帅，人高高的，身材好得不行。

没想到，江吒会跟他有关系，她一直待在外面不回来，估计就是因为陆清随吧。

许柚还挺佩服她的。

时隔这么多年，上一次见面还是高二时在小卖部门口，下着蒙蒙细雨，她没敢认真去看江吒的长相，却也被对方的气质所吸引，以至于今日，她依旧记得很清楚。

江尧从手术室里出来，再跟胸外科的同事研讨了下接下来的治疗方案。整个会议持续了将近一个小时。

一结束，江尧还没走出会议室，就收到了许柚的信息。

昨晚打电话喊他来的老周走过来，凑上去偷瞄了眼手机屏幕，边打哈欠边说："你跟你女朋友已经同居了？在一起多久了？有半年没？昨晚打电话给你，听到一把娇滴滴的女声吓我一跳，还以为打错电话了。"

当然，"娇滴滴"这个词肯定是夸张了的，许柚跟人说话从来不会是这样的语气，只有做错事稍微撒一下娇的时候，才会不自觉地牵出这样的嗓音。

江尧淡淡道:"有了。"

老周拍了拍文件:"真快。之前我还担心你这副谁都欠你钱的鬼样子会吓跑姑娘,现在这么快就在一起半年了。"

江尧笑笑不说话。

哪有半年,他不过是加上了追她的那段时间,之所以在口头上加长他和许柚恋爱的时间。

实则是一种保护。

老周这人虽说不坏,但有时候嘴还是挺碎的,他不想听见一些议论"他女朋友跟他在一起半年不到就同居""有点随便""进展太快"类似的话。

对于闲言碎语,江尧一向懒得解释,干脆直接在源头杜绝。至于他和许柚的进展问题,他也有想过,世界上相互喜欢的恋人那么多,为什么非要每个人都按着一个模子走。

快就快呗。

他有自己的考量,清楚自己想要什么,能给她什么,就比如她说的,一辈子的喜欢。

说到做到。

江尧回休息室歇了会儿,喝口水。

刚准备离开,就被科室主任叫住,说有些事要跟他详谈。

江尧跟主任来到办公室,往沙发上一坐:"怎么了?"

主任不拐弯抹角,直接道:"是这样的,这不是过阵子要过年了吗?年后有个去北京的学习机会,我们科这几个医生我想了一下,还是觉得你最合适。"

"北京?"

江尧以为自己听错了,问了下时间:"多久?"

主任喝了口茶,慢悠悠地说:"一年不到,也就半年左右。"

"为什么是我？"

"你也知道，老周这人没什么事业心，而且家里有老婆、孩子，让他离开半年不仅麻烦还用处不大，白白浪费一个机会。李柘呢，虽说暂时单身，没什么顾忌，但前几年一般有这种机会都是他去，也该换换人了。就你了，提前跟你说一下。不急，还有一两个月时间准备，也就半年。那边有个我的导师，特厉害，你跟着他绝对不会吃亏。"

江尧垂眸，勾着唇淡笑了声。

主任十分看好他，拍了拍他的肩膀，压低声说："这样的机会真的不多，你多抢着要，对以后有好处，不仅是技能上的提升，还有人脉，以你的能力不应该止步于此。"

江尧没说答应也没说不答应："行，我考虑一下。"

"还考虑啊？"主任并不觉得他会不答应，只以为他在客套谦虚，"最迟下个月啊，给我答复。"

这突然的半年"出差"打得江尧措手不及，顿觉自己真是乌鸦嘴，上周才问了许柚"万一他们也要异地恋，她会怎么办"，这才过了多久，就应验了。

甚至，他还不知道怎么跟许柚说。

他想她一定会让他去吧，无论任何事情，她都喜欢站在他这边，去鼓励他支持他，但看见她违心的笑容，又忍不住心疼。

不出几日。

江尧去北京的事儿，已经传到几乎整个科室都知道了，连护士都来问他大概什么时候走，到时候怎么交接工作。

明明他还没答应！

江尧有些无奈，但又不能去说什么。

主任给的说法是，李柘拒绝了这次学习。

所以不管江尧答不答应，都只能是他去了。

因为必须要派一个人过去,总不能失约不是?

临近春节。

许柚越来越忙,加班到晚上八九点都是常有的事儿,原本愉快的周末也瞬间变得不愉快起来。

每天最放松的时候,估计就是洗澡后带着一身的疲倦躺上床,准备睡觉的那刻。

毫不夸张地说,她几乎每晚都能秒睡。

江尧见她这样,也没好意思再提那档子事。

为了自己所谓的面子,非要拉她起来,叫醒她,去证明什么。

没必要。

况且,来日方长,不急在这一时。

最近林冉的预产期快到了。

不出意外的话,她肚子里的宝宝会在春节前后出生。

这最后的一个月本来是孕妇最辛苦也最紧张的日子,可她每天都精神得不得了。

许柚总是能收到她发来的信息,让许柚帮她做选择。

林冉:看这婚纱怎么样?

林冉:我在想,到时候我是穿抹胸的那种好,还是深V的那种?

许柚用喝水或上洗手间的时间回复她:深V,你身材好。

林冉:我怕梁子豪不愿意。

许柚没忍住翻了个白眼,继续敲字:你以为你穿抹胸就很保守吗?就你那身材,穿什么婚纱都不保守,要不就直接一套秀禾服一穿到底?

林冉:滚。

林冉:婚纱还是要穿的,一辈子就只有一次,我管他干什么?我自己好看就行啦。

许柚:那不就是喽。

林冉：那你呢？

林冉：我到时候找人给你定制伴娘服，你喜欢什么样的？

许柚：定制？随便买一件就行了。

许柚觉得太大费周章了，伴娘服也只穿一次，纪念意义跟婚纱不是一个量级的，没必要定制。

林冉：不行。

林冉：又不是没有钱，能花多少钱啊？我给你定制个包臀的那种短纱裙吧，下面是透明的白纱？

许柚：你在变相地说我腿短？

林冉：我在真诚地为你考虑。

许柚：那我还真是要谢谢你。你来决定就好啦，这是你的婚礼，你想怎么样就怎么样。

林冉：没劲儿。老是跟你讨论都讨论不出结果，江尧有没有说你很无趣啊？

许柚还真的认真地想了想，随后说：没有啊，因为所有事情几乎都是他说了算。

林冉：啧。

林冉：在我面前撒狗粮？内心毫无波澜，甚至想笑。

许柚：笑你个头，我去上班了。

在许柚那儿问不出结果，林冉闲着也是闲着，干脆从江尧下手。

毕竟，许柚说他们的事都是江尧说了算。

次日下午。

江尧的手机里跳出一条信息。

林冉公式化的语气：你希望你女朋友的伴娘服是什么样的？看到请告知我，谢谢。

简直令江尧一头雾水，不知道的还以为是工作群群主发言。

林冉用这样的语气是有理由的。简单来说就是——不能跟闺蜜的男朋友接触太暧昧。

江尧正好得空,在脑海里细想了一下,上网找了张网图发给她:这种吧。

林冉看了后,回复了一串省略号。

露肩宽吊带的长裙。

虽然是挺……唔……也还行吧,就是不知道为什么,看上去有点怪。

林冉只能用一个"土"字来形容。

接着,她将聊天截图发给许柚:你确定你们家以后都要江尧说了算?

许柚一看,刚喝的一口水险些喷了出来:[微笑脸]请按他的反方向定制,谢谢。

许柚:你们平时聊天语气都这样吗?

林冉知道许柚疑惑的是她询问江尧问题的语气:避嫌嘛。

没几天。

林冉的婚期定下来了,是在明年开春三月份。

如此推算下去,也就是说出月子一个月就举行婚礼了?

许柚直呼佩服,然后将具体的时间发给了江尧:你应该有时间吧?

江尧看到后,怔了一下,没想到林冉这么快就举行婚礼。

他以为至少要到六月份,这下刚好撞到了他去北京学习的那段时间。

江尧觉得这件事情,是时候要跟许柚说说了,总不能临出发前再告诉她,到时候也来不及哄。

因此,许柚收到江尧的回复时,愣了一下。

江尧:晚上回去跟你说。

许柚琢磨了一下这几个字背后的含义,但是始终没往他要出差的方向去想。

许柚:你那段时间是不是会很忙啊?

许柚：没关系的，他们又不是不清楚你职业的特殊性，要是没空的话，可以不去。他们应该也能理解，总不能丢下病人吧？

江尧：不是。

江尧：是有其他事情。

许柚：什么呀？

许柚的好奇心被勾了起来，特别想知道：到底什么事？

江尧：再过几个小时就下班了，下班再说。

许柚：非要面对面说吗？

江尧：对。

许柚：那我们开视频。

江尧发了一串省略号。

许柚：开玩笑的。行，那就今晚吧。

这神神秘秘的劲儿，让许柚越来越好奇，连工作都不能集中精力，总是分心去想到底什么事情非要当面说。

恋人之间应该只有两种可能，不是道歉认错，就是惊喜。

江尧能认什么错啊？

她又没生他的气，那么……就只能是惊喜喽！

问题是……许柚看了下桌面上的小日历，实在搞不懂今天是什么值得纪念的日子。

她猜了半天，也猜不到他要搞什么小动作。

直到快下班的时候，许柚边收拾东西边一闪而过一个念头。

她猛摇头，不可能的，他们才在一起多久，怎么可能这么快求婚。

跟江尧结婚，是她一直以来都不敢想的事情。

虽然就他们目前的感情稳定程度来看，这一天迟早会到来，但许柚还是觉得有点遥远。

她拍了拍自己的脸颊，试图让自己清醒一点。

按了电梯，下楼。

453

江尧的车停在公司对面的马路边，等着她。

许柚走过去，拉开车门，坐进里面。

想到可能是求婚或者其他惊喜之类的事情，她识趣地不着急去问，沉默了一会儿后，询问了句："今天下班还挺早的，我们今晚吃什么呀？"

江尧看着她："回家吃吧，我给你做。"

许柚挑了挑眉："不会又要用秤吧？"

江尧伸手过去捏了捏她的脸："不提这事你就不舒服是不是？"

许柚舔了舔唇："我这是作为顾客，关心一下这家店的厨师手艺有没有进步而已。"

江尧边摆方向盘边低沉发问："没进步就不吃了？"

许柚："倒也不是，吃还是吃的。我有嫌弃过你吗？"

江尧没搭腔，总感觉她在影射其他事情。

回去公寓的路上，途经一家超市。

江尧进去反常地买了很多东西，例如能吃很久的腊肉、腊肠、鸡蛋和面条。

他们在家吃饭的次数不多，从来没有囤食材的习惯。

许柚很蒙地问："我们今晚要吃面条吗？"

江尧摇头："不是，买回去放着，迟早要用到。"

许柚："哦。"

买了一堆在她看来乱七八糟的东西，在收银台结账时，等收银员过机都要等很久。

最后付款金额接近一千。

许柚吓了一跳。

除非买一些贵重的家电，她可从来没在超市只买吃的花这么多钱。

回到公寓。

江尧先将米淘了，放进电饭锅里煮，切了小半条腊肉进去，再慢条斯

理地整理从商场买回来的东西。

将必须冷藏的放进冰箱。

不冷藏的就堆在厨房的柜子里,全部整理好。

许柚有些郁闷地坐在客厅里看电视,还以为江尧会给她什么惊喜,结果回来,跟往常一样,什么变化都没有。

他已经在厨房里待了将近一个小时了。

没有主动去提那件事,完全专注在他买回来的那些东西上,而后还喊许柚过去。

许柚站在冰箱前,听他说:"我知道你会煮面,以后周末不用上班,就起床自己煮面吃。不吃早餐的危害性有多大,不用我再跟你说了吧?"

她有些不解地点点头:"不用。"

江尧知道她周末不喜欢吃早餐后,已经将不吃早餐的危害跟她说过好几遍了。

后来,发现她还是不吃,他便变态到将那些胆囊结石的照片拿给她看,险些将她看吐。

"不过,"许柚问,"只是做早餐的话,你也不需要买这么多东西回来吧。"

"嗯。"江尧说,"剩下的是让你自己做饭的,别老在外面吃。我还不知道你,没有我在,就天天去麻辣烫或者火锅店吃饭,那些地方,偶尔吃一次还行,吃多了不好。"

江尧每次跟许柚在外面吃饭,都很注重环境卫生,也舍得花钱。

而许柚不一样,她也不算是不舍得花钱,就是单纯觉得街边的小店好吃,虽然知道可能不怎么卫生,但就是控制不住。

"等等。"她好像听见了什么,"没有你在?你又不是天天上夜班,你上夜班的时候我偶尔跟同事出去吃一下也不行吗?没必要买那么多吧。"

江尧顿了顿,语调变慢地说:"嗯,我可能要出差一段时间。"

许柚怔了一下:"出差?去哪儿?怎么没听你提过?"

江尧如实道:"上周才知道。本来打算考虑一下的,但我还没答复,直接就敲定了。"

"去哪儿呀?"许柚才不关心怎么敲定的,她只想知道去哪里,去多久,"不会又是国外吧?"

"不是。"江尧淡淡地说,"北京。"

"多久?"

"半年。"

…………

气氛突然陷入了尴尬的境地。

江尧在厨房里做今天的晚饭。

许柚则在客厅有一下没一下地按着电视机的遥控器,按了半天,都找不到自己喜欢看的节目。

最近的电视节目也太无趣了。

没劲儿。

后来,她干脆关了,直接坐在沙发上,视线往厨房瞟,看某人忙碌的背影。

要说生气吧?

其实也没有很气,毕竟这是他的工作,爱情不是生活的全部,他不可能因为她而拒绝一次交流学习的好机会。

问题是,最郁闷的点在于,她很无奈,心情也有点不好,又找不到合适的点去生气,这样一来,反倒显得有点矫情和做作。

虽说半年不长不短,但异地恋的变数实在是太多了。

透过冰冷的屏幕,能做到每天都联系吗?

能做到一直保持热情和喜欢吗?想对方的时候怎么办?委屈想找人安慰的时候,或者开心想找人分享的时候,怎么办?

许柚托着腮,顿感无力。

她就知道她和江尧的感情不会这么一帆风顺。

得知他们见完双方家长并且同居之后，林冉就感叹过："你们也太顺了吧。你们吵过架吗？"

"没有。"

有生过气，但江尧是不会跟她吵架的，根本吵不起来。

林冉"啧"了声："上天是公平的，一般前期没有经历过挫折的情侣，以后出现问题的概率很大。希望你们是例外。"

许柚："你咒我啊？"

"没有啊。"林冉跟她分析，"这是有科学依据的，人与人之间不可能做到完全合拍，一旦两个人每天腻在一起，生活在一起，却没有吵架，就证明磨合得不够深入，或者是怨念积累的时间不够长。随着相处时间的增加，这些问题就会慢慢积累浮现出来，然后就迎来了爆发。"

"那你说说，多久才能称之为时间长？"

"每个人都不一样，有的人同居的第一天就分手了，有的同居了七八年才发觉根本不合适。"

这说了不跟没说一样吗？

许柚感叹道："我觉得你就像是邪教。"

林冉无所谓："最近无聊，想尽快卸货，你就当我在吹牛'口嗨'吧。我觉得你们就算吵架，也不会分手的，我前阵子研究了一下塔罗，不如过几天给你算一下吧？"

"可别了。"许柚果断拒绝，"你不如给你肚子里那个算算？"

"……你让它给我指几个数出来？"

那天晚上的那顿饭吃得也不算很尴尬。

具体的出差时间还没定下来，但主任说是二月底，也就是春节后的两周之内。

许柚去参加完公司的年会，就正式放年假了。

临近过年，她搬回了家里住，帮黎平君搞卫生和准备年货。

家里招待客人的水果、瓜子、开心果越堆越多。

年味很浓。

反而是江尧那边不怎么有年味。

他抽到了年初一和年初三上班,刚巧撞到了春节当天,还挺……惨的。

却也不算孤独。

因为林冉快临产的关系,梁子豪天天在省中医陪着她,许柚偶尔也会跑过去一趟。

每次见林冉,她不是在玩手机,就是在看电视。

着急的反而是他们这些局外人。

后来,林冉的爸爸为林冉着想,干脆收了她的手机。

她都要无聊死了,每天抱怨怎么还没来反应。

除夕。

据说江尧爸爸回来了,江呓也回了家,他们一家四口在外面吃团圆饭。

许柚则在家对着春晚发呆,而后干脆不看了,回房间跟江尧聊天。

他发了一张照片过来,问:吃过这个吗?

许柚戳开照片一看,是一盘螃蟹,跟平时她吃的螃蟹很不同,应该是她没见过的品种。

她发了一个"没"字。

江尧:我打包一盘,等下送去你家。

许柚受宠若惊:不用了吧。我家都已经吃完饭了,而且怪麻烦的。

江尧:有什么麻烦,反正顺路。这是老虎蟹,比平常的螃蟹好吃,让你尝尝。

许柚没什么理由拒绝。

这种感觉很奇妙,被人时时刻刻想着、记着她喜欢吃的东西,这连亲人也难做到。

江尧补充了句:但你别吃太多。你不是有弟弟吗?你爸妈不吃的话,给他分点。

许柚：知道啦。

过了几分钟。

房间门被人敲了一下，随后周培然穿着拖鞋走进来问："借个键盘用一用？"

"干吗？"许柚问，"打游戏啊？"

"对，我的坏了。"

"在那边，你自己去拿吧。"上大学后，周培然成熟了不少，也不会再跟她对着干了。

许柚说："等下有螃蟹吃，吃不？"

周培然边拆键盘边问："哪儿来的螃蟹？妈不是没买吗？"

许柚有些不好意思道："别人等下送过来。"

他似乎懂了，拿着键盘，一副酷拽模样地问："就你那男朋友？"

许柚翻了个白眼："你什么语气啊？"

"没什么。"他耸了耸肩，"有吃的为什么不吃？"

"走吧，别在我房间碍眼。"

周培然走后，许柚看了眼手机，猛然看到江尧发来的两条信息。

江尧：我爸说想见见你，所以等下可能会跟我一起去。

江尧：本来打算拒绝，但看到他在准备封红包了，我想着见一面也不是不行，你觉得呢？

许柚腹诽了下。

江医生，你还真是时时刻刻想着怎么……坑爹啊！

许柚：确实不是不行。

许柚：但我已经洗完澡了，也不好再正式打扮什么，会不会显得有点随意啊？

江尧：就拿个蟹，穿太隆重，反而奇怪。

许柚：行吧。那你什么时候来？

江尧：刚吃完饭。

459

江尧：现在。

许柚：［紧张.jpg］

即便如此，她还是稍微捯饬了一下自己，比如梳下头，换一件不那么像睡衣的睡衣。

大约九点钟。

江尧的车就出现在了楼下，打电话让许柚下去。

许柚迎着冷风下楼，见到了江尧的爸爸，礼貌得体地喊了一声："叔叔好。"

江益平夸赞了她几句，抱歉道："大过年的没准备什么东西，就不上去做客了，过几天有空再和他妈一起来拜访一下。来，给你个红包，提前祝你新年快乐。"

许柚跟江尧对了眼视线，小心翼翼地接过，嘴甜道："也祝您新年快乐，身体健康，事业蒸蒸日上。"

她拿着沉甸甸的红包，心想这应该是她今年收到的第一个红包吧。

不对。

还没到零点。

由于有江爸爸在，许柚没法跟江尧多聊，也不能腻歪什么的，就这么拎着蟹上楼了。

到了楼上，她掏出红包里的全新纸币一看，居然有1888元。

这个数目的红包算不上特别大，但也不小。

而且他们是临时过来的，身上居然有上千块钱的纸币。

许柚觉得挺神奇的。

江尧没有问他爸给了多少红包，应该是心中有数。

况且只图个彩头，或大或小，都一样。

几个大的老虎蟹被装在了透明的玻璃饭盒里，用手摸上去，还有些许温热。

能用到这种饭盒打包的餐厅一定不便宜,而这一盘蟹肯定也很贵。

其实,里面不仅仅有蟹,还有一些其他的海鲜。

估计是江尧的父母觉得只带蟹给她,太寒碜,叫服务员加多了一道菜进去。

许柚用筷子尝了一下。

还不错。

她招呼周培然和父母出来吃。

周培然在打游戏,远远便闻到了香味,但竞技类游戏又不能说暂停就暂停,便说给他留点,打完这盘就来。

这种蟹平时很少吃到,周长青和黎平君都只吃了一点点,尝一下味道即可,剩下的留给他们。

许柚甚感无趣,还以为他们不喜欢吃。

她自己干掉了半盘,将半盘留给周培然,顺便朝他屋里斥一句:"再不吃就凉了。"

周培然不耐地说:"快了。"

许柚不管他,看见回到家的江尧发消息过来问:好吃吗?

她直接拍了张照片,发给他:好吃。剩下一半给周培然。

江尧:他在打游戏?

许柚:对。

江尧:看起来,你跟你弟相处得还挺好啊。

江尧知道周培然跟许柚没有血缘关系,他们并不是亲姐弟。

许柚:还行吧,臭屁小孩一个。刚开始的时候确实有点难相处,毕竟男孩子嘛,性格也挺叛逆的,面对陌生人必定是不会轻易低头的,但人其实没什么坏心眼,现在关系好很多了。

江尧:你跟你亲爸还有联系吗?

许柚沉默了一会儿,江尧不提,她都差点忘了这个人的存在:早几年有的,小时候他不喜欢我,长大了发现我还挺出息,高考考得不错,那年暑假假惺惺地跑过来说要给我办一个高考庆功宴，我都要尴尬死了。后来，上大学的时候来北京找过我几回，我都没怎么搭理他，估计是知难而退了吧。

挺可悲的。

小时候因为性别的原因，不被接受和喜欢，现在发现有价值了，才来跟她说一些好话。

许柚承认，自己有些没什么人知道的阴暗小心思。

在得知许海城二婚的妻子几年都怀不上孕，生不了孩子后，她居然有点开心。

上天都是公平的。

不善待别人的人，自己也必不能善终。

距离零点还有几分钟。

许柚无聊地刷着朋友圈，突然刷到梁子豪发的一条新动态：冉冉已经在开指了，顺利的话应该很快就能生。新的一年，感谢我的老婆给了我们一份大礼物，希望生产顺顺利利，平平安安。

时间显示是在半个小时前。

由于两人共同好友很多，动态的点赞数已经超过了一百，评论都在祝他们除夕快乐，生产顺利。

许柚看了眼时间。

距离零点还有两分钟，也太巧了吧，林冉不管是在除夕当晚生，还是春节初始，这个宝宝都带着很多的祝福。

她点了赞，也评论了一句祝福，顺便在四人小群上问了一句：@梁子豪，现在怎么样了？

到了零点。

祝福的信息持续不断地传来，还是没有收到梁子豪的回复。

他应该是没时间看手机。

那许柚就不添乱了，静静等消息，或许再过一会儿，好消息就来了。

江尧给她发了新年红包。

许柚也象征性地给他发,并且问他:你今晚打算几点睡?

江尧:现在。

江尧:明天要值班。

许柚:哦,对哦。

还别说,她差点忘了。许柚不怎么想睡觉,现在依旧很精神:那你明天什么时候去上班啊?

江尧:八点。

许柚:你捎上我吧。

许柚根本没说原因,江尧就明白她是要去医院看林冉。

江尧:没问题。

江尧:那还不快点睡觉,不然明天醒不来。

许柚:我再玩一会儿。

许柚:你先睡。

其实,许柚是想等一下林冉的消息,她有点不放心。

男人对分娩可能没什么感觉,即便知道怀孕很辛苦,也很难去共情。

女人就不一样了。

跟林冉从小玩到大,她们之间的感情完全不输给枕边人。

她特别害怕林冉出什么事儿。

但她又帮不上忙,现在跑去医院的话,反倒添乱,林冉的家人都在那儿呢,哪轮得到她呀。

许柚撑到两点,实在等不到消息,就迷迷糊糊地睡了。

幸好平时上班的闹钟并没有关,不然第二天肯定睡到十点也起不来。

许柚在家里吃了早餐,黎平君昨晚估计是从他们那个老年人好友群里收到了消息,知道林冉生了。

黎平君煲了点粥,是特别营养清淡的早餐,让许柚捎过去。

临走前,许柚想到什么,又屁颠屁颠地跑进厨房,拿了个饭盒,装了些饺子。

　　黎平君说:"这是炸过的。林冉刚生完,不要给她吃煎炸的东西。"

　　"不是给她吃的。"许柚咬了咬唇道,"江尧送我过去,他今天要值班。"

　　黎平君了然又同情地说:"大年初一值班啊?医生真辛苦。"

　　"也很伟大啊。"许柚添了句。

　　"是是是。"黎平君催促她,"快去吧,别让人家在下面等太久。"

　　许柚下去后,拉开车门,上车先问了一句:"你应该不是很急吧?"

　　"不急。"江尧说,"担心你会迟到,提早了半个小时。"

　　许柚无语地翻了个白眼,而后拿出那个装饺子的饭盒,打开盖子,再把筷子递给他。

　　"给,早餐。"

　　江尧看了眼里面的东西,淡笑着问:"你怎么知道我没吃早餐?"

　　许柚脸不红心不跳地说:"因为你吃了也会说没吃。所以,我就干脆不问了。"

　　刚炸出来的饺子表面泛着一层薄薄的不太明显的油光,香味四溢。

　　江尧接过筷子,慢悠悠地吃起来。

　　他边吃边问:"你妈妈包的?"

　　"对啊。"许柚将要带给林冉的粥找个位置放好,"她可喜欢包饺子了。"

　　江尧不吝啬夸奖:"还挺好吃的。"

　　吃完后,许柚帮他整理好饭盒,装回袋子里去,又扯了张纸巾过去,给他擦嘴。

　　这个过程流畅且自然,默契十足。

　　休息了一会儿。

　　江尧就开车了,许柚靠在座位上,补了下眠。

　　到医院后,许柚直奔林冉的病房。

　　这会儿林冉的父母和梁子豪的父母都不在,只有梁子豪在陪着她。

应该是守了一晚上，老人家都撑不住，知道林冉母子平安后，就放心地回去休息了，等休息够再过来。

许柚跟梁子豪说了她带早餐过来，所以他没有专门去买。

其实林冉凌晨四五点生完的时候已经吃过东西了，现在过了几个小时，刚刚好可以再吃一轮。

林冉看上去有些虚弱，但精神还可以。

瞧见她这么早过来，林冉问："怎么这么早就过来啊？"

"江尧上班，他捎我过来的。"许柚关心地问，"你现在感觉还行吗？"

林冉点了点头："生的时候很疼，现在算缓过来了。"

林冉根本吃不下其他东西，刚好清淡点的粥可以让她补补营养。

梁子豪盛出来，放在桌板上让她吃。

许柚就有一搭没一搭地陪她聊天，气氛还算可以。

聊一下宝宝，聊一下下个月的婚礼。

林冉还将已经设计好的新娘和伴娘服的图片给许柚看，着实将许柚惊到了。

许柚问："这花了很多钱吧？看上去好高级啊。"

"没多少。"林冉做什么都喜欢大手大脚，不会畏畏缩缩，"婚礼嘛，该花的钱就得花。"

许柚担心地问："你现在来得及恢复吗？"

"应该可以。我又不是剖腹产，顺产恢复很快的，婚礼正式日期在三月底，其实还有两个月左右的时间。"

"嗯，就算不行，也可以延期。"

许柚看了下宝宝，还挺可爱。

可能是带有干妈滤镜的原因，即便看见小猴子似的皱皱的脸蛋，她还是觉得他很漂亮，长大以后一定是个帅哥。

她专门准备了新年红包。

一个封给了才出生几个小时的小帅哥，一个给了林冉。

465

大约十一点钟。

梁子豪的妈妈带了午饭和一些生活用品过来，没一会儿，林冉的父母也来了。

许柚正好离开。

她边走去电梯间，边发消息问了下江尧：你中午什么时候下班啊？

这一天还挺闲的。

骨科没什么人来问诊，一早上只接了两个轻症病人。

江尧几乎秒回：十二点。

江尧：你结束了吗？

许柚：我在想，要不要等你一下，一起去吃个饭？

许柚：毕竟，今天是大年初一。

可是，还有一个小时。

她总不能去他的诊室等吧。

江尧：你先过来。

江尧没说干什么，只让她先过去，她便过去了。

她轻车熟路地走去骨科，来到综合楼上电梯的时候，碰到了那个脸熟的女医生。

女人对于情敌之类的生物，感知度都很高，她们似乎认出了对方。

许柚隐约记得对方好像叫……慕瓷。

挺好听的名字。

慕瓷见许柚按了"3"，便知道她应该是要去找江尧。

突然不知道哪儿来的勇气，慕瓷居然开始跟许柚搭话："你好，你是去找江医生吗？"

良好的家境与教育，致使她即便面对自己不怎么喜欢的女人，说出来的话也很礼貌得体。

许柚挺意外："嗯。"

慕瓷抿了抿唇说："那我应该没认错人，上次我们见过。那时候你朋

友来产检。"

许柚点头说:"我记得。"

慕瓷见楼层快到了,盯着她的眼睛,沉默了几秒,突兀地问了一个问题:"你……是江医生的女朋友吗?"

"啊?"许柚没想到慕瓷会问得这么直白,险些被吓到,急急忙忙说,"对。"

"我没别的意思。"慕瓷抱歉地说,"我就是确认一下。你们是怎么认识的?"

许柚不明白慕瓷问这些的目的是什么,难道只是单纯地对于自己喜欢的男人的女朋友的好奇心?

许柚如实说:"同学。"

慕瓷意外道:"你也是医生啊?你在哪里工作啊?"

许柚抱歉道:"我们是高中同学。"

慕瓷略失望地"哦"了一声,嘀咕了一句:"难怪……"

许柚歪了歪头问:"怎么了?"

慕瓷笑了一下:"没什么。"

别说,她笑起来。

还真挺漂亮的,是个美女。

毫无营养的对话,在电梯门打开的一瞬间,彻底中止。

许柚往骨科走,往后一看,瞧见那位叫慕瓷的女医生走进一间写着"心理咨询与治疗室"的诊室时,忽然发现当初的某个猜测好像对了。

对方竟然真的是心理医生。

许柚勾着唇,带着笑意走进江尧的办公室。

他看见她,低声问:"笑什么?"

"没什么啊。"许柚发现根本没病人,找了张椅子坐下,"你知道我刚刚碰见谁了吗?"

江尧黑下脸来,第一反应是:"李柘。"

467

许柚无语。

有毒吧。

又是他。

许柚托着腮,猛摇头:"不是,不是。是一个喜欢你的女医生,好像叫慕瓷。"

"你怎么知道她喜欢我?"江尧又补充了一句,"我都不清楚。"

这回答让许柚惊讶了一下,真诚地发问:"她没跟你告白吗?"

江尧看着她,没说话。

许柚看他眼神就清楚答案了。

竟然没有?

她还以为那个女医生会很大胆的呢。

殊不知无论什么性格的人,在面对自己喜欢的人时,都会产生同样的一种心理。

小心翼翼。

又跃跃欲试。

许柚跟江尧细说了一下,大概就是和林冉不小心听到了那位女医生和一个护士的对话,从而知道了她喜欢他。

江尧听得兴致缺缺,完全不感兴趣。

许柚不能在诊室里久待,即便根本没有病人。

江尧让一个护士带她去他的休息室,让她在那里等他。

这是许柚第一次来他的休息室,跟个小型宿舍一样。

有床,有柜子、桌子,基本生活用品都很齐全。

就是可能因为工作很忙,他不常待在这里的原因,有点乱。

许柚无聊,给自己倒了杯水喝,接着开始慢悠悠地帮江尧收拾。

收拾完,刚好过了十二点。

像上回一样,江尧带她去食堂吃饭。

今天过节,食堂的饭菜特别丰盛。

许柚有幸蹭到了。

吃完饭，江尧喊了一辆车，将许柚带到距离食堂最近的医院后门，送她回去。

许柚本以为江尧爸爸除夕那晚说的，过几天再登门拜访的话，只是一句客套话。

没想到，年初三，她在房间里正看着韩剧，突然被黎平君喊了出去，就看见了江尧的父母坐在她家的客厅里。

只不过，江尧没来。

他今天要上班。

江益平也跟周长青和黎平君解释了一下江尧没有过来的原因。

她父母都表示理解，医生嘛，在普通人眼里还是很伟大的。

应该说，任何为人民服务的行业都值得敬佩。

许柚被打了个措手不及，很乖地朝两位家长打了声招呼，就找了个由头跑回房间了。

她趴在床上发了条信息给江尧，质问他：为什么你爸妈今天要过来，不跟我提前说一声？

完全没有准备啊。

她边从衣柜里找得体休闲的衣服，边等江尧的信息，还没等到，她就换好了。

应该是有事在忙吧。

许柚也没多想，对着镜子扎了下乱糟糟的头发，再重新走了出去。

她坐在沙发上。

坐在双方家长之间，陪聊。

太坏了！

许柚在心底又骂了江尧一遍，这个时候他不在，要她独自面对。

问题是她也不是那种外向积极的性格。

469

整个聊天闲谈的过程中,她都有些坐立难安,不知道该说什么,也不知道该不该插话。

最后干脆等他们提到她的时候,再说话。

幸好,两位爸爸都很健谈,大家也都是生意人,只不过周长青的生意比不过江益平,但从江益平眼中完全看不出丝毫的轻蔑,两人相谈甚欢。

每到过年走亲戚很无聊的时候,许柚都喜欢坐在一旁静静地观察。

从言行举止,很容易猜到一个人平时生活中的个性。

就好比如现在,她看着江尧爸爸,经常能从他身上看到江尧的影子。

谦卑有礼,举止有度,但又没江尧那么沉闷,其他都是一样一样的。

一场亲家见面,没几个小时,尴尬的氛围忽然变得比朋友聚会还轻松自在。

周长青和黎平君执意要留他们在这吃晚饭,江益平打了个电话给江尧,让他下班后回去一趟,拿一瓶放在柜子里某个具体位置的红酒过来。

这进展快到许柚有些始料未及。

江尧也很纳闷地发消息过来问:我爸要在你家吃饭?

许柚:好像确实是这样。

许柚没有恶意,只是单纯好奇地问:你爸经常这样吗?

江尧:不这样。

许柚:这就很神奇了。话说,你今天几点下班啊?

江尧:老时间。

许柚:好的。

此刻,许柚正被黎平君催促着出门,她走去玄关处,赶紧发最后一句话给江尧。

许柚:不跟你说了,你妈跟我妈要一起去买菜,我要去当苦力。

可能有些人就是天生合拍吧。

世界上离奇的事多了去了,怎么就不能有一对恋人命中注定,无波无

折地携手过完一生呢？

现在距离江尧出差还有一个多星期。许柚也想开了，不就是半年嘛，有什么大不了的。

要是连这点考验都经受不住，那以后还怎么在一起啊。

她应该相信他，也相信自己才对。

陪两位妈妈买完菜，许柚又帮着择菜、洗菜。

对于做饭这种事情，梁捷肯定没有黎平君么在行，但她并没有走开，在一旁虚心地观看，陪着聊聊天，偶尔打下手。

周长青和江益平则在客厅里下棋。

刚睡完午觉的周培然被喊出来，一脸起床气地给客人们泡茶。

江尧六点下班，开车回家再过来，大约需要四十分钟的时间。

接近七点，菜已经做好了，他也刚好到达，手上还拿着两瓶红酒。

一起吃饭，难免会聊到结婚的话题。

听到"结婚"二字时，许柚恍惚了一下，默默地继续吃饭，没吱声。

江尧表了下态："有打算，但我想按自己的想法慢慢来。"

许柚看了他一眼。

两人默契地对视，仿佛一个眼神就懂了对方。

这样的视线互动被梁捷瞧见后，低咳两声，附和说："也是啊，什么时候结婚本来就是人家小情侣之间的事情，我们着什么急啊？"

周长青显得比较开明："确实不急，慢慢来有慢慢来的好处，我们赶鸭子上架催来催去，反而容易出嫌隙。"

江尧出来打圆场道："嫌隙倒是不会，只是结婚涉及很多事情，比如领证、婚房、婚宴和蜜月，这些都是需要时间去准备的，都要有个计划去完成。我知道你们都是为我们好，但凡事准备充足，才能万无一失。毕竟一辈子就那么一次。"

轻轻的一段话，既给足了家长们面子，也表达了希望他们给他俩留有空间的想法。

许柚在一旁特没主见，附和地点头，并且说："下下周江尧要去北京出差半年，短时间肯定是不考虑的了。再说了，下个月林冉婚礼，到时候我要给她当伴娘，也有得忙。"

黎平君惊喜道："林冉这么快办婚礼啊？不是才刚生完吗？"

许柚说："是啊，三月底。估计很快就发请帖了。"

梁捷突然出声问："是梁子豪跟她女朋友吗？"

许柚："对，他们已经领证啦。林冉跟我从小一起长大，算是最好的朋友。"

话题忽然引到了梁子豪和林冉身上。

一家认识男方，一家认识女方，所有听到林冉和梁子豪从高中毕业在一起持续到现在的事儿后的人，都要感叹一番。

这估计就是家长心中最美好的爱情吧。

饭后，许柚带江尧去阳台坐了一会儿。

天上几颗孤星熠熠闪耀，月光沉凉如水，漫下淡淡银辉。

江尧就着月光看偎在他怀中小姑娘的脸，问道："刚刚……我说不着急结婚，你没有生气吧？"

许柚有点蒙地抬头："我生什么气？"

跟许柚在一起之后，江尧发现女人的心思都挺敏感的。

表面显露出来的表情，不一定是真实的想法，所以还是问一下比较稳妥，免得她硬憋着。

江尧无声地淡笑，不说话了。

过了一阵，他想到什么，才告诉她："去北京的时间定下来了，元宵节前一天。"

许柚微讶："这么快？我还以为至少要过完元宵节。"

"没事。"江尧说，"有空了我会回来，坐几个小时的飞机而已。"

确实是这样没错。

距离说长不长，说短也不算短，就两个小时的飞机，一来一回加上安

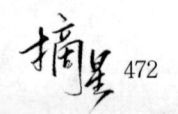

检之类的琐事，也就五六个小时。

许柚抬眸看他："但是，你确定你能有超过一天的假期？"

跟江尧在一起这段时间，她还真没怎么见过他能放超过一天的假。

"一天就不能回来了吗？"

"太浪费钱了。"

才回来几个小时，又要离开，能做什么呀。

哪经得起这么折腾？

许柚摇摇头："一天假就不要回来了，没必要，哪怕是坐飞机，赶路也很累的。你上班就已经够累了，一天的假期，还是在宿舍里睡个觉，休息下吧。切记切记……不能跟别的女人出去玩，即便是聚会，我也要知道。"

"可如果，是我想见你怎么办？"江尧还是不肯妥协，在她耳边低语，"不是为了你，是为我自己。"

许柚怔了一下，差点被他最后那句情话给砸晕过去。

江尧什么时候变得这么会说情话了？

这句话换个意思来说，就是我回来不是因为你想我，而是我想见你。

许柚咽了咽口水，清醒了一下头脑，拒绝道："还是不行，想见我，那……你就忍着呗，或者找我视频啊。"

"视频跟真人怎么能一样？"江尧很固执。

许柚生气了："江尧，就半年……你都忍不了吗？再说了，我的假期比你来得容易，也可以是我去找你啊，正好好久没去过北京了，还挺想过去看看的。"

某人妥协："行，听你的。"

"还有，我唯一希望你争取回来的，是林冉婚礼那天。我们是主伴娘伴郎，她为了定制服装和整个婚礼设计，花了不少心思、不少钱，而且缺了你好像还挺遗憾的，你争取一下？"

"尽量。"

新年平淡中夹杂着惊喜。

年初八，许柚就回公司上班了，也搬回到江尧的公寓里住。

医院开始减少他的工作，最近基本都不接手术，也不门诊，只是简单地做一下交接。

许柚新一阶段的工作也刚起步，还算挺闲的。

两人干脆趁这最后的几天放纵了一下。

江尧透过洒进室内的月光瞧着她汗津津的小脸，落下一个吻在她唇边："累不累？"

许柚翻身趴在他身上，质问他："说，你是不是看片了？为什么这一次这么娴熟？"

唔……特别像个……老司机。

江尧坦坦荡荡地说道："没有，有女朋友还看那东西？我干脆看你不行吗？"

许柚咬了咬唇："那你怎么……"

"梦中模拟。"

"啊？"

许柚反应了好一会儿，才明白过来这个词到底是什么意思。

他这是给"春梦"造了个文雅的代称？

什么啊？

居然做那种梦，还梦见她。

许柚一阵羞赧："你要点脸，行不行？"

但还别说，她居然还挺想知道，她在江尧的梦里到底是什么样子的。

是主动的呢，还是被动的？

跟现实的她，有差别吗？哪个更好？

很快，江尧就告诉了她答案。

入睡前的卧室格外安静，也将他的嗓音衬得喑哑低沉："但我发现，我还是喜欢真实的你。"

许柚笑了。

有一丝满足，也有一丝开心。

她突然发现，江尧对她的喜欢，可能比她想象中的，还要深得多，深到目前的她无法去丈量。

一直到出发前的那一天，他们都在"糜乱"中度过。

可能知道接下来很长一段时间都没办法见面了，许柚即便很累，也很宽容地去迁就他。

跟他在一起之前，她以为温柔有度、绅士有礼的男人，都是不食人间烟火的，至少得在某个方面上克制一下吧。

跟他在一起之后，许柚发现江尧的自律完全被她"瓦解崩塌"，什么熬夜对身体有害，通通抛在了脑后。

亏他还是个医生。

出发去机场那天，是梁子豪开车送的江尧。

因为如果是江尧开车过去的话，许柚这个"马路杀手"做不到自己将车开回来。

看着江尧过了安检，进了候机室，许柚才转身离开。

从今天开始，就要掰着手指去数"三百六十五天除以二"天，还有多久才能到了。

将近两百天，都是异地恋。

许柚有些无奈。

梁子豪见她这样，给她提议："你们结婚不就好了吗？结婚后，很多时间长的出差，基本就不怎么会考虑他了。可以试试这个方法，很有效。"

许柚白他一眼。

因逃避出差而结婚，太随意了。

而且动机就不对。

"算了。"许柚一脸轻松，"以前他出国那么多年不也是这么过来的吗？那时候根本就联系不了。半年算什么？"

一提到当年，许柚想起一件很重要的事情。

之前他们之间并不是联系不了，她是知道他QQ的，是他不理她而已。

说起来，直到现在他还没给她一个合理的解释呢。

回去后，许柚算准了江尧的落地时间，先问一句：到了吗？

江尧：刚到，我先去宿舍。

许柚：嗯，好。

许柚：注意安全。

许柚：我等下有点事情要问问你。

江尧发了一个问号给她。

到了宿舍，整理好一切后，天已经黑了。

江尧问她：到底什么事？

许柚：你的QQ呢？

江尧：问这个干什么？

江尧：好几年没用了。

许柚很严肃：到底是几年？

江尧：出国后，到现在。

许柚有点恼火：为什么？

发出这句话的时候，她发现自己的反应有点过大，便软了语气问：到现在都没登过吗？

江尧：没有。

江尧：号被盗了。

江尧：怎么，你发了什么东西给我吗？还是说，我们接下来要用QQ联系？

许柚：你自己上去看看吧。

江尧：还真发了？

江尧：大概找不回来了，你不能截图过来？

许柚：截不了。

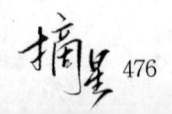

许柚：几年前发的，我哪有记录啊。

许柚还很傲娇地说：反正我是发了，你要是想看，那就将 QQ 找回来呗。

江尧：难度有点大。

许柚：加油。

许柚打开 QQ，将他的 QQ 号复制发给他：给你提供账号。

都说到这份上了。

不去找一下，似乎也说不过去。

许柚并不知道江尧有没有找，其实对于现在来说，找不找意义也不大。

不过是几句新年祝福而已。

知道他是因为没看见消息，才不回她，而不是故意回避她。

许柚心里的结总算是解开了。

三天后。

江尧发了一张截图给她。

QQ 找回来了。

遗憾的是，记录没有了。

现实就是现实。

现实根本没有那么多童话。

如果江尧不回禹城，他们不重逢的话，许柚年少时的暗恋，或许真的会成为一个永远不被他知道的秘密。

看到这张截图，许柚忽然有点想哭，时间将她曾经的感情无情地抹去，不留下一丝一毫的痕迹。

想要回味，也只能从记忆里找寻。

而再过十年，二十年，三十年，或许就根本不记得了。

江尧问：所以，你到底发了什么？

许柚调皮地骗他，想"拉高"他的愧疚感：我喜欢你。

江尧：真的？

许柚：假的。

许柚：但我喜欢你，是真的。

许柚躺在床上，腻得鸡皮疙瘩都要起来了。

他非但不嫌弃，还回应她：我也是。

许柚却甜得在床上打滚。

网恋的乐趣或许就在这吧，隔着网络这层面纱，害羞仿佛不存在一样，大家畅所欲言。

她发现她真的越来越喜欢他了。

渐渐演变成爱。

其实刚刚应该说"我爱你"的，而不是"我喜欢你"。

许柚后悔地叹了口气。

林冉的婚期定在三月最后一个周末。

所有的请帖都已经发出去了，流程也简单地彩排过一遍。

许柚没想到，江尧真的请假回来了。

当她看见他穿着一身纯手工打造熨烫得笔挺精细的西装时，小小地惊艳了一下。

他仿佛带着与生俱来的贵气。

身形颀长而挺拔，五官清秀立体，一双黑眸浓亮得如打翻了墨砚，让人挪不开眼。

婚礼当天。

很多熟人都来到了现场，许柚帮着林冉迎接客人，看见了很多熟面孔。

例如，高中同学，小学同学……

自己的爸妈，还有江尧的爸妈，连江吣也来了。

过了一会儿。

走来一个皮肤偏古铜色、五官锋利硬朗、气质冷冽的男人。

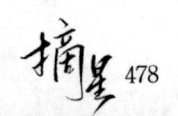

梁子豪过去打了声招呼:"可以啊,随哥,还真告假过来了,够意思"

许柚盯着他,好一会儿才反应过来。

哦,这是陆清随啊。

高中的时候并不是没有见过,但那时候的他比现在瘦,皮肤很白。

若要跟现在对比,肯定是现在更有气场,也更有男人味。现在的他绝对是那种在人群中一眼就吸引视线的人。

宾客们的座位全是林冉和梁子豪精心安排的,绝对不会让不怎么熟的人坐在一起,也不让他们冷场。

许柚的爸妈和江尧的爸妈被分在同一桌,江呓自然也跟着坐在一起。

陆清随去了高中同学那一桌,毕竟江呓不是他们那一届的,那儿的人她不认识。

整个婚礼进行得很顺利,包括一大早起床化妆,等待抢亲。

抢亲结束,许柚瞧见梁子豪亲了下穿着秀禾服的林冉,又细心帮她穿鞋,竟然有些羡慕。

很多人都说,这是女孩最累也最幸福的一天,能真真实实地感受到被人捧在心尖上。

江尧站在她身侧,搂了搂她的肩膀。

没说话。

到了婚礼现场,开始进行千篇一律又不乏感动的环节。

爸爸牵着女儿的手,走向新郎,将自己的女儿交给他。

再一起念誓词,一起承诺。

一生一世。

敬酒应该是最累人的一环,许柚让林冉换下高跟鞋,穿上平底鞋再去。

一杯酒分量不多,但满场转一圈,也够呛。

许柚起初还跟着他们一起在场内走,后来逐渐混乱,大家都嗨了一样。

场地有配置专门的服务员,许柚将东西交给服务员,让服务员端着酒。

很快,她便被江尧拉走了。

两人回到位上，吃了点东西。

江呓笑着看许柚，朝她打招呼："学妹，你好。还记得我吗？"

学妹？

江呓怎么知道她是学妹？

难不成江呓一直记得她吗？

许柚微讶地点头："记得，高中的时候在小卖部门口，我们见过。"

江呓挑了挑眉，道："你居然记得啊。时间过得真快，一下子大家都长大了。"

这突然的感叹，引发许柚沉思。她沉默了一会儿，说："是啊，但这些年感觉你没什么变化。"

江呓："你在变相地说我高中显老吗？"

许柚换了种说法，勾唇道："不是显老，是有魅力。"

江呓以前是挺成熟的，用"漂亮"这个词来形容她都显得不够，她的气质是她吸引人的关键之一。

江尧这一回的假期只有两天。

他是昨天晚上的飞机回来的，凌晨才到公寓，也就是说，明天下午就要走了。

许柚揪了揪他西装的袖口，小声问："好像……这里也不需要我们了，我们溜吧？"

"去哪儿？"男人似乎被敬了酒，醉醺醺的，也不知道是真醉，还是装的。

都这个样了，能去哪儿。

"回房间？"

"嗯。"

走上去的时候，江尧脚步还算是稳的，跟平常没什么两样。

但那一身的酒气，实在是闻得许柚不习惯。

江尧平时是不沾烟酒的人。

他身上的味道一直都很干净清冽，但平时太少喝酒，导致他酒量不好。这才喝了多少，一直在喝的新郎都没醉，他倒先醉了。

许柚顿觉无力，却又觉得他这个样子很罕见。

一推开酒店的门，许柚刚反锁上，就瞧见他整个人跌进沙发，还伸出长臂将她捞过去，害她整个人摔在了他身上。

他发出一声闷哼，轻佻道："这么大力啊？"

许柚埋怨说："慢点你会死啊，明明是你拽我过去的，摔疼你可跟我没关系。"

"不疼。"江尧淡淡地垂眼，将她抱紧在怀，有一下没一下地把玩着她刻意编过的长发，淡淡喑哑地说，"就是摔的位置，有点不对。"

许柚很快反应过来，她刚刚摔在了哪儿，毕竟碰到他那儿，她并不是完全没感觉。

但他直接露骨地说出来，绝对是第一次。

这就是喝醉酒的状态吗？耍流氓？

许柚低咳了两声，转过脸，正色道："你喝醉了，快洗澡睡觉。"

"洗什么澡？睡什么觉？难得回来一趟见女朋友，就为了洗澡睡觉？"这语气莫名透着几分幼稚和孩子气，跟他此刻形象差别有点大。

江尧穿着正式西装，外套半敞，能看见里面纯黑色的领带和白色衬衫。

衬衫被她折腾得多了几层褶子，而她就坐在他的腿上，身上一袭刚到大腿的短纱裙，腿部线条在朦胧薄纱下若隐若现。

方才几番折腾，裙子已经开始往上走，越发显得短而性感。

许柚开始妥协："行行行，先不洗，那你想干什么？"

"聊会儿天？"

真的吗？

就纯聊天，那她当然可以陪他聊。

许柚问："说说你在北京都干了些什么？"

江尧："工作。"

481

许柚:"我知道,你就不能说一些有趣的事?开心的事?"

江尧:"开心的事?今天能回来见你。"

许柚皱了皱眉,太不正常了。

她摸了摸他额头问:"没发烧吧?你怎么变得这么幼稚黏人啊?"

江尧将她的手拿下来:"没发烧。"

许柚担心地说:"但温度有点高啊,确定没问题?"

"你想帮我降温?"

意识到某种危险逼近后,她干脆闭了嘴。

没过几秒,见他那么乖巧幼稚,她勾唇浅笑,又低声问:"那你有没有跟别的小姐姐出去玩啊?"

许柚突然被他压进沙发,一阵亲吻过后,他贴着她耳畔,喷洒出些许灼热的气息:"哪儿来的小姐姐?你吗?"

她双手勾上他的脖子,淡声:"我不小了。"

江尧绵长的吻一路往下,嗓音低沉性感,体温也越发滚烫:"嗯,确实不算小了。"

配合他现在亲的位置。

总感觉他在指其他方面的东西?

后来,在沙发上干吻不过瘾,江尧蓦地起身,将她打横抱起,直接往浴室走。

许柚被吓了一跳,低呼一声后,大吼:"江尧……你想干什么……"

"还能干什么?"

"你放我下来!快放我下来!我不要跟你一起洗澡!流氓!"

翌日。

许柚趴在床上,睡到十点还没起床,是身旁男人有了些动静,才将她吵醒。

江尧低头吻了吻她的唇角。

却招来她一声控诉:"骗子!下流!"

江尧挑眉:"说我?"

许柚迷蒙的睡眼尚未睁开,低低地说:"就是你。"

俗话说得好,男人三分醉,演到你流泪!

许柚事后想了一下,要真醉了怎么可能做那种事呢。

估计他早就醒酒了,却还在装醉,借机满足自己的私欲。

就是她太单纯了!

才被他骗。

江尧没否认。

这才是最气的,证明她猜对了,但已经被吃干抹净了。

许柚踹他一脚,将自己裹得严严实实的,不想理他。

江尧干脆下床,穿上衣服,去叫了早餐上来。

许柚双脚酸痛发软,实在是不想下床。

可下午他就要走了,这剩下的时间就这么被她睡过去,似乎有点浪费。

许柚穿上衣服,正准备下床。

江尧先她一步走过去,将她抱了出去,直接放在餐桌前的椅子上。

她满意地哼了哼:"算你还有点良心。"

早餐是她喜欢吃的饺子和小笼包,许柚能一口一个,她现在吃东西也越来越放得开了,完全不在意形象的。

随后,她问:"下午什么时候的飞机?"

江尧:"三点。"

"好早啊。"她抱怨道。

"等下回一趟公寓。"

"哦。"

许柚吃完早餐,穿上鞋。

江尧也刚好将附近收拾了一下,该拿的东西装进袋子里放好,接着开车回去。

回到公寓。

由于时间紧迫,只能休息一会儿,收拾完东西就得出发了。

许柚再一次送走了他,心里想着五一假期应该能去一趟北京,便也不算伤心。

然而,五一假,她被迫去了上海出差,原本的三天假期直接被无情剥削掉。

许柚欲哭无泪,却只敢不争气地跟江尧抱怨,回到公司还是要精神饱满地干活。

没想到,江尧出差的那半年,除了林冉婚礼那天碰了面,他们一次都没见过对方。

……真的完全没有长假。

唯一的一次长假,是国庆节。

许柚终于有时间过去了,但江尧在北京的学习已经于九月底结束,国庆刚好是他计划之中的返程日期。

许柚执意要过去一趟。

因为她约了在北京的大学舍友一起吃饭,还想顺便逛逛北京。

人潮汹涌之中,他们在机场碰了面。

是江尧借了朋友的车来接她,接着将她往早就订好的酒店领。

医院的宿舍是双人宿舍,而且已经收拾好东西搬出来了,所以也没必要再过去。

在北京待了三天。

第一天,

许柚先是跟江尧一起去逛了下故宫,转了一圈北外。

第二天。

许柚在国贸附近的一家餐厅跟舍友们吃饭聚会。

大学毕业那么多年,

大家多多少少有些变化，有两个人结婚了，还有两个包括许柚，在热恋中。

事业嘛……都还算不错。

饭毕，大家一起慢悠悠地闲逛了一下广场。

因为许柚住的酒店就在附近，江尧无聊过来接她，恰巧被舍友瞧见，关心地问："柚子，这是你男朋友啊？好帅啊！难怪大学那么多帅哥追你，你都没反应，原来你的标准这么高！"

许柚有些不好意思。

不是她标准高啦，是江尧优秀而已。

过了一会儿，某个经常犯花痴的舍友眯了眯眼："咦？我怎么觉得你男朋友有点眼熟啊，好像在哪儿见过……"

许柚想也不想就否认："怎么可能？他只在北京工作了半年，都没怎么来过这边，你看错了吧。"

"不对啊。"那位舍友问了江尧一句，"你有没有去过北外？"

江尧低笑又礼貌地说："去过。"

"什么时候？"

"你们上一届学姐拍毕业照的时候。"

许柚突然被她拍了下肩膀，听她激动地说："对了，就是了！你还记得我当时在宿舍跟你说，我看见了一个极品大大大大大大大帅哥吗？好像就是他，跟现在差不多的打扮。"

江尧不明白她们在说什么，似乎是那位舍友看见了他，然后跟许柚提了一下。所以，真的是他吗？

许柚不敢相信地问："你这都记得长什么样？你编的吧？"

舍友笃定道："都说了是极品喽，肯定会记得久一点啦，八九不离十吧，而且你看你男朋友来北外的时间，不跟我看见他的时候对上了吗？"

许柚有点蒙地点头："好像……有点道理。"

"啧。"舍友感叹道，"有的人真是命中注定啊。"

不管是不是他，许柚都觉得很神奇。

她还跟江尧解释："这位朋友记忆力比我们都要好，上课不专心听，一到考试拼命背书。"

江尧说："你呢？"

"我？"许柚得意道，"我当然是好好上课的三好学生啦，你又不是不了解我。"

"嗯，了解了解。"江尧低低道，"一道数学题解不出来，纠结半天的好学生。"

许柚掐他腰腹上的肉："你找死是不是？"

他笑笑不语。

回到酒店。

许柚安安静静地坐在沙发上整理行李，明天就要返程了。

回去之后，他们终于不用再异地。

可以天天在一起。

许是一边构想着他们的美好未来，一边漫不经心地整理。

她整个人都是飘忽忽的，沉浸在自己的情绪里。

完全没注意到后面的男人在搞什么小动作。

直到室内的灯光全部暗下，许柚微诧地转头，正要问江尧灯怎么灭了的时候，才恍然发觉身后持续不断地传来微弱的淡淡的暖光。

有蜡烛被摆在桌上，逐一点亮，营造了点儿缱绻暧昧的气氛。

而身长腿长的男人早已屈膝半跪在她身前，所有的一切，算不上特别唯美，却有一种直男式的浪漫。

她整个人都是蒙的，大脑空白了一片，怔了半分钟，才恍惚意识到他在干什么。

单膝下跪意味着他臣服于这个女人，甘愿一生一世爱她，护她。

江尧拿出一枚不知什么时候准备的戒指，缓缓开口："刚见你的第一眼，以为你是个无趣、内向的乖女孩，但不管是后来的校运会摔倒，还是

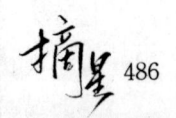

被误会作弊，都能看出你一定不止外表所表现出来的那么简单。"

许柚挑了挑眉，对他说出来的话有些许意外。

江尧执着她的手，继续道："可惜后来出了国，没有机会去深入了解。但上天待我不薄，时隔多年，还是让你重新来到了我身边。起初认为被你喜欢是这辈子最幸运的事，现在发现喜欢你才是。错过你一定会成为我这辈子最大的遗憾，人生悠悠几十载，要是就一个人这么度过该多乏味啊！"

许柚咬着唇，视线静静地落在他身上，撞进他专注又真挚的眼神里。

听他一个字一个字地说："柚柚，嫁给我，好吗？长路漫漫，接下来的路，我们一起走。"

听见这句话，许柚特没出息地湿润了眼眶，语无伦次，大概滞了几分钟，才有些紧张地点了头。

心脏像被揉了一下，泛起阵阵暖意。

微凉的戒指擦过她的指间，套在了她的手上，熠熠闪烁。

随后，他的手不自觉地握紧了她，十指纠缠，掌心温热。

从十六岁的青涩，到二十七岁的感情，可能没人能懂那种暗恋成真的感觉。

原来，终有一天她跟他也能像其他人一样，牵手殿堂，漫天花火。

相伴走过这漫长的一生。

许柚吸了吸鼻子，突然觉得星星似乎也没那么难摘嘛。

她的那颗不就在这儿了吗？

番外一　/ 新婚快乐!

回到禹城以后,是江尧爸爸专门开车来接他们。

预计下午四点半抵达的飞机,由于天气的缘故,在首都机场起飞晚了将近一个小时,到达这边,已经是五点半了。

雨如银丝从天而降,闪电过后,天空仿佛被撕裂了一般,紧随而至的一道闷雷,更是将附近的人都吓了一跳。

天气实在是太恶劣,又刮风又下雨的,才十月天,气温顿觉比北京还冷。

回来之前,江尧查过天气预报,一下飞机就将准备好的外套搭在许柚肩上,不紧不慢地给她穿好。

她瞅他一眼:"你冷吗?"

他摇了摇头,表示:"你穿就好了,本来也是为你准备的。"

在那边住了半年,江尧有两个大行李箱,许柚只有一个小的,很轻,一点都不重。

她推着自己的行李箱,挽着他的手走了出去,瞧见熟悉的面孔,先礼貌地打招呼:"叔叔好。"

许柚觉得江尧的爸爸一点都不显老,或许是因为比较爱干净,胡子刮了,头发打理过,身上的衣服也熨烫得平平整整,很有一种高层精英范儿。

根据江吃的年龄推测,他至少得五十了吧,可看上去像四十岁左右的样子，因此她比较喜欢喊"叔叔"，而不是"伯父"。

江益平走至车尾，单手打开后备厢，笑着问："在北京玩得开心吗？"

许柚点点头："还不错，就是人太多，太挤了。"

江尧默不作声地将行李放进后备厢，江益平只是稍微搭把手，帮他调整一下位置，让三个箱子全放进去。

"国庆去哪儿都挤，尤其是北京，全国人民都在放假，都出去玩了。"

"也是，不过上学的时候，北京好玩的地方基本都去过了，这一回过去只是见一下以前的好朋友，倒也不算很遗憾。"

许柚意识到自己手上还拎着一个袋子，递过去说："叔叔，这是昨天逛街的时候，看到合适就买下来的，您和阿姨的礼物。"

江尧关上后备厢，拉开后座的车门让她坐进去，随后绕到驾驶位上，敲了敲车窗："我来开吧。"

江益平默契地出来，坐到副驾上，正好空闲便拿出许柚给的礼物看了眼，是两条深紫色和深蓝色的围巾，看上去还是情侣款。

许柚有点担心他不喜欢，但看他表情感觉还不错："冬天不是快到了嘛，现在送围巾一定很实用，挺好看的。"

当时那个实体店的销售小姐还说这种材质的围巾跟别的不一样，会更保暖。

她将销售小姐的原话说了一遍，一路上那张嘴像个鹦鹉一样叽叽喳喳地说个没完。

江尧扫右视镜时发现，江益平对这围巾满不满意不知道，倒是对这个准儿媳妇挺满意的。

后来，他还问："你跟江尧在一起的时候，也是很喜欢说话吗？"

"啊？"许柚怔了一下。

江尧透过后视镜瞅了眼过去，淡笑地替她回答："基本没停过。"

哪有那么夸张。

江爸爸的眼神却越发欣慰，或许是知道江尧从小闷闷的性子，也有点

489

怕他太冷淡，不会照顾人。

现在看来，是他想多了。

两个人能互相吸引走到一起，必定是有原因的。

江尧并不是那种只看外表的人，肯定得是性格合拍了，各个方面喜欢才行。

还别说，这姑娘他也喜欢。

比江吃强太多。

去美容院接了梁捷，四个人在外面找了家餐厅吃饭。

吃完饭出来，风刮得更大了，正好梁捷将许柚送的围巾用上。

晚上就不回家住了。

江尧和许柚回了自己的公寓，准备一起享受完接下来只剩下两天的国庆假期。

过去半年，许柚都是一个人在这里住，一个人吃饭，一个人睡觉，自己打发时间。

突然多了个人，她竟觉得不习惯。

不习惯的原因主要是，这半年她在家里堆积的东西实在是太多了。

尤其是卧室里的衣柜，用来放两个人的衣服，小到离谱。

晚上洗澡之前，江尧在衣柜里找了半天："我的衣服呢？"

许柚有些心虚地指了指："上面，放棉被那一层。"

江尧平心静气地跟她讲道理："柚柚，你不觉得你的衣服有点儿多了吗？"

尤其是颜色和版型几乎相同，但看上去又有那么一点不一样的裤子，就堆了好几条。

作为男人，根本无法理解女人的脑回路。

有时候就连她自己，也不懂，一时冲动买的东西，快递到了的时候，虽然有点后悔，但退货太麻烦，便全部堆到一起了。

以前许柚对穿衣打扮是不怎么讲究的，可能恋爱后就变得不一样了吧。

江尧自然也能看出她这方面微妙的转变，沉默了几秒后，妥协道："过几天重新换一下家具。"

许柚眼睛一亮："真的吗？"

其实有些家具她早就想换了，这公寓原本就是按单身公寓的模板来打造的，江尧这人当时装修时，肯定是全包给了家装公司，随便说一下自己想要的风格和想法，就什么都不管了。

她还记得他当时装修得很急，因此所有东西其实做得并没有那么精细，刚住进去的时候不会觉得怎么样，住久了会慢慢发现一些不妥处。

外面的那些公司，特别善于在各种地方偷工减料，抽利润。

她跟江尧从小到大的生活环境不一样，类似于这些问题，她比他更容易发现，也更精打细算。

江尧捏了捏她的下巴，仿佛也在为刚刚发出的那一声质问而道歉，宠溺地说："对，顺便换种风格，再装修一下，准备结婚。"

许柚抱着他问："我们以后一直都住这儿吗？"

他财大气粗地说："或许你喜欢哪个地段，我们再物色一下？现在……应该还来得及。"

"不要。"许柚摇摇头，"我就喜欢这里，但是重装修的话，我想要我来负责，你没意见吧？"

江尧带着疑问："你行吗？"

许柚："当然。我可是学金融经济的，算钱这东西，我最在行。"

虽然不知道算钱和装修有什么关系，但他还是配合地笑："那你别拖太久，我可等不及。"

起初许柚不懂这句话是什么意思，什么等不及，他那么急做什么？

后来，她才明白，他的意思是——结婚等不及。

毕竟婚房弄好了，结婚才能提上日程。

许柚坐在床上蔫坏地想，那她更要拖一拖了，看看他有多等不及。

江尧洗完澡出来，瞧见许柚躺在床上，跷起二郎腿敲手机。

他擦了擦头发，把毛巾挂在一边，提醒一句："别躺着玩手机。"

"啊！"

手机从她手上掉落，砸到了脸上，许柚揉着鼻子说："我鼻梁好像断了。"

江尧既心疼又无语地看着她。

"都怪你！"

江尧无奈地走过去，正好就着她现在躺着的姿势，腾空俯低在她身上，一只手撑在她的身侧，压着她的几缕碎发，另一只摸上她的鼻梁，仔细地研究一下，到底有没有断。

许柚瞧见他那张俊脸，头发还没干，发梢滴水地出现在她眼前。

——就在她的正上方，几厘米的位置。

月光将他的侧脸轮廓勾勒出几分不真实，五官就算放大了，也挑不出半点毛病，皮肤白得发光似的。

这样的视觉冲击太大，她不禁咽了咽口水。

江尧问："疼吗？"

其实不怎么疼了，但看着他的眼睛，她不知为何就这么点了下头，小声："疼。"

江尧耐心地帮她揉捏着。她的皮肤很滑，毛孔细小，除了偶尔熬夜多了，冒一两颗淡红色的痘痘出来，基本挑不出瑕疵。

许柚闭上了眼，享受着他的"按摩"。

过了一会儿，她忍不住问他："江尧，怎么我骗你，你也不拆穿我啊？"

他是一个骨科医生，他曾经说过，人身上的每一根骨头能承受多大的重力，时间久了，经验多了，基本都能判断一二。

而患者出现疼痛时脸上的微表情和平时也是极大不同的，所以她不认为他看不出来她在撒谎。

江尧发现她越来越懂他，眉梢轻挑，低笑了一声："虽然我不懂浪漫，但也知道看破不说破是一种情趣。"

许柚睁开眼:"我只听说过,看破不说破是一种修养。"

"你说是就是吧。"他承认是他瞎编了。

许柚怔了一下,忽然开始思考,她是不是也应该跟他学一学?

例如,刚刚不拆穿他。

唉。

下次,下次一定。

他额前碎发上的水珠滴落到她眼睑下的皮肤上,瞬间泛起一阵细微的痒意。

她睫毛轻颤,干脆起身帮他擦头发,擦完,还调皮地上手摸了摸"大狗狗"柔软的毛发,纤细的手指在他黑色的短发里穿梭,中指上一枚低调精致的戒指若隐若现。

很快便传来男人散漫的声音:"摸够了?"

语气低沉冷冽,却夹杂着纵容,要真不爽,就该上手将她的手拿开了。

果然,在她停手的前一秒,他还真抓住了她的手,不过没有松开。

而是稍稍用力,将原本两人一前一后的位置顺序换了一下,她毫无意外地被摔在他怀里。

江尧看着她眉飞色舞又灵巧的眉眼,心头微动,像是随口一问:"把我当什么了?"

许柚瞪圆眼,他有读心术么,他怎么知道她心里在想什么,"狗"这个词带有些许贬低意味,她往广泛了说:"一种动物。"

"什么?"

"你真想知道?"

"说说。"

"我说了你可别打我啊。"

"我打过你?"

还真没有。

许柚跃跃欲试地做了个口型,还没说出口,他就猜到了,应该说早就

493

猜到了。

江尧捏他的脸:"我是不是该庆幸你没有把我划分去别的科属?"

"你想去什么科属?"许柚问,"猫科?"

"你比较像。"他看着她白净的小脸,越发觉得像,没忍住勾起她下颌,低头亲了下。

许柚被他这样看着,有些不自在,起身刷牙洗脸去了。

待弄好一切,她关了客厅和洗手间的灯,返回卧室,脱鞋,爬上床,轻轻软软地自动钻进他怀里,动作流畅自然到仿佛做了很多很多遍。

她刚躺下,就被男人双臂圈住,温热的气息迅速包围了过来。

他的唇还有意无意地从她耳畔擦过,淡淡懒懒道:"还说不是猫?"

江尧向许柚求婚成功的事,只用了一周不到的时间,就传到了四位家长的耳中。

源头是许柚和林冉的一次视频通话。

林冉自打生了孩子以后,一直在奶娃,她儿子黏她黏到只要她离开超过一个小时就要哭,而只要他在她身旁,她总是撒不开手去做自己的事情。

因此,她们已经很久没聊过天,也没出去玩过了。

许柚每次想跟她聊点事情,她都说打字不方便,手机还老被某只突然伸出来的小胖手抢走。

唯一的办法是开视频,将手机放远一点,放到他的手碰不到的位置,再双手抱着他,来跟许柚"面对面"聊。

许柚瞧见手机那端已经八个月大的小猴子,眯了眯眼,与他对上视线,刻意做了几个鬼脸逗他开心。

他不笑就算了,还一脸嫌弃地看着她。

不得了。

小小年纪,表情那么丰富,还会嫌弃人!

许柚撇了撇嘴:"林冉,我怀疑你家猴子把我当情敌了,怎么这个表情看着我？还有，为什么小名起那么土？"

半年前，许柚听说林冉和梁子豪的儿子叫"小猴子"时，她下巴都差点惊掉。

作为干妈，她可是很有信心地认为，她的干儿子长大后会变成一个顶级帅哥的。

可帅哥有一个这么土的小名。

难道不会大打折扣吗？

林冉丝毫不觉得，看自己的儿子处处充满了滤镜："哪儿土了？你看他多喜欢。"

许柚："……我还真没看出来。"

林冉乜她："其实这名字是有含义在里面的。"

许柚："什么含义？"

"这是他爸的名字啊，梁子豪，子豪，豪子，不就小猴子吗？"

"那为什么不叫小耗子？小老鼠？"

听见"小老鼠"这三个字，视频里的小孩莫名其妙地拍着手，嘻嘻地笑了。

许柚眸光一亮："他好像更喜欢我起的名？"

"走开。"为了挽回儿子的形象，林冉掰扯，"虽然小名是土了那么一点，但大名绝对符合他以后的帅气形象。"

许柚托着腮问："叫什么呀？"

"梁鸿祯。"

"什么 zhen？哪个 zhen？"

"崇祯皇帝的祯，安定祥瑞的意思。"

"还不错哎。"

回到正事，林冉想起前几天许柚发来的消息，关心地问她："你说江尧在北京向你求婚啦，真的假的？"

"当然是真的。"这种事她有什么可瞎编的，"还是他生日的那天。"

"你答应了？"

"嗯。"

能不答应吗？

其实恋爱过程中没有出现什么大问题的话，求婚一般都不会被拒绝的，只不过她没有想到江尧行动会这么迅速。

就连林冉也是一样的想法："你们进展也太快了吧，这才刚一年呢，就准备结婚啦？"

"现在说结婚还早，还要装修婚房和一些乱七八糟的东西，最后婚礼至少也要一年后才办得了吧。"

"不用那么久，这些我在行，你有不懂的可以来问我。"林冉笃定地说，"最多半年，就能将你嫁出去。"

许柚对她这热心肠的样子甚感不习惯，呵呵笑了声，道："你还挺期待啊。"

"当然。"

许柚正准备提醒她，将江尧向她求婚的事先保密一阵，不要让她妈知道，然而还没来得及说出口，视频里就出现了林冉妈妈的身影，阿姨围着围裙，刚刚估计是在厨房搞清洁或者洗碗，听见她们在视频聊天，走过来，音量极高地笑着说："柚柚，你要结婚啦！"

许柚满脸黑线。

真的丝毫不夸张，她坐在卧室的床上跟林冉视频，林冉妈妈传出来的声音连隔壁书房正在看书的江尧都能听见。

许柚瞧见江尧走了过来，倚在门口看着她。

她赶紧跟阿姨打了声招呼，再寒暄几句就挂了。

随后，她气急败坏地往林冉的聊天框里敲字：你妈在你不跟我说？这下好了，不用半年，我准嫁出去，开火箭一样的速度麻溜地拎包被扔出家门的那种。

林冉：谁知道你要保密啊。你妈那么可怕啊？我只知道她总是催你

结婚。

许柚：何止可怕。

许柚：**魔鬼一样的存在！**

卧室彻底安静下来。

许柚有些心虚地看向江尧，瘫在床上松了一口气的同时，问他："怎么啦？"

"跟谁聊天？"江尧走至床边坐下，带着些微好奇地问。

许柚整个人毫无形象横躺在床褥中，白皙的脚丫不自觉地踩上他的大腿："林冉呗，然后我们结婚的事，被她妈妈知道了。不用明天，我妈肯定就知道了，也意味着你爸妈也知道了，你做好心理准备。"

江尧"哦"了一声，不甚在意道："你很紧张？"

其实，刚刚他在书房听见声音，根本没听清那句话的内容是什么，只是担心出什么事，才走了过来，也恰巧欣赏到许柚慌乱无措的动作和表情。

许柚瞅他一眼："肯定紧张啊。被我妈知道了，肯定会催我们进度的，而且很多东西他们都会替我们去操办，但我其实不想那么赶，也不想按照她的规划走。"

"为什么？"他淡淡地问。

江尧不理解她跟黎平君的相处模式，很正常，因为这跟他和梁捷之间的相处截然不同。

在他看来，父母与子女本身就是平等的存在，小时候或许没话语权，但成年了，很多事情都应该一起商量着来，而不是一方一味打着为另一方好的旗号，不停地去逼迫。

许柚皱了皱眉，这事说来话长，组织了下措辞才道："你不懂，我爸妈离婚后，要是没有我妈，就没有现在的我。她的辛苦我都能看得到，所以哪怕有时候她对我是强势了一些，我只要知道她的出发点是好的，我就会去迁就她，这可能也是我不懂拒绝的原因吧。"

江尧顿了下，问："你在公司也是这样？"

"新人的时候……算是吧。能帮忙就帮忙,现在还好,同事都挺好的。"

江尧没说话。

许柚发现他看她的眼神有点奇怪,有几种复杂的情绪糅杂在里面。

她踢了踢他:"想什么?"

"没什么。"

"你是不是觉得我的性格其实不是很讨喜,突然发现我没有你想象中的那么……"

许柚没有说下去,接下来说的话肯定是带着贬义的。

江尧摇头,撸猫一样揉了揉躺在身侧的脑袋,低语道:"我只是在想我们这一年,做了那么多事情,我有没有无形中逼过你什么,因为你就算不乐意,有时候也不愿意说出来。"

"哪有。"许柚意外地看他,没想到他会联想到自己,"虽然我有时候确实是不怎么懂拒绝,但还是有自己的底线在的,反感的事情绝对不会做,跟你一起做的所有事,我都心甘情愿。"

短短的一段话,不是表白,却胜似表白。

"心甘情愿"四个字,远比任何情话都要动听。

江尧低眸注视着她,心也跟着软了半截:"行,你妈妈那边我会帮你解决,你就按你自己的节奏,先弄好这间房子。"

"真的?"许柚深表怀疑,"我跟她对抗了二十几年都不行,你确定你可以?"

"试试吧。"

果然不出所料,没几天黎平君"关心"的信息就发过来了,字里行间难掩惊喜与急切,恨不得他们现在就结婚,还让他们有空回去一趟,两家人一起吃个饭,商量一下结婚的事儿。

瞧瞧这速度,估计吃完饭连婚期和婚礼场地之类的琐事都聊出来了。

许柚倍感头疼,但看这通知式的语气,又不能装看不见。

江尧知道后,买了点东西,亲自陪她去了一趟。

吃饭的餐厅定在了医院附近的商业区，江尧一下班，接了许柚，就过去了。

却在停车场里刻意不下车，煞有介事地等了一会儿。

许柚不理解："怎么不上去啊？下班本来就晚了，现在还不上去，让爸爸妈妈们等太久会不会有点不礼貌？"

"自家人哪那么多规矩。"江尧挑了挑眉，"他们在包间里聊得正上头，你信不信？"

许柚丝毫不怀疑地点头："信。"

江尧："那就再聊一会儿。"

你确定？

许柚总觉得江尧在憋大招，可这样是不是太腹黑了？

晾着老爸老妈，专门藏着坏心思来给他们一个巨大的"惊喜"，她这辈子都没做过这种事情。

反而，他好像还挺熟练的。

终于，腕表上的时针对准了七与八之间的空隙，正好七点过半。

江尧下车拿着东西跟许柚一起上去。

推开包间一看，人全在，一个不缺一个不少。

许柚没想到周培然也被扯了过来，颇感同情地扫他一眼。

因为他们的迟到，周培然正一脸幽怨地看着她。

不过下一秒就被她身边的江尧吸引了视线，好奇地打量经常出现在爸妈口中的，以后可能会成为姐夫的男人。

江尧一进来。

江益平就低斥："怎么这么晚？"

许柚不知道该答什么，干脆闭嘴。

江尧顿了几秒，稍稍拔高点音量，带着些许抱歉与无奈地说了一句："最近在跟一个骨科疑难症的临床研究项目，时间有点推不开。"

果然，这句话被黎平君捕捉到，关心地问："做这些项目有什么用啊？

医生除了做手术治病,还要研究东西?"

江尧平淡道:"跟晋升和未来的发展有点关系吧。"

许柚被他说得有点蒙。

什么项目,什么晋升,什么发展,从来没听他提起过。

而后,她才意识到,这会不会是为了骗黎平君临时瞎编出来的。

黎平君是那种传统的中国式家长,人倒是不坏,就是思想上没有那么开明。像现在一听到自家准女婿要晋升,那绝对是什么事都没有升职重要,包括他们的婚礼。

许柚坐下边吃饭边问:"妈,你把老皇历拿来干什么,你不会连我们的结婚日子都算好了吧。"

"算是算了一个。"黎平君遗憾地说,"下下个月的三号,是最近的一个好日子,还想着你们可以挤挤时间准备安排一下,就在那天办的。但是,江尧不是最近没空嘛,看来是赶不上了。"

许柚险些没把口中的饭喷出来:"下下个月?"

周长青看出许柚的不情愿,打圆场道:"是不是有点太急了。"

黎平君说道:"本来是不急的,主要是再下一个好日子就得等到明年了。"

许柚:"那就明年呗。"

黎平君有点不愿放弃,那种封建迷信的思想简直根深蒂固,试探地问了下江尧:"时间真的推不开吗?"

此话一出,一时间饭桌上所有人的目光几乎都聚焦在他身上。

医生评职称、教授之类的事情,黎平君和周长青是一窍不通。

江益平只是个生意人,也不是很了解。

就算江尧随便撒个谎,应该也不会有人发现端倪,但他还是换了种说辞:"明年吧,主要是不想匆匆忙忙地就把这件事带过去。"

周培然早就看穿了那两人的诡计,边吃饭边跟着附和:"现在都什么年代了,结婚是人家两个人的事,人家有自己的想法。爸,以后我结婚,

你可别管我，烦。"

周长青瞪他一眼。

不知为何，江尧说出来的话莫名比许柚有分量，他一说，就没人提这件事儿了。

事情完美解决。

许柚觉得很不可思议，没想到就这么简单，只需要江尧一句话就可以了。

这差别也太……大了吧。

回去时，她有些生气地撇嘴："为什么我说话，他们就当耳旁风呢？"

江尧像是随口一说："或许是我平时话太少。"

"不。"许柚说，"肯定是因为你平时冷冷淡淡的，看上去太凶。"

江尧皱眉看她，开始正视她的问题："是因为你不会拒绝，拒绝得少了，他们就认为你会妥协。"

许柚坐在副驾驶位上，托着腮帮子，很愁地问："那现在开始拒绝，还有用吗？"

江尧本来想继续跟她讲讲道理的，一见她这模样，就什么也说不出口："应该没用了，在你妈那儿，已经形成习惯了。"

许柚刚准备叹口气。

江尧突然伸出手捏了捏她的下巴，轻声道："但你有我……"

他还没说完。

许柚轻挑眉梢，默契地接了下半句话："罩着我吗？"

江尧低笑道："嗯，但我有条件……"

许柚："这还有条件？"

他说了一个时间："最迟明年。"

"啊？"

"嫁给我。"

许柚被这三个字晃了下神，即便是第二次听他说了，依旧有些难以遏制的心动。

下一秒，他低沉微哑的嗓音自身侧响起："我只是替你拒绝了父母的包办婚礼，该办的事还得办。"并且还说了一下自己预期的时间，"就明年夏天吧，8月26日。"

许柚不明白他为什么能说出这么具体的时间，一言难尽地问："你也去算皇历了？"

江尧笔直沉静的视线落在她脸上，盯着她看了许久，确定她是真的不清楚这个日期意味着什么后，略失望道："2007年，8月26日，是你第一次见到我的日子。"

准确来说——是他们开始有交集的日子。

许柚震惊又呆滞地望着他。

她正想问他怎么知道是8月26日的，江尧就开了口："自己推出来的。"

许柚说过开学第一天不是她第一次见到他，她开学前就遇到他了，并且是在篮球场附近。

江尧那阵子膝盖受了伤，刚恢复好去打了球，第二天又复发，直到开学前都没再打过，因此他记得很清楚，开学前唯一一次打球是在周日。

只要有心，翻翻当年的日历，就能知道是哪一天。

一点都不难。

许柚发现江尧这人虽然平时对一些仪式感的东西表现得满不在乎，其实心里跟那些热恋中的人没什么两样儿。

8月26日。

在他们初见的日子里办婚礼，纪念意义可想而知。

连她都没想到，他却率先提了出来。

可惜的是，这个初见，只是她一个人的初见，那会儿的江尧并没有注意到她。

不过，没关系啦。

现在他们走到一起了不是吗，只要最终的结果是好的，前面有多少遗憾和错过，都能被后来的甜头掩盖过去。

"那时候天气好，一般不会下雨，只是太阳可能会有点大。"许柚满脸赞成，"还不错，就那天吧。"

江尧闻言，只不咸不淡地"嗯"了一声，反应极为冷淡，仿佛刚刚在商量的不是她们的婚礼，而是别人的。

许柚怔了怔，意识到他可能在生气后，侧眸，小心翼翼地观察他的表情，扯了扯他的袖子："生气了？"

江尧没吱声，发动引擎，准备开车离开。

许柚挠了挠头发，无措又略显委屈道："我笨你又不是不知道，我哪能这么快反应过来那是什么日子啊？而且刚刚不知道为什么，脑子跟抽筋了一样，反应特别慢。"

旋即，她意识到自己这样说不对，分明就是在找理由开脱，干脆放弃挣扎，主动认错，说："好吧，我错了，我不应该忽视这么重要的日子。生活需要仪式感，热情才不会减退，更何况我们才在一起一年多……"

许柚在心里很抱歉地想，她忘记一年多少天了。

江尧补充："一年零一个半月。"

许柚："哦哦。"

闷骚！这男人太闷骚了，平时冷冷淡淡的，也没见他这样，原来这么多小心思都在心里装着呢。

她腹诽完，继续认错："反正我以后一定会勉励自己的，要多留心多注意生活中的小细节。"

许柚这认错态度，俨然做了错事的员工在上司面前喊空口号一样，大有一种"我错了我下次还敢"的意思。

车子停在红绿灯前，在这十几秒的空隙里，江尧侧头淡淡睨她一眼，唇上弧度浅挑，问了个毫不相干的问题："你……好像很怕我？"

这问的什么问题？

有吗？

她刚刚有显得很卑微吗？那叫撒娇懂不懂！没情趣的直男！

前方的指示灯由红转绿。

江尧收回视线，继续开车。而许柚完全不理他了，干脆低哼着歌，自顾自地玩手机。

倏地，安静的车厢里传来一句——

"我还在生气。"

许柚以为自己听错了，侧眸看他一眼，眨了眨眼睛，又看他一眼，良久才吐出两个字："所……以？"

她不哄了不行吗！爱气不气！谁让他刚刚嘲讽她！

江尧皱了下眉，不知不觉间车子缓慢停了下来，在马路边的临时停车位上将刹车踩到了尽头。

许柚正想问他要干什么时，他低低道："右边有个面包店，自己去里面看看有什么喜欢的，买几个过来。"

"我吗？"她明知故问，"一个人？"

"嗯。"

许柚感觉他好狠的心，本来不想下去的，又听见他说："乖，这里只能临时停车，速去速回，回来我就……不气了。"

她叹了口气。

许柚大概能猜到为什么江尧要她去买面包，应该是注意到她刚刚在饭桌上没吃什么东西晚上会饿吧。

许柚迎着冷风下了车，迈着凉飕飕只穿了一条牛仔裤的腿奔了过去。

车上的男人一直望着她的背影，即便这是一段不长的距离，也在默默地注视着……瞧见她推门进了店里。

有个男售货员跟她聊了几句，她朝柜子和橱窗看了一圈，又转身跟那位售货员说话，还挠了挠头发，歪了歪脑袋，继续聊……过了三分钟，还在聊。

江尧黑眸清冷，低头睨了眼手上的腕表，难以抑制地皱了下眉，随着许柚在店里跟那人的聊天时间加长而脸色越发难看。

不是说了速去速回？

把他的话当耳旁风了？

另一边，许柚走进面包店，看了眼柜子上所剩无几的每个品种都只剩下一个或两个的面包，有点无从下手。

她礼貌问了声："请问，就只剩下这些了吗？"

店员是位男性，不厌其烦地将方才进来的客人问过的问题，再回答了一遍，"确实只剩下这些了，主要是……我们的师傅已经下班了，也做不了新鲜的了。这些虽然看上去卖相不是很好，但真的很好吃，我们白天客人来买都是排着队的。你可以买一两个回去尝尝，我也吃过，反正我凭良心保证吧，绝对不会让你失望。"

许柚随口一说："看来你没少吃啊。"

那店员笑了："卖不完的又不能留到明天，一般都是我们带走的，但是这些算是我们没完成的……"

话说到一半，他发现自己说得太多，而这些是不应该跟顾客说的，便及时住了口。

其实也不难猜他整句话要表达什么。

无非就是这些面包要是卖不光的话，那就算他们今日未完成的量，是要用自己的工资补贴进去的，也相当于全买下来。为了不浪费，那当然得是自己吃完，或者匀给朋友和家人啊。

许柚抓了抓头发，盯着那几个面包的卖相，在思考着要不要买。

那店员在等着她，眼中还夹带着某种期待。

许柚从小到大，没做过什么好事，主要是机会也不多。她想着反正也不贵，要不就全买了呗，又不算很多。

她歪头冲他友好地勾了勾唇，干脆地说："我都要了吧。"

这句话险些将他给吓着，刹那间还以为她在开玩笑。

但还是保持着良好的职业素养，给她逐一拿出来包装好，最后想起冰柜里还有个蛋糕，顺便拿过来送给了她："如果晚上吃不完，可以放在冰箱里，明天也可以吃的。我们只是不卖隔夜的而已，但完全是可以吃的。"

"好，谢谢。"

许柚挽着一袋面包走了出去，一推开门，灌入的冷风害她打了个寒战，正准备收紧一下领口，手上拿着的面包突然被人接了过去，一只宽厚的大手握住了她的，携裹着阵阵的暖意贯穿了她全身。

"你怎么来了？"她抬眸，惊喜地问。

男人的嗓音也在同一时刻自她头顶响起，还顺带扫了眼店内的人："怎么这么久？"

许柚邀功地说："我买这么多，意外吗？"

江尧的表情显然是不意外的，并且还有点……生气。

而且，这一次似乎是真生气了。

气压低得吓人，一句话没说，先将她带回车上。

关好门，周身的温度也在渐渐回升。

他沉默了一会儿，才耐着脾气问："为什么买这么多？你没听见我让你速去速回？没听见我让你买一两个自己喜欢的？"

许柚觉得这样的江尧有点可怕，是从未见过的："我是看人家在那守了那么久还没下班，都十点多快十一点了，接下来也不会有什么人买了，反正也没多少，也不贵，才买了回来。"

她觉得她没有错啊，这才多少个啊，九个面包，加上一个送的蛋糕。

江尧："你吃得完？"

许柚执拗地说："吃不完，放在冰箱，明天也可以吃。"或者带去公司，分给同事也可以啊。

江尧见她这样，也不知道自己这怒气发得到底对不对，而他生气的点在哪儿，或许连他自己都没明白。

是因为她没听他的话而生气，还是因为刚刚在里面跟那人聊那么久才

生气,还是她这随处泛滥的同情和善意在他面前撒给了别人。

"全世界工作到凌晨还没休息的大有人在,你怎么不都关心关心?"

"你简直不可理喻。"

许柚觉得江尧就是在找碴。

那句话根本就是错的,全世界受苦受难的人那么多,难道帮不过来,就大家都看着漠不关心吗?

江尧将车开回了小区的停车场里。

许柚一直低着头,不说一句话,像在独自生着闷气。

江尧喊了她一声。

她没反应。

冷静过后,他便下车,绕去副驾驶位那边,拉开车门,想抱抱她。

他承认是他冲动了,最近发生的事情有点出乎意料,一连串下来很难让人不多想,才一时失了判断。

忽然发现就算在一起的两个人彼此信任,没有争吵,经过一段半年的异地恋之后,也会变得慌乱和没有安全感。

而如今,先慌的人是他罢了。

将近半年未见,而这半年时间里,他们根本不可能做到每天都联系。

毕竟她的工作加班是常事,而她又是那种一旦沉浸其中就什么也不关心的人。他呢,手术一做就是几个小时,手术前给她发消息,没回,手术后也曾期待地脱下手术服,整理好一切,去看她的回复,最新的一条居然还是自己几个小时前发出去的。

一而再再而三地失望过后,人都是会害怕的。

他忍不住去想她到底在干什么,而他发现这么久没见,他竟对她一无所知。

回禹城的前一天,江尧向许柚求了婚,她答应了,他心里的石头落了地。

可没过多久,瞧见她被林冉妈妈发现她准备结婚后那种慌张的眼神,并且被告知,她不愿急急忙忙地去结婚,想慢慢来的时候,江尧眸中有微微的无奈，却还是波澜不惊地迁就她，帮她摆平一切，并且想了一个她或许能接受的婚礼日期，也就是明年的八月。

——那也是他能接受的，她最晚嫁给他的期限。

江尧不想他们的感情出现变数，无数次告诉自己不要胡思乱想，可还是在今晚不受控地跟她吵了一次架。

这也是他们恋爱到现在的第一次最严重的吵架。

他俯身，指节分明的手拨开她挡住脸颊的碎发，低头一看。

见她眼圈红了，眸中隐匿着藏不住的委屈，江尧整个人僵住，僵了大概十秒钟，才反应过来——

他把她弄哭了。

无限的内疚与悔恨瞬间如潮水般淹没了他所有的神经，方才不理智的一幕又重新出现在他面前，来反复控诉他的罪行。

江尧局促地蹲在她身前，低眸看她白净的脸蛋，用手指不停地揩着她眼角滚下的泪珠，嗓音有种说不出的慌乱，低得近乎于耳语："对不起，对不起，柚柚，我错了，都是我不对，别哭了好不好？"

江尧没有妹妹，只有个性格大大咧咧的姐姐，江吃个性好强，就算是伤心难过，也不会让他们瞧见。

倒是在国外合宿的那段时间，因为他的舍友，隔三岔五总有不一样的女人在他们楼下闹，撒泼打滚，连哭带骂。

但跟现在许柚的哭，截然不同。他总不能采取那位舍友的方式，在楼上跟那些"女朋友"用英文对骂，各种脏话全冒出来，且他也做不来这种事，更不可能对许柚这样。

毫无经验的江尧凭本能去哄慰，也在这期间反省了一下。

约过了一刻钟，许柚才安静下来，固执地问了一句："我做错了吗？"

男人摇头，认错道："是我错了，是我冲动……没有控制好自己的情绪，更不应该将气撒在你身上。"

许柚没想到他反省得这么彻底，一时之间不知道说什么好，咽了咽喉咙,憋着泪不让它掉下来,不解地问:"你冲动什么?就因为我多买了几个吃不完的面包?还是我太磨叽了,没有尽快回来?"

真实的原因,当然不是这个。

今晚的一切,不过是一条导火线罢了,使他这段时间积攒的一些情绪找到一个缺口喷发出来。

只不过,用错了方法。

用了最无能、最不应该,也最没用的方法。

许柚见他一直不说话,急得不行,总觉得他今晚有点奇怪:"你说啊,到底为什么?"

江尧叹了口气,还是不愿说出口:"是我冲动了而已,是我控制不好自己的情绪。"

"我不信。"

她还不了解他吗?没有缘由地发脾气,这绝对不是他能做出来的事,也是从来没有过的事儿。

许柚揉了揉鼻子,毫不避讳,直戳心窝地问:"江尧,你是不是对我有意见了?"

"我怎么对你有意见了?"江尧抬起眼皮,无奈地看她,顺手扯过纸巾,想帮她擦擦,却被她夺过来。

"虽然我是第一次谈恋爱,但我也不是什么都不懂,当一个人开始在一些小事情上找碴的时候,多半是因为……"许柚越说越心慌,特别怕一语成谶,"不喜欢了,要分手了。"

江尧一双黑眸死死地盯着她,唇上泛出一丝冷笑。

这一声,是在笑他自己。

许柚说错了,而且说得恰恰相反,当一个人在一些小事情上找碴的时候,其实还有另一种可能……

两人在寂静的停车场里对视着。

她坐在车内,他以不舒服但可以忍耐的方式半蹲在她身前,捏着她的手，放在手心揉搓把玩，深眸浸染着浓稠得化不开的深情："嗯，你说得也没错。"

许柚的瞳孔震了一下。

"但有几个字不对。"江尧的语调转而变得更低沉，也更压抑，"当一个人开始在一些小事情上找碴的时候，也有可能是因为……他怕对方不喜欢他，要分手。"

静默良久。

许柚呆呆地看着他。

事情来了个一百八十度大转弯，上一秒她还以为自己要被甩了，闭着眼等待宣判。现在他突然告诉自己，他害怕她要分手，害怕被甩的那个人是他。

"什么？"

许柚略有些难以置信，发现在这一刻，江尧的想法她根本猜不透："我为什么要分手？"

问出这句话时，她带着无限的自我怀疑和审视。

她是做错了什么吗？

是有什么做得不对的地方，无形中"伤害"了他，还是说最近对他太冷淡了，忽视了他的感受？

思来想去，都想不到究竟是什么导致他有这样的想法。

江尧默然，过了一会儿才问："你能告诉我，你为什么不愿意跟我快点结婚吗？为什么在被人发现我们有结婚打算的时候，表现得那么慌乱？"

他将全部的疑问都说了出来。

这着实将许柚问住了，她静静地思忖了一阵，严肃地坐直，几次欲言又止后，谨慎地问："所以，你是因为我最近对于结婚的态度，才开始认为我不喜欢你的？"

一直以来，许柚都以为她是江尧勾勾手指就会黏上去的存在。

不知不觉间，这样的关系发生了翻天覆地的变化。要不是今晚江尧凶

她,许柚是绝对不会产生江尧是不是腻烦她了的念头的。

后来,她想这或许就是安全感吧。

他给了她足够的安全感,而她却没有,让他们的感情在这段关系中失了平衡。

尤其在面对结婚这个问题的时候,她只顾着抵触黎平君,想摆脱二十几年来妈妈对她的掌控,却忽视了她的态度也在影响着身边的人。

江尧没说话,相当于默认了。

许柚低头瞅他,发现他这样半蹲在她身前的姿势,真的像极了一只大狗狗,褒义的那种。

怪委屈,也怪可爱的。

鬼使神差地,她带着怜惜与内疚,捧着他的脸,低头在他完美得一塌糊涂的嘴唇边,啃了一下:"傻瓜。"

江尧露出微微的疑惑与嫌弃表情,但不拒绝,反而还得寸进尺地仰起脖子,主动地凑上去,含住她的唇,很自然地亲她。

向来亲吻这种事情,都是江尧做主导,总是他横行霸道地将舌头伸进来吮她。

这一次,许柚大胆得不可思议,双手环住他的脖颈,在他尚未反应过来时,悄悄窜进去,也尝一尝这样霸道地亲人是什么滋味。

江尧嘴角勾着明显的弧度,乖得不能再乖了。

他放弃了主动,等待她青涩又生硬的"侵占"与勾引,想看看她还能做出什么令他意外的事儿。

许柚邀他进来,关上了车门,车窗全部升上去,她软成一团,趴在他身上,继续亲吻他。

她的吻继续往下,亲到了他的喉结,江尧呼吸一滞,轻轻推开她:"想干吗?"

她的嗓音轻哑得有些诱人:"不喜欢?"

江尧环顾了一下车内环境:"你确定要在这儿?"

511

许柚仰着脸看他,眼睛清澈水灵,仿若不含杂质,却说着与外表极为反差的话:"不行吗?"

他盯着她俏丽的脸蛋,眸中透着无奈,声线微哑:"你打算用这个安慰我?"

许柚说:"不是,我反思了一下,发现自己确实是没有顾及到你的感受……而你又总是憋着,不将自己真实的想法说出来,我理所当然地以为你会跟我想的一样。"

江尧对她依旧纵容:"那就按你的想法来,谁让我是你未来的丈夫,我不迁就你,谁迁就你?"

许柚撇了撇嘴:"可显得我里外不是人。"

江尧的嗓音神色未变,宠溺道:"那就当你欠我的,结婚以后,对我好点?"

她眯了眯眼:"你这简直不是一般的腹黑啊。"

他无所谓:"随你怎么说。"

许柚问:"江尧,你是不是很爱很爱我,爱到非我不可,甚至到了离不开的地步?说真话,不能耍帅撒谎。"

她还有一句话没说出来,但眼神已经暗示了所有。

江尧原本深邃淡然的眉眼忽地认真起来,话里带着点叹息与无奈:"你看不出来吗?还是说我做得不够。"

短短的两句话,不知为何,许柚的情绪一下子就忍不住了,眼泪如洪水般涌了出来,砸在他身上,也落进他心里。

以前的江尧,眼神中总带着耀眼的神采,每每从她身边经过,她就觉得可望而不可即。

现在的他,多了几分温和与沉稳,离她近了,一点也不远,居然还会担心她会不会不要他。

许柚觉得自己真是罪过!

将一个帅哥校草摧残成这样,但心中却有着不为人知的得意与自豪,

并且反省自己最近是否太恃宠而骄,就这么几种情绪交织在一起,她哭得不能自已。

进了公寓,许柚沉思过后,郑重宣布了一件事情:"江尧,我们各退一步,我想要完美的有准备的婚礼,你想要快点结婚,那……我们领证吧。"

江尧虽意外却也没拒绝:"什么时候?"

"越快越好,或者你选个良辰吉日?"

"不用选了,就明天。"

许柚惊讶于他的速度:"这么快?"

江尧低眉:"你后悔了?"

"谁后悔了?我怎么会后悔。"她举起那只套着戒指的手,晃了晃,"我早就被你套牢了,跑不掉的。不过,我有个条件……"

江尧:"你说。"

许柚担心又警惕地说:"你可别这么快让我怀孕。"

江尧看着她。

"我不想像林冉一样,生完孩子再办婚礼。"

"怎么会?"江尧揉她的脑袋,低语道,"在我眼里你还是个女孩,还没到怀孕生育的时候。良好的备孕不仅有助于胎儿的发育,或许也能让母亲少受点罪,这种事情还是商量好,计划着来比较合适。"

许柚松了口气,果然跟医生谈恋爱就是不一样。

她仰头,突然问了个不沾边的问题:"请问江医生,以后你会让我们的孩子学医吗?"

"不会。"

"为什么?"

"你会让他学金融?"

"不会。"

江尧捏她的脸问:"为什么?"

许柚叹息道:"太累了。"

而他说:"咱家有一个医生就够了。"

许柚好奇地问:"那他学什么啊?总不能做一个废物吧?"

想来,他爸学生时期那么严谨的学习态度也不允许他这样,必定会对他严加管教。

思及此,许柚同情了一下他们未来的女儿或儿子。

翌日。

许柚请了几个小时的假,跟下午没有排班的江尧回了趟家,拿上户口本,去民政局排队结婚。

她望着天空,连着深呼吸了几下,一点用都没有,还是很紧张,但也有前所未有的激动和开心。

从大学毕业开始,她的朋友圈每隔一段时间就会有人出来晒结婚证,最近这两年更是呈井喷式爆发。

心塞是肯定的,同时也在期待着自己那一天什么时候会到来。

来的时间较她意料中的还要早。

她还以为至少得三十岁,没想到二十八岁就到了。

许柚不懂流程,被江尧牵着走进去,懵懵懂懂地签字,提交资料,等待审查。

一系列流程走下来,拿到证的时候,她还有点蒙。

两个红红的本子,轻飘飘的。

却莫名感觉很沉。

对双方来说,都是一辈子的责任。

许柚翻开仔仔细细地看了几眼,"奸诈"地说:"反正我是不会同意离婚的,死都不会离婚,你最好以后不要有这样的想法。"

江尧手长将她的那本夺过来。

她"哎"了一声:"你抢我的干什么?"

江尧手握两本结婚证,眸光沉静地看着她:"既然死都不会离婚,那

我帮你保管。"

"等一下。"眼见他要揣进兜里,许柚及时喊住,"保管这件事我同意,但是能不能让我拍个照,先发发朋友圈啊?"

江尧倏地笑了,见她两眼放光:"想炫耀啊?"

"那不叫炫耀!那叫分享生活!"许柚伸手去抢,"你快给我!"

他偏不给,她气得打了他一下。

两人吵吵闹闹地从门口走出去。

一场小型"家暴"被旁边陪朋友来登记并且庆祝结婚的人瞧见,都忍不住感叹:"刚刚那男的还挺帅哎,可惜已经是棵有主的草了!"

"他还拿着两本结婚证逗自己老婆,甜死,羡慕不来。"

…………

最终,许柚还是拍好了照片并且发上了朋友圈。

说来惭愧,这应该是她第一次在朋友圈里公开自己的男朋友,不对,准确来说现在已经是老公了——领证书啦~[心][心][心]

配图两张,一张是结婚证叠在一起的封皮,一张是她后来强迫江尧拍的合照。

迈巴赫上有一束传统浪漫的红玫瑰,周围有细细的雪柳点缀缠绕,中间还隐藏着一两朵象征着圆满的暗红洋牡丹。

层层叠叠,极致的浪漫与复古感。

许柚喜欢得不行。

她低声问:"这样,你还以为我会甩了你吗?"

男人侧眸看她。

两人相视而笑。

许柚想说,我爱你还来不及,怎么会离开你呢。

很快,她的微信就被小红点侵占,江尧的也是,他也发了差不多的内容,但后续的评论他没过多关注。

许多人惊讶主要是因为他平时不发动态,这一下来个爆点,谁都意外。

许柚一条一条地翻自己的评论——

△小妞儿,可以啊!这才从北京回去几天,就领证啦?恭喜恭喜,新婚快乐!

△老公有点帅哦!特别配!新婚快乐!

△牛啊!我们宿舍第三个结婚的!

△还发什么朋友圈,快进洞房!

…………

看完所有,许柚感受到前所未有的圆满与幸福。

番外二　　/ 成为我的唯一

多了某种关系之后，日子过得并没有什么不同。

但似乎很多东西，都悄无声息地发生了变化。

用别人的话来说，他们这相当于闪婚啊！

没有任何关于嫁妆、礼金的商量，也没有落实其他财产方面的事情。

后来仔细想想，许柚发现怎么算她都是赚了的，至少在这方面上是。

婚前她并不知道江尧手上的资产到底有多少，就算他愿意跟她展开细说，她也是不想听的。

越听只会越自卑，甚至产生了他们门不当户不对的念头。

当然，即便她没仔细了解过，而他平时再怎么低调，怎么说也是个富家子弟，妥妥富二代。

可她从来没有细究过这方面的事情，平时出去吃饭约会，她也掏过钱。

他不怎么会网购，像个老古董。

而她经常在网上看见喜欢的或者合适他的东西，就直接付款买下来送给他。

当然，肯定没有江尧花得多。

他买东西从来不考虑价格，觉得喜欢哪怕上了五位数也照样去买。

她怎么跟他比？

只能规劝他少浪费钱,有些不常用的东西过分追求质量,一点必要都没有。

被她说了几次之后,江尧确实收敛了许多,但也仅限于婚前。

结婚后,他本性毕露,越来越肆无忌惮,大有一发不可收拾之意。

许柚总能在家里发现一些古灵精怪的小礼物。

她前一天晚上刚跟江尧说自己在公司跟的项目成功了,项目经理公开赞赏她,肯定她的功劳,让她高兴了一天。

隔日傍晚,许柚下班回来,就发现客厅的桌面上放着一个蛋糕,显然是下午不用上班而晚上要值班的某人买的。

他明知道她最近在减肥不吃甜食,还贱兮兮地摆个蛋糕来诱惑她。

许柚气归气,最后秉着不能浪费的精神,"塞"进了肚子里。

还有很多时候,比如她化妆时,突然发现桌上多了一支价格不菲的新口红;换衣服时,打开衣柜瞧见里面挂着一件跟她衣着风格很搭的裙子;以及她惯用的手机品牌出同系列新款时,会有一部"新鲜滚烫"刚到货的手机出现在她面前。

对她好的人,是她的老公。

小时候家里穷,黎平君不弄机顶盒,也不买网络电视。

许柚每天打开电视看的都是本地的新闻台,每到下午总会播放一个家庭夫妻调解类的节目。

不排除上节目的人有演戏的成分,但由于原生家庭的原因,再加上这些节目耳濡目染。

她从来没奢望过自己的婚姻会有多幸福,更没想到会是这样。

一个注重细节、浪漫、仪式感还有品位的男人,怎么就被她拐回家了呢?许柚百思不得其解。

越长大越发现,小时候仰慕的男神帅哥,不过只是外表上的魅力,成年人的世界,更追求一个人的修养与能力。

而像江尧这样的男人,就算过了三十岁,应该也是蛮抢手的。

可惜,成她专属了。

很快,又到了一年一度的春节。

他们约定好必须要办婚礼的"明年"已经到来了,许多事情都进入了选择和筹备阶段。

那间公寓他们择日搬了出来,为了更好地翻新和改造,暂时在许柚之前的公寓里住一阵。

许柚忙得不可开交,不仅要上班,还要盯着婚房那边的进程。

待那边的事情开始收尾,她才轻松下来,总算可以歇歇了。

江尧也没闲着,去年在饭局上撒谎说要晋升,没想到真的应验了。五月份他有一个骨外科的职称考试,几乎是从春节后就一直在看书,查漏补缺地复习。

本身工作就够忙的,还要准备考试。

许柚看着也怪心疼,心疼的点主要在于毕业了还是离不开考试,像当年在学校一样进行着各种应试复习。

可江尧的复习方法,跟她好像有点不一样。

如果是她的话,应该会大段大段地背下来,然后慢慢理解,不懂的地方再找人问问。

而江尧,她是真有点搞不懂他。

甚至怀疑他是不是在复习过程中把她当成小白鼠了?

之所以产生这样的想法,起于某天许柚在浴室里洗完澡出来,长发如瀑般垂落至腰间,身上一件白色吊带睡裙,领口很低,露出漂亮的锁骨。

都成夫妻了,她也没必要害羞什么。

见江尧坐直在床上,腿间躺着一本砖头似的医书,她叹了口气,去倒杯水给他,随后也自觉地从书房抽了一本书过来,跟他一起在床上看。

只不过她看的,是外国小说。

还是特狗血的那种,对她来说,是一本没什么营养,也没意义的杂书。

许柚靠在他身侧,静静地翻着。

公寓里温暖而安静,有种岁月静好的感觉。

随着时间的流逝,渐渐地,她也看入迷了,整个人的情绪都沉浸在文字里,时而皱眉,时而展颜,勾出点点笑弧。

不知为何,江尧伸手摸了摸她的手,不是那种恋人间暧昧又深情地摸,有点像……在摸她的骨头?

脑中浮现这个荒唐想法的时候,许柚蹙了下眉。

但没说什么,也没任何的不满和嫌弃。

随后,他的手辗转到了她的腿上,还是那种摸法,碰得她酥酥麻麻的,特不自在。

可一瞧他神情,正经得不得了,还在看书。

许柚顿觉是自己思想龌龊了,无奈地忍了一下。

紧接着,他的手来到她的背部,就着滑腻的肌肤,沿着她健康的脊柱一直往上,划过蝴蝶骨,最后来到了某个位置。

许柚将他的手掰下去,生气地看着他:"江尧,你有病吧?你故意的吧?"

男人终于露出了狐狸尾巴,唇上的弧度细微地勾起,还反问她:"你也没制止我?说明,你还挺享受的……"

许柚放下书,不爽地说道:"我是看在你快考试的份上,忍你一下,我看你分明就是故意在逗我、耍我,没骨头的地方你也摸摸摸……"

"谁说没有?"江尧将书搁至一旁,见夜深了,关了灯,"肋骨你不会不知道吧?"

"你确定你能摸得到?"

"也不是不行。"江尧抱着她,手也跟着伸了过去,"努努力还是可以做到的……别动。"

由于她身上穿的只是一件吊带短裙,布料很滑,几番折腾之下,已经没什么用了。

这要露不露的模样,简直比任何时候都要动人。

两人真的太久没亲热了。

即便今天是她所谓的安全期,江尧也不想冒这个险,让她意外怀孕,尤其是在婚礼临近之际。

婚礼是她期盼了很久的事情,他希望她在那一天仅仅只是一个被他娶回家的女孩,而不是孩子的妈。

婚后,黎平君问许柚问得最多的问题是:江尧对你好吗?

许柚起初还很耐心地不厌其烦地回答,顺便夸一下某位医生!

他对她何止好啊,简直比热恋期还要好上一千倍,有时候她都怀疑他们到底是夫妻还是情侣,怎么就没有半点夫妻之间的争执和矛盾呢?

后来,许柚就不耐烦了。

妈妈真是这个世界上最奇怪的存在,结婚之前恨不得将她丢出家门,生怕她嫁不出去似的,现在又开始马后炮地担心她会不会过得不幸福。

晚上,江尧在医院值班。

许柚回自己家待了一晚,一边剥核桃,一边说:"你看我有丁点被他虐待的痕迹吗?我都快被他喂成猪了。"

黎平君曾有过一段失败的婚姻,深知幸福来之不易。

她笑道:"你就偷着乐吧,多少人求都求不来这种生活。找到一个一心一意对自己好、三观人品性格全部合拍的人,简直比淘金还难。"

是吗?

许柚不置可否。

一直坐在身侧看电视的周长青突然来了一句:"等会儿吃完饭,给小江盛碗汤送过去,让周培然开车。"

许柚有些犹豫:"可是他不允许我没病去医院找他。"

周长青觉得他俩这规定有点意思,扯唇一笑:"那就让周培然上去。"

刚从洗手间出来的周培然正好听见谈话,指了指自己:"我?我不去,又不是我老公,干吗不让她去?"他看着许柚,"难不成他还能轰你走啊?"

那倒不会。

许柚无语地看他,这不过是江尧对她的一个要求,没多少人知道。

刚开始许柚也不怎么当回事,该去找他还是去找,反正又不逗留很久,给他送点东西过去怎么了?

后来惹他生气,她被他"冷暴力"对待几次后,就害怕了。

许柚最不喜欢他不说话的样子。

总感觉像个陌生人,一下子疏远了很多,哪怕骂她一下也比这样对她好啊!

可没人知道,江尧冷脸对她的时候,自己也很难受。

有一次在休息室,李柘见他闷闷不乐的,八卦地问:"怎么了?跟许柚吵架了?你们能吵什么?"

江尧很在意地说:"为什么喊老周那位喊老周老婆,而我那位却直呼其名?"

显得他们很熟似的。

李柘被噎了一下,险些无语到笑倒:"行行行。你跟你老婆吵架了?"

老周喝了口水:"他不让他那位来医院,前几天不是过来了一趟吗?这不……就生气了。"

"呃……"李柘差点以为自己听错了,"这有什么好生气的?老周他老婆一周都不知道来几回,医院没那么可怕。"而后,换了种语气,为自己的朋友训他,"你这臭脾气,许柚还真能忍你。"

江尧乜斜了他一眼。

世界上有一个词叫"万一",不怕一万,就怕万一!

江尧在国外曾亲历过一场大规模高传染性流感的爆发,就是以一家医院的一个病人为源头,从医院大幅扩散传出去的。

那一回死了好多人,同时间去了那家医院的病人或病人家属,很多被感染了。

江尧不让许柚去医院，是害怕这样的事情发生在她的身上，虽然概率极小，也不是完全没可能。

而若真的发生了，届时医院一片混乱，作为医护人员，他不是属于她一个人的，无法整日整夜地陪在她身边，查看她的病情。还不如让她待在安全的地方，窝在家里做一个无忧无虑的小网民。

灾难来临的时候，他冲上去就足够了。

然而，这一切的一切。

许柚并不清楚，她的想法估计跟李柘一样，认为不就是去一趟医院嘛，有什么大不了的。

可江尧从跟她在一起到现在，就只提过这一个要求，唯一的一个。

他坚持的事情都不是没有道理的，所以几番思忖之下，许柚觉得还是听听他的吧。

因为，她明白这肯定是为她好。

吃完晚饭，许柚从厨房拿了个保温盒出来，将家里专门留给他的核桃汤盛进里面。

等周培然换衣服准备出门的间隙，她给江尧发了条信息。

许柚：我爸让我送汤给你。

许柚：放心，我不上去，你下来一趟或者找人下来一趟就行。还挺多的，我拿了几个一次性的小碗，你可以匀给你的同事们喝。

瞧瞧，她多贤妻良母啊！

送个汤，还专门关心了一下跟他一起值夜班的同事，如果这个汤是她煲的，或许她就更有底气了！

不管怎么说，核桃百分百是她剥的。

至少有她的功劳在！

江尧意外地没有拒绝：什么时候？

许柚：现在出发啦，我到了打电话给你。

江尧：行。

许柚催了下周培然，然后跟他一起出门，从这边到医院大概需要三十分钟。

她无聊地打开消消乐来打发时间。

周培然蓦地问道："姐夫对你……还行吧？"

许柚被吓了一跳。

在她的记忆里，这小子可从来没有关心过她，每次见她都是一副臭脸，没想到小小年纪，心思藏得还挺深。

怎么跟某个医生一样闷骚？

许柚淡淡地笑："你就别操心我了，我过得挺好的。倒是你，谈恋爱了吗？大学里有没有喜欢的姑娘？"

周培然拧了下眉头，敷衍道："才几岁，谈什么恋爱？过几年再说吧。"

许柚汗颜："也是哦，现在这个阶段还是专注学习比较好，听说你打算考研？研究生的时候再谈也不迟。"

周培然专心开车。

两人没再说什么。

很快就到了医院，许柚提前五分钟打电话给江尧，然后在后门等了一会儿。

两分钟后，一个穿着白大褂的男人从大楼里走出来，许柚心头一喜，开心地朝他招手。

周培然懒得吃"狗粮"，去附近的奶茶店排队买奶茶去了。

江尧抬手接过许柚手中的保温盒，低声问："今晚回家了？"

"对啊。"许柚抱怨说，"江医生这么忙，晚上都不陪我睡觉，我一个人害怕，就回家睡好了。"

"以前怎么不见你害怕？"江尧毫不留情地拆台，"没谈恋爱的时候，你妈让你住家里，都不愿意。"

许柚瞪他一眼。

有句话怎么说来着：单身的女人都是女汉子，什么事都可以自己搞定，

谈恋爱后突然就变得连瓶盖都拧不开了,更别提婚后……

两个人睡一起习惯了,许柚还真不怎么适应,大晚上的家里只有自己一个人的感觉,那种"被害妄想症"突然就在空荡荡的空间里被放大了,疑神疑鬼的。

幸好,一个月之中,江尧上夜班的次数不多。

医院还是蛮人性化的,尤其是考虑到他新婚燕尔,总不能影响人家的"夜生活"不是?

许柚没逗留太久,为了不妨碍江尧工作,周培然买完奶茶回来就转身离开。

临走前,江尧还嘱咐周培然"开慢点",小孩居然很乖地"哦"了一声。

直到上了车,许柚依旧觉得很神奇,转身问:"难道就因为他过年的时候给你买了一台switch,还有一堆游戏,你就被他收买了?平时不见你对我这么乖!"

红绿灯的间隙,周培然拿起侧边的奶茶吸了一口,咂咂嘴:"男人之间的友谊,你不需要懂。"

到了办公室,江尧听话地将汤分到小碗里,邀请同事来喝。

他的那份被放在了最底下,汤里有两三块肉,还有一些零零碎碎的核桃。

一个护士喝完,好奇地问:"江医生是因为两周后的考试,你妈才煲汤送过来给你吗?核桃汤虽然难喝,但是很有营养。"

另一个护士说:"不难喝啊,加了蜜枣,还挺甜的。"

那人笑了笑:"可能个人口味不一样吧。不过值夜班有人送东西来吃,送什么都香,比外卖强太多了。可惜我的家人都不在这边,过来一趟还要坐高铁,我就别奢望了。"

在外地工作的人的心酸,江尧怎么会不懂,他在国外的后几年都是自己度过的,对比现在,那会儿真的是有点凄凉。

525

江尧淡淡道:"不是我妈做的,我妻子……"的妈妈。

后三个字,他没说出来,给许柚留了点面子,以他对她的了解,她根本做不出来这东西。

想到这儿,他唇上撩起浅浅的弧度,思绪不知飘到了哪儿去。

看得人直羡慕!

甚至之后连着好几天,都有人感叹江医生和他老婆感情应该很好,能被这样的男人收进户口本里是什么感觉?

原来优秀的男人遇到喜欢的女人,也会迫不及待地想占为己有,这才脱单没多久,连证都领了,直接断了医院里某些人的念想。

真是够残忍的!

距离江尧考试没几天。

许柚一直不敢打扰他,虽然他晋不晋升对她来说没什么区别,但他的事业,她还是要尊重一下。

就像他根本不懂投行,却每回在吃饭的时候听她滔滔不绝地讲自己的项目多么烦人,从来没表现过丝毫不耐一样。

要是她的话,听他讲半小时的医学知识,估计都要睡着了。

或许是近日太忙的缘故,许柚发现最近江尧不送她礼物了,哪怕只是一个小发夹,也没有。

之前嫌弃他浪费钱的是她,现在觉得他冷落她的也是她。

女人的矫情与双标,在她身上体现得淋漓尽致。

许柚托着下颌,叹了口气,见他在书房里一直没动静,便起身打算先去洗个澡,再打探一下他的复习情况。

她没精打采地打开柜子,先拿了睡衣,然后去拿等下需要用的卫生巾。

谁知,放在上面一层的卫生巾用光了。

幸好她屯了很多,藏在最底下的那个隔层里。她弯下腰,拉开抽屉打算拿两包出来,视线掠过一个白色蕾丝的布料。

许柚脑海里立马闪过一个四字名词,觉得不太可能,当她皱着眉,一

言难尽地拿出那块不正经的布料时，脸瞬间红透，活像一只放在蒸笼里的熟虾。

这……这这这……谁买的！这东西穿在身上能遮住什么！

这个家只有两个人，除了她，还能是谁！

许柚怒气腾腾地捏着那块布料直奔书房，门都没敲就这么冲了进去，瞧见满身正气坐在电脑前看文献的男人时，原本质问的语气莫名低了几分，却还是藏不住丝丝愤怒："江尧，你给我解释解释……"

这内衣极为性感，轻薄的蕾丝微微透肤，欲露不露，且它腰线设计感很好，能衬出盈盈细腰，穿在身上那纯欲感简直了。

问题是，他什么时候买的？

她怎么不知道。

江尧瞧见她手上捏着的东西，轻轻一笑，明明什么也没说。

视线碰撞的一刹那，许柚感受到了一种过分暧昧的气氛，害她在脑中瞬间联想到她穿这个跟他紧紧痴缠在一起的画面。

实在是太过刺激！

刺激得她原本就涨红的脸，更是红得无地自容，脑中一片空白。

过了片刻，她才恍然想起她过来这的目的。

这玩意儿又不是她买的，她脸红什么？她过来不是质问的吗？现在算是怎么回事？

"你过来。"

男人放下手中用来做笔记的钢笔，用食指在她前面的书桌上敲了敲，清透的嗓音随即响起。

过去干什么？

许柚很无辜地看着他，想知道他到底要干什么，便这么傻了吧唧地走了过去。

而后，一股不轻不重的力量扣住她的手腕，拽了她一下。

下一秒，她毫无意外地跌坐在他仍穿着西装裤的腿上。

许柚低呼了一声,对他不打一声招呼的动作表示微恼,却也仅是小老虎露出獠牙般地吓唬人,毫无杀伤力。

江尧从她手中拿过那块薄薄的布料。

女人的内衣,而且还是情趣内衣被他拿在手上,莫名有种说不出的色欲和性感,也很难为情。

许柚无语得想挖个坑将自己给埋了,一了百了。

她还没问呢。

他倒先开口问她:"有什么想问的吗?"

许柚难以置信地看着一本正经说出这句话的男人,真实地感叹人与人的脸皮果真不是一个等级的。

她皱眉问:"是你买的吗?"

"嗯。"

哦?

挺敢作敢当啊,江医生!

"什么时候买的?"

他低头想了一下,淡淡地说:"春节前后。"

许柚眨了眨眼:"这么久了?"

他居然藏了两个多月,她都没发现,而且也没告诉她,这是为什么?

江尧看透她内心的想法,逐一说了出来:"那阵子夜班比较闲,在网上看到一套挺适合你的,就下单了,不过半个月左右才送过来。"

"那你为什么要藏着啊?"

他如实说:"怕你不同意。"

废话,她当然不同意!这要她怎么穿啊,穿这个她倒宁愿光着!实在是太羞耻了!恕她克服不了!

许柚的脸依旧红得像苹果。

书房的灯光自头顶落下,散发着阵阵暖意。可以说从他说出刚刚那句话开始,他就一直在观察她的表情……在某些事情上,许柚拒绝的次数可

太多了，而实质上她的拒绝并不是真正的反感，而是需要人去引导，推着她向前。

因此，江尧已经养成了不完全听她话里的意思，而是通过观察来判断她是否真的讨厌一件事的习惯。

久而久之的默契，让他几乎从未失误过。

此情此景下，许柚莫名觉得喉咙很干，忍了许久，还是没忍住舔了舔下唇，舌尖轻漾般地掠过。

江尧唇边勾起一抹淡笑，一双深蕴漆黑的眸一瞬不瞬地盯着她。

许柚怎么会不知道他在想什么。

现在话问完了，她没什么可疑惑的了，也没必要再待在这儿骚扰他复习。

她起身，乜他一眼，临走前没忍住警告：" 不要以为我不清楚你脑子里在打什么鬼主意！反正，我是不会同意的！"

说完，她转身就走。

孰料，她刚走几步，就被逮了回来。

"干吗！"许柚骂他，"休想让我穿那东西，你自己买的，自己穿！"

男人脸都黑了下来："反正都买回来了。"还咬重了字音，"给你买的，你就不想试一试合不合适。"

"肯定不合适啊！救命……不要！"

书房里的百叶窗被拉上，阻隔了外面清明的月色。

女人双颊粉红，凌乱的长发落在腰间，浑身上下散发着一股妖娆的致命气息。

那一夜。

江尧发现，他对她真是哪儿哪儿都看不够，不管是锁骨、肩膀、后背还是脚踝……

许柚却破坏气氛地说："江医生，我们考虑考虑备孕的事情吧？第一步，该做什么呢？"

"备孕？"他侧眸瞥许柚一眼，实在跟不上她跳跃的思维，"你有打算了？"

"有。"许柚毫不避讳地说，"刚刚产生的。"

他轻笑了声："为什么？"

许柚刚烈地说："可以脱离你的魔爪一年左右。"

"就为了这个？"江尧反问，"哪怕经历十月怀胎的辛苦，还有高于十二级的分娩痛，也觉得无所谓？"

许柚突然泄气。

说实话，哪个女人不怕啊！尤其是没经历过的，光听描述都浑身打战！

江尧握着她的手，语气低沉严肃了几分："柚柚，别开玩笑。我希望你考虑清楚再做决定。"

许柚侧身，好奇地问他："难道我一辈子考虑不清楚，或者我没那个勇气去尝试，就真的不要了吗？"

江尧看着她的眼睛，说道："要是我跟你说'随便'，是不是会显得很虚伪？"

许柚不予评价。

但她其实并不觉得他真能做到。

他淡笑着说："我当然想要有，男孩女孩无所谓。可这是两个人的事情，你不愿意我也不逼你，这是你自己的身体，该如何支配全看你意愿。"

许柚被说得一愣一愣的，叹了口气，干脆跳过怀孕、分娩这个话题，直接问他："那你喜欢男孩还是女孩？"

江尧答："女孩。"

"咦？"许柚意外了一下，"要是我只愿意生一个，你希望是男孩还是女孩？"

"还是女孩吧。"

许柚趴在他身上问他："为什么？"

"乖。"

那确实哦。

许柚佯装吃醋地说："那江医生以后不是要宠两个女人了？"她特自恋地补充，"我生的女儿，样貌肯定差不到哪儿去，绝对是个小美女。"

——尤其是有爸爸这样优秀的基因。

江尧可惜道："那还是生儿子吧。"

许柚："怎么了？"

"怕以后不管她跟哪个男人在一起，我都不满意。或者被欺负了，怎么办？"

"八字都还没一撇呢，你就想到她谈恋爱的事情了？"许柚突然冒了一句，"那时候你都成老头了。"

一谈到年龄，话题就变得很沉重。

许柚及时打住。

虽然害怕，但她更怕自己以后没了现在这种无知无畏和一鼓作气的劲儿。于是，她贴着他的耳朵，细语："婚礼结束，我们就开始准备吧。"

"你来真的？"

"对啊。"

第一遍，江尧会以为她在开玩笑。

第二遍，第三遍，说了那么多回，他很难不把她的话当真。

不知为何，以前谈到怀孕的事时，江尧总觉得很遥远，总有种以后的事以后再做打算的想法。

可如今，距离婚礼已经不到四个月了，也就是说顺利的话，今年许柚可能就会怀上。

他又忽然有些无法接受。

作为医生，深知生育的每一项危害和风险，哪怕这些病例发生的概率极小，那种担心的情绪还是紧紧围绕着他。

许柚又说了一遍："我认真的！而且你看我现在的年龄也挺合适的，过几年或许恢复就没那么快了。你知道我平时做事情都喜欢将最难的事放在前面做，啃完了再去解决相对来说轻松一点的事。"

江尧觉得她真是天真："你以为生完就轻松了？"

许柚被噎了一下，反问："你不帮我吗？"

"帮肯定会帮。即便如此，跟现在只有我们两个人相比，必定会辛苦很多。"

"但是，那时候的感觉跟现在肯定不一样啊。"许柚说，"我们现在是很轻松很快乐，等我们有宝宝了，那时候虽然会有很多事情要忙，可不也是快乐的吗？只是两种心态不一样罢了。"

静默过后。

江尧："说得也对，时间还早，两三个月以后的事情，到时候再计划一下。"

许柚担心地问："你会同意的吧？"

他捏捏她的鼻尖："我能不同意？"

"你不同意我也没办法一个人生啊。"

她轻轻巧巧说着，说完才发现这句话有另一层含义，瞬间有些不自在。

江尧将她的表情尽收眼底，淡淡地道："我只是怕我还没做好准备。"

许柚刚想说他需要做什么准备，才猛然忆起他小时候经历的那些不愉快的事儿。

便想到他说的"准备"应该是"当一个好爸爸"的准备。

她觉得他真是想多了。

跟她对比起来，江尧更为沉稳，再加上职业属性，也更明白怎么去照顾一个人。

临睡前，她低声在他耳边说了四个字："我相信你。"

江尧无声低笑，眉目也跟着微微舒展。

江尧实操考试那天。

许柚比平时早了一个小时下班，公司距离医院不远，想着也没什么事干，便亲自去医院等他结束。

她安安静静地坐在医院后面花坛的长椅上，无聊地用手机不停刷某APP，打算看看附近有什么好吃的餐厅还没有吃过。

今晚她要请他吃大餐。

其实也不能算请啦。

江尧的工资卡一直在她这呢，她自己也有工资，相当于拿着双份工资。领证的那天，江尧原本是想将他那些卡一股脑全塞给她的，许柚被吓了一跳，直接婉拒。

她本来就够迷糊的。

这么多钱由她保管，万一弄不见了，怎么办？虽说她是学金融的，对理财这方面的知识比较精通，但是江尧看上去也不像是不懂的样子，对于赚钱，她觉得他比她在行。

最后，双方各退一步。

江尧只将自己的工资卡交给她，工资卡里的这点钱对他来说应该算不上是什么大钱。许柚觉得他有心就够了。

以前他们从未谈论过工资的问题。

她并不清楚他在医院工作真实的工资是多少，现在每个月都能瞧见打款，她才发现这人真是入不敷出啊，就他那辆车，工作几年都不一定能买到。

江尧发消息过来：在哪儿？

江尧：我结束了，现在去找你。

许柚：从你平时做手术的那一栋楼下去，再从南门走出来就能看见我啦。

江尧走出来的时候，许柚似心有灵犀地起身，往门口张望了眼，一瞧见他，高兴地奔过去将男人抱住。

完全没发现他身后跟着一个慕瓷。

江尧微微低头："等很久了？"

许柚摇了摇头，"还好。"她视线偏移，发现慕瓷后，以两人的相识程度，不知道该不该打招呼，就这么稍微用眼神对视了一下。

她一如既往地大胆走过来，问："听说你们结婚了？"

江尧侧脸清俊温淡，侧眸点了下头："对。"

慕瓷看了眼许柚，眼中藏不住的羡慕。

作为心理医生，她怎么会不明白其中的道理，有些东西该是你的就是你的，不是你的怎么不甘也没有用。

上天都有最好的安排。

或许只是她的那个人还没到，而那个人并不是眼前的江尧。

可曾经仰慕与喜欢过的男人结了婚，谁都会伤心难过，都会感到遗憾。

她叹了口气，淡色的唇慢慢勾出笑意，有些勉强却微微一笑道："还没祝你……新婚快乐呢。祝你们永结同心，百年好合。"

祝福之中，夹杂着些违心的诚意。

许柚听出来了，也能够理解。

江尧没什么表情，倒显得有些无情了，习惯性地说了声"谢谢"，便带许柚去停车场。

一路上，许柚都在观察他的表情，发现他眉眼深沉，眸底深处藏着不易察觉的冰冷，可下一秒视线转向她时，又换了另一种神色，携着浓烈的喜欢与蛊惑。

转变之大，差别之大，让许柚不由得叹息了一声。

"怎么了？"他捏了捏她的手。

许柚撇了撇嘴，笑着说："有点庆幸，自己是被你喜欢的那个人。"

她刚刚不小心将自己代入了一下慕瓷，真的难受得发颤。甚至无法想象假如她和江尧没有在一起，在某一天通过别人听到了江尧结婚的消息，她会怎么样？

是带着祝福的惋惜，还是不甘心的遗憾。

江尧明显不想跟她讨论这种毫无意义的话题，拉开车门，让她上车："今晚吃什么？"

许柚抬眸："寿司怎么样？很久没吃过日料了。"

"嗯，听你的。"

除了某些事，他对她简直百依百顺啊，每回她提出请求即便再无理，他基本都不会拒绝，都会想办法去满足。

寿司这种生海鲜食物，江尧对餐厅的要求特别高。

每次都会带她去他认为食物处理得还算合格的店，而一般这样的地方价格必定不菲，小小的几块寿司就飘到了三位数的价格。

许柚吃得心疼死了。

可又忍不住嘴馋，多吃了几块，并且想着下一次吃一定得隔好久，不然实在是太败家了。

一晚上，江尧的心情都很不错。

许柚没有问他考得怎么样，但看他表情估计是胜券在握，打从她认识他以来，他考试就没失误过好吗！

如今工作上该忙的事情都忙完，可以用更多的时间来准备婚礼了。

恰在这时，江尧收到了一条信息。

他点开，低眸看了几眼，在餐桌的那头微笑着，随后说："下周六有空吗？"

许柚从桌上抬起头："怎么了？"

他低咳了两声，带着薄笑："婚纱做好了，去试一试。"

"这么快？"

许柚双眼泛着亮光，脸上难掩期待。

所有婚礼场地布置和婚纱婚服的设计都是他们俩一起商量，再找人精心设计出来的，可以说从去年就开始准备了。

她只大概知道基本的概念与风格，具体怎么样还是个未知数。

然而，婚纱的实物照片已经发送到了江尧的手机上。

他盯着看了许久，也独自欣赏了许久，最终并没有让她看，而是选择下周直接带她去看实物。

那样的视觉冲击与震撼才够强烈。

婚纱是女人从学生时期就会幻想与期待的东西，许柚一直等待着那一天的到来。

时间过得也确实是快，一眨眼就到了周六。

江尧下午不用上班，正好开车带她过去一趟。

一路上，许柚像只小鹦鹉一样在叽叽喳喳地说话，一会儿怕婚纱做出来不如自己的预期，一会儿又害怕太高级的礼服自己的身材撑不起来，会显得很难看，甚至还问江尧："你看过吗？你觉得怎么样？"

江尧静默了会儿，才点了点头。

好看是挺好看的，要说唯一的不足，就是领口太深了，但一辈子或许就这么一次，便没说什么。

实际上，也确实没到介意的地步。

许柚瞪他一眼："你真看过啊？怎么不给我看看？照片吗？还是说你去看过实物？"

去到那边，江尧停好车，拿出手机晃了晃："想看吗？"

"算了。"

现在看有什么意思？

待会儿就能看见了，还不如给自己留个悬念。

这是国外某知名设计师在中国开的工作室。

工作人员知道他们要过来，提前站在门口等待，领他们上了楼。他们的老板是个纯正的英国人，出来跟江尧打了声招呼，两人说的都是英伦腔，发音准确且地道。

几年没温习过英语的许柚，无奈地摸了摸鼻子，乖乖地站在一侧，装作能听懂他们说话的样子。听肯定是能听得懂一点的，但还是别开口用中国式英语献丑了。

那人友好地对她说了一串英文，她准确地捕捉到"beautiful"这个单词，浅笑着用英文说了个"thank you"。

那人又说了很长的一句话。

江尧给她翻译:"他说那件礼服特别适合你,而且这件礼服的设计理念他好几年前就有了,一直搁置没有具体呈现出来,刚开始还挺担心你跟它会不会磁场不合,现在看来是他多虑了。"

许柚眉梢微挑,小声说:"那你面子还挺大啊。"

能让这么有才又出名的设计师将自己的压箱底设计送出来,而且看他们刚刚谈话的语气,肯定不仅仅是朋友那么简单。

江尧俯身,毫不遮掩地说:"为了你,求也得求过来。"

虽然不知道那人听不听得懂中文,但她还是稍稍地羞赧了一下,掐了掐他的手臂,示意他收敛一点。

三人走上台阶,前往放置婚纱的地方。

那儿有一块厚重的帘子遮着,一个女生毛毛糙糙地跑过来拉开,许柚才真正看清它的真面目。

灵动飘逸的绸缎,高开衩的瀑布裙摆,以及荷叶边袖摆的设计。

没有过多繁复累赘的边饰,纯白无瑕,无端为其增添了一份神圣圣洁的气息。细腻的做工和每一处细节的打造都令人折服,如梦如幻,散发着迷人又空灵的光彩。

许柚太喜欢了。

喜欢到一瞬间哑口无言,不知道该用什么词汇来形容自己内心的雀跃。

她激动得不用江尧传话,干脆用自己别扭到不行但尚有基础功底在的英文,表达了她目前的感受。

那人一看她表情就知道自己的设计很成功,至少让即将穿它的人非常满意。

许柚说的大概就是,她原本构想的婚纱就是这个样子的。

不需要很华丽,也不需要有多高贵,低调却无法忽视它的存在,朦胧又灵动,温柔淡然就足够了。

江尧自然看得出她很喜欢,鲜见她这么开心过,感染得他也忍不住低头一笑。

俯身凑到她唇边落下一个轻吻,如羽毛拂过,连心都是痒的。

许柚被他的动作吓得微微一愣。

身边的设计师是个外国人,对这样的亲吻见惯不怪,倒是身侧有个实习的小姑娘一脸甜蜜地看着他们,视线毫不遮掩。

许柚尴尬地摸了摸头发,低头摸了摸唇角。

很快,她就被领进去试婚纱了。

这里不是正宗的婚纱店,没有外面的门店配备那么齐全。

但平时也有相关的模特过来工作拍照,化妆和造型团队还是有的,画个淡一点的新娘妆倒也不算难。

这里的化妆师没有化过新娘妆,她结合许柚的面部特色,给许柚上了一个适合的妆容,随后,简单编一下发,再换上礼服,已经接近两个小时过去。

在外面沙发上坐着的江尧,陪那位外国朋友聊天。

虽有说有笑,目光总不自觉往帘子那儿扫,放在腿上的手十指交叉,捏紧,流淌出莫名的紧张。

对面的帘子打开时,江尧还在跟友人讨论以前在国外发生的事儿,一句话说了一半,听见动静立马侧头看过来,瞬间被眼前的一幕惊得挪不开眼,后半句话也忘了继续。

一条好看的裙子对女人的加成是巨大的,尤其是身材线条流畅,气质突出的女人。

简简单单的妆发,拖尾雪白的纱裙,搭上几厘米的银色高跟鞋,衬得整个人亭亭玉立,美到了极致。

许柚并不是第一次穿这样的裙子,大学时广播站联合其他社团搞了个文艺晚会,她被推上去主持时也穿过,不过那会儿的裙子没有现在这么高级,却也惊艳了不少人。

之后的半个学期,陆陆续续有人通过她的舍友旁敲侧击地打听她的联

系方式,询问她有没有男朋友。

不过都被她拒了。

她眼睁睁看着男人牵起唇角走至她面前,由衷地在心底发出一声感叹,竟词穷得只说了三个字:"真漂亮!"

就这?

许柚拨了拨长发,见室内的人都识趣地离开,给他们腾了个二人世界,她大胆地侧了侧身,让他看看其他角度。

她没忍住问:"穿在我身上还行吧?不会给这条裙子丢脸吧?"

"丢脸?"他摇了摇头,帮她把锁骨上的碎发捋好,"是你给它长脸吧。"

"我哪儿那么厉害。"

许柚没忍住想翻白眼,却因夸奖而唇角上扬,踩着高跟鞋,刚好碰到他的鼻尖,双手自然地环着他的脖颈,小声说:"那我们就定这件为主纱了哦?"

"嗯。"江尧没意见,"只要你喜欢。"

她喜欢得不行,又凑到他耳朵问:"你老实跟我说,这件婚纱你有没有参与设计。"

他低眸盯着她期待的小脸:"你觉得呢?"

"有吧?那人还是你的朋友,不过说真的,他真的好厉害,这里面的衣服裙子我大概看了一下,还挺漂亮的,是不是很贵啊?"

"他以前是Valdrin Sahiti的设计师,近几年才出来单干,自己开工作室创品牌,目前来说还算小众。"

许柚微诧道:"难怪我从来没听说过这个牌子,但是他真的很有才华,以后一定会火起来的。"

"借你吉言。"蹩脚的中文从门口传来。

她抬眸看去,瞧见那位设计师倚在门边,敲了敲门板:"欣赏完了吗?有什么需要修改的?没有的话,那我们就去试试男款了。"

许柚很努力地去找这条裙子有什么不舒服或需要调整的地方,竟找不

539

到一处,从而对它的做工和设计更加心悦诚服。

男款的婚服无非就是西装衬衫。

江尧穿西装的样子,许柚见多了,可她托着腮,瞧见他穿着西装长裤,两条大长腿在她面前晃啊晃,还是不由得想起以前……

高中的许柚根本不敢跟他对话,最喜欢走在他身后,低头看着他那双被校服长裤包裹着的长腿一步一步往前走。

干净的脚踝总让人忍不住多瞧几眼。

时光荏苒。

他已经不是以前那个穿着校服的干净少年了,换上名贵稳重的西装,一派衣冠楚楚,温润优雅,成了她最亲近的人。

婚礼当天,天气晴朗,高空万里无云。

前一天晚上,许柚回了自己家住,睡在熟悉柔软的大床上却怎么也睡不着,导致第二天五点钟起床化妆时,帮她化妆的小姐姐嫌弃她的黑眼圈太重。

主要是她皮肤过白,本身底子就很好,打上了粉底更修饰得没有瑕疵,唯有那相对来说较明显的黑眼圈有点"拉胯"。

好在化妆师手法不错,给她遮瑕了一下,也算是补救成功。

林冉在一旁"不务正业"地帮她拍照、录像。

说要将今天美好的一切全部记录下来,竟然连她刚刚蓬头垢面去洗手间刷牙也拍了,现在更是将她妆前妆后的反差全拍下。

她实在想不通,这到底哪里美好?

化妆结束,化妆师感叹了一下自己一个多小时的作品。

随后,便让许柚去换婚服。

按婚礼流程,首先是迎亲,新郎跟伴郎一起过来,接新娘,还要给父母敬茶。

这时候可以穿婚纱,也可以穿中式秀禾服。许柚的婚纱是江尧找人设

计和定做的,而秀禾服是黎平君和周长青专门去找有经验的绣娘亲手绣出来的。

传统中式的婚服穿起来比婚纱还要烦琐,可换上之后,头钗珠玉,锦绣妍妆之下又别有一番韵味。

林冉觉得比婚纱还要好看:"果然是我们传统的礼服看起来比较顺眼,老祖宗留下来的东西真不错,真的太漂亮了柚柚!你要是生在古代绝对是个祸水美人!"

许柚被化妆师补了下妆,翻了个白眼:"古代可不流行我这一款,人家喜欢的是杨贵妃那一款的。"

林冉斜她:"谁让你祸唐玄宗了?江尧喜欢你这一款不就得了,他要是放在古代,应该也是个翩翩公子吧。"

虽然很无厘头,许柚还真幻想了一下,随后拍拍脸颊,强迫自己冷静:"每个女人在这一天都是漂亮的,你也是。"

"但在我心里,你最漂亮。"林冉羡慕道,"要不是意外怀孕,我应该也可以像你一样,先结婚,有了打算再慢慢备孕。你都不知道生完宝宝之后,状态有多差,那时候拍的纪念录像我根本就不敢回看。"

"哪有!"许柚反驳,"你的录像我看了很多遍,很漂亮的好不好?"

这恭维的话,林冉收下了。

可她还是觉得许柚今天美到了极点,迫不及待地想欣赏待会儿江尧看见许柚时的表情,一定会很惊艳。

然而,江尧的表情管理到位得出奇,除了脸上流露出的高兴与紧张,丝毫揪不出别样的变化。

也或许是碍于太多人在场,都在起哄怂恿他们做各种各样的事情。

许柚红唇微微翘起,红衣明艳地坐着等他。

却也只是等来了他蜻蜓点水的一吻,温温柔柔地轻轻碰了碰,便结束。

周围的人都在喝彩,希望他们再亲一次。

许柚一直知道他不喜欢在许多人面前亲热,就算是亲她,也一定不会太过火。只有没人的时候,才会做一些他人无法想象的事。

可今天是什么日子。

她总觉得江尧的反应太平淡了,好像只是在循规蹈矩地完成一件必须要完成的事情。

许柚当林冉伴娘的时候,见过梁子豪去林冉家接亲的样子。

他瞧见林冉后便笑得合不拢嘴,用其中一个伴郎的话来形容就是,笑得像隔壁家的二傻子。

欣赏不到江尧类似的神情,许柚甚感无趣。

给父母敬了茶水,所有流程走完。

他们又出门上了车,准备前往下一个场地。

开车送他们过去的是梁子豪。林冉跟来参加婚礼的高中同学许久没见,坐同一辆车聊天去了。

因此,狭窄的车厢内只剩下了三个人。

江尧将她的手放在手中漫不经心地把玩,时而看她一眼。

许柚注意到他的视线,跟他对视了几眼,总觉得他的眼神很奇怪,特别像一只……衣冠楚楚的色狼。

她从来没有在江尧面前穿过这身嫁衣。

上一回去试穿,他原本是打算陪她去的,奈何那一天有手术就没去成,只有黎平君和梁捷陪着她。

此时,瞧他眼神,许柚发现他也并不是完全没有表情嘛,只是刚刚不显露出来罢了。

她刚想问他,她穿这一身好看还是婚纱好看?

稍一偏头,紧跟着就被扣住了后脑勺,被他低头吻住。

相比刚刚的亲吻,这一次明显要霸道与浓烈许多,他灵活而强势地撬开她的唇齿,缓慢侵占她口腔中的每一处。

许柚被吻得呼吸紊乱,听见前面传来无奈的啧声,有些微恼地推开他,小声控诉:"你弄花我的妆了。"

他毫不在意:"再补一下不就得了?"

刚吻了接近一分钟,空气中仿佛还飘荡着暧昧又甜腻的气息。

许柚盯着他,舔了舔唇,忽然灵光一现,傲娇地说:"你帮我化啊。"

这里又没有镜子,她怎么化?

江尧低眸理好她的碎发。

不知何时,她掏了支口红出来,微微噘了下唇,眨着眼睛冲他笑:"快。"

自己的烂摊子自己收拾。

于是,刚把口红吃了的江医生,又重新给她补了上去。

真正的婚礼场地在临近海边的一个教堂里。

这可是他们选了很久的地方,为了能在这里举办婚礼,也付出了些许努力,最后是江尧爸爸帮他们搞定的。

气球、玫瑰、香槟、红毯……

许柚换上纯白的曳尾婚纱,手里握着捧花。在轻缓的音乐声中,挽着周长青的手,朝对面的男人走去,身侧飘来艳羡的目光,而她的眼中却只能看见他。

瞧见他眼底专注而真诚的神色,瞧见他紧张垂在身侧的双手,也瞧见他能给她一生承诺的笃定。

以前许柚觉得新娘在婚礼上哭很不可思议,这难道不是一个值得高兴的日子吗?怎么会哭呢?

直到这一刻,周长青将她的手搭在江尧手上时,她才发现眼泪根本不受控制。

这其中的感受或许也只有经历过的人才懂吧。

念誓词、交换戒指、抛捧花、拍照、敬酒……

一系列的流程下来,许柚甚感疲惫,却乐在其中。

江尧作为新郎,被灌了不少酒。

许柚知道他酒量不怎么好,担心地看着,神奇的是他竟然能撑完全场。

她不由得怀疑，他是不是为了今天有偷偷练过。

最后她扶他上去，发现他脚步跟跄时更觉得好笑。

进了房间，许柚就不打算下去了，后面的事情就交给两边的爸爸妈妈去处理了。

她倒了杯水，给他清清喉咙。

见江尧神情模糊，思绪早已不知道飘到哪里，她才有胆量跟他说说心里话。

许柚蹲在他面前，托着下颌，淡淡道："你知道今天最让我感动的是什么吗？"

江尧看着她，没打断。

她笑着说："感谢你成为我今后生命中的伴侣，成为我的唯一。"

许柚复述了一遍他在婚礼上说过的话，不知为何这句话特别能戳中她。

她低声问："你说的都是真的吧？"

江尧低笑，似醉非醉："我什么时候骗过你？"

"可这样的诺言，起码要用一辈子来证明。"

不到最后一刻，都不算是践诺。

江尧幻想了一下漫长的人生，悠悠道："那就一辈子。"

许柚不合时宜地笑："那到时候我们都老了，牙都咬不动东西了。万一我比你先走，你兑现了诺言，我该怎么奖励你啊？"

江尧皱了皱眉，将她拉到腿上坐着："这么久远的事情，你想来干什么？我怎么发现你最近这么多愁善感？"

"是吗？"许柚也不知道为什么，"可能是人生中几件重要的大事都完成了，就觉得时间好像过得很快。"

江尧很有耐心地听她说话："什么大事？"

许柚逐一给他举例："高考、毕业、工作、结婚……这些不是吗？"

"所以，你就觉得时间过得很快？"

"嗯。"

"你好像忘了还有一件。"

许柚不明白他指的是什么,被他搂着腰,细想了一下才反应过来,说:"怀孕?"

"嗯。"

对哦,不说她都要忘了。

她说过婚礼后就开始备孕的,现在正好结束婚礼。

江尧一脸"需不需要帮你把最后一件事给办了"的表情看着她。

许柚干脆离他远点:"不行,我今晚喝了酒。"

"我记得你没喝多少。"

"那也是喝了。"许柚其实只是随便找个由头,而后紧张地问,"不会有事吗?"

江尧是医生,看的杂书也多。

尤其是上次她跟他说打算生宝宝之后,她就发现书房里似乎多了几本相关的书籍,并且有被翻过的痕迹。

江尧点头:"有事。"

酒类尤其是红酒和白酒影响最大,今晚喝得最多的就是红酒。

许柚瞪他:"那你还……"

江尧:"逗你的。"

两人忙活了一天,都很累了。

江尧并没有闹她,洗了澡便上床休息。

许柚被他抱着,痒得不行。

许是太过兴奋,一整天几乎都处于亢奋的状态,又没怎么喝酒,她翻来覆去,根本睡不着。

不像某人,喝了这么多,现在估计已经睡过去了。

许柚抬眸观察他的睡颜,盯着他密长的睫毛,无聊地数了一下。

而后,为了试探他到底睡没睡,小声地喊了一声:"老公。"

没人回应。

即便他没说话，也没睁开眼，许柚还是细致地发现他抱着她的手微微一僵。

她勾了勾唇，独自偷笑。

还没笑几秒，就遭到了警告："不想睡觉是不是？"

许柚一愣："睡，谁说不睡了？"

然而，她还是睡不着。

最后磨得江尧受不住，一个翻身压在她的身上，干了点不睡觉该干的事儿。

也致使原本平淡的夜晚变得不平淡起来。

对于许柚来说，婚礼前后的生活变化并不算大。

不用再去为婚礼的事情奔波，多了许多休息时间，公司里相熟的同事全都知道她已婚了。

每次下班瞧见她终于不是问"你今晚打车吗"或者"有人来接你吗"，而是直接笑着说"你老公来接你啊"。

"老公"这种称呼，许柚很少对江尧喊过，平日里都是喊名字的，一时半会儿转不过弯来。

因此，在听到别人说老公的时候，她莫名有些羞赧。

神色都变得不自然了。

同事羡慕地说："真好，我刚结婚的时候也是这样的。可能是新鲜感吧，刚结婚就像刚谈恋爱一样，还处在热恋期，现在生活平淡如水，毫无波澜。哎，你们打算什么时候要孩子啊？"

许柚趁机反问："一般都是什么时候？"

那人沉思了会儿："你现在这个年纪就可以准备要了。我当时是结婚前怀孕的，差不多你这个年纪生的第二胎，然后专心工作，拼事业。"

许柚点了点头："那我应该今年或者明年吧。"

她回去跟江尧商量了一下。

之前说好的备孕正式进入了流程,两个星期后,许柚在一个周末被同样不用上班的江医生从床上逮起来,去了医院体检。

江尧对医院特别熟。

他拿着诊疗卡和体检表,走在她前面,她只需要负责跟着他,乖乖等待检查就行了。

一个上午,江尧都陪着她。

医院里的人跟他特别熟,她经常能听到别人善意的调侃。

"江医生,带老婆来体检啊?"

"江医生,今天没工作还来'上班'啊?真不愧是我们院最敬业的人。"

"江医生,你老婆真漂亮!"

…………

而这时,江尧一般都会回上一句"麻烦了""别这样说,她脸皮薄"之类的话,说话时眼里明显带着笑意,跟平时在医院温淡的形象形成了鲜明的对比。

体检完毕,许柚都快累死了。

结果还没能这么快出来,起码得等到明天。正好明天江尧有门诊,她可以不用过来,让他走个后门直接拿结果就好。

许柚问:"我们这样是不是太'隆重'了?只是检查一下适不适合怀孕,为什么要做心电图呢?"

她强烈怀疑他夹带"私货"。

测心电图时患者是需要将衣服拉高,内衣解开,将电极片放在胸前的。

许柚刚开始有点紧张。

谁知,江尧进去跟那位医生谈了几句后,那人竟然出去了……就这么走了?

还贴心地给他们带上了门。

许柚瞥了江尧一眼,担心地问:"你……会吗?"

他去抽屉里拿了个新手套,笃定地说:"会,顺便……还有点手痒。"

许柚并不清楚江尧精通的领域竟然开阔到这种程度，有些微讶。

反正这也只是一个检查，要是真做不来，再喊别的医生过来也是可以的，便心甘情愿地当了他的小白鼠。

事毕。

江尧知道她还在疑惑心电图的事儿，严肃道："这不仅仅是孕前体检，既然都来了，干脆做个全身检查，看看身体有没有问题。以前没这个意识，从今年开始，每年都要来。"

"每年都要打针抽血啊。"许柚撇了撇嘴，"那你会陪我吗？"

他摸了摸她的下巴，小声道："找个没工作的周末陪你。"

"那还差不多。"

第二天结果出来。

许柚在家里的客厅看电视，收到江尧发来的体检报告照片，她完全看不懂，拍得很模糊，也看不清楚。

许柚：你直接告诉我呗。

江尧：没什么大问题，有点贫血。

许柚：贫血？

许柚：难怪我有时候蹲下再站起来会头晕，那这要怎么调理啊？

江尧：喝中药。

许柚：我不要！这应该改善一下饮食习惯和作息也能调理的吧！

江尧：你有点严重，必须要喝。

许柚：哪儿严重了？我没觉得我很严重啊？

江尧圈了个数据给她。

她根本看不懂，也不知道正常范围在什么区间内。

江尧：乖，就两剂，两天的事。

许柚一想到要喝中药就要抓狂，开始使劲找理由推辞：我不会煲啊，家里也没有专门煲中药的东西，怎么喝啊？

江尧：医院有代煎，我下班拿回去给你。

许柚：就没有西药吃吃？

江尧：这种中医比较好，没得商量，今晚就喝。

许柚不理他了。

然而到了晚上，她还是乖乖地喝了。

说是备孕，其实跟平时基本上没什么区别。

只不过饮食健康了一些，作息也回归正常，偶尔可能会喝一下奶茶，吃甜品，垃圾零食却没怎么碰过了。

至于那方面嘛……

江尧也没有刻意去怎么样，只不过现在已经不做措施了，跟以前的感觉确实有点不同，差别也没那么大。

就这样平平淡淡地过了半年。

一直没什么消息。

许柚也险些忘了想要怀孕这件事，直到某一天她发现她的生理期过了将近一周还没有来，担心之余又思考着会不会是中招了？

毕竟一两个月前，她跟江尧那个……还是挺频繁的。

并不是没有可能。

想到这儿，她立马上班摸鱼给江尧发了条消息：嘿！

江尧：嗯？

许柚：我突然发现我生理期推迟了一个星期还没有来。

许柚：你知道我平时很规律的。

江尧：你想说什么？

江尧：别想太多，也可能是你前几天吃了雪糕导致的。

许柚：嗯？

许柚：我不信！你赌不赌？我觉得宝宝他要来了！不然的话，都半年了，再没有或许你该去检查一下身体了！

许柚说得直白而大胆。

或许因为职业的缘故,江尧对此并没有芥蒂,而是问:你测过了吗?

许柚:我怎么测?

许柚:我就是上班无聊,突然想起来跟你说一下,晚上回去测。

江尧:嗯。我今晚有事要晚点回去,你测了就告诉我,无论结果如何。

许柚:你有什么事啊?

江尧:开会。

许柚:哦。

下班回去后,许柚还真买了东西回来测。

可她不太会使用,便问了下林冉,自己也看了会儿说明书,便迷迷糊糊地测了。

她紧张又期待地看着结果,仔细对照了一下说明书,再检查一遍。

最后,她不放心怕弄错,还发给林冉看。

林冉:宝,你怀孕了!

许柚:!!!

竟然真的有了。

许柚激动又兴奋,连打字的时候手都在抖,最后也只打出了三个感叹号。

若不是怀孕不能乱蹦乱跳,她估计要去阳台吹吹风,连蹦几下才能清醒。

她深吸了口气,强迫自己冷静,回到沙发上坐着,咬着唇思考该怎么跟江尧说这件事,是现在说呢,还是等他回来再说啊?

许柚干脆先试探一下:你开完会了吗?

江尧估计正忙,过了会儿才回复:快了。测了吗?

许柚皱了下眉,原本打算等他回来再说的,一瞧见"测了吗"这三个字根本就忍不住。

她本来也不是一个会藏事的人。

许柚:测了。

许柚：你要不要猜一下？

江尧：不会吧？

人在知道可能会有好消息的时候，为了避免失望，总会下意识地降低期待值，其实内心的答案却是"会就好了"。

许柚干脆告诉他：呃……

许柚：我也不知道准不准，好像是……有了。

隔了十分钟没等到他回复，许柚又不知道他在干吗，气鼓鼓地盯着手机，问：人呢？

江尧：帮你约了个医生，明天来检查。

这么迅速？

许柚：可是我明天要上班啊，时间会不会太晚了，人家不用下班吗？

江尧：下班我来接你。

江尧：人家下不下班你就别管了。

许柚小声地哼了一下，心里早就乐开了花。

瞧把你急得，明天就周五了，周六去测不行吗？非要明天！

知道自己很大概率已经怀孕后，许柚凡事都小心了许多，也不毛毛糙糙的了，下了班慢悠悠地走去电梯间下楼。

江尧早就在楼下等着她，准备带她去医院。

许柚上了车，紧张地问："验孕棒应该不会出错吧？我们验了三次都是一样的结果哎。"

江尧侧眸看她，语气略显温柔："去医院做一个尿检比较保险。"

许柚笑了："也是。"

反正迟早都要去一趟医院的，早一点晚一点有什么所谓呢。

到了医院，许柚又被江尧领着去走"后门"，还被检验科的护士调侃："这才结婚多久啊！江医生，这么迅速？"

随后，她看向许柚："来吧，我帮你测。"

这一次的检测不仅仅是检测是否怀孕，还要排除宫外孕之类的可能。

把该做的检查都做了,得到结果时,许柚的反应比想象中平淡。

或许是因为那股兴奋劲儿已经过去,她也比较相信验孕棒的结果,侧眸偷偷去观察江尧的表情,才发现他嘴角一直没敛下来,感染得她也忍不住笑。

手轻轻地摸上小腹,一种奇妙的感觉油然而生。

检验科的医生给了结果报告,还跟他们说:"放心,特别健康。恭喜啊!新婚半年就要做爸爸妈妈啦!别太紧张,心态放平,心情好一点对宝宝才好。"

许柚感谢地冲她笑了笑。

其实并没有新婚半年,但大多数人都会以办婚礼的那一天来认定你是什么时候结婚。

许柚和江尧都懒得反驳,道了谢。

许柚特别开心地抱着他的手臂,想将这件事分享出去:"我们要不要告诉爸妈啊?"

江尧薄唇抿起:"你想说就说,正好让他们都来给你送送汤。"

许柚瞪他一眼。

她已经能想到日后经常被逼喝汤养身体的场景了,还有分娩后坐月子疯狂补身体,这样下去,她会不会胖啊?

当时,林冉怀孕时胖了接近三十斤,生完比怀孕前胖了十斤左右。

许柚有点怕她生完后,身材一去不复返……

她垂下眼皮,很愁地问:"如果以后我胖了,你会嫌弃我吗?"

江尧眉头皱紧,直男地问:"怀孕还能不胖?"

"不是。"许柚感觉跟他沟通困难,"我说的是我生完以后,恢复不到现在的体重了怎么办?"

"那就不用恢复了。"

"呃……"

"你现在太瘦了。"

得到这样的答案,许柚不知道是该哭还是该笑好,她摊了摊手,干脆闭嘴不问了。

顺其自然吧。

双方家长收到她怀孕的消息,高兴得不得了,经常打电话过来嘘寒问暖,时不时来他们这儿慰问一下。

检查江尧有没有对她不好,她吃不健康的外卖或者其他垃圾食品。

其实,早在江尧知道她怀孕一周后,就请了个专门做饭的钟点工阿姨来家里。

许柚已经不用在外面吃饭了,即便江尧要值夜班,也有人煮饭给她吃,隔三岔五还有汤喝。

之前低微的贫血在这段时间回到了正常水平,林冉说她脸色也比以前红润了不少。

孕后期,许柚暂停工作,安心待在家养胎。

江尧作为医生,工作量跟以前一样依旧不变,甚至在她临产的那天,他可能也要做手术,唯一庆幸的是她会跟他待在同一栋楼里。

想到这儿,许柚就有点难过。

她还挺想江尧进产房陪着她的,可能是依赖习惯了,没他在,总感觉心慌慌,也很害怕。

命运就是如此爱捉弄人。

许柚羊水破了的时候,他还真在手术室里,直到她开完指还没结束。

因为他在做一台长达七八个小时的脊柱侧弯手术,精力高度集中,无法分神。

手术结束,他换下手术衣,洗手的时候听见专门来报喜的护士说:"江医生,你女儿出生了,你知道吗?"

这简直成了江尧这辈子最大的遗憾。

番外三 ／二代小日常

【一】

　　近日，科室接收的病人多，江尧纵是想请假多陪许柚一阵，也陪不了，本着人道主义精神，主任已经尽量少给他安排手术了。

　　闲倒是闲了点，该忙的活还是要忙。

　　于是，许柚刚生产完还没出院的那一周，住院楼的护士、医师经常看见江医生穿着白大褂往妇产科跑，偶尔找不到他人影，十有八九都是在妇产科。

　　分娩的那天，他几乎一天都不在她身边，许柚心里一直有股怨气。

　　她知道自江尧当了医生后，在他心里，病人永远是第一位。

　　在陪她和去做手术之间，他肯定也必须是选择后者。

　　可是，谁都有脾气。

　　体贴包容的女人和任性骄纵的女人唯一的区别是，前者会憋在心里，后者会发泄出来，而许柚属于两者之间。

　　她会直接表达自己内心最真实的想法和情绪，但不会过度任性。

　　因此，这几天江尧基本都在绕着她转，某位刚出生的小公主有爷爷奶奶、外公外婆疼，爸爸就暂时将她忽视了，理由是：自己的老婆最重要！

【二】

整个怀孕和分娩过程，许柚还算顺利。

卸了货后恢复也极快，估计是与月嫂和江医生细心照料有关，体重确实是重了一点儿，但无伤大雅，脸色比以前红润了许多，身体也无大碍。

在许柚打算减减肥，试图回到以前的状态时，江尧果断拦住了她："锻炼是必要的，但是以减肥为目的就没必要了，身体健康就行。"

"可是我感觉好不习惯。"

其实许柚一点都不胖，主要是她以前给人的印象特别瘦，现在生完宝宝，那些上了年纪的阿姨看见她，都会心直口快地说一句："柚柚，你现在比以前胖了，好看多了。"

导致许柚很泄气。

江尧却说："你是在意我的看法，还是外人的看法？"

许柚说不出来，女人都有爱美的特性。

前面立着一面长身镜，江尧对着镜子从后面抱住她，单手撩开她的上衣下摆，露出平坦的小腹，妊娠纹已经淡了，这是他每晚帮她按摩的成果。

即便十月怀胎，也没增加她多少疲态，脸上的表情也是开心的。

某位医生抱着为自己付出了很多很多的妻子，吻了下她的脸颊，低语道："难道你不清楚，你对我的吸引力有多大，嗯？"

搂在她腰间的手收紧，许柚像是被幸福萦绕了满身："都老夫老妻了，你怎么还是这么会说情话？"

"这不是情话，是实话。"

好吧，是她输了。

两人许久没亲热过，江尧吻上许柚的唇就停不下来，即便还未到深夜，情浓之际，再光亮的白天，气氛也渲染足够。

于是，刚起床准备下楼买早餐的江医生又将衣服脱了，缠着自己的老婆打算干一些许久没干过的事儿……

突然，一声"哇"从客厅传来。

555

许柚努力地笑了笑，看上去有点苦涩，推了推他："你女儿醒了，快去看看她。"

江尧脸都黑了下来，语塞地起身，把小公主哄睡后，才下楼买早餐。

许柚收拾收拾也起身了。

托着腮坐在客厅里看着已经一百天的宝宝，虽然现在还没长开，但她已经看出她五官上的某些优势，有很大一部分都是随了江尧。

【三】

关于起名的问题，许柚和江尧思考了很久。

爸爸妈妈们一致不掺和，全权交给他们决定，在许柚翻了将近一周的字典，又跟江尧探讨过后，选定了两个字进行排列组合，就这么看似随意其实也不算随意地定了下来——司宜，江司宜。

至于小名，是爷爷奶奶们顺口喊出来喊习惯的，叫七七。

顺口，好听。

许柚便也跟着叫，看起来小姑娘还挺喜欢，每次喊她都会笑，小胖脚总是蹬来蹬去。

七七身上总有一股奶香味，脸颊软软的，只要陪她玩，就不容易哭。

小时候的许柚因为性别的缘故遭到了许多白眼，起初她还挺担心七七会走她的老路。幸运的是爷爷奶奶、外公外婆都很喜欢她，就连干妈干爸来看她时，都会夸她太乖了，比自家儿子乖太多了。

软软小小的一团，成了全家人捧在手心的宝贝。

许柚也跟着开心与得意。

【四】

七七比林冉家的小猴子小了三岁。

梁鸿祯五岁半上大班的时候，七七刚好被送去幼儿园，于是两人开始一起牵着手上下学。

江尧下午有空或者梁子豪有空去幼儿园接他们时，会将两个小孩一起接走，先带他们去吃饭，再送回家。

梁鸿祯作为哥哥，自七七出生后，经常被林冉教导："以后你们一起上学的概率很大，至少小学初中是在一所学校上的，你一定要照顾好妹妹，不能让她被别人欺负了。"

梁鸿祯点头，也尽职尽责地做得很好。

还经常教七七一些古灵精怪的小魔术，导致小姑娘最近奇奇怪怪的。

有一天晚上，江尧不用值夜班，在家做好了饭，一家三口坐在一起吃。

七七握着勺子，自己慢吞吞地扒饭，突然，她将小脑袋抬起来，喊了一声："爸爸！"

江尧看了她一眼，温和宠溺地说："怎么了？"

七七抬起自己的小手，不知道从哪儿拿了根绳子，缠在手上比划来比划去，软软的嗓音笑着说："你看我可以……这样……也可以这样哎……看……是不是很腻害（厉害）？"

一眼看透她那些小伎俩的许柚保持沉默！

江尧配合极了，眸光动了动，装作不明白地问："怎么会这样？爸爸没看清楚，七七再做一遍行不行？"

小女孩儿仰起小脸，有些不乐意地皱起眉头看他，奶声奶气地说："你好笨哦。"

许柚在一旁快笑喷了。

对待小孩，江尧一向很有耐心，手摸了摸她柔软的细发，将她抱到大腿上来，温柔道："来，再做一遍给爸爸看看，是谁教你的？"

七七饭吃了一半，嘴角沾着油，"是哥哥。"

许柚懂了，捏了捏她软乎乎的小脸问："哥哥对你好吗？"

七七大眼睛转了转，点头说："好啊，他经常……经常有好吃的都会留给七七。"

许柚捧场道："这么好啊！"

江尧给她喂饭，小孩子三分钟记忆，一下子就把魔术的事情给忘了。

吃完饭后，七七一个人坐在客厅的地毯上看动画片。

许柚在浴室洗澡，江尧则负责收拾碗筷，随后待许柚洗完，他便把七七抱进去，让她洗澡。

七七从小被江尧教育得很好。

别家的小孩吃饭很拖沓，她从来不会，被江尧瞪几眼就乖乖地坐回位上把米饭吃干净了，晚上也很少熬夜，八九点就能睡着。

江尧的严格从来不是在学习上的，而是生活规律方面。

他和许柚对七七的要求都很简单，不需要她在学业上有多高的造诣，只要别学坏，认真了就行，小时候该玩就玩，没必要为了攀比让她去上什么外国语幼儿园。

晚上十点。

江尧处理完工作，从书房走过来，瞧见许柚只穿了一条睡裙趴在床上看韩剧。

她才看了几分钟，腰间就被一双大手拢住，悄悄地探进她的睡裙兴风作乱。

许柚拍了拍他："别闹，我想看完这一集。"

"韩剧有什么好看的？"某医生不满了，原因是她一直盯着里面的男主角犯花痴。

他在她耳畔低语："七七今天难得那么乖，你就不想干点别的？"

许柚立马会意，关了iPad，没一会儿就被他压在了身下，媚眼如丝地问："她睡了？"

他没回答，但行动已然告诉她答案，低头轻轻地含住她的唇，沿着下颌缓慢地辗吻，密密麻麻地落在她的锁骨和柔软上……

许柚忽然想起黎平君前几天跟她说的话：柚柚，不知道你跟江尧有没有生二胎的计划？妈妈不是催你，只是想提醒一下，如果你想要的话，现在是时候了，不然等七七长大了，她也不好接受。

于是，她问了一下江尧："我妈说……七七上了幼儿园……现在刚好……"

旖旎的气氛被打断。

男人抬头看她："嗯？"

许柚继续道："刚好是生二胎的时候，你说我们……还要吗？或者说，你想要吗？"

没生第一胎的时候，许柚听别人描述分娩觉得很害怕。或许这与体质有关，她生七七的时候打了无痛，还可以接受，并没痛到惨烈的地步，产后恢复也快。

因此，若要二胎。

其实她还是愿意生的，但就看有没有这个必要了。

江尧啃咬了下她的下唇："你想要？"

许柚说："我……还好。"

"那就不要了。"

"这是你的真心话？只要七七一个？别以后出尔反尔要我生……"许柚无情地说，"我可是给过你机会的哦。"

"不要。"江尧没有丝毫犹豫，笃定道，"这辈子，有你有她，足够。"

生育的代价太大，他没必要让她再去冒一次险。

许柚眉眼弯弯地笑了："我是怕以后七七嫁人了，你会舍不得，会寂寞。"

"那就我们两个人一起过完这一辈子，还能走的时候，带你游山玩水，不能走了，就陪你聊天解闷。"他眉眼不动地看着她，"只要一直在一起，怎么会寂寞？"

番外四 ／一中校庆

一中校庆的前两周,许柚收到了短信邀请函。

但当时太忙,让她给划过去了,直到校庆的前三天,听林冉提起才恍然想起是有那么一回事。

林冉说:"一百周年,还挺隆重的,去吗?"

许柚仔细看了眼邀请函里写明的内容,星期六早上九点开放,直到晚上都可以进校园参观,同时傍晚六点半在田径场有文艺会演。

许柚想起一件事:"听说一中要搬校区了?有这回事吗?"

"是要搬了呀。"林冉边在高中的群上跟人聊天,边跟她说,"我也是听我妈说的,明年就计划搬了,以后要扩招,而且现在那个校区太老了,很多设备都不太好。"

明年要搬校区,又是一百周年。

许柚有点心动。

校区搬走后,说不定原来的地方就要拆迁,像市区周边的平地公园一样,全部建成商品楼和广场。

以前,他们高三待过的宿舍,学习过的教室,跑过步的操场,以及升旗台……通通都没了。

许柚找江尧商量了一下这件事,问他去不去。

江尧周六早上有个小手术,下午不是他的门诊,刚好有半天的时间,便答应了下来。

当天上午。

许柚早早地起床,做了早餐,等七七吃完,不厌其烦地从柜子里给她挑了好几条漂亮的小裙子,再帮她穿上。

紧接着,勾着小发圈,给她长到肩膀的头发绑了两个辫子。

七七像个公主一样,乖乖地边咬着还没吃完的小笼包,边看着坐在对面吃早餐准备上班的爸爸,双眼亮晶晶地问:"爸爸今天也要上班吗?"

"嗯。"江尧用手指揩掉她脸颊上的油渍,看着她说,"爸爸早上有个病人要手术。"

"哦。"七七撇了撇嘴,"那只能我陪妈妈去了。"

"等下爸爸送你们过去,做完手术再来找你。"

七七挠了挠脸颊,不解地问:"很近?"

"爸爸不是带你去过了吗?"江尧斜她,"上次去参加一个叔叔的婚礼,经过的时候,妈妈没有指给你看?"

七七吃着包子,脸颊鼓鼓的,眼睛瞪得滚圆地说:"我……忘记了。"

回答得理所当然,仿佛在她这个年纪,忘记是应该的。

许柚在房间里化妆。

江尧将碗筷收拾好,领刚吃完小笼包满手油腻腻的小丫头去洗手。

再等许柚一会儿,便一起出了门。

上周江尧给七七买了新书包,这还是她心心念念了很久的款。七七执意要背在身上,许柚给她装了一小瓶水,再放两包纸巾进去。

她挎着书包,一颠一颠地走在前面。

江尧将许柚身上不太重的包,接到自己手中,低声问:"午饭怎么解决?"

"随便吃点？"许柚看他一眼，"反正学校不是有食堂吗？"

"你中午等我一下？"

许柚不明所以地问："怎么了？"

两人自从有了七七后，生活变得跟以前完全不一样了。

为了给七七做好榜样，顺便树立一下他作为爸爸的威严，江尧鲜会在女儿面前表现跟她腻歪的一面，与以往相比，收敛了不止一点，活像一个正正经经的大家长。

许柚想起他们以前在学校虽然短暂地做过朋友，但似乎并没有一起在食堂吃过饭。

因为那会儿只是她一个人的暗恋。

后来上了大学、硕士，许柚也没有过谈恋爱，以至于她从来没有经历过别人所说的最美好、最纯粹的校园恋爱。

怪可惜的！

她突然提议："行啊，下午我让梁鸿祯带七七去玩，我们一起走走？"

"嗯。"江尧没拒绝。

去到一中，许柚和七七下了车，江尧就去医院了。

正好林冉和梁子豪他们也刚来，知道许柚快到，便在门口等了她们一会儿，随后一起进校走几圈。

去了他们曾经的教室，见了曾经的老师。

对于林冉和梁子豪来说，高中那三年，印象最深刻也最难忘的莫过于高三。可对许柚来说，有江尧在的高二，或许意义更深厚。

许柚见到了她高中的数学老师，算是那段时间给她帮助最大的人。

听说她进了投行，老师一点也不意外，在他眼里，许柚应该是那种越有困难越敢去闯的人，而且从高二刚接触她开始，他就从来没觉得她笨过。

和老师、同学寒暄了一阵，时间一晃而过。

七七听不懂他们在聊什么，缠着梁鸿祯带她去小卖部，两人吃零食

去了。

林冉问:"江尧什么时候来?"

"等会儿吧。"许柚看了眼时间,"现在应该刚下手术。对了……"她有些为难地请求林冉,"你待会儿去哪儿?"

林冉对她的眼神表示不解:"随便逛逛。怎么了?"

"帮我个忙。"许柚干脆地说,"帮我照顾一下七七,等下江尧来了,我想跟他四处走走。"

只一秒,林冉就明白了许柚的用意。

高中三年,对林冉来说,没什么遗憾。她跟梁子豪打打闹闹地走过来,高考结束后,顺其自然地在一起。上大学的那几年,他们也一起回来过。

可对许柚和江尧来说,在他们一生中最遗憾的估计就是高中这一段时光了。

林冉爽快地应承下来:"行,你们随便逛。明天再来接她,都没问题。"

许柚一个人下楼,在空旷的田径场等了一会儿,江尧就来电话了。

结束通话后,不到两分钟,他就找到了她,从远处慢慢地靠近,踩着田径场上的塑胶跑道,大步跨上观看台阶,走到她身边,坐下。

许柚递了瓶水过去,笑着还没有说上一句话。

男人接过矿泉水,自然地搁在一旁,见四下无人,另一只手拂过她的下巴,毫无预兆地低头,霸道又不失些许温柔的吻就这么落了下来。

接吻的地点是学校田径场的观众席上。

太阳热辣辣地照下来,燥热的空气带着专属于他的侵略气息强势地灌入,天然的羞耻感让许柚忍不住推了他一下,发出反抗的呜咽声。

没多久,江尧就松开了她。

许柚睫毛轻扇,脸颊白里透红,羞赧得无处遁形,这状态好像他们刚谈恋爱似的,明明已经是老夫老妻了,却有种在学校里偷偷摸摸在一起的感觉。

许柚斜他一眼,埋怨道:"七七不在,你就乱来。"

"她去哪儿了?"江尧先象征性地关心了一下女儿,听完许柚回答,女儿又被他忘在了脑后,牵着她的手,似乎格外享受这一段短暂的二人时光,起身说,"走吧,带你去吃饭。"

两人在食堂找了个角落,简简单单地吃了顿饭。

许柚看着他,小声说:"我就猜到你会点这个,你的口味怎么这么多年都没变过。"

江尧意有所指地说:"你以前还观察这个?"

许柚顿住,沉默了一会儿才道:"谁让你老坐在我对面那一桌吃饭,很难不注意到。"

"是吗?"

"是啊!"许柚瞪他,两人相处久了,她对以前暗恋的事早已脱敏,有时还会凶他为什么当时没有先喜欢上她,害她那么难受。

吃完饭,许柚跟江尧上了教学楼,找到以前待过的教室,适当地怀了一把旧。

出来时,好巧不巧,碰见了当年的班主任张悦。

许柚的长相跟当年一样,没什么变化,只是多了股成熟内敛的气质。

反而江尧变化比较大。

张悦先是认出了许柚,两人打了声招呼,随后关心地问:"你老公吗?"

许柚意外地看了眼江尧,又看看她,委婉地提醒:"老师,你忘记他了吗?"

怎么可能。

许柚觉得张悦就算忘记她,也不可能忘记江尧,他可是她当年最得意的门生啊!

果然,被这么提醒,张悦很快就反应了过来,对他们在一起表示微讶:"原来是江尧啊……"

她忆起以前的一些事，关心地问："什么时候回国的？耳朵好了吗？"

许柚下意识地想帮江尧回答，最终还是没说。

安安静静地听他们叙旧，当年江尧退学得特别突然，张悦特别担心他后来的发展，现在了解完他这些年的情况后，又替他感到欣慰。

转而，发现她以前班上退学的第一名和后来高考的第一名在一起了，实在是想不通他们是怎么产生交集的，上学的时候，也没见他们来往很密切啊？

许柚正想开口。

江尧也不知道是不是刻意在调侃，随口道："她上学的时候，应该挺多男生喜欢的吧。"

言外之意，我也是其中一个。

所以，不奇怪。

张悦自然不记得了，况且她也不清楚，班上的男生喜欢许柚难道会跟她这个班主任说吗，只能凭着当年对许柚的一些印象，附和："确实，长得水灵灵的又漂亮，性格文静，成绩又好。"

突然被夸了一通，许柚小声说："他瞎说的。"

明明是她暗恋的他！

又聊了几句，张悦便没再打扰他们。

许柚知道江尧刚刚是在顾及她的面子，怕她说出高中暗恋他之类的话，可她并不在意啊！

到了晚上，许柚和江尧坐在操场上，远远地看了会儿文艺会演。

还挺无聊的，现在小孩的梗，她也不懂。

但看着上面活泼好动的学生，许柚总会想起以前，她来到一中的第一年文艺会演，他就坐在她的斜后方，那时候他们还不算特别熟，全程没有说一句话。

而她总会走神，时不时往后偷瞄一眼，尤其是尹佳妮在表演时，见他一直盯着舞台,心里难免酸溜溜的。

那时候的许柚,总是疑神疑鬼,想知道他有没有喜欢的人,也想知道他到底喜欢什么样的女生,或者说他到底喜欢谁啊……

许柚侧眸睨他一眼,低声问:"江尧,你高中的时候,有喜欢过别人吗?稍微有那么一点好感也算。"

江尧眉头微蹙,毫不犹豫地说:"喜欢?没有。"

"真的?"

"如果连一点点的好感也算的话,那也只能是那个人。"

许柚明知故问:"谁?"

下一秒,她就被牵住了手,那呼之欲出的答案也顺着掌心的温热,悄悄地告诉了她。

秋日的晚风轻拂。

她静静地靠着男人的肩膀,享受着夜间的清凉,明明什么也没做,空气却变得无比缠绵。

【全文完】